台灣文學研究自省錄

呂正惠 著

臺灣學生書局 印行

序：退休前的自我吹噓

當所有的朋友和學生都明確知道，我一定會在二○一四年一月底退休，不可能改變時，淡江的同事陳仕華教授建議我編一本書給學生書局出版，作為一種紀念。剛開始我對這個提議興趣不大，一再推託，後來雖然同意了，卻也沒有動手編輯的意思。已經進入十月，仕華提醒我，再逶延就來不及明年一月出版了。這個時候，我突然意外的積極起來，花了三天的時間找尋積存的稿件，核對手邊留存的自己文章的編目，就編出了一個大概。真是人心難測啊！連自己都不一定了解自己。

我所以不想再在台灣出書，理由很簡單，我認為台灣讀者已經對我所寫的東西不感興趣了。我前兩本評論集《小說與社會》（1988）和《戰後台灣文學經驗》（1992），都是很快就重印了；第三本《文學經典與文化認同》（1995）雖然沒有重印，但沒幾年也賣光了。第四本，《殖民地的傷痕》卻拖到二○○二年才出版，只印一千本，至今卻還有存書。出第四本時，我明知還可以再編一本，但我一點意願也沒有——沒有人讀的書，出它幹嘛！

編這本《退休集》（原想這樣命名，估計出版社不可能同意，所以改為現在的題目），才發現自己的存稿量不少（很多朋友一直以為，我已經很少寫文章了）。這樣，我就有餘裕挑挑揀揀，有比較多的自由可以形塑它的樣貌，由此產生了一些樂趣。有了這種樂趣，我才能在短時間內把它編集出來。

按寫作時間來說，書中的文章可以分成三組。第一組最早，主要是一九八八年到一九九三年之間的一些理論文章（在第四輯內）。最近十幾年，我一直反對我的學生在未讀作品之前，就先決定使用某一西方理論來研究某一問題。有些人（或很多人）未免起疑心，我是否從未讀過理論，或者竟讀不懂理論。事

實上，我為了讀西方理論，還曾苦練過英文閱讀。有一次，我忍不住告訴一個學生，我的巴赫金首先是從英文讀來的，他一臉不相信的樣子，我至今還有印象。有些人也許會認為，我只透過英文讀盧卡奇，我希望他讀一下我一九八八年寫的〈「現代」啟示錄〉。不過，我必須聲明，自從可以買到大陸許多翻譯以後，為了爭取時間多讀一些，我就不再讀英文書了。以我以前閱讀英文的經驗，我不難判斷哪些地方翻得有問題，必要時我可以拿英文本（包括英譯本）核對一下。有一次，我拿著直接譯自德文的書來跟英譯本對照，才發現，並不是英譯本就可靠。當然，收入這些文章，並不只是為了證明自己多有理論素養，而是還有更重要的目的，下面還會談到。

第二組文章主要寫於一九九五至二〇〇五年間，是《文學經典與文化認同》出版後，為應付各種研討會而撰寫的，都跟台灣文學有關，有作家、作品論，也有綜合論述（見於前兩輯）。在我自己看起來，二〇〇〇年以後所寫的，似乎要比之前的好一些。二〇一〇年我為北京三聯書店編了一本戰後台灣文學研究的自選集（書名也叫《戰後台灣文學經驗》），曾經選了其中一些。我知道台灣有些人是不肯買大陸書的，所以我就不避重複，收進去大半（共六篇）。但我要特別聲明，《小說與社會》、《戰後台灣文學經驗》（台版）、《文學經典與文化認同》雖然都已絕版，但我一篇也沒收入。如果想要更全面的了解我的戰後台灣文學研究，我建議還是買大陸版自選集。

我自己覺得，二〇〇五年以後我的見識好像有了一點增長。那一年我寫了一篇〈中華文化的再生〉，因為我忽然醒悟，經過一百五十年的積弱與動亂，中國已經毫無疑問的再度站了起來。我很驚訝的發現了中國文化的「再生」能力，而這一次的再生，比起近三百年之久的五胡亂華、南北分裂以後的再統一絲毫也不遜色，我由此對中華文化突然產生一種肅然起敬的情懷。相對的就對世界史上的「西方稱霸」時代起了懷疑。我懷疑，西方的時代恐怕已經走到尾聲了。沒想到，也不過三年之後，種種跡象證明我的直覺不無道理（請參看本書的〈代跋〉）。

跟這種「歷史直覺」相伴而生的，是對西方思想與文學的態度也起了變

化，我不再相信它們有我們想像的那麼高明。這時候，我才回想起一九八八年寫的那一篇〈「現代」啟示錄〉，重新找出來讀了之後，我對二十年前的我感到異常「佩服」，想不到我當時的「靈感」竟然變成了「遠見」。後來，我看到甘陽的文章，才知道他講得比我還清楚──西方的思想是為解決西方社會的矛盾而產生的，西方對自己的問題都解決不了，怎麼能夠成為中國人解決自己問題的「藥舖子」呢！

我本來想以這個覺悟為中心主題，編成一本書，但又想到這樣的書在台灣太過「驚世駭俗」，為了不讓學生書局血本無歸，也為了不讓仕華太過為難，所以，我只把跟文學研究有關的這一類文章選了一些，編為第三輯。但我個人相信，這是本書最有創見的部分。

我出身於台灣南部的一個極小的農村，沒想到後來會進入台灣最著名的高中和大學。以我溫順的性格，自以為事事不如人，所以在一九六〇年代當然隨著大潮學習西方文化和西方理論，不只如此，我還用心讀過西方哲學和西方歷史。但很奇怪，我總是有格格不入之感。開始還以為自己愚蠢至極，後來終於發現，不是我有問題，而是中、西文化之間確實有格格不入之處。這些文章就是我老老實實的對這一歷程的回顧，對象不只限於台灣文學，還包括中國古代文學，以及整個中國現代文學。這些文章還說不上「研究」，只能稱之為「隨筆」。沒想到其中一篇，〈抒情傳統與中國現代文學〉，居然獲得一些大陸朋友的謬賞，真是大大的出乎意料。

我的一些文章雖然寫得兇悍，其實我是一個極溫和的人。有一次在研討會上講評一位年輕學者的文章，事後他跟我說，原來以為我會把他批得狗血淋頭，沒想到還聽到許多稱讚的話。我一向認為，人生在世，妥協是非常重要的，只要不流於鄉愿。雖然這很難辦到，但我還是依此原則，編成了我的《退休集》，藉以結束我在台灣長達三十三年的教書生涯。

最後，按照西洋習慣（這是西方文化的長處），我要感謝一些人。首先，我要感謝淡江大學中文系，在我決定離開清華時，淡江接納了我，讓我在這裡找到一個適合我心情的環境，並且容忍了我某些不良表現。我的同事都很善良，

易於相處，這是我的幸運。其次要感謝陳仕華教授和學生書局，感謝他們的好意，他們為此冒了很大的風險。再其次是復旦大學的倪偉教授，和我的學生胡衍南教授，他們同意把文章收在這本書中。其次是我的一些學生，林淑瑩、陳惠玲、黃子純、黃乙德、詹孟蓉、黃文倩、蔡鈺淩，為了趕著讓書出版，他們把十幾篇沒有電子檔的文章在極短時間內打好字。蔡鈺淩還為我校對了大半本，黃文倩還查遍了網路，為我編了一份著作目錄初稿，讓我在編集本書時有了較可靠的依據，真是辛苦極了。最後要感謝我太太，她先是把我的手稿打成電子檔，後來又在我口述之下打了許多文章，現在她左肩疼痛不已，我都不知道要怎麼辦。希望她早日康復，因為我還有很多文章要寫。我的老師葉嘉瑩先生有一句詩說：「驥老猶存萬里心」，我現在就有這種心情，我是「退而不休」啊！

2013、11、8

台灣文學研究自省錄

目　次

輯二　台灣文學綜論

輯三　個人的反思

輯四　盧卡奇及其他

輯一
作家、作品論

一九五〇年代的林海音

林海音在戰後台灣文壇的地位是極其特殊的：一方面，她地位崇高，備受各方的尊敬，在八〇年代台灣各種政治立場截然對立的時代，這是極其獨特的[1]；另一方面，她在創作上的成就，至今還似乎晦曖不明。在一些人的心目中，她可能是以其為人行事作出「貢獻」，而不是以其作品奠定「地位」的作家。

林海音的貢獻至少表現在三個方面：一、在一九五三年至六三年期間主編《聯合報》副刊時，登載了不少台籍作家的作品，使當時「中文還不太好」的台灣作家有了出頭的機會，這包括鍾理和、鍾肇政、文心、鄭清文、七等生、黃春明等人。二、一九六七年創辦《純文學》月刊時，衝破當時的政治禁忌，逐期選載二、三〇年代作家的作品，當時不少人是因為這一點才訂閱、購買《純文學》的（包括我自己）。三、她為人熱心而能幹，不論前輩作家還是後輩，只要力之所及，總是加以關懷與照顧。七〇年代以後，她這種文壇「保姆」的角色更形突出，使得晚年的她成為台灣文壇的一種象徵。

至於她本人的創作，鄭清文已明白指出：「她所受到的注意，除了《城南舊事》，似乎略嫌不夠。」[2]其實《城南舊事》初出版時，也並不怎麼「轟動」。林海音自己說：「（民國）四十九年的初版，是由天主教的光啟出版印

1　林海音的「北京認同」非常明顯，九〇年代以後與大陸文壇多有連繫，但因她照顧過不少台籍作家，台獨派對她仍然相當尊重。

2　鄭清文，〈作家，主編，出版人〉，見李瑞騰、夏祖麗主編《一座文學的橋——林海音紀念文集》（台北：國立文化資產保存研究中心籌備處，2002），頁 219。

行，印到第二版，便有了滯銷的現象。」[3]到了一九六九年純文學出版社重印，特別是一九八二年大陸拍成電影以後，才真正引起注意的[4]。我們只要流灠一下關於林海音的報導、評論篇目，就會發現，八〇年代以後突然大量增加[5]，原因不難索解。

當然，在這之前也有少數人如齊邦媛教授，已看出林海音一些關於女性婚姻的小說，如〈金鯉魚的百襇裙〉、〈燭〉等很有特色[6]，但台灣的一般評論還是以《城南舊事》為中心。由於不能綜觀林海音的全部作品，又由於評者有意避開大陸詮釋《城南舊事》時所提出的社會、階級觀點，認為這是「政治掛帥」，因此台灣的林海音評論就往往流於片斷式的、印象式的，很難讓人對林海音的作品產生一個整體性的形象。

可能還有一個更重要的因素影響了台灣的評論界，使他們沒有考慮到重估林海音的價值。林海音最重要的作品（《冬青樹》，1955；《綠藻與鹹蛋》，1957；《曉雲》，1959；《城南舊事》，1960；《婚姻的故事》，1963；《燭蕊》，1965）都寫於五〇年代及六〇年代初期。但是，到了六〇年代中期，現代主義小說已在台灣文壇站穩腳步，讀者與評論界的眼光隨之轉變。七〇年代以後，雖然鄉土文學及台灣本土文學代興，但他們又把本土文學以外的五〇年代文學一律劃歸於「反共文學」及「懷鄉文學」的名目下，加以漠視。在這種「歷史的透視」下，我們無法公正的評斷五〇年代的「非本土文學」。

3　《城南舊事》（台北：遊目族文化事業公司，2000），頁 196。

4　夏祖麗《從城南走来──林海音傳》關於《城南舊事》的流傳狀況是這樣說的：「《城南舊事》出版後一直沒有引起太多注意，雖然有一些鑒賞者。由於台灣女作家的小說真正受到重視是在八十年代以後，而《城南舊事》出版在六十年代，當時短篇小說評論甚少，因此多年來，在台灣有關《城南舊事》完整的評論只有齊邦媛教授的一篇，這篇評論當初還是用英文寫成，是她到國外講學用的。」（北京：三聯書店，頁 212）避提大陸拍電影的事。

5　請參看《一座文學的橋》所附林武憲編〈有關林海音的報導與評論目錄〉，頁 243-253。

6　齊邦媛，〈超越悲歡的童年〉，見《一座文學的橋》，頁 99-100。

前年（2001）十一月，中央大學中文系承辦《林海音及其同輩女作家學術研討會》，我受邀討論許俊雅教授的論文〈論林海音在《文學雜誌》上的創作〉。在此之前，我只讀過《城南舊事》（以及六〇年代中期的長篇《孟珠的旅程》），因此不得不找出她早期的小說來閱讀。一讀之下，才發現自己可能犯了以上所說的錯誤。在更全面而仔細的重讀之後，我認為，林海音應該和鍾理和一樣，並列為五〇年代台灣最重要的作家。本文即想就此加以分析，希望引起討論與指教。

對於五〇年代的台灣文壇，現在台灣學界的一般描述具有相當的一致性：這是「反共文學」與「戰鬥文藝」的時代；但也是現代主義文學逐漸興起的時代；同時，本土派評論家還會強調，這也是「台灣本土文學」潛伏發展的時代。

在這一詮釋下，一九五六年夏濟安創辦的《文學雜誌》往往被看作是一個「過渡」。它企圖以「純正文學」平衡「戰鬥文藝」，但卻成為夏濟安在台大外文系的學生如白先勇、王文興、歐陽子等人所倡導的現代文學的先聲。

對於這一詮釋，大陸學者朱雙一提出了一個非常重要的「修正」看法。他認為，五〇年代的台灣文學，有一個「自由人文主義脈流」，它繼承了胡適的自由主義精神，不希望文學淪為國民黨官方文藝政策的工具。這樣的文學「脈流」首先表現於雷震主辦的《自由中國》的文藝創作欄內，繼之表現在夏濟安的《文學雜誌》上。兩個刊物的文學作者群，有著極高的重疊性，「曾在《自由中國》發表文學作品的，約有一半而後又在《文學雜誌》出現，達三四十人之多。」[7]

當時有一個命名為「春台小集」（周棄子取名）的作家聯誼會，每月集會一次，將「吃」與「談」結合在一起。關於這「聚會」，後來聶華苓、彭歌、郭

---

[7] 朱雙一，〈《自由中國》與台灣自由人文主義文學脈流〉，何寄澎主編《文化、認同、社會變遷：戰後五十年台灣文學國際學術研討會論文集》（台北：文建會，2000），頁75-106；此處引文見頁95。

嗣汾都有所回憶[8]。《文學雜誌》創辦後，聚會主要由該刊發行人劉守宜負責。這就說明，《自由中國》文藝欄與《文學雜誌》的投稿人基本上是同一群人。

當然，我們不能說，這些人都認同於雷震的政治理念，他們之中的某些人在雷震被捕後仍為國民黨所信任就是最好的證明（最明顯的如彭歌）。不過，他們想在「反共文學」與「戰鬥文藝」之外為文學找尋一條新的道路，這點看應該具有一致性。

一般人都注意到，《文學雜誌》的發刊詞特別說明文學與宣傳應有所區別，是在暗示的批評「戰鬥文藝」的政策、教條色彩。朱雙一特別指出，當時周棄子在同年十月一日出版的《自由中國》刊出〈腳踏實地說老實話——讀《文學雜誌》〉，已將此意挑明點出。我們可以說，「春台小集」的作家群並非「不反共」，但他們想要讓文學和政治保持距離的心意應該是不容否認的。

關於這些人的創作取向，朱雙一總名之為「自由人文主義」，即強調以「個人」的生命作為關懷焦點，並以「人性」作為出發點。朱雙一引述吳魯芹的回憶，說及《文學雜誌》創刊時，原有敦請梁實秋擔任社長之議，因為「我們打拳的路數」和梁實秋相近[9]。他們的文學方向當然不一定完全接受梁實秋所宣揚的白璧德人文主義的思想。但他們一方面避提「戰鬥」，另一方面又反共，不會贊成左翼文學，總稱之為「自由人文主義」應該還算恰當。

林海音和他的先生何凡，也是屬於這一「脈流」中的人，這是很明顯的，他們兩人都參加「春台小集」，林海音曾先後投稿《自由中國》與《文學雜誌》。現在一般都認為，六〇年代的《文星》雜誌繼承的就是《自由中國》的「自由主義」傳統；而我們也應該特別提起，自一九五七年十一月至一九六一

8　轟華苓〈爐邊漫談〉，見柏楊編《對話戰場》（台北：林白出版社，1990）；彭歌，〈夏濟安的四封信〉，《中外文學》1 卷 1 期；郭嗣汾，〈五十年間如反掌〉，聯合報 2003 年 8 月 20 日副刊。

9　見注 7 所引文頁 95。

年十月，整整四年，何凡是《文星》雜誌的主編，林海音則協助他負責文藝方面的稿件[10]。可以說，在五、六○年代之交，他們已是這一「脈流」的重要人物了。

五○年代的「自由人文主義」文學，並不是一個緊密結合、宗旨鮮明的文學流派，其中的每一個作家並沒有任何一個共同的創作理念。他們的共同點可能只是：不希望國民黨的文藝政策加給作家太多的限制，同時希望避免文學成為反共宣傳的工具。

當然我們可以設想，這些作家不會涉及當時台灣社會的內在矛盾（譬如省籍矛盾），也不敢反映反共體制下的軍事獨裁（譬如白色恐怖）。除了現代主義的萌芽和台籍作家的困境這兩項之外，當代的研究者對五○年代文學相當漠視。因此，在目前的情況下，我們很難對「自由人文主義」脈流的創作狀況有一個哪怕是極粗略的整體認識。

就現有的論述來看，有兩類作品是較為突出而引人注意的。首先是「懷鄉文學」，取材於作家在大陸的生活經歷；其次是女作家散文，以家庭、婚姻、愛情為主要題材。如果只是從題材的性質來看，林海音五○年代的創作趨向其實主要也是如此。

在林海音早期的作品中，「家庭」明顯就是一個書寫的重點。這一類的散文，文筆清新而親切，時時流露幽默感，表現了夫妻之間、親子之間融洽而親密的感情。這個家庭充滿了歡樂與幸福；而居於這個家庭中心的則是一個開朗、樂天、活力充沛的主婦。這個女性的形象讓人印象深刻[11]。林海音後來的創作重心轉向小說，如果他堅持寫散文，成就也許可以超過五○年代女性散文名家，如張秀亞、鍾梅音、徐鍾珮、琦君等人[12]。

10　何凡、林海音主編《文星》雜誌的始末，可參看夏祖麗《從城南走來——林海音傳》，
　　頁 149-152。

11　這些家庭散文收入《冬青樹》第一輯中。

12　林海音五○年代的散文，只有一小部分收入《冬青樹》（1955）。後來又出版《作客美
　　國》（1966）、《兩地》（1966）；《婚姻的故事》（1963）其實也是散文（四部長篇

家庭的和樂當然是值得稱頌的人性之美，同樣以表現「人性美」為目標的另一種創作樣態則是林海音的長篇愛情小說《曉雲》。女主角曉雲掉入婚外情的陷阱，懷了孕，因此才知道母親當年也是在同一困境下生下了她。母女遭到同一不幸的命運，她們的堅忍與溫婉並存的性格，以及林海音表現出來的細緻而溫厚的同情心，使這本小說頗獲好評[13]。林海音後來的兩部長篇愛情小說《春風》[14]、《孟珠的旅程》（均 1967 年出版）或寫一個男人的兩個家庭、或寫姊妹同時愛上一個男人，也表現了類似的情調。

我們不能否認以上所說「家庭散文」和「愛情小說」兩類作品的佳處。但我們可以肯定，如果林海音只寫了這些作品，她也會像五〇年代的許多同類型的作家一樣，現在幾乎已被遺忘。

樂觀、開朗、勤快可以說是林海音的天性，但這並不代表她沒有現實感，不了解生活的艱辛與醜惡，而只歌頌人生的光明面。這使她最終超越了五〇年代的同儕作家而寫下了更優秀的作品。

在她的家庭散文中，雖然一直充滿了歡樂，但也談到了五〇年代薪水階級艱困的經濟條件，譬如寫爸爸發薪之日人人充滿期待，但最終只能聊以滿足（〈好日子〉）；寫家庭以分期付款的方式購買所需（〈分期付款〉）；寫為了孩子醫藥所需、勢在必得，不得不以高得離譜的底標標到會款（〈標會〉），都

散文），卻長期被視為小說。當時似乎比較重視她的小說，她的散文家的名望並不高。直到八、九〇年代，她的一些早期散文才又收進《家住書坊邊》（1987）、《寫在風中》（1993）出版，這也影響了大家對她散文的評價。如果再加上她晚年寫的一批回憶文章，我個人認為，她在散文方面的成就，可應該高於張秀亞、徐鍾珮、鍾梅音等人。

13 此書出版不久，高陽即有長篇評論〈雲霞出海曙〉，對書中的文學特質有詳盡的分析，此文收入〈一座文學的橋〉。此外，齊邦媛（見注 6 所引文章）、大陸郁風（見她為《從城南走來——林海音傳》所寫的序〈生命的尋根之旅〉），對此書均有好評。

14 此書初版（1967）由香港正文出版社印行，書名《春風麗日》，1971 年純文學出版社重版，始改名為《春風》。

是[15]。在林海音基本輕快的筆觸中仍有時代輕微的暗影。

五〇年代更重要的背景之一，無疑是亂離。在當時的政治氣候下，這是很難恰到好處加以處理的題材。林海音選擇了她一向擅長的「婚姻的故事」，恰如其分的表達她的感懷。

〈燭芯〉的女主角，因丈夫在抗戰後方另組家庭而處境尷尬，逃避到台灣後決心離婚，後來再嫁給一位太太留在大陸的男人。〈瓊君〉的女主角因逃難而不得不嫁給她的韓四叔，四叔死後最後下定決心重嫁。〈晚晴〉的男主角妻、女都留在大陸，孤獨無依，最後因同情被另一男人遺棄的母、女而找到幸福[16]。這一類因亂離而發生的重組婚姻的作品，五〇年代想必不少。林海音的小說，因她寄與其中人物深切的同情心、設身處地想像他們孤寂、痛苦的心境，都能表現相當程度的感人力量。

在這方面，跟婚姻重組無關的兩篇小說，也許是更優秀的作品。在〈蟹殼黃〉（1956）裡，四個來自不同省分的外省人先後在一家「家鄉館」合作做生意，最後都因個性不合而分手。後來，那個最難相處的廣東老闆請了一個台灣女子，終被「馴服」而與她結婚。這是一篇充滿諧趣的喜劇，生動的反映了逃難到台灣的外省人的心境，同時，也「輕巧」的涉及省籍問題。我們不能因為它的幽默表象，而忽略了林海音靈敏的現實感。

相對於〈蟹殼黃〉的輕靈，〈春酒〉的「重筆」也許更令人感到驚訝。敘述者（女性）到徐三叔家拜年，那時是在韓戰高潮，美國解除台灣中立化，台灣可以自由的「反攻大陸」。人人都在談論在台灣受夠了氣，人人都在談論回大陸要做什麼官，一片喜氣洋洋，似乎大陸馬上可以收回了。敘述者被灌了酒，頭昏腦脹，找不到回家的路。在路邊嘔吐了一番，腦筋才恢復清醒。這是一篇上乘的「諷刺小說」，是對於「不知悔改」的舊官僚的迎頭痛擊，很難想

15　前兩篇收入《冬青樹》（台北：遊目族文化事業公司，2000）、〈標會〉收入《綠藻與鹹蛋》（台北：遊目族文化事業公司，2000）。

16　以上三篇現均收入《金鯉魚的百襉裙》（台北：遊目族文化事業公司，2000）一書中。

像，林海音會在一九五三年寫出這樣的作品[17]。

以上的例子可以看出生性樂觀而深具同情心的林海音，並非不了解現實。應該說，她是從現實出發，而去表達她的悲憫之情的。

林海音的現實感也許和她身上的兩種氣質密切相關：她同情貧困、卑微的小人物，同時，她對處於新、舊交替時代女性的命運深懷悲憫。這一切，或者也跟她從小的遭遇有關。父親是台灣人，卻遠離故鄉而居住於北平。父親早逝時，她只有十三歲，身為長女，她必須和母親共同扶持一個還有六個弟、妹（後來兩人夭折）的家庭。母親是一個傳統的婦女，嫁的男人對她不能說不好，但卻擁有舊式男人的權威，又好酗酒、打牌、熬夜，甚至還有些微拈花惹草的嗜好[18]。這一切不能不讓十三歲就被迫獨立的林海音深銘於心。成長的艱辛和對母親的同情，也可以說是她看待人世、理解生活的兩個基礎。

綜觀林海音五○年代的作品，會讓我們對她屢屢以貧苦人家為題材而感到驚訝。我們先把篇目列舉於下：

〈竊讀記〉、〈母親是好榜樣〉、〈謝謝你，小姑娘！〉、〈風雪夜歸人〉（以上《冬青樹》）、〈鳥仔卦〉、〈玫瑰〉、〈蘿蔔乾的滋味〉、〈貧非罪〉、〈窮漢養嬌兒〉、〈要喝冰水嗎？〉（以上《綠藻與鹹蛋》）、〈惠安館〉、〈我們看海去〉、〈驢打滾兒〉（以上《城南舊事》）

令人驚訝的是，《城南舊事》五篇小說，三篇以此為題材，另一篇寫一個不幸的女人（〈蘭姨娘〉），最後一篇才涉及家事（〈爸爸的死〉），而台灣評論界竟然沒有注意到或故意不往這一方向詮釋。無怪乎八○年代大陸將《城南舊事》拍成電影，強調其中所寫「普通勞動人民的不幸遭遇」時，林海音要表示強烈

17　以上兩篇小說均收入《綠藻與鹹蛋》。

18　林海音對父親林煥文的個性的描寫，見《城南舊事》後記所附〈我父〉一文，頁 183-185。

抗議和自我辯護了[19]。事實上，公正的說，反而是大陸「發現」了林海音作品的另一種價值。

當然，我們必須趕緊說，林海音絕對不是一個具有政治意識、以及所謂階級意識的作家，表達「抗議」或者與此類似的目的，絕對不是她的本意。但在五○年代的台灣，即使像林海音在「無意識」之間所表現出來的「階級同情」，都屬鳳毛麟角。她的一連串「無意識」，的確不能不令人感到訝異與欽佩。

從風格上講，也許是林海音一貫的溫情冲淡了小說中人物的階級色彩，而讓人忽略了其中的異質性。譬如，一個貧窮小孩撿到一百塊，藏了起來，回家後想起媽媽平日的教導，良心不安，決定把錢拿回去還（〈母親是好榜樣〉）。另一個貧窮小孩，每天到書店讀一本書，卻有一個善良的夥計特別為他藏起這書，好讓他讀完（〈竊讀記〉）。一個窮男人買不起小孩的奶粉，小姑娘故意把錢掉在地上，並叫住男人說「您的錢掉了！」好讓他拿去（〈謝謝你！小姑娘〉）。一個學生看到同學每天帶蘿蔔乾便當，為讓他吃好一點，故意拿錯便當（〈蘿蔔乾的滋味〉）。這些小說充滿了溫情，不可能是「有害」的。

即使是這樣，有些小說讀起來仍然讓人有「奇異」之感。〈玫瑰〉描寫了一個酒女家庭，每一代都領養一個女孩，好讓她將來「接班」，以便將來為自己「養老」。出身於這家庭的一個小女孩在受教育過程中受到老師感化，表現優異，當不得不下海時，只有自殺結束生命。〈鳥仔卦〉則寫一個靠鳥銜牌卜卦為生的流浪漢，他和他養的鳥常常到了無米粒以維生的窘境。這篇有點象徵風格的小說，具有一種林海音作品中少見的灰暗色彩。

更值得一提的是〈要喝冰水嗎？〉這篇小說描寫一個台灣老阿伯在大熱天下陪兒子考高中，他期待兒子讀好書，想著以前因不識字而吃虧受罪的事。當兒子考完一場出來後，他買了一杯冰水想給兒子，但看兒子正與同學討論，不敢送過去。最後終於壯起膽來，走進他們群中，大聲問：「要喝冰水嗎？」小

19　〈童心愚騃──回憶寫《城南舊事》〉，《城南舊事》，頁185。

說質樸的鄉土色彩,如果不說是林海音寫的,恐怕可以放進黃春明的作品集。同樣的,〈窮漢養嬌兒〉裡的父親,每天到街上耍寶逗人笑樂,以賺取外快供兒子讀書,也會讓人想起〈兒子的大玩偶〉。

如果把前面所列的這些小說抽出來,集成一本書出版,我們對林海音就會有完全不同的看法。同樣的,如果我們從這個角度來讀《城南舊事》,對這本書也會有完全不同的評價。

《城南舊事》的敘述技巧其實是很「狡獪」的。表面上它以純真的小女孩的眼光來看世界,但實際上這是「成人」設計過的「童真」的視野。這是「裝作」小孩的眼睛所看到的成人世界,而不是真正的小女孩的天地。試看〈蘭姨娘〉的開頭:

> 從早上吃完點心起,我就和二妹分站在大門口左右兩邊的門墩兒上,等著看「出紅差」的。這一陣子槍斃的人真多。除了土匪強盜以外,還有鬧革命的男女學生。犯人還沒出順治門呢,這條大街上已經擠滿了等著看熱鬧的人。
>
> 今天槍斃四個人,又是學生。學生和土匪同樣是五花大綁坐在敞車上,但是他們的表情不同。要是土匪就熱鬧了,身上披著一道又一道從沿路綢緞莊要來的大紅綢子,他們早喝醉了,嘴裡喊著:
>
> 「過十八年又是一條好漢!」
>
> 「沒關係,腦袋掉了碗大的疤瘌!」
>
> 「哥兒幾個,給咱們來個好兒!」
>
> 看熱鬧的人跟著就應一聲:
>
> 「好!」
>
> 是學生就不同了,他們總是低頭不語,群眾也起不了勁兒,只默默的拿可憐的眼光看他們。我看今天又是槍斃學生……20

---

20 《城南舊事》,頁 119-120。

接著小說談到避難於小英子家的青年學生德先叔，又談到施伯伯家的姨太太蘭姨娘也逃到她家。蘭姨娘「魅惑」了小英子的爸爸，讓媽媽很不高興，但最後，蘭姨娘卻跟德先叔走了。其實，這是從小遭遇不幸的姨娘跟著德先「投奔」革命的故事。後來，林海音即明白說出此一故事的背景：

> 我還記得好客的我們家裡，出入各色人等，投入革命洪流的學生，在我們家躲風聲，結果和一位世伯的姨太太（逃到我們家來）攜手做革命情侶，奔向光明的前途了，我是以此寫成〈蘭姨娘〉收在《城南舊事》裡。[21]

因此，《城南舊事》根本不是一本「童書」，它是為「老練」的讀者而寫的。林海音的女兒夏祖麗談到《城南舊事》時曾說：這是一個小女孩「看到她溫暖的小世界後面，一個錯綜複雜的悲慘的大世界」[22]，可說極其精當。〈惠安館〉的故事就極其「悲慘」，讀後讓人為之不歡。擴大來講，我們可以說，這是林海音「自由人文主義」的寫實文學的精髓，在溫情的筆調下隱藏著一個艱難的時世，這從她對貧困者與新舊交替的女性的描寫，可以看得最清楚明白，這也是她的作品明顯高出五○年代同類型作家的根本原因。

林海音的作品中，最突出的是女性和婚姻的題材，這是一般公認的。即使是林海音自己，在談到自己的「寫作生涯」時，也以〈為時代女性裁衣〉為題。其中有一段，很能說明她這一類型作品的特質：

> 我有一位美國讀者卜蘭德，她當年來台北學中文，搜集資料，我也幫她忙，所以成了好友。有一次她訪問我，談及我的許多作品中，很有一些

---

21 〈為時代女性裁衣——我的寫作歷程〉，《寫在風中》（台北：遊目族文化事業公司，2000），頁206。

22 《從城南走來，林海音傳》，頁213。

　　是描寫上一代婚姻的，為什麼？我說，在中國新舊時代交替中，亦即五
四新文化運動時的中國婦女生活，一直是我所關懷的，我覺得在那時
代，雖然許多婦女跳過時代的這邊來了，但是許多婦女仍留在時代的那
一邊沒跳過來，這就會產生許多因時代轉型的故事，所以我常以此時代
為背景寫小說。卜蘭德又問我：「那麼你對於跳過來的女性和沒跳過來
的，究竟是以怎樣不同的同情寫她們的？」
　　我回答說：「無所謂。」卜蘭德笑說：「我讀你的小說，發現你是以同
情沒跳過來的她們而寫的！」我捫心想想，我在下意識中確是如此吧，
因為我對「沒跳過來」的舊女性，是真的有一份敬意呢！[23]

對於那些沒有跳過來的舊女性，林海音說她懷抱著「敬意」，而不是我們更容
易想到的「同情」，的確顯得有些奇特。然而，正是因為她持著這種態度，才
使得她描寫女性的作品具有不尋常的感人力量。

　　我們在林海音早期的作品中即可發現此一特質。在〈陽光〉（1952）裡，
學生不了解師娘為什麼堅持和老師分居，師娘是這樣回信的：

　　你既然要探師娘的心底，那麼我也不妨對你講，你的師娘在她和你的老
　　師分居之日，並沒有這麼硬心腸決心想拆毀一個完整的家，她祇因為是
　　一個受過教育的女性——像一切這類女性一樣，當然有著她們相當程度
　　的矜持，可是你的老師竟是這樣一個缺乏了解女性的藝術家！我可以這
　　麼說，在我們分手之日，如果你的老師肯抱著兩個孩子向我深一步的懺
　　悔，那時我也許會哭倒在他的懷裡，我無論多麼剛強，畢竟是女人。可
　　是你的老師到底不是像你所說的那陽光——今天走了，明天還會來的，
　　我們便這樣分手了。……[24]

23　同注 21，頁 207-208。
24　《冬青樹》，頁 202。

介於新、舊社會交替的師娘，雖然還有舊女性的一面，但她也需要一點新女性的尊嚴。因為丈夫不能體會這一點，所以她堅持分居。學生讀了這封信以後，說她「更進一步的了解我們女性」，事實上也就是說，不論女性可以多麼屈從於男性，但她絕對不是「女奴」。對於許多沒有「跳過來」的女性，林海音常能發現她們總能在各自的地位上保持一點「女性」的獨特價值之所在。所以她才談到「敬意」。

與此截然不同的例子是〈母親的秘密〉（1954）。母親二十八歲守寡，獨立撫養兩個年幼的子女。子女在有一天夜裡偶然發現韓叔向母親求婚，母親拒絕了，但非常痛苦，因為她也喜歡韓叔。子女此後一直處在憤怒、焦慮的情態下，直到韓叔與別的女人結婚。對於這一往事，成家立業後的子女是這樣想的：

> 我和弟弟能使母親享受到承歡膝下的快樂，她的老朋友們都羨慕母親有一對好兒女，母親也樂於承認這一點。唯有我自己知道，我們能夠在完整無缺的母愛中成長，是靠了母親曾經犧牲過一些什麼才得到的啊！如果有人說我們姊弟是孝順的兒女，我應當說，我們的孝，實由於母親的愛。[25]

這一段話說出了子女誠摯的感恩之心，因為母親犧牲了自己的幸福以完成子女的幸福。從現代的觀點來看，母親有權利再嫁，林海音本人也寫了不少女性再嫁終於擺脫苦境、重獲幸福的故事。然而，堅持舊道德而終生守寡的「母親」仍然獲得林海音更多的「敬意」。

更特殊的是〈婚姻的故事〉（1960）所敘述的許多故事中的兩個「有問題」的女人，芳和瓊。芳為了照顧姊姊遺留下來的小孩，嫁給姊夫，婆婆、先生、姊姊的子女都對她好，然而她的先生卻終日病懨懨的，足不出戶。芳有了

---

25 同上，頁 120。

外遇，肆無忌憚，不恤人言。後來先生病死，她拒絕戴孝，拒絕裝出寡婦相，但也結束了外遇。對於芳，林海音是這樣評論的：

> 芳說過她不願意在人面前擺出一副寡婦相，也正是她的要強及反抗的心情的表現，而不是她不願給丈夫戴孝。她認為夫妻應當是健康、相攜出入的一對，才是美的生活。……
>
> 但是那時潛在的病恐怕已深入她丈夫的身體了，不要說他原來的生活習慣中沒有什麼看電影、溜冰這一套，就是散散步，他也打不起精神來。於是在芳那反抗的潛意識中，就不由得和健康、精力充沛的沈先生接近了。等到丈夫一死，她沒有了反抗的對象，反而心情平靜下來，也許覺得沈先生是一個可厭的人物了呢。[26]

瓊是個窮人家的女孩，聰明，好讀書。富有的呂先生教她讀書，資助她上學。基於報恩，瓊給呂先生，兩個人準備在瓊畢業後出國留學。但瓊卻跟別的男人私奔，且最終遭到拋棄。瓊聽到呂先生結婚，哭著求友人給她看結婚照。友人認為瓊後悔了，真是罪有應得，但林海音卻說：

> 瓊是一個好強好勝又好奇的女孩子，從她兩次（婚前和婚後）對於家庭環境敢於反抗的行動，可以看出她的好強與好勝；而從她對目前環境以外的世界，總想去探求，可以看出她的好奇，雖然她探求的結果往往是失敗的。失敗能給這樣的人有什麼教訓嗎？也不盡然，她的性格既然栽了深厚的這種根，無論如何是去不掉的。而屢次的失敗，反而會形成她的另一些以前沒有的性格。[27]

26　《婚姻的故事》（台北：遊目族文化事業公司，2000），頁 60-61。
27　同上，頁 76。

林海音完全不用道德（不論是新的、還是舊的）去批評芳和瓊，而只是分析她們的個性和生活環境，找出她們行為的軌跡，甚至預測她們未來的發展。用現代術語來說，她們在男權社會下依自己的個性發展自己的行為，任何人都沒有資格以男權社會的道德去批判她們。她們為自己選擇自己的行為，是值得「敬佩」的。

　林海音這種迥不猶人的「女性觀點」，導致一種奇特的現象：她可以把相互充滿敵意的婆婆和姨娘同時都描寫的很生動，她自己也同時喜歡她們兩人，並且同時尊敬她們、憐惜她們。在〈婚姻的故事〉裡，有大篇幅的描繪婆婆的段落。受迫於傳統社會倫理，不得不容忍丈夫娶姨太太的婆婆，其實內心頗為不平，於是作出種種可笑、可憐、亦復可愛的小動作。對此，林海音評論道：

> 不錯，就拿娶姨太太說，我們這一代的婦女，就想像不出我們的上一代的婦女，怎麼能夠忍受丈夫的那種行為。有人認為一定和丈夫沒有愛情，才能忍受除自己之外再容納另一個女人。這話不太對，我以為她們忍受的是環境和當時社會的傳統，而不是真正不對丈夫再有愛情。我的婆婆雖然依了當時的環境和她的觀念，接受了另一個女人——姨娘，共同走進丈夫的心房，占據了一處地方。但是她內心中，並不是真的那樣大方。丈夫的心不像別的東西，不能隨便施捨給別人，婆婆是舊時代的女人，但是愛情是獨占的，古今一樣。[28]

〈難忘的姨娘〉（1963）這篇散文則是專為公公的姨太太而寫的。姨娘出身於沒落的旗人家庭，淪落為坤伶，十八歲就跟了幾乎可以當她爺爺的人。她雖然得到丈夫的寵愛，但卻受到大老婆及其九個兒女的冷淡的拒斥。雖然她極力忍耐、努力遷就，仍然無法被視為這一大家庭的一分子，只好終日與小貓為伴，把小貓當作她的孩子。對她的一生，林海音總結的說：

28　同上，頁27。

> 公公比姨娘大了將近三十歲。她一生跟著公公，想叫婆婆做姊姊，想立
> 婆婆的兒子做兒子，何嘗不是想生為夏家人，死為夏家鬼呢？然而她從
> 十八歲姓了夏以後，幾十年了，似乎也沒得到什麼。我想，最真實的，
> 還是得到公公對她全心的愛吧？[29]

對林海音來講，婆婆和姨娘的命運都是舊社會造成的，她以理智而體貼的眼光
看待她們種種的作為，了解她們，憐惜她們。她對這樣的女性，當然充滿「敬
意」。

因此，我個人以為，林海音描寫女性最為成功的作品，並不是那些較常被
提到的短篇小說，如〈金鯉魚的百襉裙〉、〈燭〉、〈燭芯〉、〈殉〉等，而
是以類似於她自己的角色在旁邊觀察、敘述的故事，或者乾脆是回憶式的散
文。前面所提到的〈母親的秘密〉、〈陽光〉、〈婚姻的故事〉、〈難忘的姨
娘〉，都是這種類型的作品。此外還有《城南舊事》中的〈蘭姨娘〉，以及很
少人提到的〈吹簫的人〉（1959）、〈海淀姑娘順子〉（1974）等。在這些作品
中林海音或作為她的替身的敘述者，可以從容描寫她的觀察、她對於主要角色
的體諒、同情或敬佩、憐惜、甚至還發些評論。這些都足以顯示，林海音看似
平實、溫情的女性觀，其實是高人一等的。這些表現出來的總總的態度與情
懷，是她的女性故事所以特別感人的主要因素。

作為關懷、尊重每個個體生命的「自由人文主義者」的林海音，或許可以
用〈地壇樂園〉（1962）這一篇作品來總結她的藝術傾向與特質。

原先由文星書店於一九六三年出版的《婚姻的故事》包含四篇作品，都寫
於六○年代初，是緊接著《城南舊事》而出現的。這些作品可以算是《城南舊
事》的餘波，因為也都是回憶老北平的。但這幾篇，與其說是小說，還不如說
是散文。在我看來，本書的藝術價值可能僅次於《城南舊事》[30]。關於其中最

29　《我的京味兒回憶錄》（台北：遊目族文化事業公司，2000），頁 176。

30　跟《城南舊事》、《婚姻的故事》同時寫的，還有兩篇前面已提及的散文〈吹簫的人〉

長的一篇〈婚姻的故事〉，前節已多次引述，這裡所要討論的〈地壇樂園〉我以為是全書最好的一篇。

所謂「樂園」，其實是指位於地壇內的瘋人院，本篇的內容敘述的就是林海音年輕時某一次參觀瘋人院的經歷。在這一次的參觀過程中，林海音對一些人物與場景留下深刻的印象。

她看到一個穿粗布褲褂的老頭，在一片草地上悠閒地放羊，見到人即很和氣問候：「來啦！」「好哇！」後來才知道，他原來是鄉下農夫，已成名醫的兒子把他接到北京，他完全不能適應，發瘋了。現在他已恢復，就留在地壇放羊，他喜歡這種生活，兒子也不敢再接他回城區了。

她看到兩個少女比手劃腳聊天，似乎很融洽，一點也不像病人。仔細一聽才發現她們各說各話，彼此全不搭調。她又被一個病人（鄧太太）喊做「三姑」，一再叮嚀她要幫她照顧孩子。原來這個病人備受公婆大姑小姑的虐待，所以發瘋。現在雖然好多了，但回去環境不變，仍會復發，所以只好一直留在病院中。

她被一個非常盡責的管理員領導參觀，又看到一個身穿醫生白外套的女職員。後來聽王股長講才知道，女職員原來是個大學生，被情人拋棄，發瘋了。來這裡調養好以後，跟那個只有小學畢業的管理員結婚，並且留在醫院工作，生活非常幸福。

在這篇回憶文章的結尾，林海音是這樣寫的：

> 黃昏離開地壇，車子馳向北平城裡，回到我們的社會來，我們的家庭來。晚飯早已擺在桌上了。媽做了兩樣我愛吃的菜，大蔥爆羊肉、芝麻醬拌菠菜梗，可是，我沒有胃口！我一回家就先洗澡，洗去一身灰塵和

（收入遊目族版《寫在風中》）和〈難忘的姨娘〉。較晚創作的回憶式的「記事」〈海淀姑娘順子〉（收入遊目族版《婚姻的故事》），是一篇非常感人的作品。50 年代末、60 年代初，林海音這些從回憶中提煉出來的作品，是她一生創作的高潮。

疲勞，可是我總覺得我沒洗乾淨，彷彿從地壇帶來了什麼洗不掉的東西。家人要我講述所見所聞，我講是講了，飯可吃不下了，兩條胳膊也老覺得肉麻。真有點神經過敏啦！

此兩三天，我都不太吃得下飯，祇要閒著，腦子裡就搖晃出地壇的景象來。

這麼許多年過去了，地壇的景色、當時的同行者，差不多都記不起來了，但是祇要我想到這件事，想到我曾經有一年去參觀地壇瘋人院，我的眼前就不由得浮起了——荒草園裡放羊的老頭兒安詳可親的面容；充滿了母愛的關切的鄧太太，和那一聲「三姑」使我蟇然回頭；飄然而逝的白色的身影，和她微笑的凝視……

而且，和他們的面容一齊浮向我的腦際的是王股長的話：「我寧願說我們的地壇是樂園呢！」

從那以後，我長了那麼多年歲了，我仍不能確切的說出人生怎樣才是真正的快樂，或者，我們是否真正的快樂過。[31]

林海音在地壇瘋人院看到許許多多人世的苦難，但反諷的是，這些在外面世界飽受折磨的人，卻在瘋人院得到紓解，痊癒之後甚至不願離開。瘋人院之所成為「樂園」，不正反襯了人間實際上是一個大「煉獄」。這樣的思索，最鮮明的表現了林海音作為一個關懷每一個具體生命的「人文主義者」的特質。

現在大家可能已經忘記了，五〇年代的台灣其實是個表面平靜、但內部危機四伏的社會。原來住在台灣的人，正在忍受、並從而不得不接受一個他們並不喜歡的統治者；而從大陸遷來的兩百萬人也還沒有完全安定下來，台灣的「安全」只有在美國第七艦隊協防台灣海峽以後才得到保證。從一九四九年開始，國民黨大規模的整肅潛藏於台灣的各種反對者、特別是親共的人。這一白色恐怖的高潮一直持續到一九五三年，但此後好幾年，人們仍然生活在隨時可

---

31 《婚姻的故事》，頁 194。

能被秘密逮捕的恐懼中。在這種軍事統治的氣氛中，文學的空間其實很有限，遠遠不能表達當時人們的所見所聞、所思所感。

　　從這個背景來閱讀林海音的作品，可以說，她已盡了最大的可能來表達她對人世的許多關懷。她本人是樂觀的，她的家庭生活極其幸福，她們的經濟狀況非常穩定。正因為這樣，更襯托出她多方面關懷的難能可貴。考慮到這些情況，再綜合觀察她當時所寫的許多作品，我覺得我們應該認真的對她進行「再評價」。現在我傾向於認為，林海音是五〇年代台灣最重要的一位作家。

　　2003 年 11 月，發表於戰後初期台灣文學與思潮國際學術研討會（東海大學中文系主辦）

方思初探
──其淵源及其詩中的「自我」

一

　　偶然跟幾個學現代文學的學生提起方思，他們的反應都很一致：方思是誰？沒聽過。這讓我極感意外。六〇年代我們讀大學的時候，凡對現代詩有興趣的，沒有不知道方思的，沒有不讀他的〈港〉的。我很幸運，還從台大圖書館「挖」到他的詩集《時間》、《夜》，以及他選譯的里爾克詩《時間之書》。從那時到現在，相差也還不到三十年，「世界」竟變得這麼快，方思幾乎被遺忘了。這讓我有點不平，於是決定為他寫一篇文章。

　　方思是五〇年代台灣現代詩運動發軔期的主要推動者之一，其重要性可能僅次於揭舉「現代派」大旗的紀弦。一九五三年他的第一本詩集《時間》出版的時候，余光中還在寫「豆腐乾」體，覃子豪也還沒有完全擺脫新月派的影響。五八年他的停筆之作《豎琴與長笛》發表時，《創世紀》詩刊還沒有「革新」，還沒有正式進入現代詩階段[1]。只要追蹤、比較五、六〇年代台灣幾位重要的現代詩人發展的軌跡，就可以發現，方思的腳步比其他人快多少。除了創作之外，方思還發表詩論與譯詩（包括里爾克與一些英、美詩人），「全方位」

1　《創世紀》創刊號於 1954 年 10 月出版，標榜「新詩的民族陣線，抓起新詩的時代思潮」，1959 年 4 月更改版式，出版第 11 期，才正式進入現代詩時期。

的鼓吹現代詩。

遺憾的是，除了以上所提到的三本詩集和一本譯詩集之外，方思已發表的其他詩作、詩論及譯詩到現在還沒有人加以搜集。同時，方思自赴美以後，即從現代詩壇消失，談論他的人日漸稀少，他自己又幾乎沒有留下關於他的生平及文學發展歷程的紀錄。因此，他的「早慧」及流星一閃式的現代詩運動的參與方式，可以說變成了台灣戰後現代詩史的一個小小的謎團。

為了寫這篇評論，我把方思成集的所有詩作（也不過四十八首）重讀一遍，除了重溫並檢驗以前的印象之外，又發現了一些「痕跡」。我覺得，從方思身上可以找到五〇年代台灣現代詩發軔期的一些值得關注的問題，有助於澄清戰後台灣詩史的一些模糊地帶。

二

最容易想到的一個問題是：方思「現代詩」的源頭在哪裡？當然，最簡單的回答是：里爾克。方思選譯里爾克的《時間之書》，他的第一本詩集取名《時間》，這就是「鐵證」。但方思自己卻說：

> 我曾譯介里爾克（R.M. Rilke），有些人遂以為我受里爾克影響甚深（因為他們看不太懂這位德語大詩人）。……今日我想順便告訴愛護我的讀者，我曾細讀傑弗士（Robinson Jaffers）的詩，現在仍頗愛好，相信此位詩人對我必有相當影響。（頁 197）[2]

方思當然不是否認他的詩作跟里爾克的關係，他是想告訴我們，他的「西方根源」絕不只限於里爾克。

---

[2] 《方思詩集》（台北：洪範書店，1980）。以下凡本文中直接標明頁數的，均出自本書。

當然，里爾克應該還是排在第一位。那麼，下一個問題也是很順暢就可以提出來了：方思受不受馮至影響。馮至譯過里爾克的詩、譯過里爾克《給一位青年詩人的十封信》[3]，並在里爾克的影響下寫了風行一時的《十四行集》，又反過來影響了四〇年代中國的現代派詩人（包括九葉派）。方思生於一九二五年，四九年是二十四歲。作為一個早熟的文學青年，他應該讀過《十四行集》，也應該讀過馮至譯的里爾克。

方思在五〇年代當然不敢提到馮至，因為馮至是「陷匪」作家，以當時的白色恐怖氣氛，一點也不難理解。不過，方思讀過馮至，卻是留下明顯痕跡的。方思寫過如下的詩句：

植根於泥土的，到泥土必須回歸（出處詳下）

這是傳誦一時的「名句」，而《十四行集》第二十一首則有下列的句子：

銅爐在嚮往深山的礦苗，
瓷壺在嚮往江邊的陶泥，
⋯⋯⋯⋯⋯
狂風把一切都吸入高空
暴雨把一切又淋入泥土。[4]

說方思的「名句」「脫胎」於馮至的「名作」，應該是合理的「懷疑」，如果又說，方思鍾情於里爾克，「也許」啟蒙於馮至，也應該不是無的放矢的

3　馮至所譯《給一位青年詩人的十封信》1931 年 10 月發表於《華北日報》，1938 年商務印書館出單行本。1936 年《新詩》1 卷 3 期為《里爾克逝世十周年特輯》，其中有馮至所譯六首詩及所撰〈里爾克——為十周年祭日作〉一文。
4　《馮至全集》第 1 卷（石家莊：河北教育出版社，1999），頁 236。

「推測」。

方思不只讀過馮至，也讀過一些三、四〇年代現代詩人的作品，這我至少「發現」了兩個「證據」。《豎琴與長笛》有句云：

> 植根於泥土的，到泥土必須回歸
> 這一角，永恆的中國
> 笛韻吹遍天涯
> 潮水湧自西方（頁 164）

試看戴望舒的〈我用殘損的手掌〉：

> 我用殘損的手掌
> 摸索這廣大的土地；
> 這一角已變成灰燼；
> 那一角只是血和泥；
> ………………
> 只有那遼遠的一角依然完整，
> ………………
> 因為只有那裡我們不像牲口一樣活，
> 螻蟻一樣死，……那裡，永恆的中國。[5]

戴望舒用了許多篇幅描寫「這一角」，再總結說「那裡，永恆的中國」，而方思則把「這一角」和「永恆的中國」直接連繫在一起，字句與意象的雷同那麼明顯，很難否認戴望舒的影響。

年青的方思讀過戴望舒，恐怕不會令人感到意外。令人意外的是，方思對

5　瘂弦編《戴望舒卷》（台北：洪範書店，1977），頁 76-78。

九葉詩人之一的穆旦似乎更為熟悉。試看下面兩首詩：

> 你的渴望禁閉在你豐滿的肉體裡
> 像盛結橘子的樹枝低低頭垂
> 每一顆果實都想脫落
> 春來即又茁長──啊，我悄悄步入
> 一個花園四季常綠，馥郁迷香
> 精神向外擴展而又將自己反鎖
> 在禁制的地域，多雨多霧
> 啊，振撲著希冀的雙翅，你恆向上！（方思・禁閉，頁37-38）

> 綠色的火焰在草上搖曳，
> 他渴求著擁抱你，花朵。
> 反抗著土地，花朵伸出來，
> 當暖風吹來了煩惱，或者歡樂。
> 如果你醒過來，推開窗子，
> 看這滿園的欲望多麼美麗。

> 藍天下，為永遠的謎迷惑著的
> 是我們二十歲的緊閉的肉體，
> 一如那泥土做成的鳥的歌，
> 你們被點燃，卻無處歸依。
> 啊，光，影，聲，色，都已經赤裸，
> 痛苦著，等待伸入新的組合。（穆旦・春）[6]

6　《穆旦詩全集》（北京：中國文學出版社，1996），頁145。

　　在穆旦的〈春〉裡，滿園的花朵是欲望的呈現，而不能滿足的生命則以「二十歲緊閉的肉體」作為意象的表徵。方思直接以這一核心意象「禁閉」作為詩題，並在第一行「你的渴望禁閉在你豐滿的肉體裡」就加以破題，然後把「花朵」的意象改換為「果實」，並由這裡加以發展。當然，他跟穆旦一樣，都設想了一個花園。結尾各有特色：穆旦期待著欲望逼迫而成的自我的變化，而方思則是「你恆向上」的提昇。方思的〈禁閉〉是《時間》一集中最完美的詩作之一，但誰也不能否認〈禁閉〉對穆旦的〈春〉的「奪胎換骨」。當然，「奪換」以後，方思自成面目，並不待於穆旦，這也應該加以承認。

　　方思與穆旦的關係，下一節還要加以詳論。不過，以上的例子已足以指明，方思是熟知穆旦的詩作的。而且，從這一個例子，再加上前面所舉方思對馮至與戴望舒的「借用」，就更加可以看出，方思在他的現代詩的發展過程中，是相當擅長借用別人加以改造，以成就自我面目。作為總結性的例證，我想再提出我的另一個意外的「發現」。

　　方思的〈美德〉可能是《時間》一集裡最被傳誦的作品，其詩如下：

　　　　啊，豐蘊夜晚的芬芳與白晝的明朗
　　　　這日子啊，這樣的涼爽，柔和，寧謐
　　　　薔薇驕傲地站著——
　　　　清純的露珠，滴淚罷，為薔薇滴淚
　　　　——在這充滿這樣的日子的春季——
　　　　因為她必要死亡。

　　　　植根於泥土的，到泥土必須回歸
　　　　我們站在墳塋中散耀光輝
　　　　白晝走向黃昏，黑夜恐懼黎明
　　　　這是萬有的原始——深深呼吸
　　　　含淚的笑眼哪，深深呼吸那芬芳罷：

因為一切必要死亡。（頁49-50）

第二節首行脫胎於馮至的名句就是出自這一首詩（後來方思在《豎琴與長笛》中又再次使用）。不過，這一首詩，最令人驚訝的是：第一節幾乎完全襲用十七世紀英國玄學詩人赫伯特（George Herbert, 1591-1674）的名作〈美德〉（Virtue），連題目都相同：

美好的白天，如此清爽、寧靜、明朗，
那是天空和大地的婚禮：
但露水像淚珠將哭泣你落進黑夜的魔掌，
因為你有逃不脫的死期。

芬芳的玫瑰，色澤緋紅，光華燦爛，
逼得痴情的賞花人拭淚傷心；
你的根兒總是扎在那墳墓中間，
你總逃不脫死亡的邀請。

美好的春天，充滿美好的白天和玫瑰，
說像盒子裡裝滿了千百種馨香；
我的詩歌表明你終會有個結尾，
世間萬物都逃不脫死亡。

只有一顆美好而聖潔的心靈，
像風乾的木料永不變形；
即使到世界末日，一切化為灰燼，

美德，依然萬古常青。（何功杰譯）[7]

方思首節前兩行，分別襲用赫伯特原作第三節第一行和第一節第一行。第三、四行綜合赫伯特第二節前兩行和第一節第三行改造而成，不過，方思「薔薇驕傲地站著」一句顯然別具創意，使得他的詩作的味道有別於赫伯特。末行「因為她必要死亡」當然也是沿用原作的前三節末行，但方思的句式較短截，跟「薔薇驕傲地站著」的「倔強」相配合，更加強了方思獨自的風格。

到了第二節，方思差不多完全擺脫原詩重作，首行脫胎於馮至（前已提及），第二行仍然襲用原詩第二節第三行，但造句更緊湊有力，幾乎青出於藍。後面四行差不多全是方思的調子，與原作的末節迥不相侔。詩味既已全變，我們當然不能說方思是「抄襲」的。至少，我們必須承認，這是極有創意的「剽奪」。

從〈禁閉〉的〈春〉，以及兩首〈美德〉的比較，可以非常清楚看出，方思如何在學習過程中，藉用「奪脫換骨」式的方法，慢慢地摸索與創造，終至於找到自己的藝術風貌。遺憾的是，我個人限於客觀環境，較晚接觸四〇年代的現代詩人，因此還不能完全釐清方思與那些詩人的全部關係。同時，由於資料極度缺乏，我們對方思與西方現代詩的傳承關係也只能窺測到一鱗半爪。不過，就以上所指出的例子已足以表明，方思在創造他的「現代詩」時大致是何所憑藉的。方思如此，我相信五、六〇年代台灣著名的現代詩人也可能如此。因此，我相信，如果不把他們每一個人的來龍去脈「摸清楚」，我們就不能說，我們已掌握了五〇年代台灣現代詩運動的「真相」[8]。

7　王佐良編《英國詩選》（上海：上海譯文出版社，1988），頁106。

8　一般流傳的說法是：瘂弦學何其芳，鄭愁予學辛笛，楊喚學綠原，這些（及其他）都有待詳盡的考索。

三

上一節所講的方思「奪胎換骨」的例子，都是出自他的第一本詩集《時間》（1953）。《時間》反映了方思在學習中成長的痕跡。雖然集中的〈禁閉〉與〈美德〉可謂完美之作，但由於「借用」之處甚多，不能算是方思已完成自我面貌的作品。

個人以為，方思在第二本詩集《夜》（1955）才算真正找到了自己的路。《夜》集二十五首詩，並非篇篇佳作，但分別以〈島〉和〈夜〉為首詩的兩組（整部詩集共分五組），卻可以代表方思詩藝的高峰。我想先從兩組中各選一首加以討論，藉以「界定」方思現代詩風的特質，接著再進入本節所關懷的重點——現代詩中的「自我」問題。

〈島〉那一組詩中，以〈生長〉一詩為最佳，其詩如下：

看，一株樹生長在我的心中，我的體中
啊，看，牠生長，欣欣向榮，雖然未沐于
一絲和暖的日光，未浸于一滴的溫潤的雨露
看，牠伸展牠的枝幹，就如你的纖長的身軀
閃爍青翠的葉子，就如你的回眸一笑
就如軟暖柔和的你，牠依然在我的心上，我的體上

啊，讓痛苦生根，成長，就像一株樹
讓牠開花，粉白似你的雙頰，讓牠結果
滑潤似你的肌膚，啊，讓痛苦生長
在我的心中，我的體中，就似一株樹，緊貼在我的心上，體上
你可以觸撫，以你的溫軟的手，就似你伸入我的袖口
你可以聞牠的氣息，以你的膩潤的嘴唇……

> 唉，祇在那時我才能不感覺痛苦，我才能
>
> 適應了痛苦，這深深的剜心割膚的痛苦
>
> 當這樹緊貼在我的心我的體生長了；因為
>
> 我就是痛苦（頁 75-77）

〈生長〉可以說是前節所述〈禁閉〉一詩的更為深刻的變奏。在〈禁閉〉裡，「渴望禁閉在你的肉體裡」，而在這裡，渴望找到了一個對象，你——纖長的身軀、軟暖柔和的你。但是，渴望不能獲得滿足，於是，這一誘惑人的對象內化到我的心上、體上，不斷的成長，讓我成了以痛苦鑄身的一株樹。在這首詩裡，樹、生長、我的體我的心、你、痛苦這幾個關鍵意象和字眼不斷重複、不斷重組，形成有機的、有節奏的統一體。

當然，我們可以說，這是一首情詩，但還是可以說，這是一首有關「自我」的詩。愛情與青春的自我本是一體的兩面。在〈禁閉〉裡，「自我」因期盼的對象之具體豐美而又不可觸撫，表現為痛苦的不斷生長，因而更為赤裸的呈現出來。從〈禁閉〉到〈生長〉，方思就以他獨特的、具現實感的方式，重塑了現代詩常見的重要主題之一，也就是，孤獨的自我。

但是，方思所重塑的「現代自我」並不只如此而已。我們再來看他另一首成熟的詩作，〈夜〉：

> 你的眼閃爍如樹的葉子
>
> 秋日瀟灑的白楊，童年懷抱至今的畫題
>
> 經過深晴的夜空，星星閃爍如你的眼睛
>
> 初春默傳花香的秀柯，宇宙的支柱
>
> 召喚我，逗引我，誘惑我
>
> 這樹站在我所站的地方，穹蒼是閃爍閃爍又深暗深暗的覆蓋
>
> 在陰影裡我站著，充滿寧靜與感謝

在這暗得深沈而又耀眼如錦緞的圓弧中

我探求這黑色的神秘

　　就像緊裹在女郎身段的衣裳，冷風吹來，儀態萬方

　　就像掩映著剪碎碧空的鳳凰木的池，止水不波，蔭影卻光可鑑人

在這靜而流動的宇宙中我探求這黑色的神秘

閃爍閃爍的是星星？是你的眼睛

風吹來，深暗的覆蓋依舊，閃爍的黑色依舊

音樂飄來，深暗的覆蓋依舊，閃爍的黑色依舊

迷魅的香氣搖曳而來，深暗的覆蓋依舊，閃爍的黑色依舊

我仰望穹蒼，我心掩映在閃爍的黑色裡

啊，深暗的覆蓋，探求神秘的我；你是我宇宙的支柱，我的宇宙

（頁 125-127）

在這首詩裡，「我」所渴望的對象，已不再具有強烈的感官性，變得更神秘。在橫亘全詩的「夜」的意象的籠罩下，其神祕的「美」變得更抽象、更崇高。而「我」，由於嚮往、歸依這一絕對的，神秘的美，終於找到了「支柱」、找到了「宇宙」。孤獨的現代自我因愛情而得救（或者可以說，因愛情而找到避風港），這一主題，在方思這一首詩中，以夜的神秘化加以渲染，因而極富個人色彩。方思在另一首四行短詩〈黑色〉中，更精鍊的表達這一自我向暗黑的神秘歸依的主題：

在黑色的蔭影中看自己的影子

蔭影輕擺于黑色的水中

這樣看自己的影子是足夠的清楚

這是好的；我是千年熾火凝成的一顆黑水晶（頁 71）

我們可以說，〈生長〉中渴望不能得到滿足而不斷生長的痛苦，在全然的暗黑中經熾火凝鍊，反而更加看清自我，並把愛情的渴望昇華為對神秘美的歸依，這就是方思對自我的拯救所暫時求得的解決之道。這種感情的歷程，〈黑色〉與〈夜〉二詩作了精采動人的呈現，足以代表方思詩藝的成就。

熟悉西方現代詩歌傳統的方思，一定深切了解現代詩中「自我」問題的重要，也一定對「自我」與「愛情」的關係深有體會。不過，我以為他在詩作中所以對這一主題作出自己的貢獻，恐怕多少還要歸功於穆旦對他的啟示。現在我們就可以回到上節並未處理完的他和穆旦的傳承問題上來。

方思的《時間》裡有這樣一首詩：

陽光偃臥在廊下，以及明朗的陰影

天空藍得透明，草葉綠得沈默

啊，春已來臨此地

大地重又回暖

靜，這樣靜

這世界坦露於我的面前

靜靜地引誘我，等待我

·················

每一事物顯得，啊，這樣的熟悉

而又這樣的奇異

每一新的事物是舊的，而

每一舊的事物是新的

春夏秋冬，時序循環

刻刻變得豐富，更為豐富這世界之心

我的心呢，啊，像一雙明朗的眼睛

汩汩的含淚，刻刻盈滿，更為盈滿（〈靜的十六行〉，頁41-42）

在這首詩裡，自然或世界使人變得豐富、盈滿是它的核心意念。類似的意念也常見於穆旦的詩作，如：

> 我和你談話，相信你，愛你，
> 這時候就聽見我底主暗笑，
> 不斷地他添來另外的你我，
> 使我們豐富而且危險。（詩八首之二）

>   啊上帝！
> 在犬牙的甬道中讓我們反復
> 行進，讓我們相信你句句的紊亂
> 是一個真理。而我們是皈依的，
> 你給我們豐富，和豐富的痛苦。（出發）[9]

　　當然，我們可以看得出來，穆旦的「豐富」的意象表達更為複雜的意思：人在自然與世界中成長，受到磨鍊，體驗到痛苦，更深刻的了解人性和自己，因而「豐富」起來。穆旦在〈詩八首〉之五一詩中說：

> 夕陽西下，一陣微風吹拂著田野，
> 是那麼久的原因在這裡積累。
> 那移動了景物的移動我的心
> 從最古老的開端流向你，安睡。
>
> 那形成了樹林和屹立的岩石的，
> 將使我此時的渴望永存，

9　《穆旦詩全集》頁 146-147、150-151。

> 一切在它底過程中流露的美
> 教我愛你的方法，教我變更。[10]

　　這首詩的主題可以這樣說：大自然在「它的過程中流露的美」，「移動我的心」，教我愛你，教我變更，因此也就讓我「豐富」起來。我們如果把這首詩和方思〈靜的十六行〉加以比較細讀，就可以發現兩者之間的連繫。譬如，在前半，方思談到春的降臨，說：

> 這世界坦露於我的面前
> 靜靜地引誘我，等待我

　　這就類似「那移動了景物的移動我的心」的另一種「翻譯」。接下去，方思談到事物既熟悉、又奇異，新的是舊的，舊的也是新的，關於這層意思，穆旦也常說，如：

> 水流山石間沈淀下你我，
> 而我們成長，在死底子宮裡。
> 在年數的可能裡一個變形的生命
> 永遠不能完成他自己。[11]

當然，穆旦強調的是，人在自然和世界裡的成長，是「永遠不能完成」，因此也是不可測的，這和方思所得到的「盈滿」頗有差異。

　　穆旦四〇年代的詩作主要處理「自我」在成長中的困惑與痛苦，這既來自

10　同上，頁148。

11　同上，頁146。

青春期的煩惱,也來自中國混亂的現實[12],他的「現代詩」是現代主義和社會現實的一種奇異的結合。方思在五〇年代寫他的現代詩時,他基本上不涉及社會現實,而較集中於青春期「自我」定位的困惱。這種困惱,因愛情得不到滿足而赤裸裸的表現出來,如〈生長〉一詩所寫的。但他又把愛情「提昇」,使得愛情和一種夜的神秘結合,從而使得「自我」在這一成長歷程中得到一種奇特的豐盈。方思的這一「自我」顯然不同於穆旦所塑造的。不過,我以為,方思在他的創作的探索過程中,無疑受到穆旦極大的啟示。

方思在五〇年代的台灣現代詩運動中,是一個奇特的「早熟」的例子,有些突兀而不可解,本文只是一個初步的探索,希望為這一現象提供一點解釋。不足之處,只好等待異日來加強了。[13]

淡江大學《中文學報》第 9 期,2003 年 12 月

---

12 關於穆旦詩中的「自我」,本人另有〈四十年代的現代詩人穆旦〉一文(收入《文學經典與文化認同》,台北:九歌出版社,1995)討論,請參閱。

13 方思第三本詩集《豎琴與長笛》,只是一首長詩,但這詩更為成熟,代表方思詩藝的最高成就。在這詩裡,「自我」由困惱而達和諧。這首詩我目前尚未「讀透」,不敢詳論。

青春期的壓抑與「自我」的挫傷
——一九六〇年代台灣現代主義文學的反思

　　一九四〇年代，西方的現代主義文學曾分別引進大陸和台灣文壇。一九四九年十月，中華人民共和國建立以後，這一文學潮流在大陸消聲匿跡了近三十年。同一年年底，國民黨在台灣實施戒嚴，大舉整肅島內的異己分子，全力推動反共文藝，台灣的文學氣氛也歸於一統。

　　一九五六年紀弦宣佈成立現代派、夏濟安創辦《文學雜誌》，這一時間點可以作為現代主義重新引介到台灣的開端。經過幾次論戰，現代主義在一九五〇年代末已在台灣立定腳跟，並在六〇年代蓬勃發展。目前學界已習慣將一九六〇年代的台灣文學稱之為現代主義文學時期。

　　本文所擬討論的主題是：這一段時期內（約 1956-1970）台灣的知識青年在文學作品內呈現了什麼樣的心理狀態？這一心理狀態的形成和當時台灣的政治、社會環境具有怎麼樣的關係？現代主義文學的表現形態又如何和這種心理狀態結合，形成一種獨特的「台灣式」的現代主義文學？本文最終所關懷的是：在冷戰結構下，西方現代主義文學的引介和某一落後地區（或國家）的特殊政治、社會條件之間的互動關係。個人認為，冷戰結構下的所謂國際文化交流，其實是當時國際政治運作下、雖然極為隱蔽、然而卻還是可以察知的一環。

一

一九五〇年代台灣著名的現代詩人方思寫過這樣一首詩：

> 你的渴望禁閉在你豐滿的肉體裡
>
> 像盛結橘子的樹枝低低頭垂
>
> 每一顆果實都想脫落
>
> 春來即又茁長——啊，我悄悄步入
>
> 一個花園四季常綠，馥郁迷香
>
> 精神向外擴展而又將自己反鎖
>
> 在禁制的地域，多雨多霧
>
> 啊，振撲著希冀的雙翅，你恆向上！[1]

很明顯這裡表達的是，青春期的性渴望。這種渴望只能「禁閉」在「豐滿的肉體裡」，是不能「實現」的。在此情形下，渴望轉化成「精神性」的，它不斷的「向外擴展」，但形體上的真實的自己，卻被「反鎖在禁制的地域」。這是一種難以化解的矛盾：被「禁閉」的肉體與「振撲著雙翅」的精神的對立與緊張。我認為，方思這首詩「典型」地表達了當時知識青年的心理困境[2]。

　　稍後發表的王文興的短篇小說〈大地之歌〉（《現代文學》6 期，1961 年 1 月）描寫了一個知識青年在暗黑的咖啡廳偷窺一對情人的「親密場面」時的心情。這個青年躲在一個角落寫家書、讀書，不小心就看到了如下的場景：

1　《方思詩集》（台北：洪範書店，1980），頁 37-38。此詩原發表於《自立晚報·新詩週刊》52 期，1952 年 11 月 3 日。

2　〈禁閉〉一詩明顯模仿穆旦的〈春〉，請參看本書所收〈方思初探——其淵源及其詩中的「自我」〉一文，頁 21-35。穆旦的〈春〉結尾一句是「等待伸入新的組合」，對未來是有所期待的，而方思的〈禁閉〉卻是完全的封閉狀態，精神上顯然有所區別。

男子鬆開了她的手，捧住她的臉，繼續吻她。未幾，驀地將她摟進懷裡；
她的兩條手臂也從他的臂彎底下伸過來，抅住他的背，手指痙攣，蔻丹
的尖指甲摳進他的夾克。他的吻，頻頻跟雨點一樣落在她的嘴唇上。當
他鬆開了手臂，她有如暈厥過去，如失去知覺，撲倒在他身上，臉埋入
他的肩膀，混身抖顫……他的右手滑下來，沿著她的細腰，向上移，撫
摸她左邊的一隻乳房。她抽手打它，然而它繼續撫摸，進而又摸弄她的
另一隻乳房。她也不再抗拒。他的手突然落到她的腰部，探入她的紅毛
衣，朝上伸進去，恣意地活動。這時她一臉驚慌，使著力氣，把他推
開。他這次抽回手。她靠向沙發，兩手搗臉，抖得比剛才更要厲害。

這大概是我大學時代所看過可能最犯「禁忌」的文字。對於這位偷窺的青年，
小說中說，當他看到這一對情人進來時，「心裡曾經泛起一陣輕微的痛楚」；
當情人離開後，他「仰臉覷覷地凝望天花板；他的眼珠灼灼」[3]。這是一個孤
獨的、然而又充滿渴望的可憐的青年。

　　王文興的這篇小說在我讀過十多年之後，偶然和其他老同學聊天，才知道
有好幾位也讀過，可是大家當時都不好意思聲張，誰也不敢談論。可以說，在
兩性關係上，當時的台灣社會是非常保守而封閉的。

　　二十世紀五、六○年代台灣社會的保守性格跟台灣社會的性質和國民黨的
統治都有關係。日據時期，台灣社會雖開始現代化，但主要還限於少數都會
區，整個農村都還保留傳統形態。同時，國民黨宣稱，「共匪」破壞中國文
化，所以我們就要「維護傳統文化」。國民黨宣揚「禮義廉恥」、「四維八
德」，完全是傳統道德那一套[4]。學校教育管教非常嚴格，一直到高中，台北

3　以上三處引文分別見王文興《十五篇小說》（台北：洪範書店，1979），頁54、55。

4　國民黨的性道德是非常保守的，女作家郭良蕙《心鎖》因涉及感情上的亂倫，書被禁，
　　作者被開除「中國文藝作家協會」會籍。瓊瑤的第一部小說《窗外》描寫師生之戀，也
　　引起一些風波。

都還是男、女分校（小學是男、女同校而分班；其他地區視學校大小而調整）。

國民黨實行土地改革後，台灣社會逐漸現代化，各級學校不斷成長，當時的高中生，人數已遠勝過日據時代。在六○年代中期，約有 20% 以上的高中生可以進入大學，如果把專科學校列入，人數更為可觀。這樣，就有一大批大專知識青年每天都要面對同年齡層的異性。如果在傳統農村，這些青年早就結婚了，現在，他們還需要求學，因此就不得不面對以前的青年從未想見過的青春期苦惱，這是台灣社會的大轉型期。

當時的教育觀念已經相當西化，理論上講，大專以上是可以「自由戀愛」的。不過，由於高中之前管教非常嚴格，很少人有跟異性交往的經驗，到了大學誰也不知道要如何「戀愛」法。舉例來說，我們大學班上六個男生，除了我不敢「追女生」外，其他五個都傷痕累累。我一個高中同學戀愛失敗後，曾感歎說，他「飽讀詩書」，但就是無法了解女生在想什麼？我們就像面對另一種「生物」一樣，完全不知道「女生」到底是什麼樣一種人。（我無法談論當時的「女生」，理由很容易了解，但有一點當時我就知道了：女生比我們成熟多了。）

但是，這就更加強了「男生」對「女生」的興趣。除了王文興之外，在陳映真、七等生的小說中，隨處可以見到他們對異性的「注意」。譬如，陳映真的第一篇小說〈麵攤〉（《筆匯》1 卷 5 期，1959 年 9 月），明明是寫警察取締攤販，卻出現了這樣兩段：

> 櫃台上的兩個人都不約而同地注視著媽媽。正是那個寫字的警官有男人所少有的一對大大的眼睛，困倦而深情的。媽媽低下頭，一邊扣上胸口的鈕釦，把孩子抱得很緊。
> 汽車的燈光偶而掃過坐在陰暗裡的母子，女人下意識地拉好裙子，摸摸胸口的鈕釦是否扣好。年輕的警官滿意地直起身來，開始拿起他的皮夾。5

---

5 《我的弟弟康雄》（台北：洪範書店，2001），頁 7。

這是一個貧困的攤販家庭,而陳映真卻把媽媽寫得有一些「挑逗性」。有一個學生問我,陳映真為什麼要這樣寫,有必要嗎?我只能苦笑,不好告訴她「真相」。

至於七等生,那就更多了,且舉一個例子。在《精神病患》（1967 年發表）裡,病人剛進入醫院,就注意到一位護士:

> 她站起來,我才驚異她有個高大豐滿類似丘時梅女教師的身材,整個身軀裹在一套素白的制服的束縛中。掩蓋她全部髮絲的頭巾下面是一張無比端莊的漂亮面孔,我對她的面孔凝望時,正迎著她那雙美麗晶亮的黑色眼睛,我意識到她不高興我對她注視時的表情。[6]

從後面的故事可以知道,主角到偏僻小鎮教書時,正是因為對丘時梅女教師的迷戀,才產生了精神異常的現象。小說中對丘時梅的正面描寫雖不多見,卻讓人印象深刻。

類似上舉王文興、陳映真、七等生小說中的例子,我已讀過二十多年,但隨手就可以翻書找到,證明我當時也跟他們一樣「有問題」。

二

在這種封閉、保守的社會裡,傳統的男性由於不知如何與異性相處,尤其不知如何追求異性,受到挫折可以說是難免的,甚至是常常發生的。對於這些男性來說,「現代化」最切膚的感受是:傳統的男性「尊嚴」受到「自由戀愛」嚴酷的考驗,這種不自覺的「尊嚴」讓他無法、或者不知道「如何低聲下氣」的去「追女生」,或者「去討女性的歡心」。反過來說,這種尊嚴還很容易「受傷」,即使最識大體的女性讓她的「拒絕」儘可能淡化,很多男性還是

6　《精神病患》（台北:遠景出版公司,1986）,頁3。

受不了。更何況,女性也沒有多少經驗,由於她們的「不善處理」(最惡意的是把「情書」張貼出來),更讓男性感到「羞愧得無地自容」。當然,我們可以想像,在這種社會裡,女生絕對不敢追男生,萬一被傳開了,她的損失要遠大於男生十倍以上。

因此,我認為,在「傳統」與「現代化」之交,「自我」所以會成為一個最敏感的問題,關鍵就在這裡。當你面對「自由戀愛」時,你會發現,你的「自我」赤裸裸的暴露出來,時時刻刻都會受到挑戰。很多男生不敢追女生,其實是因為他們無法承受被拒絕時的「難堪」。極為快速的「移植」「自由戀愛」,對剛從傳統社會走進現代教育體系的男女青年來說,其實非常難以適應的(女生比男性還要嚴重),我到現在還保持這種看法。

二十世紀六〇年代的台灣小說,有不少作品觸及到這個敏感的「自我」問題。在〈玩具手槍〉(《現代文學》第1期,1960年3月)裡,王文興描寫了一位身體瘦弱、內向害羞的文學院大學生胡昭生。他參加了同學的生日聚會,卻在會中被一個粗線條的籃球隊員鍾學源所戲弄。鍾學源舉著玩具手槍對準他,而其他人則按住胡昭生,要他承認曾寫情書給某一女生,卻遭到女生嚴峻拒絕;如不承認,就開槍打他。胡昭生一直不肯承認,手槍連發五槍,都沒有子彈,到最後一槍時,胡昭生終於膽怯地承認了。其實第六槍還是沒有子彈。「受辱」的胡昭生趁大家不注意時,把玩具手槍裝滿六顆子彈,突然對準鍾學源,要鍾學源承認他跟女生「打過 kiss」。鍾學源看胡昭生臉色難看,立刻坦白,而且還說那個女生就是胡昭生寫情書的對象,胡昭生狼狽的奪門逃出。

這是一篇非常「殘酷」的小說,它以最極端的方式表現了胡昭生脆弱的自尊心,以及自尊心嚴重受損後那一種扼抑不住的報復心態。情節雖然有一點誇張,但卻深刻的觸及了「戀愛失敗」在內向的知識青年心中所造成的嚴重傷痕。

七等生較晚期一篇回憶學校生活的自傳性長篇小說《跳出學園的圍牆》(1976年出版),描寫了另一類型的「男生」──小說的主角及敘述者「我」。「我」追敘他對林美幸的迷戀,有這樣兩段文字:

你看到了林美幸,那個在「土宛」你最鍾情喜愛的鬼女生……你完全被她迷住了;而追她的人可真多,校內和校外總共不止一千個混蛋,所以她不會把我這個大混蛋看在眼裡;她很驕傲,是你所見的最驕傲的鬼女生……你知道我在那時,看到她的一刻,有什麼想法嗎……希望變成一隻「地鼠」鑽進泥地裡,不要讓瞧見你;假如讓她瞧見你,那麼她可真看不起你。

但是我相信,我只被林美幸一個人迷住,你只注視著她的影子,不讓她離開你的眼睛。你深吸了一口氣,在嘴巴裡發著悶音,歌唱「我的太陽」……你已把她奉為宗教的希望;只有她能撫癒你的傷痕。你說不出多麼愛她;你也說不出多麼看輕自己。[7]

在這兩段引文裡,「我」都提到自己多麼配不起林美幸。在女性面前,「自我」無法肯定自己,只能不斷的「自輕自賤」,這跟胡昭生由於「自我」嚴重受傷,因而變成一個「準惡魔」是不一樣的。

林懷民的中篇小說《蟬》(《現代文學》37-38 期,1969 年 3 月、7 月)把「自我」處理成第三種樣態。小說中的小范有敏感症,出門總要帶一些裝了各藥品的塑膠瓶子。他又有各種忌諱,譬如只敢在游泳池泡泡水,不敢下水游泳——小時候淹過水,讓他常常做惡夢。跟他在一起是非常麻煩的,因為他需要人照顧。不過,除此之外,他生性善良,很好相處。他常跟非常迷人的表姊陶之青一起活動,陶之青喜歡在別人面前無情的嘲笑他,而他似乎蠻喜歡陶之青的。陶之青的男友莊世桓幾次勸他,要他堅強起來。他們一起到溪頭度假,小范在眾人走後決定單獨留下。他想克服自己對水的懼怕,藉此磨鍊自我。他一個人在游泳池裡試著游一點,慢慢地練習著:

7　《跳出學園的圍牆》(台北:遠景出版公司,1986),頁 25、72。

> 坐了一陣子，他又跳下去，游一點，回來。坐一會，跳下去，游得更
> 遠。泅回頭，起來。下水。上岸。下水，愈游愈遠……整片潭水藍汪汪
> 的，抖著粼然金波，不見人影，只有從溯回碼頭、漂搖著水草的幾紋淡
> 淡的漣漪，才知道他還在游動著……8

就這樣，小范為了「磨鍊自我」終於溺斃了，而他的朋友都相信他是自殺的。在現實中，我也看到過大學男同學類似的經驗，譬如，一大早就起床跑操場好幾圈，好忘掉「失戀」的痛苦；或者每晚坐在圖書館最偏僻的角落苦讀，一直坐到圖書館熄燈為止。

除了「在異性面前的挫折」之外，對二十世紀六○年代的台灣知識青年來說，另一項「自我」的重大考驗來自於「大專聯考」。國民黨統治台灣不久，即在各級教育的考試中形成「聯考」制。小學考初中、初中考高中，均以地區為單位（如台北考區、高雄考區等），進行小規模的聯考。到了高中考大學時，即以全省為單位，進行大規模的聯考。每一次的淘汰率都很高（大學聯考淘汰百分之七十幾），因此社會不久即以聯考成績來衡量一個青年的價值。即使考上大學，社會一般也會以錄取成績來評定一個大學生的地位，譬如台灣大學第一，而台灣大學中，則理、工、醫第一，其次為法、商、外文，最次為外文系之外的文學院其他科系。因此，一般知識青年往往也以聯考成績來估量「自我」的價值，失敗者或成功者中的次等生不免產生強烈的自卑感，而這種自卑感又導致他在異性面前更加不能行動自如。王文興〈玩具手槍〉中的胡昭生是文學院的學生，七等生《跳出學園的圍牆》中的「我」，是專科系統的師範學校學生，而不是高一級的大學生，都是有其「堅實」的社會背景作為基礎的。聯考體制的「挫敗者」，在和異性交往時，由於他的「自卑情結」，也由於社會的「客觀評價」，常常是比較艱難的。

陳映真在一篇早期的小說〈家〉（《筆匯》1卷11期，1960年3月）中，描

8　《現代文學》38期，頁41。

寫了一個大學聯考的落榜者：

> 父親死後不久便趕上聯招考試，因此全村的人都在望著我──以一種我
> 所厭惡的善心，期待著一個發憤有為的青年，在喪父後的悲憤中，獲得
> 高中金榜的美談，好去訓勉他們的子弟們。然而我終于在全村中帶著可
> 惡的善心的凝視之前落了第，而後在一種熱病的狀態中離開了家。我對
> 媽媽說我要到台北補習。離家的前夜，全村便都傳著我的將負笈于台北
> 的事，似乎這一個次一等的故事，也聊以滿足他們那需求美談的欲望
> 了。9

聯考的成績是「全村」在「凝視」著的，類似舊時進士考試是否「金榜題
名」，它已經形成社會壓力，「自我」的價值只能依此來認定。

　　陳映真早期的小說常會出現挫敗青年的形象，部分原因即來自於他在教育
過程中的經驗。他在成功中學（台北市排名第三的中學）讀初三時，竟然「留
級」而延後一年畢業。高中考大學時，考上了淡江英專（他畢業時已改制為淡江
文理學院），成績不算好。在回顧這一段經歷時，他說：

> 那年（按，指 1956）夏天，他的養父病倒了，而後，終於在他瘦小的懷
> 中死去。本已並不富有的家，乃益發衰落……
>
> 一九五八年，從貧困的家中，帶著昂貴的學費，他到淡水當時的淡江英
> 專註冊，心情愁悒……10

9　《我的弟弟康雄》，頁 24-25。
10　〈後街〉，《陳映真散文集》（台北：洪範書店，2004），頁 54、55。〈後街〉原刊
　　《中國時報·人間刊》1993 年 12 月 19-23 日。

所以「心情愁悒」，除了養父突然病逝，家境陷入貧困之外，其實也因為淡江英專在當時還不是什麼「好」學校。在大學就讀期間，陳映真偶然認識尉天驄，在尉天驄主編的《筆匯》上連續發表十一篇小說，極為引人注目，交遊圈日漸廣闊，開始「喜悅地享受著因《筆匯》而逐漸開闊起來的動人的友情和文藝的網絡」[11]。應該說，到了這個時候，陳映真的「自我」才穩固地建立起來。此後，一直到一九六八年被捕，陳映真始終是台北青年文藝圈中極受矚目的人物之一。

現在再來看七等生。七等生的父親原是海邊一個小鎮的公務員，因個性的特異而在光復初期被人解除職務，從此全家陷入長期的貧困之中。因為家境的艱難，七等生不得不為了公費而進入台北師範就讀。很少人能夠了解五、六○年代師範生和大學生對比的辛酸。許許多多的師範生只不過因為家境的貧寒而不得不選擇公費，在資質上來講，他們並未輸給大學生，然而環境卻把他們的「次等」發展（相對於大學生的「頭等」）安排好了。身分的「卑微」，以及對於這種卑微的不甘，更加強了七等生在自我肯定上的艱難。

國民黨為了控制思想，在師範體系中以極保守而不合理的作風來培養未來的老師，這使得七等生苦悶至極，只好以一種滿不在乎的姿態來加以反叛。結果是，因此被勒令退學。以後雖然由於某一老師的講情而復學，但隨後卻又因另一老師的刁難，不得不重修某一主科，延遲一年畢業。這些遭遇，當然會在七等生敏感的心靈上留下深刻的印跡。他把自己的筆名取為「七等生」，就是對於自己社會地位苦澀的嘲諷。

七等生畢業後被分發到偏僻的九份礦區去當小學教員，遠離文明城市，前途渺茫，只能在孤獨之中面對那不可知的未來。這一段時期的經驗，成為七等生早期許多小說的題材。在回顧這一段日子時，七等生曾說：

當我年輕的時候，非常的寂寞和孤獨。那是十七年前，我年紀二十三歲

11　同上，頁 57。

時。已經在礦區九份當了兩年的小學教師，沒有異性朋友，沒有什麼值得安慰我心靈的事物。夏季我徘徊於山下瑞濱的海灘，赤裸地曝曬在波浪排向岸沿的岩石之間的小沙灣，或潛入清澈透藍的深水裡，探尋水草與游魚同伴。那時我的心在海洋上的空際鳴響著，想呼求什麼與我在這宇宙結合，但我很愚蠢，找不到方法將我獻出和迎取。[12]

這一段文字，生動而深刻的表現了七等生年輕時候的心境。

三

　　綜上所述，二十世紀五、六○年代台灣知識青年的兩大關懷點，是「戀愛」與「升學」，都是個人範圍內的事。如果拿這時期的小說來跟五四時期相比，其殊異之處即非常清楚。

　　五四時期的小說，「戀愛」也是熱門題材，但是，這裡的「戀愛」是和「個性解放」和反抗封建禮教緊密連繫在一起的。相反的，五、六○年代的台灣知識青年，面對青春期的壓抑，遠遠想不到現在熟知的「性解放」問題，因為整個社會還非常保守，而且誰也不敢正面挑戰國民黨一再強調的「維護傳統道德」。再進一步講，五四時期的自由戀愛，由於和個性解放、反封建、改造舊社會等更高的社會價值相結合，自然取得了某種道德上的合法性，那種戀愛的「自由」程度，絕對不是五、六○年代的台灣知識青年所能想像的。在當時的台灣，你不能只為了「性解放」而解放，而不再需要其他更高層次的理想來支撐。在那個時代，這是完全不可思議的。

　　五四時期的知識青年，也面對了嚴重的出路問題，但他們把這問題和中國社會的混亂（外國的侵略和傳統社會的解體）結合在一起看，所以，個人前途問題是和國家、民族的前途密不可分的。相反的，在五、六○年代的台灣，誰也不

---

12 〈我年輕的時候〉，《散步到黑橋》（台北：遠景出版公司，1986），頁245。

敢公開談論，這個社會存在著哪些不公正的現象，除非他準備坐政治牢。同時，政府會告訴你，國家已經為你鋪設了一條公正而平坦競爭道路（聯考），是你自己不夠努力，你還怪得了誰？如果你失敗了、落後了，你只能責怪自己有問題。

這樣，青春期的苦悶（這是大部分人都有的）以及聯考的挫敗（只有少數比例的優等生可以倖免），就只能自己孤獨的去面對，誰也幫不了忙。這樣的知識青年，他只能是「自我中心」的，並且也只能自己想辦法去發洩、去排遣、或者去「忍受」，這樣的青春期，是非常苦澀的。

如何「自我救贖」呢？對當時最敏感的知識青年來講，就只有靠文學與藝術了。七等生曾經這樣描述自己的創作理念：

> 假如作品不是提供一個新的世界，打擊自我的缺陷，哀傷生命的生存，利用一種比喻造成一種美，就會淪為紀事，僅只告訴了大眾曾經發生了那樣一件事而已。作品永遠是生活的提昇和變形物，一種對絕對的理想國的盼望，企圖折毀自囚的苦難生活，愛的幻滅。對人類產生啟示，誘導人類走向你的理想國和相信現在的生活是絕對的痛苦。作品有如宗教。其他一切，都是假的，想要混生活的玩意。[13]

「打擊自我的缺陷，哀傷生命的生存」，所以寫作是為了克服青春期生命的苦澀。寫出來的作品，不能「只告訴大眾曾經發生那一件事而已」，即不能只呈現青年在受什麼苦，那樣沒有意義。這就是說，寫作不能是「客觀呈現」，當然更不能在「客觀呈現」中蘊涵了社會批判，暗示著什麼樣的社會造成青年的困境。這樣的文學理念在當時是不能想像的。所以，寫作只能是「提供一個新的世界」，「利用一種比喻造成一種美」，作品「永遠是生活的提昇」，是

---

13 七等生寫給鍾肇政信中的一段話，見鍾肇政〈文學使徒七等生〉，七等生《白馬》（台北：遠景出版公司，1986），頁 6-7。

「對絕對的理想國的盼望」，可以「對人類產生啟示」。歸根到底來講，寫作是在追求美和理想的過程中，把自己從現實的苦難裡「救贖」出來。七等生是以這樣的「邏輯」接受、改造了西方的「現代主義美學」，以便為他，以及無數類似的青年，找到一條生活的解脫之道。

把陳映真對自己創作歷程的回顧和七等生加以對比，是非常有趣而具啟發性的。陳映真在二二八時看過一個外省商人被打倒在地，在白色恐怖時，經歷了級任老師及鄰居陸家姊姊被捕的震撼，並常常在台北火車站的告示牌上看到用猩紅的硃墨打著大勾的被處決的名字。他從生父的藏書中找到了魯迅的《吶喊》，他初三留級，高二時養父病逝，家境變得困窘，為了進入一所名氣不怎麼響亮的大學，他得繳納高昂的學費（如果考上公立大學，至少可以省掉四分之三）。大學時代，他開始從舊書攤偷偷搜購艾思奇、史諾、馬克思、列寧、毛澤東的著作，

> 在反共偵探和恐怖的天羅地網中，思想、知識和情感上日增的激進化，使他年輕的心中充滿著激忿、焦慮和孤獨。

他的青春的苦悶和七等生最大的差異是，他為這些苦悶找到了不滿的出口，但他只能把這一切緊緊地藏匿在胸中，藉著創作，

> 尋找千萬套瑰麗、奇幻而又神秘、詭異的戲服，去化粧他激烈的青春、夢想和憤怒、以及更其激進的孤獨和焦慮。

因此，創作對他來講，

> 像一場及時的、豐沛的雨水，使他因意識形態的烈日劇烈的炙烤而瀕裂的心智，得到了浸潤，使他既能保持對歷史唯物主義基本知識與原理的信從，又能對人類心靈最幽微複雜的存在，以及它所能噴發而出的創造

與審美的巨大能量，保持高度的敬畏、驚詫與喜悅……14

　　對比陳映真和七等生六〇年代的小說，就可以看到，他們都具有彌天蓋地的苦悶與孤獨，但在陳映真那裡，卻浸透了理想幻滅的痛苦和沈淪墮落的悔恨，而在七等生那裡，我們彷彿看到，一個孤寂的靈魂始終背負著「只屬於自己」的那副沈重的十字架。在六〇年代，陳映真和七等生各自擁有一群人數不是很多、但卻頗為「忠心耿耿」的讀者，其關鍵就在於，他們各自掌握了當時知識青年的某一心態。

　　從內容上看，當時的陳映真迷可以感受到他作品中的一種奇異的理想光芒（因其幻想性而更表現出其奇異性），卻無法分辨他思想的實質。因此，從表面上看，他的小說雖然迥異於七等生，卻仍然因其「幻想性」而與七等生有相通之處。七等生說，文學可以「對人類產生啟示」，陳映真說，文學可以窺見「人類心靈最幽微複雜的存在」，因為對於文學本質具有這種類似的看法，在一段時間內，人們把他們都視為六〇年代台灣現代主義小說的代表，可說是相當順理成章的。

　　這樣，我們就看到了，二十世紀五、六〇年代台灣知識青年在特定歷史時空中的特殊處境，被賦予了「人類存在」的高度，並以當時人所能了解的現代主義觀念，發展出一套獨特的「美學」。

　　作為當時知識青年心態的重要表達者之一，王文興的創作形態也值得加以分析。前面已經談過，王文興作品中生動地表達了男性青年對異性的興趣，以及在追求異性時的挫折感。但王文興仍然和陳映真、七等生一樣，不想只把這些題材「像曾經發生了那樣」如實的呈現出來。他的〈寒流〉（《現代文學》17期，1963 年 6 月），寫一個十三歲不到的小孩，開始感覺到異性的誘惑。除了極為注意女性的身體外，他非常著迷於一家商店櫥窗中的裸體女人彩色側像，並在筆記本中不斷的描繪。他開始夢遺，覺得自己極為可恥。為了抵抗這種

14　以上三處文字均引自〈後街〉，見《陳映真散文集》，頁 56-57。

「惡」，他不斷的磨鍊自己的意志。有一次為了避開那一商店，決定冒險走鐵路橋樑，不料卻碰到火車開上橋，他拼命地奔跑：

> 汽笛又叫了——似乎在他的後面，同時，他已能聽見合奏的輪聲。火車立即出現了，車頭的前額鑲了一門強力的照燈，直射向站立的地方。他立刻向前飛逃，兩腳一格一格地跳過空隙，他知道火車已經上橋了，他聽見背後的輪聲愈漸愈響，射出來的燈光愈漸愈亮。孩子遂在這獨眼怪獸之前亡命飛奔……15

這一段真是驚心動魄，好像火車頭這一「獨眼怪獸」就是那個「性」的惡魔的具體化。就這樣，「性」成為純真小孩不得不面對的「世界之惡」，瘦小的軀體無論如何也戰勝不了那頭「怪獸」。這真是一篇極為生動而又「怪異」的小說，讓人不知如何評論。（「性」怎麼會是「惡」呢？）在這裡，王文興把男孩的性誘惑經驗「形上化」了，一個「曾經發生了」的現實，變成了「象徵」。

　　但有不少時候王文興並不採取從現實到象徵的寫法，而是直接設計出「虛構」的人類寓言，企圖藉著這些寓言式的故事，表現人對命運的反抗，或者人對命運的無可奈何。裡面沒有「性」，也沒有現實的基礎，情節極其不合理，但那個特殊的個人的抗拒（或者抗拒的失敗）卻寫得頗為動人。以〈寒流〉及其他類似故事（如〈玩具手槍〉）作為參照點，即可了解其中奧妙。他不肯像陳映真、七等生那樣描寫知識青年的無力感，他要寫憤怒。但這憤怒無法在具體的社會情境中找故事，只好「虛構」。

　　所以，我認為，王文興的主角常常是一個極端自我中心的、暴烈的、對一切都極為不滿的反叛青年。他有反叛的情緒與意志，但他不了解，這樣的性格其實是來自社會對他所造成的無形的重大壓力。王文興本人沒有這樣的社會意識，他認為這是「人的命運」的問題。王文興作品中這樣的角色，和陳映真、

15　王文興《十五篇小說》，頁159。

七等生蒼白無力的少年剛好是互補的,他們同樣對現實無可奈何,也同樣把這一處境處理成「人類的基本境況」,並把它「崇高化」、「永恆化」了。

從陳映真、七等生、王文興的例子,可以看到,二十世紀五、六〇年代台灣現代主義文學的基本特質就是,把知識青年在面對保守、封閉、扼殺青春活力的巨大社會力的困境「哲學化」,把這些經驗看成是人的「存在處境」,或是人的命運問題。這樣,我們也就可以理解,當時台灣的現代詩為什麼那麼「哲理化」。現代詩和現代小說的區別在於:現代詩人只「抽象」的談論人的生存問題,不像小說那樣,至少要把這一問題的現實具體狀況多多少少加以描寫,因此,現代詩常常陷入無可理喻的意象的堆積上(這些堆積是為了呈現「命運」)。台灣現代詩的成就遠不如現代小說,我認為關鍵就在於,小說還多少對現實問題作了生動的描述。

四

陳映真早期一篇小說,叫〈蘋果樹〉(《筆匯》二卷 11、12 期合刊,1961 年 11 月),似乎很少受到注意。小說雜揉了現實與幻想,對當時知識分子的心態加以無情的嘲諷,值得分析。一個叫林武治的大學生,很想上藝術系,但由於能力不足,只撿到一個野雞大學的法律系。為了節省開支,他只能租住在貧民區的小閣樓裡,日子過得既懶散,又無聊。在一個暮春初夏的美好的黃昏裡,他坐在門前樹下彈吉他,邊彈邊唱,歌詞有這樣兩句:遠方的故鄉,「寒霜結在蘋果樹園／守園姑娘,依稀,依稀……」。他越唱越動情,不由得感歎說:「嗨,我說這株蘋果樹怎麼老不結果呢?」

圍繞在他周圍的小孩子,有一個不禁問道:「什麼是蘋果呢?」那時候台灣還不產蘋果,只能從日本或美國輸入,是貴得不得了的高級水果,除了大官和大商人,誰也吃不起,貧民區的小孩連聽都沒聽過。林武治咿唔了老半天:

「蘋果嗎？」他說，心疼起來：「告訴你們蘋果是什麼。蘋果就是⋯⋯
幸福罷。」他噤不能語了，對於自己的話詫異起來。然而，他想著：為
什麼不是呢？幸福！⋯⋯一盞燈火在他的眼睛裡亮了起來，他用全心靈
浸漬在他的信仰裡。[16]

那時候台灣還普遍貧窮，日子過得很苦，只有大學生才敢於「想望蘋果」，那
崇高、神聖、遙不可及的外國事物。「蘋果」既是理想（精神性），但也具有物
質性（現代化所追求的美好生活），連林武治自己都分不清。然而，這個在美麗
的黃昏充滿了激情幻想的青年人，卻知道閣樓上還住著房東發瘋了的妻子。那
天晚上，月光美好，滿懷幸福渴望的林武治不由得抱住這個妻子，並且「犯了
伊」。就這樣，林武治常在夜深時分，對著瘋婦人傾吐他的委屈。一天晚上，
瘋婦人突然出現光彩，並死於林武治懷中，林武治也就成為報紙穢聞的主角。

　　我認為，這是陳映真對當時不切實際、充滿幻想的台灣知識青年絕大的反
諷（而且，他一定也把自己包括在內）。他對現實是無力的，他的理想是虛幻的，
最重要的，他自己也不知道「蘋果」到底是什麼（林武治只在繪畫上看過）？然
而，「蘋果」是日本（或美國）輸入的，這個他知道的十分明確，而且正因為
是外國（尤其是美國）來的，所以它一定是好的。但對「蘋果」的嚮往，卻也無
妨於他在欲望驅使下做一些有點下賤的事（林武治一面微微發抖地抱住瘋婦人，一
面也清楚知道，「這畢竟不該的，也是不好的」[17]，所以無端地哭泣著。）「理想」（以
蘋果為代表）就這樣和欲望（對婦人的侵犯）不可分割的夾纏在一起，這是什麼樣
的知識青年呢？

　　一九六七年，陳映真入獄前一年，他發表了兩篇文章，〈現代主義底再開
發〉（《劇場》第4期，1967年3月）和〈期待一箇豐收的季節〉（《草原雜誌》創
刊號，1967年11月），正式對台灣的現代主義文學與藝術展開批判。他說：

16　《我的弟弟康雄》，頁146。
17　同上，頁150。

> 可以用最一般性的意義這樣說：現代主義是一種反抗。能夠對於現代主義稍做發生學的考查的人，就能明白：現代主義如何是對於被歐戰揭破了的、歐洲的既有價值底反抗，又如何是對於急速的工業化社會所施於個人的、劃一性底反抗。台灣的現代派，在囫圇吞下現代主義的時候，也吞下了這種反抗的最抽象的意義。我說「抽象的意義」，是因為在反抗之先，必須有一個被反抗的東西。然而，與整個中國的精神、思想的歷史整個兒疏離著的台灣的現代派們，實在說：連這種反抗的對象都沒有了。
>
> 他們的憤怒、的反抗，其實只不過是思春期少年在成長的生理條件下產生的恐怖、不安、憤怒、憂悒和狂想底一部分，在現代派文藝中取得了他們的表現型式罷了。[18]

這是一段遠遠超越時代的評論，恐怕到現在還很少人了解它的深刻意義。

接著這一段話，我想簡短討論的是，二戰之後，在東、西對立的冷戰架構下，西方的現代主義如何改變它在西方的原始角色，轉而成為西方向落後地區輸入其先進文化的代表，並如何扭曲了落後地區認識現實的方式，使得落後地區的現代主義文學成為一種怪胎？

誠如陳映真所說的，西方的現代主義原始發生學的意義在於：它是西方知識分子對於資本主義文明的一種反抗形式。然而，在二戰之後，它卻被西方主流文化所收編，進入學院講授，成為西方文化最晚近的「正統」[19]。冷戰格局形成之後，美國更把現代主義文學作為西方自由、民主傳統的代表，拿來跟蘇聯的社會主義現實主義相對照，以證明蘇聯文化的專制性和落後性。美國中央

18　〈期待一箇豐收的季節〉，《鳶山》（台北：人間出版社，1988），頁 12-13。

19　西方並不是把所有的現代主義文學都編入主流之中，而是有選擇性的。美國評論家萊昂・特里林在〈現代文學的教學〉一文中，曾困惑的提到，美國學院中所教的現代主義經典都具有法西斯傾向（包括艾略特、葉慈、勞倫斯等），可為證明。

情報局曾收買一些文化人，由他們主持《邂逅》、《月刊》、《證言》三份雜誌。這三種雜誌，尤其是《邂逅》（主編是英國著名詩人史提芬·斯班德）在冷戰年代影響極大，它們的文化主調就是自由主義和現代文學[20]。同時，美國駐在落後國家或地區的文化單位（譬如台灣的美國新聞處），則成為推動當地現代主義文學的幕後黑手。現在我們已經多少了解到，現代主義在台灣的推廣過程中，美新處（及香港的一些反共書店，如亞洲書店）是盡了不少力量的[21]。

美國在落後國家或地區「運作」現代文藝的重要方式之一是，當它觀察到某人在當地有了一些成就與知名度後，即由「國務院邀請訪美」（這是當時台灣報紙的用詞，正式名稱如何，我不清楚）。按我以前的記憶，這時候台灣報紙會大篇幅報導，認為是無上光榮。這樣，美國透過在當地「製造」文化明星，自然吸引無數「有志青年」來投奔，風潮所驅，不可扼阻。在二十世紀六○年代的台灣，畫家劉國松、詩人余光中是其中最閃耀的兩顆明星。

應該講，絕大多數（甚至幾乎全部）的知識青年，是完全不知道其中奧妙的（所以，白先勇可以坦然稱讚美新處在《現代文學》創辦以後大力支持的義舉），大家只知道現代主義是「金科玉律」，根本不會對其中的美學信條起懷疑。這樣，就造成一種奇怪的「接枝」現象，美國推銷的現代主義文學與台灣的社會現實的「接枝」。

正如前文所析的，二十世紀五、六○年代台灣知識青年的困境來自於台灣社會的保守性格，特別是來自於國民黨嚴苛的思想控制。但是，知識青年對此毫無所知，他們只能把自己的經驗往囫圇吞棗學來的現代主義美學原則上套。當然，現實畢竟是現實，異性的誘惑不論再如何「詮釋」，到底還是「誘惑」，還是會在現代主義的美學下「冒」出來。不過，它只是「冒」出來而

20　請參看桑德斯著，曹大鵬譯，《文化冷戰與中央情報局》（北京：國際文化出版公司，2002）。

21　王梅香《肅殺歲月的美麗／美力？──戰後美援文化與五、六○年代反共文學、現代主義思潮發展之關係》（成功大學台文系碩士論文，2005 年 7 月）已有所探討，資料雖不夠完整，仍可參考。

已，完全說不上批判，更不要說眼光清晰的社會批判了。陳映真是最早看出這一套把戲的人，不過，在當時，他最多也只能講出上述那一大段批判。

其實，即使沒有美國政府的背後運作，西方的事物仍會成為落後地區爭相學習、仿效的對象。在美國勢力範圍內（即自由世界，相對的就是「鐵幕」），按西方模式走「現代化」路子，已經成為顛撲不破的「真理」[22]，文學、藝術當然不能例外，二十世紀五、六〇年代的台灣現代主義不過是其中極微小的一環而已。

這樣的經驗所以值得重新檢討，是因為，它可以讓我們清楚看到，不加思索的搬進一些西方觀念或原則，你以為就掌握了現實，或掌握了改變現實的正確方法；其實剛好相反，你越按照西方觀念或方法來行事，就會離當地的現實越遠，或者把原已混亂的現實搞得更混亂。台灣近二十年來的教育改革，就是台灣留美派學者「照搬」美國的教育體制搞出來的，現在已經沒有任何人知道如何收拾了。我這篇所謂台灣文學的研究論文，真正要說的就是這一點：我們曾經有一大批人（約於 1937-1955 出生的那些人）硬用美國推銷的方式來思考或表現我們青春期的痛苦，因此所造成的後遺症現在已深入到台灣知識圈的各個角落，正如癌細胞蔓延一樣，根本不可能根除了[23]。

2008、6、20

淡江大學《中文學報》19 期，2008 年 12 月

---

22 參閱雷迅馬著，牛可譯，《作為意識形態的現代化──社會科學與美國對第三世界政策》（北京：中央編譯出版社，2003）。

23 我個人認為，戰後台灣現代化初期，知識青年因為受到感情和前途問題的嚴重困擾，自我的人格嚴重受挫，因此，他們對自由主義和個人主義的認識完全扭曲了，只關心「私領域」，而不關心「公領域」，心胸狹隘，眼光短淺。最近二十年，台灣社會各層面的領導人，主要就是出生於 1937-1955 這一時段，並在五、六〇年代成長起來的那些知識青年。因為他們自我人格的缺陷（包括至今為止，仍然對大陸社會充滿敵意），才把台灣社會搞成今天這個樣子。這是我個人十年來的觀察和領會，作為不成熟的見解，提供給大家做參考。

歷史的廢墟、烏托邦與虛無感
——早期陳映眞的世界

不久前，文訊雜誌社舉辦的陳映真研討會，出乎意料的，幾乎場場爆滿。然而，人們對陳映真的理解，似乎並沒有什麼大改變。好幾個人發言說，他們喜歡陳映真的小說，但對陳映真的思想完全不能理解。這種話以前就常常聽到，現在唯一的差別是：以前這些人既不願辦一個陳映真研討會，即使有人辦，也不見得會出席；現在有人出頭辦，許多人出席了，差別就在這裡而已——喜歡一個人的小說，但卻不理解他的思想，這哪能算是讀懂一個藝術家。

研討會臨結束前的一個座談會上，南方朔講了一段很有意思的話。他說：台灣社會是一個極度扭曲的社會，每個人都受到扭曲，包括我（指南方朔）也受到扭曲，現在我們還不可能真正了解陳映真，也許還要等二十年罷，二十年後如果還辦陳映真研討會，也許這個會場會擠得滿滿的。

南方朔的話觸動了我久藏心裡的不安。我和台灣一般的讀者剛好相反，我理解他的思想，但卻不能毫無保留的欣賞他的藝術。我幾次跟朋友聊過這個話題，但問題仍然存在，難以解決。按照南方朔的邏輯，我當然也受到台灣社會的扭曲，因此無法真正的、全面的解釋陳映真。

然而，南方朔的話仍然可以推至極端，亦即，包括陳映真本人，也受到台灣社會的扭曲。這就產生一個悖論，一個被扭曲的人，可以看清楚另一個被扭曲的人嗎？

在研討會期間，在研討會之後，我重新想過一些問題，又跟一些朋友交換了一些意見，現在已形成的看法恐怕還不夠成熟，不過，也沒有辦法再等

待了,我不得不再寫一篇陳映真評論,因為另一個陳映真研討會馬上又要上場了[1]。

一

我先把我現在的看法簡明的表述於下:從五四運動到一九四九年,中國一直循著激進的、社會革命的道路往前推進,其頂點就是新中國的建立。台灣,作為被割讓出去的殖民地,它的最進步的知識分子不但了解這一進程,而且還有不少人從各種途徑投身於革命的洪流之中。

這樣的歷史發展,在一九五〇年以後的台灣,完全被切斷了。首先是美國第七艦隊強力介入台灣海峽,斷絕了台灣和革命後的中國的連繫,其次是國民黨政權在島內大舉肅清左翼分子,完全清除了革命的種子。這樣,台灣的歷史從空白開始,隨美國和國民黨愛怎麼說就怎麼說。台灣的社會,尤其台灣的青年知識分子,在那兩隻彼此有矛盾、又有共同點的手的聯合塑造下,完全和過去中國現代革命史的主流切斷了關係。慢慢的,他們把那一段革命史,在別人的指導下,看成是一場敗壞人性的群魔亂舞。

陳映真的大幸,或者陳映真的不幸,在於:他竟然成了那一場大革命在台灣僅存的「遺腹子」。他不是革命家的嫡系子孫,他的家裡沒有人在白色恐怖中受害。他憑著機緣,憑著早熟的心智,憑著意外的知識來源,竟然了解到當時台灣知識青年幾乎沒有人能夠理解的歷史的真相。他模模糊糊意識到這一切時,正讀著高中(1956-1957);他幾乎可以確定這一切時,也不過是個大學二、三年級的學生,只有二十一、二歲(1958-1959)。作為對比,我可以這樣說,這個時候我十歲左右,還是一個一無所知的鄉下小孩,而我終於完全理解

1　陳映真自己在〈試論陳映真〉一文裡的自我評論裡說「一九六六年,陳映真開始寄稿於《文學季刊》,此後他的風格有了突兀的改變」,見《知識人的偏執》(台北:遠行出版社,1976),頁12。本文所說的「早期陳映真」,是按這一說法來劃分的。

陳映真所認識的歷史真相時，差不多是四十二歲，也就是一九九〇年左右，那時候我已被朋友視為「不可理解」，而陳映真的無法被人理解，到那時已超過了三十年。而他是一個極端敏感的、具有極佳的才華的年青人，你能想像他是怎麼「熬」過這極端孤獨的三十年的。我覺得，陳映真的藝術和思想──包括他的優點和缺陷──都應該追溯到這個基本點。

　　一九六〇年八月，陳映真發表了他的第四篇小說〈鄉村的教師〉。在當時酷烈的戒嚴體制下，陳映真不知是仗著什麼樣的膽量，居然敢於將他當時所認識到的歷史公諸於世。

　　青年吳錦翔，出生於日據時代貧苦的佃農之家，由於讀書，思想受到啟蒙，他秘密參加抗日活動，因此日本官憲特意把他徵召到婆羅洲去。萬幸的是，他沒有戰死、餓死，終於在光復近一年時回到台灣，並被指派為家鄉一個極小的山村小學的教師。

　　由於台灣回到祖國懷抱、由於戰爭的結束和自己能夠活著回來，吳錦翔以最大的熱情投身於教育之中。陳映真這樣描寫吳錦翔的思緒：

> 四月的風，糅和著初夏的熱，忽忽地從窗子吹進來，又從背後的窗子吹了出去。一切都好轉的[2]，他無聲地說：這是我們自己的國家，自己的同胞。至少官憲的壓迫將永遠不可能的了。改革是有希望的，一切都將好轉。（一，36）[3]

這個吳錦翔是日據時代左翼知識分子的嫡傳，既關懷貧困的農民，又熱愛祖國，陳映真寫出了這一類人在光復初期熱血的獻身精神。

　　然而，國民黨政權令人徹底失望，激發了二二八事變，不久，中國內戰又

---

[2]　此處似應作「一切都將好轉的」，漏了「將」字，對照下文即知。

[3]　本文引用的陳映真小說，均為《陳映真小說集》六卷本（台北：洪範書店，2001），並隨文注出處，中文數字表示冊數，阿拉伯數字表示頁數。

全面爆發，戰後重建中國的理想化為泡影。吳錦翔終於墮落了，絕望了，最後割破兩手的靜脈而自殺。

當然陳映真只能寫到內戰爆發，他不能提及國民黨在內戰中全面潰退、新中國建立、國民黨在美國保護下肅清島內異己分子等等。現在的讀者可以推測，吳錦翔的自殺決不是由於內戰爆發，而是由於，他已被活生生地切斷了與中國革命的連繫。由於冷戰體制的形成，台灣的命運在相當長的一段時間內不可能會有改變。這樣，生活在新的帝國主義卵翼下的台灣，跟祖國的發展切斷了所有的關係，這樣的生命又有何意義呢？當陳映真已認識到這一歷史真相時，他讓一個熱情而又個性軟弱的青年知識分子走上自絕之路，不就證明他自己在思想上找不到出路嗎？

在下一篇小說〈故鄉〉（隔一個月發表）裡，陳映真在另一個情節設計下，又把類似的主題重寫了一遍。故鄉的家原本尚屬小康，但由於父親的突然過世，一下子淪為赤貧。從日本學醫回來的哥哥，一直抱著基督教的博愛精神，志願在焦炭廠做保健醫生，由於受到這樣的打擊，墮落成一個賭徒。作為小說敘述者的弟弟，曾經如何的崇拜他的哥哥，也曾經在離家去遠地就讀大學、不得不去告別哥哥時，看到他家裡那種凌亂不堪的景象。現在他大學畢業了，他不得不回故鄉，然而，他心裡一再吶喊著：

　　我不要回家，我沒有家呀！（一，57）

這一篇小說無疑部分表現了陳映真養父突然去世時，家中慘淡的景象。但陳映真把小說中的哥哥塑造成一個墮落的理想主義者，恐怕也多少反映了他終於了解台灣社會的真性質時，那種慘痛的心境。「我沒有家」的吶喊，是一種被拋擲在歷史的荒謬處境時，一個青年知識分子無助的吶喊。

比較這兩篇小說的寫法，可以讓我們了解，陳映真如何把思想上的絕望，藉著他構設的情節，以幻想式的抒情筆法加以表現出來。只有這樣，他知識上的早熟和青春期的熱情與孤獨才能找到宣洩之道。我想，跟他同一世代的小說

家，沒有人經歷過這種「表達」的痛苦──他不能忍住不「表達」，但又不能讓人看出他真正的想法，不然，他至少得去坐政治牢。

陳映真這種「思想」上的煎熬，除了以台灣知識青年作主角之外，他還企圖通過流亡在台灣的外省人的觀點去加以審視。在〈某一個日午〉（約作於1966，見三，63，陳映真自注）裡，房處長的兒子莫名其妙的自殺了，房處長終於接到兒子的遺書，遺書提到他讀過父親祕藏了四、五十年的書籍、雜誌和筆記，他說：

> 讀完了它們，我才認識了：我的生活和我二十幾年的生涯，都不過是那種你們那時代所惡罵的腐臭的蟲豸。我極嚮往著您們年少時所宣告的新人類的誕生以及他們的世界。然而長年以來，正是您這一時曾極言著人的最高底進化的，卻鑄造了這種使我和我這一代人萎縮成為一具腐屍的境遇和生活；並且在日復一日的摧殘中，使我們被閹割成為無能的宦官。您使我開眼，但也使我明白我們一切所恃以生活的，莫非巨大的組織性的欺罔。開眼之後所見的極處，無處不是腐臭和破敗。（三，60-61）

據陳映真回憶，六四年，他開始和一群朋友搞了一個讀書會，六六年底到六七年初，他們形成「組織」[4]，可以推測，〈某一個日午〉正是寫於他思想最激烈的時候，那種毫不保留的譴責，正代表了他對整個國民黨政權的全盤否定。可以套用本雅明的話，陳映真覺得自己正生活在歷史的「廢墟」（無處不是腐臭和破敗）中，如果他不能「有所行動」，他就只能掉入萬劫不復的深淵之中。

事實上，類似的主題，陳映真在一九六四年已寫過一次，那就是〈一綠色之候鳥〉，不過，是以同情的筆調來寫跟房處長同一世代的兩個外省教授，兩

4　〈後街〉，收入洪範版《陳映真小說集一：我的弟弟康雄》，正文前頁數二十～二十一。

個人青年時代滿懷理想，卻在台灣虛度了後半生。

　　一隻不知來處的綠色鳥在雨中掉落小說敘述者陳姓青年教師的宿舍中，他們夫婦把鳥養了起。敘述者跟系（英文系）的老教授趙公談起這隻鳥，談起鳥的鳴聲，趙公突然唸起泰尼遜（按即丁尼生）的詩句：

Sunset and evening star

And one clear call for me!

學生問我：「這個 Call 到底是指什麼。」趙公接著說「我就是對他們[5]：「那是一種極遙遠、又極熟悉的聲音。」他們譁笑著說不懂。他們當然不懂！

「是的。」我說。

他笑了起來，當然也是一種落寞的笑。他抽著板菸，又「叭叭」地把口水吐在地板上。這是很不儒雅的，然而我的心竟然微微地作疼起來，彷彿他在一口口地吐著他的苦楚。這是很和平日的爽朗不似的。

「十幾二十年來，我才真切的知道這個 Call，」他繼續說：「那硬是一種招喚哩！像在逐漸乾涸的池塘的魚們，雖還熱烈地鼓著鰓，翕著口，卻是一刻刻靠近死滅和腐朽！」（二，9-10）

趙公以這種方式評述自己的後半生。（請注意這裡的「腐朽」和上舉引文的「腐臭」多麼類似）趙公把綠色鳥的事告訴他動物學的老朋友季公，季公查出，這是產於北地冰寒的候鳥，誤闖到這裡，「將萎枯以至於死」。實際上，候鳥暗示了趙公、季公誤闖到這個國民黨統治的墮落的台灣，將「逐漸乾涸」而死的悲慘處境。房處長的兒子在遺書中批判他爸爸的話，在這篇小說中，陳映真以同情的筆調讓趙公來自我批判。他在老年痴呆症發作前，曾痛罵自己「無恥」！

5　「我就是對他們」，此處應有誤排。

　　以上這一類型的小說[6]，以前閱讀時，因為不了解陳映真的思想傾向，只能欣賞〈一綠色之候鳥〉。趙公對於生命在平凡的日子中一寸寸腐爛的感受，真切的表達了我們那一代青春生命的荒蕪。那時候不能理解我們的生命為什麼會是這個樣子，現在才知道，由於陳映真早就透視了戰後台灣社會腐敗的本質，才能把問題看得那麼清楚。了解了陳映真的思想以後，才更能體會〈鄉村的教師〉所想要表達的那種歷史的悲楚感。

　　陳映真早期最短的一篇小說，〈祖父與傘〉，它的感傷而落寞的語調所表現的一種極其獨特的鄉愁，深深迷住了我，但我無法理解，陳映真為什麼要寫這篇小說（或者，在什麼情況下寫出這篇小說）？沒想到趙剛居然破解了這秘密，我相信，這是這篇小說發表將近五十年之後，第一次有人讀懂了。

　　小說的敘述者回憶起小時候和祖父遷居荒遠的礦山區，那裡有一個美麗的尤加里樹林。他們所住的小小的茅屋，只有最簡陋的生活必需品，然而祖父卻擁有一把大而美麗的傘。敘述者這樣回憶起這一把傘：

> 它的模樣要比現今一切的傘大些，而且裝潢以森黃發亮的絲綢。它的把柄像一隻雙咀的鍬子，漆著鮮紅的顏色，因著歲月和人手的把持，它是光亮得像一顆紅色的瑪瑙了。天晴的時候，它是祖父的拐杖；雨天的時候，它便是他的遮蔽。我說不上我多麼地愛著它，不但因為它是我底親愛的祖父的雨傘，也實在因為它有著一種尊貴魅人的亮光。晚飯的時候，傘就掛在左首的牆上，在一顆豆似的油燈光之中，它像一個神祕的巨靈，君臨著這家窮苦命乖的祖孫兩代了。（一，79）

6　陳映真還寫了一篇主題類似〈一綠色之候鳥〉的〈第一件差事〉，講一個外省中年人，因為內戰、因為流亡到台灣，覺得自己的一生像被砍倒在地的樹，表面上樹葉還青翠，但已無生機，終於選擇自殺。另外，在〈文書〉裡，又講到一個外省人，在抗戰至流亡台灣的過程中，不得不殺人，但良心飽受折磨，終於陷入瘋狂，誤殺了妻子。這一類以悔恨的心情來描寫外省人經歷的小說，我個人覺得，除了〈一綠色之候鳥〉外，都顯得不自然，不是成功之作。

「兩年後的春天過去了，尤加里樹林開始有砍伐的人」，全村的人都有些難過，但年輕人還得工作，賺錢生活，而祖父卻感嘆他自己「年邁不行」了。

> 有一天他出門的時候，聽著斧頭叮叮的聲響，感傷地對我說：
> 「好些漂亮的尤加里樹呀！」
> 便默默地拿著他的傘上工去了。然而我尚幼稚得無由了解這樣的感傷，
> 只是我永遠也忘不了祖父的那樣寂寞的悲楚的表情。（一，80）

當天晚上，祖父回到家就病倒了，天正下著傾盆大雨，「我」撐著那一把大傘想要到鎮上請醫生，跑錯了方向，跑到山塢裡的守更處。守更人推著台車下山找醫生，順便把「我」送回家。「我」在台車上極興奮，然而，在風馳電掣中，祖父的傘翻成一朵花。「我」回到家裡，發覺祖父已死。次日早上，「我」把傘的屍骨和祖父合葬。從此以後，「我」一直在心裡深深藏著對祖父和那一把大傘的鄉愁。

對這篇表面看來非常單純的抒情小說，趙剛提出了極為深入的詮釋，他說：「無論是蘇聯或中華人民共和國的國旗，都是紅黃二色，鮮紅象徵革命的熱情，而黃代表革命開展的發亮的光芒。更何況，傘還掛在『左首的牆上』，占據一種精神的、信仰的中心位置。」顯然，「祖父象徵著在這個冷戰時代中已經消失或隱匿的台灣的左翼黨人」。如果再留意一下，「它有著一種尊貴魅人的亮光」、「它像一個巨靈」這種非同一般的、對那一把大傘的形容，就更會覺得趙剛的解釋很有道理。趙剛又說：「『兩個春天過去了』，我猜時值一九五〇年夏天（白色恐怖開始？），島上出現了對左翼殘餘的大規模肅清，恐怖的肅清聲響就像是對一如大地之母的尤加里樹林的伐木丁丁；聲音從不遠的地方傳來，使荒山礦區的人們感覺到一種噤聲的恐怖與悲哀。」小說裡提到，祖父聽著斧頭叮叮的聲響，非常感傷，表情寂寞而悲楚。從這個地方來看，趙剛的分析也極具說服力。所以，祖父病死了，那把尊貴的大雨傘也就在狂風中開了花，左翼傳統幾乎滅絕了。趙剛這種詮釋，這真是天才的發現。在小說裡

「我」沒有見過父親，母親跑了，「我」精神上沒有父母，遙承著祖父，「我」是這個左翼黨人的「遺孽」。趙剛有一段話極為抒情，可以媲美陳映真的文字，值得一引：

> 我是一個孤獨的青年，而這個孤獨並不是單指缺少家人或朋友之類的，而是我有一個獨特的成長經歷，那使得我像一個內心的異教徒在一個人聲鼎沸但毫不包容的宗教聚集裡一般地孤獨。這個成長經歷是一個深藏於內的秘密，這個經歷讓我開了一隻眼，看到只有我看到但別人看不到的那歷歷在目之朗朗乾坤。[7]

這篇小說寫的是，對於左翼傳統的歷史的鄉愁，它和〈鄉村的教師〉裡那種歷史的悲楚，構成了早期陳映真基本的精神狀態。這種精神狀態，到現在還很少人能夠體會。

人們可能生活在完全是謊言的時代，雖然還不能意識到謊言的欺騙性，但卻模糊的感受到，青春的生命是蒼白、無力的；我們曾經是那一代的人。我們一直以為陳映真是我們的代言人，其實這只是摸到了邊。陳映真真正要講的是，那是「歷史的廢墟」，充滿了腐臭和破敗的氣息；對於剛過去的、以熱血拚搏的理想主義的那一代，他只能暗暗地懷著鄉愁，他是唯一這樣描寫戰後台灣社會的作家。他雖然不得不隱晦其詞，以幾近「密教」語言的方式寫作，但對我們這一些一無所知的青年來講，仍然具有一種神秘的吸引力。

二

由於意識到自己處於歷史的廢墟時代，陳映真在早期小說中讓不少人物趨向死亡（其中許多人選擇自殺，另有一些人發瘋），以暗示這個時代之沒有意義。

7　以上三處引文分別見趙剛《求索》（台北：聯經出版公司，2011），頁 78、79、77。

相對的，陳映真又常刻劃一種對革命或烏托邦的嚮往，來跟晦暗的現實加以對照。

在第一篇小說〈麵攤〉中，在首善之區的西門町，在亮著長長的兩排興奮的燈光中的夜市裡，卻徘徊著一小群隨時在防備著警察的小攤車。這是遊走在都市中心、每天為生活所苦的邊緣人物，在這一群人物中，陳映真設計了一個患著肺癆病、經常抱在媽媽懷中的小孩。這小孩在一串長長的嗆咳、吐出一口溫溫的血塊之後，

> 黃昏正在下降。他的眼光，喫力而愉快地爬過巷子兩邊高高的牆。左邊的屋頂上，有人養著一大籠的鴿子。媽媽再次把他的嘴揩乾淨，就要走出去了。他只能看見鴿子籠的黑暗的骨架，襯在靛藍色的天空裡。雖然今天沒有逢著人家放鴿子，但卻意外地發現了鴿籠上面的天空，鑲著一顆橙紅橙紅的早星。
> 「……星星。」他說。盯著星星的眼睛，似乎要比天上的星星還要晶亮，還要尖銳。（一，2）

這裡的「橙紅橙紅的早星」其後又出現了三次，讀者很容易注意到，而不解其意，只有趙剛敏銳地意識到這一篇小說的政治意涵。繁華的西門町和被警察趕來趕去的攤車正代表了台灣開始現代化時的城、鄉兩極，而那個犯著肺癆的小孩無疑象徵著貧窮勞動者的生命。在整篇小說裡，也就只有他注意到天邊那一顆「澄紅澄紅的早星」。

在隔了幾段之後，陳映真描寫小孩坐在攤車後面，懷著亢奮的心情，傾聽著喧譁的市聲，觀察著在攤車前喫著點心的人們，

> 他默默地傾聽著各樣不同的喇叭聲，三輪車的銅鈴聲和各種不同的足音。他也從熱湯的輕煙裡看著台子上不同的臉，看見他們都一樣用心地喫著他們的點心。孩子凝神地望著，大約他已然遺忘了他說不上離此有

多遠的故鄉，以及故鄉的棕櫚樹；故鄉的田陌；故鄉的流水和用棺板搭成的小橋了。

（唉！如果孩子不是太小些，他應該記得故鄉初夏的傍晚，也有一顆橙紅橙紅的早星的。）（一，4）

把前後兩段文字加以對比是很值得玩味的。小孩因為年紀還小，不曾看過鄉下的初夏「也有一顆橙紅橙紅的早星」，而他只注意到城市天邊的那一顆，這是什麼意思呢？我同意趙剛所說的，這一顆星暗示了不久前在海峽對岸升起的五星旗，那是貧苦的勞動者的希望之星。也許陳映真要說的是，星的希望曾經在台灣鄉下閃爍過，後來（在恐怖的肅清後）熄滅了，現在只有這個患著重病的小孩，還能在鬧市中注意到滿懷人類希望的這一顆星[8]。但是，這個患著肺病的小孩，似乎也暗中呼應著魯迅〈藥〉裡的華小栓[9]。這樣，他就成為台灣無產階級的象徵。從台灣來看，它的未來可能是渺茫的；但它既存在於對岸，就永遠寄託一種希望。這些都只能存於陳映真的心中，他既不能講，即使在小說中隱晦的表現了，也沒有人了解它的寓意。這種寫作，就只能具有自我安慰的心理作用。

這一點陳映真是充分了解的，所以，在〈蘋果樹〉中，他以極其嘲諷的語調描寫了這種烏托邦幻想。〈蘋果樹〉的男主角，是出身於台灣南部貧窮農家的大學生林武治，因此，他只能賃居於台北市近乎貧民窟的一條狹窄的街道上（陳映真對於這個貧民窟的環境及生活於其中的人們有非常生動的描寫）。閒暇的時候，他常彈著吉他唱著傷感的歌曲，懷念他的家鄉，訴說他的夢想。他常唱的一首歌，提到了對蘋果園的夢想。那時候，蘋果是台灣最貴的進口水果，一顆

---

8 趙剛對〈麵攤〉的詮釋，見〈麵攤——理想的心，慾望的眼〉，《橙紅的早星》（台北：人間出版社，2013），頁 33-52。

9 〈麵攤〉患肺病的小孩，讓人想起魯迅的〈藥〉，這是文訊雜誌社主辦的陳映真研討會上梅家玲講出來的，我認為很有道理。

要台幣五十元,而那時,一個小學教師的月薪也不過一百多一點。因此,人人嚮往蘋果,而其實,很多人連蘋果都還沒見過。因此,在旁邊聽著的小孩就問:什麼是蘋果?林武治回答不出來,遲疑良久之後,他最後終於說出:蘋果就是幸福。當他越說越興奮時,就說出了下面一段類似啟示錄的「預言」:

> 「那些都會有的,只要我們的蘋果結了實。
> 「那時候,男子們再也不酗酒,再也不野蠻。那時候母親都健康美麗。那時候寶寶們都有甜甜的奶,都有安穩的懷抱。那時候我們的房子又高又巧,紅的牆,綠的瓦。那時候老頭兒們都有安樂椅,那時候拾荒的老李的眼病會好好的。
> 「那個時候,再沒有哭泣,沒有呻吟,沒有咒詛,唉,沒有死亡。
> 「那時候,夜鶯和金絲雀唱起來的時候,唉唉,人的幸福就完全了。」
> (一,147)

這是具有藝術家氣質的林武治的夢想,他在貧困的生活中,只能以一種青春浪漫的氣質幻想著美好的未來。當然它只能是虛幻的,所以陳映真接著就描寫了林武治後來極端荒唐的墮落(詳下節)。

在〈淒慘的無言的嘴〉裡,陳映真藉由特殊的情節設計,呈現了另一種烏托邦幻想形式。小說的主角正住在精神病院療養,即將痊癒,被允許到院外散步。在院門口,他看到一家人送來一個渾身打顫的病人,而彷彿是病人家屬的小孩,無邪的臉顯出悲苦的樣子,這使他頗生感觸。他轉身先去找在院內實習的神學士郭先生聊天,跟他談論世上常見的精神病人到底是怎麼一回事。他跟郭先生說:「精神病的花樣真多」,「好像上帝也丟棄了這個世界了。太蕪雜的緣故。」

> 我想起了在醫院的草坪上那些晒著太陽的年輕病人們。一張張蒼白的臉上,一雙雙無告的眼神裡,都塗敷著冷澈得很的悲苦。這些悲苦的臉,

常常對著你惡戲地笑了起來，使你一驚，彷彿被他窺破了你的什麼。

「罪。」我輕輕地說：「這毒蛇的種類呵！」

他沒有理會我的揶揄。他小心地把唱機開了，音量放得很細。他說：「我曾經想過。就像你說的，大半的精神病者是人為的社會矛盾的犧牲者。然而基督教還不能不在這矛盾中看到人的罪。」

我看見他的誠實的眼睛低垂著。他確乎努力地衛護著他所藉以言動的信仰原則，但他已然沒有了對於新耶路撒冷的盼望了。我的耶路撒冷又在那裡呢？那麼剩下的便似乎只有那宿命的大毀滅。　（一，210-211）

這實際上是在暗示，人們現在是生活在一種類似廢墟的狀態之中，所以，精神病人那麼多，也就不足為奇了。

隨後主角就到外面散步了。他被許多走動的人群吸引著。聽說殺人了，他也跟過去看。死者是一個企圖逃跑的雛妓，被賣了她的人從背後用起子刺死的。驗屍官正在察看屍體，衣裙已經剪開，背部分散著三個烏黑淤凝的血塊，

一個穿香港衫的驗屍官，用很精細的解剖剪刀伸入淤血的傷口……人們彷彿觀看支解牲畜那樣漠然地圍觀著。驗屍官儘量插入剪刀，左右搖著，然後抽了出來，用尺量著深度……　（一，216）

驗屍官站了起來，將俯臥的屍體翻仰開來。人們於是看到更多的小淤血，初看彷彿是一些蒼蠅靜靜地停著，然而每一個斑點都是一個鑿孔。剪開胸衣，露出一對僵硬了的、小小的乳房。有一隻乳上很乾淨地開了一個小鑿口，甚至血水也沒有……　（一，216-217）

這個情景讓主角難以忘懷，回院的路上，他想起「那一對小小的乳房，那印象幾乎有點像隔夜的風乾了的饅頭」。走回到院裡的草坪上，他忽然想起《朱利·該撒》中安東尼說的話：

> 我讓你們看看親愛的該撤的刀傷，
>
> 一個個都是淒慘、無言的嘴。
>
> 我讓這些嘴為我說話……（一，218）

在將莎士比亞的詩句轉用來描述被迫害、被殺害的雛妓的屍體上的傷口時，陳映真在這一刻將精神病和苦難聯繫起來，並賦予他的小說以象徵意義。

第二天男主角在例行的檢查中，向醫生講述了他的一個「夢」。這個夢是他和醫生在對話中逐步展現開來的，現在把它濃縮起來：

> 夢見我在一個黑房子，沒有一絲陽光。每樣東西都長了長長的霉……有一個女人躺在我的前面，伊的身上有許多的嘴……那些嘴說了話，說什麼呢？說：「打開窗子，讓陽光進來罷！」
>
> 你知道歌德嗎？就是他臨死的時候說的：「打開窗子，讓陽光進來罷！」……後來有一個羅馬的勇士，一劍劃破了黑暗，陽光像一股金黃的箭射進來。所有的霉菌都枯死了；蛤蟆、水蛭、蝙蝠枯死了，我也枯死了。（一，219-220）

這是在絕望的廢墟中所產生的幻想式的烏托邦的光芒。藉由這個幻想的光芒，前面大段描述的雛妓被殺的悲慘景像，得到了抒解與平衡。由於主角是個即將痊癒的精神病人，一切的敘述與描繪，似真似幻，顯得非常自然。我認為，這是陳映真這一類型的小說最成功的一篇。

相反的，〈兀自照耀著的太陽〉的構思就勉強多了。小說描寫一個善良的女孩子，因為無法承受人世間太多的苦難，喪失了生活意志，「在生命的熄滅前把自己打倒了」。她的父親魏醫師和母親京子約了三位友人，共同守候臨死前的女孩，希望能出現奇蹟。在守候的時間裡，魏醫師深自懺悔。他在礦山區的小鎮上開業，每天只開上半天，下半天歇業。「和他的『同族』們喝著酒，放著唱片，有時也放下帷幕開著小小的舞會」。魏醫師這樣自我批評：

「對罷？……我曾自以為是另一種人。我的資產，我的教養，我的專業
者的訓練，……是罷？」（二，64）

「但我從不知道要為別人，或者不同族的人流淚的事……」（二，65）

而他的女兒卻非常善良，常常自窗內看著那些受難的礦工一個一個被抬出來，
一個人獨自流著淚，而魏醫師卻從來沒有考慮到她的感受。魏醫師發誓說，如
果女兒活了過來，他一定會過著另一種的新生活。他的太太京子，還有他的三
位友人，也都一起表示懺悔，希望小女孩能夠重獲生命。小說是這樣結束的：

凌晨的時分了，一股不可抗拒的睡意侵襲著他們。京子夫人和菊子互相
依傍著睡熟了。他們低垂的臉，彷彿夜裡的睡了的水仙。醫生斜著頭，
把雙手抱胸前；陳哲沈落在他的大沙發裡；許炘仰著天斜在他的藤椅子
上；都深深睡熟了。太陽升起時候，小淳安安靜靜地在五人沈睡的勻息
以及在初升的旭輝中斷了氣。然而太陽卻兀自照耀著；照耀小淳的樸素
的臉；照耀著醫生的陽台；照耀著這整個早起的小鎮；照耀著一切芸芸
的苦難的人類。（二，73）

這是一段極為感人的、悲愴的文字，但卻無法挽救整篇小說的失敗。

魏醫師是日據時代台灣精英的代表。在那個時代，台灣人不能過問政治，
最優秀的人才只好學醫，那時候的醫生代表了台灣最先進的知識分子，不但生
活西化，還有深厚的人文素養，並且嚮往著社會主義的理想。不少醫生因此在
二二八事變後參加了共產黨地下組織，因而在五〇年代的白色恐怖被整肅了。
可以說，這一類型的醫生在台灣已經不可能存在了。然而陳映真卻要硬生生的
創造一個例外，讓他在逃避國民黨的現實政治之後幡然悔悟，這在創造人物形
像上存在著巨大的困難。整篇小說，大部分在五個人的對話中展開，中間穿插
著陳哲暗戀京子夫人的心理描寫，感覺上像五個木偶在講話，不怎麼具有真實

感。陳映真以這樣的書寫形式,想藉著別人的醒悟來抒發他的思想,看起來頗為勉強。

在〈永恆的大地〉(約作於 1966 年,見三,50,陳映真自注)裡,陳映真以一種非常獨特的寓言形式尖刻嘲諷蔣介石「反攻大陸」的美夢。小說寫的是一對外省父子,父親只能躺在小閣樓上,每天怒罵著兒子、吆喝著兒子,兒子對此極為驚恐、而又唯命是從。父親提到在大陸偌大的家業,還咒罵是兒子敗光的(其實跟兒子毫無關係),並且不時催促著兒子,天氣好時要坐著船回家去。這很明顯,是在嘲笑蔣介石不斷重覆的「打回大陸去」的美夢。

這個兒子贖回了一個台灣籍的妓女,在她身上得到性的滿足與絕望時的安慰,但對她時時拳打腳踢,毫不憐惜,而且,還時時的提醒她,是他把她從臭窯子中救出來的。小說中出現了一段對話:

> 「天氣好了,我同爹也回去。」他說。然而他心卻偷偷地沈落著。回到那裡呢?到那一片陰悒的蒼茫嗎?
>
> 「回到海上去,陽光燦爛,碧波萬頃。」伊說:「那些死鬼水兵告訴我:在海外太陽是五色,路上的石頭都會輕輕地唱歌!」他沒作聲,用手在板壁上捻熄香菸。但他忽然忿怒起來,用力將熄了的菸蒂擲到伊的臉上,正擊中伊的短小的鼻子。(三,40)

這一段呈現了陳映真對國民黨政權在外國勢力保護下「竊據」台灣、欺壓台灣民眾所作的最為惡毒的咒罵。他自以為解救了台灣民眾,但那個象徵台灣民眾的妓女,卻因為常常接觸洋鬼子而做著「海外太陽是五色,路上的石頭都會輕輕地唱歌」的另一種美夢,這是對蔣介石夢想最大的諷刺。

陳映真的另一個「復仇」方式是,讓這個台灣妓女在遇見一個故鄉來的小伙子時,有意的懷了身孕。於是,她和那個外省兒子,演出了下面這一場平行而不對話的二重唱:

伊只聽見他在囁囁地說:

「我只要你，也只有你。不要忘了是我花了錢從那臭窰子裡得了你
來。」

伊的淚汩汩地流了下來。伊忽然沒有了數年來對他的恐懼、對他的恨。
伊只剩下滿懷的、母性的悲憫。

——這孩子並不是你的。

「喂。我說，好好兒跟我過，好好兒跟我過罷！」

——那天，我竟遇見了打故鄉來的小伙子……

「喂。」

——他說，鄉下的故鄉鳥特別會叫，花開得尤其的香！

「喂！」

「呵。我在聽著。」伊說。而伊的心卻接著說：

——一個來自鳥語和花香的嬰兒！

「我什麼也沒有了。美麗的故鄉！那是早就不會有過的。」他很陰霾地
笑了起來：「他是要回去的，等待一個刮南風的好天氣，乘著他的船，
他的鳥船……」

——但我的囝仔將在滿地的陽光裡長大。（三，49-50）

這裡的「陽光」又回應了前面的「陽光燦爛，碧波萬頃」，似乎台灣人將會與
蔣介石的幻想完全相反，而走向另一個黃金的未來，從而狠狠地報復了蔣介
石。

趙剛對這篇小說提出了非常具有洞見的詮釋，他認為，陳映真預見了親美
的台獨派未來的發展[10]。他的見解很有吸引力，但我不太能肯定，陳映真是否
真的這麼想。我唯一的顧慮的是，陳映真一再提起「陽光」，而這「陽光」是
否也可以暗示一種瀰漫於全世界的社會理想。不管怎麼說，陳映真確實藉由一
個寓言式的幻想，預示了國民黨政權神話的解體。同時，對他來講，這也有一

10　趙剛對這篇小說的詳盡詮釋，見《求索》，頁83-97。

種「抒憤懣」的心理作用。[11]

陳映真在回顧早期的寫作歷程時，說過這麼兩段話：

> 但創作卻給他打開了一道充滿創造和審美的抒洩窗口。他開始在創作過程中，一寸寸推開了他潛意識深鎖的庫房，從中尋找千萬套瑰麗、奇幻而又神秘、詭異的戲服，去化妝他激烈的青春、夢想和憤怒、以及更其激進的孤獨和焦慮，在他一篇又一篇的故事中，以豐潤曲折的粉墨，去嗔癡妄狂，去七情六慾。
>
> 他把抑壓到面目曖昧不明的馬克思主義同對於貧困粗礪的生活的回憶；同少年時代基督教信仰的神秘與疑惑，連同青年初醒的愛慾，在創作的調色盤中專注地調弄，帶著急促的呼吸在畫布上揮動畫筆，有時甚而迷惑了他自己。[12]

創作與想像成為他青春生命最大的「動源」，成為他面對廢墟繼續存活下去的最重要的憑藉。以上所分析的這些多少涉及烏托邦幻想的故事，最清楚的反映

11　〈永恆的大地〉和另一篇小說〈某一個日午〉都寫於陳映真入獄前思想最激烈的時期，對國民黨政權的批評非常尖刻。兩篇都有把希望寄託在下一代的意思。在〈某一個日午〉裡，房處長家的下女彩蓮懷了已自殺的房恭行的孩子，彩蓮原本想打胎，最後決定生下來。另外，在〈一綠色之候鳥〉裡，外省籍動物學教授季公跟一個台灣鄉下女孩結婚，女孩備受歧視，長期臥病之後終於去世。當季公帶著小孩出現時，陳映真這樣描寫：「孩子在院子裡一個人玩起來了。陽光在他的臉、髮、手、足之間極燦爛地閃耀著」（二，25）。這裡的意象，和〈永恆的大地〉裡「我的囝仔將在滿地的陽光裡長大」，極其類似。在一九六○年代中期，陳映真這樣描寫小孩，也許只表明了一種模糊的希望（這種想像明顯受到魯迅的影響）。而且，陳映真常常喜歡寫本省人和外省人的結合（其他尚有〈文書〉、〈將軍族〉、〈第一件差事〉、〈夜行貨車〉）。像〈永恆的大地〉強調本省妓女刻意懷了家鄉青年的孩子，是很特殊的例外。這是否另有用意，實在難以測知。

12　〈後街〉，《陳映真小說集一：我的弟弟康雄》，正文前頁數十八～十九。

了這種創作心態，不過，這樣一來，現實世界和想像世界截然對立起來，成為不可溝通的兩極。就這個意義來說，陳映真才是一九六〇年代台灣「最徹底」的現代主義者，雖然他的藝術的主要淵源不是現代主義，雖然他是最早公開批判現代主義的台灣作家，但很諷刺的是，他恐怕是台灣唯一的、真正的現代主義者。當時，他是唯一唾棄自己所屬社會的台灣作家，而其他自命學習西方現代文學的人，卻是認同自己社會的主流觀念的。

海峽兩岸的學者，對現代主義常有一種誤解，以為現代主義和無產階級革命是截然對立的，其實，事實並不如此。現代主義是以唾棄資本主義價值觀和藝術觀為基本前提的，但又因為趨向的不同，大致可以分成兩大類型。第一種以美學追求為目標，以美學所構成的「象徵世界」來取代現實的可厭的布爾喬亞生活。它的祖師爺可以追溯到福樓拜，它的現代的典型則是葉慈、梵樂希、普魯斯特和喬伊斯。第二種類型則是極端反叛的前衛主義，對他們來說，藝術只是反叛的一種媒介，而最高級的反叛則是「革命」，為了「革命」，甚至可以放棄藝術。這種流派最鮮明的代表就是法國詩人藍波，超現實主義所追認的宗師。這一翼的藝術家，很多人在二、三〇年代加入了無產階級革命陣營，有的人終身不變，更多的人又「反」出來了。法國的超現實主義和俄國的未來主義是其中最有名的代表。

從前衛到革命，最鮮明的特質是，完全否定人類社會的過去，並且相信，現在是到了重建新的文明的時代。至少在文化和藝術上，他們是「極左」的，無法接受任何形式的現實主義，不論它是盧卡契式的現實主義，或是蘇共官方後來形成的所謂「社會主義現實主義」。這是一種極端激進的美學觀。

我一直沒有把陳映真和這一類的藝術家等同起來，但最近在和兩位大陸朋友的討論中，竟然發現，陳映真似乎可以算是革命的「激進美學」的家族成員。他所構設的歷史廢墟形象、他的強烈的烏托邦幻想、他的救贖想像、他的小說中的寓言傾向，意外的接近本雅明的理論，而本雅明正是三〇年代嚮往革命的前衛藝術這一陣營現在最被推崇的理論家。

從上面的分析可以看出，陳映真藝術的兩極是廢墟與烏托邦，對於厭棄台

灣現實政治的人來說,這無疑具有極大的魅力,因為他把可厭的現實一筆鈎消了,並且能夠翱翔在思想的高空中。但這也讓藝術和現實懸浮在兩個太空之中,彼此無法接觸,其結果誠如趙剛所說的,「這使得陳映真這一時期的寫作不得不大量使用象徵,語言也必須晦澀,時空背景也必須曖昧不明,而人物的書寫也必須降低其歷史與社會的具體性——以犧牲生活的肌理為代價……」[13]。當然有人也許會說,透過那樣的藝術,正好照見了現實的強烈不滿。這確實是對的,只不過,我們只能生活在藝術的想像中,而在現實生活中則一籌莫展。如果我們要批評陳映真藝術的缺陷,我以為這是最根本的。在下一節的討論中,我將藉由慾望與頹廢的角度來繼續分析這一問題。

三

對許多陳映真的讀者來說,他的小說最引人注意的,恐怕既不是他的理想主義色彩(這一點很容易看到),也不是他的廢墟感(這一點幾乎無人領會,一般都解釋成孤獨感),而是他對異性的描寫。我的一個大陸朋友(女性)跟我說,她讀陳映真,很意外的發現他很能描寫異性,他能夠以一種最簡明的方式來呈現某一女性形體上的特質,意象鮮明,令人難忘。譬如,在〈夜行貨車〉中,劉小玲有「一雙修長而矯健的腿」,因此「有那一股異樣的嫵媚」,像「小母馬兒」(三,131)。我的朋友提起的這一段,引發我的回憶,我立刻想得起來,因為原本印象就很深刻。

我還想起另外一個例子。在〈故鄉〉裡,男主角去看望早已墮落為賭徒的哥哥,哥哥只顧打牌,他的女人(據說這是他哥哥在牌桌上贏來的)招呼他吃飯。這是一個「披著長而散的髮,蒼白但在某一方面卻顯得飽實」的小女人。他一面吃粥,一面就望見桌子底下「伊的肉白的踝和腿」(一,53-54)。這個形象讓男主角忘不了,大學時代追逐女子時,這個形象常左右著他。這一段讓我覺

---

13 見《求索》,頁 40。

得莫名其妙,因為似乎跟全篇的主題無關。然而,奇怪的是,當我對全篇小說印象日漸模糊時,我竟還記得這個可憐的小女人。

很多讀者其實都知道陳映真小說的這一魅力,然而,卻不知道如何和他的理想主義融合在一起。一九七○、八○年代陳映真在台灣聲望最隆的時候,大家都知道他為了政治信念坐過七年的牢,對他敬意有加,因此更是難以解釋這一「矛盾」。一般而言,當時的評論很少涉及這一議題。

其實,這個問題陳映真自己是很清楚意識到的,而且在他的第二篇小說〈我的弟弟康雄〉(1960 年 1 月發表)就已正面處理過。康雄十八歲就自殺了,留下了三本日記,他的事情是由他的姊姊以回憶的口吻敘述出來的。康雄是一個少年理想主義者,然而,他卻和他所賃居的主婦「媽媽一般的好人」,相戀起來,從而失去了童貞。他開始「自責、自咒、煎熬和痛苦」,最後終於仰藥而死。

這篇小說當時很轟動,一直到現在,還常被推為早期陳映真的代表作,三毛自稱,她讀過一百遍。然而,我卻以為這是極為失敗的作品,從情節上來講,一點也不能令人信服。不過,它到底呈現了青年陳映真對烏托邦理想和青春期的性誘惑這兩者的複雜關係的認識。康雄的姊姊在翻閱康雄的日記時這樣說:

> 第一本寫著一個思春少年的苦惱、意志薄弱以及耽於自瀆的喘息;第二本的前半,寫著這少年虛無者的雛形。那時候,我的弟弟康雄在他的烏托邦建立了許多貧民醫院、學校和孤兒院。接著便是他的逐漸走向安那其的路,以及和他的年齡極不相稱的等待。(一,17)

由此可見,思春少年的苦惱和烏托邦的想像,是同時縈繞於心的,這一點陳映真自己很清楚。

這一主題,陳映真在可能是大學時代的最後一篇小說〈蘋果樹〉(1961 年11 月發表)裡,以一種嘲諷的筆調作了更清醒的分析。〈蘋果樹〉裡的林武治

是一個貧窮的大學生,前文已提到,他彈著吉他唱著他對蘋果的嚮往時,曾說
過一段預言式的話:「……那時候,夜鶯和金絲雀都回來了……唉唉,人的幸
福就完全了」。當晚,他回到小閣樓,既興奮又孤獨,他看著同住在閣樓裡的
屋主人的瘋了的妻子,不由得對她憐憫起來。

> 伊的神祕的沈默,在伊那種修長的青蒼臉上,便表現了某種近乎智慧
> 的,沈沈底悲愴了。這種無可解說的,就彷彿生之悲哀的本身那樣的沈
> 痛,在武治君的銳利善感的眼裡,尤其是戚然的。
> 一首歌一般的欲望,使他撫摸著伊的不乾淨的長而油膩的頭髮。他只不
> 過想安慰伊的──或者說,他們之間的──無告的哀傷罷了。然而不料
> 這是很不該的,特別是對於一個從不知女性的男子。他終於抱住了伊的
> 頭,偎在她的懷裡。
> 「蘋果樹就會結實的……到那時候,你就會好起來,一定會好起來
> 的……請相信罷……」
> 他慌亂地說著,也許他自己都聽不清楚罷。然而他卻不知為什麼微微地
> 發抖,而且無端地哭泣著。
> 這是畢竟不該的,也是不好的。 (一,150)

這是早期陳映真所寫的最動人的段落之一。林武治的貧窮、耽於幻想、孤獨、
思春的苦惱,全部混雜在一起,藉著這一想像的情節,既嘲諷又同情,非常客
觀地表現了出來,其藝術處理,要比〈康雄〉高明太多了。由此可見,陳映真
完全了解,烏托邦想像和青春期的苦悶在當時他的心態裡,是完全不可分割
的。

　　陳映真早期小說,幾乎每一篇都涉及女性,裡面的細節實在太豐富,很多
地方都值得仔細分析。但也因此,很容易掉入深山叢林無處不在的、各種不知
名的野花之中,找不到中心所在。配合本文的主題,我想提出一個也許很少人
注意到的段落。〈淒慘的無言嘴〉的男主角,前文已經提到,一個看了許多人

類苦難的精神病患，對每天在值日室坐著的高小姐有一種獨特的感情。高小姐有點肥碩，而且不苟言笑。有一天「我」在病室裡哭了起來，

> 伊大約碰巧路過我的病房，便開了門進來，伊一進來我便不哭了，因為我彷彿以為男人在女人的面前哭是很丟臉的一件事。伊問這個問那個，我都沒理會。伊似乎便想走了。然而伊站了一會，忽然用手絹為我揩著眼淚。揩著揩著，我聽見伊說：
> 「大學生了，哭什麼！」
> 那聲音微弱、慌張，也彷彿有些沙啞。我靜靜地躺在那裡，不作一聲。我感到手絹不知在什麼時候便成了伊的綿綿的手，在我的臉頰輕輕地摩挲著。（一，206-207）

這以後，「我」每次看到高小姐平日裡那種刻板的臉，心裡總是混雜著恐懼和親切，我又一次走過值日室時，這樣想著：

> 在白天裡，就如方才罷，伊能極其自然地擺著那樣若無其事的表情。我曾咬定那是一種可恥的虛偽。但是正如那醫生說的：正常的或不正常的人，都有兩面或者甚而至於多面的生活。有時或者應該說：能夠很平衡地生活在不甚衝突的多面生活的人，才叫正常人的罷。但我始終忘不掉那隻曾經撫摸過我的臉的綿綿的手。何況這隻手能彈奏很好的練習曲。（一，207）

這其實只是「我」自以為是的對他人的分析，他真正想望的是，高小姐能夠像他哭的當晚，那麼親切的對待他，他忘不了那「撫摸過我的臉的綿綿的手」。這是多麼需要異性憐惜，同時也就顯露他是多麼自憐、多麼脆弱的傢伙。

　　對於這一點，陳映真自己是看得很清楚。在〈哦！蘇珊娜〉裡，他藉著一個女性敘述者來戳破這種常常耽於幻想的男性的弱點。女主角是這樣看她的男

朋友的:

> 李是個奇怪的男人,一個在大學時代裡並不優秀、並且時常任意曠課的
> 學生,一個無依無靠的窮漢。只不過讀了一小屋子亂七八糟的書,便使
> 他成為一個驕傲的貴族。開始的時候,我曾那麼不可理喻地崇拜著他。
> 但是一年下來,他幾乎從來沒有和我分享過他的莫測的宇宙。有幾度我
> 聽見他和他的幾個也是懶惰而傲氣的朋友抨擊著毫不相干的政治、新出
> 版的書,以及一些很有名氣的作家。此外他只是默默地和我做愛。
> (二,80)

這樣的男人,也許因為他的莫測高深,能夠讓女人眷戀較久,但最終女人還是
會離他而去。女人不可能一直跟在「用夢支持著生活」的男人身邊,女人不可
能像這個男人一樣,永遠漂泊下去。所以「她」雖然還有一點捨不得,終於決
然的離去。幾年之後,在一篇更加苛刻、更加嚴厲的小說,〈唐倩的喜劇〉
裡,陳映真毫不留情的鞭笞著這一類的男人,我想,他應該是會把自己多少包
括在裡面的。

　　所以,陳映真是非常矛盾的,他一方面深深理解,耽於幻想的男人是要迷
戀女人、依靠女人為生的,另一方面,他又會犀利地加以批判。然而,說到
底,他的小說中的男性,是普遍迷戀女性的。譬如,在〈永恆的大地裡〉,那
個在父親的淫威下(即使他只能長年躺在床上)唯命是從,心裡不以為然而又不
敢反抗的兒子,幾乎只能靠著那個他買來的台灣妓女而生活。他一面瞧不起
她、咒罵她,一面又靠著她滿足自己喪失殆盡的尊嚴和天生的、自然的欲望:

> 他沒作聲。忽然感覺到他的腳被伊的手輕輕地摩挲著。一股被安慰的感
> 傷衝上心窩裡來,軟綿綿地悒積著。(三,37)

> 他沒說話。他定睛地看著半依憑著窗櫺的伊的身體。伊的腹和伊的乳都

鬆弛地下垂著，卻絕不是沒有那種跳躍著的生命的。伊的臀很豐腴地煥
發著。他從來不曾愛過伊。然則他卻一直貪婪地在伊的那麼質樸卻又肥
沃的大地上，耕耘著他的病的慾情。（三，43）

「我只要你，也只有你。不要忘了是我花了錢從那臭窰子裡得了你
來。」（三，49）

這一對外省父子，是陳映真刻意地加以嘲諷的，所以，他也就能盡情「揭發」
兒子如何地依賴著這個庸俗的大地之母。

在另一個極端的例子裡，〈蘋果樹〉中那個耽於幻想的貧窮的林武治，自
從和閣樓上的瘋婦人發生關係以後，竟習慣於夜夜向她傾訴自己內心的苦悶：
他父親的欺罔詐騙、他母親的長年哭泣以至於瞎了眼睛、他的幼妹的與人私奔
等等。在這些傾訴之後，陳映真描寫了如下的情景：

月色流滿了斗室，照在伊的裸而無肉且枯乾的肩膀。伊的呼吸平穩，在
一種瘋人的漠然之中，是看不見那種愛人的歡悅的，但至少伊的心境的
完美的和平，是可以信然的。
他順著伊的眼光仰望過去，一輪明月懸在天窗的稍右。突然間他想起了
他自己的蘋果樹來。曾幾何時他已經超出了幻想而深深地信仰著那幸福
的蘋果了。（一，153）

這個瘋婦人枯乾無肉、表情漠然，然而林武治卻可以對著她盡情傾訴，傾訴之
後，在平靜的月光底下似乎已進入了天堂。事實上林武治只需要一個傾訴的對
象，一個沒有反應、只會默默聽著的女人，也許是最適合的，這是怎麼樣的嘲
諷！從這裡，我們看到陳映真的理智是如何的清醒，但同時也矛盾地體會到，
恐怕陳映真自己都會被這種耽溺式的想像所迷惑。

陳映真當然也知道，女性並不純然是男性想像著藉以逃避的避風港，她可

能更是一個更具有旺盛的生命力的主體。因此，反過來，女性又常常考驗著男性的自我，成為他不間斷的焦慮源頭。在〈唐倩的喜劇〉裡，他對此作了淋漓盡致的描繪。但要命的是，女性成為他早期幾乎所有小說不可或缺的角色，她深深地嵌入了男性的脆弱自我之中。

我想，這也許是陳映真早期作品致命的弱點。當他把當代台灣現實看成廢墟時，烏托邦想像只能作為暫時化解現實、逃避現實的幻想的出口，除此之外，最大的慰藉、最大的想像、同時也是最大的焦慮就是來自女性。他對此深有自知之明，在入獄之前，他寫了早期自我批判色彩最為強烈的〈獵人之死〉（1965 年發表），似乎想藉以「清算」他和女性的關係。

〈獵人之死〉的女主角，像「一隻不能停棲的鳥那樣地尋找著愛情」，而獵人本身，則已經「無能於愛情」的了，然而，獵人還是受了誘惑，終於自己走進湖中淹死了[14]。在小說中，陳映真以一種類似全知的觀點講了下面一段話：

> 其實他並不是沒有情慾的人。即便是那麼拙笨的抱擁和愛撫裡，他的男性也毫無錯誤地興奮著。他只不過是一個因著在資質上天生的倫理感而很吃力地抑壓著自己的那種意志薄弱的男子罷了。或者他是個理想主義者罷。而且在那麼一個廢頹和無希望的神話時代底末期，這種理想主義也許是可以寶貴的罷。然而，其實連這種薄弱的理想主義，也無非是廢頹底一種，無非是虛無底一種罷了。（二，34）

這段話可看做陳映真的自我反省和自我批判。女性是理想主義者的廢頹與虛無的一種短暫的鴉片罷了！

陳映真平生至交，自初中時就開始認識的吳耀忠，跟他一起讀政治書籍，

---

14 小說中的獵人說：「我一直被宙斯和他的僕從們追狩著，像一隻獵物」（二，33），又說「他們又終於會得著我的」（二，35），顯然陳映真心中懷著隨時可能被捕的恐懼。因此，在自殺之前，獵人才會說，「但流離的年代將要終結」，「那時辰男人與女人將無恐怕地，自由地，獨立地，誠實地相愛」（二，49）。

一起坐政治牢。然而,這個吳耀忠,在出獄以後,什麼事也不能幹,具有那麼高的藝術才華,卻畫不出什麼東西來。他不斷地酗酒,最後以四十九歲盛年去世。陳映真寫了一篇簡短但感人至深的哀悼文,其中說:

> 革命者和頹廢者,天神和魔障,聖徒與敗德者,原是這麼相互酷似的孿生兒啊。幾個驚夢難眠的夜半,我發覺到耀忠那至大、無告的頹廢,其實也赫然地寓居在我靈魂深處的某個角落裡,冷冷地獰笑著。15

這幾乎可以視作陳映真的懺悔,說明他長期以來如何和盤據他內心的虛無感搏鬥。我覺得,這也是他為他早期作品所作的最佳的自我詮釋。

四

根據以上的分析,我們可以說,在一九六〇年代國民黨嚴酷而充滿恐怖氣氛的戒嚴體制下,陳映真可能是當時唯一認識到這一體制的欺罔性的台灣作家。由於心理的極端苦悶和自我壓抑,他只能以青春、浪漫的情懷,不斷地去抒寫他的幻想故事。這些故事的兩極,是他的廢墟意識和他的烏托邦嚮往,一個是極惡劣的現實,一個是極高遠的理想。當然,這兩者之間存在著無限大的深淵,完全沒有連繫的可能。這樣,就存在著根本不可能克服的無力感,從而導致了虛無的傾向。

在當時的歷史條件下,這種虛無傾向具體的表現在青春期的兩性關係上。陳映真小說中的男主角總是不斷的被異性所吸引,並且想在異性的懷抱中企求撫慰。理想不可能實現的煎熬和異性天堂的渴望,也就成為這些男主角生命搖擺的兩極。我認為,這是陳映真吸引一九六〇年代和一九七〇年代成長起來的台灣知識分子的秘密之所在。他們不像陳映真對台灣的社會現實認識的那麼清

15　《鳶山》(台北:人間出版社,1988),頁 198。

楚，但他們都和陳映真一樣，具有強大的無力感。

陳映真可能是截至目前為止，戰後台灣作家中唯一受到魯迅強烈影響的人。由於台灣的戒嚴體，我只能先讀陳映真，當我對陳映真極為熟悉以後，我才有機會有系統的閱讀魯迅。很奇怪的是，完全憑著直覺，我很少把兩人連繫在一起。當陳映真公開說，他受魯迅影響時，我心中一直還存在著困惑。

我這種明顯錯誤的直覺，卻是有其「感受」作為基礎的。從陳映真那裡，我體會到孤獨、感傷和無力感；但從魯迅那裡，我認識到的是孤獨、絕望和絕望中的希望。當然，這可能和我閱讀時的年齡相關，我在青春期閱讀陳映真，即將進入中年時才有機會認真讀魯迅。不過，經過理性的反省，我現在還認為，兩人的基本區別確實如此。陳映真比較的感傷而脆弱，而魯迅卻具有無比的韌性。這樣的反省事實上是一種自我批評，我希望自己從脆弱中培養出韌性，而這也是我為什麼要對陳映真提出「苛評」的原因，我是從這樣的出發點來寫這篇文章的，一再猶豫之後，終於決定還是這樣寫，希望能得到陳映真的朋友（其中不少也是我的朋友）的諒解。

2009、11、16 完稿

補記：

在寫作本文的時候，我讀到趙剛分析〈麵攤〉（手稿）、〈第一件差事〉的文章（見《台灣社會研究季刊》75 期，2009 年 9 月），和預計在同一研討會發表的論文的初稿。趙剛對陳映真小說的閱讀比我精細，很多地方我沒有想到，因此對我形成很大的壓力。經過一陣子猶豫之後，我仍然維持原來的構想，只是在一些地方把趙剛對我有所啟發的部分引了進來。事實上，趙剛的文章在整體上讓我把原有的某些觀念弄得更清晰，他對我的啟發並不僅限於已注出的部分，這是我應該聲明的。

趙剛後來每寫一篇陳映真評論，都會先發給我看，整體而言，我認為趙剛對陳映真在白色恐怖時期的心路歷程的分析，以及對陳映真在越戰以後有關第三世界思考的爬梳，都相當細膩而可信。不過，趙剛基本上是把陳映真作為

「思想家」來看待，因而陳映真的小說就成為陳映真思想歷程的材料。趙剛想從陳映真的思想中汲取養分，以作他自己未來的參照系。我是把陳映真看作一個具體歷史時代下的一個具體的個人，並且從藝術的角度分析他的小說主題的呈現方式，以及這種呈現方式的得失。經過一段長時間以後重讀自己的論文，我覺得我還願意維持這種評論方式。

　　文章中一個隱而未顯的問題，我想在這裡稍加引申。我談到陳映真的烏托邦想像，也談到他的虛無感，〈山路〉裡蔡千惠的信常被引用的一句話：「如果大陸的革命墮落了，國坤大哥的赴死，和您長久的囚錮，會不會終於成為比死、比半生囚禁更為殘酷的徒然⋯⋯」可以作為兩者關係最好的注腳。烏托邦想像所以是一種想像，是它把黃金世界作為可以預期的夢想，而且還想在自己的一生中看到。這是不可能的。不能因為理想實現的艱難，或者某一理想實踐的變質，就失望於人類的前景，這樣必然導至虛無。歷史是一個漫長的過程，沒有人可以斷言，1789 年的法國大革命、或 1917 年的俄國大革命（即使蘇聯已經灰飛煙滅）、或 1949 年的中國大革命，或任何一次大革命，會是完全的徒然。上面所提三次大革命，即使是最少受到譴責的法國大革命，自發生到現在，譴責之聲仍然不絕於耳。自有歷史以來，沒有一個偉大的運動是在一次實行中就完成使命的，但人類追求理想的信念，至今仍然不曾熄滅。我覺得應該從這個角度去認識陳映真小說中的弱點，因為這不只是陳映真的弱點，而是台灣知識分子非常普遍的弱點。我知道，即使是台獨派中，還是有不少人喜歡陳映真早期的小說，因為陳映真的某種氣質，是他們共有的（包括因為虛無而來的強烈的自憐情緒）。我不是為了批判陳映真而批判陳映真，而是著眼於台灣知識分子的普遍傾向，同時也含有自我批判和自我警惕的意思。

2010、9、22 補記

陳光興等主編《陳映真：思想與文學》，台灣社會研究季刊雜誌社，
2011 年 11 月

吳晟詩中的自我與鄉土

一

　　一九六二年，吳晟開始發表詩作，那時候他只有十八歲（西洋算法）。從六二年到六五年之間，他總共發表了三十三首詩。刊登這些作品的刊物如下：《文星雜誌》十首，《海鷗詩刊》五首，《野風雜誌》四首，《幼獅文藝》四首，《藍星詩頁》三首，《葡萄園》詩刊兩首（另三首各發表在一個刊物上，兩首未註明發表處）。應該說，在這四年裡，吳晟並沒有自外於當時的詩壇主流。但在其後的五年中（1966 到 1970），吳晟完全跟詩壇脫離關係，只在《南風校刊》和《屏東農專雙週刊》發表作品，其間有在《笠詩刊》和《幼獅文藝》各刊登他的一首詩[1]。六○年代後半期，吳晟似乎是自我放逐了。

　　六二年至六五年的詩作，《吳晟詩選》只錄了一首〈樹〉（1963）[2]，但這一首卻頗有意思，值得分析：

　　　而我是一株冷冷的絕緣體
　　　植根於此
　　　──於浩浩空曠

1　以上均據《吳晟詩作編目》，見《吳晟詩選》（台北：洪範書店，2000），頁 291-294。

2　以下凡是在詩題之後註明的年數，表示該詩發表時間。

　　嘩嘩繁華過後
　　總有春的碎屑，灑滿我四周
　　而我是一株冷冷的絕緣體
　　不趨向那引力

　　亦成蔭。以新葉
　　滴下清涼
　　亦成柱。以愉悅的蓊蔥
　　擎起一片綠天

　　而我是一株冷冷的絕緣體
　　植根於此
　　縱有營營底笑聲
　　風一般投來（頁3-4）[3]

首行前無所承，卻以「而我」開始，這是當時的流行句法。以「樹」為題，且把樹比喻成「冷冷的絕緣體」，也是當時風尚。第三節的「亦成蔭」、「亦成柱」，感覺上好像是當時余光中式的句法。從命題、比喻、到造句，都可以看出詩壇主流的影響。不過，如果從表現「自我」這一點來看，又似乎和將來的吳晟有所關聯。

　　《吳晟詩選》的第二首詩〈選擇〉（1967）馬上可以看出這一關連：

　　刻滿霜寒的闊形面孔
　　不懂得隨季候變換臉色
　　我不是一具善於取悅誰的玩偶

3　以下所錄吳晟詩作，均引自《吳晟詩選》（台北：洪範書店，2000），隨文注出頁數。

> 以為再灑點兒春的殘屑
>
> 就能絆住我嗎
>
> 我已背起行裝，即將遠行（頁5）

這是全詩的第一節，除了「春的殘屑」可和〈樹〉中「春的碎屑」呼應外，語言更趨於樸實，吳晟的自我風格似已逐漸成形。下面是關鍵性的第四、五兩節：

> 讓欄柵裡的華麗
>
> 旋轉一扇一扇炫耀
>
> 讓瘖啞了的聲音
>
> 尖叫著豐腴的供養
>
> 且在冰涼的掌聲裡浮游
>
> 我已跨出腳步，即將遠行
>
> 若你讀到我孤獨的足印
>
> 在一面扉頁上的一小角
>
> 讀到我傷痕斑斑的落魄
>
> 你儘管鄙笑我的選擇
>
> 以笑聲誇示你預言的靈驗（頁6-7）

按照這首詩的主題，吳晟大可套用當時流行的存在主義術語，題為「抉擇」，但他卻選用較為普通的「選擇」。不過，詩中所下的決心是很明顯的，他已決定不趨流行，走自己的路。當然，「在一面扉頁上的一小角，讀到我傷痕斑斑的落魄」，未免有些「孤苦」，以後的吳晟是不會說得這麼白的。

　　一般人所熟知的吳晟的詩風，似乎在一九七二年開始發表《吾鄉印象》詩輯時形成的。可以拿來和前兩首作為對照的，我選了〈例如〉（1977）這一

首:

　　　例如，看見某些人
　　　以斑斕的顏彩
　　　拚命粉刷早已腐朽的牆壁
　　　常忍不住想告訴他們
　　　那是沒有用的，那是沒有用的

　　　例如，看見某些人
　　　體面而高貴
　　　卻肆無顧忌掠奪別人的東西
　　　常忍不住想大喊出來
　　　捉賊啊！捉賊啊

　　　例如，聽見某些人
　　　高喊著漂亮的口號，哄抬自己
　　　常忍不住想揭穿
　　　不要欺騙吧！不要欺騙自己吧

　　　而你居然也學會
　　　在臉上塗抹化妝品，粉飾自己
　　　孩子呀！阿爸忍不住要告訴你
　　　以真實的面貌
　　　正視真實的世界吧（頁150-151）

這首詩的前三節模仿民謠式的複沓、重疊，以加強效果，語言幾乎樸實無華，
看起來好像沒有任何象喻，一般總以為沒有任何技巧。像「以斑斕的色彩／拚

命粉刷早已腐朽的牆壁」這樣的句子，有人可能還會覺得陳腐。但我覺得，「那是沒有用的」、「捉賊啊」、「不要欺騙吧」這種幾乎有點犯傻的實話，反倒可以戳穿到處可見的表演與偽善（也可以用到吳晟自己所選擇的政治黨派上）。這裡，吳晟的力量來自於出乎別人意料的絕對真誠的「自我」，類似於說出國王沒穿衣服的小孩。這是吳晟花了十餘年工夫逐漸形成的「自我」。

與〈例如〉同年創作，卻和〈例如〉形成有趣的對照的是〈不要駭怕〉，全詩五節，現節錄二、三、五節於下：

　　　阿爸對世界有很多不滿
　　　卻不敢向世界表示
　　　只好向你們媽媽發脾氣
　　　阿爸不是勇敢的男人

　　　阿爸對世界有很多愛
　　　卻不敢向世界說出來
　　　唯恐再受到刺傷
　　　只好以這種方式
　　　向你們媽媽傾訴
　　　阿爸是懦弱的男人

　　　阿爸和你們媽媽，只是一對
　　　卑微的小人物
　　　生活這樣辛酸而沈重
　　　只有爭吵爭吵
　　　醱酵一些些甜蜜（頁145-147）

前一首是以最樸拙的態度去面對社會與他人，這一首則反過來面對自己，能夠

用以批評別人的，同樣也可以反過來批評自己，這是吳晟要求絕對坦誠所表現出來的「可愛」之處，它甚至蘊含了一種特殊的幽默感。

二

以上第一節以最簡單的方式呈現吳晟從二十世紀六〇年代到七〇年代追尋「自我」的過程及其最終形成的面貌。從台灣戰後文學的整體角度來看，吳晟的這一心路歷程是非常獨特，因而值得大力表彰的。

可以說，自紀弦於一九五六年宣告成立現代派以來，台灣詩壇（可以擴大應用到整個台灣文壇、或台灣文化環境），「追新」與「跟風」逐漸形成風氣。許許多多的人熱切的追求新的主義，以為只有這樣才能證明自己高人一等。現在看起來，裡面的浮華與虛偽是非常明顯的，而當時卻不自覺，以為正在從事一項嚴肅的工作。

當時台灣正在進行緩慢而穩定的現代化，教育體制上，追求民主與個人自由的理念，最容易得到青年學生的認同。可能當時普遍推行的聯考制度，也加強了學生對自我成就的強烈欲求。總而言之，當時台灣出現了一種仿效西方個人主義的「自我」意識。

這種自我意識大概也只能在追求西方的現代新事物上得到滿足。所以，較聰明的、才智較高的，人人不肯落後，大家爭著撿拾報刊、雜誌出現的新概念、新名詞，以便為自己「創造」出一個全新的世界。現在的年輕人應該無法理解當時青年學生的求知慾，因為求知正是走向新世界、走向有價值的自我的唯一一條道路。

如果一個人慾望較強、神經較敏銳，而又自覺在這條道路上正在成為一個落伍者，他會非常的痛苦。我覺得，七等生的小說正表現了一個失敗的「自我」的自憐與煎熬。應該說，當時文壇到處瀰漫著敏感青年的「自我」，因為大家都極需別人的肯定，也就是說，大家都拚命隱藏自己脆弱的一面。

除了七等生之外，陳映真、王禎和、黃春明也都有同樣的內心掙扎，只是

表現的不像七等生那麼明顯罷了。吳晟是詩人，不是小說家，但他的經歷無疑可以和這幾位稍微年長的作家相比較。最有趣的是，吳晟和黃春明一樣，最後都「淪落」到台灣最南端的屏東（一個讀屏東農專、一個讀屏東師專），離現代文化的中心台北最遠，而最後也都走上一條完全擺脫現代主義風格的創作道路。

吳晟最終成為一個鄉村中學教員、鄉下農夫和農村詩人的綜合體，在當時的台灣文壇，應該是一個特例。父親於一九六五年因車禍去世、大哥已到美國留學，所以，一九七一年他在屏東農專畢業後，回到家鄉任教，並和母親一同負擔農作，是責無旁貸的。這樣的經歷，使他最終擺脫了現代主義的影響，形成自己獨特的詩風。

從詩壇主流「淪落」到屏東農專，最後回到家鄉當鄉下教員兼作農夫，表面上吳晟成為現代「自我」的最大的挫敗者，這好像是非常不幸的，因為他不得不從競爭行列提前退下。但也因此，吳晟最終看到了這個自我的虛幻性，而完全自外於流行風尚。

不過，這個覺悟是有一個過程的。在《吾鄉邦象》詩輯，我們可以看到吳晟掙扎的痕跡，試看〈稻草〉：

> 在乾燥的風中
> 一束一束稻草，瑟縮著
> 在被遺棄了的田野
>
> 午後，在不怎麼溫暖
> 也不是不溫暖的陽光中
> 吾鄉的老人，萎頓著
> 在破落的庭院
>
> 終於是一束稻草的
> 吾鄉的老人

　　誰還記得
　　也曾綠過葉、開過花、結過果

　　一束稻草的過程和終局
　　是吾鄉人人的年譜（頁 84-85）

這裡的「稻草」，是被世人所遺棄，有一種苦澀的味道，但比「我傷痕斑斑的落魄」的「悲苦」稍好一些。又如〈野草〉：

　　我們是驕傲的
　　野生植物，嗯！我們是卑微的
　　野生植物

　　默默接受各樣各式的腳步
　　任意踐踏；默默接受
　　圓鍬、鐮刀、或鋤頭，任意鏟除
　　我們的子子孫孫，依然蔓延
　　……
　　陽光和雨水，甚至春風
　　啥人也不能霸佔
　　寬厚的土壤，不需要任何照料
　　詛咒吧！鄙視吧！鏟除吧
　　我們的子子孫孫，依然茂盛
　　……（頁 116-117）

這種稍嫌過度的驕傲，其實正如〈稻草〉的被棄心態一樣，同樣有一種心理上的無法自我滿足。

《吾鄉印象》詩輯，一直被視為台灣鄉土詩的代表。我卻覺得，它表現的，毋寧是一個失落的鄉下小知識分子尋找自我認同的過程。這個過程，在《向孩子說》詩輯中完滿結束。只要把前節〈例如〉和〈不要駭怕〉二詩拿來和〈稻草〉和〈野草〉對比，就可以發現，〈例如〉二詩具有〈稻草〉二詩所缺乏的鎮定。應該說，自一九六五年以來的自我放逐，到一九七七年終於以自我形象的確定而告一段落。吳晟也因這一階段的棄世（也被世人所棄）與重新自我肯定，而得以在台灣詩壇確立他的獨特地位。

回顧這一階段台灣文學發展，有一點不能不令人感到驚異。在台灣現代化的過程中，鄉村與小鎮所受到的衝擊，遠大於幾個城市。大量的農村人口移向城市，農村出身的知識分子也一批批的出現。然而，在現代主義文學中，這樣的農村幾乎找不到位置。這種情形，在現代詩中尤甚於現代小說。我們可以肯定的說，六、七○年代，台灣只出現過一位有分量的農村詩人——這就是吳晟在戰後台灣詩史上獨特位置之所在。他的地位，沒有人可以用任何方式加以否認。談（或選）台灣現代詩而不談（選）吳晟，只能證明他的文學史觀的極端偏頗。

三

一九七六年，《吾鄉印象》出版，這是吳晟作品的第一次結集[4]；一九七九年，重新編選過的詩集《泥土》由當時最支持鄉土文學的遠景出版社印行；一九八○年，愛荷華寫作班邀請吳晟赴美訪問一年。這幾件事代表了「鄉土詩人」吳晟已在台灣文壇確立了他的地位。[5]

---

[4] 1966 年吳晟曾經出版過一本詩集《飄搖裡》（屏東：中國書局，1966）。

[5] 1975 年余光中在〈從天真到自覺〉一文裡，說：「只有等吳晟這樣的作者出現，鄉土詩才算有了明確的面目。」見《青青邊愁》（台北：純文學出版社，1977），頁 125。由此即可見出，當時文壇對吳晟的看法。

　　事隔二十餘年，更年輕的一代恐怕對吳晟未必感興趣，即使有人閱讀吳晟，恐怕也未必如二十世紀七〇年代的人那樣的閱讀法。大約幾年前，有一位比我年輕得多的朋友，激烈的跟我爭辯，吳晟的《蕃薯地圖》寫的是「台灣」。最終，我以苦澀的心情放棄了爭論，因為我分明記得陳映真的〈試論吳晟的詩〉[6]引述過下列詩句：

　　　　是的，我們都令你失望
　　　　甚至令你感到羞恥
　　　　正如艱苦地養育我們長大的
　　　　中國的這塊蕃薯土地
　　　　不能帶給你光彩和榮耀（〈美國籍（1978）〉）[7]

　　　　聽一聽我們的江河，有多少話要說
　　　　探一探我們的山嶽，蘊藏多少博愛
　　　　望一望我們的平原，胸懷有多遼闊
　　　　告訴你們不要忘了
　　　　這是我們未曾見過
　　　　卻是多麼親切的江河山嶽和平原（〈晨讀（1979）〉）[8]

我認識吳晟較晚，約在二十世紀八〇年代末、九〇年代初。但到了九〇年代中、末期，我已了解到，吳晟的想法一直往另一邊偏過去。因此，我們不能責備吳晟在《吳晟詩選》中不選這些詩作。我只能藉著這一件事來討論吳晟的

6　原刊《文季》1 卷 2 期（1983 年 6 月），收入陳映真《孤兒的歷史　歷史的孤兒》（台北：遠景出版社，1984）。

7　《吾鄉印象》（台北：洪範書店，1985），頁 117。

8　《向孩子說》（台北：洪範書店，1985），頁 70-71。

「自我」與「鄉土」的關係。

按照我個人在七○年代對「鄉土文學」的理解，它至少有兩個含義。一、立足於自己的土地，吳晟上列兩首詩表達的就是這種感情。二、站在這塊土地上的廣大民眾的這一邊，所以，吳晟也曾以堅定的口吻這樣說：

　　　　因為你們身上沾滿了泥巴
　　　　他們竟說，你們是骯髒的

　　　　因為你們不會說 bye bye
　　　　他們竟說，你們是愚笨的

　　　　因為你們的粗布衣裳和赤足
　　　　他們竟說，你們是粗俗的
　　　　……
　　　　孩子呀！無論他們怎麼說
　　　　阿爸確信，你們是最乾淨的孩子
　　　　阿爸確信，你們深深的凝視最動人
　　　　阿爸確信，你們樸素的衣著最漂亮
　　　　……（〈阿爸確信（1977）〉）[9]

這一首詩《吳晟詩選》也未選錄。《詩選》中當然也有類似的詩作，但都不如這一首講得堂皇而正派。

如果我們把「鄉土」「確定」為某一塊具體的土地（這跟「立足於自己的土地」不同），並且要為這塊「土地」的「自主性」而奮鬥，這樣的說法明顯和七○年代的一般理解有極大的差距，而且會和原來的理解產生矛盾。這是我對

9　同上，頁 7-8。

二十世紀八〇年後許多台灣知識分子的改變大惑不解的原因。「思想」是可以改變的,這應該承認,但如果可能這麼快就變過來,而且一點也不感到矛盾,那麼,「思想」這種東西也未免太「輕」了。

吳晟是「慢慢」變的,他如何變,為什會變,我不知道。但他從美國回來以後,曾「沈淪」過一陣子,他曾坦白的承認過:

> 自愛荷華歸來不久,曾幾何時,我竟一步一步陷進以往我最不能苟同的生活方式,且越沈溺越深,對文事非常失望、對自己非常灰心,對紛擾的世事非常厭倦。下班之後,不是和一些鄉友吃吃喝喝,便是坐近牌桌,不再熱心教育、不再關注社會,渾渾噩噩無詩無文。
>
> 多少個深夜,你獨自騎著機車四處找我,將我從酒桌、牌桌邊帶回家,淚眼汪汪的規勸我,甚至也曾越說越傷心而出手打我耳光,仍打不醒我的迷醉,挽不回我的振作。(〈期待〉)[10]

吳晟曾跟我講述過在美期間的一些事,我也許可以據此稍加揣測,但也純屬揣,不能行之於文。總而言之,吳晟終於「變成」另一個樣子,我以為他變得「偏狹」了,這對他的文學創作的敏感度明顯造成不利的影響。

為什麼說,把目光「確定」在一塊具體的土地上,會讓自己的視野變得狹窄起來呢?因為,為了這個「確定」,「能不能建立自己人的政權」就成為最關注的焦點,從而減弱了、甚或抹滅了本來該有的同情心。如果我們確信,「泥巴」和「赤足」無損於人的尊嚴,為什麼這一標準只適用於某一塊土地上,而另一塊土地上的同一種類的人就是類「垃圾」或「蟑螂」的東西[11]?同樣的,如果我們可以責備一個台灣同胞為了台灣「不能帶給你光彩和榮耀」而

---

10 《吳晟散文選》(台北:洪範書店,2006),頁 198。

11 「垃圾」、「蟑螂」是二十世紀八、九〇年代不少反中國的文章,針對中國人的用詞。上個月,我在卡拉 OK 店又再一次聽到,一個台獨派說出了「蟑螂」這個詞。

想成為美國人，我們怎能為了「中國」「不能帶給你光彩和榮耀」而拒絕承認自己和中國有過千絲萬縷的關係？如果任何人拒絕再當台灣人或中國人，那是他的選擇，我們不能說什麼。但如果他說，因為台灣或中國太過貧窮，太過落後，讓人感到難堪，我們雖然不能制止他的選擇，但我們有資格「鄙視」他，他應該算是勢利眼吧，我們也不想跟他交朋友。

不論如何，吳晟在二十世紀八〇年代之後，曾經有過長期的心理掙扎。正如他自己所說的，「從一九八〇年初，由於諸多因素，我的詩創作銳減，而後幾乎完全停頓。」經過長期的努力，「直到一九九六年，新的組詩《再見吾鄉》才經營完成。」應該說，吳晟自覺的努力是應該讓人佩服的，因為他還很認真的想當個詩人。但當我懷著期待讀完他送給我的半是手稿、半是剪貼稿的影印件時，我實在不知道自己能說什麼，所以我要寫一篇評論稿的承諾無法兌現。

《再見吾鄉》主要是關於台灣這塊土地的，關於土地的破壞是這一組詩的中心關懷點。現在把其中兩首詩節錄對照於下：

即使往昔那樣貧瘠
營養不足的年代
我們的稻穗，至多不夠飽滿
何曾遭遇什麼不妊症

如今不時炫耀富裕飽嗝
我們的千頃稻作
未成熟竟已紛紛枯乾
這有殼無實的稻穀，如何收成
……
更驚心的是，併入不適用耕地
也許正符合農家心願

趁機將稻穗不妊症

變更為有殼無實的繁華（〈不妊症〉，頁 220-221）

如果我委婉訴說

一畦一畦平坦如鏡的水田

如何認真繁衍

綠葉盈盈　稻穗款擺

自給自足的飽滿

你願意傾聽嗎

如果我激烈表達

工業毒水肆虐的水田

如何伴隨蔓草　叢生憂傷

叢生稻作快速萎縮的夢魘

你願意傾聽嗎

……

啊，滔滔資訊喧囂擾嚷

各有眩目招搖的音調

我該尋求怎樣的發聲

才有誰願意傾聽（〈誰願意傾聽〉，頁 241-243）

我覺得第二首比第一首好，第二首的語氣是「氣憤的」，比較有感情；第一首是「講理的」，因為感情不明顯而覺得都只是「詞句」。但在《再見吾鄉》裡，第一首的風格是「主調」。

在這個系列裡，我認為最好的是下面一首：

寫詩的最大悲哀

不在於困苦思索

不在於寤寐追求

不在於字斟句酌的琢磨

……

寫詩的最大悲哀

不在於直接逼視人生的缺憾

又無補於現實

不在於必須隱忍人世的傷痛

壓縮再壓縮

……

那，寫詩的最大悲哀

也許是除了寫詩

不知道還有什麼方式

可以對抗生命的龐大悲哀（〈寫詩的最大悲哀〉，頁 225-227）

這首詩所以感人，是因為吳晟不再企圖「肯定」什麼，而只是寫出他的悲哀。相反的，其他的詩作不過是藉著「關心」這塊土地來表現他的「肯定」這塊土地，這是一種「變相」的表態，所以寫不出真正的感情來。

四

　　為了和《再見吾鄉》加以對比，我們可以再對《吾鄉印象》稍加回顧。《吾鄉印象》裡我認為最好的兩首詩，在一般的評論裡很少看到別人引述過。第一首是〈獸魂碑〉（1977）：

　　吾鄉街路的前端，有一屠宰場，屠宰場入口處

　　設一獸魂碑──

　　碑曰：魂兮！去吧
　　不要轉來，不要轉來啊
　　快快各自去尋找
　　安身託命的所在
　　不要轉來，不要轉來啊

　　每逢節日，各地來的屠夫
　　誠惶誠恐燒香獻禮，擺上祭品
　　你們姑且收下吧
　　生而為禽畜，就要接受屠刀
　　不甘願甚麼呢

　　豬狗禽畜啊
　　不必哀號，不必控訴，也不必
　　訝異——他們一面祭拜
　　一面屠殺，並要求和平
　　他們說這沒甚麼不對

　　不必哀號，不必控訴，也不必
　　訝異——他們一面屠殺
　　一面祭拜，一面恐懼你們的冤魂
　　回來討命；豬狗禽畜啊
　　魂兮！去吧（〈獸魂碑〉，頁 130-132）

這是從溫馴認命的農民身上所感受的人世的不公。擴大來講，難道在那些為了
幾萬元、十幾萬元而全家燒炭自殺的人身上，我們就看不到這些「豬狗禽畜」
的命運嗎？另外一首是〈狗〉（1977）：

傳說，狗在子夜屬叫，必有甚麼事將臨———

你們也有不知怎樣排遣的寂寞嗎
你們也有不知怎樣抗拒的恐懼嗎
你們也有甚麼發現
急於警告吾鄉的人們嗎

汪！汪汪！汪汪汪
深夜裡，你們隱忍不住的叫聲
一聲比一聲焦急而悽屬
徒然擾亂吾鄉的沈睡

一切，不都安靜無事嗎
除了你們的叫聲
一切，不都安靜無事嗎
多疑多癡的你們，也去睡吧
安安靜靜睡你們的吧

你們到底擔心甚麼
你們到底望見了甚麼
那都只是莫虛有的幻影啊
不要再叫了
你們隱忍不住的叫聲
徒然惹人厭煩（〈狗〉，頁133-134）

吳晟在寫這首詩時，到底在想什麼，我可以推想得到。但是，把這首詩放在二十、二十一世紀之交，大部分台灣人都感到滿意的時代，仍然可以產生震撼的

效果。如果我們要說，吳晟這首詩是為了警示他的「台灣人」，那未免太離譜了。但是，這首詩仍然可以抽離他所創作的那個特殊年代，而仍然讓人感動。

這就是二十世紀七〇年代的吳晟和九〇年代的吳晟的區別。那時候，他「立足」於農村與廣大農民，所以敏銳地感受到一個有良知的知識分子本應該感知的東西。相反的，當他感到自足，從而用一塊土地來死死界定他的「自我」時，某些東西也就消失了。

去年（或者前年），吳晟發現他得癌症，開刀狀況良好，沒有立即的死亡的威脅，但是，死亡的陰影多少還是籠罩在他的心頭上。他寄給我一些詩稿，我都仔細讀了。我們來看其中兩首：

　　暮色微暗，不覺掩上桌面
　　掩上正在閱讀的這冊厚厚大書
　　字跡辨識稍感吃力

　　才閱讀了幾頁呢
　　有些字句曾仔細咀嚼
　　似乎有所領會
　　多數匆匆掠過
　　含意不甚理解

　　倒是行句之間
　　不時波動的山水景致
　　如在眼前
　　不時牽扯的人情義理
　　深入肺腑

　　趁還有些微光

再讀上幾頁吧

也許只有數行　散句

雖然懊悔錯過太多

而有些急切

只能這樣了

反正厚厚一大冊

未及閱讀的

永遠　多得太多

當黑暗全面籠罩

不得不掩卷

無須驚訝嘆息

只是悄悄終止閱讀（〈趁還有些微光〉）

傍晚在自家小樹園

日常休憩，靜看葉片謝幕前

最後的舞姿

又如流連依依的揮別

偶有一截枯枝

啵一聲掉落

躺臥在鋪滿落葉的地面

我彷彿聽見

辭行的喟嘆、非常輕

拿起竹耙，掃成堆

像例行性清掃逝去的日子

抬起頭，落葉迴旋又紛紛

才正要輕吁出聲
赫然發現，枯枝
是新芽萌發的預告
每一片落葉，輕易鬆手
都是為了讓位給新生

如同逐年老去的我
在每一張童稚的面容
煥發的青春裡
找到生命延續的歡欣（〈落葉〉）[12]

第一首以讀書來暗喻閱世：已經盡力了，看不到的也無需遺憾，不能了解的也就算了，比喻非常自然，語氣非常平靜。第二首是對自然循環的認識，最難得的是他體會到的「生命延續的歡欣」，也是以極端的平靜敘述出來。

憑良心說，我讀了這些詩，頗為難過，遞給太太看，她看了前面幾首，也說好。還有一首幾近完美的〈凝視死亡〉：

凝視死亡
——回應吳易澄

一組晚年冥想，凝視死亡
未必準備就此終老
只是重新調整
如何面對生命
竟引起你熱切回應

---

12 吳晟《晚年冥想》，《聯合文學》246 期（2005 年 4 月），頁 68-69。

你自言實習醫生的日子
見過許多生死來去
已有些麻痺
這組詩篇卻牽動你
潛藏的困惑

其實，我只是順應尋常的歷程
無意塑造什麼典範
每個生命都在各自完成
某種使命與意義

而我們將雙眼的凝視
繼續轉化為詩句
就是不斷調適，與世界的衝突
尋思可以留下些什麼
或者，不該留下什麼

凝視死亡
就是凝視生命
或許有些悲傷
更多是期許自己
還有夢想要實踐[13]

這首詩差不多已達到吳晟詩藝的高峯，整首詩就像聽吳晟在講話，但文字既樸

---

[13] 按，此詩與其他詩作，後來以《晚年冥想》（續集）之總名，發表於《鹽分地帶文學》
第九期，2007 年 4 月。

實，又簡鍊，完全沒有贅字。更重要的是，吳晟說出了，在長期艱困生活後對生命的體會。「轉化為詩句／就是不斷調適，與世界的衝突」，這就是真正的「自我」。「自我」不可能是「凝固」的，更不可能靠著一片什麼神聖的土地來加以「界定」，而是在「與世界的衝突」中，「調適」出來的。是癌症讓吳晟想起了死亡，從「凝視死亡」中，吳晟重新「凝視生命」。既然是生命，就要對自己有所期許、就覺得「還有夢想要實踐」。能夠把自我生命的發展說得這麼好的詩句，恐怕也不太容易找到了。

很高興吳晟又找回了那個原來的「自我」，既謙卑、又不怕受到挑戰的自我，既不「從俗」、也不刻意「不從俗」的自我。把這樣的心靈不斷地加以充實，吳晟肯定還會寫出許多好詩。他有機會成為五、六十年來台灣最好的詩人。

2007、5、27 完稿

2007年6月，發表於彰化文學國際學術研討會，彰化師範大學國文系主辦

鄉下「讀冊人」
——阿盛以及他的時代

一

　　當代台灣作家中，我對黃春明、吳晟和阿盛特別偏愛。我生長於南台灣的一個偏僻的小農村，雖然在十三、四歲時就遷居台北，雖然在鄉下時從來沒有幹過農活，但在深心裡卻一直覺得自己是個鄉下人。即使在城市已經住了四十年，即使現在已經無法過農村生活，但仍然以為自己是鄉下人。

　　進入大學以後，我開始閱讀當代台灣的作品，有喜歡、也有不喜歡的。六〇年代末，我從《文學季刊》讀到黃春明〈青番公的故事〉，第一次看到把台灣的老農夫寫得這麼親切而動人，從此就喜歡黃春明。七〇年代初，在別人的推薦下讀了吳晟的詩集《吾鄉印象》，發現原來鄉下人的牢騷、辛酸和委屈也可以寫進詩中，從此以後就記住有吳晟這麼個人。

　　七〇年代是所謂「鄉土文學」的時代，出現了許許多多的「鄉土」作品。我在其中發現了一些「為鄉土而鄉土」的東西，有一些虛矯氣，並不很喜歡。當然有一些人並不一定寫鄉土，但也不能說不好。但說到「鄉土味」，道道地地的，並不摻雜由城市品味去多多少少「仿造」出來的，我發現，阿盛正是其中較突出的一位。

二

不能否認，七〇年代的鄉土文學具有明顯的政治傾向，這一點我不但不反對，而且還舉雙手贊成。替鄉下人講話一點也不算錯。七〇年代的黃春明和吳晟也都比以前「政治化」，即使他們的作品未必比以前好，但總不能說他們的更為「覺醒」是不對的。

比起來，七〇年代末開始進入文壇的阿盛，反而比較不具「政治性」。但也不能因此說，阿盛不愛鄉土，或說，他的鄉土味不足。

阿盛的成名作可能是一九七八年三月發表的〈廁所的故事〉。此文開頭就說：

> 開始唸小學那一年，我第一次看見衛生紙，至於正式使用，是在二年級的時候，在這之前，解手後都是用竹片子或黃麻稈一揩了事。

這樣簡單的一句話，對於具有相同經驗的人不知會勾起多少可笑而親切的回憶。從黃麻稈換成衛生紙，是我們生活中的一件「大事」。鄉下人生活中的每一次變化都是神奇而不可思議的。同時，為了適應每一次變化，鄉下人一次次的表現了他的笨拙可笑、無知而缺乏自信。阿盛這一篇文章雖然寫得幽默有趣，但對於同一成長經歷的人來說，它的意義是難以言傳的。

一九七九年一月發表的〈春花朵朵開〉比較大規模的描寫農村的變化。外行人也許會說，這是藉農村的進步來讚美台灣經驗的起飛。其實不是的。五〇年代台灣的農村生活還是很困苦，對每一個小孩來說，一件新衣服、一雙新鞋子、一個新書包，都可以讓他高興好一陣子。在各種各樣物資鋪天蓋地的現在，很難想像一件微不足道的「小東西」對我們具有的那種重大意義與快樂。「春花朵朵開」這一似乎庸俗的題目，卻貼切了表達了鄉下人在社會「日漸進步」中感受到的人生的幸福。要說到戰後台灣人的「幸福」，從以前到現在，恐怕還找不到有哪一種可以比得上的。

這就是「初出茅廬」的阿盛。也許有人會說,他是靠鄉下的趣事來討喜,那真是對阿盛散文最大的誤解。你可以去比較當時流行的一些類似《湖濱散記》的鄉土散文,就會發現阿盛最大的長處是:他總會找到最適切的細節來「再現」農村社會的生活。就內行人來講,他才真正了解鄉土的「土」味。他寫的是農業社會日常生活的「土味」,並且是靠他扎扎實實的生活經驗累積起來,並靠他與城市生活長期比較以後體會得到的。就這樣,他為台灣的「鄉土文學」增添了一筆異彩。

三

當然,也不能說阿盛是「野人獻曝」,或鄉下人向城裡人獻「野味」。一個人如果堅持認為自己是「鄉下人」,那是因為,在長期與城裡人相比較以後,他認識了鄉下人根深柢固的生活方式和為人風格,並由此而形成某種類似倫理觀和人生觀的東西。在這方面,阿盛的兩篇散文〈稻菜流年〉(1985 年 4 月)和〈拾歲磚庭〉(1986 年 1 月)所表達的心境是既心酸又感人的。

〈稻菜流年〉從田鼠講起。阿盛對田鼠的習性、動作、生活方式都非常熟悉,講得既細緻又動人。田鼠只吃田裡的東西,但也不多吃,飽腹而已。農人也知道,不但容忍,甚至認為,看不到田鼠,今年就要歉收。阿盛從小時候戲弄田鼠,到長大後觀察田鼠與農人的生活方式,竟覺得農人其實就是田鼠,他說:

> 這(按,指農人的生活)類同田鼠罷,老祖母的話你記得,田鼠其實吃得簡單,牠不會挑揀碩大的番薯啃咬,因為一次吃不了;牠喜歡吃落地的穀子,因為攀爬稻梗太招搖,且是不必要;牠認命,牠守在阡陌一角,飽腹之後唯一擔心的只是大水與乍然而來的干擾。

這寫出了農人的易於知足,但害怕無法預知的大災禍。偏偏因為農人的善良和

單純，大災禍就常會出其不意的襲來。〈稻菜流年〉時而田鼠時而農人，夾敘夾議，深刻的表現了阿盛對農人命運的感同身受，以及對於人世不公不義的無奈與辛酸。

〈拾歲磚庭〉寫的是麻雀，寫法類同〈稻菜流年〉，也是雀、人雜寫。阿盛仔細描繪小時候他們如何戲弄、捕捉麻雀，用手電筒照雀窩、用一把米裝在空罐頭或畚箕中再牽一條繩子誘捕麻雀……如今自己到城市謀生，竟發現自己的處境就如在城市中覓食的麻雀。文章結尾是這樣的：

> 可是，人呢，人在磚庭上一粒一粒撿拾稻穀，在磚庭中一點一點聽聞舊事，哪裡掉下來的天生萬物（按，暗指「天生萬物以養人」）？……倒是，人和麻雀相同，這句話，二十多年來一直沒有忘記。二十多年了，老厝已不在，田地已換主，玩伴已星散，磚庭已改樣；卻是，當年看著麻雀啄穀粒的情狀，恆常深印腦中，啄一下，抬頭看人……還有，城裡的霓虹燈真是很像孩子王手中的手電筒……還有還有，一把米，一個畚箕，一條繩子……繩子，繩子，繩子，繩子究竟在誰手裡？偶爾沉思中驚醒，我無法回答自己的問題。

我看過許許多多同村或鄰村的「少年仔」到台北市來「找頭路」，他們或做小工，或做黑手，或者賣菜，或者開小店舖，有的拉過三輪車，有的開計程車。他們大都只有初、高中畢業，所求的只是用體力求得溫飽，養兒育女，再讓他們受點教育。對很多人來講，讓子女讀上大學都還只能是「夢想」。他們所以能買上房子，多半還是鄉下老家賣了田的或老厝換來的。小時候聽閩南語歌曲，常常聽到「到城市打拼」、「賺大錢回家」的話。我難以否認，六、七○年代很多人發了大財，但我所熟悉的同鄉，一個也沒看到。誰也不能否認，鄉下人的生活變好了，鄉下人（不論住城裡還是鄉下）大都很滿足。但一般而言，除了少數「會讀冊（書）」、「會做生意」而改變社會地位的人外，鄉下人並沒有怎麼「翻身」。憑我個人三十年的親身見聞，再讀阿盛這兩篇「鄉下

人在都市叢林」的雜感，不免都會有一點心動而「眼熱」。

四

　　阿盛一九五〇年生。比我小兩歲。現在回顧起來，從光復後開始讀國民小學的人（約生於三〇年代中期），到五〇年代中期出生的人，都可以算是「同一時代」的。他們小時候都經歷了最困苦的農村、小鎮生活，但也在六、七〇年代之交看到台灣社會突然富裕起來。

　　對於這一、兩代的貧苦人家來講，既無錢無勢，又不會鑽營逢迎，唯一靠「本領」往上爬升的「正途」就是「讀冊（書）」。「讀了冊」考上大學，身分、職業、待遇，一切的一切似乎都可以得到改善。我們可以說，現在台灣社會各階層的菁英，都吸收了不少當年「會讀冊」的「貧農之子」。曾經以此作為號召的陳水扁，不過是其中「最」佼佼者而已。

　　但正如前文所說，更多的貧農之子成了都市中的工人、手工業者，介於小有產與無產之間的人，溫飽沒有問題，但還是占台灣社會最大多數的「民眾」。至於哺育我們的上兩代，祖輩現在一個也不存了，父輩大約一半離開人間，留在的或在鄉間守住一片老宅，或在都市兒輩家中「養老」。

　　「翻身」的「讀冊人」，一般而言，許許多多認為他們是憑著自己的才智與努力才成為「勝利者」、「上等人」。他們似乎不必因此感謝任何人，即使表面上講得震天價響，但「察其言而觀其行」，似乎並不如此。至於「良心未泯」的（我不知道比例如何），大抵都把上一代的「恩情」緊記在心。但除了傳統的「孝順」之外，他們也大抵知道，他們不能為整個上一代及其「未爬上來」的他們的同代做些甚麼。說起來，他們的「良心未泯」也只能得到「問心有愧」。因為，「讀了冊」之後，除了自己的「發達」，他們實際上談不上對社會「有什麼貢獻」。

　　阿盛得到第八屆南瀛文學傑出獎，在為此而出版的自選集的序言裡寫了這樣幾句話：

　　我曾祖（諱保）、祖（諱為）世居六甲鄉，父（諱文杞）遷居新營。影響
　　我最大的是母親（賴氏諱閃），她過世時，我默禱她莫再出世為人，蓋
　　人生多苦。每念及她，心語難宣一二，我不孝。

從這些文字來看，阿盛是恪守傳統、念舊，並且深知感恩而「有愧於心」的。
這種「貧農之子」的純樸而言，我似乎很少在其他地方看到。他為母親七十六
歲生日而寫的〈心情兩紀年〉，同樣讓我感動。

　　阿盛的「不忘本」在〈契夫上帝爺〉一文中表達得相當淋漓盡致。他因從
小身體不好，由祖父帶著到真武殿許給上帝爺作「契子」（客子），並取得了
一份「香火袋」。後來他寄居城市，還一直把破舊的「香火袋」寄給母親，請
她換新的。這是一種「不忘本」的儀式，我能了解，就像我永遠記得祖母在每
天入睡前如何拈香拜天地、祖宗一般。

　　「不忘本」的人大都「心軟」。阿盛母親說他：「盛也，爾心肝軟，不夠
奸雄……」（見〈心情兩紀年〉），所以他喜歡憑自己的經驗編寫一些「鄉土舊
事」，充滿了溫情，多少有些傳奇色彩，如〈狀元厝裡的老兵與狗〉、〈乞食
寮舊事〉、〈十殿閻君〉、〈姑爺莊四季謠〉、〈白玉雕牛〉等。在我看來，
這些故事寫得「太溫情」而不夠「真實」。「真實」應該是更「嚴峻」的。但
我仍然喜歡，「蓋人生多苦」，農業社會的「溫情」也許已不合時代潮流，畢
竟還是可以懷念的。

五

　　七○年代的鄉土文學我是熱心支持的，七○年代的黨外運動我也是熱心支
持的。但在隨後的二十年中，我看到太多的「貧農之子」為著權勢與名利而高
舉著「鄉土」與「本土」的神主牌到處宣講，然而，在他們身上一點也看不到
傳統農民一向謹記在心的「忠厚」之道，他們甚至把原本「忠厚」的部分鄉親
影響得「澆薄」而盛氣凌人。你可以說，他們的農民氣質被徹底的資本主義化

了。你也可以說,小農的狹隘加上資本主義的「利己」,融合成最近二十年越來越不可愛的台灣社會風尚。

所謂的「鄉土文學」,在今天看來,應該不是因此而「懷念過去」。阿盛喜歡引述祖太的話,這讓我回憶起我的「阿媽」(祖母)。她批評人只有兩句話:一、「做人不是這樣做的」;二、「讀冊(書)讀到背上去了」。按我老祖母的想法,讀書是為了更好的做人,讀了書而不會做人,那不是讀到背上而沒有讀到「心」裡嗎?這種「鄉土」概念應該不至於過時。它的生活型態、它的風俗習慣也許過時了,但它所堅持的「做人的道理」,難道不應該考慮嗎?作為一種「做人」的理想,它難道就不如現今的「只要權勢在手,道理就在我這邊」嗎?

在台灣的資本主義發展成今天這種樣態的時候,重讀阿盛的「鄉土」散文,不能不有所感慨。為了表示我對他散文的喜愛,也為了懷念我們那個「貧農之子」崛起的時代,同時也為了表示我們並非「無愧於心」然而又茫然不知所措,我勉力寫了這一篇序言,希望獲得阿盛以及一些看不到的「同道」的了解與共同嘆息。

《明道文藝》345 期,2004 年 12 月

「眞實」在哪裡？

——張大春小說理論與小說創作的矛盾

　　由於受到台灣七〇年代鄉土文學潮流的影響，張大春的小說創作是從現實主義出發的。但不久之後，他開始質疑現實主義對於「現實」的看法，最終形成他的後現代小說敘述學。然而，張大春的小說創作和他的理論卻呈現明顯的緊張關係。就創作而言，他表現了一種拒斥現實和接受現實之間的拉扯狀態。無寧說，他的理論只是一種「理想」狀態，他的創作所呈現的種種矛盾也許更合乎「真實」。

一

　　七〇年代末，張大春（1957 年生）幾乎和宋澤萊（1952 年生）、黃凡（1950年生）同時崛起於台灣文壇，並被視為現實主義鄉土文學的後起之秀。一九七八年，張大春以小說〈雞翎圖〉獲第一屆時報文學小說甄選優等獎，因此成名。兩年後，小說集《雞翎圖》出版，在作為序言的〈書不盡意而已〉一文裡，張大春對當時的文學風氣有所回顧：

> 回顧我單薄的成長經驗，在茫昧而段片的印象中，環境裡一度藝文風潮的變革迎身而過。也成為年事輕輕的寫作者重要的營養和啟發……風氣確實重新佈置過。兒時的布袋戲也就成為這些年來孳乳著的象徵，各種藝術經驗交疊著這個象徵之下的許多聲音和姿色……這些佈置起新社會

的景觀，也成為人們肯定生活與理想的確鑿依據……人們開始尋找歸屬和淵源，傾聽著任何與民族心跳一致的脈搏，以期望風慕義。[1]

很明顯，對於鄉土文學所引發的關於台灣前途問題的探索，張大春是受到衝擊的。不過，這時候張大春對於小說家所扮演的角色多少有一點困惑，他說：

> 停筆於小說已半年有餘，我經常思考著問題就在這裡：如何假定我的描
> 述是「寫實」的？又如何證明我的詮釋不是大膽而武斷的？我所框架所
> 呈現的文化景觀是未經扭曲的嗎？至少，某些故事裡的人物都是我現實
> 生活中所接觸甚至相處過人的投影，而無論有意無心，投影勢必導致曲
> 折和差異，勢必是朦朧的。那麼，我足夠公正嗎？這是寫作技巧的問
> 題？還是小說作者先天的權限被忽視而擴大了呢？[2]

這個地方似乎可以看出張大春年輕時候的謙虛與不夠自信，但或許他深心中已感覺到，新的社會風氣所要凝塑的現實，似乎和他的直覺並不完全合拍。隨著台灣政治局勢的變化，張大春越來越清楚的感受到了這一點。

於是，張大春逐漸滑向了現實主義的對立面。他開始質疑傳統現實主義的表現技巧。當時（八○年代初），黃凡的小說敘述方式也正在起變化。對於黃凡「多元化」的嘗試，張大春非常讚賞，他說：

> 他（指黃凡）最近不論公開或私底下強調寫作是為了好玩，不只是他自
> 己覺得好玩，更重要是讀者覺得有樂趣。他用大量寫雜文的方式，有意
> 無意地訓練他寫小說的筆調，另一方面也摻雜了許多胡說八道的雜文式
> 枝蔓，你甚至可以說它與主題無關，與結構統一無關，只在加強小說在

1　《雞翎圖》（台北：時報文化出版公司，1980），頁2。
2　同上，頁3。

> 讀者閱讀時的吸引力、說服力、趣味性。[3]

這樣，他就以小說是否「有趣」、「好玩」來取代了小說的是否有意義。他強調了小說家在敘述方式上的「遊戲性質」，以及作品對讀者的吸引力，因此，他在〈言不盡意而已〉中所憂慮的小說家是否有權力詮釋現實的問題，也就不存在了。

　　一九八二年，加西亞・馬爾克斯獲得諾貝爾文學獎，張大春開始接觸魔幻現實主義，並立即受到強烈影響。一九八六年得到時報小說獎首獎的〈將軍碑〉，可說是這一時期的代表作。在這篇小說裡，張大春透過種種方式讓我們看到，關於將軍的許多截然不同、甚至相互矛盾的敘述，小說是這樣結束的：

> 於是將軍無所不在，也無所謂褒貶了。他開始全心全意地守候著，有一天維揚（將軍的兒子）終究也要懂得這一切的：因為他們都是可以無視於時間，並隨意修改回憶的人。[4]

在台灣政治劇變的過程中，張大春瞭解到他從小所學習到的中國現代史的「虛構性」，藉著〈將軍碑〉的敘述模式，張大春表現了他的「狡獪」：你可以說，他在諷刺，將軍隨時在修改他的歷史；也可以說，張大春在暗示，所有歷史都是人為書寫出來的，不可以相信。從這裡開始，張大春把他對「歷史」所持的懷疑態度同時擴大到對「一切敘述」的懷疑。在〈小說寫作百無聊賴的方法〉裡，他藉著一位「搞語意學和語法學的教授」之口大發議論道：

> 所謂「熟悉世界的方法」至少有三個語意層次。第一，整個世界是「賴

3　〈80 年代台灣小說的發展──蔡源煌與張大春對談〉，《國文天地》4 卷 5 期（1988年 10 月），頁 35。
4　《四喜憂國》（台北：遠流出版事業公司，1988），頁 31。

伯勞」所熟悉的，這個世界的「方法」意味著他存在和認知的主客關
係。第二，「賴伯勞」所熟悉的世界其實不是整個世界，而是他所出身
特殊背景以及他所處身的特定環境，而這個小世界的「方法」表示他生
活中那些一成不變的老套，甚至包括日常會話、無意義的語氣詞、反覆
使用的口頭禪……這些細節。第三，以上皆是。[5]

張大春無疑以「人的認識都受限於他的主觀經驗」，從而否定一切敘述的客觀
性，並進而推論出：「一切敘述都是謊言」。從這一邏輯產生了他的轟動一時
的後現代「名作」《大說謊家》（1989 年）。這書從頭到尾都是「瞎掰胡扯」
充滿了趣味性，但你永遠不會把它「當真」。

張大春懷疑一切的「後現代」態度其實有他的「現實基礎」的。他在一篇
雜文〈一切都是創作〉裡說道：

> ……世界有兩種人，一種人寧可讀新聞，另一種人寧可讀小說……世界
> 上肯定還有第三種人無法就新聞和小說兩者來答覆「寧可」與否……也
> 許第三種人……反倒提醒了這個世界現存的「新聞／小說」讀者：我們
> 有時以為自己是第一種人，卻在抱持著讀新聞的態度讀小說；我們有時
> 以為自己是二種人，卻在抱持著讀小說的態度讀新聞。如果我們相信新
> 聞是真的，有時寧可希望它像小說一樣假；如果我們相信小說是假的，
> 有時卻寧可希望它像新聞一樣真。[6]

這與其說是在說明一種「書寫理論」，不如說，張大春在表達他對現實的無
奈。也許外省人的上一代（特別是那些領導者），該為台灣的現狀「負責」，但
他「寧可」不追究其「真相」；也許台灣人今天所表現的「怨氣」有其歷史的

5　《公寓導遊》（台北：時報文化出版公司，2002），頁 84。
6　《張大春的文學意見》（台北：遠流出版事業公司，1993），頁 9-10。

因素，但他（一個外省第二代）今天卻必須漫無止境地「忍受」他們的「不講理」。對於這一切，你又能怎樣？除了否定一切，對一切嬉笑怒罵之外，你還能怎麼樣？於是張大春以「後現代」之名開始玩遊戲，既模擬司馬中原的鄉野傳奇來寫他的《歡喜賊》（1989），又寫出《少年大頭春的生活周記》（1992）和《我妹妹》（1993）那種讓人不知如何談論的「娛樂作品」。表面上，他似乎成了一個玩世不恭的人，如詹宏志所說的：

> 一個想追求社會真實的作家，在受到真實的玩弄之後，憤而玩弄真實以
> 為報復，這倒像解釋了張大春日後的發展。[7]

因此可以說，張大春的整個小說敘述學、以及他寫小說的態度，也就是他掌握現實、詮釋現實的一種特殊方式。

二

　　一九九六年李登輝競選總統期間，張大春出版了一本明顯影射、攻擊李登輝的「小說」，題目就叫做《撒謊的信徒》。一個以「大說謊家」自命的小說家，居然疾言厲色的批評別人是「撒謊的信徒」，再沒有比這樣的行為更具有諷刺意味的了。在這本書的映照之下，張大春後現代式的敘述理論就折射出它的獨特的「現實」意義了。

　　當時的台灣社會，已經有很多人知道，李登輝曾經在五○年代初加入過共產黨的地下組織。雖然李登輝很快就退出，但在其後的長時期內，仍然為此付出了被懷疑、被審查、擔心受怕的代價。張大春的小說即以此做為題材，想像主角李政男（影射李登輝）在這過程中，出賣同志、膽怯怕死的總總表現。書中

7　〈張大春面面觀〉，見楊澤主篇《從四○年代到九○年代》（台北：時報文化出版公司，1994），頁366。

對李政男行為與性格的描寫，夾雜著總總道聽途說，再加上張大春個人的想像。有些細節頗為生動，但作者把小說化的情節蓄意的影射真實存在的李登輝，這種混淆視聽，很難說是公正的指控。

不過，這本書最有價值的地方，恐怕在於張大春對歷史的評論。這個時候的張大春，對五〇年代左右兩岸以及世界的政治情勢，開始有所了解，但也只能說是一知半解。他把這些一知半解再加以「魔幻」轉化，並時時加上自己的評論。我們不必去批評他的歷史知識，但他的評論所顯現的背後的心態，卻值得加以分析。譬如，小說寫到，李政男想起他以前出賣過同志，不覺跪下來，向上帝禱告。張大春寫道：

> 上帝在這時應許了李政男的禱告——祂當時正在剪腳趾甲，並噘唇吹開散落在面前的趾甲屑、腳皮等穢物，這個小動作使得德國施瓦本地區三座小城遭受旋風襲擊，損毀兩千多幢房屋、吹倒七百六十株巨樹，造成三百多人的死傷。稍後，伊朗在四天之內連續發生兩次大地震，有一百多個村莊被震塌，為數一萬以上的災民或遭活埋、或經挖出而復埋在散發著灼臭蒸氣的集體墳場。不過，上帝既不在意這一類的災難，也未曾刻意改變祂修剪腳趾甲的方式，冥冥中祂聽見李政男熱切的禱詞：「不要再讓人提起那些事，我會專心侍奉你。主啊！應許我。阿門。」
> 「好罷。」上帝這樣就作成了決定。[8]

這種「不敬」與肆意雌黃，我以為，並不表示：張大春不相信有歷史的真實性，而是：他不認為歷史總會表現正義。他為此大發脾氣，在整本書中隨意批評，連蔣介石、蔣經國父子都未能幸免。他最生氣的事情就是：

> 他（李政男）是個笨蛋。我可以不討厭笨蛋，天下那麼多笨蛋我沒功夫

8　《撒謊的信徒》（台北：聯合文學出版社，1996），頁96-97。

都去討論，那可討厭不完了。可是一個笨蛋有朝一日掌握了權力、而且是相當大的權力，這就叫人討厭了。[9]

可以說，台灣的歷史發展不如他的心意，他因此對歷史「不懷敬意」，而不是他相信不相信歷史的「真實性」的問題。這就是他的嘻笑怒罵式的後現代敘述學的心理根源。

《撒謊的信徒》一書的序言，絕對是值得一讀的。張大春嚴肅的問自己：這樣一本影射材質庸劣、識見短淺的政客的小說值得一寫嗎？他一本正經引述懷德海和海耶克的話，說明他的小說想要探索：懷有稚氣般怨恨的人們如何湊聚成一個「偉大的團體」，並推出一位元首或神祇，以化解或削弱其個體之自卑？他說：

> 一個人為了化解或削減其自卑、為了藉助於偉大團體中某些「看起來比團體以外者優越的分子」（如一位元首或一位神祇）、也為了能夠對付團體以外的人時盡情發揮其本能（如一種稚氣般的怨恨），或者──更矯飾一點的說：為了逃避他身為一個個人的孤獨命運，他祇好選擇淹沒自己，走上被奴役路……是啊！撒謊的信徒！你從來不曾偉大過，為什麼要假裝呢？[10]

這與其說是在攻擊李登輝，不如說是表達張大春對於李登輝的支持者的藐視，因為他們都是一群自卑的個人，為了淹沒自己，只好組成一個偉大的團體，藉助於一位元首（或神祇），以排斥「他者」來顯示自己的偉大存在。張大春在序言中所表達的高高在上的藐視之感，和他在《大說謊家》一書、或者他的小

9　同上，頁 102。這是書中多次審問過李政男的特務頭子，在李政男掌權後，對李政男的評論。

10　同上，頁 7-8。

說論述中的嬉笑怒罵，形成截然的對照，無疑可以宣告他的理論的破產。

三

如果張大春的創作整體，就只是如上面所說的，是一種特殊的敘述理論和《撒謊的信徒》的惡意毀謗這兩極之間的截然對照，那麼我們可以說，張大春只是一個心懷叵測的寫作者。跟他對立的族群，很容易得出這麼一個簡單的結論。其實，張大春遠為複雜。不過，這種複雜性並不容易看出。還好，二○○三年他出版了《聆聽父親》。從這本書往回追溯，再去看以前張大春寫過的所有作品，就能夠清淅的看出這種複雜性。

《聆聽父親》是一本跟自己不願承認的「過去」握手言和的書。以前，張大春以「大說謊家」之名似乎不願意接受外省族群的歷史，現在他終於接受了。其源由是：生他、養他的父親即將逝去，而他的下一代即將降臨人世，他終於情感迸發，願意為他的下一代書寫下來，他父親不斷為他陳述的家族史。當然，這是一部小說化、漫畫化的家族史，不過，仍然流露了真正的感情。譬如，書中有這樣一段的描寫：

> 「爸爸今天六十了，你喝醉了，爸爸很高興！」我父親說得很慢，一個字、一個字，像是生怕說團圓了露出醉態來：「嘻！沒想到哇，我也活到六十了——跟你奶奶過世的時候一個歲數了。」
>
> 「你可不可以不要再說那些老家的事了，聽起來很煩吶——走開啦！」我繼續吐著。
>
> 他忽然沈默下來……他走了。臨到門邊兒的時候，他忽然用那種京劇裡的老生韻白歎唸道：
>
> 「走、走、走——唉！我——往何——處去呃？」[11]

11　《聆聽父親》（台北：時報文化出版公司，2003），頁134。

這是過去，而現在呢，父親將死：

> 我站在我父親的病床旁邊。從窗帘縫隙裡透進來的夜光均勻地灑瀉在他
> 的臉上，是月光；祇有月光才能用如此輕柔而不稍停佇的速度在一個悲
> 哀的軀體上游走，濾除情感和時間，有如撫熨一塊石頭。老頭兒果然睡
> 得像石頭，連鼻息也深不可測。要不是每隔幾秒鐘會有一條腿猛可痙攣
> 那麼一下，他可以說就是死人了……然後我知道：這是我開始寫下一本
> 書的時候了，他將預先講述給一個尚未出生的孩子聽──在巨大無常且
> 冷冽如月光一般的命運輾過這個孩子之前：這個不存在的孩子將會認識
> 他的父親、他的父親的父親、以及他父親的父親的父親。他將認識他
> 們。[12]

　　這本書的筆調，仍然如張大春的其他作品一樣，具有玩世不恭的味道。在
追溯他的家族史時，從高祖張冠英以下五代，包括他的父親，沒有一個不受到
他的嘲諷與揶揄的。譬如，張冠英被人家騙走了三百畝的土地，而他的孫子
（張大春的祖父）則「遇人則疑，遇事則怒」（張大春一再稱他為「老渾蛋」、「老
煙蟲」）；張大春父親那一代，也沒有一個好樣的：大伯是有一文花一文的敗
家子，二伯染上了嚴重的毒癮，而五大爺則是永遠和世界有距離的「不長眼」
的遊魂。至於父親，從小就想逃家，最後終於逃到國民黨的軍隊中，連寫信回
家都不敢有一句話提到非常寵愛他的母親。在張大春筆下，張家五代都是命運
底下的挫敗者，「望見了孤立無援的人生祇能退縮、無從奮進」，「嚇得或愣
得無從自然表達一丁點兒個人的情感」。離鄉數十載，病重中的父親，異常的
想家鄉：

> 「春兒，你起來！」他在病床上喚我……

12　同上，頁 7-8。

「記得我跟你說過畫地圖的事罷？」

「甚麼地圖？」

「膠濟線啊，膠濟鐵路啊，我在第四兵站級部的時候畫的那些地圖啊
──你忘了？」

「沒忘呢。」

「你看那是甚麼？」他努努嘴唇。

「是天花板。」

「廢話！我不知道那是天花板嗎？天花板畫的是甚麼？你看清楚了。」
天花板上什麼都沒畫著，原本很潔淨的一片白，在夜暗之下不過是霾影
一般黯淡的灰。

「那不是我畫的鐵道圖麼？你看看，你看看──千軍萬馬呀！」[13]

這就是一輩子顛沛流離的父親，對於自己的過去，以及自己的家鄉深刻的懷
念。這樣的人生，張大春原本一點也不想繼承下來。自己家族的這種歷史，他
當然不願意承認。至於說，「台灣人的苦難」跟他父親有關係，他父親負有責
任，因此他也必須承擔下來。他怎麼可能接受這種歷史邏輯呢？他只願意承
認，「巨大無常且冷冽如月光一般的命運」輾過張家的每一個世代，也將輾過
他的未出生的孩子身上。

四

張大春是不是一個優秀的小說家呢？目前我還不敢下論斷。但我以為，在
近二十年台灣政治省籍對立極端激烈的年代，張大春的創作無疑具有一種獨特
的文獻價值。他的「家族史」，如果擴大來看（這樣講也許不夠謹慎，但或許可以
成立），也可以說是台灣外省族群的心態史。他在《撒謊的信徒》（包括其序

---

13 同上，頁 211-212。

言）對李登輝及其「信徒」（省籍情緒強烈的「台灣人」）的攻擊，可視為最為不滿的外省人對「台灣人」的藐視；這種藐視，不能說全是捕風捉影。張大春無疑具有強烈的偏見，但也因此有所「見」，這些他都毫不隱諱（甚至可以說肆無忌憚）的說了出來。因為他擺出「大說謊家」的姿態來訴說這一切，很多人就不以為意，但很可能，他是台灣二十年來說出最多「真實」的寫作者。

2006、11、6

補記：本文前兩節取材於本書所收〈世紀末期台灣後現代思潮種種面相〉第一節，但全文自有其論述邏輯，故不避重覆而收入，讀者諒之。

隱藏於歷史與鄉土中的自我
——談李昂《自傳の小說》與朱天心《古都》

　　自從「台灣意識」隨著黨外政治運動在七〇年代逐漸興起以後，各種「台灣人」身分認同成為大家矚目的焦點，政治活動和公共論述幾乎都圍繞這一焦點來展開。在文學創作的範疇裡，「認同」問題也同樣成為作家意識的核心。有一個時期（大約在八〇年代後期至九〇年代前期），如果不涉及這一問題，就差不多無法談論當代台灣的文學現象。

　　最近幾年，這種過度發熱的現象似乎已明顯退燒，新生代作家更關心的是身體、情慾與性別，或者所謂的「後現代書寫」。不過，不可否認，「認同」問題仍持續可見，只是，其表現形態與八、九〇年代之交的高峰期頗有異罷了。

　　本文想要藉由近兩年所發表的兩部小說——朱天心的《古都》、和李昂的《自傳の小說》，來探討「認同」文學的晚近趨向。我覺得這種趨向是很值得玩味的，它似乎把認同問題推到某種極端，在這種現象下，也許我們會覺得，「認同」與其說是「政治」問題，還不如說是「自我」的問題。或者，我們也可以說，晚近的「認同」文學向我們展示了：隱藏在認同「政治」的表面下，也許更深刻、更根本的是關於「自我」的問題。

　　讓我們回想一下較前階段的認同小說，譬如李喬的《寒夜三部曲》，或者陳映真的〈趙南棟〉。居於這類作品的中心的是一種「外在的客觀存在」，即鄉土（native）、或歷史、或兩者兼具，是在這一大背景下展開一連串人物的故事，他們所構成的「整體」，是作家所要形塑的、同時也是作家所要認同的。

作家把自己投身到這一「客觀存在」中，作家在其中並不刻意表現（通常是隱藏）「自我」，因為對他來講，有了那一「客觀存在」，「我」即在其中，根本不需強調。用後現代主義的話來講，這種「正統」的認同文學是一種「大論述」，作家承認其存在，並且「認同」於它。

但晚近的認同文學卻表現出迥異的形態。為了便於剖析，我們先從李昂剛出版的，以謝雪紅為主角的小說開始。謝雪紅是歷史人物，陳芳明的《謝雪紅傳》把她塑造成堅持台灣立場，並因此而受到中國共產黨嚴酷批判的「英雄」。以李昂一向的政治立場，她當然可以遵循這一傾向，以小說方式更生動的塑造謝雪紅的形象，按「正統」的認同小說的形式宣揚她的「台灣意識」的政治理念。

但是，李昂以《自傳の小說》的書名明白宣示，她並不想寫一本寄託其政治認同的歷史小說。這書名，可以解釋為：李昂以謝雪紅為第一人稱，代謝雪紅寫「自傳」（小說的大半篇幅確實採取此一形式）；也可以解釋成：她藉寫謝雪紅的一生來描述女性（包括作者自己）的心靈，藉謝雪紅的生命投注自己的某些女性認同。李昂以下列字句結束整本小說。

> 謝雪紅
> 你的一生，我的一生⋯⋯
> 我們女人的一生。（皇冠出版公司，頁347）

明顯表現李昂藉寫謝雪紅來達成「她自己」的女性認同的目的。所以，與其說她在寫謝雪紅，不如說她藉謝雪紅之口來「說」她所想望的那種女性自我。

小說的寫作方式可以證實這一看法：小說裡有一個敘述者，女性，現代人。她從小自三伯父的敘述中知道一些謝雪紅的傳說和事蹟，知道一些台灣史的片斷，也由此知道女性在傳統社會中的處境。她所陳述的三伯父的話基本上是作為「反襯」──反襯女性的命運。同時，在她的敘述中也隨時呈現出自己對女性處境及台灣歷史的認同。但是，更重要的卻是，在敘述者藉由她的認知

所形成的歷史架構下陳述謝雪紅的一生時，小說家經常讓謝雪紅的「意識」自我呈現，以呈顯謝雪紅的「心靈」。這一部分篇幅最多，也最為重要，因為謝雪紅的「形象」主要藉此形塑而成。

這些謝雪紅的「內心意識」所作的描述，也是最「主觀」、最具小說家個人想像氣質的部分。這不是歷史重構下，在歷史情境中所作的想像，完全是小說家極具任意性的「書寫」。譬如，謝雪紅派到莫斯科留學，有一陣子在集體農莊受訓，恰好碰到經期來臨，小說家是這樣「呈現」謝雪紅的。

> 參觀的時間很長，我內急找不到方便所在，到農舍後松林，連血都流在地上。大股的血還有紅黑色血塊，滲入土裡留下深色痕跡。我不知道這痕跡多久，會如何消逝，不過我想那濃紅色的經血還混著血塊，一定很滋補，入土後，它會變成養分，滋養了松樹，春天到來，會有一古樹幹的新葉，因吸取我的經血長得特別茂盛……
> 如此我與這農民的土地，便有著永恆的實質關聯。（頁141）

三〇年代參加革命，千里奔赴莫斯科學習的謝雪紅，如果真有經血不慎流入土中，會是這樣想的嗎？這種極其自我膨脹的想像，不能不說「出奇」得很。

不久之後，長期身體禁錮的謝雪紅禁熬不住，主動找林木順做愛，且看謝雪紅作何感想。

> ……我一定要在這房裡歡笑，我要我隱蔽私處淌出的淫水沾染滲入屋內木質地板，持留下去。雖然在此不會有一株植物的枝葉因它的滋養而苗壯，但我會與這舊社會原只屬於富人的華廈留下彼此最深切的記憶。
> 而你，你不會想要與這新興的，朝氣勃發的無產階級有進一步的關聯嗎？當你的精液噴灑在我最深的內處再隨著我的淫水滴滴下落，淌流下的還有我們肌膚的汗，那肉體在最極致中的拋捨，在我們不可能重回的所在……（頁143）

我們當然不能假定每一個革命者都是如何的「高、大、全」，但革命者在忘我的做愛中還會這樣想到留下「歷史的印跡」，不能不說是對謝雪紅形象的「獨異」的塑造。

李昂所想像的謝雪紅的「性格」，除了以上所述藉經血、淫水以擴張自我之外，當然還有許多「有趣」的面向。譬如，謝雪紅在成為台灣共產黨的領導人後，認識了小她七歲，並將成為她後半生伴侶的楊克煌。且看謝雪紅是如何看待楊克煌的。

> 我無需辨識即已知曉，你何以有一雙美麗至此的雙眼皮大眼睛，因著那眼皮是一道我前世的咬痕，留下清楚的月牙形印記，長的插在眉眼瞼鬢間，再來包藏住你今世深沈的眼瞳。
>
> 於是，從那我前世咬痕的雙眼皮，從那翻飛的黑長眼睫中，我看到，它密緻綿長，為著盈盈覆置我前世的魂魄，悄然站立在你深不可測的眸子深處，再用她同樣漆黑的眼瞳，來回應我的容顏。
>
> 從你眼眸中的我自己的黑瞳中，我看到百世百劫的我自身，顯映在你漆黑的眸子重重疊影中。我這身軀，你便已用那雙眼皮美麗至極的大眼睛，親臨過無數回。（頁 193）

這時候的謝雪紅已經四十七、八歲，歷經童養媳、小妾、五卅慘案、留學莫斯科、組黨、被捕、遣送回台等一連串事件，可謂無限風霜。可她「戀愛」起來，卻還是「前世」、「百劫百世」、「密緻綿長」、「親臨」、「回應」，浪漫至極。這當然是李昂藉謝雪紅所構造出來的一個想像中的女性，而不是謝雪紅本人。

不過，這一想像重塑的謝雪紅，最明顯的特質還是她的情慾。譬如，她讓張樹敏用他的陽具沾酒在她赤裸雪白的身上寫下「你貪我愛」（頁 52-56），她和張樹敏在駛向上海的航船中，在狹窄的舖位處，一個站著，一個躺著，隨著水流的高低起伏，衝刺、迎承（頁 92-95）。在隨後的革命鬥爭及逃亡過程中，

她也時時不忘把握「滿足」自己的機會。過了五十歲以後，擔任「台灣民主自治同盟」主席，仍與她下屬的秘書長楊克煌維持了這種親密的關係。我們當然不能說革命者就不能做愛，但做愛頻繁出現，其重要性似乎超過革命鬥爭，這樣的謝雪紅「形象」則是李昂「書寫」下的特點。

謝雪紅生長於貧苦的農業工人家庭，因父親積勞致死而不得不賣身葬父，因頗具姿色而被人贖身作為小妾，沒有受過正式教育，不能識字讀書。這樣的女子在五卅慘案中作為台灣人脫穎而出，被派往莫斯科留學，回台後成為台共領導人，在戰後初期混亂的台灣社會扮演了重要的角色，因而成為「台灣民主自治同盟」的首任主席。在革命與鬥爭過程中，她的行事風格常被爭議，但在當時的社會條件下，我們不能不承認這是一個「特異」的女性。這種女性如果得到現在的女權運動者的讚賞與認同，也是很自然的事。

但是，我們不能不說，歷史中的這個謝雪紅，在李昂的敘述架構之下，只是以一般歷史陳述和資料排比「形式」上的形成一個空架子。在這個空架子裡，真正具有血肉的謝雪紅，就如前面所分析的，是一個沈迷情慾，有時又如少女般的極端浪漫、有時又呈現了過度自我膨脹的女性，而這一切，又通通集中於作為女性的「性」那一方面。這就是透過李昂的想像所「書寫」出來的謝雪紅。

這顯然不是「正統」的認同文學，因為它並不營造一個「客觀歷史」，並讓在這之外的自我認同於這一「客觀存在」。相反的，一開始李昂就極有意識的以一個明顯的自我去書寫那一個歷史存在過的謝雪紅，把謝雪紅「改造」成李昂所想像的那種女性自我。因此，閱讀到後來，我們幾乎很難分得清楚，哪些是敘述著的聲音，哪些是謝雪紅的聲音。你可以說，這是小說在敘述設計上的缺陷，但是可以認為，李昂一開始就不想把這兩者區分得很清楚，李昂在序裡說：

> 如果是「自傳」，又何以是「一部小說」？「自傳」又何以能由人作創作？「小說」又何以能成為「自傳」？因而，究竟是誰的自傳？誰的小

說？（頁9）

李昂說，她寫下這一段話是針對「台灣劣質的閱讀文化」和「趨炎附勢的無恥文化打手」而發，以免又有人「無中生有」、「對號入座」。在這種「威脅」下，我們當然不可以說，謝雪紅是李昂等同於小說的敘述者，再等同於謝雪紅。這樣作一定會得到「劣質閱讀」的美名。

不過，這樣「書寫」出來的謝雪紅不同於「大論述」架構下的認同小說，則屬無疑。謝雪紅被一種文字想像「女性自我」化了，這個「女性自我」是誰並不重要，事實是，謝雪紅被某一個主體的想像「化」成某個「自我」了。從「大論述」轉向一個「自我」，「大認同」變成「小認同」，這是晚近認同文學的一種趨勢。

如果說，李昂假託歷史來書寫某種女性自我的想像，那麼，我們可以說，朱天心在《古都》裡則假藉鄉土來寄託自我的迷失。

雖然朱天心家庭的母系是台灣人，但由於父系更為顯赫有名，在台灣族群問題激化以後，她理所當然的被視為（也按習慣自視為）外省人。自《我記得……》以來，因為族群歸屬而產生的認同問題，一直是縈繞於朱天心創作的重要主題。在這方面好像看不到任何外省作家像她這麼「執著」。

收於同名小說集的中篇〈古都〉是朱天心晚近對於認同問題的極有意思的書寫，很值得玩味。在這裡，朱天心好像是要「直搗」本土派的「黃龍府」一般，竟然也以台灣的「鄉土」作為小說的核心。不過，在這裡，我們同樣可以看到，隱藏在鄉土大架構下，可能還是一個最真實的我的問題。

整篇小說的敘述架構設計得十分的「巧」（但未必「妙」）。剛開始，「我」留連於台北角落，憶想她在學生時代與密友 A 逛遊各處的陳年往事，充滿了懷舊與感傷，不過幾乎處處都要使用日據時代的舊地名，讓人詫異（與不快）。差不多二十頁以後（小說不分節，此處所指在麥田出版社所印行的頁 150 處）。我們看到她來到日本的京都，因為自大學畢業後即不再相見，長期居留異國的 A 約她同遊，並重溫同榻而眠的少年舊夢。但 A 並未如約而至，

「我」在京都一面欣賞「亙久不變」（與她多次重遊一模一樣）的風貌，一面追憶台北的今與昔，充滿了孤獨與感傷。數日後，心裡知道 A 不可能踐約，決定提前返台，卻在台灣機場被旅遊業者誤認為日本遊客（頁 210-211）。於是將錯就錯，持在日所購旅遊書（內附殖民時代的地圖和景點）遍遊台北。至此我們才恍然大悟，小說開頭處接續這裡，並處處使用舊地名。當然，「舊」台北遍尋不著，「我」放聲而哭。小說至此結束。

很明顯，這裡的「古都」具有雙重指涉，既指京都，又指台北；而京都，又是為了對照台北而設計的。京都是不變的，維持了「我」所喜愛的舊風貌，而台北則完全不復當年──「我」所懷念的是那個舊台北，「我」所不能忍受的則是現在的新台北。

「我」把台北（擴大來講即整個台灣）歸咎於排斥「我」這一族群，並宣稱只有他們「愛台灣」的那些自命為「台灣人」的一群。「我」暗指陳水扁說：

> 你變得不願意亂跑──害怕發現類似整排百年茄冬不見的事，害怕發現一年到頭住滿了麻雀和綠繡眼的三十尺高的老楓樹一夕不見，立了好大的看板，賣起一坪六十萬以上的名門宅第，它正對的金華街二四三巷一列五十年以上的按樹也給口口聲聲愛這島嶼愛這城市的市長大人給砍了，並很諷刺的當場建了個種滿小樹的社區小公園。（頁 184）

「我」還暗中批評了陳唐山：

> ……你想起那個因反抗集權政府去國海外三十年不能回來的異議人士，時移勢易，他一旦當上縣長以後，照樣把南島最後一塊濕地挪做高污染高耗能源的重工業用地。（頁 181）

「我」對舊台北（台灣的「古都」）真是如數家珍，她像導遊一般，引導我們遍尋台北老街的每一棵老樹。

> 你走過羅斯福路一銀背後晉江街一四五號……就讓鳥兒和豐沛生長的樟
> 樹大王椰佔用下去吧。類此的美麗廢墟還有浦城街二二巷一號和七
> 號……中山北路一段八三巷三十弄五條通華懋飯店的對門,佔住者是香
> 樟怪、九重葛、芒果婆婆……(頁185)

類此的文字綿延兩頁之長,好像「古都」在「我」的摩挲之下展現出夕陽黃昏
的美好。

然而,這麼熟悉「古都」台北,這麼熱愛「古都」台北的「我」,卻在競
選活動時聽到「類似你這種省籍的人應該趕快離開這裡去中國之類的話」(頁
168)。「我」不由得充滿怨氣的說:

> 要走快走,或滾回哪哪哪,彷彿你們大有地方可去大有地方可住,只是
> 死皮賴臉不去似的。……
> 有那樣一個地方嗎?(頁169-170)

「我」就以這種「被斥於外」的心情回顧她童年時代極為熟悉的「古都」,為
它的「不復昔日面貌」而無限傷感。

「我」的情感邏輯宛然可辨:這是我從小唯一熟悉的土地,貫注了我所有
的感情,我不屬於這裡我屬於哪裡?但人家(那些「台灣人」)說我不是這裡
人,叫我「滾回去」——滾到那裡去?於是,「我」心理產生大變化,這塊土
地已不是她從小所熟悉的那塊土地——「鄉土」變了,我找不到依託。「我」
說:

> 你簡直無法告訴女兒你們曾經在這城市生活過的痕跡,你住過的村子、
> 你的埋狗之地、你練舞的舞蹈社、充滿了無限記憶的那些一票兩片的郊
> 區電影院們、你和她爸爸第一次約會的地方,你和好友最喜歡去的咖啡
> 館,你學生時常出沒的書店,你們剛結婚時租賃的新家……,甚至才不

久前，女兒先後唸過的兩家幼稚園（園址易主頻頻，目前是「鵝之鄉小吃店」），都不存在了……（頁181）

事實上，「鄉土」的失落來自於「人」本身的失落，因為你既已被編排為「外人」，當然也就遍尋不著你所熟悉的，原以為屬於自己的那一塊樂土。這種心情，在小說結尾處作了最高亢、最絕望的呼喊：

> 這是哪裡？……你放聲大哭。……
> 婆娑之洋，美麗之島，我先王先民之景命，實式憑之。（頁233）

因為「我」現在的「迷失」，她才更加迷戀童年，並傷悼一切均已改變。基於這一原因，她現在更「喜歡」京都，因為京都一切未變。「我」說：

> 是這樣吧，在死之前，若還有一點點時間，還有一點點記憶，你還可以選擇去哪裡，就像很多人急著無論如何要離開醫院而回到他熟悉之地通常是所謂的家，你，會選擇這裡吧，因為，因為唯有在你曾經留下點點滴滴生活痕跡的地方，所有與你相關的都在著，那不定它們就會一直一直那樣在下去，那麼你的即將不在的意義，不就被稀釋掉了嗎？……
> 大概，那個城市所有你曾熟悉，有記憶的東西都已先你而死了。（頁195）

在台北，「有記憶的東西都已先你而死」，「我」生活的根基被人家的排斥全部拔除。於是，你只好去喜歡那不變的京都，並去尋找那不復存在的幸福的童年與少年，為其「不復存在」而感傷。

從另一個角度來看，「我」從京都回來，拿著「附有殖民時代的地點和景點」的旅遊書重尋舊台北是一個很奇怪的行為。難道她把少年時代的舊台北往上追尋到日本時代嗎？或是，在她既已失落之後，她們熟悉的老城市可以在

「舊日本」（以京都為代表）找尋到更古老的根源嗎？作為一個被「本地人」稱為「外省人」（「中國人」）的人，她竟更迷戀於舊日本，以及表現日本風味的舊台北嗎？「我」的感情狀態不能不令人迷惑，也無怪於她的迷失。

撇開這種奇怪的邏輯不談，從整體架構來看，〈古都〉是一篇因別人的「認同」熱而迷失「自我」的小說，也是一篇「自我」找不到認同的小說。它以極為抒情筆調，描寫「我」的失落感，而那個從小熟悉的「鄉土」，因別人的拒斥不復存在，則是這一失落的源頭，在八〇年代以後一連串的認同文學中，這可以說是最獨特、最具個人風格的作品。

從表面來看，《自傳の小說》與〈古都〉真是迥不相侔，一個充滿情慾，一個純淨的抒情，相去不可以道里計。但，在無法並比的表面下，卻表現了某種同質性：「我」在現在的「錯置」。在《自傳の小說》裡，「歷史」的追尋是為了印證「女性自我」在現在的難以存在；而在〈古都〉裡，被重塑的「鄉土」則是為了襯托「自我」的迷失。兩者似乎都不再肯定「大論述」、認同「大論述」，只剩下「自我」。這可以解釋成為「後現代」現象，但也許更顯示了，二十年來台灣流行的那個「大論述」，似已在敏感的心靈中留下一些困惑，或者造成某種轉化的契機。

如果我們留意另外一些文學現象，譬如，有人執著追尋柴山的過去，有人耐心尋找玉山上的小道，有人潛入南台灣蔚藍的大海中，也許我們就會對這種由大認同到小認同的現象產生某種聯想。這代表什麼？這是台灣的後現代嗎？還是對大認同的一種間接的反思？還是什麼？值得我們進一步探索。

《台灣新文學學報》第二期，2001 年 2 月

王文興的大陸遊記

　　王文興的大陸遊記發表了三次，仔細閱讀後，即可發現，這是三次遊歷的記錄。第一次在一九八九年九月由香港進入廣州，從廣州飛重慶，其後是三峽行——宜昌——上海——蘇州——無錫——鎮江——揚州——南京——杭州，再由杭州飛香港，遊歷時間估計一個月左右。第二次一九九○年夏天由香港進入廈門，再遊福州、北京、天津、桂林回香港，前後可能不到一個月。第三次由廣州到黃山，再走杭州、長沙、武漢、西安，最後遊香港、澳門。文末記「一九九一年八月六日－廿七日」，這應該是整個歷程的起訖時間[1]。其後王文興還繼續遊大陸，並留有記錄，但未發表[2]，所以我們無法理解他在之後的遊歷路線，也不知道他總共到過大陸多少地方，不知道他目前是否還到大陸去，也無法揣測他對大陸的印象是否有改變，或者其變化的痕跡如何？

　　王文興第一次到大陸時，是一個非常敏感的時刻，因為就在「六四」之後三個月，這一點王文興本人非常清楚，在廣州時，他說：「廣州市看不到一點

1　三次遊記的發表狀況如下：〈五省印象〉上、下，《聯合文學》六卷四、五期（1990年 2、3 月）；〈山河掠影〉上、下，《聯合文學》七卷四、五期（1991 年 2、3月）；〈西北東南〉上、下，《聯合文學》八卷十一、十二期（1992 年 10、11 月）。本文引述三篇遊記時，分別簡稱〈五省〉、〈山河〉、〈西北〉，並隨文註上該期雜誌的頁數。又，〈西北〉一文中王文興提到，他上一次到廣州是九月，因此可知，他第一次到大陸是一九八九年九月。

2　我曾經跟王老師當面談到他的遊記，記得他說，去了六次，都有記錄，但發表三篇後，因不願意涉入兩岸政治，其餘的就不發表了。

六三的影子[3]，既無過去，也無此事的未來。這事等於根本沒有發生。」（〈五省〉上，頁 36-37）在蘇州時，他又說：「人人似都知道天安門動亂，但人人都避而不談。」（〈五省〉下，頁 46）。但除了這兩個地方，王文興絕口不談大陸政治敏感話題、或國際對大陸的制裁。

遊記另一個引人注目之處是，王文興並不直接談他的遊歷方式，但從字裡行間，我們知道他是個人旅行。在一九八九至九一年間，這是非常不方便的，而且非常辛苦，一般台灣的旅遊者是無法忍受的。面對這些困難，王文興極少發牢騷，或者直接批評。他在這方面的記錄，值得分析。

因為是自己旅行，每次叫車都要討價還價，要等人湊齊，還要被騙。譬如，到重慶機場後，有一個長裙白衣女子來拉客，說專車到市裡八十元，最後講定人民幣六十元。後來還是要等人，等不到人才不得不開車，走到一半女子先下車，由司機送到賓館，付帳時卻說要「外匯卷」，而不是人民幣（那時候外匯卷比人民幣值錢得多）。對這件事，王文興記事簡潔，始終不加評論，最後才說：

> 不過她也有誠實的地方，如，上車前，我們問她需時多久。她答：「要一小時。」我們以為她誇大，表示路遠，車資不貴。但後來證實果需一小時。所以她還是有其誠實篤厚的地方。（〈五省〉上，頁 38）

出三峽葛洲壩後，要搭車到宜昌，也是白衣長裙的女子來拉客，正議價時，有一男子來搶生意，男子說，一人只要一塊，女子把那男子踢開。然後，女子說，三十塊，一小時到。接著王文興這樣記錄：

> 「人民幣？」我們問。「好的，」她說。我們就接受了她。到車上，又

3　從下面的引文來看，這裡的「六三」是指「六四」，不知是王文興誤記，還是有其他錯誤。

有一個年輕男子在，他們也深曉瞞隱之術。不久，未及十分鐘，便達到賓館了。她說要一小時。（〈五省〉上，頁42）

在揚州時，王文興又記錄下了這樣的經驗：

叫車論價時，他說：「先上車，再講價，這裡不能停車。」中途說：「隨便給。」到站前五分鐘，他煞車，先結帳，以便價錢不好時，請君先下，你若嫌遠，只好聽命付與。每一步都是陷阱。（〈五省〉下，頁24）

在黃山的一次搭車，王文興仔細描寫了一個小女孩：

她個子很小，大概廿歲上下，但看來像十五六歲。她本來是拉我們去她飯店吃飯的，聽說我們想要車，回屯溪，就自動幫我們去找車。她來來回回，當我們和司機的中間人，為商議價錢，跑了五六遍，在大太陽下，她確實是用跑的，像個小孩子一樣，在太陽下飛跑，穿著舊塑膠拖鞋飛跑。末了，終於談成了，她說要我們和她到，很遠，公路旁邊去等。問為什麼，她說：「司機是開公家的車，怕給人看到，要走遠一點。」

最後，王文興沒搭到公家車，被騙、被逼不得不搭大車，還付出更高的車資，他的記錄又回到那個小女孩：

大車來之前，我們給了點一直奔跑中的一些小費，她的頸子上都是汗痕。她走前還對我們說：「實在對不起，讓你們等這麼久。」（〈西北〉上，頁129）

另一次從機場到杭州市區，王文興彷如進入君子國：

> 杭州人極忠厚，誠實。計程車師父如此，三輪車師父亦如此。索價都極
> 公道。常常開價已是不需要還價的實價。機場計程車師父，約好 28 元
> 赴賓館。臨時他極禮貌的問：「這位先生，可不可以幫個忙，有兩位客
> 人也要去你那兒，就在附近，絕不妨害你們，我一定先送你們，讓他們
> 一起坐，可以吧？」我們當然說可以，他一再的道謝。抵賓館時，他居
> 然自動減價，只收廿元。（〈五省〉下，頁28）

在武漢的時候，王文興顯然被一位三輪車伕敲了竹槓：

> 他說只要十塊錢，等走完後，他說：「我們這裡的人講十塊錢是講一個
> 錢，所以十塊錢就是一百塊錢。」中間他曾勸我多去了一趟黃鶴樓，並
> 充導遊，（雖然他未踩車，是陪我走過去的，）這是他苦心想出的補償辦
> 法。他若果踩我過去，我一定不肯接受，怕加錢。所以他騙我說五分鐘
> 就走到。結果，我們走了一小時，過橋，還要上山。當然，他一路都陪
> 我們走，用了這些苦肉計。所以結果你也不知道他是壞人，還是忠厚
> 人。但長沙人絕無如此詭計。（〈西北〉上，頁136）

王文興似乎認為，這個車伕陪他走了一小時，拿他這個錢也說得過去。以上所
摘錄的只是其中一些。我讀這些段落時，好像是在觀察王文興一樣，他似乎不
覺得辛苦，也不動怒，只是默默的看著，有時候同情（如黃山的小女孩），有時
候讚賞（如杭州師傅），對於特別狡獪兇悍的揚州師父，他也沒有呵斥。很難形
容這個旅行者———個來自台灣的旅行者。

　　以上說的是王文興搭車議價的經驗。由於他是自己旅行，當然也有不少與
大陸民眾混處的時候，這種地方，王文興的記錄也很值得玩味。

　　下三峽時，王文興搭的是一般客輪，而不是專為外來觀光客開設的豪華客

輪，這樣，他就可以看到大陸一般民眾了。

> 輪後為普通座，無床位，見走道梯口，皆睡滿人。一婦女，攜二幼兒，
> 鋪毯睡梯口走道。天亮時，見她以手試幼女額，此幼女正發燒中。婦女
> 面容雅秀，非農婦，乃中產階層者。即睡臥走道，周邊衣物，皆摺擺齊
> 整，艱苦生活而仍有禮教，誠令人為之生敬。
> 船尾甲板上，露天，睡滿更多的人，睡得幾無落腳之處。有的睡到欄杆
> 邊邊，險些都要掉入江中去了。這是因為，船尾，在大艙後，恰可避
> 風，故睡滿了人。人人裹棉被，在浪花噴濺中，熟睡。天亮時，此處猶
> 熟睡，一片闃靜。（〈五省〉上，頁 40-41）

在宜昌軍用機場，飛機因霧不能起飛，王文興足足等了兩日，不得不在駐軍食
堂購飯，王文興記錄如下：

> 餐飯須自往駐軍食堂購買……先購票，後領飯，購票在廚房小窗口（廚
> 房亦在此食堂內）；軍人及工作人員，男女都有，早已有票，皆持票，及
> 一搪瓷大碗，一銅匙，前來領飯。我們則又買票，又領飯。秩序極亂。
> 飯分二葷二素，可自行選配，都由廚師舀出，合倒進一大碗中，遞出，
> 或倒進搪瓷碗中。我們因便於付整數，無須找錢，均要辣豆腐煮白菜，
> 其中有些微肉末，故算葷菜；廚師用一大碗舀起飯，壓進大空碗中，再
> 以另一大碗舀起菜，倒進飯裡，遞出。領到飯，由人群中殺出，已是一
> 身大汗。（〈五省〉上，頁 44）

下面是他搭野雞車所看到的民眾：

> 野雞客運車上，滿車的平民大眾，一進門，就有一股沖人的體臭。但，
> 他們的服裝皆甚考究。也都有像樣皮鞋，阿迪達，尼龍衣，褲，

襪，……他們實在不窮……（〈五省〉下，頁26）

下面是他在天津買狗不理包子的狀況：

> 狗不理包子舖，需買票，排長隊買票，買了票，又須排隊領包子。等在
> 廚房門口的窗戶外，熱不可言，需等好久，一次包子推車出來，發完
> 了，再進去蒸，蒸一次須五分鐘，要等好幾次才能拿到，因為，大家都
> 不排隊，包子來時，一擁而上，跟飢民搶包子沒有兩樣，我真佩服發包
> 子的人，他怎麼記得誰的單子，誰的包子，人群一擁而上，百手齊發，
> 手搶而空，他怎麼弄清誰的單子，誰的包子，（每人的單子不同，包子數
> 目不同。）我等了三次炊包子，才，好不容易，領得一盤，我知道還有
> 三盤，但我也不要了，就拿這一盤，奪路而出。（〈山河掠影〉下，頁
> 116）

下面是他在廣州的經驗：

> 地獄中的地獄：飛機脫班，行程全部推翻，金錢損失，時間緊迫之外，
> 坐在如火爐似的巴士中回廣州，復遇大塞車，在熱不可當窄巷停車半小
> 時餘，窄巷復多小食店，車左右皆有火爐夾攻，我們比巷中的住家猶
> 苦，住家猶有空間，有空氣可呼吸，我們車裡塞滿了人，一口空氣似都
> 沒有，此誠，在熱巷中的地獄，地獄中的地獄，又加心急如焚，誠地獄
> 中的地獄。（〈西北〉上，頁126）

最後這個例子，王文興顯然是受不了了，不過，在多數場合，王文興好像存心
要體會大陸民眾的生活情況，如果跟著旅遊團走，這一切都不會碰到。更有趣
的是，在這三次長期旅遊中，王文興一次也沒說到如何上廁所，早期到大陸的
台灣遊客，對這一點是「津津樂道」的。

　　就在這種別人也許會以為很艱難的長期旅途中，王文興卻一直保持著對大陸民眾極高的評價，試看他毫不吝惜的讚美：

　　廣州人多數甚善良，且甚道德，無服裝暴露，男子眼中亦無色慾……但亦見少數男女，甚兇悍。女子可以面冷如霜。（〈五省〉上，頁36）

　　四川小姐人人能說上好的國語。她們一顰一笑，那樣天真，那樣純潔，那種，自古來的，中國女性美。（同上，頁37）

　　小孩都很規矩，仍保留傳統弱不好弄的善風美習。（同上，頁39）

　　兩節長車廂的公車中，擁擠異常，但人和人，卻能避免貼碰。此誠證中國古傳統，舊禮節猶堅柢存在也。（同上，頁43）

　　大陸人很講說話算話，你如答應要催他的車，等等若不想坐，他會緊迫不捨，問你為什麼答應了，竟不坐，怎麼可以答應了，不坐。他們仍遵守言必信的好慣習。（同上，頁46）

　　鎮江人最和善，溫醇有禮。（〈五省〉下，頁23）

　　南京人溫文有禮，較鎮江人猶勝。（同上，頁26）

　　杭州市簡直是君子國，人民溫文守禮，婦女亦淑慧溫柔，小孩，更是，溫馴乖服。（同上，頁28）

　　北京的人好，非常和氣，和福建有天壤之別。（原註：指生意人。〈山河〉上，頁18）

> 天津不論男女老少，皆笑臉迎人，熱情待人。（〈山河〉下，頁114）

> 長沙的人極為友善，可與南京媲美。（〈西北〉上，頁131）

> 此地（按，指長沙）人忠厚，就是經過十年浩劫，依然忠厚，可見，這忠厚，將來也不會改變。（同上，頁132）

> 西安人皆甚和善。（〈西北〉下，頁117）

台灣民眾看到這麼多的讚美，也許會受不了，為了平衡起見，我們看王文興怎麼讚美香港人：

> 香港的人，非常和善。比十年前和善多了。也非常守法，開車的人，守法得令人驚訝，黃線前面停車，絕無過線的現象。（同上，頁127）

一般台灣人大都不喜歡香港人，不過，香港人守法，這是無法否認的。也許，王文興更能客觀的觀察別人的長處。譬如，如前面所引的，王文興認為，廣州人「男子眼中亦無色慾」，他又說：

> 中國女子不接受性感，只接受女性美。（〈五省〉上，頁42）

我認為這是很精細的觀察，至少在進入二十一世紀之前，我很少在大陸城市中感覺到人們眼中存在著色慾（風月場所不敢說，因為沒去過）。而且，在一九九一年王文興第三次到大陸時，他也已經感受到大陸人心的些微變化：

> 大陸險詐欺騙旅客的人，可能原就是社會不良分子，今入旅遊欺詐這一行。

差不多每遇及一個和善的人，就遇到一個凶惡的人。

法治已壞，水準已降，物價已昇。（〈西北〉上，頁 131）

現在已有人拒不交破壞清潔罰款，開單人也可不罰。坐火車違規占好
位，車長也就讓步。可見法律已鬆弛，違法和不罰的事都做。

我認定今年的大陸，較前退步了。

老百姓已不聽話，秩序無法維持。（同上，頁 136-137）

可見，王文興已經感受到，現代化對人心的影響。相形之下，就可以看出，王
文興所讚美的中國民眾，大半是指他們的前現代性格[4]。就我個人的經驗而
言，大陸都市的現代化，並沒有完全敗壞城市人的心地，特別是上了年紀的
人，如果要講大陸人心變了，應該從二、三十歲以下的人來看。大陸上了年紀
的人，很多人不喜歡最近十年大陸城市外貌的大變化，跟他們這種前現代性格
是有關係的。如果我們能看到王文興後面三次的遊記，也許更能了解，他對這
種變化的態度。

王文興對大陸民眾整體性的觀察，也是很值得玩味的，譬如：

一機的四川青年個個相貌堂堂，十分自負。且衣著時髦，一點不土。使
我自問，他們還需要什麼？他們絕不需要我的「聲援」、「同情」。看
了他們，使我感覺我的渺小，我在中國人中的渺小。（〈五省〉上，頁
37）

4　王文興說：「我之所以喜觀大陸，是因為喜觀它的保守。」又說：「大陸市街因尚未現
　　代化，故常人親切感，亦就，美感。」（〈五省〉下，頁 30）均可印證上述的看
　　法。

大陸的年輕人都很「屌」，故中國人尚有希望。（同上，頁38）

但大陸青年，即使敦厚，仍藏有無從了解之野性，如獨處時會猛喊數聲，騎車趕路時，亦可能猛呼大叫，召喚前車者，以是為戲。（〈五省〉下，頁29）

飛機上都是來自各地的鄉間民眾，衣著盡為白上衫，黑西褲。但他們，似乎都很有自信，不認為有人會瞧不起他們，也沒有人瞧不起他們。（〈山河〉上，頁18）

這種潛藏的野性的活力，確實是存在的，王安憶的小說也寫過。比較起來，台灣南部鄉野出身的人，相對要溫馴得多。有些台灣人不喜歡大陸人，也許是這個原因，並且認為他們沒有教養，實際上，這是沒有被馴服的野性，在現代化的過程之中，這種野性會轉化為旺盛的企圖心。我認為，這是中國二十年來迅速成長的動力。王文興另一種觀察很有趣：

廣州工作崗位上的男女都是年輕人，充滿朝氣，都只廿上下。有極美麗的少女，照樣持帚掃機場。他們確實工作平等。
三少男女共拉一把大拖把，如犁牛耕田般，來回拖潔機場大廳。酒店水池的早上，老女工以面盆舀池水，潑澆假山的花木。都是共產主義特有的處理方式。（〈五省〉上，頁37）

工作平等的狀況，現在已有很大的變化，不過，城市服務人員的活力確實還存在。這就形成一種情況，如果你瞧不起他，他的抵觸情緒會很大，他不會好好服務。很多外來的人，認為大陸人服務態度不佳，實際上是因為他們還有人人平等的觀念。譬如，開觀光大巴的師傅，通常技術好、人品好，但要是不尊重他，他絕對不會對你客氣。所以整體來講，王文興對大陸民眾整體性格的體

會，基本上是正確的。

對於一九九○年左右大陸的整體經濟狀況，王文興的很多描述，似乎引發了港台地區讀者極大的不滿。他幾乎每到一地，就要讚美當地的富足，譬如：

> 宜昌鬧市不亞廣州，店一樣好，貨一樣多，只不過精華地段小些，只一條短街耳。（〈五省〉上，頁42）

> （西安）東大街的繁華熱鬧，大大小小商店，可說全國最像樣的，不下計千家，西安人要什麼就有什麼，生活過得極好。我不能相信我的眼睛，在荒涼貧乏的西北，居然有，看來勝過上海，北京，廣州的downtown，這麼多的商品，是怎麼運進來的？這兒打破海口方能繁榮的常例，內陸，偏遠，人跡罕到的地方，也能繁榮。（〈西北〉下，頁117）

王文興第一篇大陸遊記發表後，引起很多反彈，最大的反彈是他說大陸「豐衣足食」，那時候港台地區普遍認為，大陸還非常貧困，王文興不以為然，他是這樣回答別人的質疑的：

> 一般異議最多的，皆在「廣州」札記中道及人民「豐衣足食」四字。也有人面詢我是否誇張？不，下筆之前，我再三斟酌過，稱斤論量過，方決定下此四字。蓋虛浮不實的不是我，是現今用此四字的人。今人多以此語形容富有，古時豐衣足食或即富有，但今日，第三世界國家亦多可豐衣足食，此四字焉能形容富有？大陸人民，普遍衣服多得穿不完（四川一位出租車司機告訴我），食物也多得吃不完，怎麼不是「豐衣足食」？我下此四字，確實「據實而論」，實在再寫實也不過，何來虛誇不實？倒是今後擬以「豐衣足食」形容富有的作者，應慎用此語，庶宜

以「金玉滿堂」代之為然。[5]

王文興批評港台的人以「奢靡」為富有，實際上就是批評不正確的資本主義觀念。我現在回顧起來，一九九〇年左右的大陸，如果只就民眾的生活來講，確實可以稱為「富足」。要讓十億人口都有足夠的糧食可以吃，足夠的衣服可以穿，確實不容易，我認為，這是王文興對當時的大陸讚不絕口的主要原因，他並不信西方資本主義那一套。

也是因為這個原因，王文興對大陸的農業同樣讚不絕口，例子太多，只舉兩個：

> 看了沙河跟昌平二地，方知華北其實比江南更豐肥，一片綠疇，廣大無限；華北，看來，才是中國的穀倉，而非華南。（〈山河〉上，頁21）

> 全中國的大地上，都是種耕的田，——中國怎麼不富？（〈山河〉下，頁117）

顯然，王文興是按傳統意義來稱讚大陸，首先要豐衣足食。他很清楚，中國最需要改進的是「住」，他在很多城市看到居住環境的惡劣。譬如：

> 廈門：市區太小，人口太多，房屋太舊，市街太髒（遍地的果皮，廢物，一其破敗，與加爾各答差不多）。
> 廈門，垃圾堆上的繁榮。（〈山河〉上，頁10）

> 福州的經濟，如此繁榮，似遠甚廈門……但居民的生活，住的方面，實在太差，太差。郎官巷內，已算整潔，但仍溢出強濃的糞味，巷道雖稱

5　王文興〈後期印象觀〉，《聯合文學》七卷五期（1991年3月），頁122。

乾淨，但開不得門，一開，裡面，院落，之襤褸，破敗，令人心酸。此
情況與鼓浪嶼山下所見的髒亂，是個大貧民窟，沒有不同。大陸生活衣
食可稱豐富，但住得實在太差。（同上，頁13）

大陸這二十年在城市的居住方面改進最大（「行」也一樣），大城市全部經過全
面改建，住的環境大大改善，但很多人買不起房子，形成了另一個問題。二十
年前的王文興，大概很難想像，現在大陸城市人口急遽增加的速度。

　　王文興談了那麼多大陸的社會、經濟狀況，當然也會涉及大陸的政治體
制。從字裡行間來看，他顯然認為，大陸的現有「成就」（他沒用這個詞）是跟
中共的社會主義體制有關，譬如，下面兩段就很明顯：

市政建立氣派之大，珠江大堤長得一望無際，台灣若只做三分之一，便
叫停，認為足夠了。大堤一律植以鐵柵，毫不吝嗇。市上交通井井有
序。一輛機車撞倒自行車，即引起周圍數千行人側目良久，視為大車
禍。這樣的社會主義，井然有序，豐衣足食，我不懂何以我們不能取人
之長，革己之短？（〈五省〉上，頁36）

機上看地下的景，其實跟看地圖差不多。然只有三分之一是綠的，餘為
黃土耕地（可能剛剛收成），但可知華北之富，這樣看來，糧食一定是夠
的。而且，這麼廣大的農地，全國的農地，都收為國有，其氣魄之大，
是令人景服的。（〈山河〉上，頁18）

對於一般人認為的外表的落後，王文興是這樣評論的：

中共的破公車，其實是節省。沒全壞，當然還可再用。等開不動了，再
停駛還來得及。這是美德。不像美國，八成新的車，即換新。八成新的
車，即壓扁成垃圾。

> 中共的車雖舊,但並不顛。他們車不好,路好。
>
> 中共四十年未蓋一屋,只是未蓋民房,市中公共建築則蓋了有的。
> (〈山河〉下,頁 121)

> 我的旅行確實只看外邊,未深探內幕。但外表也相當可靠,正如一個
> 人,健康如何,看臉色便知七八。中共的「面色」,確實不錯,絕無面
> 色敗壞,病入膏肓之相。(同上,頁 121)

這樣的觀察真令人佩服,是看到人家所看不到的。最後一則,我還可以加一點,城市的公眾活動空間,譬如公園,是決不缺乏的。我認為,王文興對中共的做事方式形容得最精到的是下面一則:

> 天津舊城,矮磚房都像用火煙燻過,而,在這樣舊樸樸的住域裡,擠
> 得,破爛,雜蕪不堪,得如此的大貧窟裡,居然一切照恆,也有小學
> 校,中學校,教堂,地方機構,——足證天津人就生活在這樣的環境
> 裡。(同上,頁 114)

這就是說,中共在改革開放前,除了國防跟基本民生(衣食)特別用心外,其他一切因陋就簡,一切以實用為主。這確實是一個土地廣大、人口眾多、原本極貧困的國家,所能採取的「建國之道」。所以王文興又評論說:

> 東西破破,做事馬馬虎虎,但,可貴,令人佩服的是,絲毫不減效率。
> 這可能不是落後,而是中國的方式。(〈五省〉上,頁 45)

有一次,王文興不禁感嘆到:

> 誰有這麼大的膽量,接下中國,這麼大一塊大地?恐怕唯狂夫矣。

（〈山河〉上，頁118）

這可以說是對中共統治的最高禮讚。我每次到大陸，只要一次走兩個省以上，也會有這種感嘆，治理這個國家，真是太難了。

以上所談的，都是我從王文興散漫式的、一條一條的札記中，按照我的興趣歸納出來的。事實上，王文興的遊記是純印象式的，一路走來，看到什麼，自己遭遇什麼，有印象的就記，有感想的就講，完全不講究組織。

在兩種地方，他的記敘比較詳盡。一種是博物館，譬如，他在天津藝術博物館參觀了剪紙和泥人，看了泥人張父子四代的泥塑，對每一個人的作品都有不少評述。在湖南博物館（長沙）和陝西歷史博物館（西安），他詳細觀察了展出的古物，記下了許多印象。他對大陸博物館的建築空間、展出設計、說明文字讚不絕口。這完全合乎實情，大陸在這方面所投入的物力、人力相當驚人。

除了博物館，在比較著名的山水風景區，王文興所記錄的印象也比較多，如三峽、黃山、漓江。北京著名景點多，如天安門、故宮、天壇、頤和園、長城、明陵、每一地所記多少不等，但綜合來看，卻是相當完備的遊覽記錄。在蘇州，他遊了四大名園，在無錫，遊了太湖，杭州，西湖，這些當然要記。

如果王文興只記錄了以上兩項，那就是「標準」的遊記，但這樣就不是王文興的遊記了。他的遊記之所以有趣，就在於他每到一地總要記下他對每一地方及其人物的印象，總要發一些議論。他的觀察，他的印象，他的感想，如此的異於一般台灣遊客，這正是他的遊記所以迷人的地方。一個大陸中文系的教授，古今中外文學都讀，在台灣待了兩個月，偶然讀到王文興這些遊記，他也跟我一樣，認為這些遊記寫得極好。

純粹從描述之藝術性、之迷人的角度來看，我想先舉出兩個特殊的例子：

> 無錫早上的自行車人潮，殊為可觀，只見一片白衣，來一邊，去一邊，如洪水滾動……（〈五省〉下，頁23）

> 金山下，一座人工湖，內遮滿浮萍，綠藻，夕陽薄暮時，見一游泳隊，
> 自浮葉中，走空留的水面，冉冉游來，他們都是選手，一游數千公尺，
> 對岸實在甚遠，啟游前來，來到此岸，又游回去，一個來回，少說也有
> 三千多公尺。他們游來時，水面上許多水鳥，白水鳥，伴同他們上下迴
> 飛。（同上，頁24）

就只是在城中、人群中走來走去，而能隨機捕捉到這樣生動的印象，令人佩
服。他在描述風景時，文字大抵以自然為主，但有時也極講究，如題為「灕江
月出」的一小段：

> 在兩旁樹葉影當中，一座尖山峰加馬背山濃影，止見一輪紅月，低低昇
> 在，這一個，尖山峰的旁邊，發著紅紅的微氛，──看起來，確是，極
> 為之神秘。
> 在此月的昇照內，在我的身前，是滾滾，圓圓，的黑色植物烏影，看來
> 也，好像十分的，──野蠻，那樣──。
> 低低的金月，照在，右邊，尖山頭暗影，的左側，下，為黑魃魃的叢
> 林，村落，和叢林村落的倒應影，而，金色的小月，片片，多多而閃采
> 采的，深，綞，在這一條江的江心。（〈山河〉下，頁117）

這簡直就像現代詩了。

　　但最讓我感到興味的，倒不是很多寫得很好的印象，也不是這些印象的總
和，而是寫下這些印象的那個人。很難形容這個人。不知道他為什麼要選擇這
種可能很辛苦的旅遊方式（而且前後走了六趟），不知道他為什麼那麼有耐性，
不知道記下這麼多印象的他，到底在想什麼？這是怎麼樣的一個「旅人」呢？
讓我甚至有一點感動的，是三峽行。船出發了，他注意到，長江兩岸山上竟然
沒有一座墳墓，沒有一座廟，看到內蒙古軍人攜眷旅行、照相，中午在江水聲
中「吁吁入睡」，在奇髒無比的餐廳中用餐，注意到山上許許多多的梯田（用

了好幾條來記錄），然後，船過了忠州，「天上的星又大，又多；真是星空璀璨爛」，想起了杜甫的詩，船到萬縣，滿山都是燈，一望無盡，船在萬縣停靠下來：

> 夜十一時半，港邊，強燈點照下，木橋已放下，放碼頭千百旅客揹行李上船。收入船後，在船上睡覺，宿夜，待第二日五點，晨，開船。只一小時後，碼頭便闃無一人了，船的木梯也收回了，門也關上了。船，這時候，尚有旅客，尚未，安定下來的聲音。甲板下，第二層三等艙中，傳來二中年婦人聊天的聲音，這聲音一直繼續，等別人的聲音都平息了，這聲音還繼下，直一直繼到更深人靜，後來，漸漸間隔大些，後來，到晨三點左右，歸於平靜，她們都入睡去了。
> 甲板上越來越涼，江上有薄薄的霧昇起。
> 約三點半時，有別的江輪已經先予上道，他們，雷轟的嗚嗚一聲，船腰照明燈射向岸上，然後前後轉射，船打了個彎兒，駛出港了……他們，數船，都駛向黑茫茫的三峽裡去了……
> 晨四時許，甲板下開始有動靜了，有人聲，快要開船了……碼頭上，有睡眼惺忪的年輕人，急急跑來，拉轆車鎖鍊，解拴繩，丟入船裡……旅客都還在睡。然後，汽笛雷轟一聲。引擎發動了，船開始慢慢前移，拖著一船還在睡眠中的人，船又開始行路了，……（〈五省〉上，頁39-40）

而他守了一夜，聽了一夜，感覺到這一切，他是怎樣的旅人，他在想什麼，他為什麼來這裡，難道是純粹旅遊嗎？還是要尋找什麼？整個遊記，最讓我感興趣的，不是記下來的片片段段，而是這個旅人。我們可以把整篇遊記看作是一種「敘述」（narrative），是那個敘述者，使這一切讓人感到興味，感到迷人。敘述者是這一部「作品」的主人公，是他，使作品產生光輝。我是這樣閱讀的，在三篇遊記之中，第一篇尤其如此，我覺得第一篇最好。

這個敘述者偶然講過這樣的話：

　　車過湘江大橋，見這樣寬的湘江面，下為桔子洲，上有許多房屋坐綠樹
　　中，幾疑是一延河岸，桔子洲邊上停許多輪渡船，看到桔子洲，我幾乎
　　潸然淚下，想到接觸及中國幾千年的文化。（〈西北〉上，頁132）

　　我是海上漂流的一把草，孤然隻身，無一個伴侶。（〈西北〉下，頁
　　128）

我覺得最引人深思的，是下面這一件事：

　　文殊院驚夢：他夢見有個人跟他說話，說他的前生，就是文殊院的和尚
　　（以前他曾夢見他的前生是和尚），然後責備他不該改信天主，並說「你現
　　在信的，其實你心底根本不相信，」他極力爭辯，說他確實相信天主。
　　並說佛教因為莫衷一是，找不到公認的教義，故他不能信。這時他夢見
　　他落入極危險，極苦痛的人際關係中，他得罪了一個女人，出賣了這個
　　女人，這個女人來報復，……那人說：「這就是你的懲罰，你如不回頭
　　信佛，你的懲罰還不只此！」……於是他嚇醒，時正午夜，玉屏樓（前
　　文殊院）外一片漆黑。他想他可能睡在前文殊院某一和尚的屍骸上，上
　　人可能就是他的前生，或某一住持的屍骸上，這一住持向他託夢。他嚇
　　出一身冷汗來。他要不要變節改信佛教呢？絕對不可以。他不相信肉體
　　衰弱時（恐懼時）所想的，況且他無數次證明過天主是真的天主。且佛
　　教實在缺少公認的教義，且佛教是無神論，故不是宗教。他怎麼會相信
　　前生這些無稽之談？那他該怎麼辦？他便乞助於禱告，他禱求天主，祈
　　求幫助他重得信仰，他禱告了三遍……又再，五遍，漸漸他復回了信
　　心，……這時，天已經漸逐亮了。（〈西北〉上，頁127-128）

我認為，這是很有象徵意味的一個夢，這個天主教徒，好像是個改宗者，他好
像有些後悔，有些罪惡感，他害怕起來，禱告了又禱告，還是決定相信天主。

我們不能把這個夢，解釋得太凝滯、質實，但確實有象徵意味，是三次遊記中讓人印象深刻的一段。我不想講太多，就講這些。

我認為，自一九八七年兩岸開始來往，產生了很多看不見的事情，或者很多沒有人記載的事情，王文興的遊記，無疑是已經發表出來的、最有意義的記載，而且是文學方式的記載。它的價值值得重視，只是還沒有人重視。所以，我又認為，他的六次遊記，應該整理出版，這是有時代意義的文學作品。

2010、5、10

戰後台灣小說批評的起點
——夏氏兄弟與顏元叔

　　按照個人的看法，戰後台灣的小說批評可以七〇年代中期為界限，分成兩大階段。在前一個階段，新批評的方法被引進台灣，並隨著現代主義小說的發展，成為批評、分析的主要媒介。七〇年以後，隨著鄉土文學的興起，以及其後台灣文學論的產生，「意識形態」在小說批評中占主導地位。近十多年來，「理論」，特別是後現代的理論，常常和小說批評混雜，成為另一種論述模式。

　　新批評的方法本身有其明顯的限制，它的理論前提影響了它的視野。不過，由於夏濟安、夏志清和顏元叔三人在應用這一方法時，或多或少加入了文化、道德的因素，其成就仍有可觀之處。拿他們的文章來跟七〇年代以後的種種批評作比較，有時候我會覺得對他們竟然有些偏愛。由於他們可能已被很多人視為過時，我願意在本文中重新提出來討論。我相信，如果只限於使用他們的方法，小說批評發展的空間可能不大。但如果忽略這種方法，小說批評又可能變成藉小說以達成另外的論述，跟小說藝術關係不大。本人想在分別討論過夏氏兄弟與顏元叔的批評後，在最後一節裡表達這些想法。

一

　　夏濟安於一九五六年創辦《文學雜誌》，五九年即離台到美國任教，六五年四十九歲時即去世。他涉入台灣文藝界的時間不長，在主編《文學雜誌》時

期所寫的評論文章也不過六篇左右[1]，但他對台灣文學發展的影響，以及他作為一個批評家的才華，卻是人所公認的。

《文學雜誌》創辦的時候，反共文學、戰鬥文藝的口號還喧騰一時，嚴肅的文學不絕如縷。夏濟安提倡「腳踏實地，用心寫好幾篇好文章」[2]，並提供園地發表作品，對文學的回歸於「正道」，無疑有催化之功。更重要的是，他當時任教於台大外文系，由於他的教導和鼓勵，培養了新一代的小說家。譬如白先勇、王文興、陳秀美（若曦）、叢甦等人的「少作」都在《文學雜誌》發表。後來也是這些人和他們的同學創辦了《現代文學》季刊，對台灣現代小說的發展起了更大的促進作用。

夏濟安本人對英美的新批評無疑是熟悉的。他曾根據勃魯克斯和華倫合著的《詩的了解》，譯寫了〈兩首壞詩〉一文（《文學雜誌》三卷三期，1957 年 11 月），介紹新批評的「細評」法。他對「細評」法在小說方面的應用也許更有興趣。他在〈評彭歌的《落月》兼論現代小說〉（一卷二期，1956 年 10 月）一文裡，藉彭歌的作品，仔細討論了小說的情節安排、人物描寫、和語言使用。另外，他的〈一則故事・兩種說法〉（五卷五期，1959 年 1 月）又以這一方法對比分析了《隋唐演義》和《今古奇觀》二書對李白醉草答番書一事的不同寫法。從這兩篇文章可以看出夏濟安閱讀小說之精細、分析技術之純熟，甚至對小說寫作者都可有「示範」作用。

夏濟安對小說語言之重視令人印象深刻，他分析《落月》語言之長短優劣細密而中肯。但是，他並不是純粹從「形式」面來考慮語言。在〈白話文與新詩〉（二卷一期，1957 年 3 月）一文裡，他談到了新文學的白話文的整體性問題。他在文中涉及到：以北方官話為底子的白話文和各地方言的關係，白話文與古文的關係，以及白話文和翻譯及歐化句法的關係。他的一段話說得語重心長：

1　這六篇文章均收入《夏濟安選集》（台北：志文出版社，1971）。
2　〈致讀者〉，《文學雜誌》1 卷 1 期（1956 年 9 月），頁 70。

> 我們且慢為白話文運動的成功覺得歡喜。假如白話文只有實用價值，假
> 如白話文只為便於普及教育，白話文的成就非但是很有限的，而且將有
> 日趨粗陋的可能……我們現在寫詩，是考驗白話能不能「擔起重大的責
> 任」，白話文能不能成為「美」的文字。[3]

這裡的「寫詩」可以換成「白話文學」。夏濟安關心的是，如何把白話文鍛鍊
成「文學的語言」，他對小說語言的關心，除「形式」面之外，還涉及這一
「文化使命」問題。這就可以看出，夏濟安雖然重視新批評的「形式主義」，
但他決不只是一個形式主義者。

這一點在〈舊文化與新小說〉（三卷一期，1957 年 9 月）表現得尤其明顯。
試看他的結論：

> 我們的小說家，不一定要表現「新思想」，但是他必須有一種為新思想
> 所培養成的批評的態度。我們這一時代，「新舊對立、中西矛盾」的現
> 象，甚為顯著。這種現象，見於一般人的思想與行為，見於（舉一個特
> 殊的例子）戀愛求偶的方式，也見於小說家自己對於事物的反應上面。
> 一個態度誠懇的小說家，應該為這種「矛盾對立」所苦惱……他們要表
> 現的是：人在兩種或多種人生理想面前，不能取得協調的苦悶。[4]

從這一點可以看出，夏濟安對文化交替中的人物的性格與命運的關心。推廣而
言，每一個人都會是某一社會、某一文化的某一產物。小說家在描寫人物時，
如果沒有掌握到這一層面，就很難有文化的深度。這是一種具有深刻的「文化
歷史感性」的小說觀與人物觀，這當然不是形式主義的看法。

正因為夏濟安具有這樣的歷史、文化的透視感，他才能寫出像〈魯迅作品

3　《夏濟安選集》，頁 76。
4　同上，頁 12。

的黑暗面〉那麼優秀的實際批評[5]。這篇文章先轉述了《說唐演義》中的一個小故事：一個英雄好漢用雙手拖住揚州城門的千斤閘，讓眾多反隋的英雄逃跑出去，自己卻被壓死了，然後引述魯迅的一段話：

> 自己背著因襲的重擔，肩住了黑暗的閘門，放他們（孩子們）到寬闊光明的地方去；此後幸福的度日，合理的做人。[6]

夏濟安認為，魯迅就是那個托住傳統的黑暗的閘門、想「救救孩子」的「巨人」。他分析魯迅如何既反傳統、又深知自己陷在傳統之中。他分析魯迅的語言、意象，又分析他的性格，而這一切，全部由文章開頭那個生動的形象所貫串著。這是一篇對中國現代知識分子既深刻理解、又充滿同情的好文章。

夏濟安在《文學雜誌》創刊號的〈致讀者〉裡說：「大陸淪陷後，中華民族正當存亡絕續之秋」[7]，也許有人會認為這是當時情勢不得不說的「門面話」。但從以上幾篇文章來看，夏濟安確有身處動亂、中國文化不知何去何從的感受。這種基本關懷，再加上他敏感的文學感性，是他批評文章的「洞見」（insight）的基礎。在他離開台灣之後，文學界少了他這種深具文化、歷史感的人，可說是台灣文學發展的重大損失。

5　此文寫於一九五九赴美之後。此一時期夏濟安所著有關中國左翼文藝之論文共六篇，合編成《黑暗的閘門》一書（西雅圖華盛頓大學，1968），其中惟此篇譯成中文。此外，夏濟安另有〈中共小說裡的英雄和英雄崇拜〉一文（英文），載《中國季刊》（1963）。

6　以上所述見《夏濟安選集》頁 13-14。此處所引魯迅原文見《墳》，《魯迅全集》第一卷（北京：人民文學出版社，1981），頁 140。

7　同注2。

二

　　夏志清以《中國現代小說史》（英文版 1961）和《中國古典小說》（英文版 1968）二書聞名於美國漢學界，長期居住美國，但他的批評文章從五○年代中期起即常出現於台灣各著名文學刊物及各大報副刊。一直要到七、八○年代，他才逐漸「淡出」台灣文壇。在夏濟安離台，顏元叔尚未出現以前，他可能可以被視為最活躍於台灣的最重要的小說批評家。

　　夏志清五○年代在《文學雜誌》發表了四篇文章，其中〈張愛玲的短篇小說〉和〈評《秧歌》〉兩篇影響極大[8]。台灣文壇知道有張愛玲其人，並重視張愛玲的小說，主要應歸功於他的評論。六、七○年代他在台灣所發表的，有關現代小說的文章也不多見，其中三篇分論姜貴《重陽》、於梨華及白先勇[9]。他在這方面的成就主要還是在《中國現代小說史》一書上。這本書雖然遲至一九七九年才在台灣出現中譯本，但本文仍以它為核心，來論述夏志清的小說批評。

　　夏志清小說批評的基礎和夏濟安類似：都重視新批評，但也都受到英國批評家李維斯（F. R. Leavis）的影響，強調小說中的文化、道德因素，因此不能算是純粹的形式主義者。不過，跟夏濟安相比，夏志清比較沒有強烈的「歷史感性」，比較沒有身處於「社會變遷」中的那種「切膚之感」。他在論中國現代小說家時，雖然「理性」上知道他們都在「傳統」與「現代」之間掙扎，但夏

8　〈張愛玲的短篇小說〉，二卷四期（1957 年 6 月）；〈愛情・社會・小說〉，二卷五期（1957 年 7 月）；〈評「秧歌」〉，二卷六期（1957 年 8 月）；〈思想・文學・智慧〉，四卷一期（1958 年 3 月）；以上四文均收入《愛情・社會・小說》一書（台北：純文學出版社，1970）。又，關於張愛玲二文即《中國現代小說史》張愛玲一章之原稿，由夏濟安譯為中文。

9　七○年代中期以前，夏志清在台灣出版之批評文集有：《愛情・社會・小說》、《文學的前途》（1974）、《人的文學》（1977；以上均純文學出版社）。論姜貴、於梨華、白先勇三文均見於《文學的前途》。

志清卻以「客觀」的立場去看他們小說中的文化與道德問題，並處處以西方文學作對比。他總結式的說：

> （五四時期的小說家）他們看人看事也不夠深入，沒有對人心作了深一層的發掘。這不僅是心裡描寫細緻不細緻的問題，更重要的問題是小說家在描繪一個人間現象時，沒有提供了比較深刻的、具有道德意味的瞭解。

夏志清認為，西方文學的偉大，在於作品「都借用人與人間的衝突來襯托出永遠耐人尋味的道德問題」，相對來講，五四時期的小說「大半寫得太淺露了」[10]。在這種比較之下，他的文化、道德理念變成是一個「固定」的範疇，而不像夏濟安那樣，是一個處在「新舊對立、中西矛盾」下的具體歷史情境下的個人問題。

這種批評態度的缺點，主要還不是在於他的「西優於中」說（他所論述的這一方面有相當的道理），而在於：當他不是從「具體歷史感性」出發時，他可能忽略了個別作家「最深刻」的特點。譬如，以魯迅為例來說，夏志清看出魯迅創作的源泉來自於他的紹興鄉土經驗，他也分析了〈藥〉的象徵技巧、〈肥皂〉的諷刺手法、〈祝福〉的把「封建」和「迷信」變得有血有肉。這些都講得不錯，但他就是缺乏像夏濟安論魯迅黑暗面的那種一針見血的「見識」。他的文章寫得極平穩，不能說沒有見解，但就是缺少一份「情感」，也不太常有令人歎服的「洞見」。

再以他所推崇的張愛玲來說，他以七頁的篇幅來分析張愛玲最有名的〈金鎖記〉，並說這是「描寫舊時上流階段的沒落」，七巧的人格發展，「正是代

---

10 以上引文均見於《中國現代小說史》（台北：傳記文學出版社，1979），頁 11，出於夏志清為此書中文版所寫之序言。

表道德的破產，人性的完全喪失」，整篇小說具有「悲劇的力量」[11]。他還讚賞〈茉莉香片〉：在這篇小說裡，男主角「傳慶的性格是陰鬱的、彆扭的、女性化的」。當他在最後，以暴力對付愛他的丹朱時，他「總算得意揚揚的表現了一下『威力』，他那時的心靈總算超越了平日懦弱的感傷」，在這裡我們又「遇到了恐怖——恐怖手段本來是弱者拼命要恢復自信時，支撐自己靈魂的法寶」。夏志清因為張愛玲在這兩篇小說所表現的「對於善惡的直覺」[12]，而認為，「僅以短篇小說而論，她的成就勘與英美現代女文豪如曼殊菲兒、安泡特、韋爾華、麥克勒斯之流相比」。[13]

就夏志清所分析的這兩篇小說所表現的「惡的恐怖」來說，張愛玲的確有近於西方文學特質的東西，因此他要讚不絕口。但如果通讀張愛玲的所有短篇，再加上夏志清所喜愛的「反共小說」《秧歌》，就會產生「張愛玲真有那麼了不起嗎？」的疑惑。

我們試以最早出現的一篇張愛玲評論來作為對比。當張愛玲已發表了七個短篇（包括〈金鎖記〉、〈茉莉香片〉、〈傾城之戀〉）及《連環套》時，傅雷以「迅雨」的筆名〈論張愛玲的小說〉。傅雷精通西洋小說，以譯巴爾札克著名，這是大家都知道的。傅雷和夏志清一樣，極為讚賞〈金鎖記〉。但他認為，其他短篇都有缺陷，他的批評是這樣的：

> 因為她陰沈的篇幅裡，時時滲入輕鬆的筆調，俏皮的口吻……有時幽默的分量過了分，悲喜劇變成了趣劇。趣劇不打緊，但若沾上輕薄味（如〈琉璃瓦〉），藝術給摧殘了。

他又批評〈傾城之戀〉：

---

11 同前書，頁 411-413。

12 以上引文見同前書，頁 417-418。

13 同上，頁 397。

> 沒有悲劇的嚴肅、崇高，和宿命性……情欲沒有驚心動魄的表現。幾
> 乎占到二分之一篇幅的調情，盡是些玩世不恭的享樂主義者的精神遊
> 戲。14

當我「懾」於夏志清的名望，不敢表示我對張愛玲「不願崇拜」時，我無法說清那種模糊的感覺。我相信傅雷一語中的，張愛玲的許多小說確有「輕薄味」，那不是「諷刺」，而是對生命持無所謂態度的「遊戲人間」。關於這一點，夏志清是這樣說的：

> 表面上是寫實的幽默的描寫，骨子裡卻帶一點契訶夫的苦味……我們一
> 方面可以看到是雋永的諷刺，一方面是壓抑了的悲哀。這兩種性質巧妙
> 的融合，使得這些小說都有一種蒼涼之感。15

我覺得夏志清太執著於與西方文學的類比（契訶夫的苦味），而比較不求諸於閱讀時的直接感受。

以上兩個例子想要說明的是：作為一個重視文化與道德的批評家，夏志清太以某些「固定觀念」去衡量中國現代小說，使他反而喪失了具體的歷史感、磨損了直接的藝術感受，以至於不能掌握每一個作家也許最重要的「核心問題」。他的批評家才能，或許是比不上夏濟安的，雖然夏濟安寫的比他少得多16。

---

14 兩段引文見于青、金宏達編《張愛玲研究資料》（福州：海峽文藝出版社，1994），頁
　　124、121。

15 《中國現代小說史》，頁420。

16 夏志清在《中國現代小說史》的中文本序言曾表示，在寫完此書以後，他對現代中國小
　　說家比較能同情、了解，不過，本文只能就此書加以評論。又，夏志清較近期在台灣所
　　出之批評文集有：《新文學的傳統》（台北：時報文化出版公司，1979）、《夏志清文
　　學評論集》（台北：聯合文學出版社，1987）。

三

　　從六○年代後期到七○年代前期，顏元叔可以說是台灣文壇最受矚目的批評家。當時他身任台大外文系主任，大力提倡比較文學研究，又創辦了《中外文學》月刊。在他的主持下，台大外文欣欣向榮，儼然成為文壇重鎮。在那幾年，他勤勉寫作，極為多產，幾乎每個月都可以看到他的理論、批評文章[17]。

　　那個時候的顏元叔企圖心旺盛，除了大力推介新批評理論，他還嘗試建立自己的批評架構。在實際批評方面，他的視野觸及到現代詩、現代小說、以及古典詩。他希望以他的古典詩批評為中國文學及比較文學研究打開一條出路，很可惜後來歸於失敗。但他在現代文學方面所進行的工作，又逐漸為人所淡忘，沒有得到應有的重視。

　　六○年代中期，現代文學在台灣的發展已達高峰，無論在詩，還是在小說方面都有了可觀的成就。但是，這一成就，到底如何，優缺點何在，卻還未有人進行嚴肅的、全面的評估。顏元叔所想嘗試的，就是這樣的工作。後來他雖然只論述了五個詩人[18]、三個小說家，並未把這一工作進行到底，但他曾做過的，仍不應為人們所忘記。畢竟這是懷抱這一企圖心的第一個嚴肅批評家，更何況他所寫的那幾篇評論至今仍有一讀的價值。

　　跟夏氏兄弟不一樣，顏元叔可說是一位徹頭徹尾的新批評家。他並不企圖綜論一個作家的發展，而只把焦點集中在他所選擇的作品上。評白先勇時，他只分析《遊園驚夢》中八篇；評於梨華時，他只討論《白駒集》裡的四篇。他把這些作品再三的細讀，從小說形式的各方面加以探討，至於作家本人的心路歷程、他和時代的關係，以及其他的問題，他幾乎全不關心。

17　在那幾年顏元叔所出的批評文集有：《文學的玄思》（1969）、《文學批評散論》
　　（1970，以上驚聲文物供應公司）、《文學經驗》（1971，志文出版社）、《談民族文
　　學》（1973）、《所謂文學》（1976，以上台灣學生書局）、《文學的史與評》
　　（1976，四季出版社）、及《社會寫實文學及其他》（1978，巨流圖書公司）。

18　論余光中、梅新、洛夫三文見《文學經驗》，論羅門、葉維廉見《談民族文學》。

評於梨華的那一篇可說是顏元叔小說「細評」法的「標準作品」。文章一開始，顏元叔就說，他將集中討論於梨華四篇小說中的筆觸、結構，和主題三方面的問題。他認為於梨華的筆觸「常是粗重的」、「毋寧說是寫得太過分了」、「似乎不注重古典的收斂」[19]而「作為一位諷刺作家，於梨華卻崇尚鋤頭作風：一鋤頭一鋤頭，把犯人捶死為止。」[20]他又指出於梨華的說教衝動——「而說教與筆觸的粗重，似乎不無關係。」[21]底下他又以〈柳家莊上〉一篇為例，說明人物心理的轉折在什麼地方不合情理，以致影響了情節的統一。最後他綜論四篇小說的主題，認為它們都「只留在各別相的階層上，對人生通性無有影射。」[22]

顏元叔的評論文章寫得最好的時候，全篇脈絡清楚、文筆生動有力，舉例分析恰當。雖然是技巧上的細評，卻始終能抓住閱讀者的注意力，讓人不覺厭煩。〈筆觸‧結構‧主題〉可以說是這樣的文章。

〈白先勇的語言〉一篇發表時也許更引人注意。這篇文章一開頭不久就說：

> 白先勇是一位嘲諷作家。《遊園驚夢》諸篇不盡是嘲諷之作；但是，我以為他所擅長的是眾生相的嘲諷……本來，像白先勇所處理的上流社會，一個已經枯萎腐蝕而不自知的社會，是不值得當小情人來擁抱的……[23]

顏元叔寫這段話時，白先勇的《台北人》系列尚未完成。如果綜觀整個系列，

19　〈筆觸‧結構‧主題——細讀於梨華〉，《現代文學》雙月刊 38 期（1969 年 7 月），頁 135、136。

20　同上，頁 137。

21　同上，頁 139。

22　同上，頁 146。

23　此文原刊《現代文學》雙月刊 37 期（1969 年 3 月），引文見頁 137。

顏元叔的判斷是錯的：因為白先勇更傾向於同情、擁抱，而不是嘲諷。但是，仔細閱讀全系列小說，顏元叔的判斷是對的：只有當白先勇以嘲諷為主調時，小說才較為成功。我們只能說，當白先勇開始進入創作高峰期時，顏元叔特別讚揚他的長處。可惜的是，白先勇愈到後來卻愈去表現他的缺陷。顏元叔的判斷可以看出他對一個小說家的「洞見」。

顏元叔的第三篇小說評論的對象是王文興的《家變》。當一般人對《家變》文字的「詰曲聱牙」、「根本不通」紛紛表示質疑時，顏元叔大膽斷定，《家變》「是現代中國小說的傑作之一」[24]。顏元叔認為《家變》的成就，就是一個「真」字。他舉了許多細節，說明這個「真」的道理，他甚至還說服人去相信，王文興貌似怪異的語言本身就具有「真實感」。大致而言，顏元叔舉的例子都能令人信服，充分證明他讀小說的功力。

像顏元叔這樣一個「才智過人」的批評家，他在八〇年代的快速沒落是很令人驚訝的。他過於自信，解杜甫詩背錯兩個地方，並根據錯誤「本文」分析，慘遭圍攻，從此一蹶不振[25]。事實上他較後期的文章已顯出「疲態」，往往過分冗長拖沓，缺乏高峰期的銳利與鋒芒。

顏元叔的重大缺陷在於：他當時篤信新批評的「文本」獨立說，他不願意承認文化感性和歷史感性在文學批評上的作用。夏志清和葉嘉瑩在跟他打筆戰時，都對他有過諷刺或「勸導」，要他多讀書，或多涵濡於古典世界之中，而顏元叔根本就嗤之以鼻，毫不客氣的反擊[26]。從另一方面講，顏元叔自恃聰

24　〈苦讀細品談「家變」〉，《中外文學》一卷十一期（1973 年 4 月），頁 60-85。

25　顏元叔細解杜甫詩〈群山萬壑赴荊門〉（〈詠懷古蹟〉五首之三），背錯兩處地方，為文攻擊者不少，其中以徐復觀之批駁最引人注意。顏文及徐文均刊於中國時報人間副刊，時間均在一九七七年左右。

26　顏元叔、夏志清一九七六年曾在人間副刊打筆仗，夏志清之文名〈勸學篇——專覆顏元叔教授〉，此文收入《人的文學》。又，葉嘉瑩曾以〈漫談中國舊詩的傳統〉一文（《中外文學》二卷四、五期，1973 年 9、10 月），不點名的批評顏元叔古典詩的方法，並勸顏多熟悉舊詩傳統。顏在七月號的《中外文學》以〈現代主義與歷史主義〉一文尖刻的加以因應。

明，以為一讀書即有所得，讓他絲毫感受不到所謂「涵養」的功能[27]。他後來應該深刻了解到，除了直接的敏感度之外，文化、歷史感性是一個批評家能夠成長，以至於長期從事他的工作的不可或缺的條件。可惜這種覺悟已經太晚了。我個人覺得，顏元叔的「提早下場」，和夏濟安的「過早離台」，都是台灣文學界的不幸。

四

前面所論述的三位批評家，夏濟安、夏志清、顏元叔，他們的活動時期可以說是和台灣現代主義小說的發展相終始的。夏濟安是這一潮流的「啟蒙導師」，而顏元叔則是企圖對這一潮流作綜合評論的人；顏元叔和夏志清「淡出」台灣文壇的時間，也正是鄉土文學取代現代主義，成為文壇主流的時候。

鄉土文學勃興以後，小說批評的寫法有很大的變化。後來，本土文學（台灣文學）的論述從鄉土文學的母胎中發展，並取代了鄉土文學，但它的小說批評方法卻和鄉土文學有近似之處。到了八、九〇年代之交，後現代思潮又逐漸產生，配合這種潮流，也有了另一種形態的小說批評。但不論是鄉土、台灣文學的一支，還是後現代的一支，其小說批評，本質上都有異於前三家的地方。在這最後一節裡，我想綜述前面三家的共通特色，拿來跟七〇年代至九〇年代的小說批評方式作比較。在這種比較之中，我想表達個人對小說批評的一些看法。

首先我想開宗明義的說，如果非要比較不可，我個人對夏氏兄弟及顏元叔的偏好是勝過最近二十餘年的小說批評的。前面一再強調過，夏氏兄弟雖然深受新批評影響，並且對現代主義小說頗有偏好，但他們都不是形式主義者，他們也許更關心文化和道德問題（雖然關心的方式並不一樣），也許顏元叔更像是

27　本人曾在一大學雜誌讀過學生訪問顏元叔之紀錄，其中顏曾提及，年輕時自恃聰明，不肯多讀書，因此勸學生應多用功夫，可惜年深日久，已無法覆查此文。

一個形式主義者，但仔細閱讀就可發現，其實他也不是。

顏元叔在評〈柳家莊上〉時說：

> 於梨華細膩描寫了陳翠娥事先的心境：陳翠娥在作淫思……於是柳長慶
> 出現時，她的心旌已經搖飄好久了。固然，柳長慶還得使用一點暴力，
> 但是，那只能說是水到渠成……這只是一半的強姦，另一半是通姦……
> 這個後果應該是從陳翠娥的內心反應中去尋找。也就是說，在道德意識
> 上，陳翠娥對自己如何交代。可是，在於梨華的操縱下，道德意識根本
> 不存在……28

後來這篇小說的重點轉到婆媳衝突上，彷彿陳翠娥遭「強姦」只是偶發事件。
顏元叔批評於梨華情節發展不合理，好像只是從「形式」入手，但其基礎卻
是：在一般的「人情事理」之下，陳翠娥需要面對這一件事的後果，這就轉變
成「道德」問題了。

這個例子最能說明，新批評的「細評」法完全可以和批評家本人所持的文
化、道德觀念相融合。小說是關於人的故事，而人是在社會中生活，因此人也
是在文化習俗與道德倫理中生活，關於人的故事，怎麼可能把它的形式面和生
活內涵分別開來呢？這也就是，一個執行「細評」法的小說批評家，如果他是
成功的，他必然涉及到具體的人的問題。

從這個角度來看，如果一個批評家只執著於意識形態的對錯，而不管小說
的藝術表現（這是小說形式和人物內涵的綜合有機體），他就不可能是一個優秀的
小說評論家。夏志清雖然極端「反共」，並且存在著不少唯西方是尚的偏見，
但他論及茅盾的《虹》時還是說：

> 《虹》結尾的失敗並非由於茅盾鼓吹共產主義思想，而是他無法像在這

28　同注19，頁140-141。

小說的前半部中用寫實的和細膩的心思手法去為這種思想辯護。[29]

夏志清對《虹》後半部的判斷是否正確是可以辯論的，但他明顯並不是根據小說作者所持的意識形態來作標準。就這一點而論，七〇年代不論贊成鄉土文學、還是反對鄉土文學的人，他們對小說的評論，都犯了夏志清至少希望避免的錯誤。

夏志清還有一段話值得小說批評家思考。他認為，魯迅〈祝福〉的成功，在於「封建」和「迷信」變得有血有肉（見第二節）。任何思想、任何主義、任何政治主張，如果在小說中不能變成「有血有肉」的東西，就不可能寫成好小說。就這一點而論，顏元叔應該也會贊成。他們都是在較好意義上堅持形式主義有它的道理。

如果說七、八〇年代小說批評的主流是在於：以意識形態取代形式主義，那麼，後現代批評的特色則在於：拒斥任何意識形態，並且還認為自己的拒斥一切並不是意識形態。如果說，不論站在左邊、右邊、中間都是錯的，而什麼都不站是「唯一正確」的立場，當他要以小說家「藝術地表現」這一立場時，不是和左、右、中派的小說家一樣，必須先以「形式主義」來檢驗一下嗎？如果他說「形式主義」不是唯一的標準，世界上不可能有標準；那麼，我們前面已說過，形式主義至少還承認，人在具體的時空下是有一些行動的準則的（不管這準則可以多麼抽象、多麼模糊）；否定形式主義，實際上就否定了「人」不一定是什麼、而認為「人」可以什麼都不是。「什麼都不是」的「人」如何去想像呢？在我看來，「走極端」的後現代，不論是小說、還是批評，常常讓人如墜五里霧中，不知他在說什麼，原因也許就在這裡。當然，他也可以故布迷陣，說他就是這種後現代，讓我們無法攻擊，這樣他就「安然存在」了。就這一點而論，像夏氏兄弟、顏元叔這種「重視」形式主義的批評家還是值得尊敬，因為他們不怕說得清楚，可以允許別人的攻擊。

29　《中國現代小說史》，頁176。

　　所以，我想說的是：夏氏兄弟和顏元叔的小說批評，在他們做得最好的時候，實在是一切優秀的小說批評的「基礎」。而我個人認為，台灣的小說批評家，在這種「基礎」工夫上，能夠達到跟他們不相上下的人，似乎還不多見。

　　《台灣現代小說史綜論》（台灣現代小說史研討會論文集），1998 年
　　12 月

附錄

懷念顏元叔教授

　　上週的一次朋友聚會中，我偶然聽到顏元叔去世的消息，內心受到很大的震動。自從知道他移居大陸以後，一有機會我就問別人是否知道他在大陸的地址，但沒有人能夠回答。我心裡也想，這事也不是很急，總會探聽到。潛意識裡似乎覺得，顏元叔身體很好，說不定我們哪一天還會在大陸再見。總之，幾年來我常常想起顏元叔，也一直在尋找他，但不能說很積極。現在好啦，他走了，還有什麼好說的。

　　我個人對顏元叔的感情是很難用言語來表達的，說了別人也不能體會。我感到奇怪的是，每當我偶然在別人面前提起顏元叔時，別人都會認為，我提了一個不值得一提的話題。我感覺到，顏元叔好像徹底被台灣文化界遺忘了，或者說，台灣文化界根本就從未存在過顏元叔這個人。

　　兩、三年前，文訊雜誌想要為台灣文學的研究者建立一個資料庫，初步計畫是先選五十個人。我和其他兩位比我年輕的著名的教授受命擬定名單，再彙整討論。在見面討論時，我發現他們兩人的名單中都沒有顏元叔，我只能說我感到震驚。這不是說，他們兩人認為顏元叔沒有資格列入五十名之中，而是，他們連顏元叔這個名字都沒有想起來。然而，也不過在四十多年前，顏元叔卻是台灣文壇大紅特紅的評論家，連續十年之間做了很多事情，引起很多爭論，儼然台灣文壇漩渦的中心。而現在，一切了無痕跡，好像水面上從來就沒有產生過這樣的波瀾。

　　顏元叔一九六七年得到美國威斯康辛大學英美文學博士學位，隨即回到台大外文系任教，那一年我進入台大中文系就讀。一九六九年顏元叔擔任外文系主任，我進入大三。那時候，中文系有一批學生團結在柯慶明周圍，想要為研究中國古典文學尋找一種新方法，而顏元叔也就在那幾年不斷的寫文章，評論台灣現代文學和中國古典詩，他的文章常會引起我們的注意，引發我們的討

論。我的學長和同學的情況我並不很清楚，但顏元叔的每一篇新文章，只要我知道，都是必讀的。顏元叔的批評文集，從《文學的玄思》（1969）到《社會寫實文學及其他》（1978），十年之間出了七本，只要一出版我就買。我在台大七年，除了中文系少數兩、三位老師，還有學長柯慶明，就屬顏元叔對我的影響最大。

就我的記憶所及，顏元叔在台灣最紅的那幾年，他做了好幾件事。第一，他想要有系統的評論台灣的當代作家，曾經為五個詩人（余光中、洛夫、羅門、葉維廉、梅新），三個小說家（白先勇、於梨華、王文興）寫過專論。我認為，他企圖為戰後台灣文學作個總評。遺憾的是，由於他的詩學觀點和創世紀詩社南轅北轍，他和洛夫等人徹底鬧翻，這個工作並沒有繼續下去。他這些文章，連同夏濟安、夏志清的評論，是我早期學寫批評文章的範文。三個人之中我比較偏愛顏元叔，他的論點鮮明，文筆清晰，跟我的個性比較相合。我後來在《小說與社會》中評論了我認為當時最重要的六位台灣小說家，實際上是延續了顏元叔的工作。我所以沒有寫詩人評論，也是因為看到顏元叔做這種工作所惹出來的麻煩。

顏元叔對台灣現代文學一些看法，現在已經很少人記得。但有兩點我覺得應該提起。首先，他曾經以重炮攻擊台灣現代詩某些重大缺陷，並以嘲笑的口吻說，所謂新詩，就是稿紙寫一半。現在大家都還記得，唐文標和關傑明所引發的現代詩論戰，但很少人知道，顏元叔其實是先驅。其次，他是捧紅王文興的《家變》的人。《家變》在《中外文學》連載時，可說罵聲不絕。《家變》連載結束，顏元叔立刻發表長篇評論〈苦讀細品談「家變」〉，徹底改變了大家對這本小說的看法。王文興自己就說過，沒有顏元叔，《家變》不會這麼轟動。我認為，顏元叔的這篇文章是他最好的評論。這篇文章對我影響很大，有了它我才能寫出《小說與社會》中的那一篇王文興論，我自己覺得，這是我最好的小說批評。

顏元叔的第二個工作和第三個工作是和台大外文系的同事創辦《中外文學》雜誌和比較文學博士班。這兩個工作是彼此關聯的。顏元叔認為，外文系的

學者不應該只是研究外國文學，應該關心本國的文學；運用西方的理論和方法來論述自己的文學，才是外文系學者應做的工作。同時他也認為，沒有一本優良的文學雜誌，本國的文學就不可能得到健康的發展。由此可見，顏元叔是具有使命感的人。我們不應忘記，一直到一九七○年代前期，《中外文學》始終是台灣文壇的最重要刊物之一，當時對文學有興趣的人，很少不看這本雜誌的。

顏元叔的第四個工作是，努力譯介西洋理論，他花了兩年多的時間譯出了衛姆賽特（William K. Wimsatt, Jr.）和布魯克斯（Cleanth Brooks）合寫的《西洋文學批評史》（1971 出版）。本書中譯稿多達五十五萬餘字，而且非常難譯。顏元叔說，他的父親將全稿修改了兩次，以便讓譯文更接近可讀的中文，他自己也修改了兩次。一九六、七○年代，很多人談論西方理論，但很少人願意像顏元叔這樣下苦工夫搞翻譯工作。我曾經花了整整兩個月的時間，對著英文原著將全書細讀一遍。從此以後，我才敢讀西洋理論。而且在對讀的過程中，我還發現，譯錯的地方並不多。書所以難讀，是因為理論實在很不好譯。顏元叔的這個工作，我到現在還深深感念。此外，他還在一九七三年主持翻譯了一套西洋文學批評術語叢書，共二十本。這套書主要是由外文系的年輕老師和研究生翻譯的，水準參差不齊，但對我還是很有用。我有許多西洋文學知識是從這套書學來的。（這套書的英文版第一批出二十本，接著又陸續出了一些，台灣並沒有繼續譯下去。後來大陸好像全套翻譯了，只是我無法買全。）

一九七四年七月，在學習七年之後我離開了台大，那時候顏元叔還是很紅。我常聽到關於他的一些耳語，知道有人私底下叫他「屠夫」，大概因為他為人有霸氣，文章也寫得兇悍。還有人更不客氣的稱他「市儈」，這是批評他貪財好利。我只關注他的工作和文章，不怎麼在意這些流言是否屬實。現在我已經了解了，一個人在最紅的時候，是不可能沒有毀謗和流言的，何況顏元叔一向我行我素，根本不在意別人的批評。

據我後來的體會，顏元叔的沒落和兩件事有關。一九七一年的台大哲學系事件，他沒有表態支持官方，有人不高興，因此沒當上文學院院長。同時就在那一段時間，他開始提倡社會寫實文學，再加上以前他對現代詩的攻擊，實際

上，他和後來興起的鄉土文學精神上多少有相通之處。我還記得，他曾在一九七三年的《中外文學》發表〈台灣小說裡的日本經驗〉，這篇文章比林載爵那一篇著名的〈台灣文學的兩種精神〉還要早幾個月出現。因為以上種種，當鄉土文學進入全盛期後，他的處境就變得非常尷尬。為了自我澄清，他曾帶頭攻擊具有階級意識的「工農兵文學」，以便努力為他所提倡的「社會寫實」文學留下一片清淨地。即使如此，反對鄉土文學的人仍然有人暗示說，他為鄉土文學當了開路先鋒；而鄉土文學陣營的人，也不可能接受他那種溫和的立場。在兩邊不是人的情況下，一九七〇年代中期以後，他就逐漸離開文壇的風暴圈，主要改寫雜文，成為名噪一時的散文家。

但顏元叔並不想以散文家的身分終結他輝煌的事業。他說，人一進入五十，就應該寫一本大作。他最先的想法是，分析中國古典詩中的一些名作，把他的所學奉獻給中國文化。在這之前，他這方面的文章由於喜歡談論詩中的性意象而備受攻擊，現在他又犯了一個更嚴重的錯誤。一九七七年十二月他發表了一篇〈析杜甫的詠明妃〉的文章，居然把這首耳熟能詳的名作誤記了兩個字，而且還洋洋灑灑的據此分析了數千言。這一下就產生了群起而攻的局面，他雖然公開道歉，有人還是不依不饒，而且還有監察委員想提案彈劾。當時我為顏元叔感到惋惜，但我認為，他只是太過自信，相信自己的背誦能力，不肯再查一遍書，而犯了大錯，這根本無損於他的學識和能力。但不少人認為，顏元叔完了，沒有人會再重視他了。

一九八三年，我買到顏元叔剛出版的厚厚一本巨著《英國文學：中古時期》，七十萬字。我讀了他的後記，才知道，他現在全心全力想要為中國人寫一大套英國文學史，共分七大部，每部七十到八十萬字，預計五年完成。看了這樣的後記，我真是既感動又感慨，這個頑強的顏元叔是不可能被擊垮的，他還想做事。這之後，我等他的後面幾部等了好幾年，一直沒等到，就沒有再注意了。現在為了寫這篇文章，翻查他的著作目錄，才發現他在一九九五到二〇〇二年之間出版了四大部《莎士比亞通論》，分別評述莎士比亞的歷史劇、悲劇、喜劇和傳奇劇，最少的 676 頁，最多的 967 頁。由此可見，他雖然沒有按

原計劃完成全書，但總字數和他原定的設想也已相差不遠。我完全沒有料到，在最孤立的八、九○年代，他還能寫這麼多，真是了不起。

九○年代以後，顏元叔開始在《海峽評論》傾洩他那激情澎湃的民族情懷，我沒想到我們最後會以這種方式產生了感情上的共鳴。我也在《海峽評論》寫過幾篇文章，他曾寫過一封短信給我，讚許其中的一篇。有一次我們同時參加大陸的活動，但分乘不同的車子，我遠遠的看到他，特別跑過去跟他打招呼，這是我最後一次見到他，估計應該是十三、四年前的事了。

顏元叔哪一年把他的生活重心移轉到大陸，我現在還不清楚，但我能理解他的心情。有一件事我想在文章的最後提一下。一九八○年十月二十四日，在鄉土文學論戰結束、美麗島事件發生一年多以後，顏元叔在《中國時報》人間副刊發表了一篇〈也是鄉土，更是鄉土〉，其中有一段是這樣說的：

> 在台灣談台灣的鄉土，應該包括一切真正愛台灣的人。泥土本無情，有情是人的腳跟踩進去的，指頭按捺進去的，膝蓋跪壓進去的。當你在這個地方，當你為這個地方，流了汗，流了血；這汗與血的灌注是亙古以來的自然祭禮；那淌流血汗的人與這承受血汗的土地，其間建立的盟契。沒有行灌注禮的人，不算鄉土之民；行過灌注禮的人，是過客亦變成了鄉民。鄉土是一種愛；愛這塊泥土，這塊泥土就變成鄉土；作踐鄉土的人，雖然營厝三代，永遠只是闖入者。鄉土不是專利，於是豈可壟斷──台灣的鄉土屬於一切愛台灣的人。

我的學生蔡明諺跟我說，這一段話講得真好，真感人，到現在還有警示作用。是啊，顏元叔是無愧於台灣這塊土地的，他曾在這裡流了汗、流了血，做了很多別人沒有做過的工作，他是值得我們懷念的。

2013、1、12

補記：在寫這篇文章時，剛好收到蔡明諺寄來的新作《燃燒的年代──七○年

代台灣文學論爭史略》（台灣文學館出版）。這本書有許多篇幅談論顏元叔，幫助我確定一些日期，提供我一些資料，對顏元叔有興趣的人可以找來參考。

《文訊》328 期，2013 年 2 月

補記：顏元叔還主持了《西洋現代戲劇》叢書的翻譯工作，至少出版了二十多冊。

這是一個真性情的漢子
——顏元叔的現實關懷與民族情感

　　顏元叔是一個很容易遭到誤解的人，這大半要歸因於他的為人風格與行文方式。二○○八年四月他為大陸版的散文選集《煙火人間》寫了一篇短短的後記，其中有一段是這樣：「我寫稿子，著眼於一個『錢』字，所得雖薄，亦有助於家計。職是之故，文章以娛眾為本，故多為雜文，娛人亦娛己也。偶有動感情處，發洩後即雲消霧散矣」[1]。根據這些話，我們是否可以說，顏元叔為了錢才寫作，他寫雜文也只是想讓人高興。如果就這樣解釋，那真是差之毫釐、謬以千里了。又如，他跟他的學生孫萬國寫過這樣的信：「在台灣這一群之間，我總算還像個樣子……我其實沒有什麼大志向，就是走我的路，吃我的飯；朋友之間能了解就了解，不能了解就打打哈哈……」[2]。這段文字的前半和後半本身就有矛盾，然而，我覺得兩句話都是真的。在台灣當時的知識分子中，他確實「還像個樣子」；然而，在台灣社會的條件下，他能幹什麼呢？於是只好聲稱自己「其實沒有什麼大志向」。這是抒情文，是不能死讀的。顏元叔罵孫萬國說：「你讀了四年文學，居然不會看文章」[3]，這是有感而發，並不純粹針對孫萬國。

　　孫萬國在上一期的《印刻》雜誌上發表了〈追念「一個不平衡的人」〉，真是把顏元叔的個性寫活了。據我所知，顏元叔照顧過一些學生輩，但到目前為止，好像就只有孫萬國寫了這麼一篇真誠的懷念文章，確實擔當得起顏元叔所稱讚的「義氣」[4]。不過，我雖然佩服孫萬國的直言直語，也深深了解他對

1　顏元叔《煙火人間》，台灣學人散文叢書（上海：上海人民出版社，2008），頁 259。
2　孫萬國〈追念「一個不平衡的人」：顏元叔〉，《INK 印刻文學生活誌》第 9 卷第 7 期（2013 年 3 月），頁 110。
3　同上，頁 109。
4　同上，頁 107。

他的老師的情意，但我仍然覺得，他未必能體會顏元叔最後二十年的心情。
「人豈易知哉！」我把孫萬國的文章仔細讀了兩遍，不由得發出這樣的感慨。

顏元叔喜歡賺錢，也知道如何賺錢；顏元叔喜歡罵人、諷刺人，甚至不給
人留餘地，這都是真的。但他絕對不是「市儈」，也絕對不是「屠夫」，他是
台灣極少數真正具有熱情的人。他敢於罵、敢於恨，因為他有極明確的是非觀
念。請看這一段文章：

> 由於「交征利」，由於牟利高於一切，由於野蠻的資本主義潛伏在每一
> 個人的內心；上焉者便告貸、冒貸、呆帳、來會、倒會；中焉者，便貪
> 汙、回扣、紅包、插花；下焉者便偷工減料、農藥亂灑、上大下小（請
> 看裝箱水果）、面光裡爛（請看各店各攤的水果籃）。總歸處處要佔人便
> 宜，以欺騙，以巧取，以豪奪，莫不是想多賺你幾文。用弔白塊把你毒
> 死──管你是同胞還是非同胞；用氧化鉛速成皮蛋教你鉛中毒──「那
> 關我什麼鳥事！」於是乎，鋼筋用小一號小二號，澆水泥多和便宜砂，
> 屋子大概會倒，那是以後的事，現在只管撈他一票：老闆撈大票，監工
> 撈中票，工人撈小票。上中下一齊撈，危樓怎不倒！[5]

沒有真感情的人能寫出這種文章嗎？──這不只是會寫文章、文章有霸氣而
已。

上面這一篇文章寫於一九八〇年代的中期，那時候的顏元叔對台灣社會的
現狀顯然非常的焦慮，這從他最後一本散文集《台北狂想曲》（1986 年）可以
清楚的看出來。可是，他關懷台灣的社會現實，並不是從這個時候才開始。他
回台灣從事文學評論之初，除了強調「文學是哲學的戲劇化」之外，還說，
「文學批評人生」，那就是說，文學是要介入具體生命的。一九七三年六月，
他在《中外文學》第二卷第一期發表〈期待一種文學〉，其中一長段是這樣批

5　顏元叔〈倒塌的根由〉，《台北狂想曲》（台北：九歌出版社，1986），頁 16。

評台灣的文學現狀:「為什麼報紙副刊費如許篇幅登載歷史小說,再不然就是連篇累牘於大漠南北的綠林豪傑!一些自命高超的青年作家則孜孜於發掘內在空間,在河邊,在海傍,做一些人生真諦的幽冥沈思!否則,便是展示一顆淌血的私心,為個人的一聲哀嘆,淋漓著數千字的篇幅!」[6]對於這兩種「古遠的」與「內在的」文學,顏元叔深致不滿,在文章的結尾處他高聲的呼籲:「讓我們的雙目注視著時下,近五年,近十年,近二十年;也必須使文學與當代產生相關性。是的,相關性是我們的要求,是我們的盼望。所以,我們期待的文學,應是寫在熙攘的人行道上,寫在竹林深處的農舍裡。」[7]這一篇文章讓我深感意外,因為,這好像和只關心文學內在本質的「新批評家」顏元叔合不攏。直到這個時候,我才知道,他以前所說的「文學批評人生」並不是空話。這跟幾年以後才出現的「鄉土文學」,除了階級色彩不那麼鮮明(但其實還是關懷一般民眾)之外,已經差別不大了。以顏元叔當時的地位與名氣,他說這種話,是需要勇氣的。因此,當「鄉土文學」興起之後,為了區別於前者,他特別把自己的理論標明為「社會寫實主義文學」。

在一九七〇年代的後半期,台灣文學左右兩派嚴重對立,導致鄉土文學論戰,這個時候的顏元叔真是處境艱難。我們且看當時的洛夫如何說:「在所謂『鄉土文學』及『社會寫實主義文學』雙重掩護之下,三十年代『普羅文學』意識形態的借屍還魂……」[8]。再看朱西甯的說法:「便是顏元叔自認是他的新發現,一再為文來闡揚的『社會寫實主義文學』,也一樣的(被中共)拿來利用……」[9]。顏元叔難道不知道,他的「社會寫實主義文學」和中共的「社會主義現實主義文學」在當時台灣的語境下,永遠不可能被區分開來。他企圖把自己和「鄉土文學」的階級色彩加以切割,卻不避諱他的口號和中共的官方術語的近似,從而授人以柄,這一點當時我也大惑不解。那時候顏元叔的反共

6　顏元叔〈期待一種文學〉,《談民族文學》(台北:台灣學生書局,1973),頁14。
7　同上,頁17。
8　洛夫〈詩壇風雲:這一年詩壇的回顧與檢討〉,《聯合報》1978年1月1日,12版。
9　朱西甯〈鄉土文學的真與偽〉,《聯合報》1978年2月4日,12版。

立場是無可懷疑的,這一點反對鄉土文學的人都知道,但是,還是要拖他下水。的確,他關懷現實的強烈精神,畢竟是讓他們不安的。[10]

孫萬國雖然是顏元叔非常照顧的學生,但在鄉土文學發軔之初就跟唐文標和尉天驄密切來往,思想上逐漸偏向鄉土文學。我雖然佩服顏元叔,但他畢竟背著國民黨和反共的沈重包袱,礙手礙腳,我也寧願跟著鄉土文學走。但我一直記得,顏元叔在整個鄉土文學論戰期間,當他意識到可能導致逮捕鄉土派的代表人物時,就沒有再充當打手;就像他在台大哲學系事件時,也沒有落井下石,反而站出來講公道話,他畢竟是值得尊敬的。不過,尊敬歸尊敬,我還是逐漸遠離了他,最後幾乎把他忘了。

後來,台獨派篡奪了鄉土文學的領導權,把它改造成台獨傾向的台灣文學,我在痛苦掙扎之後,決定加入陳映真領導下的中國統一聯盟。一九九〇年代初期,統盟的朋友告訴我,顏元叔也變成統派了,我才開始去讀他在《海峽評論》上的文章。我也知道,他的文章不但被大陸的左派刊物《中流》轉載,甚至還登到《內部參考資料》上。這樣,就開始了我對顏元叔的第二次認識過程。這個過程,直到顏元叔去世後,在翻閱他的一些舊文、在閱讀了以前沒有讀過的一些文章以後,才逐漸清晰起來。現在我可以肯定的說,文學評論家顏元叔始終不變的兩個原則是,文學要反映社會現實,而且,文學要有民族立場。我們不要忘記,早在一九七三年,他就把一本文集命名為《談民族文學》[11];而在鄉土文學論戰的高潮,他竟然把另一本新出的文集叫做《社會寫實文學及其他》[12]。顏元叔是有變化與發展(最大的變化是由反共變成親共),但這兩個原則是不變的。也許我們會怪罪於顏元叔的變化太曲折複雜,有時候也太突然,以致於不可理解。但反過來說,正是因為我們沒有理解顏元叔的個性和信念,我們才沒有掌握到他的兩個基本原則,因此也就沒有看到真正的顏元叔。

---

10 關於這一段時間顏元叔處境的詳細分析,請參看蔡明諺《燃燒的年代:七〇年代台灣文學論爭史略》(台南:國立台灣文學館,2012),頁263-278。

11 顏元叔《談民族文學》(台北:台灣學生書局,1973)。

12 顏元叔《社會寫實文學及其他》(台北:巨流圖書公司,1978)。

　　我們且來看看早期的顏元叔如何談論文學中的民族因素。他說，電影《秋決》是三十年來最佳的國片，因為《秋決》非常深刻的把握了中國人普遍的民族意識，即傳宗接代的觀念和自我犧牲的精神，這樣的道德情操西方人不可能理解，所以在西德的國際影展未能入圍一點也不用訝異[13]。他又說，中國現代詩必需找到自己的形式，一方面可以完成自己的生長，一方面要承續中國詩歌的傳統，「我們的詩人若完全缺乏追求形式之意願，完全缺乏一種文學的歷史意識，完全缺乏一種承先啟後的責任感，則詩形式也許永無出現之日」[14]。也就是說，沒有民族文化的歷史責任感，現代詩不可能成熟。他又認為，「當今的中國作家可能需要以意志力去發掘中國的民族意識，認識這種意識，力求了解這種民族意識如何不同於他國的民族意識」，而不要「懶憜依附在外國主義的影響下」[15]。

　　以上這些例子是要說明，即使在顏元叔最熱衷於新批評的時候，他也從來沒有忘記文學中的民族感情。他是一以貫之的民族主義者，對他來講，民族主義高於一切（除了極抽象的人道主義）。一個國民黨黨員，兩代都忠於國民黨，並且在共產黨得勝後，不得不逃亡海外或台灣，最終卻願意基於民族主義的立場，承認共產黨的貢獻，這在海外可能比台灣多一點，在台灣，顏元叔就是最顯著的例子。民族的立場高於黨的立場，這一點都不難理解。不理解顏元叔的人，其實是因為不理解中國苦難的現代史，不理解絕大多數中國人在長期備受欺凌與侵略之下所自然形成的強烈的愛國心。請看顏元叔如何悼念他的父母：「爸爸媽媽都生於活於死於中國史上大變亂的時代，千萬人飽嘗妻離子散的悲劇，他們倆能在兒子的懷抱中去世，我也終於如願以償，抓住了最後一刻，抱住了臨終的雙親，我何其幸運，這是要感激上蒼的」[16]。這是顏元叔把中國現代史歸結在他們一家的遭遇中的真心感受，他也以同樣的感情來表達他對十幾

13　顏元叔〈《秋決》：民族藝術〉，《談民族文學》，頁141-148。

14　顏元叔〈對中國現代詩的幾點淺見〉，《談民族文學》，頁150。

15　顏元叔〈談民族文學〉，《談民族文學》，頁6。

16　顏元叔《煙火人間》，頁258。

億大陸同胞的感謝，因為沒有大陸同胞十年的吃苦與奮鬥、甚至奉獻與犧牲，中國根本就不可能達到今天基本太平、基本豐足的成就，並讓他以身為中國人為榮。這種感情明確的表現在《海峽評論》的文章上。這不是無的放矢，也不是在台灣這塊土地上對著大陸同胞數十年所受的苦說風涼話。他的文章並不只有像《中流》這種左派刊物才歡迎，實際上還感動了海內外許許多多有共同逃難經驗和共同受辱經驗的中國人，因為這是植根於一百多年歷史的深厚民族感情的表現。

顏元叔什麼時候才從一個國民黨立場的民族主義者，變成一個超越黨派立場的民族主義者（他的親共是為了民族主義），我到現在還不太清楚，但肯定要經過一段思想的轉換過程。遺憾的是，自一九八六年他在台灣出版最後一本散文集《台北狂想曲》，到他在一九九一年二月在《海峽評論》上發表第一篇文章〈向建設中國的億萬同胞致敬〉[17]的五年時間內，他沒有再出過任何一本書，至於有沒有在報刊上發表什麼文章，現在一時也沒時間查考（我不會上網搜尋）；不過可以肯定，他大半時間保持沈默，因為在八〇年代中期，他已表示對寫雜文感到厭倦。我只能推測，八〇年代後半期他對台灣政局越來越失望，因為我自己也正是在那一段時間，隨著台獨勢力的興起而越來越焦躁，最後在一九九二年決定加入中國統一聯盟。我們兩人公開自己的統派立場，時間只相差一年，表面上是巧合，其實是有深刻的時間背景的。

在那一段台獨勢力急遽坐大的過程中，「中國」竟然成為台灣社會共同蔑視的標靶，這是任何有中國民族感情的人所無法忍受的。一九八九年「六四」以後，「中國」竟然成為全世界最野蠻的國家，而崩潰的蘇聯所受的苦難卻沒有人同情，這是我們這種人不能理解的。從此以後，我就變得非常情緒化，動不動就酗酒，酗酒後就跟人吵架。我就是用這種心情來閱讀顏元叔的文章，來理解他文章中的「暴戾」風格，並且非常「同情」，因為我在他的表面粗暴的文

---

17 顏元叔〈向建設中國的億萬同胞致敬：讀何新先生文章有感〉，《海峽評論》2（1991年2月）。<http://www.haixiainfo.com.tw/SRM/2-5969.html>。

字中看到我一幕幕酗酒罵人的景象。當然，大家可以批評說，我們都發瘋了，但現在有誰反省，我們是以自己已有的一點點財富而「驕其國人」並把這些國人視為異類？有誰反省過這種勢利眼、這種挾外（美國）以自驕、並認為自己已足以跟白種人比肩，不但瞧不起「中國人」，甚至瞧不起任何有色人種？這是怎麼樣的一群人啊！我有時候都會感嘆，他們竟然是我的同胞，而我們的心竟離得那麼遠，我為此不能不感到痛心。我相信顏元叔也是這樣子，因此他才會把他的、從美國回來的高中老同學斥為「狗華人」、「老漢奸」，還把他趕出家門[18]。我也曾一言不合就把一位極尊敬我的學生罵哭，並且把他趕出去。

這都是不堪回首的往事，再提這些，只是因為孫萬國文章的後半連篇累牘引述顏元叔《海峽評論》上的「名句」，不知是諷還是褒的對顏元叔表示不解。我最無法接受的是，他對顏元叔去見鄧力群之事大加嘲諷。孫萬國應該知道，「六四」之前鄧力群就已失勢，連共產黨中央委員都選不上，顏元叔在一九九四年去見他，根本不可能撈到什麼好處。而且孫萬國還忘了，一個可以把蔣介石的題名照片放在桌下蒙受灰塵、又可以拿著蔣經國的名言開玩笑的人，怎麼可能會在意一個已經失勢的共產黨二級領導是否褒揚他？

孫萬國告訴我們，二〇一〇年五月顏元叔生前最後一次接受採訪，在電視上說：「中國強大了，我的生命就完美了，就可以打一個 fullstop（句號）」[19]。我一直在想像，顏元叔死的時候一定了無遺憾，現在得到證實，我很高興，也很欣慰。

2013、3、6

《中外文學》42 卷 1 期，2013 年 3 月

18　孫萬國〈追念「一個不平衡的人」：顏元叔〉，頁 103。
19　同上，頁 108 註 65。

輯二
台灣文學綜論

鄉土文學與台灣現代文學

「鄉土文學」，不論在整個中國的現代文學史中，還是在台灣的現代文學發展中，都占據著極重要的地位。由於台灣歷史的特殊性（中國敗給日本而割台，日本戰敗而光復，以及其後國、共兩黨分別統治台灣和大陸），台灣「鄉土文學」的歷史發展尤其複雜，它在不同的時期可以代表不同的意義。可以說，如果不能了解各個階段的「鄉土文學」的差異，也就無法真正掌握台灣的現代文學史。

鄉土文學的源頭：德國

不過，「鄉土文學」這個概念並不是中國人所創造的，而是來源於西方，並且是源自於西方的德國。

德國和西歐的兩大強國──英國、法國──最大的差異在於，它遲至一八七○年才統一，而英、法在十三、四世紀時已逐漸形成統一的民族國家。在一八七○年之前，長達好幾百年的時間，德國一直處於許許多多的諸侯分立的狀態之下。因此，德國沒有辦法像英、法兩國以倫敦、巴黎為基礎，形成全國性的文化中心。在十八、九世紀之交，歌德和席勒成為「全國」性的作家，可以說是憑藉著他們個人傑出的才華和超人的成就而得來的。

十九世紀中葉，德國極少出現全國性的傑出作家，大部分的作家都以自己所生長、所熟悉的地域作為取材的重點，他們的作品具有明顯的「地域」的局限性（特別是南德的斯瓦本地區），因此，文學史家就稱他們為「鄉土作家」，稱他們的作品為「鄉土文學」。可以說，「地域性」是這種文學的第一個特

點。

就在這個階段，英、法兩國都已經相當的工業化了，倫敦、巴黎成了現代資本主義文明的中心，而英、法兩國的文學也以「現代文明」作為關懷重點。相反的，德國在工業化方面則相對的落後得多，它的大部分地區仍處在傳統的農業生產方式之下。一般而言，這時期德國重視「區域性」的鄉土作家，對工業化、對現代城市文明大都不具好感，他們反而喜歡描寫農村，包括農村的風土與民情。因此，這種「鄉土文學」的第二個特色是：輕視現代文明（工商業化、城市化），偏愛農村及農業文明。

我們可以說，十九世紀的德國，由於它相對於英、法兩國的「落後性」而產生了「鄉土文學」。

落後國家的鄉土文學——以中國大陸為例

德國統一以後，工業化加速進行，不久就成為與英、法並駕齊驅的強國，而且，也與英、法兩國競爭著向外發動侵略與擴張。

當英、法、德（後來加上美、日）憑藉著工業化的優勢向外侵略時，它們主要的侵略對象是亞洲、非洲許許多多的國家和地區。

當時的亞、非地區，完全不知工業化為何物，它們有的淪為殖民地（如印度），有的在亡國的邊緣掙扎、奮鬥（如中國）。在這種情況下，它們都被迫不得不學習西方的工業化和現代化。它們的新文學（現代文學）也是這一「現代化」過程的產物。

落後國家或地區的現代文學，由於它們在經濟生產上的「落後性」，都會產生強大的「鄉土文學」潮流。不過，由於它們完全的「落後性」，也由於它們是整個國家受到侵略或殖民，它們的「鄉土文學」的面貌和特性和十九世紀德國的「鄉土文學」就具有極大的差異性。

對於正要開始現代化的落後國家而言，除了極少數的一、兩個城市（如中國的上海），整個國家都還處在傳統農業及手工業生產的狀態之下。依此而

言，整個國家相對於西方現代文明而言，可以說都是「鄉土」的，所以，落後國家現代文學的「鄉土」觀念極其廣泛，常常和「傳統」無法區分——現代文明是「西方」的，是外來的，而自己的國家則是「鄉土的」、「傳統的」，「傳統的」鄉土和外來的「西方文明」變成是一組相對性的術語。當然，為了強調「鄉土性」，作家可能選擇完全不受西方影響的農村或小鎮作為描寫對象，因此也就具有「地域性」和「農村生活」這兩個「鄉土文學」的基本特質；但終極而言，這不過是為了突顯自己民族的「傳統性」罷了。「鄉土」與「民族傳統」密不可分，可說是現代落後國家或地區「鄉土文學」的最大特點。

這種意義的「鄉土文學」，因為作家對西方現代文明和自己民族傳統所持態度的差異，可以分成兩大類，即：「批判的」和「同情的」。我們可以舉二、三○年代大陸的現代文學為例來加以說明。

對於一個急於改革、急於「救國」的作家而言，他會強調西方文明的進步，相反的，他會「批判」民族文化傳統的落後。因此，他所寫的「鄉土文學」就具有極強的批判性。魯迅就是這種典型的作家。他寫了許多有關故鄉紹興（在浙江省）的小說，目的都在於表明：傳統中國的許多觀念和習慣，都已經成為扼殺生命力的「惡」，必須革除。

不過，這類改革派（甚至有些還可以稱之為革命派）的作家，也會寫「同情型」的鄉土文學。這時候，他們描述的是農民的善良與痛苦，強調他們既直接受到地主的剝削，又間接受到外國帝國主義的迫害。魯迅的不少學生和私淑弟子都寫過這種小說。

不屬於改革或革命陣營的作家，就可能寫出另一種類型的「同情型」的鄉土文學。這時候，「鄉土」代表的是傳統農村生活，質樸、單純，具田園風味，而生活於其中的人則樂天、知足而有耐性。相對而言，他既不喜歡現代文明，也不習慣現代的大都會生活。在中國現代作家中，沈從文可說是這種鄉土文學最著名的代表。他把他的家鄉湘西加以「理想化」，寫成一個極富詩意的「田園世界」，以作為他的精神寄託。

日據時期的台灣鄉土文學

有了以上的說明以後，我們就可以開始討論台灣的鄉土文學了。

台灣的新文學（現代文學）發軔於二十世紀的二〇年代。由於它在發展模式上深受大陸新文學運動的影響，所以，可以比較容易的比照大陸鄉土文學的類型來加以說明。

賴和是台灣現代文學初期最重要的作家，被許多人稱為「台灣的魯迅」，他的鄉土作品在思考模式上相當接近於魯迅。他的「批判型」的鄉土文學也是在揭露台灣傳統社會的缺點，如〈鬥鬧熱〉即是描寫台灣社會為了「鬧熱」（節慶活動）相互鬥富、鬥氣，甚至鬧架的惡習。不過，賴和更喜歡寫「同情型」的鄉土文學，寫日本警察如何欺負，甚至迫害台灣農民，寫台灣農民如何受到日本殖民者的經濟剝削，如〈一桿稱仔〉、〈惹事〉、〈豐作〉都是。賴和可以說是勇於抨擊帝國主義的鄉土文學作家的典型。

二〇年代的台灣鄉土作家基本上都和賴和相似。如果跟大陸的鄉土文學相比較的話，可以說，他們所寫的「批判」鄉土傳統的作品較少，同情農民、批評日本殖民者的作品較多。這當然是因為台灣已淪為殖民地，日本不公正的殖民統治成為最主要的矛盾。

三、四〇年代台灣最重要的鄉土作家要數呂赫若和張文環。呂赫若擅長描寫台灣農民的苦難（如〈牛車〉）、婦女在傳統社會的悲慘命運（如〈廟庭〉）、傳統大家庭的敗壞與沒落（如〈合家平安〉與〈財子壽〉）。就後兩篇而言，呂赫若是日據時代批判台灣傳統社會最為有力的鄉土小說家。

張文環偶而也和呂赫若一樣，寫批判鄉土的小說（如〈閹雞〉），但他更喜歡讚頌台灣鄉村的優美風光和台灣農民的質樸惇厚（如〈夜猿〉），看起來很像沈從文式的「同情型」的鄉土作家，但其實他這樣做是另有原因的。

呂赫若、張文環創作的高潮期正逢中國對日抗戰以及日本發動太平洋戰爭，日本為了壓制台灣人對中國的民族感情，並「激發」台灣人參加戰爭，開始厲行「皇民化」政策。日本殖民者宣稱，台灣的一切都是「落伍」的，為了

台灣的文明與進步，台灣應該向日本「同化」。日本殖民者的宣傳方式，雖然也迷惑了一些台灣作家，但卻騙不了大多數的作家。張文環有意的描寫「台灣鄉土」的光明面，事實上也就是以另一種不明言的方式來抗議日本對台灣的「污蔑」。

總結來講，日據時代台灣鄉土作家對批判自己的「鄉土傳統」比較保留，他們更熱心於描寫日本殖民者對台灣鄉土的壓迫與剝削，他們有時還刻意的歌頌「鄉土」，這一切都來源於一個最根本的現實：台灣不幸淪為日本的殖民地。

三〇年代台灣鄉土文學論戰

事實上，不論是賴和，還是呂赫若、張文環，都很少（或不曾）把自己所寫的作品稱為「鄉土文學」。不過，從「鄉土文學」的基本特質（區域性、農村生活、民族傳統）來衡量，稱他們為「台灣鄉土作家」還是合適的。

把台灣的現代文學界定為「鄉土文學」，並在理論上提出來討論的，是黃石輝。一九三〇年八月，黃石輝發表了〈怎樣不提倡鄉土文學〉一篇長文。裡面所說的重要看法主要表現在下面三段話中：

> 你是要寫會感動激發廣大群眾的文藝嗎？你是要廣大群眾心理發生和你同樣的感覺嗎？不要呢，那就沒有話說了。如果要的，那麼，不管你是支配階級的代辯者，還是勞苦群眾的領導者，你總須以勞苦群眾為對象去作文藝，便應該起來提倡鄉土文學，應該起來建設鄉土文學。
> 你是台灣人，你頭戴台灣天，腳踏台灣地，眼睛所看的是台灣的狀況，耳孔所聽見的是台灣的消息，時間所歷的亦是台灣的經驗，嘴裡所說的亦是台灣的語言，所以你的那枝如椽的健筆，生花的彩筆，亦應該去寫台灣的文學了。
> 用台灣話作文，用台灣話作詩，用台灣話作小說，用台灣話作歌謠，描

寫台灣的事物。

黃石輝所主張的台灣鄉土文學，按這三段話，主要有三層意思：要描寫台灣的勞苦大眾（指農民和工人）、要寫台灣的經驗和事物，要用台灣話來寫。第二層意思事實上沒有人會反對，第一層意思當時大部分的台灣作家也都贊成。如以前兩項來衡量，當時所創作的台灣現代文學，絕大部分都可以稱為「鄉土文學」。

　　當時引發激烈爭論的是第三點，即用「台灣話」（指閩南話）來寫。黃石輝的文章所引發的長期論戰，與其稱之為「鄉土文學」論戰，不如稱之為「台灣話文」論戰，因為爭論的焦點幾乎都集中在「用台灣話」這一點上。

　　在這一次的爭論中，主張「用台灣話」或傾向於這一看法的人，顯然要比反對者多。因此，現在的「台獨派」就藉此宣稱，三〇年代的台灣作家棄「中國白話文」而想使用「台灣話文」，就是要割斷和中國文學的聯繫，要追求台灣文學的「自主性」。換句話說，當時許多台灣作家已經產生了「台灣要獨立」這種念頭了。

　　事實上，這是一種極主觀的、有意扭曲的「推論」。只要仔細閱讀當時的論戰文章，就可以發現這種看法站不住腳。事實是：黃石輝「用台灣話」的主張，觸到了當時台灣作家最大的「隱痛」：相較於漢文的文言文，他們反而比較不會寫漢文的白話文；而且，更糟糕的是，更年輕的一代，不論是漢文的文言文或白話文，都已無力使用，只能寫日文了。

　　這種「困境」基本上是台灣的「殖民地」身分造成的。當大陸的新文學家主張用白話文來取代文言文時，很快的就獲得普遍的認同，當時的北洋政府不久即通令全國在各級學校同時教導文言文和白話文。事實上，所謂白話文，是根據以北京話為基礎的「國語」而來的，而當時中國的許多地區在日常生活中並不講「國語」，而是講各種地方話（方言），如上海話、廣東話、福州話、閩南話、客家話等等。因此，白話文學的推廣一定要有「國語」的推行來配合。這一點，大陸各地區一致贊成，因為「國語」愈普及，中國的民族意識和

團結心會更強。何況「推行國語」和「講方言」可以並行不悖，在家鄉講方言，和其他地區的人交往則講「國語」，只見其利而未見其害。

但在台灣，情形就不一樣了。日本殖民者當然非常不願意台灣人懷有「民族意識」，所以，它不但強迫台灣人在各級學校學日語、日文，還用盡辦法壓制傳統「漢文書房」，讓台灣人沒有學漢文的機會。日本殖民者當然了解台灣作家提倡「中國白話文學」的用心——他們想藉此和大陸母國「聯繫」起來，當然更不會讓台灣人有學「中國國語」的機會（在學校裡，所謂「國語」當然是指日語）。這樣下來，傳統的「漢文」（文言文）快「絕」了，而現代的「國語」又沒機會學，「漢文」即將在台灣「絕跡」，又如何提倡「白話文學」呢？

黃石輝「用台灣話」的主張，既觸到台灣人的「民族隱痛」，又給台灣作家以「靈感」：既然「暫時」無法學「中國國語」，無法寫順暢的中國白話文，那麼就用「漢字」來寫「台灣話」（閩南話）罷！「台灣話」至少也是中國的一種方言，寫成漢字，至少也是中國漢字，總跟中國有關係，總比寫「日文」強。所以，跟現在台獨派的「解說」剛好相反，三〇年代台灣主張用「台灣話文」恰恰表現出他們強烈的「中國感情」。

有兩點最足以證明這一點。第一，當時有人（蔡培火）主張以「羅馬拼音」來寫台灣話，從實用上來說，這是比較方便的，但很少人贊同，因為不願棄捨棄「漢字」，「隱藏」於其中的「民族感情」不是很明顯嗎？第二，反對「台灣話文」的人主要擔心，「用台灣話」會跟中國切斷聯繫，而贊同的人則信誓旦旦的說「不用擔心，不會！」，其中最堅決主張「台灣話文」的郭秋生還說了這樣一段話：

> 我極愛中國的白話文，其實我何嘗一日離卻中國的白話文？但是我不能滿足中國的白話文，也其實是時代不許滿足的中國白話文使我用啦！

「不能滿足」是指他無法很好地使用中國白話文，「時代不許」是指日本殖民者不會讓他有機會學好，通讀上下文就可以理解其意。那麼，他提倡「台灣話

文」的無奈之情不就昭然若揭了嗎？

事實上，不論這一次的論戰如何發展，都敵不過日本的殖民體制，就在「七七事變」之前三個月，一九三七年（民國二十六年）四月一日，台灣總督府下令廢止台灣報刊的「漢文欄」，這樣，台灣作家就不得不使用日文發表作品了（前述的呂赫若、張文環，以及日據後期的台灣作家都以日文寫作）。日本在發動對中國全面侵略戰爭的前夕所做的這一「動作」，不是也間接的證明了它對台灣作家「民族感情」的疑慮嗎？

不過，黃石輝所引發的這一場「論戰」，也說明了日據時代台灣文學的「特殊性」。原來作為中國一省的台灣，由於淪為日本的殖民地，而產生「歷史的特殊性」：為了對抗日本的「同化」政策，它不太願意批判「民族傳統」；為了護衛「民族傳統」，它不得不曲折的主張「用台灣話」。這種「歷史的特殊性」，使台灣成為中國最特殊的一個「區域」。由於這種明顯的「區域」特質，我們是可以把日據時代的台灣現代文學整個稱之為「鄉土文學」。

五、六〇年代：反共文藝與現代文學

戰後（第二次世界大戰結束以後）台灣文學的發展所經歷的各個階段，並不複雜。但因為目前台灣各種政治立場與認同態度雜然並陳，不同觀點的學者對「台灣鄉土文學」的詮釋也就差異極大，甚至相互矛盾，讓一般讀者如墜五里霧中。

這種不同態度的爭論是在進入一九七〇年代以後開始產生的。因此，本文先對七〇年代以前台灣文學的發展態勢作一簡單描述，然後再分析七〇年代以後一面爭論、一面發展的複雜情勢。

一九四五年日本戰敗投降，它在甲午戰爭中所竊取的台灣隨之歸還中國。當時，統治全中國的是國民黨政權。不過，中國大陸，國民黨不久即和共產黨展開全國性的內戰。到一九四九年，國民黨全面潰敗，退守台灣。第二年，美國第七艦隊介入中國內戰，協防台灣海峽，迫使中國共產黨無法「解放」台

灣，完成全國統一。

所以四五至四九這一段時間，可以說是戰後台灣史的一個特殊階段。當時，台灣和大陸之間可以自由來往，文化、文學的交流相當方便。這一階段的政治、文學發展長期受到淹沒，現在的後顧研究又受制於各種政治立場，目前還不能完全澄清。

五○年以後，國民黨在台灣的統治完全確立，為了對抗大陸的共產黨（所謂的「反共抗俄」），它大力推行「反共文藝」政策。整個五○年代，可以說是「反共文藝」主導台灣文學的時期。

不過，在五○年代中期，有一批人開始提倡自由主義的，與（反共的）政治保持距離的「純文藝」。開始主要是出現在雷震《自由中國》的文藝版及夏濟安的《文學雜誌》上。後來台大外文系學生白先勇等人創辦《現代文學》，大力推介西方的現代主義作品。與此同時，現代詩社、藍星、創世紀三大詩社先後誕生，它們也陸續鼓吹西方現代詩。終於，整個六○年代，現代文學或現代主義文學成為台灣文學的主流。

六○年代是台灣經濟大步起飛的時期，不論在政治、經濟、文化、學術各領域，大家一致期盼「現代化」，其實也就是「西化」（主要就是「美國化」）。六○年代盛行一時的現代文學潮流，可以說是這整個趨勢的一部分。

台灣內部問題的浮現

台灣社會，尤其是經濟，經過十年的順暢發展以後，內部的種種問題逐漸浮現。這大致可以歸納如下：

(一)民主化與省籍矛盾：自五○年代以來，國民黨「一黨獨大」已長達二十年。雖然定期舉行地方性的選舉，但整個政治大權無疑掌握在國民黨手中。隨著經濟發展，台灣的中、小企業和中產階級的力量逐漸增強，他們要求「民主化」的呼聲越來越大。而這種「不民主」的政治結構，尤其表現在本省籍人士長期被排斥在政治核心之外。本省文化人對文化媒介、機構長期被外省人

「把持」，也一直鬱積著不滿情緒。

(二)下階層問題：六〇年代的經濟發展，雖然使所有人的生活普遍得到改善，但一般而言，農、漁民、工人等下階層得利最少，廣大農村明顯呈現衰退現象。同時也有人認識到原住民族群及隨國民黨來台的許多老兵，其境況可能還要更糟糕。經濟繁榮的外表下所隱藏的這些貧困現象，讓一些具社會關懷的知識分子感到不安。

(三)經濟發展的困難：七〇年代初期，中東以、阿衝突引發的石油危機，導至世界性的經濟危機，並波及台灣。這是戰後台灣經濟發展第一次碰到的整體性的大困難。這一危機雖然總算安然度過，但一般人終於領悟：經濟不可能一直往前發展。「發展神話」的動搖在人們心中投下陰影。

(四)台灣的政治地位問題：四九年以後，國民黨政權一直以「中華民國」的身分，在聯合國代表中國席位，而大陸的「中華人民共和國」則視同「非法」。但二十年來，大陸政權一直屹立不搖，由「中華民國」代表中國完全違反國際現實。這一情勢進入七〇年代越來越明顯。七〇年代後期，聯合國中國代表權終於由大陸取得，世界各主要國家紛紛加以承認，並建立外交關係。現在反過來，「中華民國」的身分變成是「非法」的。這給台灣民眾帶來莫大的衝擊。身分的不定及認同的危機，構成近二十年來台灣政治、社會、文學最核心的問題。

七〇年代的鄉土文學思潮

以上所說的這些問題，因七〇年代初期起於美國的台灣留學生的「保衛釣魚台」運動而全部被激發出來。美國片面的把台灣宜蘭外海的釣魚台列島「交給」日本，而國民黨政權（那時候它仍然是聯合國的中國代表）對於這一藐視中國領土主權的行為表現得軟弱無力。這激起了台灣留學生強烈的民族主義意識，許多人因此轉而支持大陸攻權，並因此而表現出對社會主義思想的強大興趣。

美國的保釣運動迅即傳播到台灣，台灣大學生加以響應，二十年來受制於

戒嚴體制，一直不敢過問政治的大學校園，氣氛為之大變。接著，長期反對國民黨的「黨外」政治人物的結合也越來越明顯，逐漸形成政治上的「黨外運動」。在逐漸鬆動的政治控制下，在文化、文學領域反對國民黨意識形態的思潮終於成形。這就是一般所謂的「鄉土文學運動」。

　　鄉土文學運動的第一個口號是「回歸鄉土」，意思是要回過頭來關心自己本土的現實問題，不要像六〇年代一樣，一切只往西方和美國看，跟著人家的文學潮流亦步亦趨。也就是要把六〇年代文學的「西化」傾向扭轉過來，重新審視自己鄉土的現實問題，也就是說，要求文學回來「關懷現實，反應現實」──這可以說是提倡寫實主義的文學，以反對六〇年代的現代主義文學。

　　其次，所謂關懷現實，最重要的就是要求重視台灣下階層民眾所受的不公正待遇。當時許多作品描寫台灣農民、漁民、工人生活的種種問題，也有許多報導文學發掘社會上一向受人忽視的現象，如原住民的惡劣處境問題。就此而言，七〇年代的鄉土文學具有左翼文學的階級色彩，至少，它們基於人道主義，非常同情下階層人民的生活狀況。

　　總結來講，七〇年代的鄉土文學具有三種傾向：民族的（回歸鄉土）、寫實的、同情下階層的。正如前面所說的，這也是三〇年代大陸和台灣鄉土文學的主要傾向，只是受制於反共的戒嚴體制，這些傳統到了七〇年代已為人所淡忘。

　　所以，鄉土文學的另一項重要工作就是，重新發掘和恢復這一傳統。不過，大陸三〇年代的鄉土文學傳統因為和共產黨關係密切，當時的政治環境還不能自由談論，於是，鄉土文學陣營主要的工作還在於：復活日據時代的台灣文學，特別集中在賴和、楊逵、吳濁流和鍾理和諸人作品的介紹上，他們明顯具有反日的民族主義色彩，和同情農民的寫實主義色彩。

八〇年代的「台灣文學論」

七〇年代末，鄉土文學運動差不多顛覆了五〇年代以來國民黨一直企圖維

持的反共文藝思想（這思想到七〇年代仍由官方宣傳著，但影響越來越小），以及六〇年代盛行一時的西方現代文學潮流。七七、七八年間國民黨發動宣傳媒體，企圖圍剿鄉土文學，但以失敗告終，此即「鄉土文學論戰」，可以說，進入八〇年代，國民黨已喪失文學意識的主導權。

與此同時，政治上的「黨外運動」也蓬勃發展。一九七九年，藉著「高雄美麗島」事件，國民黨對黨外政治領導進行大逮捕。但在接下來的選擇中，黨外仍然獲得重大勝利，證明國民黨的鎮壓已無扼殺政治上的反對力量。

八〇年代黨外力量的壯大影響了文學思潮的變遷。七〇年代的「黨外」是追求「民主」的各方勢力的大聯合，但無疑的，其中主導力量來自於本省籍的中產階級和中、小企業，他們當時已越來越明顯的從地區意識發展出「台獨」思想。等到他們於一九八七年組成「民主進步黨」以後，不能接受他們的「台獨傾向」的其他黨外人士逐漸退出。於是，台灣最大的反對黨的政治立場越來越鮮明。

政治勢力變化影響了鄉土文學潮流。七〇年代的鄉土文學運動，也是反國民黨的文化、文學界的大聯合，其主要思想傾向雖如前面所述，但其實內涵頗為龐雜，其中許多本省籍文化人長期以來就意識到省籍矛盾。等到黨外力量幾乎已被民進黨掌握以後，鄉土文學陣營的大部分的本省籍支持者紛紛往省籍矛盾、地方意識、台獨傾向靠攏，並陸續發表文章，重新詮釋「鄉土文學」，最後形成了台獨傾向的「台灣文學論」。這一「台灣文學論」的發展過程和主要想法可概述如下：

(一)從「鄉土」到「本土」與「台灣」的轉折：七〇年代的「鄉土」蘊含了更大的範圍，它可以意指「中國」，雖然這一「中國」如何界定人人看法不同。八〇年代以後，傾向台獨的人認為，「鄉土」就是「本土」，也就是「台灣」，既不必跟「中國」扯上關係，也必須跟中國割斷關係。

(二)從「社會文學」轉向「地域文學」：七〇年代的鄉土文學重視下階層的生活，強調台灣經濟發展的分配不均，具有階級意識。八〇年代的台獨文學論則轉而論述，台灣文學獨特的地域性與歷史性，把「台灣文學」作為一個整

體來考量，弱化甚至不談其中的階級性。

(三)從「反西化」到「去中國」：七〇年代鄉土文學的興起，主要在於：反對六〇年代的「向外看」，要求「回歸」鄉土，這明顯具有反西方、反美的民族主義傾向。八〇年代許多人不再強調這一點，反而企圖說明台灣文學跟中國文學毫無瓜葛，有的甚至流露出敵視中國的傾向，台獨意識相當明顯。

(四)根據以上幾點主張重寫台灣文學史，形成「新」的台灣文學史觀：自八〇年代末葉石濤的《台灣文學史綱》出版以後，台獨派紛依此觀點論述「台灣文學」，基本上已不再使用「鄉土文學」這一提法。如果說，七〇年代的主流意識是藉「鄉土文學」之名來談論階級文學與民族文學，那麼，八〇年代的台獨論者則把「鄉土文學」改造成「獨立自主」的台灣文學。

戰後台灣文學綜評

綜上所述，我們可以把戰後台灣文學的三種主要傾向簡單歸納如下：

(一)六〇年代的現代文學：向西方學習，強調現代性與世界性。（八〇年代以後的後現代是這些傾向的繼承者）

(二)七〇年代的鄉土文學：重視民族性與階級性。

(三)八〇年代的「台灣文學論」：突出台灣文學的歷史特殊性，並認為台灣文學早已「獨立自主」。

把以上三種觀點加以對比，就可以看出：在戰後台灣文學發展的前二十年（五、六〇年代）中，由於國民黨主控的政治以及台灣社會的快速現代化，文學以「走向西方」、「走向世界」為標的，完全沒有民族傾向及本土傾向，這才引發七〇年代「鄉土文學」的大批判。但由於七〇年代「中華民國」在聯合國喪失「中國」代表權，政治地位發生問題，引發認同危機，「鄉土派」分化成兩種傾向：中國派與台灣派，七〇年代以前者為主導，八〇年代以後台灣派勢力高漲。因此，七〇年代「鄉土文學」興起以後所引發的一連串的大論戰，以及因此而產生的各種論調（如前所述，主要可以分為世界派、中國派、台灣派），基

本上都是台灣認同危機浮現出來以後的產物。

可以說，要了解目前「鄉土文學」各種複雜而互相矛盾的解釋，其前提就是要釐清各種政治認同派別與「鄉土文學」的微妙關係。

原刊《國文新天地》（龍騰出版社）第 2、3 期，2002 年 12 月、2003 年 3 月；修訂稿刊於《澳門理工學報（人文社會科學版）》，15 卷 2 期，2012 年 4 月

附錄

鄉土文學中的「鄉土」

　　七○年代的鄉土文學，就其反現代主義及反殖民經濟的立場來講，具有反帝國主義、回歸民族主義、回歸「鄉土」的傾向。它的反美、反日，在陳映真、黃春明、王禎和有關跨國公司及殖民經濟的小說中極易辨明，而它的回歸中國本位的立場，也可以從小說及理論陳述的字裡行間去體會出來。

　　然而，從七○年代末鄉土文學論戰結束以後，「鄉土文學」的口號卻逐漸為「台灣文學」所取代，而其內容也經歷了相反方向的改變。根據已成形的「台灣文學自主論」，「回歸」所要尋求的變成是「台灣」、以及「台灣文學」，而「台灣」其自主性的主要敵人卻變成「中國」，本來被「反」的美國、日本反而喪失了其目標性，且在必要時，可以接受成為「反中國」的助力。

　　這樣的「轉變」從辨證發展的立場看，是從「A」到「非 A」，對原來提倡鄉土文學的人來講，實在是絕大的諷刺。

　　二十年後回顧這一段歷史時，我想從當時流行最廣的口號「回歸鄉土」中的「鄉土」觀念入手，分析這一觀念在當時歷史條件下的混雜、曖昧現象，以及這一概念最後變成只限定在「台灣」，並被拿來對抗「中國」的轉變因素。因為在二十年後的今天，比事件發生的當時，我們更能以「事後之明」，看到一些當時看不到的「真相」。

　　六○年代台灣的知識分子主要目的是追求當代西方（特別是美國）的知識、藝術與文學，他們不能談政治，因為政治在當時是極大的禁忌，一不小心就可以被捕。但是，他們也不怎麼關心台灣快速的經濟發展，以及伴隨而來的社會變遷。同時，他們更無法思考：一個中國卻存在著兩個政府，以及大陸正在發生更大的變化的這一種特殊的「中國現實」問題。

　　七○年代的「回歸」運動基本上是對這一傾向的「反動」，知識分子要求

自己走出「純知識」的追求、走出西方知識世界回到自己社會，所以是「回歸」，而「回歸」的精神當然就是要關切自己的「鄉土」。

　　但是，最大的問題就在於「鄉土」這一觀念，七○年代台灣「一般」的知識分子，在當時的政治條件下，是無法對這一觀念作徹底而全面的思考的。只有像陳映真這種極少數的已有確定的「中國」觀念的人，或者當時心裡早已相信台灣應該獨立的人（這種人和陳映真，都是極端少數），才真正了解所謂的「鄉土」是指那一塊土地，或者是指那一個範圍。其他的絕對大多數的一般知識分子，恐怕都還沒有意識到「鄉土」這一觀念本身是存在著大的問題，是很難加以思考的。

　　問題最凸顯之處在於：當時最大多數的人都還接受自己是「中華民國國民」這一事實。理論上來講，「中華民國」的版圖包括全中國，除了台灣之外，還有大陸。但實際上大陸正由中國共產黨「專政」的「中華人民共和國」統治著。兩邊的人民完全禁止往來，台灣的「中華民國國民」完全不了解，居住在中國絕大部分土地上的其他中國人（理論上來講是自己的「同胞」）到底在幹什麼。他們所知道的只是，那一大片土地正由一群「匪徒」竊據著，而那裡的人民正忍受這些「匪徒」的「暴政」，而這些都是「中華民國政府」所告訴它的國民的。

　　七○年代的「中華民國」確實面對著許多重大問題，譬如，號稱是一個「民主」政府，但它最主要的民意機關國民大會和立法院的代表卻長久不變；又如它的官僚體制已經很難了解及處理台灣二十年來的經濟、社會變化。除此之外，還存在著一個也許更重大的問題，那就是，「中華民國」在國際上的「合法性」正在喪失，國際社會日漸承認，「中華人民共和國」是「中國」的「合法」政權，而「台灣」則是「中國」的一部分。

　　七○年代「回歸」運動的特質（也就是其「問題」）在於：它主要關心「中華民國」內部的問題：追求民主、追求更進一步的現代化，並關心一些明顯的社會問題，它沒有真正觸及「中華民國」與中國、「中華民國國民」與中國人這一複雜問題，當時極少人意識到，這一問題自己的切身重要性。

　　我們可以說，只有到鄉土文學論戰結束、鄉土文學陣營內部產生統、獨爭論，最後形成全台灣社會都意識到「統、獨」對立，所謂的「鄉土」才真正到了需要澄清界定的時刻。從這個角度來看，「統、獨」爭論其實是「回歸」運動的延長。這個時候，「成形」的統派和獨派才真正開始思考台灣社會必須面對的「鄉土」問題。

　　作為鄉土文學運動主要發言人的陳映真、尉天驄、王拓（也還可以包括引發現代詩論戰、可視為鄉土文學的唐文標），在當時的社會條件下，基本上不是按前述講的方式來思考問題的。

　　當他們談到「鄉土」的時候，他們主要指的是：鄉土上的人民，也就是居人口多數的中下階層人民。由於反對現代主義的精英主義和象牙塔色彩，他們強調知識分子的責任感、藝術的使命、文學對現實所應具有的關懷。他們的人道主義明顯具有左翼傾向。

　　就小說創作而言，陳映真、黃春明、王禎和同時著力於跨國公司和殖民經濟小說，除了描述台灣對美、日經濟的依賴，還探討了台灣的人在這一依賴關係中所產生的人格的扭曲，特別是民族尊嚴的喪失。這裡的反帝傾向和民族主義色彩是很容易看得出來的。

　　這些主要的發言人，至少有一部分（譬如陳映真），事實上瞭解到「鄉土」的問題不能只就台灣範圍來思考。不過，在當時的政治環境下，「反共」和「收復大陸」是針對兩岸問題唯一可以公開說出的「見解」。陳映真等人不能公然的提出整個中國的「鄉土」問題來討論，可以說是不得已的。當時也有如《仙人掌》雜誌所代表的，企圖引發大家對五四民族、愛國運動和自由主義改革論的重視。但是，這一論述方式代表的是自由主義的傳統，在當時遠不如鄉土文學主流所暗含的「左」的傾向那樣吸引人。

　　再深一層而論，自由主義在六〇年代曾與現代主義結合，為台灣知識分子的精神寄託。回歸運動既以批判現代主義為目標，與現代主義曾有「同盟」關係的自由主義，即使是要復活五四運動的民族主義，其吸引力也不及具左翼色彩的鄉土文學主義。

　　而且，台灣左翼思想已被斷絕將近二十年，當知識分子由「關懷」鄉土與社會現實而呈現體制的「批判」傾向時，曾被嚴厲禁絕的左翼思想就具有獨特的迷人之處。所以可能可以說，投向鄉土文學的知識分子有一部分人更重視的是其中的「左翼思想」，而不是「鄉土色彩」或民族主義成分。

　　不過，對像陳映真這種想法的人來講，情況還要更複雜。在七〇年代的大陸，社會主義思想的正統性尚未消失。陳映真一類傾向的人也許會相信，講「左」和講「中國鄉土」根本就不是矛盾，因為這可以歸結為「社會主義中國」這樣一個說法。所以他們可以不必為「鄉土」的定義問題再去多花心思。

　　以「左」派為重的人，不太關心「鄉土」的確切意義；而具有明顯中國情懷的左派，當然會以為這個問題根本不是問題，既不必辨明，基於當時的政治條件，也不好辨明，這就把一個原本非常重要的「鄉土」定義問題懸而不論，形成一種模糊狀態，使得後來的「分化」有了可能性。

　　簡單的說，作為鄉土文學運動主流的「左統派」（這裡使用後來的稱呼）在當時幾乎完全沒有「預估」到「鄉土」觀念的矛盾與複雜，因此在他們最具影響的時候，也沒有事先作任何積極的「澄清」。等到八〇年代初台灣文學論崛起，「左統派」才在批判論戰中正式就這一問題發言。到了這個階段，既是被迫應戰，也就喪失了某種先機和主動。當然，這些都是「後見之明」以當時的條件而論，實在很難苛責「左統派」。

　　把「回歸鄉土」和「鄉土文學」中的「鄉土」觀念推演至一個必須明確加以「界定」的關鍵點的，事實上是八〇年代以後的台獨派。他們在西方觀念和國民黨教育下成長，根本無法了解：近代中國在面臨現代西方的衝擊時，「社會主義革命」有其歷史的合理性，不能以「匪徒」來稱呼共產黨，也不能以西方現代體制的觀點來反對中國所試行的社會革命。他們以美國式的西方社會觀念來反對「社會主義中國」，當然對這一「現實存在的中國」就不會有認同感。更何況，國民黨從大陸來接收台灣。「以少數來統治」多數的台灣民眾。他們對國民黨政權的不認同，既不能從中國現代史的脈絡去解釋，就很單純化成「外來政權」問題，變成是「中國人」在壓迫「台灣人」，對「中國」更沒

有認同感。

再從他們的「邏輯」來說,「中國」的土地他們從未踏上過,中國的民眾他們從未接觸過,怎麼能算是他們的「鄉土」呢?如果說,有一種「鄉土」是他們所熟悉,而具有感情上的「連繫」的,那當然是「台灣」了,他們差不多是以這種邏輯把七○年代曖昧不清的「鄉土」觀念明確的重定為「台灣」,作為「認同政治」的一種情感訴求。

台灣問題是可以從中國現代史的立場來加以說明的,譬如:中國戰敗,不得不將台灣割地給日本,二次大戰後,中國收回台灣。但隨即中國發生內戰,美國幫不得民心的國民黨守住台灣,台灣又暫時脫離中國本部,而統治中國本部的共產黨,就一九四九年的革命及一九七九年以後的改革開放來講,都有其歷史演進的合理性。可是,台獨派的知識分子,既無法理解這種「歷史理性」,也不願意聽取這種「歷史理性」,他們更傾向於自己的「親身經歷」,從而就把「鄉土」界定為「台灣」了。

我們可以說,台獨派的「認同政治」也是「歷史理性」的產物,是中國積弱不振,導致日本統治台灣五十年,以及美國「保護」台灣四十年的結果,也是中國悲慘的現代史經歷的「結果」之一。這整個的過程,無法以「理性的陳述」獲得台獨派的了解,並願意重新考慮。

也許歷史的問題也只能以「歷史過程」來加以解決。這裡想說的只是,從回顧的眼光來看,鄉土文學時期的「回歸鄉土」,事實上是現在普遍存在於台灣社會的「認同」問題的起點。這種詮釋方式在七○年代還沒有多少人意識到,目前似乎看起來滿合理的。這足以證明,「鄉土文學運動」的多重複雜性格。

《聯合文學》14 卷 2 期,1997 年 12 月

台灣小說一世紀
——世紀末的虛無或肯定

一

　　台灣的新文學誕生於本世紀的二○年代。從一開始，這一文學就註定要關心兩個重大議題，即：台灣的自我定位問題，和台灣社會本身的發展問題。而這兩個問題又常常會糾纏在一起，無法加以釐清。

　　自我定位問題來源於台灣的政治地位：自甲午戰爭中國戰敗後，台灣即被迫割讓給日本，成為日本的殖民地。作為被殖民者，台灣人遭受到不平等的待遇，得不到「人」的尊嚴，而且，在當時的歷史條件下，看不到改變命運的機會。這樣的問題，在台灣早期的一篇小說——「無知」的〈神秘的自制島〉（1923）——中，即被象徵性的描寫了出來。

　　社會發展問題則源自西方的衝擊，而這一衝擊，透過日本的殖民統治，變得更加迅速起來。對於這一社會變化，台灣的知識分子具有深切的體會。早期的另外兩篇小說，「追風」（謝春木）的〈她往何處去〉（1922）和施文杞的〈台娘悲史〉（1924），藉著描寫舊社會婦女的命運，表達了對「進步、文明」社會的嚮往和希求。面對這兩個問題、環繞這兩個問題，台灣的新文學開始發展起來了。當然，要對複雜的政治、社會問題加以呈現、加以表達，承擔最主要責任的就非小說莫屬了。作為近代文學的主體文類，小說本來就是隨著現代社會的產生而興起的。

目的性

在呈現台灣社會的特殊問題時，早期的台灣小說是具有直接的目的性和針對性的。以奠定台灣小說基礎的賴和為例，他在第一篇小說〈鬥鬧熱〉（1926）裡，描寫了台灣民眾在節日的大拜拜中彼此爭強鬥富的情景，對於民眾愛面子、無謂的浪費金錢、精神空虛的情形提出了批判。這是以西方近代文明作為指標，以「啟蒙」的精神來映照舊社會，想以此來求取自己社會的進步。這跟大陸新文化運動的目的是一致的。

賴和在他最著名的小說〈一桿「稱仔」〉（1926）裡點明了台灣民眾的政治命運。他們受到異民族的統治，而代表這一統治最底層的日本警察卻是最暴虐、最無法律觀念的，根本談不到所謂的公正性，除了以一命換一命這種最原始的「報復」方式之外，賴和看不到根本的解決之道。

賴和這兩篇小說的基本精神，可以說是新文學運動初期新知識分子對文化和政治的整體關懷的基本樣貌，並成為進步知識分子的組織「文化協會」推行社會運動的指導綱領。一方面，他們想藉著教育民眾來進行啟蒙，來革除舊社會的惡習。另一方面，他們又跟日本政府「請願」、希望讓台灣民眾也跟日本內地一樣，可以享有政治權利，可以設置自己的議會，而不必受日本總督的直接統治。

這樣的運動，經過幾年的努力，在兩個目的上都證明是失敗的。但在同時，以更底層的民眾為基礎，另一個更廣大的運動正在崛起，並隨即衝擊到這一以西方資產階級理想為標的的知識分子運動。這就是以農民組合為主體的左翼運動。

群眾性

殖民社會的下層民眾（以農民為主體）所受到的壓迫與剝削，要比上層的地主深重得多。一方面，地主可以把殖民者加到自己身上的負擔轉嫁到農民身上，從而使農民在殖民者的直接剝削之上又增加重擔，另一方面，在面臨舊社

會解體的過程中，農民常會碰到突然降臨自己身上的「苦難」（如呂赫若〈牛車〉所描寫的）而不知所措，這就是台灣農民運動的社會基礎。同時，出身較為不好的知識分子，在殖民體制下極少「上升」的機會，而他們又不能像大地主家庭的同類一般，可以憑家庭的經濟能力提昇自己。他們的不平與憤怒轉變而為對農民的同情，轉而追求一個更有公義的社會。在他們的鼓動和領導之下，農民組合運動隨即日漸發展而成熟。

在這樣的背景下，新興的左翼知識分子開始對前一階段的「啟蒙」文學發動攻擊。一九三〇年黃石輝在《伍人報》發表〈怎樣不提倡鄉土文學〉一文，其中說到：

> 你是要寫會感動激發大眾的文藝嗎，你是要廣大群眾心理發生和你同樣的感覺嗎，不是呢，那就沒話說，如果要的，那麼，不管你是支配階級的代辯者，還是勞苦群眾的領導者，你總須以勞苦群眾為對象去作文藝，便應該起來提倡鄉土文學，應該起來建設鄉土文學。

很明顯，這裡所謂的「鄉土文學」，是以本地「勞苦群眾」為對象的大眾文學，它的「區域性」是隨著「群眾性」而來的。也就是根據這一「群眾性」的要求，黃石輝主張：

> 用台灣話作文，用台灣話作詩，用台灣話作小說，用台灣話作歌謠，描寫台灣的事物。

黃石輝的文章在三〇年至三一年之間引發了一連串論戰，即一般所謂有關「鄉土文學」與「台灣話文」的論戰。黃石輝的文章本意是在強調文藝的「群眾性」，但隨著論戰的發展，焦點卻更集中在「台灣話文」之上，從而讓不同立場的人都去重新思考台灣文學潛在的難題。

這個難題潛藏在台灣新文學所使用的「白話文」上。所謂的中國「白話

文」，其實主要是依據普通話而來的，跟各地的漢語方言未必相合。但在大陸，知識分子不論講任何方言，基本上都會講普通話（不論講得好或壞）。而且隨著白話文運動的成功，大陸的普及教育改以白話文為主，這又勢必使得普通話更能在全國各地推廣開來，所以普通話「白話文」和方言之間的差距並不顯得太重要。

民族性

然而，在台灣則非如此。由於僻處海隅，台灣知識分子與大陸交流不是很容易，又由於台灣割讓給日本，交流機會當然更少。可以說，台灣知識分子會講中國普通話的恐怕要算極少數。而且，在殖民體制下，台灣知識分子的語言，除了各自的方言之外，當然以日語為主。在這種情形下，台灣作家的所謂白話文，其實是以古漢文為根底，配合所讀的白話作品（包括古典小說與大陸新文學），參考自己方言的語法和詞彙「湊合」著寫出來的。這裡面存在著許多困難，這只要讀一些當時的白話小說就可以感覺出來。

黃石輝「用台灣話做文」的主張觸及大家的「隱痛」。用道地的白話文創作是有困難，做得到的並不多。而且要考慮到，隨著懂古漢文的人越來越少，也不能不想到「漢字書寫系統」的保存問題。很明顯的是，只要有可能，台灣知識分子不願意放棄漢字，不願意用日文寫作。所以論戰到了後來，至少某種程度的使用台灣話（實際上已經有作家這樣做了），已經成為大家可以接受的看法。

「台灣語文」問題，從「群眾性」變成如何保存「民族性」的問題，清楚的呈現了在殖民體制下台灣文學發展的內在困難。只有從這個角度來看，早期台灣小說發展上的一些問題才能看得更清楚。

即使這樣考慮台灣文學的「民族性」問題，但仍然不能不面對台灣內部「勞苦群眾」的普遍苦難。在這裡，我們碰到了台灣最優秀的左翼作家楊逵。楊逵在受到日本國際主義左派的影響之下，寫了〈送報伕〉這篇小說，把台灣「勞苦群眾」的問題看成是國際上一切勞動者的問題，並把日本資本家、日本

在台灣的殖民統治者,以及在台灣與殖民者合作的地主階級與買辦一起視為壓迫者和剝削者。就這樣,台灣的問題變成是國際工人運動的一環,民族問題似乎不存在了。

如果再讀楊逵後來寫的小說,以及對照他在戰後的言行,就可以知道,楊逵仍有深厚的民族感情,絕不是純階級論者。我們只能說,作為一個左翼作家,楊逵在當時的政治條件下也只能寫出〈送報伕〉這樣的小說。楊逵之不得不成為一個貌似的國際主義者,跟三〇年代初的台灣作家不得不接受一種折衷的「台灣話文論」一樣,都反映了殖民地台灣在文學發展上面對「民族性」問題時所無法解決的困難。

皇民化

台灣左翼作家在三〇年代初期所提出的文學的語言問題和階級性問題,到了一九三七年以後,已經「不存在」了。因為就在這一年,中日戰爭全面爆發,為了「杜絕」台灣人的民族感情,日本殖民政府下令禁止中文版的報紙和雜誌;同時,殖民政府也壓制了當時的一切社會運動。因此,在文學上繼續探究這兩個問題,已經完全不可能了。

更有甚者,殖民政府開始對台灣人屬行同化政策,鼓勵台灣人作「皇民」,並為「天皇」而戰。在文化上,皇民化政策告訴台灣人說,台灣本身的社會和文化是落後和不文明的,而成為「皇民」,同時也就是要努力使台灣擠身於文明與進步之列。

作為當時最典型的皇民作家,周金波在〈志願兵〉裡描寫了一個台灣人,為了響應「聖戰」的號召,毅然的當了志願兵;而在〈水癌〉裡,周金波又從一個留日醫生的眼中呈現了台灣人的「愚昧與自私」,從而肯定「皇民化」是他對台灣人所負的神聖使命。從今天的眼光來看,周金波作品對台灣人本身的蔑視,顯得有一點可笑。但是,在陳火泉的〈道〉裡,台灣人註定成為二等國民,即使再怎麼努力想要變成「皇民」都不能改變自己的身分,這種無可奈何的悲哀,卻獲得了相當成功的表現。

　　不過，在文化上更深刻的探索台灣人的「認同危機」的，可能要數王昶雄的〈奔流〉。王昶雄不贊成毫無保留的拋棄自我而成為日本人，不過，藉著其中一位主角，他承認台灣只是「鄉間土臭」，非努力求文明、進步不可。即使他珍惜自己的台灣人身分，但仍然認定應該到日本留學，以便學習有關文明的一切。

　　實際上王昶雄仍然中了日本人的「計」，因為他似乎同意日本人把台灣視為落後社會的看法。在這裡，張文環和呂赫若就要清醒得多。張文環致力描寫台灣農村的質樸、善良，而呂赫若在〈清秋〉裡則微妙的提出漢學傳統的問題。這都證明，他們並不為「皇民化」所提出的文明與落後的兩極對立所惑。他們深切了解，日本以文明作為誘餌，企圖使台灣人放棄自我身分的技倆。

　　總結而言，我們可以說，以賴和為代表的早期台灣小說，一方面想要透過啟蒙來求取台灣社會的進步，一方面則藉著批判殖民統治，力爭台灣人的尊嚴和權利。到了三〇年代，由於台灣社會的內部矛盾，文學的語言和階級問題被提了出來，從而使台灣作家深切的意識到，在殖民體制下保留「民族性」的困難。到了日據末期，為了對抗強力的皇民化政策，他們不得不以較隱蔽的方式來抗拒日本有意造成的台灣原有「民族性」的消失。

二

　　戰後台灣小說發展的外在條件，從表面上看，和日據時代完全不一樣。台灣已由中國收回，並由中國人自己來統治，「民族性」問題應該已經不存在。但中國在抗戰勝利不久即爆發內戰，最後形成共產黨統治大陸、國民黨統治台灣的局面，台灣仍然與大陸分途發展，這使得台灣的自我定位問題以另外一種形式繼續成為問題。同時，在國民黨統治下，台灣更加快速現代化，社會的轉型與發展與日據時代一脈相承，只是面貌的更新更加引人注目而已。所以，社會發展所導致的問題仍然引人關懷。從大方向來說，這兩個問題仍然還是戰後台灣小說的主要焦點。

現代化、西化

　　拋開戰後初期的混亂局面，以及五○年代初的反共宣傳不談，戰後台灣小說的主要風貌是由五、六○年代之交逐漸崛起的現代主義所奠定的。在這些小說裡，我們正可以看到台灣的自我定位問題和社會發展問題的奇特的混合。

　　從文化層面來看，現代主義其實是一種文學上的全盤西化。由於反共的政治環境的影響，五四及三○年代注重民族主義及現實主義的傳統（日據時代的文學是這一傳統在台灣的變形）已逐漸被淡忘，取而代之的是「一切現代主義的流派」。同時，國民黨雖然宣揚說：相對於共產黨的破壞中國文化，它自己才是傳統文化的真正繼承者，但在各級教育體系裡面，真正起主導作用的卻是各種西方的現代價值觀。所以，在文化氛圍上就變成了這樣的局面：知識分子處處以西方的理念來反對傳統。

　　把這種情勢表現得最為觸目驚心的無疑要數王文興《家變》了。《家變》的主角范曄，以他在學校所接受的一切來衝量自己的社會，發現現實的一切完全不合他的想法，於是變成激烈的「反叛者」。因為這種反叛不能落實於社會現實面，於是就集中在自己的父母和家庭上，他在小說結尾對於傳統「孝」道的激烈抨擊，是以西化反對傳統的最具象徵性的說明。

　　與王文興的形態完全不同，但卻可以互補的，是七等生的小說。七等生的男主角在台灣教育體系的競爭中是屬於「二流人物」，因此他不能在高等學府接受最好的現代化教育，他的自卑感來自於此。他逃避社會，把自己關在藝術的象牙塔中，以此來自我肯定。

　　王文興和七等生的主角，都是台灣社會快速現代化和西化的產物。兩位小說家在當時都自以為，他們是在寫現實主義小說。但回顧來看，他們反而在無意中呈現出了六○年代在台灣這種特殊社會中的知識分子的形象。在他們的觀念世界裡，傳統根本不存在。如果有的話，那就是要「反」傳統。

　　如果不談這裡所蘊含的文化自我定位問題，而只看社會發展問題，那麼，李昂早期的「性」小說要算是另一種代表。這些「性」小說也以現代主義的晦

澀文學和象徵結構來表現,但它無疑的呈現了傳統社會崩解過程中,「性」如何成為一個新問題。特別在年輕女學生對於「性」的充滿恐懼的自覺中,我們發現,這個社會的改變已使得年輕人越來越不知道如何自處。

面對社會轉型的這種茫然,促使具有深厚農村鄉土經驗的黃春明在無法適應現代都會生活後,轉而以更傳統的小說寫作方式描繪他所熟悉的農村人物。在〈看海的日子〉裡,他讓受盡摧殘的女子白梅回到農村,並以傳統的母親模式得到村人的認同,這無疑代表了以傳統對抗現代的一種模式。

在快速變化和價值混亂的社會裡,陳映真以一種知識分子的脾性逐漸形成了「烏托邦」式的關懷,並且與這種關懷相連結,他開始思考到台灣社會所潛藏的民族定位問題。當然,在他所寫的小說裡,他的主角都只能充滿了無力感,因為這個社會根本還沒有時間來考慮這些問題。

本土化

不過,台灣社會發展的這個「現代主義」階段也終於過去了。當知識分子突然發現,他們確實需要回過頭來看看這個社會已經成為什麼樣子,並且需要怎麼改變時,台灣小說的發展就進入了另一個時期。這就是現在被稱為「鄉土文學時期」的七〇年代。

這個「鄉土」,其實包含了黃春明在前一階段已經意識到的「農村鄉土」,和陳映真在前一階段所不敢明言的「民族性」和「烏托邦」(以社會主義的模式來表現)。這一個新的潮流,把台灣小說從現代主義帶回現實主義,並把眼光從知識分子個人轉回民族問題和階級問題上。

但是,這樣的思考方向其實只維持了十年左右。經過十年的發展(包括政治、社會的發展),這一方向逐漸被拋棄。原來受到「鄉土」吸引的一派,逐漸發展出另一種「思考」:「鄉土」就在台灣,而所謂的「民族性」其實就是台灣的民族性。在這種思考模式裡,原本作為鄉土對立面的「西方」突然變成「中國」了。在小說方面,試圖以歷史的長卷來刻畫台灣「鄉土」的形成過程的著名代表就是李喬的《寒夜三部曲》和東方白的《浪淘沙》。在這種歷史過

程中，從「中國」移民來台灣拓殖的人終於在「此地」建造了自己的新家園，並與「中國」「脫離」了關係。

　　如果對照皇民化那種要進步、文明就要拋棄台灣的落後的「本性」理論來看，在八、九〇年代新形成的這種台灣自我認同論其實是非常有趣的。台灣之所以把自己塑造得不同於自己所來自的中國，其原因就在於自己吸收了進步的西方文明──但是，又可以維持自己的「本性」！從皇民化的邏輯到這種邏輯之間，無疑必須考慮到六〇年代的現代化和西化，因為在那一階段裡，「民族性」問題基本上是付之闕如的。正是經過這一階段的「過渡」，這種辯證發展才成為可能。

　　現代「落後社會」的發展其實是相當困難的。在日據時代，知識分子深切了解到，既要「啟蒙」以改革舊社會，又要保持「本土」以對抗殖民者的同化，真是歷盡艱難困苦。在中國的本土，這一困難最後以具有強烈民族主義色彩的社會革命來加以「解決」。這一「解決」方式，當然不會為退守台灣的國民黨所接受。他們既要維護那種傳統的固有文化，又要在美國協助下進行快速的現代化，其結果就是使得好像已發展完成的台灣，以文明、進步之名，「脫離」了中國，從而諷刺性的呼應了皇民化的邏輯。

虛無化

　　這種奇特的「歷史辯證發展」在外省籍小說家中表現得更為令人「驚異」。在六〇年代，作為現代主義主要代表的白先勇，其實是個「失落者」。他懷想國民黨輝煌的過去，悲慨自己不是成為無根的「台北人」，就是漂泊於異國的「紐約客」，這就是他的「中國」──完全沒有正在翻天覆地起大變化的現實中國的「影子」。在劉大任那裡，先是退休之後一無所有的將軍，等到回心轉意要去尋找自己的「中國」時，卻發現面目全非，只能發出杜鵑的哀啼。到了八、九〇年代，當台灣本土派已奪得意識形態霸權時，原本在〈將軍碑〉裡探索過中國近代歷史的怪異性的張大春，只能以《大說謊家》來嘲諷他所不認同的台灣本土邏輯，而不想去面對自己如何定位的問題。相反的，朱天

心在本土派的逼迫下，只能從「眷村」出發，去尋找自己的過去，並哀嘆自己已成為「古都」裡的幽魂、本土派眼中的「異類」，在自我定位的「虛無」中掙扎。在他們的小說虛構世界裡，「中國」是一個難以思考的問題，或者，是不需要加以思考的問題。

或許，最具有「意義」的也許是所謂新世代的小說。這裡完全沒有「省籍」，有的只是把人淹沒的「後現代」社會。這裡，最重要的問題是「保持自我」，而保持自我最重要的途徑是自己的「情色」與「身體」。這樣，台灣社會的「定位」問題也就不復存在了。

百年來的台灣小說就這樣追問自己：「台灣是什麼？往何處去？」如果最終答案是：不必問台灣是什麼，我就是我，我就是我的「身體」，並以「情色」為標的，那實在有些怪異。所以，在下世紀之初，也許有人會重新思考，並寫出新的小說，我們也許可以再等一下，不必太早下定論。

《文訊》168 期，1999 年 10 月

一九五〇年代的現代詩運動

　　一九五六年一月十五日由紀弦發起的「現代派詩人第一屆年會」在台北市民眾團體活動中心舉行，出席者四十餘人，會中宣告「現代派」正式成立。二月一日，紀弦主持的《現代詩》第十三期出版，刊登了這一消息，並公告：加盟「現代派」的已有八十三人。同時，紀弦還發表了〈現代派信條釋義〉，提出「現代派六大信條」，並加以闡釋。這就是戰後台灣現代詩運動的起點。

　　現代詩運動也是其後幅度更為廣闊的戰後台灣現代主義文學、藝術運動的一環，這包括現代小說、現代繪畫、現代電影等。誇張一點地說，「現代派」的成立可以說是這一似是分別發展、但又分頭並進的現代主義運動的「火種」。「現代派」的成立及其後整個現代詩的發展，是戰後台灣文學史最為重大的事件之一，這一看法，是任何人都不會反對的。

　　關於這個運動的諸多問題，相關的論文可謂不計其數，本文的目標將僅限於：從文學史的角度討論其「運動面」，即只涉及本次運動的發展大勢、基本傾向、及其與當時政治社會背景的關係。就此，本文擬分成以下四節：

　　1、從三大詩社的遞嬗看現代詩的發展
　　2、從紀弦的主張及現代詩內部的論戰看台灣現代詩的特質與問題
　　3、現代詩的發展及其與台灣社會的關係
　　4、評價與結論

一、從三大詩社的遞嬗看現代詩的發展

　　從五〇年代初期到六〇年代中期，台灣現代詩的發展，用一句生動而有些

輕薄的話來說，可以說是，「三大詩社爭霸戰」。

最早成立的「現代詩社」其實是由紀弦一個人獨撐大樑的，楊牧回顧說：

> 「現代詩社」是紀弦創辦的，紀弦對現代詩運的貢獻大約都是和這個詩
> 社的發展並行而生的。現代詩社的出版物即稱為《現代詩》，三十二開
> 的小本從民國四十二年二月一日開始，大約每月出版一期，但時常脫
> 期，後遂改為季刊。每期頁數都三四十頁光景，發行人兼社長是路逾，
> 編輯人兼經理是紀弦，實則便是紀弦一個人；社址設在台北市濟南路成
> 功中學的教職員宿舍內，也就是紀弦的家。紀弦獨力支持《現代詩》此
> 亦見於早期該刊封面上的設計，封面上除刊名期數等應有字樣外，每期
> 印有檳榔樹一棵，蓋檳榔樹一向便是紀弦的標誌也。[1]

在現代派成立之前，《現代詩》已出了十二期，《現代詩叢》也出版了六種，
即：方思《夜》、鄭愁予《夢土上》、楊喚《風景》、紀弦《在飛揚的時
代》、《摘星的少年》以及《紀弦詩論》。楊牧說：「這在近三年十二期內，
《現代詩》發表了許多至今猶可以傳誦的重要作品。[2]」由此可見，在現代派
成立之前紀弦獨撐三年的刊物已為現代詩奠定了基礎，並基本上集結了他的現
代派「集團」（這是《現代詩》十三期公告成立現代派的用語）。「現代派」的成
立，既是紀弦在台灣詩壇活動的高峯，但也是他沒落的開始。

關於「藍星詩社」的創立，余光中是這樣回顧的：

> 我是在民國四十三年年初，幾乎同時認識鍾鼎文，覃子豪，和夏菁的。
> 那時正值紀弦初組現代詩社，口號很響，從者甚眾，幾乎三分詩壇有其
> 二。一時子豪沈不住氣，便和鼎文去廈門街看我，透露另組詩社之意。

1　楊牧〈關於紀弦的現代詩社與現代派〉，《現代文學》46 期（1972 年 3 月），頁 86。
2　同上。

結果是一個初春（好像是三月）的晚上，我們三個人和鄧禹平在鄭州路夏菁的寓所，有一次餐聚。藍星詩社就在那張餐桌上誕生。當時夏菁曾函邀蓉子參加，蓉子有事未去，因此藍星詩社發起人，名義上說來，便只有鼎文，子豪，禹平，夏菁，和我。[3]

由此可見，「藍星詩社」的成立是為了對抗紀弦「現代詩社」的「坐大」。紀弦後來在跟覃子豪論戰時說：「記得當我們組派時，就曾有人對覃子豪先生說這是專為了對付『藍星詩社』要打擊他的。」[4]從這些話可以推論出，由於藍星詩人的組社，紀弦為了對抗才宣告組織「現代派」，而由於「現代派」組派及發表宣言的大動作，兩社的隱然對抗變成了公開的論戰。

「藍星」對於紀弦「現代派六大信條」的攻擊，以及紀弦的回覆，集中於一九五七和五八兩年，主要文章列表於下：

1、覃子豪〈新詩向何處去〉（《藍星詩選》第一輯，1957 年 8 月）

2、紀弦〈從現代主義到新現代主義〉（《現代詩》19 期，1957 年 8 月）

3、紀弦〈對於所謂六原則之批評〉（《現代詩》20 期，1957 年 12 月；以上答覃一）

4、黃用〈從現代主義到新現代主義〉（《藍星詩選》第二輯，1957 年 10 月）

5、覃子豪〈關於「新現代主義」〉（《筆匯》21 期，1958 年 4 月）

6、紀弦〈兩個事實〉（《現代詩》21 期，1958 年 3 月；答覃五）

7、紀弦〈多餘的困惑及其他〉（《現代詩》21 期，1958 年 3 月[5]；答黃四）

8、紀弦〈六點答覆〉（《筆匯》24 期，1958 年 6 月；答覃五）

---

3 余光中〈第十七個誕辰〉，《現代文學》46 期（1972 年 3 月），頁 12。

4 紀弦《紀弦論現代詩》（台北：藍燈出版社，1970），頁 68。

5 《現代詩》21 期的出版日期為 58 年 3 月，其實際出版日期應晚得多，因覃子豪的文章是在 4 月刊出（當然《筆匯》21 期的出刊時間也可能不精確）。

9、 余光中〈兩點矛盾〉（《藍星週刊》207、208 期，1958 年）

10、紀弦〈一個陳腐的問題〉（《現代詩》22 期，1958 年 12 月；答余九）

論戰期間及其後，「藍星」在覃子豪、余光中、夏菁、黃用的分頭經營及多方尋找發表園地的努力下，蒸蒸日上。相對而言，「現代詩社」則日漸沒落。一九五七年十二月，《現代詩》出版第二十二期時，改由「黃荷生主編」，到二十三期（1958 年春季號），紀弦宣布詩刊交給黃荷生負責。楊牧說「事實上以紀弦為象徵的『現代詩社』和『現代派』到此結束。」[6]相反的，「藍星詩社」則於其時達於鼎盛。請看余光中的回憶：

> （1958）七月一日，為了慶祝《藍星週刊》二百期紀念，我們在中山堂頒發「藍星詩獎」給吳望堯，黃用，瘂弦，和羅門。詩獎的雕塑由楊英風設計，梁實秋頒獎，子豪主席，我致頌辭。那天觀禮的人很多，包括《文學雜誌》主編夏濟安和現代派的重要人物方思。事後夏濟安把我的頌辭刊在他的雜誌上。得獎作者的陣容，顯示這是藍星「聯創抗現」的一項政策。當時子豪和我不免沾沾自喜，坐在後排的方思則笑得非常複雜。[7]

余光中所說的「聯創抗現」的「創」指的是《創世紀》，顯然當時《創世紀》還不足以爭衡天下，而藍星則駸駸乎一統了。

不過，「大敵」（紀弦）既去，藍星的內部矛盾也就爆發出來了。先是，黃用與覃子豪在內部聚會時爭吵（1959），其後，則由於余光中聲名日盛（1960前後），覃、余兩人漸行漸遠；又由於黃用，吳望堯（1960）、夏菁（1962）陸續出國，覃子豪逝世（1963），藍星無形瓦解[8]。就在這一期間，《創世紀》日

6　同注 1，頁 87。

7　同注 3，頁 15-16。

8　參見注 3 余光中文，頁 16-17、19-20。

漸發展，「趁虛而入」，收容各方「英雄」，成為唯一事實存在的「大詩社」。對於這一情況，向明是這樣描述的：

> 但是《創世紀》真正起飛的時期是從民國四十八年四月擴版為二十開本的第十一期開始。其時正值現代派的狂飆時代已過，藍星也僅剩詩頁在繼續發行，他們利用此一真空時期，擴版為一大型同仁雜誌，廣泛羅致優秀的詩人和翻譯家。同時決定不再宣揚早期的所謂「新民族詩型」，而開放眼界，開始強調詩的世界性，詩的超現實性，詩的獨創性以及純粹性。真正繼「現代派」以推廣中國詩的現代化運動，開始大量引進現代西方各新型詩派的表現技巧，也刊載很多前衛性的實驗作品，譬如純粹詩的實驗，超現實主義的實驗。一時之間，與「現代派」、「藍星」形成鼎立之勢。[9]

這裡所說的，唯一需要「修正」的是三大詩社「形成鼎立之勢」這一句話。事實上，三大詩社從來就沒有「鼎立」過，而是「一社」（現代）稱霸，繼之以「另一社」（藍星），再繼之以「創世紀」。六〇年代初，「創世紀」是唯一還有大量活動的大詩社。

六三年覃子豪去世，六三至六四年間余光中在文星書店出版詩集《蓮的聯想》、詩論集《左手的繆思》、《掌上雨》，比起以前詩集、詩論集均由詩社自印、少量發行，余光中透過著名出版社連續印行三本書，氣勢驚人，由此也將現代詩的成果帶到大眾之前（我個人即是在高中、大學時代經由這三本書開始接觸現代詩的，而其時先已出版的著名詩集，如方思《夜》、鄭愁予《夢土上》、瘂弦《瘂弦詩抄》、葉珊（楊牧）《水之湄》、《花季》、及稍後出版的洛夫《石室之死亡》，一般讀者很難看到。）因此，在一般讀者心目中，余光中儼然成為現代詩的旗手。

一方面是「突出於眾山之上」的余光中（紀弦淡出，覃子豪已死，方思停

9　向明〈五〇年代現代詩的回顧與省思〉，《藍星》15 期（1988 年 4 月），頁 96。

筆），一方面是集結眾多詩人於「一社」的創世紀，這就是六〇年代初現代詩壇「一人」對「一社」的局面。由此而在一九六一年發生洛夫（《創世紀》的代表詩人）與余光中圍繞著余光中的長詩〈天狼星〉（1961 年 5 月《現代文學》第 8 期發表）展開論爭，一點也不令人驚奇。這一論爭，並無所謂「勝敗」，因為雙方都繼續存在，「一人」對「一社」的局面一直持續於六〇年代，直到關傑明、唐文標於七〇年代初吹響號角，大力抨擊整個現代詩運動，局面才為之大變。

二、從紀弦的主張及現代詩內部的論戰 看台灣現代詩的特質與問題

三大詩社的爭霸，從其理論面來看，一開始就由紀弦所提出的主張而被決定了。一般人在討論紀弦的主張時，大多過於偏重「現代派六大信條」中的第二條，即「新詩乃橫的移植，而非縱的繼承」。其實，紀弦其後在與覃子豪等人論戰時，把他對新詩發展的看法說得更完整，從這裡出發來討論，也許更能掌握台灣現代詩發展的問題。

紀弦把他的訴求稱之為「新詩的再革命」，他說：

> 所謂新詩的再革命，分兩大階段：其第一個階段，以自由詩運動為中心；其第二個階段，以現代詩運動為主體。
> 所謂新詩的現代化，就是使新詩現代主義化的意思。[10]

對於第一項任務，新詩的自由化，紀弦認為目前還有必要進行下去。因為，新月派並沒有繼承早期白話詩人及創造社「反格律」的精神，反而去追求新格律

---

10 紀弦〈新現代主義之全貌〉，《紀弦論現代詩》（台北：藍燈出版社，1970），頁38。

的「豆腐乾」體,這實際上是「反動的」、「開倒車的把戲」,所以,需要把反格律的自由化精神繼續發揚下去。關於這一點,我們只要看一下余光中早期兩本詩集《舟子的悲歌》與《藍色的羽毛》那種痕跡明顯的「新月體」,就可以知道,紀弦並非無的放矢。

紀弦「新詩再革命論」的第二項主張當然更為重要,他稱之為「新詩的現代化,就是使新詩現代主義化的意思。」因此,他認為那些反對「橫的移植」,而「自以為站在民族主義立場上說話」的人:

> 他們也用白話寫作,而結果卻是滿紙的陳腔濫調,有類「填詞」。壓根他們就不曉得:新詩之所以為新詩,不只是由於它是以白話寫的。他們匪獨抄襲古人的意境,抑且堆砌古人的詞藻,徒冒新詩之名,實乃不三不四不新不舊的四不像,無以名之,名之為「語體的舊詩詞」。[11]

「現代詩」就是要「反傳統」,不但反對中國的傳統,還要反對西洋的傳統,紀弦說:

> 要曉得,現代主義,基於現代詩觀,它是徹底反傳統的:反古典主義、反浪漫主義、反高蹈主義、反象徵主義及後期象徵主義——舉凡一切既成的流派及其主義,一切古代的和中古的,一切文藝復興以降,十七八世紀的,一切十九世紀的,一切非現代的。「現代的」與「傳統的」,尖銳地對立著,涇渭分明。[12]

根據這樣的邏輯,紀弦認為甚至連十九世紀末期、二十世紀初期的意象主義和象徵主義都是「傳統」的十九世紀之延續,而不是「新世紀的文化」。他說:

---

11 紀弦〈論移植之花〉,同上書,頁164-165。
12 紀弦〈現代詩之精神〉,同上書,頁128。

誠然，象徵主義和意象主義都曾影響中國新詩，但是今天，它們已成過
去。今天是「現代詩」的天下。所謂「新詩」，已經是不大新了。[13]

據此，紀弦總結說，現代詩的三大精神是：

> 革命的精神——反傳統
> 建設的精神——獨創
> 批評的精神——一種學者的風度[14]

紀弦的理論陳述一般而言是非常率直的、直線式的推理，不顧及邏輯上的周
延，但「精神面貌」卻顯得非常清晰。因此，一但被攻擊時，就有些左支右
絀，難以應付，但其「趨時求新」、追求詩的「現代化」的根本精神卻被繼承
下來了，成為五、六〇年代台灣現代詩運動的整體特徵。

就以藍星詩社來說，從個人氣質而言，不論是覃子豪、還是余光中，都是
折衷於「傳統」與「現代」、「格律」與「自由」之間的「溫和型」的詩人，
他們當然無法接受紀弦的理論。余光中就說：

> 紀弦要移植西洋的現代詩到中國的土壤上來，我們非常反對。我們雖不
> 以直承中國詩的傳統為己任，可是也不願貿然作所謂「橫的移植」。紀
> 弦要打倒抒情，而以主知為創作的原則，我們的作風則傾向抒情。紀弦
> 要放逐韻文，而用散文為詩的工具。對於這一點，我們的反應不太一
> 致，只是覺得，在界說含混的「散文」一詞的縱容下，不知要誤了多少
> 文字欠通的青年作者而已。[15]

13　同上，頁 130。

14　同上，頁 132。

15　余光中〈第十七個誕辰〉，《現代文學》46 期，頁 13。

這清楚表明了，「現代詩社」與「藍星詩社」之爭，除了「互別苗頭」之外，還有更重要的對現代詩的不同追求的問題。但是，在紀弦那種求新、求獨創的訴求的「逼迫」之下，他們也不得不改變了。所以，我們看到余光中終於從《舟子的悲歌》（1952）與《藍色的羽毛》（1954）那種「新月體」走出而逐步複雜化，寫下了《鐘乳石》（1960）、《萬聖節》（1960）、《五陵少年》（1967）這樣的作品；而覃子豪最後一本詩集《畫廊》裡（1962）的「金色面具」和「瓶之存在」這兩輯，完全可以稱之為：除了方思之外，六〇年代初台灣最具現代主義精神的作品。在「理論」上，他們也許可以說是「打敗了紀弦」的，但在實際創作上，卻是紀弦把他們推上一條「現代化」的、全新的道路，不管他們是否自願。因為，紀弦這種「狂飆式」的求新精神，實際上是掌握到了戰後台灣文學重新出發時潛在的社會張力。所以紀弦曾洋洋的說：

> 五年來，我們展開了「自由詩運動」，一腳踏熄了「新月派」復燃之死灰，事實證明了我們的努力沒有白費：格律至上主義是我們打倒的，自由詩的大路是我們開拓的。請看今日之詩壇，還有誰再去寫那種不長進的「豆腐乾子體」，那種用於副刊補白的「方塊詩」？而這就是我們現代派所獻身的新詩的再革命之第一個階段的鐵一般的勝利，而且是全面的勝利！[16]

三、現代詩的發展及其與台灣社會的關係

紀弦「狂飆式」的求新精神所以能夠觸動戰後初期台灣社會（特別是知識、文化圈）的內在神經，主要源於當時國民黨極端保守、極端重視所謂「中國文化傳統」的教育、文化政策。為了分析這一問題，我們先要從當時的文化保守

---

16 《紀弦論現代詩》，頁82。

派對新興的現代詩運動的攻擊談起。

就在紀弦與覃子豪、黃用、余光中的論戰暫時告一段落之後，由於蘇雪林在《自由青年》（1959 年 7 月）發表的一篇文章〈新詩壇象徵派創始者李金髮〉，引發了現代詩壇與外部的第一次論戰。這一次論戰的主要對手是蘇雪林和覃子豪，主要發表園地則是《自由青年》。就其影響及對現代詩的推動而言，這一次論戰的影響遠不及緊接而來的第二次。

第二次論戰的「開砲者」是《中央日報》的專欄作家言曦，他於一九五九年十一月二十至二十三日連續四天在《中央日報》副刊的專欄發表四篇〈新詩閒話〉，攻擊現代詩，接著在回應新詩人余光中等的回擊時，又在《中副》發表了四篇〈新詩餘談〉（1960 年 1 月 8 日至 11 日）。反擊的主要陣地則是當時紅極一時的《文星雜誌》，《文星雜誌》連續四期討論了當前的現代詩問題（27-30 期，1960 年 1 月至 4 月）[17]。《中央日報》和《文星雜誌》代表當時的文化保守勢力和激進勢力，可以說，是因為這兩大勢力就現代詩所引發的「決戰」，把現代詩問題從詩社的「小眾」範圍引介到一般文化人的大眾之間。

我們現在比較清楚，《文星》雜誌的創辦和它在台灣文化界引發的衝擊是有其不為當時大部分人所知的複雜的政治背景的。撇開這些因素不論，就一般的知識青年而言，他們長期在吸收文化和知識時，因被封閉在「中國文化傳統」之中而感到的氣悶和不滿，可以在《文星》找到突破口。李敖所大力提倡的「全盤西化論」所以能夠得到那麼多響應者，主要就是因為，在國民黨極端保守的教育政策下，青年知識分子一直有一種難以言宣的苦悶。記得我還在讀高中時，曾在《建中青年》上讀到一篇題為〈液態空氣時代的思想〉的文章（作者還記得是何文振）。其大意是：現在台灣的思想界正處於液態空氣狀態中，完全凝固而死寂；如果要打破這一狀態，就要用一根火柴去引燃火種，那就會爆炸，思想界才會因此而改變。這篇文章讓我留下極其深刻的印象，即使

---

17 關於這兩次論戰的過程與主要論點，向明有簡要的敘述與分析，見〈五〇年代現代詩的回顧與省思〉，《藍星》15 期（1988 年 4 月），頁 91-95。

時隔四十年，也還依稀記得其內容。就我們這些苦悶不堪的中學生、大學生而言，李敖和《文星》就是火種。

我們現在當然很容易理解，國民黨在當時施行的是經濟「進步」、文化「保守」的兩面政策，前者可以改善民生，後者可以箝制思想，這樣，它的「一黨專政」就可以長期維繫下去。在雷震的組黨失敗後，台灣潛在的反蔣勢力只好從文化上突破國民黨的「封鎖」，而其執行者則是《文星》，而其背後則有美國支持。這一點國民黨本身非常了解，所以想盡辦法要「封殺」「文星集團」。《中央日報》對現代詩的攻擊，從這一背景去看，意義就非常清楚。由此也可知道，當時的國民黨還把「現代詩」（以及一切現代文學、藝術）看作是「不利」於其統治的危險事物。因此，被國民黨攻擊，而被《文星》保衛的現代詩也就成為青年知識圈的「進步事物」了。[18]

這樣，我們就可以理解，余光中所以成為現代詩的旗手，以及成為「進步事物」的代表者之一的原因了。因為，這一「仗」主要是他打的，或者說，他「打」得最為漂亮。他那「清晰、流暢、銳利而博學」（以當時的標準來說）的文筆，因這一仗而展現無遺。試看他在《文星》為現代詩辯護所寫的第一篇文章〈新詩與傳統〉（《文星》27 期，1960 年 1 月號）的第一段：

> 一百多年以前，英國浪漫派的第二代崛起於詩壇，當時蘇格蘭保守的書評家們，以文學正統的衛道者自居，對於新詩人們大肆攻擊，得意之餘，且以教訓的口吻，勸拜倫回去議院，濟慈重返藥房。這情形令人想起今日對新詩懷抱杞憂的某些人士，恐怕最後受歷史嘲弄的，還是嘲弄者自己。一件新興的事物之不見容於保守的社會，是必然的。常人遇見不可解的現象時，只有在兩種原因中選擇其一：他不了解它，或者它不

---

18 不過，後來國民黨終於了解到文學、藝術的現代主義化運動並無害於其政權，就反過來加以收編。一九七〇年代，當鄉土文學興起時，整個現代主義陣營基本上是站在國民黨這一邊的，就是最好的證明。

值得被他了解。為了保持自尊心並適應自己的惰性，他往往選擇後者。史特拉斯基在《音樂的美學》（*Poetics of Music in the Form of Six Lessons*）中曾經說過一個故事，說一個鄉下人初進動物園，於疑信參半地久久凝視一匹單峰駝之後，向旁人宣佈說：「這是假的！」藝術貴乎獨創，你不能拿漢賦的尺度來衡量唐詩，同樣地，也不能以唐詩的尺度來高下宋詞。英國作家蔡斯特頓（G. K. Chesterton）曾經解釋這種情形說：「每一次的革命都是針對上一次革命。」莎士比亞和伊麗莎白時代其他的劇作家打破了辛尼卡（Seneca）的三一律，結果將英國戲劇提昇至一個波瀾壯闊的盛況，並未陷它於混亂的局面。而當時的古典主義者，如薛德尼（Philip Sidney），如薩克維爾（Sackville），如諾爾頓（Norton），都擁護這神聖不可侵犯的三一律，一如今日的批評家們幾乎一律以為詩不可以無韻。我們相信，後之視今，將如今之視昔。[19]

余光中把「反對」和「擁護」現代詩簡化為「保守」、「傳統」和「新興」、「進步」勢力之爭，由於這種邏輯，青年知識分子很容易接受現代詩。同時，他不斷的引述英國文學史的例子，不斷的加上英文，也讓對「新知」（當然指現代西方事物）非常嚮往的年輕人佩服不已。在這一仗之後不久，他的詩論集《左手的繆思》和《掌上雨》即在文星書店出版，銷路甚好。從此以後，在許多人的心目中，余光中也就成為現代詩最重要的推動者了，人們根本不太清楚，他以前寫的是「豆腐乾體」，而且還大力反對紀弦。

就在余光中開始享大名時，覃子豪去世了，藍星詩社無形解體，而紀弦則一人苦撐《現代詩》這一刊物[20]。就在這一空檔，「百分之八十」的現代派詩

---

19 《掌上雨》（台北：文星書店，1964），頁 115-116。

20 黃荷生主編《現代詩》22、23 期以後，紀弦又重新回來主編《現代詩》（1960 年 6 月），一直出到總號第 45 期。但這一階段的《現代詩》已經很少人注意了。

人群投效「創世紀」[21]，「創世紀」成為碩果僅存的唯一大詩社，這就形成前節所說的，現代詩壇「一人」對「一社」的局面。

創世紀所以能吸納眾多現代派詩人，其實還有兩個更重要的原因。首先，正如一般都知道的，創世紀「同仁中絕大多數都是年輕的現役軍人」[22]，他們凝聚力極強，而且又有一個任勞任怨的張默一手承擔許多社務工作，並為現代詩人群提供一個當時可謂最大的作品發表空間。其次，他們找到了一面最「新」、最「現代化」的旗幟，即超現實主義。他們遵循紀弦的邏輯，認為前此的一切「主義」都過時了，只有「超現實」才是最先進、最現代的。洛夫就是以這樣的標準來批評余光中的《天狼星》：

> 有人認為「天狼星」某些部分頗有超現實主義的趨勢，這種驟變似乎不大可能，也許其中間或有些詩句較為抽象，意象與意象之間的聯想系統偶然脫鍊，但這是技巧的變化，而不是作者基本精神的傾向。從作者任何一個作品中，我們都可發現作者所表現的是一個「意識心理世界」（the world of consocious mind），與超現實主義的「無意識心理世界」（the world of unconscious mind）相較，不僅過去與後者毫無關聯，今後也不可能成為它的後嗣。顯然，作者似乎也達達不起來[23]。

洛夫因此認為，「作者未完全脫出古典主義，自然主義，浪漫主義的範疇，現代化之嘗試也只是止於象徵主義。[24]」顯然，按照以前的紀弦，以及現在的洛夫的看法，余光中不夠「新」、不夠「現代化」。

余光中的回應也是很有意思的，他把不敢針對洛夫而發的批評，施之於張

---

[21] 向明〈五〇年代現代詩的回顧與醒思〉，《藍星》15期，頁96。
[22] 同上。
[23] 〈論余光中的「天狼星」〉，《詩的探險》（台北：黎明文化公司，1979），頁197-198。
[24] 同上，頁196。

默身上，他說：

> 張默先生不懂任何西洋文字，尤其欠缺直接的原文認識，僅憑東抄西襲
> 的翻譯，胡湊成文，結果其「理論」前後矛盾，文字亦似通不通。在
> 〈現代詩的語言〉中，他先則認為現代詩人的世界「不是精微的，而是
> 混亂的」，繼則大談什麼「必須有一條貫穿的線索」，什麼「最精鍊的
> 語言」等等，我不知道他心裡究竟想些什麼，也不知道他（至少在同一篇
> 文字之中）有沒有任何理論系統[25]。

其實，這些話多少也可以應用到洛夫身上（洛夫可以閱讀英文，但讀他的詩論令人
懷疑，他是否完全了解超現實主義的理論）。不過，余光中這種相當惡毒的回擊顯
示了：余光中表明他外文好，更懂現代詩是什麼，而創世紀的詩人不過是瞎子
摸象。這即是說，創世紀比的是「誰比較新」，余光中比的是，「誰的外文能
力好、誰的外國文學知識多」。這樣，就充分表現出台灣現代詩人「求新」的
本質——這種「新」、這種「現代化」，全都是以「向外（西方）看」來比誰
高誰低的。

四、評價與結論

五○年代現代詩運動的貢獻，大概很少人可以講得比向明更中肯了，現將
其要點摘述於下：

> 五○年代無疑是中國新詩從沈寂轉向興起的時代，從保守邁向開放的時
> 代。這種全面性的詩的復甦，雖然必定遲早會隨著新潮流的湧入而來
> 到，但無疑是紀弦所發起的新詩現代運動而加速提前降臨。由於他所領

---

25 《掌上雨》，頁186。

導的現代派刺激,連帶使得整個詩壇也汲汲於自身的改革與反省。

五○年代讓詩的現代化運動為台灣整個的文化藝術產生全面現代化的影響。由於現代化詩的出現,才有現代文學的受人注意,才有現代繪畫、現代音樂的提倡。

五○年代新詩接受了外來的新的表現技巧,以及新的思潮,詩的最大傾向是不再是作齊一的發聲,而向個人極端的內在生命作探求,甚至是非邏輯性的,意識流的表達。這種表現成了逃避五十年代巨大苦悶最適切的文學形式。[26]

不過,我們也可以反過來說,五○年代以後,台灣一切現代文學、現代藝術、甚至學術的發展所呈現出來的重大弊病,不是可以追源到現代詩運動,就是可以從現代詩運動身上看到其病徵。本節主要是就這方面加以論述。

　　從上文的引述中可以看到,不論是紀弦、還是洛夫、向明(相信還有不少現代詩人),都一再的把現代詩運動稱之為新詩的「現代化」(向明還提到文化藝術的「全面現代化」)。很明顯,這一種「現代化」,在他們的意識中,是作為台灣社會的整體「現代化」的一部分來思考的。經濟要現代化,社會生活要現代化,當然,文學(以及詩)也要「現代化」。(無獨有偶,一九八○年代大陸在提倡現代派文學時,也有人把現代派和現代化相聯繫。)

　　這樣的思考模式,使得台灣的現代詩運動在產生背景上完全不同於西方的現代主義。當覃子豪抨擊說,紀弦的現代派學習的是西方世紀末的病態時,紀弦回答說:

　　　　我們的現代主義是革命而不是因襲了的並尤其不是所謂世紀末的,去其病而發展其健康的,揚棄其消極而取其積極的……我們所正在實驗的,

---

26　〈五○年代現代詩的回顧與省思〉,《藍星》15 期(1988 年 4 月),頁 99-100。

乃是現代主義的表現方法。27

雖然紀弦對象徵主義以下的西方現代主義的時代因素不是一無所知，但他的
「現代主義」，他的新詩的「現代化」，卻置此而不顧，而只取其「實驗」與
表現方法。事實上，是不可能有抽去其「思想面」、「心態面」而只取其技巧
的現代主義詩歌的，這根本做不到。實際上在所有的台灣現代詩人中，紀弦在
「意識形態」層面可以說是最不具「現代主義」傾向的，這只要讀過他的詩的
人都能明白。他的詩基本上是明朗的、嘲諷的，但絕不是西方那種「現代主
義」詩。

　　在來台灣之前，紀弦已經寫了二十年的新詩，他的「理論」實際上並沒有
怎麼改變他的詩風。更年輕的詩人就不這樣了，他們是按他們所理解的西方現
代詩的理論和方法來寫詩，而他們的生活的實際感受和這些理論和方法恐怕不
是很容易合拍的。可是，他們迫切希望「現代化」，希望跟上西方，他們必須
如此寫。余光中對此加以嘲諷道：

　　　　這種幼稚的「現代病」還有一個併發症。那便是反映在生活上的虛無態
　　　　度，復自虛無的生活狀態產生虛無的詩，如是惡性循環不已。沒有讀過
　　　　漢明威的原文，他們學會了「迷途的一代」（lost generation）那種否定人
　　　　生的意義與價值，否定道德與社會的姿態；流動酒會，集體調情，自我
　　　　放逐，作咖啡館的游牧民族，文化界的生蕃，生活的逃兵，而自命為現
　　　　代，自命為反傳統。柳永的「忍把浮名，換了淺斟低唱」，和這種樣子
　　　　的生活，究竟有什麼不同？這種「觀念中毒」（見《藍星詩頁》張健先生
　　　　的論文）已經到了荒謬的程度。28

27　〈從現代主義到新現代主義〉，《紀弦論現代詩》（台北：藍燈出版社，1970），頁
　　59。
28　〈幼稚的「現代病」〉，《掌上雨》，頁149。

說得坦白一點，這是以趨時髦的方式按照西方的現代文學的思考模式來寫詩，而完全不顧及自己在現實生活中是「如何思」、「如何感」的。這種寫作與思考模式很容易脫離現實，很難避免空洞、無根之病。但是，這一傾向後來卻一直持續下去，成為台灣文學發展的主要弊病。譬如，八〇年代當羅青要提倡「後現代」時，他是這樣說的：

> 老實說，「後現代主義」也不過是一種配合時代發展的詮釋方法與態度而已。正如同工業社會發展了現代主義的看法，後工業社會，自然也就順理成章地發展出屬於自己時代的詮釋觀點。因為舊有的那一套實在無法應付各種層出不窮的新情況了。

而對於別人的反「後現代」，他則又說：

> 目前反對後現代主義的看法……有些還停留在「農業社會」的觀點上……堅持以農業經驗為判斷原則的人，對工業或後工業的發展，總是抱著懷疑觀望的態度。[29]

這種邏輯和三十年前紀弦提倡新詩的「現代化」時的推理完全一樣，只不過顯得更為滑稽可笑而已。實際上，現在學術界流行使用「後現代」、「後殖民」，究其實也不過如此而已，因為絕大多數根本還搞不清「後現代」和「後殖民」到底是在講什麼。

從「後殖民」的觀點來看，這是西方社會的文化在主導落後地區的人如何思考與寫作，並使落後地區的知識分子忘了他的思考與他所處的社會的真實關係。坦白的說，台灣就這樣一直在文化上處於「被殖民」的位置，到現在都還

---

29 以上二則引文見羅青《什麼是後現代主義》（台北：五四書店，1989），頁 14、12-13。

沒有擺脫，何來「後殖民」之有？反過來講，台灣知識分子到現在也還沒有為自己取得思考的「自主性」。從回顧的眼光來看，台灣知識界這一切的病根，全部可以在現代詩運動中看得清清楚楚。

其實，在台灣的現代詩人群中，紀弦和余光中還算是比較清醒的。在現代詩的種種弊病逐漸暴露後，紀弦曾幾次談到現代詩人的「新形式主義」和「偽現代詩」，後來甚至常常聲稱，他要「取消現代派」[30]。問題是，台灣現代詩壇浮誇的求新風氣卻是他帶動起來的，他不能因此辭其咎。紀弦還談過以前大陸的「現代派」，他說：

> 須知從前大陸上的「現代派」和我們不同，未可斷章取義，相提並論：他們在技巧上較為幼稚，同時在認識上也不夠深刻，而尤其可遺憾的是在抗戰期間，他們多半左傾起來……但在新詩發展的過程中，他們自有他們的功績，不能昧著良心予以一筆抹殺；而我們則有我們的抱負：我們以新詩的再革命為己任，此與作為二十世紀世界文學之主潮的整個現代主義文學運動相呼應，相一致，並且是它的一環。[31]

紀弦在這裡所說的，應該是指他曾經參與過的，三〇年代以《現代》雜誌為核心「現代派」，而不是四〇年代更年輕的、以「九葉詩人」為代表的現代派。但不論如何，紀弦對後者應該也有所了解。不論是哪一群「現代派」，他們都先後在個人主義的「現代詩」與中國苦難深重的現實之間徘徊、遲疑，他們的某些「現代詩」就表達了這種痛苦。就我個人的看法而言，比三〇年代的「現代派」技巧更為純熟的「九葉詩人」，他們的成就明顯比五〇年代台灣許多

---

30 《紀弦論現代詩》書中〈魚目與真珠不是沒有分別的〉、〈新形式主義之放逐〉、〈袖珍詩論拾撿〉諸文均談到「新形式主義」問題。又，紀弦在六〇年代初期常在談話或演講場合說到「要取消現代派」（我個人在大學時代即曾聽過一次），但目前在他的詩論文章中尚未找到公開的表達。

31 〈詩情與詩想〉，《紀弦論現代詩》，頁24。

「無的放矢」的現代詩要好得多[32]。當然，紀弦不可能有這種認識，雖然他比較清醒，終究無法克服台灣現代詩與現實嚴重脫節的困境。

余光中的氣質也如紀弦一般，是無法寫作那種西方式的「現代主義詩」的，因此，他終始對創世紀的超現實主義保持批判的態度，這倒不能說純只是為了爭文壇霸主。但余光中也正如創世紀的詩人所說的，「有霸氣」，確實想當盟主，想當他念茲在茲的「大詩人」（Major Poet）[33]，因此他想寫「大題材」。由於到美國時他經歷的思鄉和寂寞之苦，他開始寫「中國情懷」的作品，其中也有一些如〈我之固體化〉被顏元叔稱之為令他感動的詩[34]。但其後，他一再重覆這類主題，讓人感到單調、重覆。現在看起來，余光中想用「中國情懷」來替代創世紀的「虛無感」並非毫無道理。但在五、六○年代那種環境，他這些作品之流於抽象而空洞，也是勢所必然。之後，到了七○年代鄉土文學興起以後，當別人更有現實感，更願意面對「中國」問題時，他反而發表〈狼來了〉一文，扣人政治帽子，想藉「外力」來剷除異己，這就讓他的文學生涯蒙上了重大的陰影。

紀弦和余光中的例子，在某種程度上也說明了五○年代台灣政治格局和社會現實，讓作家很難在「反共」、「經濟現代化」、「文化保守化」的大形勢中找到什麼更好的出路。也許，現代詩運動所體現的精神上的狂飆式的「現代化」只能是當時台灣大多數知識分子唯一的宿命。[35]

2004 年 11 月

32　請參看本人所撰〈四○年代的現代詩人穆旦〉一文，見《文學經典與文化認同》（台北：九歌出版社，1995）。

33　關於余光中的「霸氣」，創世紀詩社所主編的《六十年代詩選》（高雄：大業書店，1961）書中的余光中小傳，以及洛夫〈論余光中的「天狼星」〉一文均曾提起。又，余光中常在他的散文中提及「大詩人」與「次要詩人」（Minor Poet）。

34　顏元叔，〈余光中的現代中國意識〉，《純文學》41 期（1970 年 5 月）。

35　七○年代初海外的保釣運動可以說是對這一困境的大反彈。

世紀末期台灣後現代思潮種種面相

　　一九七七年，國民黨文人對鄉土文學陣營發動全面性的「批判」，掀起了「鄉土文學論戰」。據傳，國民黨原擬在論戰過程中逮捕陳映真等人，但鄉土文學在知識界、文化界具有強大的支持力量，徐復觀、胡秋原又公開支持陳映真，遂使這一「批判」無疾而終。

　　進入八〇年代，鄉土文學思潮似乎籠罩整個知識圈。但，另外兩種潮流逐漸產生，終於在八九〇年代之交，取代了具有強烈左翼色彩、同時又具有強烈中國民族主義傾向的鄉土文學，而成為台灣文學的主流。

　　第一種潮流是「台獨」派的台灣文學論。以葉石濤為首的台灣文學論，在具有「台獨」傾向的黨外政治運動（其後成立民進黨）的推波助瀾下，不斷地挑戰陳映真的「中國情結」，終至於「篡奪」了鄉土文學的解釋權，把鄉土文學「改造」成「本土」文學，再改造成「台獨」論的「台灣文學」。

　　在「台灣文學論」還掩護在鄉土文學的「名號」中成長、壯大，鄉土文學的「分裂」還沒有完全公開化的時候，另一種潮流也慢慢地開始醞釀。這一股潮流主要以「後現代」為名，反對鄉土文學所堅持的現實主義和文學的社會使命感。到了九〇年代初，「後現代」思潮的影響已相當強大，並以台北文壇為中心，形成足以對抗「台獨」文學論的一大潮流。不過，在後續發展中，後現代「書寫」愈來愈偏向都會生活的情慾面，而更年輕的作家群則被稱為「新世代」。所謂的「後現代」、「情慾書寫」、「新世代」，其實同屬於一個大潮流。本文的目的即是要討論這一股潮流從二十世紀八〇年代到二十一世紀初的大致的發展過程及其種種面貌。

一、反鄉土小說現實主義傳統的「後設」敘事理論

　　台灣後現代思潮的興起，可以相當準確地劃定在八○年代的中期。純粹從文學面來看，它所針對的是七○年代鄉土小說單調、傳統的現實主義敘事技巧，以及鄉土小說所負載的沉重的社會使命感。不過，正如鄉土文學運動，後現代思潮也不是一個單純的文學運動，它其實暗含了一種反對態度：既反對鄉土文學原先的左翼中國民族主義立場，也反對八○年代日漸壯大的台灣文學論的「台獨」色彩。表面上它反對文學的政治性，實際上它同時反對鄉土文學中的統、獨兩派，並希望國民黨政權能維持下去。

　　七八○年代之交的鄉土小說事實上有它的「局限性」。像王拓、楊青矗、宋澤萊、洪醒夫這一類型的作家，主要把描寫對象放在台灣社會的鄉村、小鎮、或下層，而陳映真、黃春明、王禎和後期的「殖民經濟小說」（或稱「跨國企業小說」）雖然以台北都會為中心，卻更注意美國、日本經濟侵略對台灣人性格的戕害。因其批判態度鮮明，題材選擇集中，初看起來，總有一些狹隘化的傾向。

　　這些後期的鄉土小說，在敘事方式大都採取傳統的現實主義技巧。一般而言，它們在人物性格與心理的刻畫上都不夠細膩，主要還是它們鮮明的政治取向，使得中產階級讀者在長久接觸之後一方面感到厭煩，一方面又感到不安。在這種情況之下，後現代思潮趁此機會以強調敘述技巧與反現實主義逐漸嶄露頭角。

　　在從鄉土小說轉變到後現代敘述的過程中，黃凡扮演了關鍵性的角色。黃凡，本名黃孝忠，畢業於中原理工學院食品工程系，一九八○年三十歲時因短篇小說〈賴索〉獲得時報文學獎首獎而一舉揚名，在其後幾年內又一再獲得時報文學獎和聯合報小說獎，被視為鄉土小說的後起之秀。

　　黃凡鄉土小說的特色在於：他企圖描繪台灣社會的全貌，特別是以台北為代表的現代大都會的「運作」模式，比起以前的鄉土小說家來，他的題材更為廣闊而多變。而且，在描繪台灣社會政、經全貌時，雖然不乏批判的鋒芒，但

描繪的興趣似乎大過於批判的旨趣。所以，葉石濤派的評論家高天生在談到黃凡的小說時，稱之為「曖昧的戰鬥」。[1]

到了八〇年代中期，黃凡的「政治興趣」越來越淡漠，而他對現代大都會生活的興趣越來越濃厚，從這時候出版的三本小說集的書名《都市生活》（1987 年）、《曼娜舞蹈教室》（1987 年）、《東區連環泡》（1989 年）就可以看出他的關懷所在。同時，在敘述技巧方面，也逐漸擺脫傳統現實主義小說的方法，而變得更加「多元化」。張大春曾經這樣描述黃凡小說的變化：

> 他最近不論公開或私底下都強調寫作是為了好玩，不只是他自己覺得好玩，更重要是讀者覺得有樂趣。他用大量寫雜文的方式，有意無意地訓練他寫小說的筆調，另一方面也摻雜了許多胡說八道的雜文式枝蔓，你甚至可以說它與主題無關，與結構統一無關，只在加強小說在讀者閱讀時的吸引力、說服力、趣味性。[2]

張大春在這裡所強調的兩點：小說家在敘述方式上的「遊戲性質」，以及小說家重視作品對讀者的趣味性（也即是嚴肅小說商品化的傾向），可以說是台灣後現代小說初起時的兩個重要傾向。而這一切都表現出他們的文學觀念。

除了張大春所說的敘述技巧之外，黃凡所代表的台灣初期的後現代小說，更重要的是它顯示了小說家對「真實」的態度。蔡源煌在評論黃凡這時期的短篇「名作」〈如何測量水溝的寬度〉（1985）時說道：

> 他揭示這是一場文字遊戲，藉著文字的鋪陳，本來雞毛蒜皮的事也變得煞有介事。這場遊戲只是藉著白報紙上印出來的黑字來證實他能夠勾勒

1　高天生：《台灣小說與小說家》（台北：前衛出版社，1985），頁 171。

2　〈80 年代台灣小說的發展——蔡源煌與張大春對談〉，《國文天地》4 卷 5 期（1998 年 10 月），頁 35。

　　出一個「世界」。

這是要用「雞毛蒜皮」所勾勒的「世界」來嘲諷現實主義所執著的社會真實。
對於文學所構設的這一想像的「世界」，蔡源煌更進一步說：

> 作家是要借文字來烘呈某種圖像，讓你覺得逼真，可是它畢竟也只是一
> 個「像」而已。只是，想像的產物（即這篇小說）再怎麼完美，也會一筆
> 勾銷。3

在這種「理論」下，「文學反映真實」的講法無異「癡人說夢」，蔡源煌就這
樣藉著詮釋黃凡的小說，「解構」了現實主義文學理論。

　　總的來講，由於八〇年代中期黃凡小說的蛻變，也由於張大春，蔡源煌對
「黃凡蛻變」所提出的理論性陳述，台灣的「後現代小說」就此誕生。黃凡到
九〇年代以後逐漸淡出，最後終於完全退出台灣文壇。但他所引發的「端
緒」，卻由蔡源煌和張大春繼續加以發揚。

　　蔡源煌畢業於台灣大學外文系，一九八一年獲得美國紐約大學英美文學博
士。在此之前，他已開始寫評論，並主編《中外文學》月刊。但他在台灣文壇
扮演主要評論家的角色，卻起始於八〇年代中期。事實上，黃凡小說的評論只
是他的「後現代」理論開始陳述的一個契機。從八〇年代中期到九〇年代初，
主要透過他的三本評論集《當代文學論集》（1987 年）、《海峽兩岸小說的風
貌》（1989 年）、《當代文化理論與實踐》（1991 年），他成為當時台灣後現代
小說主要的理論代言人。

　　首先要說明的是，蔡源煌不太使用「後現代」這一術語，他無疑更喜歡
「後設小說」（metafiction）的概念。他認為，小說是作家有意「虛構」出來的

3　以上兩則引文見瘂弦編：《如何測量水溝的寬度》（台北：聯合文學雜誌社，1987），
　　頁 21、23。

一種敘述模式。作家在「虛構」故事時，可以完全按照自己的主意決定人物在故事中的「進出」，同時，作家也可以隨時打斷敘述，自己跳出來議論一番。

蔡源煌有時候會援引福柯的「僭越」（transgress）理論來說明「後設小說」的特質。他特別贊同大陸評論家李東晨、祈述裕的下述看法：

> 文學活動在更深刻的意義上被歸結為多方性的藝術探險，一種自我實現。探險本身就是激發創造力的最佳途徑。追求自我實現的進程就是逐步確立自我意識的過程。[4]

蔡源煌認為，這種重視創造力與自我意識的文學是福柯「僭越」理論的一種實踐方式，即，創造者（作家）借此「僭越」了社會既定而成俗的言說體系。

如果你不假思索地接納了社會既定的言說體系，並以此來寫作小說，並認為你因此掌握了真實，這就是蔡源煌所認為的「現實主義」。蔡源煌驚訝於中國現代文學中強大的現實主義傳統，他認為這是中國固有的「實用理性」思維，「經五四所引進的啟蒙主義、理性主義一加強，已到了堅不可摧的地步」[5]。

正如前面在談到黃凡〈如何測量水溝的寬度〉時所引述過的，蔡源煌認為，作家借文字來烘呈某種圖像，讓你覺得逼真，這就是一種「真實」。每一個作家都可以創造自己的「真實」，沒有一種「真實」可以號稱高於其他的，真實是「多元」的。因此，作家在創造這種「真實」時，只是一種自我實現，頂多只希望某些特定讀者的讚賞，而不應具有批判社會、改造社會的強大使命感。

4　這一段文字為蔡源煌所引述，見《海峽兩岸小說的風貌》（台北：雅典出版社，1989），頁 119。蔡源煌所述福柯「僭越」理論是在本書〈從「僭越」理論看大陸新生代小說〉一文中闡發。

5　蔡源煌：《海峽兩岸小說的風貌》（台北：雅典出版社，1989），頁 101。

　　不過，蔡源煌在使用「後設小說」的理論時，並不是始終一致的，有時候也會露出一些破綻。譬如，他分析韓少功的〈爸爸爸〉和〈女女女〉，認為裡面所述及的祭祀、詛咒和暴力蘊含了中國的環境制約和文化制約問題，在分析〈火宅〉時，又說，這篇小說表現了官僚機制和語言對人的制約[6]。對於大陸當代小說所呈現的所謂當代大陸社會的現實，他樂於承認這是一種現實，但對於台灣鄉土小說所抨擊的台灣社會的現實，他則認為這是鄉土小說家沉重的使命感「創造」出來的，我們應該承認「現實的多元性」。我以為，從這裡就可以窺視到蔡源煌「後設小說」理論所蘊含的「政治傾向」。

　　否認小說中有所謂「社會真實」的蔡源煌，事實上一向對政治深感興趣，九〇年代中期終於忍不住參加國民黨的立法委員初選，由於敵不過地方派系，很自然地就落敗下來。此後，蔡源煌即步黃凡的後塵，退出了文壇，走入了社會的真實世界之中。這個時候，首先揭舉反鄉土小說現實主義、主張後現代多元書寫的「三人集團」，就只剩下張大春一人了。而張大春也確實是台灣「後現代現象」中一隻多色彩的變色鳥，至今仍屹立於台灣文壇中。

　　和黃凡、蔡源煌的台籍背景不同，張大春是道道地地的「外省第二代」。張大春的寫作才華很早就顯露出來，在就讀輔仁大學中文系時，短篇小說〈雞翎圖〉即獲得中國時報小說甄選優等獎（1978 年，張大春 21 歲）。

　　張大春和黃凡一樣，寫作生涯初起時正處於鄉土文學的高潮，所以收在第一本小說集《雞翎圖》（1980）的作品，仍以現實主義為基調。不過，由於他的外省籍背景、也由於他的口才伶俐，他的初期作品在成群的台籍鄉土小說家中仍然顯露出動人的「異色」。

　　一九八二年，加西亞·馬爾克斯獲得諾貝爾文學獎，張大春開始接觸魔幻現實主義，並立即受到強烈影響。一九八六年得到時報小獎首獎的〈將軍碑〉，可說是這一時期的代表作。這是一篇幻影重重的歷史寓言小說，在敘述了一位外省將軍的一生後，小說如此結束：

6　同上，論韓少功一文。

因為他們都是可以無視於時間，並隨意修改回憶的人。[7]

在台灣政治劇變的過程中，張大春瞭解到他從小所學習到的中國現代史的「虛構性」。但張大春非常「聰明」，在還沒有查明「歷史的真相」之前，就「預先」相信，一切歷史，正如將軍對自己一生的回憶一樣，是可以隨時「修改」的。這樣，他經由「魔幻現實」走向了「後現代」。

張大春對「歷史」所持的懷疑態度同時擴大到對「一切敘述」的懷疑。在〈小說寫作百無聊賴的方法〉裡，他藉著一「搞語意學和語法學的教授」之口大發議論道：

> 所謂「熟悉世界的方法」至少有三個語意層次。第一，整個世界是「賴伯勞」所熟悉的，這個世界的「方法」意味著他存在和認知的主客關係。第二，「賴伯勞」所熟悉的世界其實不是整個世界，而是他所出身的特殊背景以及他所處身的特定環境，而這個小世界的「方法」表示他生活中那些一成不變的老套，甚至包括日常會話、無意義的語氣詞、反覆使用的口頭禪⋯⋯這些細節。第三，以上皆是。[8]

張大春無疑以「人的認識都受限於他的主觀經驗」，從而否定一切敘述的客觀性，並進而推論出：「一切敘述都是謊言」。從這一邏輯產生了他的轟動一時的後現代「名作」〈大說謊家〉（1989 年）。這書從頭到尾都是「瞎掰胡扯」，充滿了趣味性，但你永遠不會把它「當真」。

張大春懷疑一切的「後現代」態度其實有他的「現實基礎」的。他在一篇雜文〈一切都是創作〉裡說道：

---

7 張大春：《四喜憂國》（台北：遠流出版公司，1988），頁 31。

8 張大春：《公寓導遊》（台北：時報文化出版公司，1986）。

……世界有兩種人，一種人寧可讀新聞，另一種人寧可讀小說……世界
上肯定還有第三種人無法就新聞和小說兩者來答覆「寧可」與否……也
許第三種人……反倒提醒了這個世界現存的「新聞／小說」讀者：我們
有時以為自己是第一種人，卻在抱持著讀新聞的態度讀小說；我們有時
以為自己是第二種人，卻在抱持著讀小說的態度讀新聞。如果我們相信
新聞是真的，有時寧可希望它像小說一樣假；如果我們相信小說是假
的，有時卻寧可希望它像新聞一樣真。9

這與其說是在說明一種「書寫理論」，不如說，張大春在表達他對現實的無
奈。也許外省人的上一代（特別是那些領導者），該為台灣的現狀「負責」，但
他「寧可」不追究其「真相」；也許台灣人今天所表現的「怨氣」有其歷史的
因素，但他（外省第二代）今天卻必須漫無止境地「忍受」他們的「不講理」。
對於這一切，你又能怎樣？除了否定一切，對一切嬉笑怒罵之外，你還能麼
樣？

於是張大春以「後現代」之名開始玩遊戲，既模擬司馬中原的鄉野傳奇來
寫他的〈歡喜賊〉（1989），又寫出〈少年大頭春的生活周記〉（1992）和〈我
妹妹〉（1993）那種讓人不知如何談論的「娛樂作品」。不過，張大春也有玩
不下去的時候，一個以「大說謊家」自命的人，居然跳出來直指別人（李登
輝）是「撒謊者」，這證明，他心裡深知其實並不相信自己所製造的寫作遊戲
規則和人生遊戲態度。

《撒謊的信徒》（1996）一書的序言，絕對值得一讀。張大春嚴肅地問自
己：這樣一本影射材質庸劣、識見短淺的政客的小說值得一寫嗎？他一本正經
地引述懷海德和海耶克，說明他的小說想要探索的是：懷有稚氣般怨恨的人們
如何湊聚成一個「偉大的團體」，並推出一位元首或神祇，以化解或削弱其個
體之自卑？這一篇序言完全「顛覆」了他行之十有餘年的小說哲學，並不打自

9　《張大春的文學意見》（台北：遠流出版公司，1992），頁 9-10。

招地承認：現實是存在的，確確實實地存在。

二、西方後現代思潮與台灣文壇的後現代「時尚」

前節所談論的黃凡、蔡源煌、張大春在八〇年代中期以強調小說的敘述技巧、或者小說敘述的「後設性」與虛構性，來抵制鄉土小說的現實主義，從而揭開台灣文壇「後現代」思潮的序幕。但如前節已說過的，他們不太使用「後現代」這一名詞。不過，作為一種「時尚」的後現代思潮，從介紹西方當代的後現代主義，到直接在台灣推廣後現代創作，大約也在同時或稍後，陸續登上台灣文壇的舞台。

台灣的文化界自六〇年代以來，即以接納當代西方思潮作為它的思想來源與動力。六〇年代被引進台灣的，主要有現代主義的一些流派、某些自由主義思潮（邏輯實證論、海耶克等），以及在當時影響最為廣泛的存在主義。七〇年代以後的鄉土文學運動以「反西化」、「回歸鄉土」為主要訴求，具有濃厚的左翼色彩，喜歡談論類似「階級」（這個詞在當時還是大禁忌，通常不直接使用）的東西，以及跨國經濟（暗指經濟帝國主義）。在這個時期，西方當代思潮的「輸入」似乎暫時中止。進入八〇年代，由於政治反對運動（黨外運動）勢不可擋，國民黨已無暇顧及思想鉗制，到一九八七年「解嚴」以後，思想界的禁忌幾已不存在。不過，在這之前，各種「左」的思想已廣泛在知識界傳播。由於這一趨勢，台灣知識界開始接觸了西方的「新左派」思想。不久，就從西方思想發展的脈絡發現了「後結構主義」與後現代。八〇年代中期，正是後現代思潮「登陸」台灣的時期。

這個時期台灣知識界所「吸收」的西方思潮，真可謂紛然雜陳，從「老馬」（傳統馬克思主義）、「新左」到「後結構」與「後現代」，都是「剛到貨」的。不過，依知識界對政治反對運動與鄉土文學（此時統、獨分立尚未完全明朗，因此可視為一體）的態度而言，支持者「較」傾向於「老馬」、「新左」，不支持者「較」傾向於後結構與後現代。特別是後現代的提倡者，大有

以西方最新思潮來分散或抵拒反對運動的「鄉土主義」的味道。

　　台灣初期後現代思潮的這種「傾向性」，在羅青「拼盤式」的後現代主義中表現得最為奇特。羅青在他所編譯的《什麼是後現代主義》一書的導言中說：

　　　　老實說，「後現代主義」也不過是一種配合時代發展的詮釋方法與態度
　　　　而已。正如同工業社會發展了現代主義的看法，後工業社會，自然也就
　　　　順理成章地發展出屬於自己時代的詮釋觀點。因為舊有的那一套實在無
　　　　法應付各種層出不窮的新情況了。[10]

其實，西方早期的現代主義產生於藝術家對資本主義社會的「反叛」，而「後現代主義」則興起於六七〇年代新左派學生運動的消沉之後。對於西方思潮和資本主義社會發展的複雜、矛盾關係，羅青一概置而不論。僅以類似「進化」觀點的簡單模式說：西方從工業社會前進到後工業社會，所以詮釋態度也必從現代主義前進到後現代主義。

　　按照這一邏輯，當六〇年代台灣開始現代化、工業化時，引進現代主義是很自然的。同理，當七〇年代台灣已逐漸進入後工業時代，當然也就要引介西方的後現代主義。因此，

　　　　目前反對後現代主義的看法……有些還停留在「農業社會」的觀點
　　　　上……堅持以農業經驗為判斷原則的人，對工業或後工業的發展，總是
　　　　抱著懷疑觀望的態度。[11]

這裡暗中批評的對象當然是指鄉土文學陣營，因為他們批判台灣過度依賴美、

10　羅青：《什麼是後現代主義》（台北：五四書店，1989），頁14。
11　羅青：《什麼是後現代主義》（台北：五四書店，1989），頁12-13。

日,為了所謂的現代化,不惜犧牲下層階層,特別是農民階層的利益。在羅青看來,這些鄉土文學論著即等同於農業社會的思考者,腦筋簡直落伍不堪。

羅青的後現代「邏輯」簡單到有些荒謬可笑,不過卻有其「現實基礎」。事實上,八○年代中期後現代思潮勃興於台灣時,正是因為有許多類似羅青思考模式的知識分子,認為台灣社會已經非常進步,幾幾乎進入後工業社會了。因此而產生的樂觀與自豪,使他們認為,當然要吸納最前進的「後現代主義」,才不愧為後工業社會的知識分子。不過,他們都比羅青「見多識廣」而「博學多聞」,不會把「後現代」詮釋成一種非常簡單的直線推進。(羅青居然可以在《什麼是後現代主義》一書中編製出一份「台灣地區後現代狀況大事年表」,他所譯的李歐塔的《後現代狀況》讓人懷疑他是否真正瞭解此書後所說的,因此當時的知識界常以此為笑談。)

八○年代中期開始成形的後現代「時尚」的另一代表人物為鍾明德,他是台灣後現代劇場的主要代言人,因熱心提倡後現代主義而被朋友戲稱為「鍾後現」。

台灣的後現代劇場和八○年代中期的小劇場運動有著密切的關係。小劇場運動的勃興主要源於政治反對運動中的學生運動。學生因陋就簡地在各種現實條件限制下,以「表演」的形式表達他們自己的政治理念。由於參與的大學生多半不是專業的戲劇工作者,他們的表演因此具有濃厚的「實驗」性質;又由於參與的動機多半來自政治運動,因此表演的主題又大都跟政治和社會問題有關。當西方當代的後現代劇場的理念和實際演出形式介紹到台灣以後,小劇場運動即加以吸納。就此而言,如果說,政治性的小劇場運動一開始表現出「自發的」後現代傾向,並不為過。西方後現代劇場的輸入,不過使它更自覺、並企圖加以系統表述而已。這種工作有不少人在從事,鍾明德不過比其他人更出名而已。

鍾明德曾在美國留學,獲紐約大學戲劇碩士,對美國當代後現代劇場較為熟悉(曾著《從現實主義到後現代主義》,1995年出版──介紹西方近代各種戲劇形

式）。一九八七年，鍾明德發表〈當代台北人劇場與宣言〉[12]，表明他推動後現代劇場的企圖心。

按鍾明德的歸納，後現代劇場有三大特色。首先，演出的空間必須擺脫傳統的舞台設計，應配合生活空間隨時制宜，所以街頭、廢墟、公園等都可以成為演出的空間和佈景，此即「環境劇場」。其次，應擺脫「劇本」的觀念，只要預先有一個演出架構，其餘可在實際演出時，由全體演員即興創作，此即「集體即興」。第三，戲劇並不是要演出一個首尾完足的故事，而是要藉著場景、音效、肢體語言等，使觀眾對個別的、差異的、鮮明的意象做出直接的反應，此謂之「反敘事結構」。從這些說明可以看出，這是「小劇場」實踐的理論性詮釋。

不過，進入八○年代以後，國民黨透過文建會的金錢補助，逐漸「收編」了許許多多的小劇場團體，小劇場運動逐漸式微，目前幾乎已不成為台北文化界關注的焦點。惟一較醒目的殘餘，也許只剩下各種街頭遊行抗議中所穿插的「街頭劇」而已。

在羅青的詮釋中，我們看到台灣後現代思潮最庸俗的一面；在後現代劇場的理論裡，後現代在相當程度下卻又和青年學生的「反叛」相結合。這兩種色調的交雜也出現在八九○年代台灣後現代最重要的代表人物，林燿德的身上。

林燿德生於一九六二年，輔仁大學法律系畢業。二十四歲出版詩評集《一九四九以後》（1986 年 12 月）、詩集《銀碗盛雪》（1987 年 1 月）的時候，他已是台灣文壇新銳作家中的要角。林燿德精力旺盛，創作量驚人（詩、散文、小說、評論、劇本無所不寫），活動力無所不屆，編輯許多選集，組織許多文學會議，幾乎可以看到他隨時遊走於文壇各角落。一直到他於一九九六年以三十四歲的盛年猝逝時，始終居於台北文壇的核心。

---

12 此一宣言附於〈當代台北人劇場與宣言〉之後。下面所述鍾明德對後現代劇場的看法根據此文及〈後現代主義下的台灣劇場藝術〉，分別見鍾明德：《在後現代主義的雜音中》（台北：書林出版公司，1989），頁 217-232、19-38。

　　林燿德的後現代理念主要以「新世代」或「新人類」以及「現代都市文學」這兩組概念為其基幹。他說：

> 八〇年代後期台灣部分新世代作者筆下，的確刻畫出當代台灣新人類生存境遇與思維特徵，在殘酷的資本主義現實社會中展現歡顏與無以名之也不欲名之的希望、截然叛逆的非議道德、冷漠地推倒真理符號，毫不靦腆地探求享樂和性以及它們背面鏤刻的生命奧義。在狂野的情調和俚直的次文化性格間有哲理化的意識縱深，在大東區和統一商店二十四小時通明的燈火裡養活了宇宙性的思考寬幅。[13]

　　後現代文學是對應現代都會「殘酷的資本主義現實」而產生的，而其創作主體則是新人類（或新世代）。因為新人類面對這種「生存境遇」，可以表現出非議道德、推倒真理的冷漠的叛逆姿態，同時又「毫不靦腆」地享受都會生活中的歡樂與性，因為從中可以得到宇宙性的思考幅度和生命的奧義。這種點綴著深奧術語的浮誇修辭，讓人覺得有一點可笑，雖然知道不可能「實現」，卻也不會「厭惡」其虛偽性，因為這裡表現了新世代不解世事的天真與活力。這種「氣質」，如果當面聽林燿德談論，尤其可以感受得到。林燿德也深知「新世代」和「新人類」這些概念的「寶貴」的吸引力，所以推揚不遺餘力。他和朋友合編了十二冊《新世代小說大系》（1989 年，合作者黃凡）以及兩冊的《台灣新世代詩人大系》（1990 年，合作者簡政珍）。

　　在這種文學觀的基礎上，林燿德如此評論鄉土文學：

> 七〇年代披上「寫實主義」外衣的浪漫主義作家則採取置身事外的敵對態度，他們對於都市的控訴瞬即誇張為城鄉對立……「田園情結」與泛政治化的意識形態結合後，「都市」的「牆」，如鋼琴上的黑鍵與白

13　林燿德：《重組的星空》（台北：業強出版社，1991），頁 187。

　　鍵，醒目地間隔了截然二分的兩種世界觀，來自牆內的「侵略者」與牆
外的「被壓迫者」。[14]

林燿德的批評表明了他顯然不瞭解（或假裝不瞭解——以林燿德的聰明才智和敏感的
外省籍身分，他不可能不瞭解）七八〇年代台灣社會潛在的複雜矛盾，不過，他的
確指出了鄉土文學的局限性：幾乎完全無視於都會生活及活動於其中的知識人
（特別是青年知識分子）的存在。林燿德深切體會到這一點，他所提倡的新世代
都市文學，以具體的內涵來「挖」鄉土文學的牆腳，對後現代推展之「功」可
能還要高過蔡源煌、張大春從敘事理論上「解構」現實主義敘述方法。

　　不過，林燿德在都市文學的實踐與創作上，也更容易地表現出他的機會主
義與「庸俗性」（比起他的理論陳述來）。譬如他在短篇小說集《大東區》
（1995）即幾乎以讚揚的態度來描寫台北東區青年的情慾追求。他與朋友合寫
或編選過下列書籍：《夢的都市導遊》（1992）、《甜蜜買賣——台灣都市小
說選》（1989）、《浪跡都市——台灣都市散文選》（1990）、《水晶圖騰——
面對新人類小說》（1990）；也編過《流行天下——當代台灣通俗文學論》
（1992）、《蕾絲與鞭子的交歡——當代台灣情色文學論》（1997）這樣的論文
集。從這些集子的名稱就可以看出，他努力要與都市的享樂生活和商業文化
「合作」的強烈企圖，跟他在理論陳述上的叛逆色彩和「宇宙性的思考寬幅」
產生強烈的落差。

　　其實，理論陳述上的「高姿態」與生活與創作的「低姿態」所融合而成的
「異彩」，恐怕也是林燿德式後現代模式有意表現出來的「特質」，這樣，就
不會淪為徹頭徹尾的、低俗的享樂主義。不過，我們倒更清楚地看出，他們已
決意「甩開」台灣難纏的政治現實，鑽空覓隙地追求自己生活的「幸福」——
這是台灣後現代相當重要的一種面向。

　　羅青與林燿德，除了綜述台灣的「後現代狀況」之外，還是八九〇年代之

14　林燿德：《重組的星空》（台北：業強出版社，1991），頁198。

交後現代詩歌的主要倡導者。其他，如夏宇、陳克華、羅任玲、鴻鴻、黃智溶等人，也常被列入後現代詩人之中。至於理論陳述，主要有孟樊、簡政珍、萬胥亭等人。

在最重要的基本前提上，後現代詩的理論基礎和蔡源煌、張大春的「後設小說」並沒有什麼差異。它們同樣不相信「大論述」（即任何關涉人類社會的什麼主義），也不相信有所謂「社會真實」。

後現代詩歌的特質，也許在和現代主義詩歌相互比較之下最容易顯現出來。孟樊曾以台灣現代主義詩人碧果的〈靜物〉來加以說明，這首詩被視為台灣後現代詩的先驅作品之一。此詩的前兩行是：

　黑的是蕩在面前的被閹割了的
　黑的是蕩在面前的被閹割了的

下一節以「是的」開始，再把「黑的」一詞重複 72 次，排成 6 行，然後是第三節（兩行）：

　白的是蕩在面前的被閹割了的
　白的是蕩在面前的被閹割了的

第四節又以「是的」開始再把「白的」重複 72 次，排行 6 行，然後是第五節（也是兩行）：

　黑的也許是白的。白的也是被閹割了的白的
　白的也許是黑的。黑的也是被閹割了的黑的

下一節把「被閹割了的」一詞重複 12 次，不過，除第一次外，其餘均加上各種主詞，如樹、房子、街……大地等。最後一節（又是兩行）是：

哈哈

我偏偏是一隻未被閹割了的抽屜。

這首詩有相當程度的遊戲成分，也有相當程度的「實驗」成分，顯然態度「不恭」，不怎麼「嚴肅」。因此，孟樊說：「它喪失了意義，也就是它找不到失蹤的意旨。」如果說，現代主義詩歌雖然「不關心」社會現實，它至少還想追求一種「形而上」的（或美學上的）意義，那麼，後現代詩連這一點都不要了，它甚至刻意讓人覺得，它是在「解構」意義。

不過，從形式與技巧面講，後現代詩歌的「實驗」傾向，又是對現代主義的一種繼承。所以，孟樊也承認：「後現代詩與現代詩兩者多少還存有藕斷絲連的關係。」或許可以說，後現代詩的玩世不恭的態度把實驗傾向推到了極端，甚至有時會讓人覺得：這到底是「詩」，還是「遊戲」。

孟樊在談到台灣後現代詩的來源時，說過這樣的一段話：

> 然而，就台灣的詩壇而言，「後現代」畢竟是舶來品，如同當初對現代主義的引進一樣，西方的後現代詩——尤指美國詩壇，其所呈現的風貌，相信對台灣的後現代詩人會有所啟示，或至少也有某種程度的影響，因為就「舶來品」的性質來說，向西方的後現代借光，乃勢所必然之事。[15]

這一段話最足以說明，台灣的後現代詩來源於：台灣詩人自以為台灣已進入「後工業社會」，所以勢所必至地要按美國的後現代主義模式來寫自己的後現代詩。這種「輸入」模式和五六〇年代「輸入」現代主義實為異曲同工。它最

15　孟樊：〈台灣後現代詩的理論與實踐〉，見林燿德、孟樊主編：《世紀末偏航》（台北：時報文化出版公司，1990），頁 154。又，前面提到的碧果詩及孟樊評述，見頁 150-153；孟樊談後現代與現代詩的繼承關係，見頁 147。

鮮明的顯示：這是對七〇年代「鄉土主義」的一種「反動」。

三、為散亂世界作註腳的後現代主義文學批評

八九〇年代之交，「後現代」思潮在台灣文藝界逐漸確立並發揮影響的時候，張大春、林燿德以其多方面的才能、旺盛的活動力以及鮮明的個性，成為這一潮流的核心人物。但他們畢竟是作家，他們的文學論述畢竟只是他們整體創作中較不重要的一環，而且，充滿了即興性格，不容易作為一種「論述典範」，可以為他人所「借用」，以發揮更大的「複製」效果。在這方面，評論家王德威，扮演了更重要的角色。在蔡源煌退出文壇以後，王德威成為這一潮流最具代表性的評論家。

王德威和蔡源煌同屬台灣大學外文系出身，其後獲得美國威斯康辛大學比較文學博士，在台灣大學及美國哈佛大學短期任教後，接替夏志清在哥倫比亞大學的中國現代文學教席。這一位置的「權威性」，無疑有助於他在台灣文壇的發言權。一九八六年，他在台灣出版第一本評論集《從劉鶚到王禎和：中國現代寫實小說散論》。一九八八年，第二本評論集《眾聲喧嘩：30 與 80 年代的中國小說》出版，確立了他在台灣評論界的地位。其後出現的評論文集計有：《閱讀當代小說：台灣、大陸、香港、海外》（1991）、《小說中國：晚清到當代的中文小說》（1993）、《如何現代，怎樣文學：19、20 世紀中文小說初論》（1998）。另外，他還在大陸出版了一本評論選集《想像中國的方法：歷史、小說、敘事》（北京三聯，1998）。

王德威和蔡源煌最為不同之處在於：他極少作直接的理論陳述，他的觀點和方法主要是透過他一系列的實際批評來呈現。他的批評文字流暢而華麗，善於使用令人印象深刻的意象，相當的迷人。他的影響力大半來自他的批評文字的獨特風格。

瞭解王德威文學批評的特質，可以從分析他第二本文集的書名「眾聲喧嘩」開始。在本書的序裡，他提到，「眾聲喧嘩」原出於俄籍批評家巴赫汀

（Bakhtin, 1895-1975）的批評用語 heteroglossia；他又把巴赫汀的另一相對用語 monoglossia 翻譯成「單音獨鳴」。他對巴赫汀「眾聲喧嘩」的理論做了如此的詮釋：

> 意指我們在使用語言、傳達意義的過程裡，所不可免的制約、分化、矛盾、修正、創新等現象。這些現象一方面顯現文字符號隨時空而流動嬗變的特性，一方面也標明其與各種社會文化機構往往互動的多重關係……它或是提醒我們文藝「真善美」風格的片面性，或是質疑單向歷史觀的目的性與不可逆式陳述，或是攪擾缺乏對話的政治「共識」甚或是挖掘主體意識內「自我」與「他我」交相作用的潛流。16

首先，需要指出的是，英、美學界在翻譯巴赫汀的這一組術語時，一般常用的翻譯是 polyphony 和 monophony，相對於此，中文則翻譯成「複調」（或複音）與「單音」（或獨白）。王德威一方面使用較難認的英譯術語，一方面又把這一對術語譯為「眾聲喧嘩」和「單音獨鳴」。這樣，英譯名讓人感到不可捉摸；中譯名又具有鮮明的「形象性」與「傾向性」，喪失了學術語言原本具有的相對的「客觀性」。其次，巴赫汀所謂的「單音」通常指作品中的「言說」從頭到尾由作者所主控，而作者的「言說」又通常代表正統或上流社會的體系，如托爾斯泰的小說從頭到尾都只是呈現俄國貴族的「言說」形式。反過來講，在陀斯妥耶夫斯基的小說中，除了貴族的「言說」的那一聲部之外，我們還能看到來自民間文化的各種聲部，所以是「複調」的。巴赫汀的「複調」，通常是要強調偉大作品的民間文化因素，並暗含有「顛覆」正統文化的態度。在王德威的詮釋下，巴赫汀的理論，一方面既可以「顯現文字符號隨時空而流動嬗變的特性」，另一方面又可「質疑單向歷史觀的目的性與不可逆式陳述」，這和巴赫汀所強調的民間文學先天具有的顛覆性格，不能不說有相當的差距。

---

16 王德威：《眾聲喧嘩》（台北：遠流出版公司，1988），頁5。

　　王德威對巴赫汀做了這樣的翻譯與詮釋，當然不是由於「誤解」，而是一種「靈活的運用」。他在《眾聲喧嘩》的序裡還說：

> 三四十年代的小說在文字的試煉、題材的開拓、義理的抒陳上，均有可貴的貢獻。但數十年來的文學史記錄，卻逐步將其「濃縮」為一簡單的趨向。週來不談「人道」、「寫實」，不分殊「左傾」、「右傾」者幾希！筆者無意全盤否定是類評價，但以為我們的研究其實可以同中求異，做得更細膩，更具辯證潛力些。重為大師、經典定位，找尋主題、風格、意識形態所歧生的意義，追溯作者「始」料未及的創作動機等，乃成為亟待持續進行的工作。[17]

很明顯可以看出，王德威反對的「單音獨鳴」是大陸（當時）正統文學史的現實主義史觀，以及他並未言明，但在當時尚有強大影響的台灣鄉土文學的現實主義立場。他以「眾聲喧嘩」的美好意象來博取大家的認同，雖然和當時的張大春和蔡源煌傳達了相似的「傾向」，但表現得更為「聰明」，而具柔軟性。

　　關於王德威以「更細膩、更具辯證潛力」的方法來「重讀」中國現代小說的批評方式，下面可以舉一些例子稍加說明。王德威在〈重識〈狂人日記〉〉一文中，先是說明並肯定以往對〈狂人日記〉的詮釋，並總結說：

> 順著魯迅所構築的人吃人的意象，我們順理成章地把狂人視為同情的對象。由於拒絕同流合污，狂人被排除於社會之外，淪為異端，而狂人提倡的良知及人道主義意識亦橫遭壓抑。[18]

接著，王德威即開始批評〈狂人日記〉的兩種缺陷。首先，魯迅所採取的瘋狂

17　王德威：《眾聲喧嘩》（台北：遠流出版公司，1988），頁6。
18　王德威：《眾聲喧嘩》（台北：遠流出版公司，1988），頁33。

／理性二元對立的觀點是有問題的。在魯迅的筆下，「狂人」是現代「理性」的代表，當他以「惟我獨尊」、「一以貫之」的方式來批判中國古老文明時，「狂人與壓迫他的社會其實一樣問題重重」，「讀者往往忽略了狂人思維裡極端自閉偏執的陰暗面」[19]。王德威引述福柯的《瘋狂與文明》說：文明與瘋狂的關係實是一歷史問題，瘋狂的定義亦與時推移。魯迅不去挖掘「狂人」意象在文明過程中的特殊意涵，反而將「正義感與理性」賦予小說中的「狂人」，事實上已預設了「意識形態的定位」，忽略了「瘋狂」內蘊的曖昧意義。

接著，王德威指出，魯迅的小說繼承了晚清以來的理念，即「小說實負有散布真理、傳道解惑的積極重任」，「小說也必須忠實地反映社會問題，描摹人生的實況」，但這種文學觀所追求到的結果，可能與提倡者的預期適得其反：

> 對梁啟超、魯迅以降，熱衷於小說立即「教化」功能者而言，在道德意義上，小說寫作永遠成為一種自我否定的活動。它只能以最精緻的語言一再反映弱肉強食，理法淪喪的現實，而且越是「寫實」的作品越暴露作者對筆下人物的無能為力。正如被禁錮、被壓迫的狂人一樣，魯迅所嚮往的真理主義注定只能以負面的形象作無濟的吶喊，在絕望的黑暗中留下緲不可及的回響。[20]

一個持現實主義立場的評論家，面對王德威這一「批判邏輯」，可能會有一種「啼笑皆非」的感覺。魯迅〈狂人日記〉的藝術設計跟福柯《瘋狂與文明》的理論真是「八竿打不到一條船」上，而王德威可以把兩者煞有其事地扯在一起，為此你必須花幾千字到一萬字的篇幅來「爬梳」，值得嗎？王德威又以極盡「修辭」之能事的口吻說：「小說寫作永遠成為一種自我否定的活動」，

---

19 王德威：《眾聲喧嘩》（台北：遠流出版公司，1988），頁 35。
20 王德威：《眾聲喧嘩》（台北：遠流出版公司，1988），頁 40。

「在絕望的黑暗中留下緲不可及的回響」，為此你會讚賞他的「文才」，覺得跟他「爭辯」大可不必，如果如他所說，國民黨何必在五〇年代禁絕三〇年代文藝，並在七〇年代企圖打壓鄉土文學呢？

王德威最擅長的寫作策略在於：從「比較」中達到「混淆」的目的，他的「名文」之一〈從頭談起——魯迅、沈從文與砍頭〉就是一個顯著的例子。題目本身就很吸引人，坐在書齋談中國現代小說的砍頭場面，你能找到比這個更刺激的「異國情調」嗎？

在本文中，王德威先提到魯迅〈吶喊〉自序那一段著名的文字——看幻燈片中中國人圍觀一個中國人被日本人砍頭的場面，因而決定棄醫從文——王德威評論說：「這段文字，劊切動人。」但接著，他引述李歐梵等人懷疑這一經驗「可能出於杜撰」，並肯定魯迅「無中生有，以幻代真的能力」。（這是褒，還是貶？）接著，他又說，魯迅對這件事的「敘事位置」大有「歧義性」：

> 當他斥責中國人忽略了砍頭大刑真正、嚴肅的意義，他其實採取了居高臨下的視角，他比群眾看得清楚，他把砍頭「真當回事兒」。但試問，這不原就是統治者設計砍頭的初衷嗎？[21]

天啊！魯迅原來竟是站在統治者的觀點，我們怎麼會沒想到！而且：

> 他（魯迅）對砍頭與斷頭意象所顯示的焦慮，無非更凸出其人對整合的生命道統及其符號體系之憧憬……換句話說，魯迅越是渴求一統的、貫穿的意義體現，便越趨於誇張筆下人間的缺憾與斷裂……。[22]

魯迅深切的斷頭焦慮原來本之於深層心理結構中「渴求一統」的強烈欲望，這

21　王德威：《眾聲喧嘩》（台北：遠流出版公司，1988），頁 19。
22　王德威：《眾聲喧嘩》（台北：遠流出版公司，1988），頁 20。

真是太神奇了。

沈從文在《從文自傳》中所述及的一些「砍頭」場面，一些人曾屢次細讀，目的是要讀透書寫這些文字的人背後的「人格特質」，但至今人們仍甚感困惑。但王德威認為，沈從文的砍頭場面是一種「寓意」，沈從文「對天地最無情的事物，仍能作最有情的觀看」：

> 從他對語言修辭上的強烈寓意特徵，我們或能揣摩出他出入生命悲歡仁暴之間，而能不囿於「一」的原委……既然他不汲汲預設一道統知識的始原中心，他的視角因可及於最該詛咒詈罵的人或書。在寓意的想像中，等到並行的類比取代靈光「再現」的象徵階序；而罅隙與圓融、斷裂或銜接都還原為修辭的符號，為散亂的世界，暫時作為一注腳。[23]

王德威的批評文章很少出現這麼具有「哲學」意味的段落，但可以肯定的是，在比較了魯迅與沈從文的「砍頭」書寫以後，我們看到了一個很有問題的結論，即：沈從文遠遠比魯迅站在一個更高的「神性」精神層次。

什麼是王德威文學評論的「後現代」精神？問這一問題，讓我想起王德威《閱讀當代小說》獨特的書寫模式。在這本評論集中，王德威收進了他的 60 多篇書評，這 60 多篇書評，可以說是 60 多篇「修辭的符號」，文字具有他一貫擅長的流暢與華麗，裡面好像講了不少東西，但你始終掌握不住他真正要說的是什麼，最重要的是：你始終猜不透他的「批評態度」，他是怎麼看待他所評的作家及其作品的。這裡面有許多令人目眩的詮釋，但沒有一一評價。

在評論中國現代小說，以及當代大陸作家時，他的評價態度比較明顯，正如前述他在分析魯迅與沈從文時所顯示的。但他分析的出發點很特殊，他談過狂人、砍頭、畸人等。他喜歡從某一特殊的「點」（通常這一個「點」很能引發讀者興趣），然後從這一「點」急速推廣，做出一個比較宏觀而遠大的評價（不

---

23 王德威：《小說中國》（台北：麥田出版社，1993），頁 25-26。

過，當他可以藉著這一「點」來暗諷中國的現實時，他則毫不保留）。同時，他從不正面批判某一流派或主義，我們可以看出，他相當不喜歡現實主義及其評說方式，但他只是從各種「點」上去挖牆腳，而從未對現實主義作過正面的、理論性的批判。

王德威評論的基本特質，讓人想起前引評述沈從文「砍頭」書寫的最後一句話：

> 而罅隙與圓融、斷裂或銜接都還原為修辭的符號，為散亂的世界，暫時作為一注腳。[24]

他的文學評論可視為：把當前兩岸紛紛擾擾的各種文學作品，「還原為修辭的符號」，以便為這一「散亂的世界」，「暫時」得到一個註腳。從這一點而言，他的批評都是「策略性」的。他沒有「大論述」，他惟一肯定的大原則是「眾聲喧嘩」──但惟獨「不喜歡」現實主義。在這種原則下，他可以反對「台獨」派的某些觀點，也可以批評中國的現實，但他不肯定什麼──因為一肯定什麼，就不是「眾聲喧嘩」了。台灣有相當比例的知識人跟王德威一樣，在政治立場上並不認同於「台獨」派，但又不樂於「接受」統一，在這一曖昧的情勢下，「暫時」得一註腳恐怕是不得不然的選擇。這也許是王德威在目前的台灣文壇具有強大發言權的主要秘密之所在。

四、後現代思潮洗禮下的情慾書寫與身分認同

從八○年代中期開始，台灣新興的「後現代」思潮以挑戰當時仍居文壇主流地位的鄉土文學為主要目的。進入九○年代以後，以「台獨」思想為核心的「台灣文學」論已取代原先的鄉土文學，成為政治性文學論述的主導力量。不

---

24 王德威：《小說中國》（台北：麥田出版社，1993），頁 25-26。

過，也就在同一時間，「後現代」也在以台北為中心的文壇爭取到了廣大的發展空間。不妨可以說，九〇年代的台灣文壇，是「台獨」的文學論述與「後現代」書寫平分天下的局面。

九〇年代「後現代」思潮在「論述」層面的代表人物仍然要屬前三節已談論過的張大春、林燿德和王德威。不過，就作品層面而言，九〇年代台灣的「後現代現象」，除了前三節所涉及到的之外，還有一個特別值得注意的現象，那就是，以女作家為主體的情慾書寫。

其實，自七八〇年代以來，已經可以看到，女作家在台灣文壇所占的比例越來越高；而且，她們的關懷焦點明顯有別於男性作家的偏重政治，而放在女性的情愛問題和女性在現代社會中的地位問題（特別反映在「女強人」這一形象上）。這可以看出，台灣自傳統社會向現代社會的轉型已大致完成，但在新的社會結構中，女性（特別是知識女性）尚未重新「定位」，女作家因此透過文學創作來思考這一問題，可以說是很自然的現象[25]。這一日漸強大的「女性書寫」，經由「後現代」思潮的洗禮，在九〇年代之交出現了大變化。這一大變化如果以最簡化的方式來加以呈現，即，前期的「情愛」現在幾乎完全讓位於「情慾」，而所謂女性在社會中的「角色」，也差不多是重新從「情慾面」來加以思考。

舉例而言，當平路以宋慶齡、美齡姊妹為主角來撰寫小說時，她並不太關懷兩姊妹在激烈的政治鬥爭中的行為與影響。平路以為，如果這樣來寫宋家姊妹，女性還是被放在「父權社會」中的附屬位置。惟有強調其「情慾面」（特別是年屆六七十歲的感官情慾），才能突顯她們「女性意識」的特質[26]。平路對於「女性意識」的看法，可以說是強調情慾書寫的女作家的共同想法。台灣一個

---

25 關於這一現象的分析，請參看呂正惠：〈閨秀文學的社會問題〉，見《小說與社會》（台北：聯經出版公司，1988）；及〈80 年代台灣小說的主流〉，見《戰後台灣文學經驗》（台北：新地文學出版社，1992）。

26 平路寫宋慶齡，見《行道天涯》（台北：聯合文學出版社，1995），寫宋美齡，見〈百齡箋〉，收入《禁書啟示錄》（台北：麥田出版社，1997）。

女性主義者曾經尖銳地提問：男人可以當皇帝，為什麼女人不能當武則天？這一提問無疑會引發情慾書寫女作家的強烈反擊，她們認為，這是女性認同於男（父）權社會運作模式的表徵。

對於台灣的女作家而言，「情慾」的重要未必在情慾本身。蘇偉貞如此說：

> 情慾對我是種思考，不是「行動」……寫到〈沉默之島〉，它（指情欲）變成最簡單、最簡單的事情，簡單到我不懂它，以至於充滿一種不確定性，那是發自對生命本身的尊重吧？[27]

女作家藉著情慾書寫來探索女性的身體、探索女性自身生命的秘密和特質。

從這一邏輯推演下去，女性身體與情慾的全部「潛能」當然不能只限於跟男性做愛，女性跟女性的「性愛」關係也是一種可能，而且是長期以來被男權社會所禁止，因此還是充滿了未知的一種「無限的可能」，曹麗娟在〈童女之舞〉中讓女主角童素心與她的好友鍾沅如此對話：

> 「鍾沅……」我喊她。
> 「幹嗎？」
> 「我有話對你說。」
> 「我知道。」
> 「我一直沒說。」
> 「我知道，真的。」
> 「那你告訴我……」
> 「告訴你什麼？」

27　朱天文、蘇偉貞：〈情慾寫作〉，《中國時報》1994 年 11 月 10 日，39 版。

「兩個女生可不可以做愛？」[28]

在這種「吞吞吐吐」的對話中，我們看到女性經由「另一種情慾」向自己未知的生命所企圖跨出的一步。邱妙津循著同一方向發展，把它推至極端，寫下了〈鱷魚手記〉（1994）和〈蒙馬特遺書〉（1996），在台灣女同性戀群中激起強大迴響。

除了女性情慾，女同性戀，這一範圍的第三種文學是所謂的「酷兒小說」，「酷兒」是 guecr 的同音譯詞，原意怪異，怪胎。「酷兒小說」則是對於各種不合「常態」（指男權社會所認可的異性性愛）的情慾的書寫，包括同性戀、雙性戀、變裝戀、變性者、家人戀等等。這種小說主要由紀大偉、洪凌、陳雪（紀為男性，其餘兩人為女性）等更年輕的一代所發展出來的。紀大偉對此加以說明道：

> 酷兒是一種態度，並不見得是要酷要怪，而是重視層層衍異性別身分的觀念：性別不是只有男女兩種，也不是女女／男男／男女／女男四種，而有太多歧異的可能，而且同一個人身上可能呈現多種性別風貌。[29]

按這種講法，「酷兒」是對男權社會既定的性別／性愛規範所作的最大的反叛。但就實際的小說書寫而言，「酷兒小說」常常表現為一般所謂的「性變態」與「性暴力」，讓人不忍卒睹，這在洪凌的作品中特別明顯，這裡就不再作為例證加以引述了。

以上簡要描述九〇年代台灣女性書寫的三個主要層面。對於這一現象我們應如何加以分析呢？也許，九〇年代台灣最重要的女性小說家還是要屬朱天心

---

28 〈童女之舞〉，收入《小說潮：聯合報第 13 屆文學獎作品集》（台北：聯經出版公司，1992），引文見頁 35。又，曹麗娟另一女同性戀小說〈關於她的白髮及其他〉，見《聯合文學》13 卷 1 期（1996 年 11 月）。

29 紀大偉：《感官世界》（台北：皇冠出版社，1995），頁 267。

和李昂。雖然她們兩人都關心政治問題，但也同時關注女性議題。分析她們的相關作品，或許可以對九〇年代盛行的女性情慾書寫現象得到一點啟示。

朱天心在〈袋鼠族物語〉裡，描寫了被關閉在家庭中的現代女性。她跟外界完全隔絕，整個生命都寄托在小孩身上，每天攜帶著小孩進進出出，好像懷抱著小袋鼠的袋鼠媽媽。她甚至在最孤獨之中，都無法「意識」到她的生命是「孤獨」的。朱天心以一半議論、一半抒情的筆調表現了她對現代女性／傳統母親這一獨特結合的女性的深切同情。

更值得思索的是〈春風蝴蝶之事〉。在這篇小說中，男主角「我」一直都在議論男同性戀及異性戀，一直到小說的最後部分，才帶出惟情至上的女同性戀。在小說快結束時，「我」突然告訴我們，他的妻子正是這樣的人，因為他無意中發現了太太寫給大學時期一位女同學的信：

> 我偷偷（因為從沒有如此做過）抽出妻未封口的回信，寥寥不過兩三行，我所熟悉的妻的筆跡這樣寫道：十幾年來，我經過戀愛、為人妻、為人母、人生裡什麼樣形態的感情我都經歷了、惟覺當初一段與你的感情，是無與倫比的[30]。

小說中的「我」一直認為他自己是正常的異性戀者，並相信他的婚姻基本上是幸福的，他無意中發現妻子是他所謂的「惟情」的女同性戀者，不免大呼「我失敗」了。評論界也認為朱天心寫的是女同性戀小說，並責備她的「純情論」的保守傾向。但實際上真是如此嗎？有理由相信，這是一篇有關現代女性自我的小說，「我」的妻子根本就沒有在婚姻中找到「自我」，她對少女時代同性好友的懷念，不過證明婚姻並沒有使她的生命「安頓」下來而已，她根本不是個同性戀者。

30　朱天心：《想我眷村的兄弟們》（台北：參田出版社，1992），頁 221；〈袋鼠族物語〉亦收入本書中。

在現代社會中，男、女兩性交往的表面形式改變了，女性相對的更受尊重。但是，只要一結婚，男、女仍基本上按傳統模式扮演他們各自的角色，教育程度再高的女性，也很難得在家庭之外找到定位「自我」的途徑。對於這樣的處境，許多知識女性是感到不滿的。朱天心這兩篇小說的處理模式，也許比情慾書寫的女作家更接近真實。

在情慾書寫方面，李昂是個「老手」，她在大學時代就開始寫露骨的「性反叛」小說。她在八〇年代中期所出版的《暗夜》（1985），可以說是九〇年代情慾書寫的先河。不過，她的情慾書寫比起其他女作家遠遠複雜得多，我們借此可以窺知情慾書寫所涉及的現代女性問題。

在《暗夜》裡，李昂寫到一個相當傳統的女性李琳，她由於偶然認識了先生的好友葉原，跟他發展出婚外情。她從此由一個家庭主婦，變成一個對自己的性需要開始有所知覺的女性。由於李昂一直把李琳描寫成一個生性保守的人，她對於李琳在「自我」中認識到「性」的成分的處理反而比一般無節制的情慾書寫更具真實性。

李昂更關心的是性與政治的複雜關係。在轟動一時的《迷園》（1991）裡，李昂讓女主角朱影虹迷戀新興企業家林西庚，他們兩人都懷抱著為台灣而驕傲的一種政治心情，但小說處理得較成功的反而是他們的性格和性關係。書中最典型的一段是這樣發生的：由於知道林西庚已經結婚，朱影虹決定跟他分手，林西庚送她回家，在她家的院子裡，就出現了以下的一幕：

> 在他的示意下，她一向對他的屈從仍存在，她遵從地打開大門，來到院子裡，任他牽引著她的手去撫觸她。朱影虹無甚意識地在他的指引下做被要求的動作，心中仍充滿他即將離去的絕望空茫。倒是林西庚那般技巧純熟地打開自身衣物，露出身體適當部位而能衣著整齊地站著……一雙有力的手臂在她的肩頭施予壓力，她懂得他要的，彎下身來……31

---

31 李昂《迷園》（自印，1991）。

這裡最讓人「觸目驚心」的是，沉迷在情慾中的朱影虹竟然表現出女性「最傳統」的一面，「膜拜」在男性的腳下，這跟強調女性要從情慾去求取「女性意識」的主張剛好截然相反——女性在情慾的空茫中完全喪失了自我，心目中只有男性崇拜。

李昂在最近出版的《自傳の小說》中對這一情況似乎有所覺，所以書中的謝雪紅在情慾的行為中全部採取主動，男性只是配合的角色。不過，她跟平路描述宋家姊妹一樣，在謝雪紅的政治生涯中只重視情慾的一面，政治完全成為附屬之物。

事實上情慾書寫所採取的這種立場是值得深思的。傳統男權社會把女性封閉在一個狹窄的天地裡，並以「母親」的角色限制她們的自我，連「性」的自然需求都要加以規範。在這種情形下，女性從「性」的解放入手，爭取女性的獨立，也許有其邏輯性。但如果把「性」的解放當做反抗男權的惟一手段（甚至最後目標），事實上還是墮入傳統男權的陷阱中。因為，傳統男權除了把家庭中的女性定位為「母親」之外，還把家庭之外的女性看做「性」的對象（魯迅曾經說過，在傳統男人眼中，女人只有兩種：母親與妓女）。如果一個女性主義者，除了「性」之外再也找不到「定位」自我的辦法，那跟男人對女人的看法又有什麼不同呢？

反過來說，男權社會的男人從來就不是只以「性」和「身體」來定位「自我」的，他的自我的價值從來就是可以多方面追求的，為什麼女性不能這樣做呢？李昂小說中無意中表現出來的，情慾女性對男性的屈從，並不是情慾書寫的「矛盾」，反而是這種邏輯「很可能」的結果。所以，與其說情慾書寫是達到現代女性自我之路，不如說是現代女性自我危機最嚴重的表現方式之一。

進入九○年代以後，台灣知識界中的一部分人緊跟西方腳步，開始談論起「全球化」來。在這一邏輯下，世界資本主義已一體化，人類已成「地球村」了。他們當然有時也會想到，東南亞許多國家，甚至大陸（他們如此認為）都還在「開發中狀態」。不過，很幸運的，台灣已進入後工業社會（或資訊社會），

不愧為「地球村」的一個成員。

不過，從現實眼光來看，台灣的政治在李登輝體制建立以後，仍一直處在惡鬥之中。由於政治惡鬥的影響，人心極為浮動，再加上詭譎多變的兩岸關係，人們有時也會惶惶然。就經濟而言，由於台灣在九〇年代中、後期高科技業的發展，人們似乎吃了定心丸，以為台灣經濟的轉型已經成功，可以高枕無憂了。但在世紀之交，連這一高科技的優勢似乎也有喪失的可能。台灣民眾逐漸意識到大陸強大經濟成長的現實，這也讓他們不知如何是好。

可以說，「全球化」似乎讓台灣人感到安慰與安全，而逐漸惡化的政治、經濟現實又讓他們深感不安。不過，整體來講，在九〇年代，前者的力量遠大於後者，這至少讓知識界稍感自在。

我們可以說，興起於八〇年代中期的後現代思潮是這一「台灣已進入資訊社會」、「已加入全球化流程」的文藝界的平行現象。在此，他們錯誤地認為，七〇年代鄉土文學所提出的一些有關台灣社會的政治、經濟問題，也已不復存在。因此，文藝界的一些人，樂於在「後現代」的「前進」中安於現狀。

所以「台灣的」後現代，是把台灣未來的現實問題暫擺一邊的文學上的維持現狀派。因此，「政治」不在他們的考慮之內。但是，實情真是這樣嗎？如果真是如此，後現代作品又怎麼會表現出明顯的遊戲性和享樂主義傾向呢？又為什麼「不敢」（或不屑於）談論「大論述」（這當然包括台灣未來的前途問題）呢？這裡面肯定是有「逃避」的傾向。

李登輝體制結束、民進黨執政以後，台灣的政治惡鬥更為嚴重，台灣的經濟衰退已極為明顯。在此情況下，「後現代文學」應如何轉化（或不轉化），就變成是「問題」了。當社會現實已成為「具體存在的大問題」時，後現代主義者顯然無法「視而不見」了。我們將注視它的變化動向。

原為《台灣新文學思潮史綱》第八章，人間出版社，2002

簡論台灣的後殖民理論

　　九〇年代開始出現的台灣後殖民理論其實是此前已經蓬勃發展起來的「台灣文學主體論」的延伸。「台灣文學主體論」強調的是：台灣文學具有自己的主體性，它並不屬於中國文學的範圍，它早就脫離中國文學而獨立發展。為了證明這樣的論斷，抱持這一主張的人，基本上是以一種「重建歷史」的方式來重寫台灣現代文學史，並在歷史的脈絡中證成他們的看法。當然，他們也討論個別的作家，如賴和、吳濁流、鍾理和等，企圖證明他們早就放棄了中國民族主義的立場。

　　這樣的看法會遭到其他立場的人的挑戰是理所當然的，譬如，更為熟悉中國現代史的台灣統派即常抨擊他們故意扭曲歷史。但是，這種主要局限於「過去歷史」的論戰，大都不能引起以台北為中心的主流知識界的興趣，因為他們或者不熟悉過去的台灣史或中國史，或者對這些歷史並不十分關心。主流知識界更為喜歡理論。

　　首先企圖突破「主體論」的框架，引述現代西方理論來對它加以闡發的，是外文系出身的邱貴芬。邱貴芬把她的一篇論文題為〈「發現台灣」，建構台灣的後殖民論述〉，她表示：「我在大會上提出論文，乃想借用西方後殖民理論對文化、殖民問題的反思，切入當時台灣文學的定位問題，為本土派文學主張的理論支撐略盡棉薄之力。」這就明確的點出這一新理論的提出和本土派「主體論」的關係。

　　從本土派的立場，邱貴芬這樣思考台灣的被殖民屬性：

　　　在後現代的用法裡，被殖民者乃是被迫居於依賴、邊緣地位的群體，被

　　處於優勢的政治團體統治，並被視為較統治者略遜一籌的次等人種（Said, 1989，207）。以此為定義，台灣的被殖民經驗不僅限於日據時代，更需上下延伸，長達百年。[1]

幾年以後，陳芳明打算重新書寫台灣文學史，即把這樣的邏輯再往前推進一步，而提出三階段論：

　　1、殖民時期
　　2、再殖民時期（即國民黨統治時期）
　　3、後殖民時期（即台灣人當權以後）[2]

這樣，一方面落實了國民黨的統治也是「殖民統治」，一方面又提出台灣現在已進入「後殖民時期」，前景可觀。他的劃分可謂一目了然，又合乎本土派一向的模式，自此以後，「再殖民」、「後殖民」甚囂塵上。由邱貴芬創始，而由陳芳明改造的後殖民論即成為台灣文學最具影響力的主流論述之一。

　　不過，經過理論化以後的後殖民「本土論」，倒反而暴露了「本土論」一些潛在的難題。雖然它的理論架構和文學史書寫尚未完成，但在目前的階段，我們仍可指出幾個明顯的問題。

　　首先，後殖民本土論者在論列台灣的被殖民經驗時，似乎更偏重於攻擊國民黨的「中國化」經驗，而較輕微的提及日本經驗。對於日本的殖民統治，他們反而更願意承認它對台灣「現代化」的貢獻。如果因為日本的殖民統治提供更多的「現代化」，因而勝於更「封建化」的國民黨統治，那麼，在後殖民的

1　邱貴芬，〈「發現台灣」，建構台灣後殖民論述〉，收入《仲介，台灣女人》（台北：元尊文化公司，1997）。

2　見陳芳明〈台灣新文學史的建構與分期〉，《聯合文學》16卷9期（總號178），1999年8月。

處境下，我們似乎應該更理論性的區別台灣「長達百年」的各種殖民經驗。按照這種後殖民邏輯，所有的殖民經驗不應該一律抨擊、駁斥，而需要區別對待。

以此而言，國民黨的「殖民統治」難道就沒有它的正面性嗎？對於這一點，後殖民本土論者當然不可能承認。但邱貴芬在她的論文裡，似乎無意地提及一個他們頗感尷尬的問題。邱貴芬在文中提到，台灣雖然應該拒絕國語本位及中國本位的文學觀，建構足以表達台灣經驗的台灣語言，但考慮到台灣的現實，主張不必將通行的台灣的國語視為外來語，而承認台灣文化的「跨文化」特色。

邱貴芬有點不甘的承認的台灣現實，其實是不經意的點出了，「國民黨統治」的一個不可更改的後果是，「國語」已經難以廢止了。問題是，「國語」的無法廢止難道正如日本對台灣的「現代化」建設一樣，都是台灣殖民經驗的「正面」性嗎？這一點本土派無論如何是不甘於承認的。那麼，難道是國民黨「殖民統治」的強制性遠勝於日本，所以「國語」可以生根，而「日語」不能生根嗎？關於這一問題，本土派當然不可能或不願意去思考。

對於邱貴芬願意承認國語存在的提法，同是本土派的廖朝陽立即表示不滿。他認為，這是「以文化異質」為貴，而不重視更重要的「奪回主體位置」。但是，對於日本的「幫助」台灣現代化，他們反倒不重視「奪回主體位置」了？[3]

在另一個場合裡，當「中國派」的陳昭瑛攻擊本土派，質疑本土派的所謂「主體性」時，廖朝陽卻以「空白主體」作為回答，認為主體不需具有實質內容。而這一次邱貴芬卻又認為，如果「主體變成一無所有」，本土派的理論也就不能成立了。[4]

---

3 廖朝陽〈是四不像，還是虎豹獅象，評邱貴芬〈發現台灣，建構台灣後殖民論述〉〉，《中外文學》21 卷 3 期。

4 廖朝陽〈中國人的悲情：回應陳昭瑛並論文化建構與民族認同〉，《中外文學》23 卷

　　為什麼廖朝陽和邱貴芬在不同場合對「主體性」的看法剛好截然相反呢？
為了更進一步分析，我們且把其中隱含的要素列在下面：

　　　　　　　　　　　　　　　　　　中國（譬如國語）

　　台灣主體性　　　外來文化　　　日本（譬如現代化）

　　　　　　　　　　　　　　　　　　美國（更多的現代化）

面對中國的「國語」時，邱說可以承認，廖說不可以，「要奪回主體」；而對
日本、美國所帶來的現代化事物時，廖說，主體可以空白，邱說不可以，顯
然，問題出在，台灣的「主體性」到底在哪裡？或者，哪些「主體」需要保
存？哪些「主體」可以拋棄。

　　其實這個「主體性何在」的問題，早在日本統治的「皇民化」時代就已出
現了。我在分析王昶雄的〈奔流〉時就已指出，日本為了厲行皇民化，曾把皇
民化和進步、文明、現代化等同起來，相反的，把台灣原有的一切貶抑成「鄉
間土臭」和「不體面的土著人民」[5]。這樣，就成為下面的難堪局面：

　　　主體　　鄉間土臭　　皇民化（現代文明）

　　　　　　　土著人民

那麼，請問要不要這個主體？我在論文中曾含蓄的指出，當你把「中國文化」
從台灣主體抽出時，主體就會落入這個困境（土臭、土著）；反過來，當你真的
拒絕中國，而不拒絕西方現代文明時，你就可以如廖朝陽式的主張「主體空
白」。邱貴芬不願意像廖朝陽那樣走極端，所以，她可以接納國語，而又不主

10　期；邱貴芬〈是後殖民，不是後現代──再談台灣身分／認同政治〉，《中外文
　　學》23 卷 11 期。以上關於廖朝陽、邱貴芬論辯的討論，得益於趙稀方一篇尚未正式發
　　表的論文（按，即趙稀方《後殖民理論與台灣文學》一書的最後一章，人間出版社，
　　2009）。

5　參見呂正惠〈皇民化與現代化的糾葛〉，見《殖民地的傷痕》（台北：人間出版社，
　　2002）。

張「主體空白」，當然也就是願意保留一部分中國文化。

雖然我對廖朝陽和邱貴芬的理論有這樣、那樣的批判性的分析，但仍需承認，他們仍然打算就理論來談理論，所以不免露出理論上的矛盾。而陳芳明就不如此，他是理論的「實用」主義者，只求「推廣」而不顧及理論的嚴密。所以，他可以用「殖民」、「再殖民」、「後殖民」三階段論來簡單地切割歷史，讓人覺得好用。同時，他可以彈性的使用後殖民理論，以達到人人樂於為用的目的。因此，在談了後殖民論以後，他又說：

> 過分堅持後殖民的立場，有時無法平衡地看待台灣社會內部所產生的多元文學……倘若採取開放態度進行後結構的思考，後殖民立場的僵化與教條或許可以獲得免疫。所謂後結構的思考，便是指文化主體重建之際，應注意到組成主體內容的各種不同因素。當台灣社會日益朝向開放的境界前進時，文學史觀就不可能一成不變地觀照生動的歷史轉型。文學的生命力，總是在歷史轉型期受到強烈刺激。潛藏的、蟄伏的、凍結的文學想像，自然會隨客觀現實的翻轉而漸漸釋放出來。解嚴後的 80 年，見證了同志文學、女性文學、眷村文學、原住民文學的大量崛起，這是非常可觀的後殖民現象。活潑的文學生機，要求文學史家必須從更為開闊的視野來考察。若是僅僅依賴一把寫實主義的尺來衡量，必然是無法符合舊有史觀的檢驗。何況台灣又是屬於移民社會與多元族群社會，來自不同族群的作家，都在凝聚相互歧異的想像，建構更為豐富的文學作品。這異質想像的文學，正是鍛造新的台灣文化主體不可或缺的一環。[6]

這樣的立場，就正如王德威的「眾聲喧嘩」[7]，可謂「無施而不可」了，當然也就人人樂於引用，但根本不知道自己說的是什麼了。這樣的話，當代台灣文

6　陳芳明，《後殖民台灣》（台北：麥田出版社，2002），頁 18。
7　參見本書〈世紀末期台灣後現代思潮種種面相〉第三節論王德威的部分。

學既可以稱為後殖民，又可以稱為後結構、後現代，也可以稱為「眾聲喧嘩」。這些術語都很好聽，大概只是為了使自己「非常滿意」吧。

　　本文為 2005 年陳信元教授舉辦的一次小型研討會而作，原題〈近期台灣文學的「後學」論述〉，第一節討論台灣各種後現代理論，為本書所收〈世紀末期台灣後現代思潮種種面相〉前三節的節要，故此處從略，僅收第二節論後殖民理論的部分，並加今題。兩條註釋略有修改。

回顧台灣各種「後學」思潮的感想

　　一九七六年下半年我服完兩年兵役，從軍中回到台北，愕然發現台灣社會變得快不認識了。左翼鄉土文學潮流盛極一時，黨外運動的聲勢一天勝似一天，長期專制的國民黨應付惟艱。第二年，國民黨對鄉土文學發起總攻擊，余光中發表聳人聽聞的〈狼來了！〉，一時風聲鶴唳，到了一九七八年，卻平安無事的落幕。一九七九年美麗島事件爆發，幾乎所有黨外政治運動的領導人都被逮捕。但下一次選舉，所有被捕領導人的家屬，凡參選的全部高票當選。這兩件事證明，國民黨已經喪失了掌控全局的能力。

　　正是在這個充滿期待的時候，我逐漸感受到兩種令人隱憂的思潮正在逐步茁壯。首先是後現代，它先以後設小說及後結構之名出現，提倡文學的後設性及娛樂性，用以解構鄉土文學的使命感。其後，後現代之名堂堂出現，大言不慚的聲稱，台灣社會已超越現代而進入後現代，除了歌頌台灣的進步，還推出多元的價值觀，用以分散鄉土文學的聲音。另一項更令人不安的因素是，具有台獨傾向的本土化思潮日漸崛起，並以抨擊陳映真的大中國主義情結來壯大自己。到了一九八〇年代末，左翼鄉土文學的勢力已極度萎縮，後現代與本土化思潮各據半邊天下。

　　多年後我慢慢了解，這兩思潮都有人在背後指導，實際上是更大的政治勢力運作的成果（詳情不必細說了）。再經過一段時間，我又體會到，台灣一九七〇年代左翼勢力的沒落主要還不取決於台灣的政治勢力，而是國際局勢演變的結果。一九八九年至九一年蘇聯及東歐集團的崩解、一九八九年大陸政治局勢的詭譎多變，導致了世界左翼力量的大消解，注定了一九九〇年代是資本主義大復辟的時代。說實在的，當時台灣的左翼表現得也不好，但即使再好，也不

能阻擋這種世界的大潮流。

　　整個一九九〇年代，台灣的政局全由李登輝主導，應該說，本土化的思潮是在他主政下壯大，然後才可能產生二〇〇〇年陳水扁的當選台灣總統。如果要回顧一九九〇年代的文學思潮，那就是台灣文學本土論籠罩一切，而後現代思潮及其各種變體努力尋求對抗之道，至於統左派的聲音幾乎無人理會，這種情形到了陳水扁第二任的後半期，即二〇〇六～七年左右，才開始有了鬆動的跡象。

　　這也就是說，從一九八七年解嚴到二〇〇七年的二十年間，本土化思潮及台獨的聲浪由日漸成長而如日中天，最後開始出現頹勢。現代化思潮，以及相關的對抗本土化思潮的各種探索可謂五花八門，力求在台獨勢力之外另尋出路，而統左派的聲音始終不絕如縷。這大概就是這二十年間台灣文學思潮的大勢。

　　劉小新這本《闡釋台灣的焦慮》就是對這二十年間台灣文學思潮的剖析。他主要採取橫剖面的分析方式，按照他的思考邏輯，從後現代、後殖民、殖民現代性討論到新左翼和寬容論述。他把解嚴前就已出現的左翼鄉土文學和本土化思潮也放在這二十年的語境中加以剖析，因此並沒有著重追溯這兩種思潮產生的歷史與時代背景。這一點請讀者務必記得。

　　除了第七章所論的「寬容論述」我當時並沒有注意到，其他關於後現代、後殖民、殖民現代性，以及脫胎於後現代的新左翼，當時確實是極為流行的思潮，並為一般知識分子所熟知。但我還是想說，我讀完了相關的各章，還是感到非常驚訝，因為劉小新把每一種思潮的來龍去脈都梳理得非常清楚，許多我原來不夠注意的地方，現在才有了進一步認知的機會。應該說，劉小新對資料的整理與分析，都是將來研究這些思潮的人一定要參考的。

　　但是，我所以要為這本書寫一篇序，並不是要推介這本書，因為根本沒有這個必要，任何人只要讀完了本書的第一章，自然就認識到這本書的價值。這篇序的主要目的，是要表達我對這二十年台灣文學思潮的看法，並從現在的時間點進一步說明其問題性。

劉小新在本書的〈結語〉中說：

> 當代台灣知識界引入（當代西方）各種理論資源對「何謂台灣」和「如
> 何闡釋台灣」這兩個重要問題提出了充滿歧義的觀點和看法，這形成了
> 一種極其複雜的理論格局，也帶來了理論的緊張和焦慮。（頁335）

在當時的我看來，這些所謂的思潮，不過是藉著台灣問題在就他們所接納的當代西方思潮作一種理論上的「演練」，雖然他們自己認為與台灣大有關係，我卻覺得根本就是摸不著台灣的邊的無的放矢。我前面說，看了劉小新的書，我對當時的現象才有更多的認知，這是我要坦白承認的事實，因為很多文章當時就懶得看，覺得它們一點用處也沒有。一九八八年五月我曾在復刊的《文星》雜誌上發表一篇長文，題目是〈「現代」啟示錄——現代性的一則故事〉，內容是對於一九八〇年代以後流行於西方的「現代性」理論和後現代思潮表示懷疑，認為這代表了西方思想的危機。而當時的台灣知識分子卻大量使用這些值得懷疑的西方思想，企圖解決台灣的定位問題，這不是癡人說夢嗎？應該說，那時候我確實是「閉關自守」，把充斥於刊物上的一切新理論排拒在外（當然，這並不是說，我一點也不讀西方著作）。

但我對西方後現代思潮的懷疑，也並非一時心血來潮的胡思亂想。當時我先看了一些西方馬克思主義的書，發現他們都認為西方工人階級已經不革命了，因此，他們主張社會「異類分子」的反叛，主要是學生的反叛。這個反叛失敗了，然後開始流行後現代思潮。我的直接感想是這樣：西方社會已經非常發達，連工人生活都不錯（甚至好過落後國家的知識分子），而西方的思想家卻連這一點都沒想過，他們一點也沒考慮到除了歐美社會之外的廣大落後國家的貧困狀態。這不免讓我覺得，西方思想家怎麼一點都沒有從全球的立場考慮整體人類的前途，怎麼一點「民胞物與」的精神也沒有？這不證明，他們的思想已經不具有前瞻性，而陷入「富極而無聊」的思想泥淖中了嗎？因此，我就大膽判斷，西方思想界已經進入了一個整體性的、無能思考的危機時代。

　　我當時的想法當然沒有人會相信，我的那一篇文章沒有任何回應，但我一直相信自己的想法是對的。此後，我一直透過大陸的翻譯，注意西方學者的思想動態。我主要的注意對象不是思想著作，而是歷史著作，因為歷史學者比思想人物對時代的變化更具敏感度。在歷史著作中，談到西方未來發展困難的並不少見。最讓我感到意外的是，二〇一〇年我買到一本厚達 650 頁的大書，里亞‧格林菲爾德的《民族主義：走向現代的五條道路》（上海三聯書店，2010），書開頭她為本書中譯本所寫的前言就讓我欣喜莫名，她說：

> 我們正面臨著一場歷史巨變。我們敢於如此斷言，因為促成這一巨變的各種因素已經齊備，我們只須等待它們的意義充分顯露出來。除非那個至少能夠消滅人類三分之一的前所未有的浩劫（按，指核子戰爭）降臨人間，否則沒有什麼能夠阻擋這一巨變的發生。這一巨變就是偉大的亞洲文明崛起，成為世界的主導，其中最重要的是中華文明崛起，從而結束了歷史上的「歐洲時代」以及「西方」的政治經濟霸權。
>
> 這一變化只是在新千年到來後的最近幾年才開始變得明顯……

　　這也就是說，世界史上的「歐洲時代」（從十六世紀開始）即將結束，「亞洲時代」、坦白說即是「中國時代」即將來臨。格林菲爾德是一個專業的社會學家和社會人類學家，但同時具有深厚的經濟學、政治學和歷史學的素養。從一九八七年到二〇〇一年，十四年間寫了兩本大書，在前面提到的那本書之後，還出版了另一本《資本主義精神——民族主義與經濟增長》（中譯本上海人民出版社，2009）。她是一個具有歷史眼光的社會、經濟學家，不像我只是一個愛讀書的外行人，這證明我在二十多年前的靈感，並不純是愛國心的表現。

　　我猜測，里亞‧格林菲爾德一定也像我一樣，被二〇〇八年美國的金融大海嘯所震撼。任何人都不可能猜想得到，就在蘇聯崩潰、美國獨霸全世界之後，以美國為首的西方經濟會隱藏著這麼重大的危機。這個危機接著引爆了歐洲的經濟危機，到現在為止，沒有任何經濟學家敢於斷言，西方經濟可以恢復

到以前的狀態。回顧起來，我們難道不是可以說，西方的後現代思潮正是對於這一危機的非常敏銳的、先機性的思想上的回應嗎？

再說到台灣。一九八〇年代的台灣，經濟上似乎生氣勃勃，「台灣錢淹腳目」，大家得意洋洋，所以認為自己已經從現代進入後現代了。相比之下，大陸還非常落後，幾乎還停留在前現代，因此也無怪乎新潮思想滿天飛。大家沒有想到的是，台灣經濟是標準的依附型經濟，沒有美、日就沒有台灣，誰能保證後台老闆永遠發達呢？當然台灣的知識分子當時都相信，世界永遠是美國的世界。

如果我們稍微敏感一點，就能體會到，台灣經濟在李登輝的最後一任（1996-2000 年）已經出現了頹勢。陳水扁的第一任（2000-2004 年）大家並不滿意，要不是兩顆子彈事件，他不可能連任。關鍵就在經濟，因為陳水扁在任四年，只有一次幅度極小的加薪，加上李登輝的最後幾年也沒加薪，大家都感到收入在減少。現在則非常明顯，失業率一直在提升，收入一直在減少，台灣的中產階級很少人敢再作夢，台灣的年輕人前途茫茫，這是大家普遍感受到的，根本不需要論證。如果把現在的心情，對比二十年前後現代思潮流行時的歡騰氣氛，能不令人黯然？因此我相信劉小新這本書，我們現在讀起來，一定很不是滋味。這就彷彿我們已經破落了，卻在反顧我們的輝煌時代。不過這種反顧還是必要的，這能夠讓我們體會到，在歷史的長流中不可以太短視，不然受到傷害的還是自己。這是我讀劉小新的書所想到的第一點。

我想說的第二點，是本書中第六章關於後現代與新左翼思潮的討論。劉小新對於從後現代產生的新左翼思潮特別有興趣，這一章長達 122 頁，是全書中最長的一章。其中涉及南方朔、杭之和《南方》雜誌的「民間社會論」、《島嶼邊緣》的「人民民主論」，以及《台灣社會研究季刊》的「民主左翼論」。「民間社會論」的一些主要參與者，大都有本土論傾向，恐怕跟後現代思潮無關。《島嶼邊緣》和《台社》具有後現代傾向的人我大都認識，我要談的主要是後面這一群人，尤其是跟我有深交的陳光興和趙剛。

不管是人民民主論，還是民主左翼論，都被迫面對一個無法克服的現實問

題：台灣最大多數的人口是閩南族群，占台灣人口的四分之三以上，可以說是「人民」中的絕大多數。然而這些「人民」卻被本土論及民進黨所裹脅，成為「民粹威權主義」下的群眾，成為一九九〇年代台灣新霸權論述的基礎。我自己身為南部閩南族群的一分子，深切了解這本來是南北差距和城鄉差距的結合體，本質上是區域差距和階級問題，但由於國民黨長期的不良統治，卻形成省籍問題，最後上升為統獨問題。但我對此無能為力。也因此，我一方面希望讓人民民主論的人了解，如果不能理解台灣南部的民眾，他們的人民民主也就落空了；但同時，我也非常同情人民民主論者，因為他們也是「人民」，然而卻在占據四分之三人口的主要人民的無形壓迫之下，艱難的尋找生存空間。從這方面講，雖然我不贊成《島嶼邊緣》和《台社》主要的思想傾向，但卻不得不佩服他們探索的勇氣。在台獨派的「民粹威權主義」和右翼的後現代思潮（一味的頌揚台灣的經濟和政治成就）之間，實際上只剩下極狹窄的空間，然而，他們堅持不懈的想要殺開一條血路。

　　我完全沒有想到的是，這裡面最勇敢的兩個人，陳光興和趙剛，竟然逐漸接近陳映真了，而且終於把陳映真的第三世界論作為他們重新出發的起點，這真是大大的出乎我的意料之外。這說明，具有左翼精神的、想要探求真正的多元價值觀（相對於和稀泥的多元觀）的人，只要真心實意，確實可以走出一條獨立思考的道路。

　　陳光興、趙剛，還有鄭鴻生（他跟我一樣，也是出身南部的閩南人），為了表達他們對陳映真的敬意，決定接受人間出版社的邀請，共同合作出版《人間·思想》雜誌，作為他們長期探索的另一個階段的出發點。這對台灣思想界來說，是一個莫大的好消息。他們在〈發刊辭〉中說：

　　　　西方各種流派的名詞概念不停地被翻譯成中文，組裝為各派反抗行動的套件，再貼上台灣主體性的商標，於是就成為各派所標榜的進步知識品牌。憑依著它們，某種「代理人戰爭」一直在這個島嶼上樂此不疲地持續著。

這真是慨乎言之。如果我們仔細閱讀劉小新這本書所討論的許許多多的所謂新思潮，差不多就是在印證這段話。

正如我在前文已經提到的，里亞・格林菲爾德所說的，新千年可能預示了西方統治世界五百年霸權（如果從十九世紀中葉西方真正征服全世界算起，其實不足兩百年）的終結，那麼，新千年也是舊的知識結構開始失去功能、新的知識結構開始形成的時期。我們應該從這樣的起點來讀劉小新這本書，來認識到我們不久前還在套用西方沒落時期的理論來為台灣的未來尋找答案，而且說得煞有介事；以此來對比我們現在的處境、我們現在的徬徨，這樣，我們就更應該提起勇氣，重新出發去探索新的認知方式，以及新的未來。

2012/9/4

本文原為劉小新《闡釋台灣的焦慮》一書（人間出版社，2012）的序，原題〈黯然回首，但要勇敢的面對新形勢〉，現改今題。

附錄

應用流行理論是一種「偷懶」的行為

近年來台灣的現代文學研究，頗有單一化的趨勢，其現象令人憂心，我願藉此機會略抒己見，希望引發有心者的注意。

現象之一：研究者於論文發端，必稱引一種或數種理論，略加闡發，並稱，其論文將以此種理論為依據，以分析文本。而細究其後之文本分析，實與其所稱引之理論並不甚合符節，甚或全不相符。至結論時，則又回到理論，似其文本分析已證明與此一理論符合矣。

現象之二：研究者所稱引之理論相對集中，似乎大家所關心者為此數種而已，如後現代、巴赫金、性別、女性主義、後殖民等。究其實，一般似以理論之風行於台灣學界之情形而決定自己已「喜歡」此一理論。所以，閱讀論文既多，常覺有重覆之感。

我曾問一研究生，為什麼非使用理論不可，他答曰：不用理論，不知如何寫論文，且人家亦將懷疑論文是否有價值。我又問另一研究生說：你真了解你所應用的理論嗎？在我逼問之下，他有點心虛的回答：其實並不完全理解。我又問：那如何能用？他曰：大家都用，不然，我要怎麼辦？

我的感想是：研究生所謂理論，不過把現在著名學者所用而引發大家注意的「理論」，稍加整理歸納，並以此種架構來分析文本而已。事實上，文本尚未仔細分析，其架構已定，結論似乎早就可以推想而知了。我很懷疑，研究生是否潛心於理論原始文本（即便是翻譯的文本），浸淫其中，真正領會其意旨？

反過來說，研究生也未全心全意的閱讀作品文本，細心體會，以得出自己對於作品的「特殊印象」。在閱讀文本之前，他們已先有一些理論性的概念，事實上他們是以這些概念在作品中「搜求」資料，以便納入既有的理論架構。因此，他們並沒有真正的「進入」文本之中。

所以，所謂應用理論研究作品，其實是一種「偷懶」的方便法門，既沒有

真正了解理論，也沒有真正細讀作品。只不過是把「作品」貫入流行的「理論」架構之中而已。這樣的研究，當然令人生厭，因為這並沒有「研究」出什麼東西。

現在，我暫時用流行術語，把作品（文本）之間的關係略加分析：

語境 A　　語境 B　　語境 C

文本甲　　文本子　　文本 1

文本乙　　文本丑　　文本 2

文本丙　　文本寅　　文本 3

每一個時代的文本，產生於同一環境，以前叫「時代背景」，現在叫「語境」。同時代的文本之間可能互有影響，或互有關涉，現在叫「互文性」。前一個時代（語境 A）的文本與後一個時代（語境 B）的文本也可以有影響或互涉關係，所以，也可以有「互文性」。如果我們把這些特殊的「語境」和「互文性」通通切斷，而只選用一些文本，用一種理論架構切入，這樣，就算了解作品（文本）了嗎？

譬如，學者動輒使用「現代性」，我有兩個研究生都是研究六〇年代現代文學的，他們也使用「現代性」理論。我跟他們分別談了許久都談不通，最後，我把我了解的六〇年代中期（那時我在台北讀高中、大學）的台灣社會和台灣文壇說了一些給他們聽，他們都大吃一驚。他們是以「現在」去了解「六〇年代」，不知「六〇年代」初、中期現代化在台灣才開始不久。他們讀了一些資料之後，竟不約而同的問我，當時的「現代性」是什麼？我只好說：「那正是我要問你們的問題」。換句話說，他們當然聽過「語境」這一術語，但「語境」所涉及的複雜的歷史變化問題，他們一點也沒有具體思考過。

又譬如，五〇年代有所謂外省籍作家的「懷鄉」文學，六〇年代有白先勇、劉大任的外省人在台北的小說，進入八、九〇年代以後，外省認同小說愈來愈多。但當我們把這一切都歸入「離散」的觀念之下的時候，它們的語境的差異，互文性的複雜狀況一律被抹平，而只剩下「離散」這一概念，整個複雜

難解的現象就被「簡單化」了。

所以，在我看來，現在流行的所謂應用理論研究文學，事實上是一種極端「偷懶」的行為。它只需用歸納一下某一理論在台灣被某名學者說出來的情形，稍加改造，或者不加改造，再「套入」被選定的一些作品中即可。在這裡，所謂的語境、所謂的互文性（這其實是複雜的歷史現象）就不必用心去加以理解了。我們與其說，他在「用理論」，不如說，他被「流行觀念所用」，一點也沒有自主性。

我認為，用心研究過文本所產生的歷史情境，用心思考過文本的特殊性（時代感性、美感經驗）的人，是不能這樣使用理論的。這也不是真正使用理論的「正確」方法。

《文訊》243 期，2006 年 1 月

西方文學翻譯在台灣

　　一九一七年以後產生於中國的新文學和舊文學（現在已習稱為古典文學）之間的最明顯的差異，當然是在語言方面：新文學使用白話，舊文學則以文言為主。但實際上，新舊文學在本質上的差別恐怕還不在語言，而在於形式（以及伴隨形式而來的內容）。譬如新詩，基本上是以西洋詩為模範而用中國白話創作出來的。又如現代小說，雖然它跟古典小說（如《水滸傳》、《紅樓夢》等）具有藕斷絲連的關係，但和西方近代小說的聯繫卻更為直接而明顯。我們或許可以說，西方文學是中國新文學在表現形式上最大的泉源。

　　從這裡就可以知道，西方文學的介紹與翻譯，在新文學形成期的重要性：翻譯作品越多，新文學作家所憑藉以學習、成長的資源就越豐富——我們不能寄望於每一位有志於創作的年輕人都要先學會至少一種外文，而只能寄望於更普及化的翻譯。新文學的倡導者都非常清楚地了解到這方面的問題，譬如胡適就曾經有過大規模翻譯西方文學名著的構想。

　　由於中國接連不斷的戰亂，以及隨之而來的經濟惡化，一九一七至一九四九之間三十餘年的翻譯總成績並不理想，如果跟鄰近的日本相比，更是瞠乎其後。不過，三十年的累積，多少也有了一點成果。我們只要稍微考慮一下這種問題：如屠格涅夫對中國現代小說的影響，或者蘇聯革命小說對中國左翼小說的影響，就可以了解到這些翻譯成果跟中國新文學發展的密切關係。

　　就戰後台灣現代文學的處境來說，西方文學翻譯的重要性一點也不下於新文學發展初期。這至少有兩個重要原因：首先，由於對所謂附匪作家及陷匪作家的禁忌，四九年以前新文學的絕大部分作品，長期不能在台灣公開流傳（其中一部分是絕對不能流傳的），這使得新進作家無形中減少了許許多多學習的對

象，只能以外國作家作為主要的模範。其次，戰後的台灣文學界，從五○年代中期開始，逐漸崇尚西方的現代主義文學。而西方現代主義的作品，由於時間接近和風格殊異（不同於寫實主義），剛好是四九年以前的翻譯界用力最少的一環。因此，從一般情理上來看，就有必要大量翻譯這類作品，以補足文學青年在學習階段的需求。

但是，縱觀戰後的台灣文學界，西方文學的流傳與翻譯，卻反而是最不受重視、最成為問題的一個方面。一般人也許到現在還沒有充分注意到，但實際上應該加以正視。以下想從三個方面來討論，即：一、對翻譯作品的態度，二、十九世紀及其以前的西方文學翻譯的流傳，三、現代作品的翻譯；希望藉此突顯出西方文學翻譯在台灣文學界的特殊狀況及其對創作的影響。

一

在一九六○年代以前，由於台灣經濟並未完全復甦，政局也不十分穩定，文化發展的條件並不十分良好，西方作品的翻譯（新譯）相當少見，出版的文學翻譯幾乎全以重印四九年以前的譯本為主（關於這方面的問題，詳見下一節的討論）。

從戰後台灣文學的發展角度來看，翻譯方面第一個重要事件是《現代文學》雜誌的創刊。《現代文學》雜誌的同仁，主要是當時還在台大外文系讀書的學生。他們把剛接觸不久的西方現代作品，以「作家專號」的方式，一期一期的推出。可以說，這是戰後台灣文學第一次較有意識的介紹西方現代作品。

但是，《現代文學》雜誌所進行的這一項工作，並沒有持續多久，大約從十五期以後，我們就很少看到外國作家專號了。最令人感到意外的是，最能掌握外文（其實主要是英文），並引進現代主義為目的的外文系作家，逐漸出現一種反對翻譯的聲音。

據說，《現代文學》雜誌的「作家專號」設計，出力最多的是王文興；但奇怪的是，在六○年代中、後期，王文興已很明確的反對翻譯，認為讀外國作

品應當以原文為主（當時王文興可能還沒有仔細思考過，怎能經由英文讀卡繆、卡夫卡等非英語作家的問題）。

當時的王文興在表達意見時的偏激態度也許比較突出，但台灣外文系出身的作家和學者（這是六〇年代對文藝界最具影響力的「專家」）一般反對翻譯，恐怕是不爭的事實。不論他們反對的理由為何，這種態度的影響是可以想見的。老實說，六〇年代台灣知識界普遍的英文水準（不要說其他外文了）並不好；在這種情形下還要求有志創作者直接從「原文」學習，實際上等於極端限制了他們的閱讀空間。台灣發展出來的所謂「現代主義」後來出現種種的問題，我想，沒有好好閱讀西方作品，因此並未十分了解什麼是「現代主義」，也許是一個非常重要的原因。

跟反對翻譯有關聯的是，翻譯者的地位沒有受到尊重——台灣文藝界一直沒有把他們像小說家、詩人一樣，當作「翻譯家」來加以尊稱。與此相反的是，四九年以後的大陸，一如四九年以前一樣重視翻譯（甚至還更為重視），以翻譯「名」家的人，也一樣被當作文壇名人（傅雷就是最好的例子）。七〇年代末期我個人曾經在書店碰見一個翻了不少西方現代小說的譯者，當我說出景仰之意時，他對他的「被人尊重」似乎還有不好意思（或不願意）承受的態度。到現在，我們好像還把「譯者」看作搞翻譯賺錢的人，而不是當作「翻譯家」。

即使光從賺錢的角度來看，翻譯的稿費到八〇年代之前一直遠低於其他稿費。從出版者的立場來說，翻譯的「品質」並不是報酬的主要標準，譯者大多只能以「趕譯」、「多譯」來「賺錢」。在這種情形下，已經並不多見的「譯本」，當然很難再要求翻譯的水準了。（大陸譯者的稿酬雖然還是比創作者低，但距離並不大；而且他們所實行的版稅制度，還可以使名譯者因銷量大而多得稿酬，因此名家都珍惜自己的名聲，態度相當慎重。）

翻譯及翻譯家在台灣文壇一直沒有得到尊重，從這裡就可以想見這四十年來翻譯作品的數量和品質了。

<h1 style="text-align:center">二</h1>

戰後台灣社會對西方文學翻譯的某些偏差態度，還可以從舊譯的重印以及重譯（或者說根本不重視重譯）看得出來。

四九年以前所翻譯的西方文學作品，主要以十九世紀的小說為主（特別是寫實小說；二十世紀初期的同類型作品翻譯出來的也有不少）。一直到六〇年代中期，台灣所能看到的西方作品，幾乎全是這些舊譯本的重印（現代主義作品的翻譯，差不多只能在流傳不廣的文學雜誌上看到）。

六〇年代中期之前的「舊譯重印」有幾個特色：首先，幾乎全是據舊版影印，極少重排；其次，原來譯者的名字要不是全被略掉，就是隨便找個名字來取代原譯者；第三，出版者大都是倏起倏滅的業者，常常只出了一、兩批書就關門，很少有延續性。

這些出版者裡面，最為突出的可能要屬新興書局和啟明書局。新興所影印的《戰爭與和平》（高植譯本？）、《安娜·卡列尼娜》（周揚、謝素台譯本？）、《塊肉餘生錄》（許天虹或董秋斯譯本？），長期以來是台灣讀者閱讀這三大部小說的唯一來源，其後還成為其他書店據以重排的「祖本」。啟明書店編了一套「莫泊桑小說集」，包括十本中、短篇集，和兩個長篇（《一生》和《人心》），主要取材於李青崖的各種譯本。其他如大眾書局、春秋書局、文友書局、光明出版社、文光圖書公司等，都先後影印了不少舊譯本。

這些影印本的封面設計，大都模仿巴金的文化生活出版社，白皮封面，中間書名黑體大字，或黑框白字，還算「美觀大方」。他們所據的祖本，在排印上頗花工夫，閱讀起來不太吃力，比起後來密密麻麻的重排本要好得多了（即使最為講究的遠景《世界名著》本，字也嫌小）。高中時代，我在牯嶺街舊書店搜集了不少，我寧可讀這些「影印本」，而不願購買後來的各種重排本。

早期這些影印本，綜合起來看，其重印範圍也要比後來的重排本大得多。譬如，文友書局的《玖德》（哈代著，即《無名的裘德》），後來從未見有人重排出版過。又如春秋書局所出的各種巴爾扎克小說（種類不少），即據上海海燕

書局的高名凱譯本重印,這一譯本,即使在現在的大陸也難得見到。

早期這些「盜版商」所犯的「罪行」,我們現在很容易的可以加以「指正」。譬如,他們任意的拿掉譯者的名字,或者有意的張冠李戴,甚至假造「譯後記」。最糟糕的是,連書名也改換,如哈代的《歸》改成《迷惑》、《黛絲姑娘》改成《火石谷》。不過,在五〇年代,這些「罪行」都是可以原諒的,畢竟政治的禁忌太嚴了,誰也犯不著為了賺幾文錢而去冒生命的危險。反過來說,倒是由於他們的「海盜行為」,五〇年代成長的一代文學青年才能夠在當時的文學沙漠中吸取不少養料。綜合來看,五〇年代這些出版商是有他們的貢獻的。

大約從六〇年代中期開始,台灣的出版商逐漸以重排的方式來取代影印。早期這一方面的工作,可能以正文書局最為突出。其他書店所重排的世界名著,種類大都不多(五十種就算不錯了),正文書局的「高水準讀物」的編號卻遠超過一百種。但是,正文書局的重排本卻可能是最糟糕的一種,字排得又密又小。不過,由於它重排的時間最早,出版的冊數最多,在六、七〇年代之交,讀過它的書的人也可能最多(我個人在當時能夠閱讀屠格涅夫所有的六部長篇,可說完全受賜於正文書局)。

重排舊譯的局面到了七〇年代有了較為重大的轉變,這主要歸功於志文出版社與遠景、遠流出版社。志文出版社的《新潮文庫》開始於六〇年代中期,原來主要是出版當時台灣知識界流行的西方學術、文學名著的譯本(這一方面的情況,詳下節所述)。七〇年代以後,志文的出版方向轉為兼容古典名著的譯本。剛開始的時候,志文進行了一些新譯工作,譬如請鄭清文由日文轉譯普希金的「詩體小說」《尤金·奧涅金》,以及契訶夫的短篇小說選集《可愛的女人》。我沒有把志文的古典名著譯本清查一遍,細數它所完成的新譯工作。不過,可以說,以前雖然有一些古典名著的零星新譯本,志文卻可以說是戰後台灣出版界有心對西方文學古典名著進行新譯的第一家出版社。它的品質也許有待斟酌(大都透過英、日文重譯),不過,在當時確實擴大了讀者的閱讀空間。

但是,更重要的是,志文還「秘密」進行了一項工作:尋找一些四九年以

後在大陸出版的新譯本或修訂譯本，在台灣重排出版。一般而言，四九年以後的大陸譯本大都優於四九年以前的譯本（在語文方面，大都從原文翻譯，不重譯），把這些成果呈獻給台灣讀者，不能不說是一種貢獻。在當時的政治環境下，志文當然不能明講；不過，由於它的聲譽，很少讀者會懷疑到志文的「海盜」行為，還以為是「新譯」。同時，志文還做了一項值得批評的工作：把大陸的原來譯文擅自更動；既不標出原譯者姓名，又擅改他人譯文，不得不說是過度「僭越」了。

　　為了「徵信」起見，我且舉一兩個例子：果戈理的《狂人日記》題為「李映荻等譯」，實際上是把大陸滿濤的譯本（人民文學出版）加以「修改」而成；托爾斯泰的《高加索的故事》和《塞瓦斯托堡故事》題為「林岳譯」，但事實上是草嬰的譯文（上海譯文出版）；又，題為「陳文瑞譯」的《普希金小說選》，應該是巴金的太太蕭珊的譯文（人民文學出版，我還沒核對過）。這些「揭發」並不一定是為了批評，就我個人而言，我能在兩岸交流之前就讀到這些嚮往已久的舊俄作品，對志文還是心存感激的。而且，就台灣的「出版史」而言，志文也的確改變了光是重排四九年之前舊譯的局面，在拓展文學讀者眼界方面仍有其不可磨滅的貢獻。

　　遠景出版社和遠流出版社在七〇年代後半所進行的工作和志文出版社有些重疊，但仍有其獨自的貢獻。遠流出版社在當時搜集了陀斯妥也夫斯基小說的舊譯，有系統的加以重排；遠景出版社的《世界名著》叢書，在重排舊譯方面範圍更為廣闊。我們可以說，把西方古典名著的出版，在排印和印刷方面提高了很大的水準，這不能不歸功於遠流，特別是遠景。

　　遠景的沈登恩曾經誇口說，他的《世界名著》叢書和《諾貝爾文學獎全集》都是新譯，這是不合乎實情的。《世界名著》主要還是舊譯重排，其他還有少部分「秘密」使用四九年以後的大陸譯本（如《奧德賽》用楊憲益譯本，《伊利亞德》用傅東華四九年以後的重譯本，《坎特伯里故事》用方重譯本——志文版也是）。不過，可以承認的是，《世界名著》裡面的確有不少新譯，如孟祥森、宋碧雲、黃文範等人所譯都是，就比例而言，確實高過以後的任何出版社（除

了志文）。至於《諾貝爾文學獎全集》，雖然主要是新譯，但「偷用」的大陸譯本也有一些：如蕭洛霍夫的《靜靜的頓河》、托瑪斯·曼的《布登勃魯克家族》、阿斯圖里亞斯的《總統先生》等（如果仔細核對，也許會發現比想像中的來多得多）。

志文和遠景的「秘密」使用大陸譯本，可以看到台灣出版界的轉型。等到八〇年代兩岸交流開放以後，這種趨勢更是明顯；八〇年代的台灣出版家已經可以毫不諱言的出版大陸的譯本，並且公開標出譯者。最近的幾個例子也許表明，西方文學翻譯在台灣的出版已經進入一個新時代：大陸剛出版了普魯斯特的名著《追憶逝水年華》，聯經出版公司就取得版權在台灣印行；又，金堤所譯喬伊斯的《尤利西斯》，由大陸的人民文學出版社和台灣的九歌出版社在兩岸同時發行（大陸同時還出現蕭乾、文潔若夫婦的合譯本）。另外，桂冠圖書公司正在印行一系列世界文學名著譯本，印刷水準極佳（遠勝於遠景版），其中一半以上採用大陸譯本（我個人曾經跟出版社大力建議過）。總之，在可見的未來要出版西方文學翻譯，如何去尋找一個最佳的大陸譯本，恐怕是需要面對的重要問題。

綜合而言，戰後台灣所翻譯的西方文學古典名著（指二十世紀以前的作品）種類相當有限（其中以志文、遠景兩家為最多），出版的絕大部分是舊譯重印。但是，一方面重印的範圍也嫌小，另一方面這些舊譯本水準參差不齊，而且其中大部分是轉譯本。四九年以後，大陸在文學翻譯的工作訓練上相當花工夫，譯者的文學修養和語文能力（要求以原文為主）有很大的進步。一般而言，著名的作品都重譯過（少數是修訂過），新譯的更是不少。就提昇台灣所見的西方翻譯作品的水準而言，全面而有計畫的選用大陸優秀的現有譯本，恐怕是必要而無可避免的。

三

最能暴露台灣翻譯界的問題的，也許還在於西方當代作品的翻譯。正如本

文第一節所說，台灣對於現代主義作品的翻譯，主要是以《現代文學》雜誌開其端。但事實上，《現代文學》雜誌早期（十五期之前）的外國作家專號，每期篇幅不過二、三十頁，所能容納的作品非常有限。除了《現代文學》之外，六〇年代中期之前所譯介的現代作品，基本上也都刊於銷量相當有限的同仁詩刊或文學刊物，同時所介紹的作品數量也很少。

六〇年代中期以後，由於志文出版社《新潮文庫》的創設，單行的當代西方作品才比較容易找到。後來再加上水牛、晨鐘、牧童等小出版社，又增加了一些譯本。在遠景的《世界名著》叢書中，也收了一些以前沒有翻譯的作品。綜合而言，台灣對於西方現代作品翻譯、出版的「高潮期」約在六〇年代中期至七〇年代末。

對於當時台灣流行的外國當代作家，如喬伊斯、勞倫斯、沙特、卡繆、卡夫卡等，這些翻譯事實上只包含他們作品的一小部分。但更嚴重的是，除了這一小部分作家之外，我們再也看不到其他外國作品了。譬如，在川端康成得諾貝爾獎、三島由紀夫自殺之前，我們基本上不知道有這兩位小說家。又如，在馬奎斯得諾貝爾獎之前，我們在市面上找不到他任何小說的譯本（或者只有志文或遠景的一種譯本，記不清楚了）。

為了讓大家了解三十年來台灣翻譯西方當代作品的「總成績」，我想拿近十年來大陸在這方面的翻譯來做比較。我們先看六〇年代在台灣最風行的沙特、卡繆、和卡夫卡。我們所翻譯的沙特有：長篇小說《嘔吐》，短篇小說集《牆》（見志文版《沙特小說選》，似未全譯），以及兩三個劇本。大陸方面，就我所知，有《嘔吐》、《牆》、沙特主要的八個劇本（不包括改編的；見人民文學《沙特戲劇選》），同時至少還有長篇三部曲《理性的年代》。卡繆台灣翻的最全，三部長篇及一個短篇集全譯出來，另外還譯了至少兩個劇本；這些大陸也都譯了出來。在卡夫卡方面，我們譯了他的兩個長篇《審判》和《城堡》，以及非常不完整的兩、三個短篇選集；在大陸方面，長篇除了《審判》和《城堡》外，還譯出了《美國》，至於短篇，幾乎全譯出來了，此外還有好幾本書信、日記選，現在他們正在預備出版《卡夫卡全集》。更值得一提的是，大陸

的翻譯大多從法文、德文原著而來，不像台灣只能從英文轉譯。

英國最重要的兩個小說家，在喬伊斯方面，我們譯了《一個青年藝術家的畫像》和《都柏林人》，大陸除了這兩本之外，現已全譯了最重要的《尤利西斯》，而且有兩個譯本（已見前述）。至於勞倫斯，我們只譯了三個長篇《兒子與情人》、《戀愛中的女人》，及《查泰萊夫人的情人》，以及幾本短篇小說選集；大陸方面，單是北方文藝出版社的一套《勞倫斯選集》（六卷），就包含四個長篇（以及一卷中篇小說選，一卷書信選）。據我個人所知，勞倫斯的所有長篇只有一、兩部未譯，他的著名中篇都譯出來了，而且大陸兩、三種較大型的中、短篇選集所收的作品，任何一種的篇數都要大過台灣幾個選集的總和。

另外，據稱是本世紀最偉大小說的《追憶逝水年華》（法國普魯斯特），台灣從未碰過，大陸已出了七卷的全譯本。又，另一個重要小說家，德國的托馬斯·曼，台灣只譯了三個著名中篇（志文）及長篇《魔山》（遠景）；大陸除了《中短篇小說選》（共收十八篇），還譯了長篇《布登勃魯克家族》、《魔山》（兩種譯本）、《綠蒂威瑪》以及《大騙子克魯爾自白》。

就詩人而言，台灣最崇拜的兩位現代作家艾略特和葉慈，大陸所出的兩部詩選《四個四重奏》和《麗達與天鵝》（漓江出版社），所選譯的作品數量都要遠超過台灣的零星翻譯，大陸其他散見的翻譯就不用提了。只有里爾克，由於李魁賢個人的長期努力，其所累積的成果總算遠超過大陸（據說大陸的綠原已經譯完里爾克的全部詩作）。

以上只是就台灣最熟悉的幾位作家而言，如果擴大到全面來看，兩岸的差距就更遠了。且舉幾個例子來說明：大陸的漓江出版社也出諾貝爾文學獎全集，但他們每一個作家的作品集所收的作品和篇幅，幾乎都比遠景版多一倍以上。譬如漓江的卡繆卷就收了全部三個長篇、一個短篇集，再加《西緒福斯神話》；又如馬丁·杜·加爾，遠景只收了一個早期較短的長篇，而漓江則譯了他的四大冊名著《蒂博一家》；漓江的奧尼爾卷收了六個劇本（包括台灣單行的《長夜漫漫路迢迢》——大陸譯為《進入黑夜的漫長旅程》）、川端康成卷收了他最

著名的三個長篇《雪國》、《古都》、《千鶴》，如此等等。

　　大陸為了彌補以前不重視當代西方作品的缺陷，在社科院文學所的策劃下，由人民文學和上海譯文兩家最重要的翻譯出版社負責出一套兩百種《二十世紀外國文學叢書》。按我個人的收購與估計，目前至少已出一百二十種至一百五十種左右，其中許多作品根本不為台灣所知（特別是蘇聯、東歐的作家）。另外兩套小規模的叢書也許更可以看出大陸翻譯當代作品的廣度：漓江出版社和安徽文藝出版社計畫聯合出版《法國二十世紀文學叢書》五十六種，目前至少出了四十種以上；又雲南人民出版社的《拉丁美洲文學叢書》，據我估計，可能也已出了三十種左右，如果再加上其他出版社的譯本，大陸所出的拉丁美洲小說可真是洋洋大觀。

　　在台灣所譯的西方文學作品，以二十世紀居多，所以我特別在這一節舉出大陸十多年來的成績作比較。如果再擴大到二十世紀之前，那就完全不能相比了。譬如大陸已出十七卷本的《托爾斯泰文集》、二十四卷本的巴爾扎克《人間喜劇》全集、十二卷本的《屠格涅夫全集》、九卷本的《陀斯妥也夫斯基選集》、十卷本的《契訶夫文集》、八卷本的《易卜生文集》等等。大陸在這方面所花的工夫和所得的成績，台灣了解的太有限了。

四

　　西方文學作品的流傳與翻譯，對戰後台灣文學的創作具有相當重大的影響。從廣度來說，台灣的一般知識界對於西方文學的知識與閱讀實在太有限了。古典文學的部分，我們所能看到的就是一些老譯本一再重印；現代文學的部分，即使到了六〇年代末期，我們所譯的實在少得可憐。

　　就品質而言，古典文學的老譯本有很多是具有重大缺陷的。首先，中文的譯文常常太歐化，對讀者的「語感」產生不良影響。其次，早期譯者的外國語文能力參差不齊，了解得不是很充分，有不少還是從英、日文轉譯的。在這方面，我想舉兩個例子。早期譯的陀斯妥也夫斯基的《罪與罰》，譯筆不佳，內

容可能也有許多問題；我後來抽讀了大陸所出從俄文直接翻譯的兩個新譯本，實在遠勝於台灣的流行本。又如，台灣流行的《包法利夫人》，原為李健吾譯。李健吾為留法的法國文學專家，學養、文筆都不錯，但卻以浪漫情調來譯這本小說，把福樓拜的風格譯的「走味」了（我大學時代即曾聽王文興在課堂上如此批評過）。大陸現有的三種新譯本，文筆也許比不上李健吾，但風格顯然較接近原著。

在這方面，我對台灣所譯的西方現代作品更為懷疑。老實說，許多譯本其實是根據英譯本現學現賣，譯者是否對原著已經完全能體會、掌握，我實在不敢肯定。現代主義作品基本上不好懂，有些譯本我看了好久還是無法體會，除了自己修養太差之外，有時也不免懷疑譯者的水準（就我個人經驗而言，我讀過的大陸譯的勞倫斯，就比台灣譯本好懂得多；卡夫卡作品也是如此）。

我曾經跟一些朋友、學生誇讚大陸的翻譯，他們常常以懷疑的口吻問我：大陸雖然譯得不少，但品質可靠嗎？（好像大陸一切都很落後）面對這種質疑，我常又生氣、又好笑。我曾讀過大陸目前最有名的義大利文學專家呂同六的文章，談到他如何把義大利文學的研究與翻譯結合在一起。基本上，沒有經過相當研究的作品，他不太敢接下來翻譯（他因此拒絕了重譯《十日談》的邀請）。大陸的名譯者一方面對他翻譯的範圍素有研究，一方面外文底子好，譯出來的東西都有相當水準（當然也不能否認有較差，甚至很差的譯者，特別是在八〇年代逐漸商業化以後）。

我最深有所感的是大陸對西洋詩的翻譯。大陸名家所譯的普希金、雪萊、哥德、海涅，我都讀過一些，才逐漸了解台灣受艾略特影響，不太讀浪漫詩人的作品，對西方浪漫詩人的認識實在太有限了。更重要的是，我所讀的大陸譯的西方現代詩，不論質、量，都遠勝過台灣。這更增加我一向的懷疑：六〇年代的台灣文學界，對西方現代詩的認識實在大有問題。

從翻譯作品的流傳來看，台灣文學界的養成教育真是值得檢討。如果在成長階段，沒有閱讀過相當數量的優秀的外國文學作品，我們如何寄望整個世代的文學青年對文學作品會有深刻的體會呢？如果一個人對作品的好、壞都不太

容易分辨，我們如何盼望他創作出好的作品呢？如果他對西方現代作品所知不多、了解又有限，我們如何判斷他所提倡的「主義」是否該加以接受呢？

　　從養成教育的觀點來看，西方翻譯作品在台灣的種種樣態，足以反映台灣文學界體質的不健全。

　　台灣文學發展現象：五十年來台灣文學研討會論集（3），1996 年 6 月

補記：本文遺漏了顏元叔主持翻譯的《西洋現代戲劇》叢書（至少出版二十多冊），承講評的彭鏡禧教授提醒，謹此致謝。

輯三
個人的反思

一九六○年代的台灣「現代化」文化
——基於個人經驗的回顧

　　一九四五年日本戰敗，台灣重歸祖國懷抱。一九四九年，國民黨在內戰中潰敗，由於美國干預中國內政，國民黨政權確立了在台灣的統治。在五○年左右，一批大陸文人隨著國民黨到達台灣，但是，真正對戰後台灣文學的發展方向起著決定性作用的，卻是當時大多還在十歲左右（生於三○年代後期）的小學生和初中生。他們主要是在國民黨的體制下完成中學、大學教育，並在六○年代逐漸成為台灣當代文學的中堅。這一代最主要的代表是小說家白先勇、王文興、陳映真、黃春明等，詩人余光中、洛夫、瘂弦、楊牧等。一直到現在，台灣評論界仍然承認他們的影響與地位，雖然他們之中的大多數人如今大半已停筆了。

　　五○年左右，國民黨為了確立它在台灣的統治基礎，展開了幾個重大行動。首先，它在台灣進行大整肅，對公開的、以及潛藏的「傾共」分子，不分省籍的加以逮捕，有的槍決，有的關押。據至今殘存的左翼老政治犯私下估計，當時（1949-1952）約有四千人被槍斃、八千人至一萬人被處各種徒刑（包括無期徒刑）；被秘密處死的（這些主要是外省人、特別是軍人）則無法估計。這一大規模的白色恐怖，使得其後二十年間台灣知識分子噤若寒蟬，談政治而色變，也使得各種具有社會主義傾向的書刊和言論，在二十年內幾近絕跡。

　　其次，國民黨下令，凡一切「附匪」（共產黨員及同路人）、「陷匪」（人在大陸）作家、學者的作品、著作一例列為禁書，這就使得台灣的知識分子在二十多年間幾乎讀不到什麼現代文學作品、以及現代學術著作。朱光潛的《文

藝心理學》長期不標作者姓名出版,外國文學只有完全不涉及政治的可以印行;三〇年代文藝只能往舊書攤找,但在這裡,沒有人敢公開擺放魯迅、茅盾、郭沫若等人的書,只能偷偷的買,而且還極難找到（大部分老板不願冒身家性命之險來賣）。因此,台灣年輕一代的文學教育基礎是極其貧乏的。

國民黨官方唯一鼓勵的是「反共文藝」,文學作品以宣傳「反共」為最大目標,並設立各種文藝獎來加以鼓勵。結果是,不久之後,「反共八股」的名稱就已出現在一些評論中。除了為獲得獎金,以及博取國民黨歡心,因而謀取好職位之外,「反共文藝」在提倡不久,可說已很難得到一般人的認同。

文藝的復甦是在國民黨中的自由主義派的倡導和小規模扶持之下悄悄進行的。譬如,雷震主持的《自由中國》的文藝欄,以及台大外文系教授夏濟安主編的《文學雜誌》。自由派在支持「反共」政策的前提下,希望文學走「純文學」的路,不要淪為政治宣傳。

在當時的情勢下,這種自由派的文學主張逐漸走向西方現代主義文學的方向是容易解釋的。以前的中國現代文學作品絕大部分被禁,以前所翻譯的外國文學只有完全不涉及政治的才有人敢於翻印,但這些作品（主要是十九世紀的小說）雖然可以引發閱讀興趣,卻不容易成為學習的對象。相比之下,基本上還很少翻譯、必須透過英文去閱讀的外國現代小說就成為最主要的選擇。這些作品,技巧創新,又幾乎不涉及政治,完全可以放心學習。

國民黨在大整肅之後,又實行土地改革,並推行經濟的現代化,這一切主要是在美國指導下進行的。「現代化」逐漸成為知識分子的思想指導,在此之下,「現代文學」也就有點荒謬的和「現代化」掛上鉤,逐漸成為風尚了。

不過,國民黨雖然在經濟上「現代化」,卻不鼓勵思想上「現代化」,因為它是跟所謂「自由」、「民主」連鎖在一起的。國民黨在教育體制中提倡的是「中國文化」,其實就是中國文化中最合乎「封建道德」的那一套,這完全不能吸引青年知識分子。知識分子嚮往的是「現代化」,「自由」與「民主」,這些成為國民黨政權在五〇年代後期、六〇年代前期最大的潛在敵人。嚮往「現代主義文學」的年輕一代,其實是把他們的文學傾向和「現代化」、

「自由」、「民主」有意識、無意識的連接在一起的。就這樣,當六〇年代宣揚自由主義、不遺餘力的反傳統的《文星》雜誌創刊時,現代主義文學已經在年青知識分子之中取得了文學上的「霸權」。而在五〇年代成長起來的這一類型作家,也終於為戰後的台灣文學確立了主要的風貌。

以上是對一九六〇年代台灣文學的政治、社會背景所做的簡單描述,以下講我個人在六〇年代的成長經驗。

一九六〇年七、八月間,我們家從台灣南部嘉南平原上一個極小的村落,遷移到台北市。我(當時十二歲)不久即進入賃屋附近的小學就讀,完成最後一年(六年級)的小學教育。一年後,我很幸運在台北市的聯考中,考上最好的初中大同中學。再過三年,我又在聯考中考上台北市最好的高中建國中學。在高中這三年,從一九六四年九月到一九六七年八月,我才初步接觸到台北市精英知識分子文人圈的一點皮毛。

我所生長的農村,幾乎完全沒有文化氣息。我母親沒有受過任何現代教育,父親接受了日本的小學教育,會講簡單的日常會話的日語,光復後還學會了簡單的國語(普通話)。據我所知,他的文化程度大概僅能勉強閱讀報紙、曆書和相命書。我在鄉下時就很喜歡讀書,但除了學校課本外,完全無書可讀。我只能從收音機收聽歌仔戲和布袋戲,只有那裡面的故事才能滿足我的求知慾。

在台北市讀最後一年小學和三年初中時,我所能發現的唯一的課外讀物,就是舊章回小說,那裡面講了很多歌仔戲和布袋戲聽得破碎不全的故事,還有更多沒聽到的故事。我們那個貧窮的移民圈,沒有一個長輩有能力告訴我,那些書不值得讀。初中時,我意外發現了《東周列國志》和歷朝通俗演義(很久以後才知道是蔡東藩編寫的),這樣,我閱讀的歷史就提升了一級。我曾經長久瞪視著學校圖書館玻璃櫃中的二十四史,因為管理員跟我說,這些書是不能借的。

就這樣,進入建國中學前,我只有三種知識:教科書、國民黨的宣傳教育(反共抗俄、三民主義、復興中華文化等;這些都是在學校學到的),還有,通俗中國

歷史（章回小說、歷朝演義）。

建國中學滿足了我的旺盛的求知慾。圖書館有相當大的閱覽室，陳列各種雜誌，我幾乎每天中午午休時間都會去隨便翻閱。圖書館的書相當多，可以外借（大同中學三年，我沒有從圖書館借過一本書，事實上也沒多少書）。雖然一個星期每一年級只能輪到兩次（三年級只有一次），雖然當時借書很不方便，要查卡片，要填借書單，要排隊等書等等，有時候還沒等到書，上課鐘已響了，但我還是熱心借了很多書，不過很少讀完，因為想摸到更多的書。

對我來講，最為重要的是，我開始接近台灣精英文化圈的邊緣（這是後來回顧得來的印象，當時的我很遲鈍，沒這種感覺）。高二時，一個同學帶我到美國新聞處。美新處就在建中旁邊，閱覽室極寬敞舒適，又有冷氣（在當時的生活中，冷氣極難得），還有美輪美奐的美國大百科和各種英文雜誌。進出裡面的人百分之八十是建中的學生。我的同學顯然把這裡當樂園一樣看待，我後來才了解，建中較活躍的學生，在那時就已是「美國迷」了。

建中和我的某些同學對我最大的啟蒙，是讓我知道《文星雜誌》和《文星叢刊》。《文星雜誌》一九六五年十二月被國民黨查禁，之後我才知道這個雜誌，所以根本看不到。但人家告訴我要看李敖的《傳統下的獨白》，我看了，很受刺激，記得裡面一句很有名的話：占著毛坑不拉屎，罵一些知識界的名人，年紀那麼大了還不退休（我記得主要罵李濟和沈剛伯）。這一篇名文叫〈老人與棒子〉，登在《文星雜誌》一九六一年十一月號上，讓《文星雜誌》一炮而紅。我還記得，李敖的書上還大聲宣告，要「全盤西化」。他說，要西方文化，不能挑著要，只挑好的，不要壞的，這不可能；要西方文化，連西方梅毒也要，這樣，才學得到。說，要兼收中、西文化的長處，這是騙人，根本不可能。我接著又讀李敖的《胡適評傳》第一集（後來沒出續集），這才真正接觸到五四新文化運動（當然，這是胡適觀點的五四運動；左派觀點的五四運動，十多年後才知道）。

李敖對我們那一代的意義是非比尋常的。從一九五〇年起，國民黨完全控制了台灣的教育、文化、出版和新聞。官方所宣傳的就是反共復國、復興中華

文化和三民主義，一個人到了高中，再也不能滿足於這樣的思想範圍，凡是有朝氣、有求知慾的人，都有一種說不出的壓抑感。李敖的文章像一顆炸彈一樣，炸開了我們心中的堤防，讓我們想要往外追求一些新的東西。記得當時的《建中青年》登過一篇學長的文章，叫做〈液態空氣時代的思想〉，說台灣的文化界就像凝固的液態空氣，需要一點火花讓它炸開，好讓空氣流動起來。這篇文章說出了我們那些高中生的苦悶和希望，而李敖就是我們需要的火花。

《傳統下的獨白》和《胡適評傳》都編在《文星叢刊》中，於是我開始想盡辦法存錢購買《文星叢刊》（那時候家裡還很窮）。《文星叢刊》從一九六三年十月開始出書，一次出十本，四十開本，便於攜帶，價錢又訂得比一般書籍便宜。《文星叢刊》改變了台灣出版業的格局，可以說，自從有了《文星叢刊》，原本幾乎一片荒漠的台灣才開始有了文化。我相信，我們那一代的讀書人都要感謝《文星叢刊》，我們幾乎是從這裡開始了解教科書以外的知識的。

舉例來說，我是從《文星叢刊》中接觸到台灣的當代文學的。我最早讀到的是余光中，他的書賣得很好，我每一本都買。我最早讀到的現代詩是他的《蓮的聯想》和《五陵少年》，但對我影響更大的是他的兩本散文集《左手的繆斯》和《掌上雨》。余光中喜歡寫論戰文章和評介文章，這些文章把我帶入台灣文壇，於是，我在他的文章的引導下買了《文星叢刊》中的周夢蝶、葉珊（後來筆名改為楊牧）、白先勇、王文興等等當代作家的作品。

在《文星叢刊》之前，這些作品都只登載在印量極少、發行範圍極有限的文學雜誌上（如夏濟安主編的《文學雜誌》、白先勇創辦的《現代文學》），現代詩集幾乎都是詩人自掏腰包印行，不是圈內人很難買到。從《文星叢刊》的作品中，我才知道如何到舊書攤買過期雜誌，到周夢蝶所擺的書攤上買現代詩集。所以，是余光中和《文星叢刊》把我帶入現、當代文學這個領域，這也是我至今還對余光中懷有一份複雜感情的原因。

當然，《文星叢刊》不是只有文學，還有歷史、思想、文化等各類書籍。整體來看，《文星叢刊》重視文化評論，好像有意跟僵化的國民黨教育體制打對台，當時不論是趕時髦、還是具反叛性的高中生、大學生，大概很少人沒讀

過《文星叢刊》的，它的影響力比《文星雜誌》還可怕，國民黨政權忍無可忍，終於在一九六八年四月「勒令停業」，那時候是我大學一年級的下半學期。在關店前的廉價大拍賣中，我不知道走了幾趟文星書店。

十多年後我才聽說，文星集團是陳誠背後支持的，而陳誠則是美國背後支持的。美國就這樣藉著文星集團把跟「現代化」和「民主」這兩個核心觀念有關係的一切事物「教導」了我們整個世代的知識青年。後來陳誠得了肝癌去世，才讓蔣經國的接班更為順暢。

在文星書店停業前七個月，一九六七年十一月，一個非常有眼光的舊書店老板在一些人的影響下，開了志文出版社，開始出《新潮文庫》。《新潮文庫》全部是翻譯書，最早的兩本是《羅素回憶集》和《羅素傳》，那時我剛進台灣大學兩個月。我可以毫不誇張的說，當時台大文學院的學生，很少人敢說他沒讀過這兩本書，因為那一定會被譏笑。這兩本書為《新潮文庫》在大學校園的流行打下堅實的基礎，我大概有十年之久，隨時會注意《新潮文庫》又出了哪些書。請看一下這些名字：叔本華、廚川白村、羅曼羅蘭、海明威、畢卡索、尼采、川端康成、雅斯培、佛洛伊德、毛姆、卡夫卡、赫胥黎、佛洛姆、芥川龍之介、康拉德、赫塞、托瑪斯曼、懷海德、索忍尼辛、三島由紀夫、齊克果……這是書號五十號之前的作者，我還可以再繼續列下去。我大學時代，有關外國（當然主要是西方）的文化、思想的知識，至少百分之六十是來自《新潮文庫》，而且《新潮文庫》還打開了我的眼界，讓我知道如何找其他的書籍來讀。

六〇年代後半期，台灣經濟明顯好起來了，大學生活比較寬裕，「現代化」使大家對新知識充滿了飢渴，《新潮文庫》真是及時雨。如果說，我們的高中時代要感謝文星，那麼，我們的大學時代就要感謝志文，兩個老闆，蕭孟能和張清吉，都應該寫入戒嚴時代的台灣文化史中。

以《文星叢刊》和《新潮文庫》為代表的文化取向瀰漫整個台大校園，特別是文學院。大學前兩年（1967-1969）我特別熱衷聽演講，演講的內容主要是文化和文學、藝術。重視文化，因為台灣正在「現代化」，文化正在改變，又

因為幾年前李敖提倡全盤西化，引發胡秋原跟他論戰，最後打官司相互控告，而這事實上又是台灣正在現代化所引發的議題。當時是不能談政治的，談政治太危險，隨時可能被捕，談歷史和社會也不妥，因為那會涉及政治。這樣，文學、藝術就成為大家喜歡的對象。在現代化的大趨勢之下，文學和藝術當然也必須是「現代」的。所以五四以來慣用的「新詩」和「新文學」被置換成「現代詩」和「現代文學」。要說當時台灣對西方現代主義有多了解，那其實是大有問題的，但只要有「現代」這兩個字，大家就喜歡，所以大學流行辦現代詩、現代文學的演講。現代詩的演講似乎更多，因為現代詩最「現代」，走在其他文類之前，其次大概是現代畫，因為它「抽象」，大家看不懂。總之，好像越難了解的越現代。紀弦和余光中的演講我都聽過。

跟這個趨勢有關的就是留學。大家都知道台灣社會因戒嚴而閉塞，所以大家畢業一定要出國留學，才能看到真正的、最好的現代社會，當然，那一定是美國。台灣大學是台灣最好的大學，台大畢業生至少百分之七十（可能還要更高）到美國留學，所以，當時有一句順口溜，叫「來來來，來台大；去去去，去美國」。當然，留學是要舉債的，許許多多的父母為了讓子女到美國去，自己再苦都可以忍受，最窮的人，那沒辦法，只能當次等的人了——留學的人，先天上就高你一等。

事後回想起來，我認為，美國自從開始「保護」台灣以來，就一直設計，如何讓台灣社會在文化取向和價值觀念上傾向美國。前面提到，美國新聞處設在建國中學附近，美國背後支持文星集團，都是例子。美新處從經濟上支持白先勇的現代文學（每期都購買幾百冊）也是。最明顯的例子是，美國會選擇文化界的新秀訪問美國，余光中和現代畫家劉國松（余的好友）都是因為受到邀請而更加有名。陳映真跟我講過，他也被美新處注意到了。但美新處的人發現他「思想上有問題」，所以就不再接觸。從這裡可以看出，美新處對台灣文化界是相當留意的，並且做了不少工作。台灣大學生留學美國那麼方便，我相信也是美國政府有意運作的結果。

美國的影響還透過今日世界社來發揮。今日世界社原來只辦《今日世界》

雜誌，表面上是世界報導，其實是在宣傳美國那一套現代化觀念。後來今日世界社也搞出版，大半是美國歷史和美國文學書籍，主要的負責人是林以亮（本名宋淇，劇作家宋春舫的兒子），張愛玲也出力不少。今日世界社的書籍，在當時印刷最精美，用的紙張很好，價錢卻比一般書籍便宜，我因此買了不少，文學、歷史都買。坦白說，還從這裡得到不少知識，對美國文學的閱讀，大半來自這一套叢書。

　　以上講的是我在高中後面一年半到大學四年的親身經歷，時間上是從一九六五年到一九七一年，是六〇年代的後半。我們前面的那一代，白先勇和陳映真那一代，可以說，他們經歷了國民黨半封建的中國文化觀和美國現代化文化觀的交戰狀態，我們經歷的卻是美國觀念的全面勝利。

　　一九七〇年代以後，台灣開始產生大變化，中間大約有五年的時間（七〇年代後半），在鄉土文學的高潮期，美國對台灣文化界一時失去控制（主要歸功於保釣運動激起的民族感情），但進入八〇年代，美國又控制了大形勢。一九八九年當大陸陷入改革開放的困局時，台獨勢力已在台灣站穩腳步（台獨勢力主要先在美國的台籍留學生中產生），這就證明，美國的影響全面恢復。

　　在國民黨政權和美國把大陸的情況對台灣知識青年全面封鎖的狀態下，我們只能從國民黨的宣傳和美國的宣傳這兩者之間選擇一項，大家都選美國，這一點也不奇怪，因為國民黨的宣傳毫無吸引力。這就是我們所經歷的六〇年代。

　　七〇年代以後，我看到了鄉土文學論戰、統獨論戰、以及台獨勢力的囂張。台獨論對我刺激最大，此後我才開始思考六〇年代對我的意義。我花了至少三十年的時間，才看清楚六〇年代對我們心智的影響有多深。我寫過一篇文章，〈我的接近中國之路〉（收在本書本文之後），反思這一段心路歷程，希望大家能夠參閱，這可以算本文的後半。

2010、5、23

《華文文學》2010 年第 4 期

三十年後反思「鄉土文學」運動
──我的「接近中國」之路

　　一九七七年鄉土文學論戰爆發，到第二年才結束。當時還掌握台灣政治權力的國民黨，雖然運用了它手中所有的報紙、雜誌全力攻擊鄉土文學，但鄉土文學並未被擊垮。表面上看，鄉土文學是勝利了。進入二十世紀八○年代以後，台灣社會氣氛卻在默默地轉化，等我突然看清局勢以後，才發現，台獨派的台灣文學論已經瀰漫於台灣文化界，而且，原來支持鄉土文學的人（其中有一些是我的好朋友）大多變成台獨派。這種形勢的轉移成為九○年代我精神苦悶的根源，其痛苦困擾了我十年之久。

　　在世紀之交，我慢慢釐清了一些問題。最重要的是，我似乎比以前更了解五四運動以後新文學、新文化的發展與現代中國之命運的關係。從這個角度出發，也許更可能說明，二十世紀七○年代鄉土文學的暴起暴落、以及最終被台獨文學論取代的原因。因此我底下的分析似乎繞得太遠，但卻不得不如此。想讀這篇文章的人，也許需要一點耐性。如果覺得我這個「出發點」太離譜，不想看，我也不能強求於人。

一

　　中國新文學原本是新文化啟蒙運動的一環，這一點大家的看法是一致的。新文化運動當然是為了改造舊中國，也就是以「啟蒙」來「救亡」。這樣的啟蒙運動後來分裂了，變成兩派：以胡適為代表的改良派，和以陳獨秀、李大釗

為代表的革命派。

革命派在孫中山聯俄容共政策下，全力支持國民黨北伐，終於打倒北洋政府。但北伐即將成功時，蔣介石卻以他的軍事力量開始清黨，大肆逮捕、屠殺左翼革命派（主要是共產黨員，也有部分左翼國民黨人）。就在這個階段，原來採取觀望態度的胡適改良派才轉而支持國民黨。這樣，國民黨保守派就和胡適派（以下我們改稱自由主義派，或簡稱自由派）合流，而殘餘的革命派則開始進行長期的、艱苦的武裝鬥爭。

抗戰後期，形勢有了轉變，大量的自由派（其最重要的力量組織了中國民主同盟）開始傾向共產黨。到了內戰階段，知識分子倒向共產黨的情況越來越明顯，最後，當勝負分曉時，逃到台灣的只剩最保守的國民黨員（很多國民黨員投向共產黨），以及一小群自由派（連跟胡適淵源深厚的顧頡剛、俞平伯等人都選擇留在大陸）。

新中國建立之初，執政的共產黨宣揚的是「新民主主義」，認為「民族資本家」和「小資產階級知識分子」是共產黨（以工、農為主體）的「同盟」。一九五七反右以後，這種「同盟」的夥伴關係才有了明顯的改變，留在大陸的自由派命運開始坎坷起來。

不管大陸自由派和共產黨的矛盾有多深，但有一點看法應該是他們共同具有的：他們都知道，新中國的重建之路並不是循著五四時代「向西方學習」的方向在走的。雖然共產黨在五○年代初期學過「蘇聯模式」，但為時不久，這個政策也大部分放棄了。台灣很少人注意五○年代大陸在政治、經濟、文化各方面的工作模式，我們也很難為這一政策「命名」，但可以說，它絕對不是「西方模式」。

現在我們已經知道，共產黨內部有關各種政治、經濟、文化現實問題的辯論與路線鬥爭，一直沒有間斷過。這也是歷史現實的合理現象，一個古老的中國不是可以輕易改造過來的。像大鳴大放與反右（這是一個事件的兩個階段）、文化大革命（包括林彪事件）和改革開放，就是內部最大鬥爭的反映。應該說，到了改革開放，共產黨的「革命階段」才完全結束，大陸進入「後革命時

期」。

撤守台灣的蔣介石集團，這時候也在台灣實行另一種很難命名的「改革」。純粹從政治層面來看，韓戰爆發以後靠著美國的保護終於生存下來的國民黨，在五〇年代進行了一項最重要的社會變革，即土地改革。國民黨把台灣地主大量的土地分給農民，從而改變了台灣的社會結構。台灣許多地主階級的子弟跟農民階級的子弟此後循著國民黨的教育體制，逐漸轉變成新一代的資產階級和小資產階級。在美國的協助下，台灣社會第一次大規模的「現代化」。台獨派一直在說，日本殖民統治促使台灣現代化，但不要忘記，如果沒有土地改革，就不可能出現大規模的現代化運動。坦白講，不論國民黨的性質如何，必須承認，土地改革是它在台灣所進行的最重要大事，這是國民黨對台灣的「大貢獻」之一（但也是台灣地主階級永遠的隱痛──他們的子弟也就成為台獨派的主幹）。

國民黨統治格局的基本矛盾表現在教育、文化體制上。官方意識形態是三民主義和中國文化，但它講的三民主義和它的政治現實的矛盾是很明顯的，特別是在民主主義上。它講的中國文化是孔、孟、朱、王道統，這是五四新文化運動批判的對象，也就是中國「封建文化」的糟粕（這裡是指國民黨教育體制的講授方式，而不是指這些思想本身）。國民黨官方意識形態的主要對手是，美國暗中支持下的胡適派自由主義，他們講的是五四時代的民主與科學（前已述及大陸不走這條路）。經由《自由中國》和《文星》的推揚，再加上教育體制中自由派的影響，他們的講法更深入人心，成為台灣現代化運動的意識形態基礎。它的性質接近李敖所說的「全盤西化」，輕視（甚或藐視）中國文化，親西方，尤其親美。因此，它完全抵消了國民黨的中國文化教育，並讓三民主義中的西方因素特別突顯出來。這也是我三十五歲以前的「思想」，在李敖與胡秋原的中、西文化論戰上，年輕人很少不站在李敖這一邊的。

五、六〇年代台灣正在成長起來的年輕知識分子的特質可以用「反傳統」跟「現代化」這兩個術語來概括。「傳統」包括中國文化、國民黨的反民主作風、以及每一個年輕人家裡父母的陳舊觀念。現代化表現在知識上就是追尋西

方知識，而且越新的越好。意識、潛意識、超現實主義、存在主義、荒謬劇，這些名詞很新、很迷人。老實講，這些東西很少人真正理解，但只要有人寫文章介紹、「論述」，大家就捧著讀、熱烈爭辯。當然，真正求得新知的途徑是到美國留學、取經。取經回來以後，就成為大家崇拜、追逐的對象。

當然，新知有個盡人皆知的禁忌。中國近、現代史最好不要碰，所以一般人只知道辛亥革命、北伐、抗戰、「剿匪」。至於馬克思、社會主義、階級這些字眼，沒有人敢用（反共理論家除外），蘇聯、共產黨則只能用在貶義上。所有可能涉及政治現實和社會現實的知識，最好也別摸。我母親沒受過任何學校教育，但我上高中以後，她一再警告我，「在外面什麼事情都不要去碰」，我知道，「什麼事情」說的是什麼。因此，我們的新知涉及現實的只是，現代化社會是怎樣的社會，應該如何現代化（都只從社會生活角度講，不能在政治上講），以及民主、自由、個人主義是什麼意思（心理上則知道只能在口頭上講）。當然，年輕人（尤其是求知慾強的人）都很苦悶，所以李敖會成為我們的偶像，因為他敢在文化上表現出一種非常叛逆的姿態。

二

台灣知識分子對國民黨的大反叛，是在一九七○年保衛釣魚台運動開始的，釣魚台事件，讓許多台灣知識分子深切體會到，國民黨政權是不可能護衛中國人的民族尊嚴的。於是他們之中有不少人轉而支持中華人民共和國，思想上也開始左傾。

不久之前，也正是西方知識分子的大反叛時期（1968），左翼思想在長期冷戰的禁忌下開始復活。這個新的思潮，一般稱為新左派，以別於以前的舊左派，新左的思想其實是很龐雜的，派別眾多，其中有些人特別推崇中國大陸正在進行的文化大革命運動，並按自己的想法把文革理想化。

現在我已經可以判斷，一九七○年從海外開始，並在整個七○年代影響及全台灣的知識分子左傾運動，根本就是西方新左運動的一個支脈。西方新左運

動的迅速失敗，其實也預示了七〇年代台灣左傾運動的失敗。它是「純粹的」知識分子運動，沒有工、農運動的配合。因此，新左一般不談工、農運動一點也不令人訝異。

當然，七〇年代台灣知識分子的左傾運動也有它自己的特點，因為同一個時段，全台灣各階層人士越來越熱烈的投入了台灣的民主化運動（當時叫做黨外政治運動），左傾運動和民主化運動是兩相呼應的。

一九七七、七八的鄉土文學論戰，一九七九的高雄美麗島事件，分別表現了國民黨政權對兩大運動加以鎮壓的企圖，但結果是一樣的，國民黨都失敗了。此後，台獨運動逐漸成形，民主化運動的主要力量被台獨派所把持，而支持鄉土文學的左傾知識分子大半也在思想上或行動上轉向台獨。

我想，一般都會同意，七〇年代的政治運動，是台灣新興的資產階級想在政治上取代國民黨的老式政權，它真正有實力的支持者其實是台籍的中、小企業家，以及三師（醫師、律師、會計師）集團中的人。只要國民黨還掌握政權，他們就不可能進入權力核心。隨著他們社會、經濟影響力的日漸強大，他們理所當然的也想得到政治權力。

在文化戰場上，支持鄉土文學的，也以台籍的知識分子居多數（他們當然也支持黨外運動）。他們的左傾思想其實並不深刻（包括當時的我自己），「左」是一種反叛的姿態，是「同情」父老輩或兄弟姊妹輩的台灣農民與工人，在有些人，可能還是一種「趕流行」（當時對鄉土事物的迷戀，讓我這個鄉下出身的人很不習慣，心裡認為這些人太做作）。鄉土文學，正像六〇年代的現代主義，是台灣的一種「風潮」，它能襲捲一代，正如現代主義一樣，也可以隨著下一波「風潮」的興起而突然消失。當政治反對力量在八〇年代中期明顯壯大，並且組織了民主進步黨以後，支持鄉土文學的知識分子開始轉向台獨思想，其實也不過轉向下一個「風潮」而已。

但是，一九七〇年代以降，台灣本土勢力對國民黨政權的挑戰，只是台灣面臨的兩個重大問題的其中一個而已。另一個則是，台灣必須面對它與大陸的關係問題。

　　一九四九年以後，由於西方對中國共產黨所建立的新政權的敵視，居然讓在台灣的「中華民國」在聯合國佔據中國代表席位達二十一年之久。一九七一年十月，中華人民共和國終於取得早就應該屬於它的這一席位，這樣，從國際法來講，台灣也就成為共和國的一省，因此，不論在現實上誰統治台灣，他們都必將面臨復歸中國或反抗復歸的問題。

　　一九七一年以後，台灣知識分子應該思考這樣的問題，但是，他們卻不能思考。在一九八七年解除戒嚴令之前，誰要公開主張「復歸」（也就是統一），或公開反對「復歸」（也就是獨立），都是「叛亂犯」，是可以判死刑的。

　　七〇年代的情勢可說極為詭異。「鄉土文學」，哪個「鄉土」？「中國」？還是「台灣」？誰也無法說，誰也說不清。「同情下層人民」，大家都有這種傾向，「應該關懷自己的土地」，大家都同意，只是誰都不能確切知道「自己的土地」是什麼意思。

　　這個問題到了八〇年代中期，終於由台獨派正式提了出來，向大家「攤牌」了。他們那時只敢在「文學」上動手腳。他們說，「台灣文學應該正名」，用以取代「現代文學」，而且，「台灣文學」具有「主體性」，這當然是台獨派的台灣文學論了。這樣，「鄉土」對他們來講，就是只指「台灣」，既然明說是「台灣」，他們越來越少用「鄉土」這個詞。這樣，七〇年代的鄉土文學就被他們改造成台灣文學了。

　　他們的另一個策略就是攻擊陳映真的中國情結，因為陳映真是公認的鄉土文學的領袖，為他的左傾思想坐過牢，是大家都知道的「統派」。陳映真受到台獨派的攻擊，國民黨當然樂於見到，因為從它的角度來看，這代表「鄉土文學陣營分裂了」。當陳映真被孤立起來以後，台獨派的「台灣文學論」的招牌也就鞏固下來了。應該說，八〇年代台獨派藉文學以鼓吹台獨思想的策略是相當成功的。

三

到九〇年代末期，台獨論已經彌漫於全台灣，台獨論的某些說法已不知不覺的滲透到很多人（包括反民進黨的人）的言辭和思想中。那時候，我曾經想過，為什麼七〇年代盛極一時的左傾思潮會突然消失？那時候，我曾懷疑陳映真派（主要是夏潮雜誌那一批人，我自己在七〇年代時並未與他們交往）是否在哪些地方出了問題。坦白講，在「鄉土文學陣營」分裂時，我對整個情勢完全不能掌握。我只是對於「內部爭執」感到焦灼與不解。因此，我事後相信，陳映真派也許比我稍微清楚，但他們大概也未能了解全局。

當攻擊陳映真的聲音此起彼落時，我還並未完全相信，攻擊的一方是真正的台獨派。身為南部出生的台灣人，我當然先天就具有省籍情結，因此，我覺得，那些攻擊陳映真的人，只是把他們的省籍情結作了「不恰當」的表達而已。後來我發現，他們藐視中國的言論越來越激烈，讓我越來越氣憤，我才真正相信他們是「台獨派」，而我當然是「中國人」，只好被他們歸為「統派」了。既然如此，一不做，二不休，我乾脆就加入中國統一聯盟，成為名符其實的統派。從那個時候開始，我才跟陳映真熟悉起來，其時應該是一九九二年。

應該說，我加入統聯以後，因為比較有機會接觸陳映真和年齡更大的五〇年代老政治犯（如林書揚、陳明忠兩位先生），對我之後的思考問題頗有助益。我逐漸發現，我和他們「接近中國」的道路是不太一樣的。

據陳明忠先生所說，他在中學時代備受在台日本人歧視與欺凌，才意識到自己是中國人，因此走上反抗之路。後來國民黨來了，發現國民黨不行，考慮了中國的前途，才選擇革命。我也曾讀過一些被國民黨槍斃的台灣革命志士的傳記資料（如鍾皓東、郭琇琮等），基本上和陳先生所講是一致的。因此，他們這些老左派可以說是在一九四〇、五〇年代中國革命洪流之下形成他們的中國信念和社會主義信念的，他們是為中國人被歧視的人格尊嚴而奮鬥的。

陳映真是在五〇年代大整肅之後的恐怖氣氛之下長大的。他居然可以在青年時期偷讀毛澤東的著作，偷聽大陸廣播，只能說是六〇年代的一大異數。因

此，他很早就嚮往社會主義中國，他的社會主義更具理想性，而且從未全盤否定文革。

我是國民黨正統教育下的產物，理應和戰後成長起來的台灣絕大多數知識分子一樣思考，並走同樣的道路。最終讓我選擇了另一條道路的，是我從小對歷史的熱愛。我讀了不少中國史書，也讀了不少中國現代史的各種資料，加上很意外的上了大學中文系，讀了不少古代文、史書籍，這樣，自然就形成了我的中國意識和中國感情。因此，我絕對說不出「我不是中國人」這種話，也因此，我在九〇年代以後和許許多多的台灣朋友的關係都變得非常緊張，不太能平和地交談。

七〇年代以後，因為受鄉土文學和黨外運動影響，我開始讀左派（包括外國的和大陸的）寫的各種歷史書籍。經過長期的閱讀，我逐漸形成自己的中國史觀和中國現代史觀，這大約在我參加統聯時就已定型。後來，常常跑大陸，接觸大陸現實，跟大陸朋友聊天。再後來，在世紀之交，看到大陸的社會轉型基本趨於穩定，中國的再崛起已不容否認。這些對我的史觀當然會有所修正和深化。

如不具備以上所說的中國感情和中國史觀，我一定會和同世代的台灣朋友一樣，不認為自己是中國人。而且，我還發現，我的同世代的外省朋友（在台灣出生、在台灣接受國民黨教育），不論多麼反對民進黨和台獨，也不樂於承認自己是「中國人」。也有一小部分人，認為自己是「文化」上的中國人，但不願意說，自己是現在中國的一分子。他們認為，現在的中國已經不是他心目中的中國了。

根本的關鍵在於：跟我同世代的人（當然也包括所有比我們年齡小的），或者瞧不起中國，或者不承認共產黨統治下的中國。而很明顯，共產黨統治下的中國不可能在可預見的未來「消失」，那麼，他們當然也就不是「中國人」了。用他們的話說，他們護衛的只能是「中華民國」。當我問「中華民國」的國民不也是「中國人」嗎？他們就拒絕回答。

所以，我只能推論說，只有當你相信，共產黨領導下的革命是不得不然

的，中華人民共和國是現代中國命運的不得不然的歸趨時，你才會承認你是中國人。一直到現在為止，跟我同世代的台灣人（不論省籍），很少人是這樣想的。

　　二十世紀七〇年代的陳映真派，有很多人不知道這才是問題的關鍵。即使有人知道了，他們也不能公開說明這一點，而且也不知道如何說明這一點。我現在認為，這是盛極一時的左傾思潮在不到十年間煙消雲散的基本原因。關鍵不在於「左」，關鍵在於，他們不了解「中國之命運」，尤其是「現代中國之命運」。而國民黨在台灣的教育，告訴我們的是剛好相反的說法。他們說，對方是「共匪」，大陸是被「竊據」了。所有的人，包括台獨派都一直相信這個違背歷史事實的說法。

<h2 style="text-align:center">四</h2>

　　為說明這個問題，以下我想以已去世的歷史學家黃仁宇為例子來加以論證。黃仁宇的父親黃震白曾擔任過國民黨重要將領許崇智（蔣介石之前的國民黨軍總司令）的參謀長，黃仁宇本人畢業於黃埔軍校，曾擔任過鄭洞國將軍（在東北戰場被共產黨俘虜）的幕僚。內戰失敗後，他到美國留學，最後選擇學歷史。黃仁宇在他的自傳《黃河青山》裡說：

> 我如果宣稱自己天生注定成為當代中國史學家，未免太過狂妄自大。不妨換一種說法：命運獨惠我許多機會，可以站在中間階層，從不同角度觀察內戰的進展。命運同時讓我重述內戰的前奏與後續。在有所領悟之前，我已經得天獨厚，能成為觀察者，而不是實行者，我應該心存感激。我自然而然會擴大自己的視野，以更深刻的思考，來完成身分的轉換，從國民黨軍官的小角色，到不受拘束的記者，最後到歷史學家。

從這段話就可以體會到，中國的內戰對黃仁宇的深刻影響。由於家世的關係，

他一直支持國民黨，雖然他結交了一些令他佩服的共產黨友人（如田漢、廖沫沙、范長江），但他不能接受共產黨的路線。最後，共產黨打贏了，只好漂泊到異國。他無法理解國民黨為什麼會失敗，選擇歷史這一行，其實就是為自己尋找答案，整本自傳的核心，其實就是對中國獨特的歷史命運的解讀，特別是對現代中國史、內戰、以及共產黨所領導的道路的解讀。

黃仁宇是從研究明代財政入手，來了解中國歷史的。經過漫長的思索，他終於承認，毛澤東所選擇的道路，是中國唯一可走的道路。他說：

> 黨派的爭吵實際上反映歷史的僵局，內戰勢必不可免，多年後的我們才了解這一點，但交戰當時卻看不清楚。關鍵問題在於土地改革，其他不過是其次。問題在於要不要進行改革，如果將這棘手的問題擱置一旁，我們就永不可能從上而下來重建中國。國民黨軍隊雖然被西方標準視為落伍，卻已經超越中國村落所能充分支援的最大限度，因此必須重整後者。但這樣的提議說來容易，做起來難，因為一旦啟動後，就沒有辦法在中間任何時點制止，必須從頭到尾整頓，依人頭為基準，重新分配所有農地給耕種者……
>
> 毛澤東的革命在本書稱之為「勞力密集」，一度顯得迂迴曲折、異想天開，甚至連他的黨人也輕視這位未來的黨主席。因此，我們當時忽略其功效，也許不能算是太離譜。內戰爆發後才完全看到他的手法更直接、更有重點，更務實，因此在解決中國問題時比其他所能想像出的方法更完備，更自足。一旦付出代價，就不能否認計劃中的優點……如果不同意上述的話，至少我們可以接受這個明白的事實：透過土地改革，毛澤東和共產黨賦予中國一個全新的下層結構。從此稅可以徵收，國家資源比較容易管理，國家行政的中間階層比較容易和被管理者溝通，不像以前從滿清宮廷派來的大官。在這方面，革命讓中國產生某種新力量和新個性，這是蔣介石政府無法做到的。下層結構還在原型階段，顯然未來需要修正。在此同時，這個驚天動地事件所激起的狂熱——人類有史以

來規模最大的財產重分配和集體化——似乎一直持續，直到「文化大革命」為止。這時歷史學家提及上述事件時，可以持肯定的態度，不至於有情緒上的不確定。

按黃仁宇的看法，共產黨所進行的這一場有史以來最大規模的革命，是要到一九七六年才真正結束的（這一點我完全同意）。我跟黃仁宇不同的是，由於我是佃農子弟，因此，在感情上很容易認同這一場以農民為主體的革命。我相信，國民黨所以在台灣實行土地改革，也是為了抵消共產黨的威脅。事實上，為了這一改革，它得罪了台灣所有的地主階級，讓它的統治更加艱難。前面已提到，台灣地主階級出生的中小企業主及三師集團是目前台獨勢力的核心。

對於共產黨重建新中國以後的作為，黃仁宇是這樣評論的：

我們必須承認，在毛澤東的時代，中國出現一些破天荒的大事，其中之一就是消除私人擁有農地的現象。這項措施將中華人民共和國清楚定成共產國家，因為這正是《共產黨宣言》中建議行動名單上的第一項。但這件事可以從不同角度加以探討。首先，馬克思和恩格斯提出這些建議時，是針對「先進國家」。他假設這些國家累積許多資本，因此工業和商業都專注剝削工廠內的勞工。從土地徵收的租金對國家的經濟發展貢獻不大，只不過是不勞而獲的另一種形式，很容易消失。毛澤東時代的中國仍然在累積資本的原始階段，一點也不符合馬克思和恩格斯所設想的狀況。其次，毛的運動顯然提倡平等精神和同情心等傳統價值，比較接近孟子，不太像《共產黨宣言》，公社的結構也遵循國家機構的傳統設計。因為其基礎是便於行政的數學原則，其單純簡樸有利於官僚管理。但從歷史上來看，這樣的安排只會導致沒有分化的最低層農業經濟，無法實施現代化。這個缺點已被發現，因此最近也重新進行調適。第三，中國的土地私有制已廢除三十年，我們必須接受這個歷史的既定事實。我自己從來不曾崇拜毛澤東。但我在美國住了數年後，終於從歷

史角度了解這個運動的真實意義。考慮到中國人口過剩、土地稀少、農地不斷分割、過去的農民負債累累等諸多因素後，我實在無法找出更好的解決之道。如果說我還有任何疑慮，我的明代稅制專書和對宋朝的研究就可以讓疑慮烟消雲散。管理龐大的大陸型國家牽涉一些特定要素，並不能完全以西方經驗發展出的標準加以衡量。如果沒有這場改革，也許絕對無法從數字上管理中國。就是因為無法在數字上進行管理，中國一百多年來才會一錯再錯，連在大陸時期的國民黨也不例外。我已經提過，毛澤東是歷史的工具。即使接受土地改革已實施三分之一個世紀的事實，也並非向毛澤東低頭，而是接受地理和歷史的判決。

黃仁宇還對這一時期共產黨對城市企業的管理模式作了一些分析，並且從全球資本主義的發展趨勢來對中國的前途作了一些推測和建議，在此就不轉述了。

在前面的分析裡，黃仁宇指出了一個非常重要事實，即，「毛澤東時代的中國仍然在累積資本的原始階段」。我認為，新中國的重建，首先要解決的就是，中國現代化原始累積的資金與技術來源問題。由於西方帝國主義對中國革命的敵視和所採取的圍困策略，中國不得不一切靠自己。剛開始還有蘇聯援助，等到中、蘇鬧翻，就真是孤軍奮鬥了。

應該說，毛澤東和劉少奇、鄧小平的差異在於，劉、鄧更重視現代化，而毛更重視社會正義。從一九四九年到一九七六年，路線雖然幾度翻覆，但最主要的現代化「奠基」工作從來沒有間斷過。要不然，實在無法解釋，改革開放以後，中國的經濟為什麼發展得這麼快。不管我們怎麼批評共產黨，它在一九四九至一九七六之間為中國重建所作的正面貢獻，是無論怎麼評價都不為過的。[1]

1　這裡所說的「奠基」工作，我原先只想到重建社會組織、建立基礎科學、規劃經濟發展、以及一些基礎建設等等。後來在最近一期的《讀書》雜誌（2007 年 6 月）讀到甘陽的〈中國道路：三十年與六十年〉，發現他有更深入的分析。關心這個問題的人，應

黃仁宇的自傳初稿於一九八〇年初，當時大陸已處於改革開放初期。如果他能活到現在，一定會更高興，並且一定會繼續發表他的看法。就我個人而言，到進入二十一世紀初，特別最近這兩三年，我已完全確認，「中國道路」確實是走出來了。中國社會當然還有很多問題尚待解決，特別是政治體制如何變革尤其令人傷腦筋，但可以斷言，「中國崩潰論」基本上已經沒有人相信了。而且，我還敢斷言，中國以後也不會完全循著西方的道路走，即使在政治體制上也是如此。[2]

以上大致可以說明，當二十世紀八〇年代台獨論日漸抬頭時，我思考中國問題的一些基本看法。所以引黃仁宇為證，是因為，我的看法和黃仁宇類似。我們的不同是，黃仁宇是一輩子研究中國歷史、又親歷內戰的人，而我只是一個關心自己國家命運，因而不得不一面閱讀、一面思考的一個小知識分子，我肯定看得不如他深入。但另一方面，我比他更認同革命道路，他是接受「事實」，我則欣喜中國終於從千辛萬苦的革命中走出自己的道路。應該說，當二十世紀八〇年代以後台灣知識分子完全置大陸於度外時，我花了近二十年時間完成了對自己的改造——我從「中華民國」的一個小知識分子轉換身分成為一個全中國的小知識分子。這一點我有點自豪，並為此感到幸福。

反過來說，跟我同世代或比我年輕的台灣知識分子完全接受了國民黨統治下的思想觀念。除了「共匪」和「竊據」之外，他們盲目相信胡適自由主義的「科學」與「民主」，盲目相信自由經濟。我認為，他們不只是「自由派」而

該讀這篇文章。

2　台灣現在所謂的「民主選舉」，一直在利用族群矛盾，把原有的傷痕不斷的重覆擴大。如果大陸也實行同樣的制度，以大陸複雜的民情（包括民族雜居、不同方言區的犬牙交錯等等），將只會造成不斷的分裂、內鬥、甚至內戰。台灣的民主，還包括不負責任的亂開支票，不衡量社會資本的胡亂給錢（包括沒有規劃的老人年金，非常不完善的全民健保等等）。又譬如，台灣的政府為了討好每一個縣以及每一個人，在每一個縣都至少設一所大學，讓每一個人家的子弟都有機會上大學，又推行美式的申請制，但又無法廢掉聯考，造成學生、家長、教師、教育行政人員都不勝其苦，而大學生也大量失業。我們應該對所謂的「民主制」有更深入的思考。

已,許多人在美國「軟性殖民」（相對於日本的「硬式殖民」）的影響下,紛紛表示自己不是中國人,無怪乎陳映真稱之為「二度皇民化」。

五〇年代以降台灣和大陸所走的不同的歷史道路,使台灣知識分子走上了這一條不但無法思考中國之命運的道路,甚至最後還想棄絕中國。這正是美國「軟性」統治台灣的後果。

最近幾年我曾經跟一些比較談得來的台灣朋友講,除非你選擇移民,只要你住在台灣,你就不可能不面對你最終是中國人的這一事實。這樣,你不但非常痛苦,而且還會錯失一生中（甚至歷史中）的大好機緣。

遠的不說,就說跟我同一世代的大陸朋友,他們基本上屬於老三屆,在文革中都吃過苦頭,當我們正在按步就班的讀大學時,他們許多人在鄉下落戶。我們比他們幸運多了（在他們之前幾代的知識分子的命運就更不用說了）3。現在時來運轉,中國出頭了,而我們的台灣朋友卻固執地不想面對中國歷史,固執地相信國民黨和美國教給他們的各種觀念,把中國完全排拒在他們的視野之外,完全不考慮自己也可以是其中的一分子,可以重新思考自己的另一種前景,我實在很難形容他們這樣的一種心態。

三年前我開始產生另一個想法:五四以後大家都反封建、反傳統,當時這樣做是合情合理的。但事過九十年,中國突然在浴火中重生了,你又覺得中國的再生能力簡直不可思議,顯然五四時代的人對此有所低估。不過,也沒有關係,正因為反得厲害才可能重新奮起,讓中國重生。如果有人一路反下去,最後連自己的「中國身分」都要反掉,那只能說是他自己的悲哀。改革開放以後,也有一些大陸知識分子走上這條路,我知道其中有些人是後悔了。我也希望,台灣的知識分子遲早能看出自己的錯誤。

3　黃仁宇說,他「得天獨厚,能成觀察者,而不是實行者,我應該心存感激。」相對於他的留在大陸、支持革命的友人（即實行者）的歷經千辛萬苦、犧牲奉獻,黃仁宇的「感激」其實暗含了「慚愧」的意思,這種感受我完全能體會。海外以及台灣的某些人,常會議論說,某人支持共產黨,在文革中被鬥、自殺,誰叫他選錯了路。這種說法,完全不了解中國人的命運,只會隔岸觀火,幸災落禍,可謂全無心肝。

14

　　台灣的鄉土文學論戰已過了三十年。這三十年是我一生中最艱苦、但也最寶貴的三十年。最艱苦，因為台灣像我這樣想的人太少了；最寶貴，因為我摸索出自己的歷史觀（中國歷史觀必然孕含了一種更大的歷史觀）。如果要在論戰三十週年時談一些自己的看法，我大概只能說這些。如果有人認為離題太遠，太離譜，那就隨他去罷。

2007、6、12 完稿

《思想》（聯經出版公司）第 6 期，2007 年 8 月

附錄

獨行江湖上梁山——專訪呂正惠教授

胡衍南

　　任何一位馬克思主義的信仰者都清楚，一個人雖然無法決定自己的階級出身，但卻可以選擇自己的階級認同。清華大學中文系的呂正惠教授，相信也知道這一點，因為即使周遭的朋友、學生都不以為然，他仍喜歡對別人宣稱自己是農民、是個「鄉下人」——雖然他早在小學六年級，就從嘉義搬到了台北——平時更是揹著一個書包，一襲便衣、短褲、涼鞋就出門，加上大半時間不離手的香菸，叫人怎麼看都不像是個學者。

　　然而即便呂正惠的「農村經驗」並不長久，他的文化啟蒙卻完全來自民間。他說：

> 我從小就對歷史故事很有興趣，在鄉下首先接觸到的就是歌仔戲、布袋戲裡面的歷史故事。後來到了台北之後，開始接觸到通俗小說、通俗演義，然後從那個地方才開始接觸到正統的歷史知識。

　　呂正惠對民間戲曲的喜好，主要來自收音機裡面的戲曲節目，例如《精忠岳傳》、《說唐》故事、以及狄青，都是最令他印象深刻的。小學六年級上台北之後，偶然在書店發現各類通俗小說，包括以前在收音機片斷聽來的歷史故事，這對他的歷史探險來說當然是個好消息。但是由於家裡環境不好，做工的父親並不能滿足他購書的欲望，常常要好幾個月才買得到一本書。幸運的是，他以第一志願考取的大同中學雖然藏書也不多，但是一部蔡東藩先生主編、世界書局出版的《中國歷朝通俗演義》，算是初步滿足他對歷史知識的渴望。

　　接下來他考上建國中學，學校的圖書資源要好得多，得以擴大歷史書籍的

涉獵範圍。除此之外，《傳記文學》刊載的人物軼事，以及《文星》叢刊上李敖撰寫的歷史批評文章，又培養了他對中國現代史的興趣。所以呂正惠早在高一的時候，就決定將來要成為一名學者，一名研究中國歷史的學者。

文學與歷史

　　大學聯考放榜之後，呂正惠並沒考上他的第一志願台大歷史系，反而是被分發到第二志願的台大中文系就讀。然而他對此並不失望，因為在高中時期，他另外培養出對國學及古典詩詞的興趣，因此雖然沒有進入第一志願，在中文系仍舊唸得很有興味。不過由於個性內向，從小到大都習慣自己一個人讀書，所以在中文系期間並沒有得到太多師長同學的矚目。問他受哪位老師影響最深，他一時也答不太上來，只曉得最喜歡上鄭騫老師的課、也佩服張亨老師的學問，至於另外一位廖蔚卿老師，據他說由於是「唯一」稱讚過他的師長，所以到今天都還忘不了。

　　呂正惠強調，當年中國文學研究的風氣正在轉變，那時的他受風氣影響，也想走一點新路。據他說，當時在台大文學院起著影響的有兩個人，一位是外文系的顏元叔教授，嘗試把西方「新批評」文本分析的理論引進來；另一位就是中文系的學長柯慶明，他組織了一個由研究生及大學生為主的讀書會，大夥一起學習新的文學觀念，並且思考西學如何中用的問題。呂正惠說，他自己後來苦讀英文，學習西方理論，就是受到這個讀書會風氣的影響。

　　由於一開始就想走學術研究的路子，因此大學畢業後考研究所，很順利地繼續留在台大。至於碩士論文研究方向，則是和指導教授的尋覓過程一樣，歷經一波三折，從原本想追隨張亨老師走唐詩研究，後來一度受臺靜農老師影響考慮改研究明代前、後七子，最後才在羅聯添教授的指導下，完成學位論文《元白比較研究》。

　　畢業後先是服役兩年，退伍以後在外兼課一年，才考上東吳大學中文研究所博士班。呂正惠說，由於東吳的博士班是第一屆招生，師資泰半來自台大，如臺靜農、鄭騫、屈萬里、張敬等先生，所以和在台大讀書沒有什麼差別。後

來所方安排臺靜農老師指導他的論文，師徒兩人決定以碩士論文為基礎繼續研究唐詩，最後交出來的學位論文是《元和詩人研究》。兩相比較起來，他覺得碩士論文花太多時間找指導教授、改論文方向，所以寫出來後並不滿意，博士論文就要好得多。

很多後來才讀呂正惠文章的人，恐怕都不相信激進的他，早期也曾寫過那麼傳統的論文。殊不知早在他讀博士班的時候，心裡就為此出現強烈的掙扎，他說：

> 我在讀博士班的後半段，做學問的方向上發生一個變化。那個時候黨外運動慢慢崛起，鄉土文學運動也慢慢興起，我受到這兩個潮流的影響，開始關心政治社會的議題，也開始逐漸轉向關心文學和政治社會的關係，就是從那個時候，我接觸了馬克思主義。想把這些文學的政治性、社會性的問題，放到我的研究範疇裡面去，但是博士論文是很學院化的東西，你不能太走極端，所以雖然裡面有這樣的色彩，現在看起來還是比較傳統，後來的升等論文《杜甫與六朝詩人》也是很傳統。可是我一直想要尋找一個突破純文學研究的方法，想把政治社會的東西放進文學研究裡面。

雖然在東吳的這幾年，主要還是仰賴台大師長的指導，但是呂正惠並不諱言地說，他在東吳唸博士的前幾年，多少也有前途茫茫的感受。後來在唸完三年級的時候，中山大學成立中文系，當時主持系務的龍宇純教授，接受吳宏一教授的建議將他聘為專任講師。正因為在他學術成就還沒有受到肯定的時候，就得到吳宏一教授的大力推薦，所以也就讓其他師長開始注意到他，甚至影響他後來進入清華大學，所以他到現在都非常感激吳宏一。

在中山大學待了兩年，呂正惠到清華專任，一年後取得博士學位，繼續留下來服務。

現代文學評論

　　然而呂正惠學術生涯最大的轉折，還是在於從古典詩詞轉向現代文學研究，這一點要從復刊後《文星》的稿約開始。他說，當時在《文星》當編輯的朋友廖仁義，知道他在大學時對現代文學就很有興趣，所以就試著向他邀稿。他認為，現代文學和政治社會有比較大的關係，文學評論的形式也比較容易和政治社會產生互動，所以就交出一系列以戰後台灣小說家為主的文學評論，並且引來很大的迴響。他特別強調，從古典文學轉向現代文學研究，主要還是對於政治社會的強烈關懷，因為和古典文學研究比較起來，現代文學研究的現實關懷是更直接的。

　　就在他的現代文學評論得到不少掌聲，幾篇文章也以《小說與社會》之名結集出版以後，呂正惠開始「不快樂」起來。他說，剛開始寫這些評論的時候，鄉土文學內部的兩派還沒有分裂，「後現代」的思潮才剛剛萌發，因此這些文章就像是一個現實主義者的告白。但是他寫著寫著逐漸發現，有些鄉土派開始說自己是獨派，他這才慢慢發現鄉土派裡有統獨問題，也才驚覺自己是一個統派！於是他面臨一個重要的抉擇：

> 現代文學研究既然有這些強烈的政治立場問題，那麼作為一個受過學術訓練的人，我必須判斷跳進來值不值得？因為台獨的力量那麼大，所以我有陣子一直考慮要不要放棄現代文學，轉回去做古典文學？但是從我的學術訓練來講，我完全不能忍受他們用政治立場踐踏學術，雖然我也是有鮮明政治立場的人，但是我完全不能忍受他們這種踐踏學術的行為，這就是我後來現代文學論文寫得比較多的原因。

　　從他歷年來出版的文學評論集，確實可以看到這樣一個明顯的心情變化。呂正惠自己在《戰後台灣文學經驗·序》說得很好：第一本評論集《小說與社會》像是堅定信仰的表白，是一種「單聲獨唱」；但是在第二本評論集《戰後

台灣文學經驗》那裡，就常常流露出一種和本土派爭辯、和後現代派爭辯，甚至喪失耐性、氣急敗壞的樣子——雖然他也強調這是「信仰在面對時流時，所表現出來的因時制宜、因地制宜的摸索、調整、與論爭的過程。」不過很顯然的，這個焦燥的心情一直延續到他第三本評論集《文學經典與文化認同》，甚至還因此誕生附產品——散文集《CD 流浪記》。但是到他新近出版的第四本評論集《殖民地的傷痕：台灣文學問題》，這樣的摸索與調整似乎有了出路。

逼上梁山

客觀地講，作為一名堅持追求國家統一、甚至毫不在乎自己身上「統派」印記的台灣文學研究者，呂正惠這十年的處境就像他在《戰後台灣文學經驗·序》裡所說的：「在八、九〇年代之交，我更像台灣文化主流的『邊緣人』，有時候甚至感覺到，連『邊緣』都沾不上。」但他從不認為自己的想法錯了，只承認是不合時宜，所以這種「特殊的孤獨經驗」並沒有讓他沉淪。近來他把自一九九三年以降發表的十餘篇研究日據時期台灣文學的論文結集成書，並且藉此向獨派學者宣告：此後兩年他將致力撰寫日據時期台灣文學史！

呂正惠「對話」的對象，有的是昔日老友，更有的是曾經親密的學生。然而就像他在《殖民地的傷痕》序裡說的，他很高興在長期的沮喪與鬱悶之後，終於出版了這本書。這個行動對他而言有個重大的宣示意義：「既然都已獨行上了梁山泊，那就堅持到底吧！」他拒絕接受研究者刻意漠視史實、只為了突顯特定論述的、有意扭曲的操作手法，就如同他從不同意把「皇民化」時期的反抗者、及為私利而屈從者從「道德」上一律抹平是相同的道理。

除了這本新著，呂正惠另一項引起學界注意的工作，是和大陸資深的現代文學研究者趙遐秋先生，共同主持、主編一部《台灣新文學思潮史綱》。用台灣版發行人陳映真的話來講，這本由呂、趙兩人主編、結合兩岸台灣文學研究隊伍共同撰寫的文學史著，「是抵抗台灣新文學陣地遭到『台獨』派排他性獨占局面的一個重要陣仗。」這話也許語出驚人，不過平心而論，這本書起碼是目前唯一與葉石濤、陳芳明、游勝冠等本土文學史論述肉搏交戰，搶攻台灣文

學史解釋權的有心之作。對學術研究來說，總是多了一個論證的參照系統，因此學界的後續反應值得期待，新的戰端也許不久即將引爆。

「轉行」研究現代文學那麼多年，呂正惠對於年輕一輩的研究很不滿意，其中的論調倒是值得省思。他說：

> 一般人以為現代文學不難做，但是現在普遍的問題，是一般人對現代社會缺少整體性的了解，沒有辦法從文字資料重構當時的歷史環境。台灣文學也是一樣，大家以為我們活在台灣，研究一定沒有問題，但是其實大部分人都不能掌握歷史背景。所以當前最重要的課題是，要重新廣泛閱讀過去那個時代的一切資料，建立新的歷史意識。

存在決定意識。這是非常「唯物」的講法，也是非常「正確」的觀念。

重回古典的可能

在梁山泊待得久了，而且動不動就是腥風血雨的，會不會讓他興起「回歸」的念頭？看來答案是可能的。何況嚴格說起來，呂正惠並不能算是完全「轉行」，只能說是跑去「兼職」了，他對古典詩詞的研究興趣從來沒有斷過。他說：

> 兩岸的台灣文學研究，以我的學術觀點來看，都有很大的欠缺，所以我認為我應該回去寫一部台灣文學史。等到台灣文學史寫出來之後，我的責任就已經了了，該做的都已經做了。古典文學我這幾年雖然不太做，但是大陸的成果一直有在收集，我覺得大陸的資料整理、基礎研究都做得很好，如果以他們的基礎研究做為憑藉，加上我的觀點，相信我可以繼續做出一點東西。

呂正惠認為，古典文學是傳統士大夫階級的產物，傳統士大夫階級在過去

的社會有他們的地位，所以他們寫出那樣的作品是可以理解的。問題是中國已經進入現代社會，現代知識分子和傳統士大夫階級是不一樣的，他對社會應盡的責任、和可發揮的功能也和傳統士大夫不一樣。他認為我們可以用現代社會知識分子的觀點，回去看傳統士大夫的優點和缺點，而且如果以此為基礎回去看古典文學，應該會有符合現代人的看法，這也是他覺得自己可以努力的地方。

這麼看來，我們除了可以期待呂正惠的《台灣文學史》，還可以期待他回到古典文學研究以後的作為。而到時候回歸古典、不再孤獨的他，應該也就不至於再譜出另一首「流浪者之歌」了吧！

呂正惠按：這訪問記完成後不久，我於二〇〇四年二月從清華大學退休，到淡江大學任教。退休一、兩年內，我的心境有了很大的改變。我不再執著於台灣內部的統獨之爭，放棄了《台灣文學史》的寫作，並決定逐步回到古典研究。最近幾年，我已經寫了好幾篇唐代文學的論文，其中有兩篇，〈韓愈師說在中國文化史上的意義〉和〈武周革命與盛唐詩風〉，自己覺得還比較滿意。我現在似乎已經找到了研究唐宋文學的一種新方向，希望可以不斷的做下去。我現在關懷點是，如何重新理解中國文化，並思考中國文化的前途。（2011、9、30）

《文訊》203 期，2002 年 9 月

曲折的道路
──我如何接觸西方理論

　　本書的主要部分寫於一九八○至八九年間，八九年之後我的精力轉移到台灣現、當代文學，古代文學的文章都是零星寫成的。最近幾年雖然想回到古代文學，但只能算熱身階段，只寫了本書中的五篇半。作為一個學者，我受了現實政治太多的牽絆，從研究古代文學的立場來看，這也許是個致命傷。但要說我的古代文學的文章看起來不太合乎學術規範，有一些特殊的風格，其原因也就在這裡。

　　當代大陸的古代文學研究，在我看起來，是有明顯的規範可循的。一九八○年代以前姑且不說，就最近三十年而論，大陸學界重視的是「實學」，文獻功底深厚，然後再以「知人論世」的原則來搜集、整理史料，透過綿密的工夫討論各種相關問題。也許有人會說，這種研究取徑稍嫌狹隘，但從好的方面來看，一個初入門者很容易就能學到寫論文的方法。

　　台灣的古代文學研究就不是這樣。從一九六○年代開始，我們一直承受著巨大的壓力，在方法論上無所適從。這個問題有點複雜，可能要從當時台灣整體的文化氣候談起。

　　一九六○年代，台灣文化界基本上有兩股力量相互激盪。由於國民黨政權認為，他們所以失掉大陸，文化政策的失敗是主要原因之一，同時，他們又以「破壞中華文化」作為共產黨的重大罪行之一，所以，他們以最保守的態度來維護中國文化。用五四派學者的話來說，國民黨大力提倡的是中國的「封建文化」，並且不斷宣傳「堯、舜、禹、湯、文、武、周公、孔、孟、程、朱」的

道統，最後接上孫中山和蔣介石。這樣，各級學校的國文課和大學的中文系就成為他們看守得最嚴密的陣地。在一般人眼中，國文課和大學中文系也就成為很少人有興趣的「古董」，是裝飾用的，和現實生活沒有多大關係。

　　跟官方的意識形態相反，在文化圈中更有影響力的是西方的自由主義思想。胡適雖然在一九六二年就去世，但他在台灣的信徒還是不少，而年輕的、更具反叛性的一代，由於對國民黨嚴密鉗制思想的不滿，又進一步把胡適的思想激進化。六〇年代的文化「英雄」是李敖，他毫不妥協的提出「全盤西化論」。他的名言是，學習西方文化不能挑著要，不能只要好的、不要壞的，我們要西方的民主、科學，同時也就要西方的梅毒（大意如此）。

　　跟著西化論一起盛行於台灣文化界的，是西方的現代主義思想和文學，這種思想與文學，被視為世界上「最現代、最進步的」潮流。在我就讀於台灣大學中文系期間（1967-1971），凡是被認為最優秀的文學院學生，沒有人不談邏輯實證論、存在主義和現代詩的，這些都是西方先進文化的代表。

　　這樣，我們中文系的學生就分出兩類來：無知無識的，只會背講義和課本，和趕流行的、被時潮牽著鼻子走的。我屬於後面一類，而且是其中最笨拙的一個。

　　那時候，台灣的大學教育已經非常畸形，最優秀的學生選擇讀理、工和醫科，其次讀法、商，最差的才讀文科，而文科中最優秀的大都選擇外文系，總之，未來出路是唯一標準。當然，也有極少數好學生選擇讀文、史。中文系的好學生又分成兩類，第一類以復興中華文化自許，天真的相信國民黨，這一類當然不趕時潮。第二類，不相信國民黨，跟著潮流走。我說我是後一類中最笨拙的，是因為，我雖然跟著大家走，卻一直走在最後面，怎麼趕也趕不上。我一直覺得自己很笨，因為別人學新東西一學就會，而我就像唸不熟悉的宗教經典一樣，總是唸得結結巴巴。

　　那時候，台大外文系帶領著台灣文壇，他們已經出了一批名作家，而中文系則寥寥可數。現在，他們又「侵入」中國古代文學領域，一直批判中文系抱殘守缺，看文學作品只會用最古老的方法。我沒辦法像中華文化復興派那樣對

他們嗤之以鼻，只能以類似朝聖的心情注意著外文系學者怎麼講。老實說，那時候（包括 1971-1973 在台大讀碩士時）我還真認真，外文系學者寫的文章，我很少沒讀的。

這樣，我就陷入一個困境中，我喜愛中國古代文學，但既沒辦法為它辯護，又不知道如何研究；而我，卻夢想著做一個研究古代文學的教授，這個教授要怎麼當法呢？

於是，我下決心回去苦練英文，想要自己到西方書籍中取經。我的方法是最笨的，不斷的查單字，只練「讀英文」，其他聽、說、寫全不要。幾年下來，勉強還可以看。不過，這不能解決我的苦惱。就習性而言，我還是喜歡傳統「知人論世」那一套，我喜歡讀歷史，更加深我對這種方法的偏愛。但我讀的西方理論基本上不理這一套，尤其當時在台灣盛行的美國新批評，更是對它大力抨擊。這樣，我花了幾年工夫學到的新方法幾乎完全用不上，我更加覺得是自己笨，怎麼學都學不會。

由於雙腳分踏在新、舊兩條船上，我的碩士論文連自己都不滿意，不敢報考台大博士班，就按台灣規定，先去服兩年兵役。服完兵役後，失業一年，第二年（1976）才勉強擠上東吳大學博士班。這是我非常苦悶的一段時間，但沒想到，台灣社會也正在悄悄進行大變化，我終於充分意識到這一點，並且從現實的衝擊中勉強找到了出路。

一九七○年代中期，長期控制台灣社會的國民黨面臨兩大衝擊：政治上，黨外運動一波強似一波，威權體制難以維持；文化上，鄉土文學運動強烈要求「回歸鄉土」、回歸現實，大力批判六○年代的西化風潮。我完全支持這兩大運動，這樣，我開始從書齋中走出來。

七○年代的大反叛，首先讓我覺悟到，文學跟社會現實的緊密連繫，於是西方理論（特別是美國新批評）那種「文學具有獨立性，可以孤立於現實之外」的理論預設不攻自破。長期以來，我不敢宣之於口的對西方流行理論的懷疑，現在從「懷疑」上升到「根本不相信」，這樣，「知人論世」又重新具有了正當性，這是我擺脫「西化論」的第一步。

　　也就在這時候，我開始偷讀一向被視為禁忌的馬克思，開始接觸歷史唯物主義。在馬克思的思想體系中，這是我最信服的一部分。它告訴我，所有精神性的東西，都可以找到物質基礎。也就是說，再抽象的文學理論、再唯美的文學，都可以從廣闊的歷史背景加以解釋。我認為這和中國的「知人論世」完全不衝突，而且可以讓「知人論世」的方法變得更細密，更具有可操作性。

　　就在這種背景下，我逐漸對我所喜愛的古代詩詞產生不滿。我覺得它們太靜態、太閉鎖，跟社會現實的關係太遠。相對來講，我比較熟悉的西方文學作品──十九世紀的西方小說，明顯更貼近現實，更具有「介入性」。這時候我也能偷讀一點魯迅，深深覺得，魯迅勸人少讀中國書是有道理的。

　　一九八○年代大陸經歷過新啟蒙運動的讀者可能會覺得，我的「覺悟」太奇怪了，太不可思議了，因為我走的路剛好和他們相反。大陸是從政治到非政治，我是從非政治到政治。不過，我確實是從一九七○年代的強烈現實感中找到了評論古代詩詞的一條道路。

　　〈內斂的生命形態與孤絕的生命境界〉一文最能表現我當時的心境。我認為，中國傳統文士的困境就在於他們常常被隔絕在一個抒情空間中，對現實無能為力。我用極為抒情的筆調來描寫傳統士大夫的悲哀，事實上表現的是我企望「介入」社會現實的強烈欲求。不論是在大陸、還是在台灣，到現在都還有朋友表示喜歡這一篇短文，可見我不是無的放矢。（〈中國詩人與政治〉和〈悲劇與哀歌〉的第一節，也都表達了類似的看法。）

　　這樣的文章有點像「學術雜感」，學術界也許會認為不能算是「研究」。在「研究」上，我的方法是偷偷的使用馬克思的階級理論。唐朝是門閥士族逐漸被新進士階級取代的社會結構的大變動期，我在〈鮑照與杜甫〉、〈杜詩與日常生活〉、〈元和詩的日常生活意識與口語化傾向〉（本文是我的博士論文中自覺比較滿意的一章）雖然沒有提到這一階級變遷，事實上是要論述從六朝詩到唐詩再到宋詩的詩歌寫作方式，如何反映了這一階級變遷。在台灣中文系的行規中，我如果公然提出馬克思的階級論，一定無法在學術界立足。然而，我這種不插旗幟、暗中挪用的方法卻讓我得到一些師友們的讚賞。我現在還認為，

這是我寫得比較好的古代文學「論文」。

也在這一段時期，高友工先生從美國回台大外文系客座一年，我去旁聽。高先生講他自己發展出來的中國抒情文學美典論，他認為，中國文學的最大特色就在於這種抒情美典（抒情文學的美學經驗的獨特形式）。高先生所欣賞的美學經驗，正是我當時特別反對的中國抒情詩的內斂形態。我對他的美學判斷不以為然，有時候故意跟他抬槓，但高先生跟一般外文系學者的最大不同是，他強調中國文學的獨特性，這對我的思考產生強大影響。既然中國文學有它的獨特性，我們就不能隨意使用西方理論來詮釋中國文學，因為這些理論所據以產生的西方文學和中國古代文學差異太大，因此這些理論對中國文學的適用性也就非常有限。高先生的詮釋方法，對我進一步從「西化論」解放出來產生很大的推進作用，從此以後，我就不再相信西方文學理論是萬能的，也決不隨意套用西方理論。

在高先生這一傾向的影響下，我寫了兩篇文章，〈抒情傳統與中國文學形式〉和〈物色論與緣情說──中國抒情美學在六朝的開展〉。在前一篇文章中，我從中西文學形式的比較中論述中國古代文學非常偏重抒情，並且企圖說明古代文學的主要文學形式如何表現它們獨特的抒情方式。在第二篇文章中，我分析這種抒情文學精神主要是從古詩十九首開始的，並且進一步說明，六朝的文學理論如何反思這一問題。這兩篇我都寫得非常用心，就寫論文的觀點來看，這兩篇的論述過程比較詳盡，我自己也比較滿意。作為「高派」理論的延伸論述，這兩篇也比較引起台灣學界重視。對我自己來講，這兩篇的意義在於：我終於拋棄套用西方理論，找到自己的論述方式。

高先生的美學感受是比較獨特的，我雖然不贊同他的偏愛，但還能領會他的說法。有一次他談到普魯斯特，談到普魯斯特小說對「回憶」的處理方式，讓我留下深刻印象。不久我就讀了班雅明論普魯斯特那一篇名文，有了進一步的體會。過了一段時間，我突然想到，杜甫晚年的某些詩作和周邦彥、姜夔一派詞人對往日情事的不斷回顧，都可以用這種方式重新詮釋，於是先後寫了〈庾信與杜甫〉和〈周姜詞派的經驗模式及其美學意義〉兩篇文章。這兩篇文

章在高先生兩次短暫回台灣時，我都曾呈請他批閱。按我的記憶，高先生所以對我有比較深的印象，主要是由於這兩篇文章。為了第二篇，他還跟我寫了一張便條，並且當面告訴我，最好如何修改。事實上，這篇文章正是要反對他對南宋詠物詞的欣賞，而他完全不以為忤。

當時我的文學喜好雖然和高先生相反，但他還是教會了我如何更細緻的分析不同的抒情文學經驗。抒情文學理論是西方文學理論最薄弱的一環，長期以來，我所以對西方理論深感困惑，主要原因就在於，西方理論很難應用來分析中國的抒情文學，而抒情文學正是中國古代文學的核心部分。高先生在這方面對我影響很大，他讓我知道，關於這一點，我們中國人只好自己動手、自己思考，西方理論最多只能起到一些輔助作用。

總結以上所說，一九八〇年代我所以終於從六〇年代「西化論」和西方理論至上論走出來，主要源於我對現實政治的關切，因此反過來思考我一向喜愛的中國抒情詩。因為有一種反彈情緒，我反而能客觀的加以審視。就在這個時機，馬克思的歷史唯物主義和高先生的抒情美學論從完全不同的方向幫助了我。從此我才了解到，沒有自己的喜好、沒有自己的關懷點，沒有自己對各種不同文學作品的廣泛閱讀，任何理論都不能為你所用。理論最多只能發揮一點幫助思考的作用，理論不是萬能鎖，問題要自己找、自己解決。

現在回顧起來，在一九八〇、九〇年代之交，我大致已掌握了一套自己對中國抒情傳統的分析方式（這種分析方式還可以推展到唐宋古文），但很遺憾的，我並沒有循著這一方向發展下去，因為另一個迫切的現實問題完全占據了我的心思。

就在這時候，兩大反對運動，突然以民進黨組黨（1987）匯合成一股越來越龐大的台獨運動，這一運動因李登輝擔任十餘年的總統（先是代蔣經國死後的空缺，再正式擔任兩任八年總統）、以及二〇〇四年陳水扁當選總統而達到高潮。身為農村出身的南部台灣人，從小敏銳感受到台灣的省籍矛盾，我對這一運動有比較深切的理解。但我無法接受，這一運動竟然以「仇視中國」與「脫離中國」作為主要訴求。在那一段時間，我每次聽到我的台灣同胞肆無忌憚的蔑視

中國的言論，都會感到椎心刺骨的痛苦。我的民族尊嚴受到最嚴重的傷害，而傷害我的人竟然不是美國人、不是日本人，而是從小跟我一起生長的、最親密的台灣同胞（他們深受美國、日本影響）。

在八〇年代末期，我逐漸寫起台灣現、當代文學評論，主要是為了呼應鄉土文學運動，現在，我更加不願意放棄。台灣文學性質論（台灣文學是否具有主體性？）變成是反對陣營（都反國民黨）統、獨兩派論爭的焦點。統派越來越勢單力孤，我的文章逐漸沒人看、甚至沒地方登。我在這個陣地白白浪費了十年的光陰，現在回想起來，就像一場夢魘。

不過，這一段痛苦的經歷還是對我有好處。我逐漸反省到，國民黨大力推揚中國的封建文化、西化派以完全否定中國傳統來對抗，這一切竟然成為台獨派藐視中國言論的基礎之一。這樣，我就意識到，五四時期的激烈反傳統可以發展成這種畸形的背棄中國，這恐怕不是五四知識分子所能料想得到的。

也就在這個時期，在大陸所進行的新啟蒙運動，有些思考模式，竟然和台獨派頗有神似之處，讓我更為震驚。我看過《河殤》影片，才發現，台獨派早已把影片中的大陸型文化和海洋型文化的對比，轉移為自己所用。後來我聽到一種議論，認為中國現代化的最佳途徑就是被西方殖民。台獨派其實是一種模擬版的「脫亞入歐」論，認為台灣已經西化，因此不屑於當落後的中國的「後代」。這樣，我在大陸的極端西化派和台獨派找到一個共同的源點：崇拜西洋文化、藐視中國文化。由於他們對我所進行的慘痛洗禮，我終於能夠徹底反省到，五四時期所掀起的激進反傳統潮流，現在應該功成身退。現在中國人除了在政治、經濟領域繼續發展之外，還必須在文化領域尋回自主權──我們必須重新肯定傳統文化，不然，不足於立國。

就這樣，我重新閱讀中國歷史、重新思考中國文化，重新在更廣闊的角度思考西方文化的發展歷程。在這種文明對比下，我終於有信心再回去詮釋中國文化。

我的思考歷程非常複雜，這裡只講最簡單的一點。西方文明的源頭是希臘文明，希臘文化的發源地，希臘半島的核心區，其面積比現在的浙江省還小，

因此希臘人必須往外殖民。他們的殖民地，最北方是黑海沿岸，再到小亞細亞，再散布到義大利半島南部和西班牙海岸。雅典帝國的全盛時代，其殖民地遍布地中海沿岸。再看中國文明，從夏、商、周三代以來，核心區是黃河中下游的河南大部分、陝西東部、山西西南部、河北南部、山東中、西部，再加上一小部分的江蘇、安徽、湖北。把現在上述北方各省的面積總和再扣除一些，總面積約四、五十萬平方公里，約略相當於現在的法國。以這裡為基礎，再擴展到長江流域及南方各省，在漢帝國時期，其面積接近整個西歐的總和，成為全世界最龐大的農業帝國。它的發展是蔓延式的，完全不同於希臘的海外殖民。這樣歷史形成的文明和希臘文明當然不一樣，的確是大陸型與海洋型的強烈對比。我們可以從各種條件解釋各自的發展歷程及其特質，但如果我們只責備中國為什麼不像希臘一樣發展，天下有這麼荒謬的邏輯推理嗎？這根本違背了最簡單的歷史唯物主義原則。

再舉一個更鮮明的例子。一九五〇年代，多少大陸歷史學家激烈爭論，中國什麼時候脫離奴隸制時期，什麼時候進入封建制時期。他們忘記了，馬克思只把東方社會籠統稱之為東方專制主義，把它劃在西方社會四個時期的「化外」之地。事隔五十年，現在的歷史學家在認識上好像逐漸趨於一致：中國歷史上好像沒有典型的奴隸制，像希臘、羅馬時代；好像也沒有典型的封建制，像西方中世紀。從五四到現在，我們全部都在拿西方的尺衡量中國，並對中國指手劃腳：你為什麼沒有長成這個樣子，你為什麼沒有變成那個樣子？就我個人來講，我好像做了一場荒謬的夢，醒來才發現自己真可笑。就這樣，我徹底擺脫了「西化論」和西方中心觀。這個時候，我也發現自己已經六十歲了，這種歷史感受未免太深刻，以致於有點辛酸。

崇拜西洋文明，唾棄自己的文化，是現代中國人的宿命。事實上，不論是研究中國文化，還是研究中國古代文學，總會多多少少背負著這種宿命感，從而在一般人的眼中成為一種特殊人物。這一情況，在台灣比在大陸嚴重得多。雖然我已年齡老大，但能釐清這一歷史迷霧，還是感到欣幸不已。我還可以努力個二十年，總還可以寫出一些東西。即使寫不出來，中國人才眾多，一定有

人可以做出更好的成績，也不必為自己感到遺憾。這是我自己一本比較完整的古代文學論文選集，因此不嫌囉嗦，講了這麼多，藉以記錄一段歷史經驗，同時也藉以自勉。

2010/4/5

本文原為大陸版《政治現實與抒情傳統》（華中師範大學出版社，2011）的序，現在原題之上另加附標題。

西方文學理論與中國文學研究
——基於個人經驗的方法論思考

一

　　一九六〇年代是台灣文化精英最為追求西化的時期。六四年至六七年我就讀於台北市最好的高中建國中學，文星雜誌所宣揚的西方現代思想與文學、李敖所大聲疾呼的全盤西化論，其餘波仍然可以在校園內感受得到。雖然大專聯考的壓力是那麼沈重，但李敖思想的震蕩仍不時的可以在校刊上（建中青年）的文章找到迴響。

　　一九六七年到七一年，我就讀於台灣大學中文系。當時，校園內每個星期都有學生社團所辦的演講，內容幾乎全是以西方現代思想和文學為主，不然就是請當代作家（特別是現代詩人）來談論他們自己的創作。那個時代，中文系幾乎等於中國古典文化系，課程設計非常保守。我因為喜歡聽各種演講，終於沒有成為一個傳統的中文系學者。

　　中文系的隔壁就是外文系，台大外文系已經出了白先勇、王文興、王禎和這些小說家。此外，陳映真出身於淡江文理學院英文系，現代詩人和理論家余光中和葉維廉都是師大英文系出身。外文系學生掌握了通向西方的語言，成為時代的寵兒。除了上述諸人的作品和評論外，我還到處尋找夏濟安、夏志清兄弟和其他外文系學者的文章，想從裡面吸取關於文學的新知識、新觀點。

　　在我讀大三、大四到就讀碩士班的階段，台大外文系的顏元叔突然成為文

學界的焦點。他的現代詩、現代小說評論，我每篇必讀，我想從裡面學習新的批評方法。後來，顏元叔居然跨進中國古代文學領域，並在外文系成立比較文學博士班（1970），鼓勵外文系學生研究中國古代文學。這個時候，人在海外的葉嘉瑩（我大二上過她的課），寫了一篇很長的文章，對顏元叔及一些解讀中國古典詩的新作風大力批判。這一次的論戰，在我們這些中文系新派研究生中引起了不小的激盪。

　　進入碩士班以後，為了更切實的學習西方理論，我開始試著讀英文論著。這一工作，持續了十多年，時斷時續，但最終還是勉強可以閱讀了。雖然為此花了不少時間和工夫，但卻反而引發我其後的反省，算起來是非常值得的。

　　我第一次的反省是在七○年代的中期，但反省的基礎卻是長期存在的。從大學時代到碩士階段，我不斷的閱讀古代詩歌，從建安時代到陶淵明、謝靈運，到初、盛唐，我的基礎比較紮實。碩士論文研究元稹、白居易，由此又讀了不少中唐詩，也連帶讀了一點宋詩。我讀詩的方法還是傳統的「知人論世」，重視時代背景、詩人生平和作品編年。這種閱讀方式和我所學到的西方理論（以美國新批評為核心）無法調和。我總覺得，外文系學者所說的，不論多麼有道理，總是流於片面，我認為那是中國古代作品讀得不夠多，只看到一點，沒有看到全面。但那時，我還沒有能力解決這一矛盾。

　　觸發我全面反省的是七○年代的鄉土文學論戰。那個時候，台灣政治、社會各方面問題叢生，鄉土文學「回歸鄉土、回歸現實」的呼籲我完全認同。我突然意識到，新批評（及類似理論）那種把文學孤立化的作法是絕對行不通的。那時，我已開始讀盧卡奇的小說批評，由盧卡奇讀到馬克思和恩格斯的意識形態理論。由此知道，人類的精神文明可以從物質面加以解釋。這種詮釋法，我覺得和傳統的「知人論世」完全可以調和。因為讀了盧卡奇和馬克思，我的「知人論世」法可以更精細，不至於流為瑣碎的考據；但因為我一向以「知人論世」法訓練自己，包括仔細閱讀歷史，我的左派理論又不至於太教條。從這種結合，我開始找到信心。方法上信心的增強，有助於我的判斷力，我敢於決定，哪些理論可以讀，哪些理論對我用處不大，不必太花心思。

　　也在這一段時期，高友工從美國回台大外文系客座一年，我去旁聽。高友工講他自己發展出來的中國抒情文學美典論，他認為，中國文學的最大特色就在於這種抒情美典（抒情文學的美學經驗的獨特形式）。高友工所欣賞的美學經驗，正是我當時特別反對的（那時候我關懷現實，欣賞介入社會的文學）。我對他的美學判斷不以為然，有時候故意跟他抬損，但高友工跟一般外文系學者的最大不同是，他強調中國文學的獨特性，這對我的思考產生強大影響。既然中國文學有它的獨特性，我們就不能隨意使用西方理論來詮釋中國文學，因為這些理論所據以產生的西方文學和中國古代文學差異太大，因此這些理論對中國文學的適用性也就非常有限。高友工的詮釋方法，對我進一步從西方文學理論解放出來產生很大的推進作用。

　　現在可以把八〇年代前期經過反省以後，我當時的看法撮述如下：

　　首先，我以為，一定要先熟悉中國本身的文學傳統。葉嘉瑩批評顏元叔，主要是說，顏元叔不了解中國詩歌傳統，讀一首有所得即講，這樣就會產生一些不應有的聯想，事實上只要熟悉傳統，就會知道，這是講不通的。葉嘉瑩的文章有一些意氣之言，讓顏元叔看了極不舒服，但這個原則無疑是對的。當時，與我同屬新派的同學，有些人寫起文章來，漫無限制的發揮想像力，我心裡也不太以為然。同時，也常見到把一首詩講得神乎其神，其實，同類的作品，在這首詩之前早已出現，而分析者卻毫不知情。我自己在這方面，比較受鄭騫和葉嘉瑩兩位先生影響，一直以為，古代詩歌讀得越多越好，同時還要了解，古人如何詮釋這一傳統，這樣，才不會在解說時違背歷史常識。[1]

　　當然，我也了解，只熟悉傳統是不夠的。我看到另一種中文系學者，傳統修養算是相當好的，但寫起文章來陳陳相因，似乎毫無創見。他們的問題是，

---

[1]　一九七〇年代，除了新批評外，介紹到台灣的西方理論還有神話基型批評、心理分析批評、結構主義及其語言分析、現象學批評等。不過，應用這些理論的實際批評均不多見。我曾在〈新法看舊詩──台灣七十年代新型說詩方式的檢討〉（《中央研究院中國文哲研究的回顧與展望論文集》，台北：中央研究院中國文哲所，1992）一文中，對此加以檢討。

用古代（不論是宋代、明代、還是清代）的話來詮釋古代，當代人讀起來會覺得還是那一套老話。他們可能有他們的優點，但當代人無法接受。這時候，西方理論有一種對照作用，藉用西方理論的「明確概念」和「邏輯推理」，我們可以學到一種新的陳述方式。但是，看到西方理論所關心的問題，和中國文學所關心的問題似乎完全不搭調，又可以引發我們的思考。我初讀亞里斯多德《詩學》的時候極為困惑，因為看不到與中國古代文學有何關係。經過思考，我才了解，亞里斯多德講的是悲劇，其次是史詩，他的《詩學》裡的「詩」幾乎不涉及抒情詩。這個經驗，就成為我把中國古代文學和西方文學對照加以思考的起點。

亞里斯多德的《詩學》提到「模仿」，這是文學創作原理的「模仿」，而賀拉斯和古典主義者的「模擬希臘人」或「模擬古代人」則類似中國古代文學理論中的「復古論」（特別是明、清兩代的「復古論」）。因為中國的「復古論」也講「模仿」，就有人把它和亞里斯多德的「模仿」搞混了。我從這種地方領悟到，必須把中國和西方的兩種理論分別梳理清楚，才不致於亂用西方理論。

但是，最大的困難還在於，你可能會覺得，中國是中國，西方是西方，各有一套，完全比不上。這就是我長期困惑的原因。有很長一段時間，我很氣餒的地方就在於：我兩邊都讀，但似乎一點用處也沒有，寫出來的論文還是那麼傳統，就像我的同學看過我的文章常說的，「你還是很傳統嘛！」這讓我很自卑。我佩服別人的「新」。後來我才了解，那種「新」，是不管三七二十一先用了再說，直接把一種新理論拿來套用在中國文學上，別人很稱讚，我卻怎麼看也不習慣。這個階段，我還不敢公開批評這種作法，只能在心裡不以為然。

現在反省起來，我當時所以覺得，自己好像有了一點新看法，其原因之一，還在於，除了讀西方理論，我還盡力去讀西方文學作品，至少大致理解它的形式和內容。這時我才知道，從荷馬到浪漫主義，西方大作家，沒有一個是只憑抒情詩而成為大作家的，浪漫主義的歌德、華滋華斯和普希金也是如此。而按照西方的分類，李白、杜甫、蘇軾，都只能算抒情詩人。這樣，我對西方

理論之難以用來解說中國古代文學，也就終於恍然大悟了。[2]

我在一九八〇年代中期，大概也只能反省這些問題。

二

從一九八〇年代末開始，我陷入新的危機之中，這種危機來自於兩岸的現實政治，但最終卻導致我對中國文化、乃至中國文學產生一重全新的看法。

八〇年代末，台獨思想開始逐步高漲。與其說，這是一股台獨思潮，不如說，這是居住在台灣的大部分人想要脫離中國的流行想法，因為認同這種想法的不只是狹義的台灣人，還包括許許多多的外省人，特別是外省第二代。那時，兩岸開始接觸，台灣人（廣義，下同）清楚意識到大陸各方面遠比台灣落後，而大陸聲稱，台灣是中國的一部分，因而他們急著宣布，台灣不想跟中國統一，或者根本否認台灣跟中國有任何關係。

與此同時，大陸正在改革開放初期，大陸許許多多的人迷信西方，盲目相信自由市場和西方式民主。當時，大陸有人提出一種理論：中國是大陸型文明，西方是海洋型文明，中國要現代化，必須拋棄原來的大陸型文化，改走海洋型文化。這是八〇年代大陸的「全盤西化論」，而這種想法，也正是台灣人據以脫離中國的最重要的理由。在八九年的危機中，兩岸的西化派同時表現出對中國文化的藐視與拒斥。面對這種困局，如何重新定位中國文化變成是無可推托的工作，我這一次的反省顯然要比七〇年代那一次更徹底才行。

我的思考非常複雜而漫長，我把我的結論式的看法以兩種對比呈現出來。

首先，和中亞的「河中文明」（介於阿姆河和錫爾河之間的綠州平原）相比，

2　一九八〇年代初，基於以上的反省，我曾撰寫二文，〈中國文學形式與抒情傳統〉和〈物色論與緣情說——中國抒情美學在六朝的開展〉（均收入《抒情傳統與政治現實》，台北：大安出版社，1989），前者從比較中西文學形式的差距來談論中國文學的抒情性，後者談論此一抒情性在中國文學傳統中是如何建立的。二文均受高友工「中國抒情美典論」的啟發，同時表達了我對中西文學差距的初步體會。

中國以黃河和長江為核心的農業文明足夠廣大，因此有力量抵擋長城外的游牧文明。即使有時抵擋不住，也足以藉著龐大的人口與先進的農業生產，把入侵的游牧部落（人數相對少得多）融化掉，而得以長期保持穩定。反過來講，「河中文明」面積小，人口少，又地處游牧部落由東向西、由北向南遷徙的要衝，它的統治者隨著游牧民族的遷徙不斷變化，而其原始居民，只好調整自己，隨時與不同的游牧民族相處，它的文明形態只好不斷變化，很難維持長期性與穩定性。

再看希臘文明，希臘文明的核心區是現在希臘半島的下半部，其面積約略等於現在的浙江省，面積既小，又多山區。因為土地狹窄，居民不得不往外發展。他們沿著地中海，往北發展到黑海，往西發展到西班牙海岸，到處建殖民地。希臘文明是標準的地中海文明，它靠著地中海發展，就像中國靠著兩條大河及其廣大平原、高原發展。怎麼可能要求中國文明像希臘文明一樣？

西洋近代文明從義大利開始。先是義大利的威尼斯、佛羅倫斯等城市獨占地中海航線，後來西班牙、葡萄牙發現了新大陸和新航線，再來是荷蘭、英國和法國。它們先是進行海外貿易，接著進行大規模的海外掠奪。很多人都忘了，沒有海外掠奪和奴隸買賣，就沒有近代西方的原始積累。中國文明可能這樣發展嗎？中國歷史上只有向北、向西的防禦，和向南的縱深發展。明、清以來，頂多只有廣東、福建的農民逐步移民海外，往北，只能移民到東北和內蒙。中國人要的是可耕地，而不是跳向遠方的殖民地，以及對殖民地的掠奪。

所以，只能得出一個結論：中國是有史以來，世界上最龐大、最穩定的農業帝國，它的文明形態之不同於希臘文明或西方近代文明，可謂昭然若揭。

作了這樣的文明形態比較思考以後，我才徹底從五四的反傳統思考模式解放出來。五四新文化運動的領導人急於救國，認為中國傳統文化不行了，只能引進科學、民主，或者馬克思的無產階級革命論。在他們那個時代，我們無法責備他們，也許只能這樣想。經過一百多年的奮鬥，中國不但免於被瓜分，竟然還能站得起來，這個時候，如果還像五四時代那樣思考，認為一切還都要以西方文化為標準來衡量中國文化，那又完全無視於歷史的變化，那就未免太頑

固了。

我終於想通了，一九八〇年代大陸的「海洋文明論」和八、九〇年代台灣的「脫中國論」，都是西方文明對中國衝擊的最後一波。這是「西化論」的迴光返照，此後，我們應該可以更客觀的從「歷史形成」的觀點來研究中國文明和西洋文明。這時候，西洋文明只是一個參照系統，而不是衡量標準。

況且，從世界史的眼光來看，西方文明也只是世界諸文明的一個部分。西方文明從各文明中脫穎而出，始於十六世紀，但從十六世紀到十八世紀，中東的鄂斯曼土耳其帝國、印度的莫臥兒帝國、東亞的清帝國都還有很長的強盛時期，西方文明並不占有絕對優勢。實際上，西方征服全世界，一直要到十九世紀才完成。一九一四至一九四五，短短三十年間，西方內部發生兩次大戰，這就暗示，西方在達到顛峰期不久就出現了問題。現在回顧起來，與其說二十世紀下半期是美國帝國的黃金時代，不如說是西方文明的迴光返照[3]。西方文明的偉大是不容否認的，但西方近代資本主義帝國主義為人類所製造的重大災難與嚴重問題，也是有目共睹的。我們很難把近代西方文明確立為人類文明的永恆標準。

在七〇年代的反省中，我只想到要先熟悉中國文學傳統，再做研究，不要胡亂比較。現在終於覺悟了，這是世界文明模式的對照，而不是比較。

後來我發現甘陽也類似的想法，但講得比我具體。他認為，面對西方文化，中國思想界通常採取兩種方式，或者強調中西文化的差異、或者主張中西

---

[3] 猶太裔美國學者里亞・格林菲爾德最近在為他的巨著《民族主義：走向現代的五條道路》（上海：上海三聯書店，2010）的中譯本撰寫序言時，說：「我們正面臨著一場歷史巨變。我們敢於如此斷言，因為促成這一巨變的各種因素已經齊備，我們只須等待它們的意義充分顯露出來。除非那個至少能夠消滅人類三分之一的前所未有的浩劫降臨人間，否則沒有什麼能夠阻擋這一巨變的發生。這一巨變就是偉大的亞洲文明崛起，成為世界的主導，其中最重要的是中華文明崛起，從而結束了歷史上的『歐洲時代』以及『西方』的政治經濟霸權。」這一類的言論事實上不只一個西方學者講過，華勒斯坦也有相同的看法，請參看華勒斯坦 2007 年 11 月 3 日在上海大學的演講〈生活在後美國的世界〉，上海大學當代文化研究網。

的融合。融合論者通常會認為，應該將西方的長處融入中國，但到一九九○年代所謂全球化的時代，卻變成了中國被西方融合，從「融合進來」轉變為「被融合」。他引述畫家潘天壽的話，認為應該「拉開距離」、「兩端深入」。意思是，如果我們從歷史的長時段來觀察、比較，並且仔細研讀中、西文化初形成時各自的文化經典，我們就可以看出兩種文化的差異。[4]

在尚未讀到甘陽的文章之前，我以類似的方法，比較了亞里斯多德的《詩學》和中國的「言志說」、「緣情論」，分析兩者在文學本質論上的巨大差距，並由此談到中、西文學所追求的理想完全不同[5]。在此情況下，我們只能進行對照，並思考中、西為何會走上各自的道路。如果沒有做到這個工作，而只是進行局部的比較，就會變成不適當的削足適履，大半是以西方的尺來量中國的鞋子，在方法論上的謬誤是顯而易見的。

最好的例子是劉若愚的《中國文學理論》[6]。劉若愚把中國的文學理論分為形上理論、決定理論（即具體的歷史條件可以決定文學作品的內容）、表現理論、技巧理論、審美理論、實用理論。在闡釋每一理論時，劉若愚引述了許多中國批評經典的片段來加以解說。應該說，劉若愚的解說大半都很精確，但整體印象卻是，經過他的分割，我們似乎找不到中國文學理論的基本精神。劉若愚雖然比較了中國形上理論與西方的模仿理論與表現理論，也比較了中國的形上理論與西洋的象徵主義、現象學理論，又比較了中、西的表現理論，但是經過他的一再比較，我們還是覺得，中國的文學理論在西方的架構下被分割得支離破碎，完全看不出中國理論的整體特質在哪裡。這是以西方為主體的比較方式，我認為，這種方式遠不如甘陽所說的「拉開距離」、「兩端深入」。譬如，我們直接對照亞里斯多德與鍾嶸和劉勰，或者直接拿中國的神韻論（從司空圖經嚴

4　〈中西繪畫，要拉開差距〉，《通三統》（北京：三聯書店，2007），頁 63-77。

5　呂正惠，〈悲劇與哀歌〉，首都師範大學文學院主辦《文學前沿》11 期（北京：學苑出版社，2006），頁 11-21。

6　杜國清譯，《中國文學理論》（台北：聯經出版公司，1981）。

羽到王士禛）與西洋的象徵主義，這樣更能理解兩者在本質上的差異。

這種方法論並不預設，一個文明不能吸收其他文明。中國文明曾經花了五百年以上的時間移植印度的佛教文明，最終才把它「中國化」。中國面對西方文明，如果從明末算起，也已經四百年了，如果從鴉片戰爭算起，也有一百五十年了。中國如果沒有全面學習西方文明，今天也不可能「站起來」。但，這並不表示，中國必須跟著西方文明亦步亦趨。實踐證明，像中國這樣具有特殊歷史條件的文明古國，根本不可能「全盤西化」。既然如此，以西方為標準的比較方式，當然也就不能適用了。

從這個角度來看中國古代文化和古代文學，取徑就可以完全不同。我們不需要拿西方來比較中國，我們應該問，中國文化或文學為什麼是這樣？當然，對西方文化和文學的了解還是很重要，看清楚他們是那樣，才能了解我們是這樣，接著才能解釋他們為什麼是那樣，而我們為什麼是這樣？我們知道中國沒有西洋的史詩和悲劇，這是事實，但不必感到遺憾，畢竟，因為歷史的原因，中國文明就是這個樣子。

當我們這樣想的時候，還有更多的事情等待我們去解釋。譬如，中國的文人，幾乎全是士大夫，理論上都可以是朝廷的文職官員，同時又是地主階級。地主——士大夫——文人，這才是中國的正統文人。他們的作品，是這整個社會機制的一部分。這樣的文學在這樣的社會中自有其功能，不論對社會、還是對文人來說，都是很重要的。我們需要解釋這一切，包括它並不預設一個超越的上帝，同時還需具有撫慰心靈的作用。這一切，在西方社會和西方文明中是找不到的。反過來說，西方文學在其社會中所起的作用，當然和中國完全不同。文學是文明的一部分，而文明則是在特定歷史條件下人群生活的產物。從這個觀點來看，中國古代文學還有很多問題等著我們去探究。

中國的文人並不等於西方的作家，中國的文集也不等於西方的作品。中國文明早期，也許有口傳敘述詩，肯定有祭祀儀式，但並沒有發展出史詩和悲劇。自從唐、宋以後，中國的民間曲藝和說書傳統日漸發展，但並不等於文藝復興以降的中產階級文學的興起，如此等等。從文明發展的角度來看，中國古

代文學有待解釋的問題不知道還有多少？

　　使用西洋文學理論研究中國文學這樣的作法，基本上是五四新文化運動以降重西方、反傳統的最極端的發展，它在台灣和美國最為發達，一點也不奇怪，因為就在這裡，西方中心論最為強大，同時也代表了「反傳統論」的最後一個尾潮，所以，也應該在這裡結束。

三

　　拿西方文學理論來詮釋中國文學，在中國現、當代文學的研究上比在古代文學方面更為明顯而常見，而且應用方式更為直接。在本文的最後一節，我想就此一問題稍加談論，然後再回到古代文學上。

　　為了讓問題更清晰的呈現出來，我想把一九六〇年代台灣的現代主義小說和一九八〇年代大陸的現代派作品加以對比。

　　一九六〇年代的台灣現代派小說，我在大學時代就已接觸過，應該說，這種小說和台灣的現代詩是我最早讀到的中國當代文學。這種類型的小說，主要的模仿對象是喬伊斯、卡夫卡、卡繆。一九八〇年代大陸改革開放後，西方現代作品開始湧進，出現了不少翻譯，這些翻譯又影響了當代大陸的小說創作，因此在八〇年代中期出現了現代派。我大約在八〇年代末讀到其中一些。大陸的現代派也喜歡卡夫卡和卡繆（特別是卡夫卡），但除此之外，他們還讀了一些後現代派小說，如約瑟夫‧海勒的《第二十二條軍規》，以及魔幻現實主義的加西亞‧馬爾克斯。兩岸相隔二十年的作品顯然差別極大[7]，但一個叫做「現代主義」，一個叫「現代派」。

　　如果回到西方文學的語境，我們知道，西方的現代主義萌芽於一八九〇年代，興盛於一九二〇年代。那時候的西方，可以不折不扣的稱之為「發達資本

7　我曾在〈海峽兩岸小說之比較〉的第四節就此稍有論述，見《戰後台灣文學經驗》（台北：新地文學出版社，1992），頁205-206。

主義社會」，左派理論家稱之為「帝國主義階段的資本主義」。現代主義文學事實上是對這一社會的反叛，這在象徵主義、達達主義、超現實主義一系列發展中，可以看得非常清楚。但是，現代主義在一九五〇年代末引進台灣的時候，台灣的土地改革剛完成不久，現代化才剛起步。頗為類似的是，一九八〇年代大陸重新引介各種西方現代派作品時，文革結束不到十年，改革開放也才開始。兩者雖然相隔二十年，但都表現了同樣的想法：伴隨著現代化，當然要有現代派。現代派變成了現代化的對等物，其用意與西方現代主義剛崛起的一代恰好相反。我們當然不能否認，二次大戰結束後，西方主流社會收編了部分的現代主義作品，把它標榜為西方文明的進步象徵，並以此顯示蘇聯集團社會主義現實主義的落後。但只要稍加瀏覽，就能發現，這種收編破綻甚多，現代主義的反叛本質仍然處處可見。而兩岸的現代派，幾乎不了解這種情勢，天真的以為，現代派就是進步的西方社會先進的文學，必需加以模仿，才能表示自己的社會已開始現代化了[8]。我們由此可以看到，兩岸的現代派對西方的認識，與西方知識分子相距甚遠。

後現代思潮在西方和兩岸興起的情況，也和現代主義類似。二次大戰後，西方資本主義重新站穩腳步，而且一時之間極為興旺。但這種情形也不過維持二十年。一九六八年爆發於歐、美的學生運動，是二戰後西方內部知識分子的首次大反叛。這種反叛的代表性思潮，或稱西方馬克思主義，或稱新左派，但反叛運動不到十年就失敗了。在這之後，起而代之的就是解構主義和後現代思潮。事實上，這是西方知識分子對西方跨國資本主義無可奈何之後所能發出的消極的抗議，是一種文字上的反叛。它的反啟蒙、反大論述，實際上就是承認西方在啟蒙時代所承諾的人類進步理想已經落空[9]。這也等於承認，西方人對

---

8 關於此一問題的分析，請參看本人所撰〈現代主義在台灣〉，《戰後台灣文學經驗》，頁 22-24。

9 一九八〇年九月，哈貝馬斯在榮膺「阿多諾獎」時，他的答謝致辭演講，題為〈現代性——一項未完成的設計〉，就是針對利奧塔等法國後現代思想家的傾向而發的。哈貝馬斯說：「我一直都沒有放棄過這個設計」，「這個設計」指的就是啟蒙時代的理想，而

於人類前途再也無能為力。這是一種悲觀的哲學，它們的批叛鋒芒所針對的正是西方體制。它們那種極其複雜、讓人眼花瞭亂的理論，實際上只說了一句話：關於人類前途的偉大構想都是騙人的，只能用來壓迫個人[10]。當然，結果就是，個人只能自行其是。然而，兩岸知識分子仍然像對待現代主義一樣，竟然因此認為，到了後現代，人類又進入了另一個新時代[11]，並把後現代思潮奉為金科玉律。

我們一直把二十世紀的西方思潮當成進步的，其實不是，兩次大戰，英、法、德三強打得你死我活，就證明西方文明出了問題。美國可以肆無忌憚的轟炸阿富汗和伊拉克，傷及大量無辜百姓，這也證明，這種文明已經喪失人性。把西方十九世紀的文學、哲學與二十世紀加以對比，就會知道，二十世紀西方的主流思潮是在反省自己、批判自己。現在再回頭來看，就更加清楚了。

從這種對比之中，我得到一個暫時的結論。「落後」地區的作家常常不得不歆羨西方文學的「進步」，並樂於模仿他們，而「落後地區」的評論家，也常常仰慕上國的文化，重複他們的理論，以這種理論來談論自己的「仿作」。這幾乎是「落後」地區很容易發現的一種文學生產模式，是一種「宿命」。事實上，「落後」地區的知識分子都有這種「宿命」，不同社會學科的學者，常常不得不使用西方觀念或理論來評論自己的社會，此外，就不知道自己要怎麼「認識」自己的社會了。

我們不得不承認西方社會比我們發達，比我們複雜；我們也不得不承認，西方的政治、經濟、社會、文化都值得我們學習、值得我們觀察。我們不得不讀西方書籍，不得不熟悉他們的理論和觀念，這一切都是必須的。但我們卻沒有注意到，西方的思潮和文學與西方社會的關係。我們一直把西方社會當作永

這正是法國後現代思想家竭力攻擊的。參看哈貝馬斯《現代性的哲學話語·作者前言》（南京：譯林出版社，2004）。

10 福柯的思想在這方面表現得最為明顯。

11 關於後現代的「進步」意義的分析，請參看本人所撰〈世紀末台灣後現代思潮種種面相〉，已收入本書，頁237-266。

遠在進步的象徵，從而也把不斷變化的思潮和文學當作文明進步的象徵。因此，就會出現一種現象：學習永無止境，我們不得不一再的拿人家的現狀來衡量我們的現狀，並且覺得，我們還差得遠，並為此感到氣餒或憤怒（恨鐵不成鋼）。這樣，我們就永遠被西方的一把尺綁住了。

我們可以回顧二十年前的一九八九年。就在那一年，整個東歐集團先垮台了，中國接著出現大問題，一切都似乎證明，西方觀點是對的。就在那種情勢下，後現代與全球化思潮毫無阻礙的湧進兩岸。然而，也不過二十年，經歷了九一一、美國入侵阿富汗、再度入侵伊拉克，接著金融大海嘯，穩如泰山的美國大帝國轉眼之間搖搖欲墜，而中國卻已站穩了腳步，成為金融危機的中流砥柱。

這一切乍看不可思議，其實是因為我們一直注視著中國問題，而沒有以質疑的眼光盯住西方。從西方內部來看，一八九○年代初步萌芽的現代主義文藝，其實就是對發達資本主義的挑戰。不久，世界大戰爆發。大戰結束後，現代主義迅猛發展，證明它是危機時代的產物。這之後二十年，西方民主制在無產階級革命和法西斯勢力的夾擊下勉強生存，接著就是第二次大戰。兩次大戰其實就是歐洲列強爭霸戰，結果兩敗俱傷，便宜了美、蘇兩大國。美、蘇的對抗又持續了四十年，蘇聯首先落敗，但美國也沒有多好，我們只要看看韓戰、越戰、中東紛爭、非洲、中南美洲，就知道美國在世界各地忙著滅火。一九八九年後，美國與西方自我感覺良好，以為資本主義已經完全勝利了，「歷史已經終止」了，就像里亞·格林菲爾德所說的：

> 20 年前，當我撰寫這部著作時，歷史上的「歐洲時代」……已經將近500 年了，但絲毫沒有壽終正寢的迹象。而且我們都認為，它還能延續500 年。當時，「歐洲」或「西方」文明似乎已經登峰造極。[12]

---

12 同注 3。

然後，突然之間，就像格林菲爾德自己所說的，「我們正面臨一場歷史巨變」，世界史上的歐洲時代結束了。

從上的分析可以看到，我們對當代西方的理解，和西方人對自己的批評，相差得多麼遙遠。以此例彼，我們對西方的過去的理解，大概也好不到哪裡。正如我們以我們的立場去解釋當代的西方，我們也以同樣的態度去解釋過去的西方，並以此為標準，去批判我們自己的過去。前面已經說過，在五四時期，這種批判有其階段的必要性，但現在就未必如此了。我們應該更清醒的正視我們的過去是怎麼形成的，正如我們已經可以正視西方如何從過去走到現在。只有這樣，我們才能知道，未來應該如何走下去。

按照這種推理，以各種西方觀點和西方理論來衡量我們的文化和文學，這樣的時代應該終結了。我們已經到了可以從西方理論的幻境中走出來的時候了，從這個最後的幻境中走出來，我們也許就能夠看到一點真實。

2010、5、4

此文 2010 年在香港中文大學的研討會上宣讀

抒情傳統與中國現代文學
——一篇隨筆

　　這篇文章是李貞慧教授要求我寫的，我難以推辭。在開始思考的時候，我立刻想起王德威教授的大作〈「有情的歷史」——抒情傳統與中國文學現代性〉。這篇論文的基調非常明顯，王德威想在「革命」與「啟蒙」之外，尋找另一種闡釋中國現代文學的途徑。王德威的論文也讓我聯想到捷克漢學家普實克，他的論文的開頭當然也提到普實克。普實克關於中國現代文學的論文集，英譯名為：*The Lyrical and the Epic*，討論中國現代文學如何從傳統的抒情轉向西方的敘述[1]，但卻又保留了中國抒情傳統的某些特質。普實克的論著早已有了中譯本[2]，但很遺憾，似乎並沒有引起大陸學者的廣泛注意。

　　就我個人而言，我從未想過，要把研究範圍從中國古典詩詞與台灣現代文學跨越到整個中國現代文學。直到一九八七年台灣的國民黨政權解除戒嚴令之後，我才能自由的閱讀中國現代文學作品，而這個時候，我年齡的老大與記憶力的衰退，已不允許我再一次的僭越。不過，我也勉強開過中國現代文學的課（要不然，就沒人開了），勉強指導過一些相關論文（總要在台灣播下一點種子）。在這過程中，總要讀一些作品，有時也要跟學生討論，這樣，多少會累積一點感想。

　　由於中國現代文學，正如其所脫胎的中國新文化運動，主流是反傳統而面

1　我個人認為，如果把 epic 改換成 narrative，也許中國讀者更容易理解。

2　《普實克中國現代文學論文集》（長沙：湖南文藝出版社，1987）。

向西方學習的，我一直要求我的研究生必須同時閱讀一些西方文學作品。凡是研究小說的，我都希望他們讀幾本西方小說（包括十九世紀和二十世紀的）。我一個學生，現在任教於新竹交通大學的彭明偉，曾經幾次跟我講，他讀中國現代小說，總有一種感覺，中國現代小說家好像不太會「敘述」。他這種直覺，基本上我是完全同意的。

由於我不是一個專業的中國現代文學研究者，同時，我也不可能為了寫這篇文章再下一、兩年工夫作準備，因此我下面只能寫一些散漫式的感想。由彭明偉的話，我可以把一時想到的一些閱讀經驗稍作整理，藉以引起話題，讓有興趣的人參考。這一篇文章，只能是一篇「隨感錄」，這是我接受李貞慧的要求時事先提出的條件。同時，我也要表示，我雖早已讀過王德威的論文，但是，這一篇隨筆並不是對他的大作的回應（如果這樣，那就太不恭敬了）；同時，雖然我早已影印了普實克論著的中譯本，但至今尚未拜讀，所以，以下的隨想，完全是個人主觀的看法，是否有價值，我也沒有自信。

一

我的最主要的看法是：就我讀過的中國現代長篇小說而言，我覺得，這些作品好像不太能把握西方敘述文學，特別是西方十九世紀以降的現代長篇小說的精髓[3]。十八世紀的時候，至少在英國、法國，西歐長篇小說的基本模式已經定形，而在一八五〇年之前，英法就已經出現了巴爾扎克、斯湯達、狄更斯這樣的大作家。一八五六年福樓拜發表《包法利夫人》，標示著西方小說家對長篇小說藝術的自覺反省[4]。跟在後面急起直追的俄羅斯，在一八四二年就出

3　本文所論述的西方現代小說，主要是指 novel 這個文類。在中國的翻譯長篇小說、中篇小說、短篇小說似乎只有篇幅的區別，但長篇小說其實才是主要文類，只有長篇小說才最能反應西方資產階級社會的特質。盧卡奇的經典著作 *The theory of Novel*，談的就是長篇小說。

4　因此，本文所謂的西方現代小說是指西方資產階級興起以後所發展出來的現代長篇小

版了果戈理的《死靈魂》，接著，在十九世紀五〇年代以後，屠格涅夫、托爾斯泰、陀斯妥耶夫斯基的傑作一本接著一本問世。大致而言，中國現代長篇小說的第一批重要作品（葉聖陶、茅盾、老舍）是在一九三〇年左右才出現的，時間上跟西方至少相差一百年。看過這些作品，我常常覺得很洩氣，為什麼擁有至少三千年以上（從詩經算起）文學傳統的中國，寫起西方式的長篇小說，會跟俄羅斯相差那麼遠。十八世紀的時候，俄羅斯基本上沒有什麼全歐洲級的作家，然而，也不過五十年左右，它就出現了一大批小說家，讓西歐驚訝得不得了。為什麼中國會跟俄羅斯相差那麼大？

　　我的另一個反省方式是這樣：中國最偉大的現代作家是魯迅（這一點完全不容置疑），為什麼？第一，他作品不是很多，就小說而言，甚至可以說很少。第二，他沒寫過長篇。第三，他的作品完全無法歸類：〈阿 Q 正傳〉是中篇小說嗎？《故事新編》算是那一型文類？雜文是自我作古，大家承認是他獨創的文體。最麻煩的是，他的短篇小說算是「短篇小說」嗎？只要想想〈孔乙己〉、〈社戲〉、〈在酒樓上〉，你就難以回答了。像〈祝福〉和〈孤獨者〉，我們甚至都可以稱之為「敘述文」，而不一定要看作是「小說」。最像西方短篇小說的〈藥〉和〈肥皂〉，夏志清稱讚有加的，恐怕不是他最好的作品，至少不是我最喜歡的。我懷疑，魯迅不寫長篇，是因為他知道自己不可能寫好，而代替大家一直期待的，卻是一本「不三不四」的《故事新編》，而這可能是一本「傑作」，只是大家不知如何面對而已。魯迅特殊的寫作方式證明他的「西化」方式跟新文學的主流不完全一樣；同時，也證明了，從中國的傳統抒情走向現代敘事，並不是一條可以直接向西方取經的直線模式。這就正如，中國的現代變革，既不是資產階級革命模式，也不是馬克思所設想的無產階級模式，而只能稱之為「毛澤東模式」。文學的魯迅正如政治的毛澤東，都只能稱之為「異人」，也許可能是他們兩人最了解中國文化。

　　說，包括十九世紀的寫實主義小說和二十世紀的現代主義小說，並不特指現代主義作品。

　　西方最具代表性的敘述文類應該是史詩、悲劇和長篇小說[5]。就我比較熟悉的長篇小說而言，我覺得有兩點很突出，是中國文學（不管是古代還是現代）明顯欠缺的，即細節描寫和情節安排。

　　盧卡奇說過，卡夫卡小說所以迷人，重要因素之一就是細節的生動[6]。譬如《變形記》裡卡夫卡這樣描寫，某一天早上格奧爾格變成一條大爬蟲（他自己還不清楚）以後想要下床的情景：

　　　　要掀掉被子很容易，他只需把身子稍稍一抬被子就自己滑下來了。可是下一個動作就非常之困難，特別是因為他的身手寬得出奇。他得要有手和胳臂才能讓自己坐起來；可是他有的只是無數細小的腿，它們一刻不停地向四面八方揮動，而他自己卻完全無法控制。他想屈起其中的一條腿，可是它偏偏伸得筆直；等他終於讓它聽從自己的指揮時，所有別的腿卻莫名其妙地亂動不已。「總是待在床上有什麼意思呢。」格里高爾自言自語地說。

　　　　他想，下身先下去一定可以使自己離床，可是他還沒有見過自己的下身，腦子裡根本沒有概念，不知道要移動下身真是難上加難，挪動起來是那樣的遲緩；所以到最後，他煩死了，就用盡全力魯莽地把身子一甩，不料方向算錯，重重地撞在床腳上……[7]

5　盧卡奇在《小說理論》裡用「大型敘述文學」一詞，來涵蓋西方最重要的三種文學形式，即史詩、悲劇和長篇小說。按，「大型敘述文學」，盧卡奇的原始用詞直譯為「偉大史詩」，容易產生誤解，故改為今名。順便提一下，《小說理論》台灣所發行的譯本（楊恆達譯，五南出版社）由英文本轉譯，譯者不十分熟悉盧卡奇，因此並不是很好的譯本。大陸張亮、吳勇立的譯本收在《盧卡奇早期文選》中（南京：南京大學出版社，2004），參考德文原本及英譯本，又有相當詳盡的注釋，較佳。

6　見盧卡奇 *Meaning of Contemporary Realism* 一書的第二篇文章〈托馬斯·曼或卡夫卡〉。

7　孫坤榮等譯《卡夫卡小說選》（北京：人民文學出版社，1994），頁 41-42。

格奧爾格對自己形體的變化，從不習慣到習慣，從習慣到「爬走」自如的過程，沒有一步是不讓人信服的，說得上栩栩如生。西方文學理論所說的「模擬」，在這些地方得到最真實的體現。最好的西方小說會讓你覺得，生活就是這個樣子。台灣和大陸不知有多少人模仿卡夫卡，但大都只知道要如何幻想，但幾乎不知道，怎麼樣把幻想故事寫得像真的一樣，缺乏的正是這種細節工夫。

其次談到情節安排。首先要說，這裡所說的情節安排，並不是指：把情節按某種結構加以設計，藉以呈某一主題。這種方式通常用來分析二十世紀的西方小說，但不適用於分析十九世紀的長篇小說。這裡所說的是，情節發展的模式，我想以托爾斯泰和巴爾扎克作為對照來加以說明。

托爾斯泰的《安娜·卡列尼娜》，伏隆斯基首次見到安娜，是他和安娜錯身而過，敘述焦點放在伏隆斯基，安娜被伏隆斯基觀察。第二次是在一場舞會上，這一次他們兩人的共舞由吉蒂來觀察。第三次是在火車的夜車上，先是一長段的安娜的內心描寫（有些地方已接近意識流），然後火車停住，安娜下車到月台上透透氣，突然看見伏隆斯基。在小說裡，這是第一次描寫他們對話。托爾斯泰的兩大長篇，正如此例所顯示的一樣，既有第三者的觀察，又有當事人內心活動的顯示，又有外在場景的襯托，真是變化萬千，讓人目不暇給。

巴爾扎克的情節安排也很特殊。通常，他會以接近一半的篇幅描寫環境，並且介紹書中的主要人物，極其詳細，讓人有點不耐煩。但是，如果不能克服這一部分，就無法欣賞他的小說藝術。在這之後，他的小說的情節就如長江大河，一氣直下，突然達到高潮，讓人透不過氣來。高潮之後，他會有一小段結尾，耐人深思或令人低徊不已。

多變的情節安排，讓人不覺得單調，永遠被故事所吸引。細膩的細節描繪，讓人興趣盎然，好像在欣賞某一生活片段。整部小說就是一部栩栩如生的畫卷，就像日常生活正在我們面前演出一般。這是最好的西方小說的特色，這種特色，移用到中國現代長篇小說，幾乎都變了味，讓人覺得不地道、不自然。

但這並不表示中國人不擅長「敘述文學」。中國有自己的敘述文學傳統，而且源遠流長，其特色與西洋現代小說迥然不同。試看《史記·淮陰侯列傳》這一段：

> 信數與蕭何語，何奇之。至南鄭，諸將行道亡者數十人，信度何等已數言上，上不我用，即亡。何聞信亡，不及以聞，自追之。人有言上曰：「丞相何亡。」上大怒，如失左右手。居一二日，何來謁上，上且怒且喜，罵何曰：「若（你）亡，何也？」何曰：「臣不敢亡也，臣追亡者。」上曰：「若所追者誰何？」曰：「韓信也。」上復罵曰：「諸將亡者以十數，公無所追；追信，詐也。」何曰：「諸將易得耳。至如信者，國士無雙……。
>
> 王曰：「吾為公以為將。」何曰：「雖為將，信必不留。」王曰：「以為大將。」何曰：「幸甚。」於是王欲召信拜之。何曰：「王素慢無禮，今拜大將如呼小兒耳，此乃信所以去也。王必欲拜之，擇良日，齋戒，設壇場，具禮，乃可耳。」王許之。諸將皆喜，人人各自以為得大將。至拜大將，乃韓信也，一軍皆驚。[8]

這種敘述文以簡鍊、明晰為要，關鍵處用詞造句精確生動（引文裡用黑點標出），跟西方現代小說的委曲詳盡截然異趣。西方小說的寫法近於賦比興的賦，而且是以描寫人情為主的極為纖悉畢露的鋪陳方式，中國傳統的敘述文並不如此，大都是抓住要點，點到即止，像《史記》垓下之圍這一段：

> 項王乃復引兵而東，至東城，乃有二十八騎，漢騎追者數千人。項王自度不得脫，謂其騎曰：「吾起兵至今八歲矣，身七十餘戰，所當者破，所擊者服，未嘗敗北，遂霸有天下。然今卒困於此，此天之亡我，非戰

8　《史記》（標點本）（北京：中華書局，2003，第十八刷），頁 2611。

之罪也。今日固決死,願為諸君快戰,必三勝之,為諸君潰圍,斬將,刈旗,令諸君知天亡我,非戰之罪也。」乃分其騎以為四隊,四嚮。漢軍圍之數重,項王謂其騎曰:「吾為公取彼一將。」令四面騎馳下,期山東為三處。於是項王大呼馳下,漢軍皆披靡,遂斬漢一將……漢軍不知項王所在,乃分軍為三,復圍之。項王乃馳,復斬漢一都尉,殺數十百人,復聚其騎,亡其兩騎耳。乃謂其騎曰:「何如?」騎皆伏曰:「如大王言。」[9]

已經可以算是最為舖張的了,但比起托爾斯泰《戰爭與和平》中的戰場描寫,也只能算「寫意」而已。

　　中國敘述文發源於史傳,特別是《左傳》、《戰國策》和《史記》,在唐傳奇、唐宋古文中分別又有不同的發展,對此中國文人都自小熟悉,要擺脫這種敘事方式而學習西方小說的敘述技巧,事實上並不容易做到。我現在覺得,魯迅最讓人喜歡的小說大都保留了這種模式,不過巧妙的揉合他從西方小說所學習到的長處而已。譬如,魯迅的〈孔乙己〉,全文不到三千字,但孔乙己的形象卻令人難忘。這篇的敘述者是酒店中年紀尚輕的小伙計,由這個入世未深、尚存同情心的人來看孔乙己,選擇非常恰當,這應該得利於西方小說。在呈現孔乙己時,魯迅只選擇幾個場面:人家譏笑孔乙己偷人家東西,孔乙己強辯說「竊書不能算偷」,還引了許多古書、孔乙己想教小伙計寫字,還說「回」字有四種寫法,單單這兩處就充分反映他的迂腐、不通人事。小說將近結束時,魯迅是這樣寫的:

　　有一天,大約是中秋前的兩三天,掌櫃正在慢慢的結賬,取下粉板,忽然說,「孔乙己長久沒有來了。還欠十九個錢呢!」……
　　中秋過後,秋風是一天涼比一天,看看將近初冬;我整天的靠著火,也

9　同上,頁334-335。

　　須穿上棉襖了。一天的下半天，沒有一個顧客，我正合了眼坐著。忽然
　　間聽得一個聲音，「溫一碗酒。」這聲音雖然極低，卻很耳熟。看時又
　　全沒有人。站起來向外一望，那孔乙己便在櫃台下對了門檻坐著。他臉
　　上黑而且瘦，已經不成樣子；穿一件破夾襖，盤著兩腿，下面墊一個蒲
　　包，用草繩在肩上掛住……10

原來孔乙己又偷了人家的東西，被打斷了腿。這一次之後，孔乙己就再也沒出
現，小說是這樣結束的：

　　自此以後，又長久沒看見孔乙己。到了年關，掌櫃取下粉板說，「孔乙
　　己還欠十九個錢呢！」到第二年的端午，又說「孔乙己還欠十九個錢
　　呢！」到中秋可是沒有說，再到年關也沒有看見他。
　　我到現在終於沒有見——大約孔乙己的確死了。11

這種選擇性的印象式點描法，是中國傳統敘述文最為擅長的，說得不多，卻餘
音嫋嫋，讓人難忘。
　　錢理群在談到魯迅的審美態度時，說了這樣一段極有意思的話：

　　……他（按，指魯迅）在給當時的《新潮》雜誌的一篇通信裡，對《狂人
　　日記》有這樣一個評價：「《狂人日記》很幼稚，而且太逼促，照藝術
　　上說，是不應該的。」這裡，他提出了一個對自己小說的批評性的評價
　　——「太逼促」，這個說法和他私下跟學生的說法是一致的。他在紹興
　　有一個學生，後來成為一個著名編輯，叫孫伏園。據孫伏園回憶，魯迅
　　談到他《藥》這一類小說時，曾經用了一句紹興話，叫「氣急虺隤」。

10　《魯迅全集》第一卷（北京：人民文學出版社，1981），頁437。
11　同上，頁438。

這是什麼意思呢？就是說不夠從容。他說《藥》不夠從容和說《狂人日記》過於逼促，是一個意思。另外，孫伏園曾問魯迅，在他的短篇小說中，最滿意的是哪一篇。魯迅回答說是《孔乙己》。為什麼最滿意？魯迅說，因為《孔乙己》「從容不迫」。[12]

為什麼說〈狂人日記〉與〈藥〉顯得逼促，而〈孔乙己〉則從容呢？錢理群提出了他的答案，即魯迅喜歡魏晉風度。如果我們不追究得這麼深，而從更表層看，我認為那是因為：〈孔乙己〉的敘述模式較接近中國傳統，寫起來較自然，而〈藥〉則是在西方短篇小說形式的啟發下寫成的，較不合魯迅的習慣，因此魯迅覺得有逼促感。錢理群認為，魯迅小說中最合乎他的魏晉風度的是〈在酒樓上〉與〈孤獨者〉。如果再加上〈孔乙己〉和〈祝福〉，我們可以說，這是魯迅基本上遵循中國傳敘述模式寫得最好的四篇，而他最鮮明模仿西方短篇小說技巧的名篇則是〈狂人日記〉、〈藥〉和〈肥皂〉。我一直更喜歡前四篇，而對後三篇略有保留，我現在知道，原因就在於：前四篇是傳統的創造性的改造，而後三篇則是以假亂真的贗品。這足以說明，傳統閱讀習慣的入人之深。

二

除了源於史傳的敘述文傳統外，中國還有另一個非常重要的敘述文類，那就是由民間的說書發展出來的白話小說。白話小說的最高成就，公認是馮夢龍所編的三言，還有幾部重要的章回體長篇小說。五四新文學提倡白話文，白話小說的地位因此被提升到與正統詩、文同樣重要的地位。五四第一代領袖，如胡適和魯迅、周作人兄弟，從小就熟讀這些小說。但他們除了承認這些作品在語言表達上的成就外，也都清楚它們在思想上的限制：裡面充滿了怪力亂神、

---

12 《錢理群講學錄》（桂林：廣西師範大學出版社，2007），頁2。

因果報應和教忠教孝，是屬於反封建必須徹底打倒的一面。同時，由於新小說基本傾向於學習西方小說，因此新文學前二十年，絕大部分的小說家似乎都沒有考慮到如何借鑑於古代的白話小說的問題。

談到這個問題，我想談一下自己的經驗。我從小讀了不知多少章回小說，都是很少具有文學價值的，如《說唐》、《薛仁貴征東》、《薛丁山征西》等等的，除了《三國演義》和《水滸傳》之外（而且讀水滸的樂趣遠比不上說唐），其他文學史上的名著一本也沒讀。上了大學讀了中文系之後，我把精力都放在古典詩詞上。至於小說，我只讀現代小說，台灣作家寫的和翻譯小說。十多年前，我無意中拿起《今古奇觀》讀了幾篇，意外的發現，裡面的故事講得非常生動。

解嚴以後，我抽空讀了一些中國現代小說，發現葉聖陶的《倪煥之》和茅盾的《子夜》讀起來極為吃力，而巴金又讓人感到單調無味，不免有點懊喪。後來讀到老舍的《駱駝祥子》和《離婚》，才找到閱讀的樂趣。這個問題我常會想起，不知如何解釋。直到去年，有機會再讀〈四世同堂〉和《鼓書藝人》（此書中文稿佚失，是從英文本轉譯回中文的），才恍然大悟。有些評論常會強調，老舍受狄更斯影響，這當然不能否認，但我終於理解，老舍的敘述藝術主要來源於說書和古代白話小說，正如魯迅的功底是古典敘述文一般。因為他們兩人不像其他作家那樣，一腦門往西方模式鑽，所以成就才能高出於他人。

老舍小說最突出的特色，是他那一口地道的京腔白話文，這就讓他完全不同於茅盾的歐化白話文。另外較不明顯的特色是，老舍也沒有刻意模仿前文所說的、西方小說的細節描繪和情節安排。他的敘述方式一般還是比較直線而爽朗的，其實這正脫胎於說書和古代白話小說[13]。如果是對著聽眾說故事，你不

---

13 老舍的長篇小說在中國現代文學史上具有極獨特的地位，這一點似乎尚未足夠受到重視。老舍並不屬於五四新文學運動的主流（他並未參加五四愛國運動，早期還反對學生運動），他雖然深受傳統說書及白話小說影響，但也不是共產黨小說的嫡系。我個人認為，他的小說反映了中國市民階層最終認識到民族獨立的重要性，因而接受共產黨革命的現實這一歷史過程。還有一點也很重要，老舍是滿清政權結束以後，處境非常艱困的

可能進行複雜的心理分析，也不可能進行細膩的情景描寫，聽眾不可能接受。等到說書藝術文本化以後，文人就繼承了這種敘述模式。老舍熟悉各種民間曲藝，熟悉白話小說，性格又比較率直，這一切就成為他敘述藝術的基礎，逃也逃不掉。如果一個人讀了許多極其複雜的西方現代小說，再來讀老舍，因而無法喜歡老舍，我一點也不感到奇怪。

延安時期的共產黨，在群眾運動中，體會到新文學的思想雖然是進步的，但其表現方式，特別是它的語言，以歐化為主，群眾無法接受，於是提出藝術的「民族形式」問題。在小說方面，他們特別把趙樹理樹立起來作為榜樣，認為他的語言農民可以了解。趙樹理的語言也是從說書和其他民間曲藝來的，只不過比老舍更質樸而已。從此以後，這種以民間口語為主，適當融入說書方式的小說敘述模式，就一直成為共產黨小說的主流，一直到改革開放以後才逐漸被拋棄。

我們不能說，這是一種全然的倒退。茅盾式的歐化語言，不管再如何用心經營，總是讓人讀起來不習慣。先回到口語，再參酌說書和古典小說的白話文，這是一條可以嘗試的路。我個人認為，當代大陸小說至少大部分都可以做到語言流暢，對話生動，是應該歸功於共產黨對「民族形式」的重視，至少它可以救歐化之弊。

但是，走這樣一條路，不能不影響到敘述模式。語言和敘述是分不開的，要維持傳統白話小說的語言特質，又要擺脫它的敘述方式，而且還要讓它逐漸「彎」向西方小說，這的確不容易。雖然當代大陸小說的語言，比起二十世紀三○年代來，已有很大的進步，但就整本小說的情節設計上來講，恐怕還比不上三○年代。譬如，莫言的小說雖然充滿了「魔幻現實」色彩，但他的敘述模式基本上還是「說故事」。我看過一些在大陸評價很好的長篇小說（譬如陳忠實的《白鹿原》、王安憶的《長恨歌》），但我總覺得，比起茅盾、老舍來，離西

滿族人。請參考本人所撰〈老舍長篇小說的特質──中國市民階層革命與民族解放鬥爭的一面鏡子〉，收入本書，頁387-399。

方小說似乎更遠了。當然，我前面的話已經暗示了，中國現代小說不一定要「像」西方小說（老舍就不像），但，是不是目前這種樣子就算「成熟」了，我是有點懷疑的。

以上所講的可以歸結為兩點：第一，中國有強大的敘述文學傳統，文人階層是史傳型，民間是說書型，這種傳統深入人心，很難讓「現代化」的中國敘述文學完全走向西方（根本做不到），正如中國社會的現代化歷程不可能跟著西方亦步亦趨一樣。第二，偉大的、「現代化」的中國敘述文學也許到目前還沒出現，即使出現了，也不可能是純西方的，一定是中、西「融合」的，這種融合很困難，很難預期它的「模樣」會是什麼，就像我們很難想像，再度煥發的中國文化會是什麼形態。

三

但是，這樣的回答我自己就不滿意，因為這只說明了「是什麼」，而沒有說明「為什麼」。我只簡單描述了中國敘述文學傳統是什麼，而沒有追究它「為什麼」不像、或不能「走向」現代西方模式。這個問題我想了一段時間，最近再一次翻閱薩義德的《文化帝國主義》，突然有些領悟，雖然還不成熟，但也不妨在此說一下，以供大家討論。

就我對西方現代小說的理解，我跟一般人一樣，認為現代西方長篇小說是隨著西方中產階級的興起而產生的，它的思想根底和故事形態都跟西方中產階級的命運習習相關。我現在還認為這個看法基本可以成立。問題是，我一向只認為這是社會變動的產物，是西方從貴族封建社會走向現代資本階級社會在文學上的反映。既然這是一種統治階級的劇烈變化，那麼，中國也從君主制的士大夫地主階級社會走向「現代」的不論是中產階級還是無產階級作主的社會，無論如何，這也是一種社會體制的大變化，當然，中國也就可能產生類似西方的那種現代小說。但再仔細思考，就會發現，這只是表面上像，其實本質上卻不像，顯然中國社會的大變化不能簡單等同於西方的資產階級革命，所以其文

學形態也就不可能相像。

當我這樣思考的時候，我在薩義德的書裡看到了這段關鍵性的話：

在盧卡奇和普魯斯特（Proust）以後，我們已經非常習慣於認為小說的情節與結構主要是由時間構成的，以至於忽略了空間、地理與地點的功能。因為不僅是年輕的史蒂芬・德達魯斯，在他以前每一個年輕的主人公，都認為自己處在從家鄉到愛爾蘭再到世界的一個日益展寬的螺旋裡。像許多其他小說一樣，《曼斯菲爾德莊園》正是關於一系列空間中的大大小小的遷徙與定居的小說，在末尾，侄女范妮・普萊斯成為曼斯菲爾德莊園的精神上的女主人。而曼斯菲爾德莊園本身則由奧斯汀放在了橫跨兩個半球、兩個大海和四塊大陸之間的一個利害與關注的圓弧的中心點。[14]

這一段話告訴我們，西方中產階級不只在西方社會中取代了貴族階級，而且，還作為世界的主人，「橫跨兩個半球、兩個大海和四塊大陸之間」，他不只是西方的主人，還是世界的征服者。這樣，我也就想起巴爾扎克在《歐也妮・葛朗台》中所描寫的青年夏爾（女主角歐也妮的情人）。由於父親破產自殺，夏爾為了東山再起，不得不遠走海外：

夏爾在西印度群島發了財。他帶的貨物一開始就很搶手，很快便賺了六千美元。一過了赤道，他便拋棄了許多成見，發覺在熱帶地區和在歐洲一樣，最快速致富的捷徑是販賣人口。於是，他來到非洲海岸，做起販賣黑奴的勾當，同時選些獲利大的貨物販運……

在人堆中混久了，地方跑多了，各種不同的風俗習慣也看多了，他終於改變了想法，對一切都採取懷疑的態度。看見有些事在一個地方是罪

14　李琨譯《文化與帝國主義》（北京：三聯書店，2003），頁 116。

行，而在另一個地方則是美德，因而他對是非曲直再也沒有一個固定的概念。一天到晚盤算利害得失，使他的心變得冷酷、狹隘、無情。[15]

這種在殖民地冒險、發財的經歷，薩義德認為是西方現代文學非常重要的組成部分。他指出了奧斯汀、狄更斯、康拉德、紀德小說中的許多關鍵片段。我不但由此想起了巴爾扎克，還想起福樓拜、左拉、馬爾羅、卡繆、毛姆、福斯特、勞倫斯、奧威爾等等。要想到一個現代英、法兩國的重要作家，其作品不談及海外冒險、海外投資及殖民地經歷的，可能是不太容易的。

從西方現代小說所以產生的社會背景來看，我們就能理解西方現代小說的特質。現在我覺得，西方現代小說最精采的人物描寫（特別是那種極其精細的心理分析），根本的**出發點還是對於個人慾望的極端重視**。從中產階級興起的背景看，這是從私有財產的重視，逐步發展到工業化及法國大革命後對財物積累的極大興趣，最後變得像巨獸一樣，貪婪的想要據有一切。讀巴爾扎克和後期的狄更斯，我們可以清楚地看見這個巨獸的出現。狄更斯極端痛恨這一頭巨獸，但對此無可奈何，為此陰鬱不已；而巴爾扎克則以興致勃勃的眼光看著巨獸如何一步一步地形成，既充滿了讚嘆，又深深懷著恐懼與悲憫之情。說到底，**這頭巨獸無非是中產階級「英雄」的異化而已**。

這個在十九世紀上半期業已形成的中產階級巨獸，事實上是持續了至少三百年以上的歷史發展的成果，從意大利的地中海商人，發展到西班牙、葡萄牙的地理大發現，英國、荷蘭、法國的海外冒險，再到英國工業化與法國大革命。它的故事是太複雜、太生動了。對這些故事，巴爾扎克和狄更斯，以及十九世紀的重要英、法作家不可能不熟悉。想想看，十八世紀的狄福就能寫出《魯賓遜飄流記》，比他看了更多歷史事件的巴爾扎克和狄更斯，當然會發展出情節更為複雜的大部頭小說。為了描繪這個龐大的、幾乎難以掌握的社會，巴爾扎克和左拉願意傾其一生來寫《人間喜劇》和《盧貢·馬喀爾家族史》，

---

15 張冠堯譯《歐也妮·葛朗台》（北京：人民文學出版社，2000），頁 143-144。

這本身就具有象徵意義——巴爾扎克和左拉似乎也就成了西方中產階級興起過程中的文學領域的「英雄」。[16]

當第一次世界大戰前所未有的慘烈的炮火，讓歐洲人付出難以估算的代價的時候，由巴爾扎克、狄更斯、左拉等人所引發的對這種文明的批判之聲，終於成為文學界的主流。但文學家對此無可奈何，只要他不想革命，就只能走向個人的內心，而西方現代小說也就開始從頂峰慢慢地往下滑。

當然，中國的現代小說不可能模仿這一切。中國先是從傳統的農業帝國逐漸被支解成一塊一塊的地方勢力，傳統的士紳和農民都無所適從，然後慢慢形成新的革命力量，最後由共產黨殺出一條血路，再來就是長達三十年的摸索（從 1949 到 1979），然後才是改革開放。在我看來，從一八四〇年到一九七九年，中國都還處於革命之中，事實上也就還處在「建立現代國家」的過程之中。一個至少五千年以上的農業文明，花了一百五十年來「重建」，時間不能算長。而在這一百五十年中，從一九一九到一九四九這一段五四傳統的新文學，以及從一九四九年到一九七九年的共產黨農民文學，也都只不過是在其中盡了力量的一個「角色」而已。

現代中國也許正在產生中產階級，有的從傳統士大夫轉變而來，有的從工、農家庭很幸運的透過現代教育爬升上來，但他們從來就不可能是闖遍全世界的冒險者和野心家，他們最關心的是如何保護自己的國家（同時也就是保護自己）免於受侵略、受歧視。因此，**也就不可能是以追求財富與冒險生涯為目標的個人主義者**。為了愛國，為了追求民族獨立，他們還常常願意犧牲個人利益。如果中國開始產生一心一意追求商業利潤的中產階級，在台灣是一九六〇年代以後的事，在大陸則是一九八〇年代之後才發生。在這之前的中國現代小說，只能是以詹明信所說的「民族寓言」為主體的作品。

---

16 關於狄更斯、巴爾扎克以及左拉在西方資產階級文學中的作用，可以參考理查德・利罕《文學中的城市》（上海：上海人民出版社，2009），頁 49-89。此書雖然以城市為主題展開論述，但對十九世紀英、法小說與資產階級社會的關係有極簡明的論述。

再想一下中國古代的敘述傳統。士大夫的史傳傳統，基本上是為追求穩定的皇權服務的，因為皇權的穩定可以護衛一個全世界幅圓最廣大的農業文明。大家希望的是「治」，而不是「亂」，是「定於一」，而不是群雄割據、混戰一場，這樣的史傳敘述是講究秩序與道德的，是要褒貶是非的，所以連歷史都有正史和野史之別。

當然，農業文明發展到相當成熟以後，才會產生政治型、或商業型的城市，它基本上還是在政治權威的控制之下的。說書和民間曲藝就在這些城市中得到繁榮。而這種說書，最多也只能表達庶民的某種朦朧的希冀，不可能在那裡宣揚農民革命或造反有理的想法。像水滸傳那種流落民間的英雄，畢竟最後還是要接受朝廷的招安的。

古代的敘述文學，雖然在說書之中混雜了某些庶民的不平之鳴，畢竟大家希望的還是國泰民安，所以大抵是在祈求農業社會穩定的大局面下發展的，所以反封建的新文化運動者幾乎一致排斥傳統白話小說的道德意識。而學習西方的中國現代小說，正如前面所說的，目的是要追求一個足以保護全民族的現代化國家，它的思想精神既然不同於西方那種踏遍全世界的資產階級個人主義心態，形式上再怎麼模仿，頂多也只是外面穿上西裝而已，本質上還是不一樣的。至於中國成為現代世界中一個足以自立的大國以後，將來的文化和文學如何發展，那就誰也不敢斷言了。不過，我個人期望，那絕對不應該把西方的十九世紀再重覆走一遍，不論是對中國人來講，還是全人類來講，那只能是個「大悲劇」。

我主要的「隨想」已經講完了，最後才談到題目上的「抒情傳統」這個字眼。中國古代抒情傳統最核心的精神表現在士大夫階層的詩（含詞）、文（包括駢文和古文）上。史傳型敘述文是其中的重要部分[17]。至於民間的敘述文類是否也可以列入抒情傳統中呢？恐怕不太好回答。我想用一種很獨特的方式來回

---

17 請參看本人所撰〈中國文學形式與抒情傳統〉一文，見柯慶明、蕭馳編《中國抒情傳統的再發現》（台北：國立台灣大學出版中心，2009）。

答。中國的民間故事（說書、戲曲都包含在內），只有極少數例外，基本上都是大團圓（連白蛇故事都要發展到白娘娘的兒子考上狀元，即可思過半矣）。以前，我和一般受過西方教育的人一樣，最討厭大團圓。現在我有時會突發異想，大團圓一定不好嗎？如果人類都發展成康拉德《黑暗之心》所描寫的那個樣子，或者發展成卡夫卡式的大爬蟲，那確實稱得上是震撼人心的「悲劇」，但又有什麼麼好呢？恐怕還不如大團圓。從這個奇特的角度來講，中國的老百姓，講故事、聽故事時，也許「抒情」的成分還是重一點。

這是一篇完全不合格的論文，但勉強說得上獨創一格的「隨想」，希望不致於太離譜。

2010、1、6

台灣清華大學《中文學報》第 3 期，2009 年 12 月（出版延期）

現代中國新小說的誕生

　　辛亥革命推翻了幾千年的帝制，建立了共和制的中華民國。中華民國承載著中國人的期望：建立一個獨立而富強的現代國家，對外免於帝國主義的侵略，對內至少讓眾多的農民得以免於飢餓。然而，這樣的期望很快就落空。民國的失敗，導至新文化運動、五四愛國運動、和新文學的產生，這是大家都知道的歷史事實。

　　因此，新文學從一開始，就和對現代中國的夢想和期望密不可分的結合在一起。譴責新文學承載著太多的政治性，這是完全不了解中國現代史的不負責任的批評。當一個古老的國家面臨著亡國的危機，當眾多的中國農民辛辛苦苦種地都不足以糊口的時候，要求一個新文學家只描寫個人的希望和挫折、描寫個人的夢想和情緒，我們只能憐憫這種批評家的無知。

　　作為新文學主要形式的新小說，自然地負擔起最沈重的政治責任。每一個重要小說家都想藉著小說這一更寬泛、更自由的形式，表達自己對於中國現狀的種種批評、對於未來中國的種種設想。小說家成為中國最重要的公共知識分子之一，這不只是小說家的自我期許，也是一般讀者對他們的期望。

　　純粹從小說形式的構成來看，這就會讓中國的現代小說家從一開始就不得不面對「如何寫小說」這一本質性的問題。他們都熟悉舊章回小說，也都熟悉晚清各類小說，這些都不是可以借鑑的對象。理論上，他們學習的對象應該是西方小說，但西方各國國情不同，他們的社會小說也會因關注點的差異而有不同的書寫形式。我們都知道，魯迅決定改行從事文學時，最先是從事翻譯，他偏愛東歐各小國文學和俄羅斯文學。他這種偏愛是有針對性的，因為東歐各國和俄羅斯的作家面對的是整個國家、民族的問題，而不是任何一個個人的問

題，反過來說，他一定會覺得，西歐以個人為描寫重心的小說，不論寫得多好，至少目前是較不適合中國國情。這個地方可以看出魯迅的敏銳眼光，所以他成為第一個創造出中國現代小說形式的人，並影響了無數的後來者。

除了魯迅之外，還有兩個著名的例子，可以說明中國新小說家所面對的獨特問題，及其尋找形式的困難。第一個例子是郁達夫的《沈淪》。用我們現在的眼光來看，《沈淪》寫的是青年的性苦悶。但是，郁達夫卻選擇一個留日的中國青年為主角，並且讓他窺視著異國（不是一般的異國，而且打敗了中國的日本）的少女。小說結束時的幾句話：「祖國呀祖國！我的死是你害我的！你快富起來！強起來罷！你還有許多兒女在那裡受苦呢！」恐怕會讓不少現代讀者覺得莫名其妙！這和男主角的性苦悶有什麼關係？然而，不懂得這一點，就不能理解郁達夫，這是很明顯的。

另一個例子是老舍的《駱駝祥子》。按西歐小說的傳統來看，《駱駝祥子》的主題是很常見的，寫一個出身下層的青年奮力要往上爬升。從西歐的觀點來看，這是階級小說，是中產階級興起的產物。但老舍卻不這樣寫。老舍最後讓這個好強的、體力好、私德好的祥子徹底墮落，因為他要以祥子的墮落為例，說明任何一種主張個人好、國家就好的看法完全不適於現代中國。小說隱含的主題是很明顯的：中國必須徹底改造。這樣，《駱駝祥子》成了一本寄寓國家前途的寓言式小說，完全不同於西歐的階級小說。

回顧一下西歐近代文學的發展，就可以發現，西歐那麼重視個人的發展，是有其獨特的社會背景的。當西羅馬帝國覆滅以後，西歐社會逐漸形成封建制。封建制下的每一個封建領主，實際上是領地內的暴君，享有法律上的無上權威。跟封建領主相配合的是教會，教會深入到居民的日常生活中（從出生、婚姻到死亡），而且還掌管人民的靈魂（教會是個人與上帝間的唯一媒介）。這樣的社會是完全沒有個人自由的。從這個角度講，西歐近代史就是一部個人追求自由的歷史。從文藝復興以降的西歐偉大文學，無不與這個主題相關聯。

反過來看，發展較晚的東歐國家，情況就與西歐差別甚大。以東歐的波蘭、匈牙利和捷克來說，它們內部本身也有封建制，但它們整個地區又受到異

民族的統治（波蘭由俄、奧、德瓜分，匈牙利和捷克被奧地利的哈布斯堡家族統治）。
十九世紀這三個東歐小國，擺脫異族統治的企求，要比擺脫內部的封建制強
（當然，這並不表示後者並不重要）。在更東邊的俄羅斯，由於它已建立成一個大
帝國，內部的封建制（具體表現為殘酷的農奴制）成為國家最重大的問題。但不
管是東歐三小國，還是俄羅斯，由於它們必須面對更強大、更進步的西歐，整
個國家、民族的問題要遠大於個人問題，所以，它們的近代文學，個人主義的
成分要小於國家、民族問題。

　　中國社會早就沒有歐洲式的封建制。宋代以後，除了部分少數民族地區，
以農業人口構成絕大多數的中國，主要是地主、佃農制，地主並不是封建領
主，佃農更不是農奴，因此中國早就沒有歐洲人熱烈追求的個人人身自由問
題。中國的個人是屬於血緣宗法制下的家庭的，個人的自由受制於宗法，也就
是大家習稱的禮教。如果說，「禮教吃人」已經成為事實，它也不是西方封建
領主那種對個人權利的完全藐視。當中國在西方侵略和內部矛盾雙重衝擊下趨
於解體時，重建的國家體制很難是以個人為中心的社會體制，中國最初幾代的
新小說家，看問題的方式也許會受到西歐思潮影響，但他們基於生活經歷的直
覺仍然是敏銳的，他們必須在西方形式與中國經驗之中百般折騰，以便尋求適
合表達他們的經驗與直覺的小說形式。

　　下面我想以魯迅、老舍、茅盾、沈從文四人為例，分析他們在寫作小說時
如何考慮這些問題。

　　魯迅寫作小說的動力，似乎主要來自於民國失敗的刺激。共和制實驗的失
敗，以及其後袁世凱稱帝的企圖，讓魯迅深切了解傳統中國的各種勢力和根深
蒂固的宗法習俗決非一朝一夕所能去除。於是，他以從小熟悉的紹興生活為基
礎，寫了多篇的鄉土小說。他的鄉土小說，如果借用費孝通後來所用的術語，
即是「鄉土中國」的象徵。魯迅認為「鄉土中國」才是中國現代化的大敵，這
個大敵無所不在，即使傾其全力攻擊，也未必能夠動搖其根本。魯迅筆下的小
人物，如孔乙己、阿 Q、祥林嫂等，只有擺在鄉土中國的大環境下才能理解。
魯迅小說人物的令人難以忘懷，其實導源於鄉土環境和人物命運的密切結合。

　　魯迅決定把他的小說的背景主要擺放在閉塞的鄉土，恐怕得益於他所閱讀的東歐和俄羅斯小說，因為西歐小說以此為題材的相對的少。在這個環境，他可以得心應手地使用他從小就熟知的生活經驗，同時，他的筆力又足以把這些閉塞地區的小人物的故事，提升為古老中國的象徵。從這個角度來看，魯迅無疑具有十分出眾的藝術直覺能力。他的鄉土故事，不知影響了後來多少作家（包括台灣日據時代的賴和和楊守愚，和戰後的陳映真），但可以肯定的說，沒有任何一個後來者在深度上可以和他比肩。

　　魯迅敘述故事的方式也是很有創造性的。在某些作品裡，如〈藥〉、〈肥皂〉、〈離婚〉等，他模仿了西方短篇小說全知觀點的敘述技巧，但他無疑更喜歡第一人稱的敘述方式，而且，使用起來更得心應手。中國文學本身就有強大的敘述文傳統，這種敘述文以簡筆為主，強調簡約，留下很多空白讓讀者自己去想像。西方小說在敘述與描繪上常常極其詳盡，約略相當於中國傳統批評中的「賦」，這種方法，一般為中國優秀的敘述文作家所不取。魯迅無疑更傾向於傳統的敘述方式，第一人稱敘述方式更適於吸收傳統的長處。但在描寫和意象的選擇上，魯迅又吸收了東歐和俄羅斯小說強調灰暗或強烈色彩的特質，這使得他的小說，以及一些敘述、抒情散文，非常具有魅力，讓人過目難忘。

　　老舍從小生活於北京，他熟悉的是北京市民的生活。在英國教書時，他因想念家鄉而開始寫小說。他喜愛狄更斯的小說，因此早期三本小說都受到狄更斯影響。早期老舍和早期狄更斯一樣，都不重視結構，情節是由許多 episode（插話）連貫而成。他們小說的魅力主要來自語言和人物——以幽默的語言來刻劃一些有點可笑的人物。老舍和狄更斯不同的是，作為現代中國人，他也忍不住想對國事發表意見。於是，某些人成為他的傳聲筒，某些人成為他諷刺的對象。那時候，他不喜歡學生運動，他認為每個人苦幹實幹才是救國之道。他不屬於新文化運動的主流。

　　回到中國以後，老舍的看法逐漸改變，最後幾乎走到早期自己的對立面去了。正如前文已說過的，他反對體面的、好強的、一心只想著改善自己的社會地位的祥子。由於中國社會本身存在著太多的問題，祥子式的人物不可能獲得

成功，最後只會墮落。這樣，中國社會本身成為小說關心的重點，許許多多的人物和故事都奔向這個同心圓。它的標本就是北京及其市民。如果說，魯迅藉紹興來描寫鄉土中國，那麼，老舍就是藉北京來描寫舊城市的中國（異於新興的洋化城市上海）。比《駱駝祥子》還能表現這種舊生活文明的是《離婚》。張大哥只做兩件事，做媒人和反對離婚，只要能湊合的就湊合，凡是能敷衍下去的就千方百計敷衍下去。這種老舊的生活態度如何能面對迫在眉睫的亡國危機？所以，《離婚》和《駱駝祥子》一樣，都是把國家、民族問題放在第一位的。老舍以他極其熟悉（甚至還有點喜愛）的北京市民生活為基礎，表達了他深沈的憂慮。

老舍敘述藝術的主要來源是說書和古代白話小說，正如魯迅的功底是古典敘述文一般。因為他們兩人不像其他作家那樣，一腦門往西方模式鑽，所以成就才能高出於他人。

老舍小說最突出的特色，是他那一口地道的京腔白話文，這就讓他完全不同於茅盾的歐化白話文。另外較不明顯的特色是，老舍並沒有刻意模仿西方小說的細節描繪和情節安排。他的敘述方式一般還是比較直線而爽朗的，其實這正脫胎於說書和古代白話小說。如果是對著聽眾說故事，你不可能進行複雜的心理分析，也不可能進行細膩的情景描寫，聽眾不可能接受。等到說書藝術文本化以後，文人就繼承了這種敘述模式。老舍熟悉各種民間曲藝，熟悉白話小說，性格又比較率直，這一切就成為他敘述藝術的基礎，逃也逃不掉。如果一個人讀了許多極其複雜的西方現代小說，再來讀老舍，因而無法喜歡老舍，我一點也不感到奇怪。

茅盾是一個很難討論的作家。早在一九二一年，他就加入中國共產黨。一九二七年蔣介石清共後，他和黨組織失去聯繫，一直到去世時，都沒有恢復黨籍，但一般還是認為他和共產黨關係密切。他一直使用馬克思的階級觀點和經濟觀點來寫小說，是旗幟鮮明的左派小說家。這一切，都讓人很難客觀的討論他的作品。

茅盾出身於敗落的商人家庭。他父親很早就考中秀才，但由於不久就成為

「維新黨」，對科舉不再有興趣。父親不幸於三十四歲時病死，死前一直告誡茅盾要注意國際大勢、要關心國事。茅盾從小就成績優異，讀書極博，文章一直獲得師長讚賞（他能寫駢文）。由於家境困窘，讀了北大三年預科，就輟學就業。他進入商務印書館當一個小編輯，但其才華立刻受到矚目。當商務印書館的領導感受到新文學運動的不可阻擋，決定把《小說月報》加以改組，以呼應時代潮流時，他被選為主編。他因此成為新文學發展初期極重要的雜誌編輯和文學評論者。他可以直接閱讀英文，在《小說月報》報導外國文學動態、介紹外國文學潮流、撰寫新文學作品評論是他的主要工作。

就在茅盾成為新文學運動的重要人物時，他決定加入中國共產黨，開始參加政治活動。國、共合作時，他到廣州工作一段時間，北伐軍打到武漢，他又到武漢工作，直到清黨。國、共合作時期的革命情勢，茅盾相當清楚。清黨以後，他蟄居上海，開始寫小說。因為住在上海，他對國民黨當政時代國民黨與上海資本家的關係也非常清楚。可以說，從一九二一年開始，茅盾就一直處在中國政治、經濟的漩渦中心。他的小說一直企圖及時的反映時代，也因此，他的作品一直受到讀者歡迎，讀者可以透過他的小說感受到時代氣息，並以此思考自己該何去何從。

一九三二年茅盾回顧了他五年來的小說創作，說：

> 因而一個做小說的人不但須有廣博的生活經驗，亦必須有一個訓練過的頭腦能夠分析那複雜的社會現象；尤其是我們這轉變中的社會，非得認真研究過社會科學的人每每不能把它分析得正確。而社會對於我們的作家的迫切要求，也就是那社會現象的正確而有為的反映！

如果沒有讀過茅盾的小說，很容易對這些話產生誤解，以為這些作品類似社會科學的分析，而其目的是「正確而有為的反映」這個社會，以便為革命提供協助。只要讀過《子夜》，就不會產生這種誤解。《子夜》出版後，學衡派的吳宓寫了一篇評論，備加讚揚。他說「蓋作者善於表現現代中國之動搖……此書

則較之（指《蝕》三部曲）大見進步，而表現時代動搖之力，尤為深刻。」可見吳宓認為，《子夜》生動的反映了當時中國社會的狀態。吳宓又說「此書寫人物之典型性與個性皆極軒豁，而環境之配置亦殊入妙。」這又稱讚茅盾刻劃人物極為生動。吳宓是反對新文學的人，他的評論當然可信。這就說明，茅盾寫的並不是社會科學論文，也不是革命的宣傳品。

茅盾是非常推崇左拉的，他信奉自然主義的創作方法。然而，茅盾企圖反映當代中國社會的小說，卻和左拉的作品差距甚大。這裡無法仔細分析《子夜》在小說結構和人物描寫上的特殊技巧，只能把茅盾的自述和吳宓的評論加以對照，藉以說明茅盾創造了一種非常獨特的小說形式。茅盾的小說，比起魯迅和老舍來，可以說是純粹的「西化派」。然而，這卻是為了配合中國現實而改造的形式，仍然反映了中國新小說家對整體社會的強烈關懷，與西歐小說頗異其趣。

最後討論沈從文。跟魯迅、老舍、茅盾相比，沈從文當然不是反映社會現實的小說家，他也因此備受自由派推崇，認為他更具藝術性。這裡不想討論這個問題的誰是誰非，而是要指出，沈從文和魯迅等人仍有其共同性。

試想想看，沈從文的最大成就在哪裡？是翠翠這個人物嗎？應該不是，而是生長了翠翠的那個湘西。沈從文小說的女主角，除翠翠外，還有蕭蕭、三三等，她們都是同一類人。沈從文的男主角呢？好像也沒有一個人的影像可以馬上出現在我們腦海中。可見沈從文並不以刻劃人物見長。沈從文創造了一個「湘西世界」，那裡的山水和生活於其中的無數小人物，構成一個審美形象，人們所欣賞的是這一個整體性的形象，而不是其中任何一個特殊的個人。

沈從文屢屢稱自己為「鄉下人」，用以和「城裡人」相對照。「鄉下」是他喜歡的，「城裡」他是不喜歡的，常常在小說中加以諷刺。換句話說，沈從文聲稱，美的世界在湘西，現代的城他不要。這不是整體性的拒斥了許許多多的中國人夢寐以求的「現代中國」嗎？雖然他追求的目標和魯迅等人剛好相反，但他以「整體性」的方式思考中國問題的傾向，卻和魯迅等人類似。這證明，雖然他表面非常異類，但他仍然是中國的「現代小說家」。

　　一九三七年，日本全面侵略中國，中國人為了自己國家的存亡和個人的生存奮起抗戰。這個全新的態勢深刻影響了新文學的發展。一九四五年抗戰勝利，但國、共內戰的陰影籠罩全國，不久爆發的內戰，使得全體中國人陷入最艱苦的生活條件之中。還好內戰很快就結束，「新中國」誕生了，另一階段的文學史也開始了。因此，一九一七到一九三七這二十年，自然形成一個中國現代文學史的完整階段。按本文所論，這二十年的小說，表現了中國人最大的關懷，「中國怎辦？中國往哪裡走？」這個問題制約了幾乎所有中國的重要小說家。從這個問題點出發，就能發現每一個小說真正的優、缺點，並對他們作出適切的評價。

2011、5、17

附錄

小說形式與中國經驗

倪　偉

　　呂正惠老師的發言很精彩，他探討的其實是小說在現代中國的發生學問題，即為什麼中國現代小說會形成我們現在所看到的這種形態，而不能做到與西方小說（這裡主要指西方18世紀到20世紀上半葉的小說）形神逼肖？呂老師認為有兩方面的因素決定了中國現代小說的形態，一是政治關懷，一是文學傳統。

　　所謂政治關懷，是說小說在現代中國被賦予了超出文學之外的政治責任，它既要對危機重重的中國現狀進行診斷和批判，又要構想未來中國的前景。這種強烈的政治關懷在西方小說中的確難以見到。

　　我們都知道，在西方，小說的興起和中產階級的崛起密切相關，而現實主義認識論和個人主義則構成了小說的思想基礎。西方小說所描寫的是資產階級個人的生活經歷，這種資產階級個人是一個充滿欲望的主體，想占有一切，征服一切。呂老師在〈抒情傳統與中國現代文學〉一文中稱這種欲望主體為「巨獸」，認為這頭巨獸是中產階級「英雄」的異化。我認為這一說法是非常準確的。這樣的個人主體，當他所欲求的是精神的無窮時，就是貝多芬之流的文化「英雄」；而當他追逐的是難以饜足的物質財富時，他就變身為「巨獸」。所以，無論是「英雄」還是「巨獸」，都是這種資產階級個人的化身而已。在中國現代小說裡，我們看不到這樣的資產階級個人，也許茅盾的筆下的吳蓀甫略有這種資產階級個人的影子，但吳蓀甫的理想是實業救國，他的欲望也被賦予了一種民族國家的政治內容。民族的危亡成為了壓倒一切的內在焦慮，這決定了中國現代小說不可能將焦點固定在個人身上，只滿足於描摹無限複雜的個人的內在世界及其與外部世界的衝撞，它們最終關心的仍然是作為個人活動之舞台的社會和國家。詹明信認為第三世界文學根本上都是一種民族國家的寓言，

我認為是有一定道理的，恐怕不是僅僅依據後殖民主義理論就能徹底否定的。

　　事實上，中國也缺乏產生這種資產階級個人的現實土壤。中國文化以人倫為本位，強調節制、中和，對個人欲望基本上持否定的態度，因此像西方小說中出現的那種被無限膨脹的內心欲望所推動的個人是極其罕見的。在中國現代文學作品中，我們幾乎找不到這種因為欲望的熾烈燃燒而擁有了一種崇高意味的人物，也許路翎小說中的一些人物多少有那麼一點瘋狂的氣質，但仍然是和西方小說有區別的。

　　這種巨靈式個人的缺席，對小說形式有直接的影響。西方小說非常重視敘述視點，總是設定了一個「看」的視角。內聚焦的敘述視點是固定於某個人物的視角，全知視點是模擬了無所不見的上帝之眼……無論是哪種敘述視點，都假定了一個觀看主體的存在，這個始終在觀看的個人主體將一切都物件化了，外在的人和物，包括人物內心的活動，都被轉化為觀看的物件。所以，西方小說具有強烈的視覺性，我們常常稱讚西方小說的細節描寫，稱讚它們對人和物以及環境和心理都有著非常精細的描摹，這其實就是說西方小說有著一種很逼真的視覺幻像。

　　西方小說的這種視覺性意味著什麼？Mary N. Layoun 在《文類的旅行：現代小說與意識形態》（*Travels of A Genre: The Modern Novel and Ideology*）一書中以艾迪生的一篇隨筆〈貿易是文明開化的力量〉（Trade as a civilizing Force）為例來說明西方小說的特徵。這篇隨筆寫的是艾迪生在倫敦交易所看到的景象，他穿行於來自歐洲乃至世界各地的商人和物品之中，感到一種虛榮心得到滿足的隱秘的愉悅。倫敦已經成為全世界貨物集散的中心，這讓他為自己是一個英國人而感到驕傲。他仿佛覺得自己就站在世界的中心，整個世界都在他眼前鋪展開來，而他就好比是一個偷窺狂，可以觀看、敘述一切，卻又不被任何人注意。Layoun 認為不管這篇隨筆是否可以看作是小說的源頭，但它的敘述視角和組織方式在西方現代小說的建構過程中有很重要的意義。這的確是西方小說的奧秘所在。對於作者和讀者來說，西方現代小說所提供的快感，主要就是一種偷窺狂式的快感。精心營造的視覺幻像讓人感到世界仿佛在眼前自動展開，而常

見的全知敘述視點則提供了一個作為世界中心的主體位置。

小說的視覺化隱含了個人主體與作為總體的世界的分離，而個人主體企圖無限制地占有內在意義以及外在物件的欲望，在某種意義上可以視為對已經失去的總體性的追尋。正是在這個意義上，盧卡奇認為小說是被上帝遺棄的世界中的史詩，本雅明也指出了小說的孤獨的本質，小說對讀者的吸引力只在於這麼一個微薄的願望：以讀到的某人的死亡來暖和自己寒顫的生命。盧卡奇和本雅明對小說的理解雖然有所不同，但他們都肯定了現代小說乃是一種關於孤獨的個人在世界中的命運的文類。對小說的這種理解與西方人的宗教信仰是分不開的。這個問題比較複雜，在此不能展開。

中國人對小說的理解則很不一樣。大概是因為沒有西方人的那種宗教情結，中國人一般不會有那種與總體相分離的被遺棄感和孤獨感，因此絕少有那種與整個世界相對立的個人主體。這反映在小說中，雖然有現代個人的出現，但這樣的個人總是置身於某個集體之中，當他與某個集體扞格不入的時候，也往往是試圖尋找到一個能夠認同並投身其中的新集體。茅盾的《虹》常常被認為是中國式的成長小說，這當然有一定的道理，因為它和西方的教育成長小說一樣，都強調了社會共同體對於個人成長的重要意義，但兩者的重點還是有所不同。西方的成長小說強調的是個人與世界的對等和平衡，個人的成長就是將世界的無限豐富性涵蓋於個人主體性之中，因此或許可以概括為「世界內在於個人之中」。中國式的成長小說則是表現人在世界中的成長，比如梅行素就不斷地離開某個地方、某個人群，來到一個新的地方，融入新的群體，在這一尋找過程中，她逐漸成長起來。這種成長模式大概可以概括為「個人在世界之中」。它其實是體現了中國人關於個人與世界之間關係的一種理想：避免將世界物件化，以免造成個人與世界之間的對立和衝撞。強調人倫禮儀，也即試圖通過人際關係的調和來減弱個人與世界之間的對立感。

中國現代小說的形式與這種對於個人／世界關係的理解方式有關。與西方小說相比，中國現代小說的視覺性顯然要差得多，在中國現代小說家中，似乎很少有人會將視覺逼真性當作一個自覺的要求。巴爾扎克常常不厭其煩地來描

畫人物所生活的環境，以此來刻畫人物性格，這種寫法在中國現代小說中幾乎很難找到。沈從文是一個文風相對來說比較繁密的作家，喜歡鋪墊環境，比如《邊城》和《長河》都化了不少筆墨來寫湘西的風土民俗，但他使用的是敘述而不是描寫的筆法。敘述和描寫在盧卡奇那裡有著更複雜的意義，在這兒，我只是相對簡單的意義上指出這兩種寫法的不同取向。在我看來，敘述著重於「講」，而描寫著重於「看」，前者訴諸於聲音，是時間的延伸，而後者訴諸於視覺，是空間的鋪展。最具有中國風格的作品，幾乎都是敘述性比較強的，擅長寫動作和對話，較少靜態的描寫，因此顯得動感十足。在以敘述為主的同時，再參以描寫，但即使是描寫，也是魯迅所提倡的那種白描，意到即止，不多作鋪陳和渲染。這就好比中國畫和油畫的區別。

重視敘述，這是中國白話小說的傳統，魯迅等現代作家自覺地繼承了這一傳統，同時也借鑒了西方小說的結構和描寫技巧，從而奠定了中國現代小說「重敘述、輕描寫」的基本模式。呂老師在〈抒情傳統與中國現代文學〉中指出中國強大的敘述文學傳統對中國現代小說有著直接而深刻的影響，他還指出中國傳統敘述文有兩種類型：文人階層是史傳型，民間是說書型。我認為這兩種類型實際上構成了中國現代小說的兩條發展脈絡，一種是更有文人氣的小說，從魯迅、郁達夫到京派，一直延續到汪曾祺、阿城這樣的作家，較為精緻典雅；另一支就是以老舍以及其後的趙樹理為代表的小說，當代作家中的柳青、路遙甚至包括賈平凹，也大體上可歸入這一路。相比之下，後一種小說似更能為一般讀者接受，擁有著更多的讀者。路遙的《平凡的世界》擁有非常廣大的讀者群，其中一個原因是它曾在電台聯播，而能夠在電台聯播的小說，必然具有很強的敘述性。

隨著社會的變化，中國小說的形態也在不斷變化。特別是在最近這一二十年，中國人的思想觀念有了很大的變化，我們甚至可以說是出現了一種具有中國特色的個人主體，這在小說上自然也有所反映，出現了一些難以直接納入傳統的小說形態。比如莫言。呂老師認為莫言小說的敘述模式基本上還是說故事，這沒錯，但是莫言說故事的方式比較特別，他的語言似乎在不停地自我繁

殖，有時甚至達到了瘋狂的地步，不斷堆積的語言最終就轉變成了一種驚人的視覺形象。我們讀莫言的小說，常常會有一種臃腫的感覺，但這種臃腫和讀巴爾扎克小說時的感覺不一樣，莫言從來無意對物件作精細的描寫，所以他的小說決不會有什麼逼真的視覺幻像，但是他的龐大的敘述卻最終造成了一種奇特的視覺效果。這是莫言小說的一個古怪處。這種敘述方式到底有什麼文化上的意義，它是否會動搖中國現代小說的敘述傳統，這仍然是有待思考的問題。

呂正惠按：此文為倪偉教授對我的〈現代中國新小說的誕生〉的講評稿，其中還談到〈抒情傳統與中國現代文學〉一文。倪偉教授的文章雖然簡短，但極為精彩，因此徵得其同意，附載於此。

魯迅的成就

　　魯迅公認是中國現代文學最偉大的作家，具有廣泛的國際聲響。但是，要向台灣讀者介紹魯迅的成就卻異常的艱難，他的作品在台灣遭到嚴厲禁讀長達三十七年之久。對台灣文化界來說，魯迅目前還是一個頗為陌生的領域，沒有什麼可以談論的基礎。

　　台灣文學界所謂的專家，主要受夏志清影響，對魯迅還有一種難以破除的偏見。他們從「形式」著眼，認為魯迅只寫了兩本短篇小說集，也不過就二十五篇，一部長篇也沒有；此外還有一本散文集《朝花夕拾》、一本散文詩集《野草》，就說這些作品裡有不少精品、傑作，哪能就算是大作家呢？何況還要稱他「偉大」或「巨人」？這不過都是共產黨的造神運動的成果罷了。在他們眼中，魯迅的十四本雜文集根本不算什麼。

　　大陸有一種知識分子恰好有相反的看法。他們認為，是共產黨利用了魯迅在文化界的廣泛聲響，並且在解釋上把魯迅狹窄化了。魯迅的精神遠遠超過共產黨的教條，而且可以反過來反對共產黨的教條。

　　對我的魯迅觀產生重大衝擊的，還有來自日本學者的觀點。從竹內好以降的魯迅專家，包括丸山昇、木山英雄、伊藤虎丸、丸尾常喜等人，談起魯迅來，幾乎是畢恭畢敬，好像面對一位現代的東方聖人。

　　那麼，要怎麼樣說明魯迅作為一個作家的獨特品質呢？我想先從自己的閱讀經驗談起。一九七〇年代，我曾偷偷影印了一本相當分量的魯迅雜文選集，卻並沒有帶來多少閱讀的樂趣，有一些篇章還似懂非懂。九〇年代初我買到魯迅全集，不久之後，我陷入一種精神困境中，主要因為我的政治立場在台灣成為絕對少數。這時候，我才發現魯迅的作品成為我最大的安慰之一。魯迅的某

些作品充滿了絕望，讀的時候引發自己強烈的共鳴。這我早已很清楚，因為魯迅的陰暗面是眾所公認的。然而，奇怪的是，這樣的文學並不導至全然的悲觀，並不使我喪氣，以至於失去了鬥志。相反，閱讀時感到一種絕望的快感，讀了以後卻能慢慢地堅韌起來。這是一種非常奇異的感受。你很難想像，「絕望之為虛妄，正與希望相同」這樣的句子會產生啟示作用，讓你更勇敢的面對現實。我認為，從活著的人的角度來看，魯迅的作品讓我們領會到，不論面對如何的艱難，你都不可以自欺，以為自己已忍受不了，沒那麼回事。說自己忍受不了，那是弱者的行為。汪暉一本論魯迅的專書，書名叫《反抗絕望》，這書名起得很好，我以為，就人生態度而言，「反抗絕望」正是魯迅精神對人的啟示之處。

以上是就個人的命運而言，但魯迅絕不只是關心個人命運的作家。魯迅去世的時候，就被稱為「民族魂」，他是中國面對亡國之禍時最堅韌的戰士。這看起來很奇怪，最悲觀的作家怎麼會成為最堅韌的戰士？

讀魯迅的小說，開始你會感到陰冷。譬如祥林嫂，那麼一個健康而勤快的農婦，怎麼會在習俗的偏見與眾人的冷酷之中淪為乞丐，最後死得不明不白。在〈藥〉裡，一個愛國志士為國犧牲的鮮血，卻被患肺癆病的人蘸到饅頭上拿來當秘方吃。一個農村無產者的阿Q，其實是很有勞動能力的，卻在眾人的藐視和自己的自欺之中莫名其妙的成為別人的替死鬼。看起來中國社會已完全缺乏人性，只會把活活的人變成僵屍，連一點「生」的氣息都沒有。

魯迅就像其他新文化運動的領導人一樣，不憚以最犀利的筆觸揭發中國文化的陰冷而缺乏人性的一面。但魯迅卻還是一個最熾熱的愛國者，這看起來是相當矛盾的。

如果拿胡適和周作人來跟魯迅比，就可以看出魯迅的偉大。胡適極其單純的嚮往西方文化（特別是美國文化）的一切，認為只要承認自己一切不如人，只要好好的跟人家學習，中國就有救。周作人跟魯迅一樣，對中國傳統社會徹底絕望，以至於完全喪失了民族自信心，最後竟然不認為抵抗會產生什麼作用，寧可當侵略者的順民而不肯有一絲一毫的自我犧牲。

魯迅還有一點跟許多愛國之士非常不一樣，他很少批評外國侵略者，而只批評自己的民族。並不是說，他絲毫不具備對侵略者的痛恨，這一點他絲毫不弱於人。但民族的恥辱感更讓他痛心。他似乎認為，與其痛恨別人，不如痛恨自己——與其痛恨常常欺凌自己的強者，不如痛恨自己為什麼始終是「屍頭」、「歪種」。魯迅痛恨自己民族的不長進，具有一種熱騰騰的血氣，他知道，只有這種血氣凝結成一種百折不回的鬥志，中國才能找到重生之道。只會欣羨人家，只會藐視自己，最後就是自輕自賤，向強者低頭。

魯迅勸中國青年，「要少——或者竟不——看中國書」，「少看中國書，其結果不過不能作文而已。但現在青年最要緊的是『行』而不是『言』。只要是活人，不能作文算什麼大不了的事。」在最惡劣的環境下，勇敢的面對現實，確確實實的「活」著，不自欺，魯迅認為是頭等大事。只怪罪別人欺凌自己，或者一直扛著祖宗的神主牌來自我炫耀，自我滿足，都是標準的阿Q，不是自救之道。

魯迅同時倡導「拿來主義」，外國的一切東西都可以拿過來，這不是說，外國東西一切都好，拿來就用，而是「要或使用，或存放，或毀滅」，要使自己成為這些東西的「新主人」，而不是成為這些外國東西的奴隸，什麼都好，什麼都跟。要「沈著、勇猛，有辨別，不自私」，這樣才能成為外國東西的「新主人」，也才能使自己成為「新人」。

簡單的說，魯迅既不要中國青年成為祖宗的奴隸，也不要中國青年成為外國東西的奴隸。一個民族跌到了深淵，如果不能勇敢的站立起來，再怎麼祈求祖宗的保佑，再怎麼痛罵侵略者的沒有人性，都是沒有用的。一切只能靠自己。這就是魯迅的血氣，因此他不憚於以最嚴苛的態度自我批評，他的自我批評決不是自我輕賤，為的是拜倒於外國侵略者的腳下，像周作人那樣；或者像現在某些中國知識分子一樣，竟然認為中國只有讓外國徹底殖民，才能現代化。

就因為看到了這一點，中國人才會說，魯迅一身沒有媚骨，或者魯迅一身都是傲骨。是這種傲骨，使得中國人能夠從萬劫不復中重生。縱觀中國現代文

學，魯迅這種精神對中國青年起了最大的啟示作用，而且沒人能夠跟他比肩，因此他成為中國現代文學唯一的宗師。

戰敗的日本人驚異於中國人終於「站起來了」，才恍然醒悟魯迅的偉大。魯迅表面強烈的自我批判精神，其實正是對西方文明最堅強的抵抗，他的拿來主義最終證明，中國可以找到一條特異的自救之道。相反的，日本人表面上是西方的模範生，最終只不過成為西方的模仿品，連它的「大東亞共榮圈」，也不過是西方殖民帝國主義拙劣的二等貨。最令人不堪的是，它竟成了它最主要的敵人美國在亞洲的伙伴，成為美國在亞洲的「大管家」。「脫亞入歐」的結果是，日本成為美國最重要的伙伴，但誰都知道，誰才是真正的主人。

魯迅坎坷的一生也是他始終艱苦奮鬥的一生，他的痛苦與他的勇於戰鬥，終於證明了他不凡的智慧。中國終於重新站立於世界之中，他有一份不容抹煞的貢獻，這就是他的偉大成就之一。

但魯迅也決不只是一個狹隘的民族主義者，他一生的許多行為和全部作品都可以作為證明。在他決心從事於文學之初，他從翻譯外國文學作品起步。他翻譯的重點是東歐弱小民族的文學，而不是居於世界文學潮流之首的西歐文學。一方面，他認為，同屬被壓迫、被侵略的民族，它們的文學才跟中國有切身的關係，一方面他廣泛同情世界上所有被壓迫民族的民眾。

弱國民族主義的基礎是，在帝國主義的侵略下，絕大部分弱小的民眾都陷入深淵之中，只有少數掌握政治、經濟大權的人才可能跟侵略者合作而從中奪取更大利益，這一點魯迅是非常清楚的。魯迅在小說中不論把中國的農民描寫得多麼愚昧，卻永遠不失同情之心。就像那個被他從頭到尾嘲笑的阿 Q，因為他始終被人所欺凌，魯迅還是同情的。這篇小說翻譯成法文，羅曼・羅蘭讀了以後非常感動，因為羅曼・羅蘭領會到了魯迅對弱小者的憐憫。捷克的普實克也能感受到魯迅作品中的這種情懷，不久就譯成了捷克文出版。當他跟魯迅談到版稅時，魯迅回答，人家翻譯他的作品，他向來是不拿版稅的。魯迅的文學事業是全世界性的，是屬於被侵略民族的人民大眾共同攜手反抗帝國主義侵略者這一大事業中的一環，這一點魯迅也是很清楚的。

　　西方近代文明的輝煌成就是不容否認的，但西方國挾帶著這種文明的力量，肆意侵占人家的土地（最高紀錄是地球陸地的 83%）、奴隸人家的民眾、掠奪人家的資源，由此所造成的有史以來人類最大的災難，這一點，西方國家從來不肯承認，即使西方開明、進步的知識分子，也沒有多少人敢於正視。當我們談論世界近、現代文學，從西方的觀點談論它的成就，或者從非西方觀點來談論它的成就，其結果是完全不一樣的。當西方國家開始向世界各地進行掠奪時，世界各地的民眾從來就沒有停止反抗過，而反抗行動中就包含了反抗的文學。如果我們把眼光放在西方近代資本主義帝國主義興起後，全世界的民眾如何反抗他們、這些反抗如何表現在文學上，那麼，我們就會有一種完全不同眼光的近、現代世界文學史。如果要撰寫這樣一部近、現代世界文學史，魯迅一定在其中據有顯著的地位。這是魯迅國際聲望的基礎，只是這種國際聲望遠遠不同於我們一直認同的、那種以西方為中心的國際聲望。作為近、現代被壓迫、被侵略民族反殖民抗爭的作家之一，魯迅的人格和他的作品贏得大家的尊敬和推崇，這才是魯迅最光輝的成就。

　　不少人說，魯迅的作品，除了一些小說、幾篇散文和《野草》這本散文詩集，其餘都沒有什麼藝術性。這是完全站在現代主義興起以後西方的美學觀點下所說的話。我記得大陸小說家王安憶曾說：魯迅的小說是嘲諷性的，而他嘲諷的常是典型，因此這種小說必然寫得很少，為了不重覆，每種典型他都只寫一次。這話說得極精準。我們只要把《吶喊》、《徬徨》中的二十五篇小說好好體會，就會知道，魯迅沒有寫過兩篇相同的小說，而他的每一篇小說都值得我們細細分析（日本學者就是這麼做的）。從這裡就可以看出魯迅的苦心經營。

　　還有更多的人說，魯迅的雜文沒有藝術性，這純粹是誹謗，是為了抵消魯迅雜文的影響力而說的謊話。魯迅的雜文如果沒有藝術性，怎麼會影響千千萬萬的中國青年，而且至今還在產生影響。當我們不能用既成的美學規範來解釋這些作品的藝術性，而這些作品的影響力又那麼明顯，那是我們所據以判斷的美學標準有問題？還是什麼？我們只能說，魯迅創造了一種新文體，使得文學專家們拿著手中所有的衡量尺把，卻一點也使不上力，這不反過來證明，魯迅

具有極高的藝術獨創性嗎？

　　要表現一種前所未有的新的內容，就需要創造前所未有的新手段。魯迅站在全世界反殖民抗爭的大潮流中，為了戰鬥的需要，創造了人們至今尚不習慣的文學形式，但是影響力卻又那麼明顯，這不是魯迅的偉大成就，還能是什麼？

2011、3、18

《聯合文學》27 卷 6 期，2011 年 4 月

老舍長篇小說的特質
——中國市民階層革命
與民族解放鬥爭的一面鏡子

一

　　中國現代長篇小說的誕生，可以明確的劃定在一九二七年至一九二八年間。從一九一九年的五四運動，經過一九二五年的「五卅慘案」、一九二六年的「三一八慘案」，到一九二六至一九二七年間的大革命及其失敗，中國社會所經歷的波動及變化，恐怕要大過於辛亥革命。由於這一整個歷程是和新文化運動和新文學革命相伴相行的，在大革命失敗後的沈寂時間裡，知識分子在痛定思痛後，以新時代的眼光來思考這一整段歷程，可以說是非常自然的。長篇小說就是新時代的作家所能提供的思考的產物。

　　這新型長篇小說的創造者也是很明確的，就是茅盾和葉聖陶。根據茅盾的回憶，在大革命時期他早已決定要寫，

　　現代青年在革命壯潮中所經過的三個時期：(1)革命前夕的抗昂興奮和革命既到面前時的幻滅；(2)革命鬥爭劇烈時的動搖；(3)幻滅動搖後不

甘寂寞尚思作最後之追求。[1]

就在大革命失敗後不久,從一九二七年八月到一九二八年六月,他即按照這一構想創作了《幻滅》、《動搖》、《追求》三部曲。緊接著,葉聖陶在一九二八年完成了《倪煥之》,藉著倪煥之這個人物,描寫五四新知識分子從辛亥革命、五四運動、五卅慘案,到大革命失敗這十幾年間理想的形成、對理想的追尋、以及最終破滅的歷程。

茅盾曾藉著評論《倪煥之》的機會,闡述了他對這一新型長篇小說的看法。他認為最重要的是「時代性」。這種「時代性」,除了描寫「時代空氣」之外,還應具備兩個要義,即:

> 一是時代給與人們以怎樣的影響,二是人們的集團的活力又怎樣地將時代推進了新方向,換言之,即是怎樣地催促歷史進入了必然的新時代,再換一句說,即是怎樣地由於人們的集團的活動而及早實現了歷史的必然。在這樣的意義下,方是現代的新寫實派文學所要表現的時代性![2]

為了表現這種「時代性」,小說家必須拋棄五四時期的「即興」寫作和「靈感」,而要以「銳利的觀察、冷靜的分析、縝密的構思」等條件,努力地「做」小說。就是在這種「理論認識」下,茅盾在完成《蝕》三部曲之後,又接著創作《虹》、《子夜》等作品,成為新型長篇小說最重要的作家。

跟茅盾相比,老舍長篇小說的創作道路就顯得非常「不典型」。事實上,老舍的前兩部作品《老張的哲學》和《趙子曰》寫於一九二五到一九二六,比茅盾的《蝕》三部曲和葉聖陶的《倪煥之》都還早,其時他正在倫敦教書。一

1　茅盾〈從牯嶺到東京〉,《茅盾全集》第十九卷（北京:人民文學出版社,1991）,頁179。

2　茅盾〈讀《倪煥之》〉,《茅盾全集》第十九卷,頁209-210。

九二四年夏天他已經到了英國,因此五卅慘案和大革命的大事件他都沒能親自看到或感受到。即使是一九一八年的五四運動,他雖在北京,但卻「沒在這個運動裡面」,他忙著教書和當小學校長,他必須賺錢養家。和當時大多數作家比較起來,老舍似乎是在五四運動所激起的潮流之外獨自發展。

關於寫作《老張的哲學》的動機,老舍自己說:

> 二十七歲出國……到異鄉的新鮮勁兒漸漸消失,半年後開始感覺寂寞,也就常常想家……此處所謂「想家」實在是想在國內所知道的一切。那些事既都是過去的,想起來便像一些圖畫……這些圖畫常在心中來往,每每在讀小說的時候使我忘了讀的是什麼,而呆呆的憶及自己的過去。小說中是些圖畫,記憶中也是些圖畫,為什麼不可以把自己的圖畫用文字畫下來呢?我想拿筆了。3

可見老舍寫作的動機,是在他鄉異國對於故國故鄉的懷念,感情的成分居多,當然也包含了他對國事的關心。但正如他所說:

> 我的感情老走在理智前面……在一方面,這使我的筆下常常帶些感情;在另一方面,我的見解總是平凡。4

他不像茅盾和葉聖陶一樣,對國事具有一整套明確的見解,他也就不能如茅盾那樣的「做」小說,而是「寫就好,管它什麼」,

> 在人物與事實上我想起什麼就寫什麼,簡直沒有個中心;這是初買來攝

3　老舍〈我怎樣寫《老張的哲學》〉,《老舍全集》第十六卷(北京:人民文學出版社,1999),頁164。
4　同上,頁165。

> 影機的辦法，到處照像，熱鬧就好，誰管它歪七扭八，哪叫作取光選
> 景！浮在記憶上的那些有色彩的人與事都隨手取來，沒等把它們安置
> 好，又去另拉一批，人擠著人，事挨著事，全喘不過氣來。[5]

因此，他前兩部的寫法是相當散漫的，事前就缺乏茅盾和葉聖陶那種清醒的「設計性」。

　　五四時期的學者對舊小說最大的不滿在於內容。他們可以欣賞舊小說生動的口語和某些細節描寫，卻不能忍受連篇累牘的封建思想，因果報應，甚至男盜女娼。五四新小說的特點在於「思想性」。我們不能說，老舍早期的創作缺乏新思想，但也不能否認，他的思想「跟不上」五四以降的潮流。他的思想，即他對中國未來前途的整體看法，是他用以架構整本小說的基礎。在這方面他是逐漸成熟的，為此他花了七、八年的工夫，到一九三三年的《離婚》才找到恰當的「形式」。

　　拿茅盾的發展道路來和老舍比較，是很有意思的。茅盾在寫《蝕》之前，已經當了近十年的評論家，熟悉世界文學潮流，也關心國內社會狀況。他在五四之後不久即信仰馬克思主義，加入了中國共產黨，並參與大革命前後的社會、政治運動。茅盾可說是當時思想最進步的知識分子之一。大革命失敗後他有點茫然，不知道革命前途何在。就在這時候他寫了三部曲，想藉著描寫大革命前後知識分子的心路歷程，來作思想上的自我澄清。經過幾年的寫作與思考，他的馬克思主義的現代世界史觀已經明確化。他就根據這一史觀，企圖為中國社會描繪一幅全景圖，這就是《子夜》。

　　《子夜》是中國現代文學史上的「巨構」之一，但它的缺點也是很明顯的。它的企圖心太大，雖然思想明確、結構據此經過仔細設計，但也因此顯出某種程度的機械化，有些片斷讀起來覺得相當人工化，反而沒有《蝕》三部曲那麼自然、流暢。

5　同上，頁164。

　　反過來看，老舍在寫前兩部小說時，以當時的標準來看，思想是相當不成熟的。茅盾最早讀到的老舍作品是《趙子曰》，他回憶當時的閱讀印象時這樣說：

> 那時候，文壇上正掀起了暴風雨一般的新運動，那時候，從熱烈的鬥爭生活中體驗過來的作家們筆下的人物和《趙子曰》是有不小的距離的。說起來，那時候我個人也正取材於小市民知識分子而開始寫作，可是對於《趙子曰》作者對生活所取觀察的角度，個人私意也不能盡同。

因為《趙子曰》批評了學生運動，所以茅盾自然有這樣的反應。不過，茅盾接著又說：

> 然而，不論如何，《趙子曰》給了我深刻的印象：在老舍先生的嘻笑唾罵的筆墨後邊，我感得了他對生活態度的嚴肅，他的正義感和溫暖的心，以及對於祖國的摯愛和熱望。[6]

這就是說，老舍的思想雖然沒有和當時的潮流完全合拍，但潮流中的人仍然感受到他的正義感和愛國熱情，是可以引為同道的。

　　從《老張的哲學》、《趙子曰》，經《二馬》、《小坡的生日》、《貓城記》，到《離婚》、《牛天賜傳》、《駱駝祥子》，我們可以看到老舍思想演變的歷程。關鍵是，出國將近六年，他終於回到自己的國家，這樣他又有機會實際接觸中國社會。回國後最早創作的兩部長篇，由於《大明湖》毀於戰火，我們只能看到《貓城記》。《貓城記》裡的貓人明顯影射中國人，而小說中的貓人終於滅絕，可以推想老舍在回國兩年的時間裡，對國內社會的強烈不滿。

6　以上兩則引文見茅盾〈光輝工作二十年的老舍先生〉，轉引自曾廣燦、吳懷斌編《老舍研究資料》（北京：十月文藝出版社，1985），頁247。

這種不滿，導致於他不得不在內心裡承認，他在英國時期所寫三部小說所持的改良主義是無法解決中國問題的。

由於完全的失望和承認改良主義的不可行，這種思想上的改變，反而解決了老舍結構上的困難——他不必再在小說中塑造正面人物；他不需要再以正面人物提示他以為的中國問題的解決之道。少掉了這個人物及其行動，小說結構反而單純化了——他只要描寫全然的失望即可。所以，以一個城裡人的因循苟且即可反映全中國（《離婚》），以一個小孩的成長歷程也可以反映全中國（《牛天賜傳》）；同樣的，以一個好強的、潔身自好的人力車夫的奮鬥、失敗及其墮落的過程更可以反映全中國的命運（《駱駝祥子》）。

老舍這幾本小說的動人之處，其原因之一就在於：他沒有強作解人。一向強烈「反共」的夏志清，在分析《駱駝祥子》的情節結構時這樣說：

> 按書中暗含的意思，即使是他克服了小說裡列舉的一切困難，他一定也會碰到另外一些，一樣地也會打垮他。要是沒有健全的環境，祥子所作的那種個人主義的奮鬥努力不但沒有用，最後還會身心交瘁。
>
> 老舍顯然已經認定，在一個病態社會裡，要改善無產階級的處境就得要集體行動；如果這個階級有人要用自己的力量來求發展，只徒然加速他自己的毀滅而已。

夏志清還說，「一個倡導咬緊牙關為社會服務的作家」，表現出這樣的左傾觀點令人吃驚[7]。事實上，自一九三二年開始，老舍一直在《現代》、《論語》、《宇宙風》等雜誌發表小說和雜文（《牛天賜傳》連載於《論語》、《駱駝祥子》連載於《宇宙風》），一向和當時的左翼很少來往。我們很難釐清，到底是老舍左傾，還是自己逐步發展出《駱駝祥子》那種觀點，至少，我個人是比

7　以上引文及相關論述，見夏志清《中國現代小說史》（上海：復旦大學出版社，2005），頁 129-130。

較傾向於後者。抗戰時期左翼對老舍的支持，恐怕最主要是導因於，左翼已經看出，老舍的態度不是不可以接受革命，但我相信，他們會充分意識到，老舍還沒有發展到全心全意支持革命的地步。

所以，總結來講，在《駱駝祥子》的階段，老舍已完全清楚地意識到，中國問題只能「整體地」解決，任何立基於個人或個別團體的改良式的嘗試都無濟於事。他在小說中所以痛切地責罵「體面的、要強的、好夢想的、利己的、個人的、健壯的、偉大的祥子」，正因為這就是以前的老舍自己。但是，在與以前的自己徹底切割之後，究竟要如何「整體地」面對中國問題，老舍在小說中並沒有提出答案。這大概是老舍當時的思想狀況。夏志清說，老舍認定「要改善無產階級的處境就得要集體行動」。這是不錯的。但是，這個「集體行動」是否等於「階級鬥爭」？若是，這個「階級鬥爭」在中國又要如何進行？像這樣的具體問題，我相信當時的老舍恐怕一點也沒有思考到。

作為一個小說家，老舍憑藉著他二十七歲前在北京的生活經驗，又憑藉著他在英國及外面六年的經驗再重新來審視他回國後的國內狀況，最終寫出了他不得不自我否定的感受。這種感受那麼強烈而有力，凡是讀過《駱駝祥子》的人都不能不受到感染。

契訶夫曾經說過，藝術家是發現問題的，不是解決問題的。在中國現代文學史中，老舍恐怕是這種藝術家的最佳典範，而其最高成就就是《駱駝祥子》，這跟茅盾《子夜》的精心構思用以形成一種革命史觀剛好構成鮮明的對比。

老舍所以成為這樣的藝術家，是跟他從小經歷的生活條件密切相關的。父親在庚子事變時殉國，全家六口不得不依靠母親給人縫洗和做染工的微薄收入生活。要不是劉大叔（後來的宗月大師）的慷慨相助，他根本讀不了書。為了不必繳學費，他只能進入北京師範學校，並在畢業後成為一個小學教員。他的每一步都是艱辛的、努力的走出來的。如果我們回顧他的成長歷程，就不得不承認他是一個非常幸運的「祥子」。

這樣的「祥子」，當然是非常務實、苦幹的。不務實、苦幹哪能活下去？

哪能一步步走出來？所以他看不慣學生不讀書而去搞運動——讀書得花多少錢啊，哪能不讀？所以他不尚空談而喜實幹，《二馬》中的李子榮就是他的理想。他也像李子榮那樣富有同情心和正義感，而不像小說中的祥子只顧自己的前程，因此，他能同情那些跟他類似的窮苦人家。

所以，他的小說的起點就是他自己以及和他大約屬於同樣地位的市民階層。他的小說裡總有貧苦無告的人（甚至被迫不得不出賣自己的女兒），也總有樂善好施的人，但同樣的，也一定有地位稍高、經濟稍富，而總是對窮苦人家敲骨尋髓的人。

就這樣，老舍出身於現代中國市民階層的中、下層，他的生活經驗和觀察體驗主要來自這裡，他的小說的材料來自這裡，他的世界觀也來自這裡。在他開始創作時，他以為這個階層的人可以跟他一樣，靠著自己的努力和奮鬥而得救。回國以後，他終於認識到，他自己不過是個「幸運者」，太多跟他同樣的人不但不能得救，而且還得往下沈淪。於是他感到悲觀（《貓城記》）、憤怒（《駱駝祥子》）。不只是對欺壓者憤怒，而且還對過去的自己（以小說中祥子的人生觀為代表）憤怒，不假辭色的加以鞭撻。

五四新文學的主流是新知識分子，這種知識分子後來分裂成穩健派（較傾向自由主義）和革命派（支持社會革命）。老舍不屬於這個群體。要說老舍完全沒有受到五四運動和時代氣氛的影響，那是完全不可能的。但很明顯，老舍的小說風格和五四主流相距甚遠。他很少（甚或幾乎不寫）知識分子的戀愛與革命，他唯一以知識分子為主角的小說《文博士》從頭到尾一直在毫不留情諷刺男主角，其程度超過任何作品。他寫的是純口語，而不是歐化的白話文，他描繪的是城市中下層的世態民情，而不是知識分子的生活。

五四新知識分子之中，有相當一大批來自於偏僻貧窮地區的農村。據我個人閱讀印象，這種類型的人大半會成為革命派（如柔石和馮雪峯）。從貧、下、中農的立場來思考，跟老舍從市民階層的角度來思考，其結果是不一樣的。後來的革命力量主要來自於小知識分子和農民，老舍不屬於這個潮流。

我們可套用列寧形容托爾斯泰的話這樣說：老舍是中國市民階層革命的一

面鏡子。老舍從《老張的哲學》一直寫到《駱駝祥子》，「證明」了革命是中、下市民階層的唯一出路（老舍後來在《茶館》裡把這一觀點意識鮮明的表達出來）。光從這一點來看，老舍在現代中國小說史上的地位可說是獨一無二的（抗戰後期，市民階層上層的聞一多和朱自清在政治上的激進化，進一步證明老舍在三〇年代後期的直覺的正確性）。

二

以上所說的，是大家最熟悉的老舍，我只不過是用一種較特殊的方式重新「述說」一次而已。我現在認為，老舍在長篇小說的整體成就還需要用《四世同堂》和《鼓書藝人》這兩部作品來加以補足。因為複雜的歷史因素，這兩部小說已不可能以其真實而完整面目出現在世人面前，但在一九八〇年以後，由於馬小彌將原稿已缺失的英譯重又譯回中文，我們至少可以藉此窺知這兩部小說的可能成就。

對於全體中國人投入長達八年的抗戰這一二十世紀的歷史大事件，老舍是極端重視的，他在《火葬》的〈序〉（1944 年 1 月）裡這樣說：

> 我曉得，我應當寫自己的確知道的事。但是，我不能因此而便把抗戰放在一邊，而只寫我知道的貓兒狗兒。失敗，我不怕。今天我不去試寫我不知道的東西，我就永遠不會知道它了。什麼比戰爭更大呢？它使肥美的田畝變成荒地，使黃河改了道，使城市變為廢墟，使弱女變成健男兒，使書生變為戰士，使肉體與鋼鐵相抗。最要緊的，它使理想與妄想成為死敵。我們不從這裡學習，認識，我們算幹嗎的呢？寫失敗了一本書事小，讓世界上最大的事輕輕溜過去才是大事。

這就是說，描寫這一重大事件，是中國現代小說家無可推諉的責任。老舍不但知道這一責任的神聖，同時也深切理解，為了完成這個責任，一個稍有自知之

明的藝術家需要多少準備工夫。在寫《火葬》之前,他曾說:

> 抗戰不是樁簡單的事,政治、經濟、生產、軍事……都一脈相通,相結
> 如環。我知道什麼呢?有三條路擺在我的眼前:第一條是不管抗戰,我
> 還寫我的那一套。……可是,我不肯走這條路。文藝不能,絕對不能裝
> 聾賣傻!……

可見,作為一個藝術家,老舍知道這個擔子有多沈重。在說了這些話的兩年以
後,他寫了《火葬》,自己感覺很不滿意,在〈序〉裡一再跟讀者道歉。這時
誰也不會想到,老舍已悄悄起頭創作《四世同堂》。《四世同堂》的第一部
《惶惑》於一九四四年十一月開始在報紙連載。一九四五年四月,《惶惑》單
行本出版,我們才知道,《四世同堂》將分三部,全書共一百萬字。即使在事
隔半世紀之後,當我初次看到這序文時,都不能不為老舍的決心所折服。正如
老舍當時所說的:

> 在這年月而要安心寫百萬字的長篇,簡直有點不知好歹。

只要想到一九四四年年底的湘西大潰退(日軍攻到貴州獨山)、抗戰勝利不久全
國籠罩在內戰即將引爆的緊張氣氛中,以及隨後內戰,就不難理解上面這一句
話的重量。然而,到一九四八年年底,他終於在美國完成《飢荒》。全書一百
萬字,前後共用了足足四年的時間。但是,老舍還不知疲倦,在接下來的一年
中,他又創作了至少三十萬字左右的《鼓書藝人》。現在實在難以想像,老舍
當年是憑藉著怎樣的意志與毅力在五年的時間內孳孳矻矻的工作著。

老舍於一九四九年十二月九日從美國回到中國,次年五月,《飢荒》開始
連載,但卻沒有刊出最後十三段,《鼓書藝人》根本沒有在中國問世,然後,
原稿失去了。當時老舍和無數的中國人都沈浸在建國的歡欣中,誰也不覺得可
惜。這一段歷史,現在回顧起來,真是不可思議。

　　為了寫這篇文章，我不得不把《四世同堂》和《鼓書藝人》快速的翻閱一遍。即使是這樣的翻閱，我已覺得，中文原稿的遺失真是中國現代文學史上無可彌補的重大損失。

　　《四世同堂》的藝術價值在哪裡呢？我覺得，恐怕再也找不到比胡絜青、舒乙在下面一段所說的更恰當的讚語：

　　　請看，表面上毫無英雄氣概的人們最後成了勝利者，他們經受了最冷酷、最嚴峻的摧殘和折磨，沒有下跪，沒有死絕，他們高傲地站著，掙扎著，寧死不屈，反抗著，迎來了勝利。這難道不是歷史的本來面目？如實地寫下來，並無損於他們的高大。

　　　年邁的李四爺忍無可忍，以死相拚，像個可敬的鬥士，犧牲在搏鬥之中。年幼而脆弱的小妞子寧肯挨餓，愣是不吃日本人發的混合麵，絕食而亡。他們死得光榮，死得悲壯，死得高大！……

　　　這就是老舍《四世同堂》結尾的基調。老舍忠實地描寫了淪陷區人民的八年艱難歲月。老舍的結論是清楚的：中國人民覺醒了，中國大有希望。

我要說的是，我先看到李四爺之死和悲愴中充滿了民族尊嚴的結尾，為此深受感動（這些段落都是英文節譯本的中譯），然後再讀到胡絜青、舒乙的文章，我覺得他們的讚語恰如其分，不因為他們是作者的親人而失其分量。

　　關於《鼓書藝人》的成就，我想引述樊駿分析極其詳盡的論文裡的一段話：

　　　在《鼓書藝人》中，老舍的創作思想創作方法有了明顯的變化。他把時代潮流寫進了小說——不只是作為人物活動的社會背景，而且成為人們

　　思想行為的動力，滲透在他們的心理和實踐的各個方面。寶慶父女的覺醒和抗爭，他的生活理想和藝術要求，都是歷史的產物，打上時代的印記。正是通過時代潮流所給了人物的影響，寫出了與歷來的藝人不同的新的性格特徵，寫出了藝人生活和命運的歷史性變化。深重的民族危機激發了寶慶的愛國熱情，使他努力把自己的藝術活動與民族命運緊密地結合在一起，並且因此推動他改造舊的藝術。

這一段話如果加上「並且也改造了他們自己的人格與命運」，就更加完美了。我想以秀蓮的兩個片段來加以說明。秀蓮第一次看到了抗日話劇：

　　秀蓮簡直入了迷。這跟她自己的表演完全不同。她習慣於唱書，從來沒想到能這樣來表現情節。雖說是做戲，這可也是生活，她覺出來劇情感染了觀眾。她要也能這樣該多好。

後來孟良為寶慶、秀蓮寫了三段新的唱詞，老舍如此描寫秀蓮的演唱：

　　開鑼那晚，演出抗戰大鼓。秀蓮唱她那一段，寶慶坐在台側瞧著。他每次瞧她，都覺得趣味無窮。這一回，他注意到她學了新技藝。她唱腔依舊，可又有了微妙的變化。她理解了唱詞，聲音裡有了火與淚，字字清晰中聽。他先楞了一下，然後也就恍然大悟。當然，這是因為她讀了書。姑娘生平第一次，懂得了她唱的是什麼。孟良一個字、一個字地把鼓詞講給她聽，每一句都解釋得清清楚楚。他把她要說唱的故事，編成一套文圖並茂的連環畫，讓她學習，終於創出奇迹。她用整個身心在謳歌了。
　　聽眾也覺出了變化。他們欣賞新式大鼓，也為姑娘的進步高興。她一唱完，掌聲雷動。秀蓮從來沒有這麼轟動過。

當然，這些都不是老舍原本的文字，但透過翻譯，我們仍然可以感受到，他的敘述技巧變得更簡潔，雖然細節描寫不多，但人物性格卻隨著情節的進展開始產生變化。只有在全民抗戰的大背景下，這些人物才能感受到自己命運的變化，他們確實隨著抗戰變得更堅強、變得更懂得自我尊嚴的價值，並且也開始模糊的意識到，自己的命運是和國家民族的命運緊密的連繫在一起的。

《四世同堂》寫的是淪陷區北京城內一條胡同裡的居民，而《鼓書藝人》寫的是，隨著抗戰逃亡到大後方的民間藝人。老舍選擇他們，正是要呈現出，在民族的大危機下，中國民眾如何從麻木不仁或勉強糊食中逐漸覺悟，終至自我改造的歷程。只有這樣，抗戰才能成為全民族的大事。而且也因為如此，老舍的抗戰小說就可以和《二馬》的民族屈辱感，以及《離婚》、《牛天賜傳》裡面因循苟且、渾渾噩噩的民眾連繫起來。從《離婚》到《四世同堂》，同樣一個北京城，同樣的民眾，但卻如脫胎換骨一般，已經成為全然不同的人。這就是老舍所體會的中國民族解放鬥爭的光輝歷史。我猜想，就是因為老舍認識到八年抗戰以慘痛代價換來勝利的歷史意義，他才能以一種非同尋常沈靜力量，苦熬了五年，寫出這兩部字數不凡的長篇小說。作為一個苦難的中國的藝術家，只有這樣的努力，才對得起在戰爭中犧牲、奉獻的無數的中國人民。

長期以來對於老舍的評論，一直有兩種傾向。一種是從左翼的革命立場，或者分析他的不足，或者強調他的覺醒過程；另一種則把老舍趣味化，強調他的民俗風味和幽默語言。我認為，這都不能看出老舍的偉大。老舍首先是屬於市民階層的，他描寫了他們的善良、他們的軟弱和痛苦、他們的苟且偷安，以及他們的不得不覺醒。從這裡再擴大，他描寫了中國所有民眾在對血腥的侵略戰爭的長期抵抗中，終於找到了自己個人的、以及自己國家民族的尊嚴。他的小說，是中國現代市民革命的一面鏡子，同時，也是中國現代民族解放鬥爭的一面鏡子。這種成就，在中國現代文學史中，恐怕是獨一無二的。

《民族文學研究》（中國社會科學院），2009 年第 2 期

盧卡奇的理論與中國現代長篇小說

　　我和陳建華兄獨特的交往經歷，建華在台灣版後記略有敘述，這裡就不再重複。我們失聯的那幾年，我一直注意他的著作的出版，先後買到《革命的現代性》、《帝制末與世紀末》、《從革命到共和》，對他的多產與多才備感驚訝與欽佩。今年四月終於在香港重逢，又承他贈送《革命與形式》，更為驚喜。首次見面時，我所以對建華感到親近，是因為他個性直爽、經歷坎坷，也因為他做學問的喜好與我有些相近，《革命與形式》這個書名就完全表現了我們共同的興趣。

　　上世紀八、九〇年代以後，由於時代的重大改變，現代文學研究的趨勢也大為改觀。有人高喊「告別革命」，有人不屑於研究與革命有關的一切現代文學。「告別革命」，我並不反對，如果從鴉片戰爭和太平天國算起，一直到文化大革命，中國已經過百年以上的騷動，應該從此進入和平發展的時期，誰也不想再搞革命。但要說以前的一切革命都不對，一遇到革命作家或贊成革命的作家就加以譏諷，而凡是對革命冷淡的作家就大力讚揚，也實在令人起反感。這就好像，以前紅的都是好的，現在白的都是好的，我很難接受這樣的「研究」。建華就不是這樣。他對革命和不革命的文學都很熟悉，談起來頭頭是道，他的立場和我並不完全一樣，但他談的話題我總是有興趣，我不太常碰到，對中國現代文學這麼兼容並包的人。

　　在我成長的階段，台灣還處在戒嚴時期，絕大部分的現代文學作品都屬於禁書。能自由地購買和閱讀這些作品時，我已經過了四十歲，所以不敢再跨行研究中國現代文學。不過，在將近三十歲時，我對盧卡奇的小說理論產生了強烈的興趣。我買了所有盧卡奇著作的英譯本，以我勉強足以閱讀的英文能力，

花了許多功夫讀了其中一些。當我開始評論台灣小說時，我暗中使用了盧卡奇理論。後來開始指導研究生寫論文，我希望我的學生能夠研究中國現代文學，以便為台灣培養幾個人才。很幸運的，我碰到非常用功、又肯聽話的蘇敏逸。她的碩士論文寫老舍，到博士階段，我就希望她能夠應用盧卡奇的理論研究中國現代長篇小說形成的過程。她用了極大的力氣，完成了這篇博士論文。以她當時的程度，我對這個成果是相當滿意的。但由於當時台灣的學風極為排斥這種做法，敏逸的論文沒有得到應有的評價，為此我頗感不平。

最近幾年，我常有機會想起盧卡奇的理論和中國現代長篇小說的關係，慢慢意識到，不能把盧卡奇的理論套用到中國小說上。兩年前我把一些零碎的想法，寫成一篇隨感式的文章。這篇文章，有幾個朋友表示讚許，這就對我起了鼓舞作用。我很想累積更多的閱讀，以便將來寫出一篇更正式的論文。就在這個時候，我驚喜的拿到了建華的《革命與形式》。他的思考方向，正是我要摸索的。我們共同問題是，中國獨特的現代經驗，如何在長篇小說中找到適當的表達形式。建華以茅盾為例，論證茅盾從《蝕》到《子夜》長期的摸索過程。建華的論述對我啟發很大，我不由得將《蝕》從頭到尾再仔細閱讀一遍，希望能對我正在形成的論述產生更大的促進作用。

盧卡奇討論長篇小說最重「整體性」，他認為，小說家對他所描寫的社會「整體性」的掌握與描繪的能力，是小說成敗的關鍵；而「整體性」的核心則是「階級矛盾」，越是能夠呈現社會的「階級矛盾」也就越偉大。在這個基準下，他特別推崇巴爾扎克與托爾斯泰。蘇敏逸在寫博士論文時，我們曾討論過「整體性」這個觀念如何應用在中國現代長篇小說上。我們都認為，「階級矛盾」這個觀念不能看得太死，因為像老舍、茅盾、巴金的作品，就不可能全用這個觀念加以分析。所以，當時我們就把「整體性」加以軟化、擴大化，用以指作家對當時社會的「整體性」看法。譬如，老舍是從市民階層的弱點來看中國問題，而巴金則把大家庭制度所反映的「封建禮教」視為中國的大病，他們的視點不同，由此而形成的小說寫作形式也就截然有別。

但是，這樣還是把問題看得太淺了。譬如，蘇敏逸這幾年研究丁玲，她最

感興趣的是，丁玲怎麼會從《莎菲女士日記》這麼重視年輕女性個人情緒，最後轉而寫出《太陽照在桑乾河上》這種集體性的土改小說。擴大來講，五四時期比較重個人的傾向，越到後來越被民族、社會的問題淹沒了。這個大問題，看來才是中國現代長篇小說真正的「整體性」問題。也就是說，中國現代長篇小說關心的，最主要的還是國家、民族的大問題，以及在這個大問題下的個人處境問題，而不只是個人在社會的階級矛盾中所面對的問題。譬如老舍的《駱駝祥子》，寫一個出身下層的青年奮力要往上爬升。從西方小說的傳統來看，這是階級小說，是中產階級興起的產物。但老舍卻不這樣寫。老舍最後讓這個好強的、體力好、私德好的祥子徹底墮落，因為他要以祥子的墮落為例，說明任何一種主張個人好、國家就好的看法完全不適於現代中國。小說隱含的主題是很明顯的：中國必須徹底改造。這樣，《駱駝祥子》成了一本寄寓國家前途的寓言式小說，完全不同於西方的階級小說。他對祥子的心理描述，和巴爾扎克對拉斯蒂涅和司湯達對于連的描寫截然異趣。

現在有不少學者認為，中國現代小說這種發展是不自然、不正常的，這種看法並不公平。中國新文學從一開始，就和中國人對現代中國的夢想和期望密不可分的結合在一起。當一個古老的文明國家面對亡國的危機，很少有新文學家只想描寫個人的希望和挫折、夢想和情緒。每一個重要的小說家，都想藉著小說這一更寬泛、更自由的形式，表達自己對於中國現狀的種種批評。相反的，西方近代小說興起時，國家已經成為向外擴展的動力，而個人則在國家與社會中力求發展，個人的慾望也就成為小說描述的重點。而且，根據薩伊德的看法，這種慾望還跟西方近代向海外殖民拓展大有關係（很多西方近代小說都有其例證，我在兩年前的隨筆文中曾舉巴爾扎克為例）。西方小說對個人慾望的重視，最後發展成極複雜的個人心理分析（意識流是其極致）。相反的，在現代中國，這種狀況根本不可能出現，連國家都可能會不存在了，個人的焦慮就逐漸隨著亡國危機的擴大而被吸納進去了。中國現代小說中的個人，往往在民族的危亡與個人的前途之中糾纏不清，小說家不可能把焦點全部集中在個人身上。這是中國的歷史現實的自然表現，不是幾個「革命派」作家蓄意扭曲而形成的，也

不是政治指令下的產物（延安文藝座談會的精神，可以視為抗戰歷史現實的產物，所以其影響力也會隨歷史的發展而改變或減弱）。因此可以說，中、西近代小說的發展走著完全不同的道路。

從這個觀點來看，茅盾的小說就非常值得探究。跟後來的革命社會小說來比較，《蝕》顯得非常異類，因為它對年輕女性的描述顯然充滿了慾望。你可以說，茅盾從男性的角度「窺視」著女性，但也可以說，女性在解放後完全發散著以往被束縛的生命力。五四運動所釋放出來的個人力量，在女性身上表現得最明顯。但這樣的女性，卻被大革命的時代潮流所捲襲，不由自主的投身其中。像孫舞陽、章秋柳這樣的女性，他們身體的解放和社會革命緊密相連，就完全不同於《娜娜》和《嘉麗妹妹》那樣憑女性身體而追求個人享受或個人前途。現在一般的批評意見可能會認為，如果從個別的女性角度來看，每一個女性都沒有得到充分發展；如果從社會小說的角度來看，女性的個人面又寫太多了。這似乎是一種矛盾。建華的《革命與形式》以充分的資料告訴我們，我們正是以不同時代的眼光來看待茅盾，才會得出這樣的批評。如果從當時的社會情境去看，無寧說，茅盾的寫法是極具時代感的。茅盾在大革命後，所以對大革命的失敗感到困惑，正因為他充分感受到，五四運動和五卅運動後釋放出來各種社會力量是很難加以掌控的，這在《動搖》裡表現得尤其明顯。因此可以說，大革命是誰也不了解的一種渾沌狀態。大革命失敗後，由瞿秋白領導的激進路線茅盾是不贊成的，但他也不知道要怎麼辦，這才產生他的「矛盾」和《蝕》。相對於《子夜》明確的社會見解，《蝕》可以說是從五四的個人解放過渡到未來的社會革命小說的中間作品。《子夜》的出現，證明中國的社會情勢在革命派那邊已逐漸得到澄清。據我看來，《子夜》的思想邏輯和毛澤東的《新民族主義論》已經相距不遠了。如果再進一步思考，《子夜》和老舍的《駱駝祥子》在精神上也有其相通之處，它們都強調社會（或者說國內、外的諸種矛盾）大於個人，個人的命運絕對無法擺脫國內的階級矛盾和國外帝國主義的侵略。不久抗戰爆發，這種情勢有增無減。所以，可以說，《蝕》是過渡作品，《子夜》是開展新型社會革命小說的第一部作品。自此以後，中國小說的

社會性日漸加強，個人性日漸減弱，直至改革開放，這種情勢才逐漸改觀。建華這本書掌握了這一關鍵，對理解中國現代小說（甚至全部現代文學）作出了重大的貢獻。

　　建華的《革命與形式》讓我更清楚的意識到我的思路應如何發展，他也許不同意我對他的論著的詮釋，但這正是我讀完他的書最重要的感想。因為時間比較匆促，我沒有從頭到尾仔細閱讀他的著作，而我個人對中國現代小說的閱讀也還極有限，就只能講這一些，實在很抱歉。

2011、11、8

　　本文原為陳建華《革命與形式——茅盾早期小說的現代性展開》一書（人間出版社，2012）的序，現改今題。

輯四
盧卡奇及其他

尋求者
——盧卡奇的問題及其解決之道

現代人是一個「真正的懷鄉病患者」，夢想著回到史詩的完整世界中去
——現代人是一個「先驗的無家可歸的人」。

——盧卡奇（Georg Lukács）

生平與思想發展概況

一八八五年盧卡奇出生於布達佩斯的一個猶太家庭，父親為匈牙利著名的
銀行家，因在銀行業的地位與貢獻而受封為貴族。匈牙利原為奧地利之屬地，
在十九世紀後期與奧地利合組為奧匈帝國，因此，匈牙利上流社會大半會講德
語，熟悉德意志文化。盧卡奇家也不例外，對盧卡奇來講，德語與匈牙利語，
德國文化與匈牙利文化，都是從小就接觸的東西。就哲學與文學理論而言，盧
卡奇根本就是在德國傳統之下成長起來的。事實上，盧卡奇絕大部分的著作都
以德文寫成。就文化教養而言，盧卡奇實在是一個「德國」哲學家。

在知識與文化的發展上，盧卡奇是非常早熟的。還在大學時代，盧卡奇就
參與組織一個戲劇團體，想把現代戲劇推廣到工人階級去。他對戲劇的興趣，
促使他在二十一、二歲時寫成了一部《現代戲劇發展史》的巨著。在一次大戰
發生的前十年之間，盧卡奇積極參與當時匈牙利最前進的兩份雜誌，《西方》
和《四十世紀》的撰稿工作，當時還不到三十歲的盧卡奇已成為匈牙利文化界
的核心人物之一。

　　從一九〇六年以後，盧卡奇與德國哲學界開始有了直接的關係。他是哲學家、社會學家齊美爾（Georg Simmel）的私淑弟子，他在海德堡參加了社會學家馬克斯・韋伯（Max Weber）的學圈，他和新康德學派的年青學者拉斯克（Emil Lask，屬西南學派）有相當深厚的私人交誼。可以想像，盧卡奇當時的思想深受這些學者或學派的影響。除此之外，盧卡奇對狄爾泰（Wihelm Dilthey）的「精神科學」的理論和「生命哲學」的觀點也有相當的興趣和體會。

　　在世紀之交，德國知識界普遍彌漫著「浪漫主義的反資本主義」（romantic anti-capitalism）的傾向：也就是說，這些德國知識分子對於德意志帝國建立（1870 年）以後，以極快的速度在德國境內發展的現代資本主義文明深為不滿，而對於即將逝去的農業社會的生活方式懷著輓歌式的深沈的眷戀之情。這使得他們的文化哲學和社會哲學充滿了特異的悲觀色彩。盧卡奇深受這一文化氣候的影響，他在世界大戰之初所寫成的《小說理論》（The theory of Novel），他早期文學批評的代表作，即充分表現了這種色調。

　　在世界大戰爆發的時候，盧卡奇非常徬徨，不知道西方文明的前途到底如何，未來的發展方向又在哪裡？一九一八年的俄國革命帶給他非常大的刺激，經過一段時期的思考以後，終於決定投向共產主義。他加入剛成立不久的匈牙利共產黨，在匈共短期掌握政權的時候（1919 年 3-8 月），他是政府主要成員之一。匈共政權崩潰以後，他和匈共的主要領導人都流亡到維也納。

　　流亡在維也納的十年期間（1919-1929），盧卡奇主要致力於共產主義在當前政治環境下所面對的理論和實踐問題的思考與反省，他寫了不少文章來談論這些問題。一九二三年，他把其中最重要的一些論文集結成書出版，並定名為《歷史與階級意識》（History and Class Consciousness）。一次大戰以後，盧卡奇從對西方文化發展感到悲觀的看法轉而投向共產主義，他那時候對共產主義所懷抱的一種特殊的想法，以一種最富哲學氣質的方式清晰的表現在《歷史與階級意識》一書上。可以說，《歷史與階級意識》是盧卡奇在本世紀二〇年代之初所抱持的「彌塞亞式」（messianic）共產主義思想的最佳理論表現。這本書對當時左傾的歐洲年青知識分子有著強烈的影響，成為二、三〇年代西方馬克

思主義（Western Marxism）形成時期的奠基著作，公認是本世紀馬克思主義思想的偉大經典之一。

但是，這本書在發表不久即受到代表共產黨官方正統的共產國際的批判。當時共產國際的領導人季諾維也夫（Zinoviev）也是蘇共的主要領導人之一，批評本書為修正主義。盧卡奇也逐漸意識到《歷史與階級意識》一書中的強烈的唯心主義傾向，而企圖在理想與現實之間取得平衡。這種務實作風，明顯的表現在他為一九二九年匈共代表大會所草擬的《布魯姆綱領》上（Blum theses，布魯姆為盧卡奇當時所常用的筆名）。諷刺的是，盧卡奇卻為此而受到匈共領導人的強烈批判，最後不得不退出直接的政治活動，結束了他十年來的政治生涯；從此以後，終其一生主要是以學者的身分來思考馬克思主義的哲學和美學問題。

一九二九年盧卡奇被奧地利政府驅逐出境，不得不轉往蘇聯，三〇年代初又由蘇聯轉赴德國，領導當地的左翼文藝工作。納粹得勢以後（1933），盧卡奇又不得不流亡蘇聯，從此在蘇聯居留十二年（1933-1945），直到二次大戰結束後才隨著匈共回到匈牙利。

從一九二九年到一九四五年之間，盧卡奇主要從事於文藝批評和文藝理論的工作。首先，在三〇年代初、中期，由於實際文藝工作的需要，盧卡奇透過他對部分左翼文藝工作者的批判，來呈現他個人所抱持的現實主義文學的理想。盧卡奇所批判的是一些具有現代主義傾向（在德國主要是表現主義）的左翼文藝作家。這一批判引發了雙方陣營的熱烈參與，因而在三〇年代中期形成了著名的「表現主義論戰」。

流亡蘇聯之後，盧卡奇把工作重點轉移到美學史和現實主義文學發展史的探討上。在美學史的研究上，盧卡奇主要是想透過馬克思、恩格斯和德國美學傳統的關係，更清楚的突顯出馬、恩兩人在美學史上的貢獻，並進而界定馬克思主義文藝理論的立場與範圍。在現實主義文學史的研究上，盧卡奇具體分析了十八世紀末至二十世紀初法、德、俄各國偉大現實主義作家的作品和當時政治、社會的密切關係，以及這些作品所表現出來的現實主義特質。盧卡奇在這兩方面的巨大成果與貢獻，使他成為第一個真正成系統的馬克思主義文學批評

家，因而有人稱他為「文學批評的馬克思」。

在思想傾向上，自從盧卡奇在《布魯姆綱領》裡修正了他在《歷史與階級意識》中過度表現的唯心主義色彩以後，他一直想在共產主義的理想與現實的政治局勢之中求得某種平衡。他在三〇年代所寫的大量美學史和文學批評論文可說是這一立場的較早的具體反映。這使得他三〇年代以後的著作缺乏像《小說理論》與《歷史與階級意識》所蘊含的那種強烈的救世狂熱與理想色彩，西方批評家因此對他多所貶抑。但是，他這一立場又使得他在共產世界中一直被視為修正主義，後半生的處境一直顯得困難而尷尬。

這種特殊的處境在戰後表現得特別明顯。戰後回到匈牙利的盧卡奇，在匈牙利（以及東德）的文化界享有崇高的聲望與地位。但是，他的思想的「折衷」色彩，使他在四、五〇年代之交史達林主義最趨僵硬的時候常常受到攻擊。一九四九年，匈共曾經對他發動一次大規模的批判，使他決定退出公眾生活而埋首書齋。一九五六年匈牙利發生革命時，他曾短期活躍於政壇，但隨著革命的失敗，他的處境更形艱難。在五六至六〇年之間，他持續受到批判，規模比四九年那一次更大。六五年以後，情況逐漸好轉，到七一年當他以八十六歲的高齡去世的時候，他已被匈牙利認為是他們的國家、民族的偉大人物。

戰後的盧卡奇，除了繼續撰寫美學史與文學批評的論文外，主要集中在美學與哲學體系的思想。關於前者，他想要撰寫三大卷的《美學》。第一卷《審美特性》於一九六三年出版，但後兩卷始終並未完成。關於後者，他想撰寫一部馬克思主義的倫理學，但最後卻只完成了《社會存在本體論》（*The Ontology of Social Being*）。不過，就已完成的兩部著作而言，已是卷帙浩繁，體大思精，可以說是盧卡奇一生思想的總結。可惜的是，這兩部著作至今並未引起足夠的重視與研究。

早期的小說理論

綜上所述，盧卡奇一生的思想與著作，大致可以分成四個階段：(一)一九

一八年以前，以《小說理論》為代表的「浪漫主義的反資本主義」時期；(二)
一九一八～一九二九年，以《歷史與階級意識》為代表的「彌塞亞式」共產主
義時期；(三)三〇年代初至五〇年代中期，以現實主義文學發展史和美學史為
研究主體的時期；(四)五〇年代中期至逝世，美學和哲學體系的構思與完成時
期。很明顯，第一、三階段以文學批評為主，第二、四階段以哲學思維為主。
限於本文的性質，以下將分兩節分別介紹盧卡奇前、後兩種文學批評傾向。

　　盧卡奇早期的文學批評著作，除了前面一節所提到的《現代戲劇發展史》
之外，還有兩本較重要的論文集：《心靈和形式》（*Soul and Form,* 1910）、《美
學文化》（*Aesthetic Culture,* 1913）。不過，一般公認，盧卡奇這一時期的代表作
是，第一次世界大戰剛爆發時所寫的《小說理論》（1916 年發表）。有一些對
盧卡奇馬克思主義的批評著作不懷好感的人甚至認為，這是盧卡奇最好的文學
批評作品。

　　《小說理論》很清楚的表現了盧卡奇在未轉向馬克思主義之前，對現代西
方資本主義病態文明的特殊體會，以及對於未來文明發展的既茫然、又有所期
待的矛盾心態。全書的基本架構是，把史詩（以荷馬為代表）的世界和現代小說
的世界加以對比，以前者的完滿自足來彰顯後者的「問題性」。

　　在全書一開始，盧卡奇即以非常抒情的筆調來描寫史詩的世界，他說：

> 生活在這種時代的人是幸福的：那裡，佈滿星辰的天空是所有道路的地
> 圖，每一條道路都被星辰之光所照明。每一種東西都是新鮮的，但又是
> 熟悉的；都充滿了驚奇，但又在掌握之中。世界非常的寬廣，但一切又
> 如在家中；因為心靈中燃燒的焰火和星辰之光具有相同的本質。世界與
> 自我，光與火，明顯不同但又彼此不感到陌生，因為火是所有光的靈
> 魂，而火又為光所包裹……諾瓦利斯說：「哲學是真正的懷鄉病患者，
> 它所極力追求的是，在一切地方就如在家中一般。」

很明顯，盧卡奇把史詩世界「美化」成一個「完整文明」的世界。在這裡，

內、外世界的區分尚未形成，「心靈的漂泊」、「心靈的追求」這樣的問題尚未出現，世界既神聖而又熟悉，就如父親之於小孩，一切都不可解，但又如此的可親。

現代世界剛好相反。客觀世界和主觀世界完全區隔開來，客觀世界外在於人而成為一個「陌生世界」，而人對自己本身又感到不滿足，必須在自己之外去尋求更高的現實——去尋求「意義」。現代人是一個「真正的懷鄉病患者」，夢想著回到史詩的完整世界中去——現代人是一個「先驗的無家可歸的人」（transcendental homelessness）。

最能反映現代人這種心靈狀態的文學形式就是小說。小說的主角是一個「有問題的個人」（problematic individual），是一個「尋求者」（seeker）。他追尋自我，他的旅程是：從對他來說沒有意義的外在世界達到「自我了解」。但是，即使他認識了自己，他仍然不能把主、客觀世界混合為一，客觀存在的世界和理應如此（ought to be）的世界仍然嚴格區分著。這也就是說，小說的主角雖然最後可以「瞥視」到意義的光芒，但這光芒卻遠遠還不能穿透現實，改變現實。

不過，小說到底告訴了我們：主、客體的區隔是「抽象的」，是一時的假象。從主角的追求歷程我們可以看到，人可以自我超越，可以「瞥視」到主、客體重新混合的可能性。小說至少提供了一種「可能」的希望。

盧卡奇的「小說理論」實在是一種小說「哲學」，是從「文類」的立場來界定現代小說的「哲學」意涵，並把它和現代人的困境連繫起來。這種理論深刻的打動了世紀之交徬徨無依的西方現代知識分子，只要讀一讀班雅明在三○年代中期所寫的文學批評名篇〈說書人〉（Storyteller），就可以看到盧卡奇對班雅明影響之深。

在界定了現代小說的哲學本質之後，盧卡奇接著以此來劃分現代小說的類型。第一種類型他稱之為「抽象的理想主義」（abstract idealism）。在這種小說裡，主角把他心中的理想當作「唯一的真實」，並據此來行動。整部小說的情節發展就是「付之實踐的理想」和客觀世界的現實之間的重大矛盾，並由此而

使主角顯得可笑至極,但真正思考起來,卻又可以發現其中的「悲劇性」。作為這種小說的典型的,當然非《唐吉訶德》莫屬了。從這一方面來看,《唐吉訶德》可以當之無愧的被稱為「第一部」現代小說。

不過,現代小說越發展到十九世紀,這種小說越趨式微,而為另一種「幻滅的浪漫主義」(Romanticism of disillusionment)小說所取代。相對於前一種小說的主角一直把心中的理想當作真實,並以一連串的冒險來付之實現,這一類型的小說的主角則更重視自己的心靈經驗,並將此一心靈經驗看作是完滿自足的世界。這種主角並不刻意企求行動,至少不太重視行動的意義,因為他可以擁抱自我。但是,他也不得不面對世界,而只要這一局面終於來臨時,他終會體驗到自己的無能,而終於趨向幻滅。

盧卡奇把福樓拜的《情感教育》當作幻滅小說的典型來加以分析。在這裡,他強調「時間」的重要性。「時間」已變成現代小說的構成要素:「時間」可以是一個「破壞者」,使青春與美麗趨於毀滅,而走向死亡,但是「時間」也可以克服,從而把生命當作是一個「時間」構成的整體,透過回憶去「重獲」經驗的意義,因而賦予生命以重新的詮釋。盧卡奇這種理論恰恰可以解釋普魯斯特(Proust)的巨著《追憶逝水年華》的偉大藝術價值;但當盧卡奇寫《小說理論》時,普魯斯特的小說才剛出版第一冊,尚未為世人所知(包括盧卡奇),由此可以看到盧卡奇文學批評的洞見(這正如他在尚未讀到馬克思《一九四四年手稿》之前,已經在《歷史與階級意識》中預見了「異化」問題)。

在《小說理論》的最後一章,盧卡奇討論了托爾斯泰,並以陀斯妥也夫斯基簡單作結。盧卡奇認為,托爾斯泰的小說一方面代表了歐洲浪漫主義的幻滅小說的最高峰,另一方面卻又呈現了某種可能性。從他的小說我們偶然可以看到,類似史詩世界的那種片刻時機。這種偶然出現的片刻時機如果能夠擴大,其結果就是史詩世界的復活。因此,托爾斯泰的小說指出了新世界來臨的可能性,人可能回到一個完整的世界中去做一個完整的人。

如果說,托爾斯泰的小說暗示了新時代的契機,那麼,陀斯妥也夫斯基則直接的把新世界當作一個「可見的現實」來加以描寫。從這個意義上來說,陀

斯妥也夫斯基的小說已經不能稱之為「小說」，而是一種新的「藝術形式」，新的「文類」。

從《小說理論》的最後一章可以清楚的看出盧卡奇的「彌塞亞」傾向，差異只在於：現在他還在文學中尋求「新世界」的可能性。一旦他不滿足於文學中的幻想，而想付之實現，他就會尋找另一種「行動」上的彌塞亞主義。一九一八年，他終於找到了這樣一種「行動哲學」，那就是馬克思與列寧的共產主義革命。從此以後，他的生命也就進入另一個嶄新的階段。

現實主義理論

《歷史與階級意識》是盧卡奇對於他的革命彌塞亞主義的理論呈現。他想要論證的要點之一是，主、客體的統一只有透過「歷史性的行動」才能達成。「行動」是克服主、客體的割離的唯一方法，這一點盧卡奇的看法和存在主義有類似之處。盧卡奇不同於存在主義之處是在於：只有具有歷史意義的行動才能達到這一目的，任何立基於個人主義的抉擇的行動則毫無意義。

盧卡奇從馬克思的歷史理論找到界定「具有歷史意義」的行動的準則。根據馬克思的說法，人類的歷史是階級鬥爭的歷史。經過幾次偉大的階級鬥爭之後，人類終於進入到這一鬥爭的最後一個階級：只要現代的無產階級打倒了資產資級，人類就可以推進到無階級的共產社會，從而達到人類歷史的最高點。

在這種「歷史哲學」的指引下，盧卡奇認為，在二十世紀的開頭，人們所能找到的主、客合一的「歷史行動哲學」當然就是投入共產革命的大洪流之中。盧卡奇的彌塞亞精神主要表現在這一點上：人們馬上可以看到人類新時代——共產社會——的來臨，因此人們應該以最大的主觀熱情促其實現。這種強烈主觀的樂觀精神具有無可否認的唯心主義傾向，這也就是《歷史與階級意識》受到批判、後來盧卡奇本人也自我批判的主要原因之一。

即將進入三〇年代的前夕，由於革命情勢的退潮，也由於法西斯勢力的逐漸高漲，盧卡奇終於不能不承認革命並非「一蹴可幾」。體認到這種「現

實」，盧卡奇不得不「妥協」，因此而進入他後半生較實事求是的馬克思主義階段。也就是在這種精神的指引下，盧卡奇從三〇年代開始從事他的馬克思主義美學和文學批評的研究工作。

盧卡奇的研究成果大致可以分成三大類。第一類是一些論戰性與綱領性的文章，以攻擊西方現代主義文學和批判官方社會主義現實主義來呈顯現實主義文學的理想。這些文章絕大部分收集在他的德文版全集第四卷《現實主義論文集》中（英譯散見《作家與批評家》*Writer and Critic*，《現實主義論集》*Essays on realism*，和《當代現實主義的意義》*The Meaning of Contemporary Realism* 三書）。第二類，是一些美學史論文，主要收集在全集第十卷《美學問題》（英譯只有兩篇，收入《作家與批評家》）。第三類，則是大量的現實主義作家和現實主義文學的具體研究，以十九世紀法、德、俄三國文學為核心，其中最重要的是《歷史小說》（*The Historical Novel*）、《歐洲現實主義研究》（*Studies in European Realism*）、《哥德及其時代》（*Goethe and his Age*）和《十九世紀德國現實主義作家》（*German Realists of the 19th Century*）。這些研究的主體，三〇年代盧卡奇流亡蘇聯時期基本上已經完成，以後又在四、五〇年代陸續增補。

從理論上來講，盧卡奇三〇年代以後的文學批評基本上保留了他在二〇年代所形成的一些結論，只不過去掉那種主觀而激進的精神面貌而已。

首先，盧卡奇認為，現實主義的文學必須描寫「具體社會中的具體人」。也就是說，只有從一個特定社會的脈絡中去描寫一個人，才能表現一個人物的「真實」面貌。反過來講，一個人物的本質只有透過他在具體社會脈絡中的「行動」才能加以界定。根據這樣的原則，如此把人物置放在一個模糊而抽象的環境裡，而無法分辨出那一個社會的特殊性；或者只描寫一個「孤立」的個人，不能讓他和社會發生任何關係，或者只發生個人和社會完全對立，而絲毫沒有互動性的關係的，都不能算是現實主義的文學。

這個原則背後的基本立場是：一個「完整」的人應該是一個在具體社會中能夠「行動」，因而能夠同時完成社會責任和個人責任（兩者是一體兩面）的人。沒有「行動」的人是無法界定其本質的。一個人可以在腦海中設想任何可

能，就像寓言中的女孩子可以從一籃雞蛋去幻想出非常美滿的未來一樣；但是，只有「實踐」才能真正證明一個人是一個「什麼樣」的人。

現代主義文學家的根本錯誤是，當他非常厭惡資本主義社會，並感覺到自己沒有能力改變這個社會時，他就把個人描寫成一個「孤絕」的人，並認為這是人的「本質」。他甚至歌頌精神病患與白痴，因為他們以「最不妥協」的方式「拒斥」了這個社會。表面上這是最徹底的反叛，但，實際上他們並沒有改變什麼，他們只不過是徹底的逃避。

在一個理想的社會裡，每一個人都是「完整」的人，他能夠同時完成社會實踐與個人實踐。但是，在一個有階級壓迫的社會裡，特別是在一個階級壓迫達到最高點，人的性格受到最大扭曲的資本主義社會裡，這種理想根本不可能實現。這個時候，文學家的基本職責就在於：透過具體個人在具體社會中的行動，讓我們看到，他如何在這個社會中受到「異化」；並且從這一「異化」裡，讓我們「瞥視」到理想社會和完整人性的可能，因而產生了以「行動」來改造社會的驅動力。

一部作品中的人物，越是能夠透過他的「行動」來呈顯出這一社會特殊的「異化」性格，這個人物就越是成功；反之，則算失敗。從這個角度來看，自然主義的作品一直想把人物描寫成平凡人，其基本假設根本就錯了。一個平凡人只是在一個社會中隨波逐流，毫無反抗與思考的能力，如何能夠達到呈現社會「異化」性格的目的呢？

從這一點來看，盧卡奇理想中的文學作品人物最好是個「英雄」（hero），一個「行動」英雄，一個「反叛」英雄，一個喜好「反省」而稍欠「行動能力」的英雄，甚至一個大惡棍，一個大壞蛋等等；總而言之，他最好是一個個性特異而非凡的人物，這樣，他才能有力地彰顯社會的弊病與異化，並進而暗示「完整的人」的可能。因此，自然主義的平凡人，或者現代主義的躲入象牙塔的人、或有精神病人、或者白痴，都不是理想的文學人物性格。這種理想的人物就是「典型」人物，是具有特異作用的「典型」（type），而不是平凡的類型人物那種典型。

如果要更深入的了解「典型」人物的意義,那麼,就要提到盧卡奇現實主義理論的另一個基本概念,就是「整體性」(totality)。所謂「整體性」,不是指「鉅細靡遺」的社會全貌,而是指社會運作與變化的「動力原則」,用馬克思主義的話來說,就是:真正能夠主導社會變化與社會關係的經濟因素與階級對立。所以,「整體性」指的不是表象式的社會現象的種種,而是這種現象背後的「本質」性的原則。

譬如,托爾斯泰在提到《復活》男主角的生活時,這樣描寫:

> 他什麼事也不做,就只是穿上燙得很平、刷得很漂亮的軍服,這是別人替他燙、替他刷,而不是他自己燙、自己刷的;戴一頂鋼盔,再佩上兵器,這兵器也是別人替他打造、替他擦乾淨,然後再交給他的;他騎在別人飼養、訓練、裝飾好的良馬,練兵、閱兵去了。

透過這種描述,我們就可以看到,身為貴族的男主角對別人的剝削與寄生關係。也就是說,托爾斯泰掌握到當時俄國社會「本質」的「整體性」。

在論述巴爾扎克時,盧卡奇如此說:

> 巴爾扎克把一切社會關係都分解為私人利益的衝突、個人之間的客觀矛盾,以及錯綜複雜的陰謀詭計等等所織成的網……巴爾扎克是用這樣一個背景作為襯托,來顯示一切偉大的社會力量的作用的。參與這些利害衝突的每一個人,都離不開純然屬於他本人的個人利益;他是某一階級的代表,但他的純然屬於個人利益的社會根源,這些利益的階級基礎,都是在這些個人利益中,而且與這些個人利益的不可分割的關係中才得到表現的。

階級利益是透過個人利益的複雜關係網來表現出來的,反過來說,個人利益的運作既然能夠暗示了階級利益,也就表現了這一資本主義社會的「本質」,也

就是這一社會的「整體性」。論述巴爾扎克的這一段話，恰好也最能夠說明「典型」人物與「整體性」的關係。作為社會本質的「整體性」不是自身直接表現出來的，而是透過具體個人的利益衝突和複雜關係網間接表現出來的。凡是最能夠透過自己的行動去表現這種社會整體性的人物，就是「典型」人物。

「典型」人物在透徹的表現了「整體性」的同時，也就表現了社會的「異化」性格。因為，在一個存在著階級壓迫與階級剝削的社會裡，他的「整體性」也就蘊含了它的「不合人道」，它的不能符合「整體的人」的理念。譬如，在《復活》裡，男主角既然靠剝削仰仗他人而生活，他如何能說是一個「完整的人」呢？又如，在巴爾扎克的小說裡，人們既然都受制於階級利益以及隨之而來的個人利益，人既然被資本主義社會片面的界定為「經濟的人」，他如何是一個「完整的人」呢？

所以，階級社會的「整體性」必然邏輯地蘊含了一個更高層次的「完整的人」的理念。正是透過這一理念，才能批判階級社會「異化」性格的「不合人道」。

也就是在這裡，我們看到早期的盧卡奇與馬克思主義的盧卡奇的關連。在早期的《小說理論》裡，盧卡奇對「完整的人」的理念表現了一種強烈的懷鄉式的嚮往；在轉向馬克思主義的時候，盧卡奇事實上是透過馬克思主義找到一條具體的批判社會、改革社會的道路。經由這樣的道路，人們可以靠社會實踐來達到「完整的人」的理想，而不會只流於哲學式的懷鄉。

而這種社會實踐則是一個龐大的歷史實踐，是一個歷史過程的總完成，必須經由社會、歷史「動力原則」的掌握才能有效的達成。從這個角度來看，每一個社會的整體性實際上是整個歷史整體性的一部分。只有透過歷史整體性的把握與實踐，人才能整個的解決「異化」問題，而達到每一個人都是完整的人的共產社會的理想。因此，盧卡奇在他的馬克思主義的文學批評中，實際上還是保留了《歷史與階級意識》所強調的：經由「歷史的行動哲學」來解決主、客體的割離問題，來消除人的懷鄉的失落感，來恢復「完整的人」的面貌。

參 考 書 目

一、盧卡奇的著作

The Destruction of Reason, Merlin Press, London, 1980.

Essays on Realism, MIT Press, Cambridge, Mass, 1981.

Essays on Thomas Mann, Merlin Press, London, 1964.

Goethe and his Age, Merlin Press, London, 1968.

The History Novel, Merlin Press, London, 1962.

History and Class Consciousness, Merlin Press, London, 1971.

Lenin, New Left Books, London, 1970.

Marxism and Human Liberation, Dell, New York, 1973.

The Meaning of Contemporary Realism, Merlin Press, 1963.

The Ontology of Social Being: Hegel, Merlin Press, 1978.

The Ontology of Social Being: Marx, Merlin Press, London, 1978.

The ontology of Social Being: Labour, Merlin Press, London, 1980.

Record of a Life, Verso, London, 1983.

Reviews and Articles, Merlin Press, London, 1983.

Selected Correspondence 1902-1920, Columbia U.P., 1986.

Solzhenitsyn, Merlin Press, London, 1970.

Soul and Form, Merlin Press, London, 1974.

Studies in European Realism, Merlin Press, London, 1972.

Tactics and Ethics: Political Writings 1919-1929. New Left Books, London, 1972.

The Theory of Novel, Merlin Press, London.1971.

Writer and Critic, Merlin Press, London, 1970.

The Young Hegel, Merlin Press, London, 1975.

以上英譯本

《盧卡奇文學論文集(一)》，中國社科出版社，北京，1980。

《盧卡奇文學論文集(二)》，中國社科出版社，北京，1981。

《盧卡奇文學論文選》（第一卷，論德語文學），人民文學出版社，北京，1986。

《審美特性》（第一卷），中國社科出版社，北京，1986。

《理性的毀滅》，山東人民出版社，濟南，1988。

《歷史和階級意識》，重慶出版社，重慶，1989。

《歷史和階級意識》，華夏出版社，北京，1989。

《社會存在本體論導論》，華夏出版社，北京，1989。

《盧卡奇自傳》，遠流出版公司，台北，1990。

以上中譯本

二、關於盧卡奇的重要論著

Arato, A. & Breines, P., *The Young Lukács and the Orgins of Western Marxism*, The Seabury Press, New York, 1979.

Bernstein, J.M., *The Philosophy of the Novel: Lukács, Marxism and the Dialectics of Form*. The Harvester Press. Sussex, 1984.

Congdon. L., *The Young Lukács*, U. of North Carolina Press, 1983.

Gluck, M., *Georg Lukács and his Generation*. Harvard U.P., 1985.

Heller, A. (ed.), *Lukács Reralued*. Basil Blackwell, Oxford, 1983.

Kirayfalvi, B., *The Aesthetics of György Lukács*, Princeton U.P., 1975.

Löwy, M., *Georg Lukács: From Romanticism to Bolshevism*, New Left Books, 1979.

Lunn, E., *Marxism and Modernism: a historical stady of Lukács, Brecht, Benjamin and Adorno*, U. of California Press, 1984.

Parkinson, G. H.R. (ed.), *Lukács: The Man. His Work, his Ideas*, Randon House, New York, 1970.

Parkinson, G.H.R., *Georg Lukács*, Routledge & Kegan Paul, London, 1977.

Pike, D., *Lukács and Brecht*, The U. of North Carolina Press, 1985.

呂正惠編《文學的後設思考》，正中書局，台北，1991 年。

盧卡奇《現實主義論》導言

一、盧卡奇與西方現代文學

本書（《現實主義論》）所收集的三篇文章，代表著盧卡奇對西方現代文學主流的總批判。從這些批判中，我們除了可以了解西方現代文學的特質，還可以看到盧卡奇個人非常堅持的現實主義文學觀。我們甚至可以說，盧卡奇是透過對西方現代文學的批判，來逐漸形成他個人的現實主義理論的。因此，在簡單介紹這些論文的主要觀點以前，我們先大略說明這些論文的寫作背景。

盧卡奇對西方現代文學的批判，是從三〇年代初期逐步展開的，但在這之前，他本人卻曾經熱心的倡導過各種形式的新藝術。從本世紀初到一次大戰之間，他是匈牙利新文學、藝術運動的領導人之一。他的論文集《心靈和形式》（1911）充分反映了德、奧文學界的世紀末心態，不久之後發表的《小說理論》（1916）也表現了同樣的精神面貌。但在大戰結束後，他卻意外的加入匈牙利共產黨，此後十年，他主要是個政治活動家和政治理論家。一九二八年，由於在黨內鬥爭失敗，他被迫退出直接的政治活動，而回到文藝工作中。

三〇年代初盧卡奇移居柏林，成為德國左翼作家中的主要理論家。這個時候他的文學觀點已和世紀初完全不同，他已經摒棄了各種新潮流，而認同於十九世紀的現實主義傳統。當時，德國文學界盛行著表現主義，左翼作家中受其影響的為數不少。對於左翼作家背離現實主義而採用種種新技巧，盧卡奇非常不贊成。因此他先後在左翼作家的機關刊物《左曲線》上發表文章，批評布萊

德爾和奧特瓦得的作品[1]，由此引發了一場小規模的論戰。盧卡奇對於現代文學的批判就是從這時候開始的。

　　一九三三年納粹掌握德國政權，盧卡奇被迫流亡蘇聯。不久，他發表了《表現主義的偉大與衰亡》[2]（俄文 1933，德文 1934），全面性的抨擊表現主義的意識形態。接著，在一九三六年，本書所選載的前兩篇文章《敘述與描寫》、《論藝術形象的智慧風貌》[3]也發表了。這兩篇文章所批評的對象從表現主義擴大到自然主義以後西方文學的所有主要流派，從現實主義的觀點指出這些流派的種種缺失，是相當具有綱領性的論文。

　　盧卡奇的文章反映了左翼作家中普遍存在的一個問題，即：左翼作家應該遵循十九世紀的現實主義傳統，還是可以採取種種新流派所開創的新技巧。這樣的問題，終於在一九三七和三八年間，以《發言》雜誌為中心，爆發了一場規模龐大，牽連甚廣的「表現主義論戰」。由於盧卡奇幾年來一直在寫文章批評「新文學」，不可避免的當然要被牽扯進去，他的〈表現主義的偉大與衰亡〉一文可說是整個爭論的中心。針對這場論戰，盧卡奇只寫了一篇文章，即〈現實主義辨〉（1938）[4]。另外，在這期間，他和安娜·西格斯也曾經就這一問題相互通信討論，這些書信後來也發表了（1939）[5]。

　　「表現主義論戰」可能是本世紀最重要的文學論戰之一，因為這牽涉到「革命」的作家和「後進」的現代主義之間的複雜關係，反映了二十世紀西方文學的一個非常重要的方面。何況，跟這場論戰有關的人物還包括了本世紀最

---

[1]　The Novels of Willi Bredel 批評布萊德爾，Reportage or Portrayal? 批評奧特瓦得。同時盧卡奇又撰寫 "Tendency or Partisanship?" 一文，討論左翼作家的政治傾向與文學的關係。三篇文章均見 *Essays on Realism* (Lodon, 1980).

[2]　見 *Essays on Realism.*

[3]　兩文見 *Writer and Critic* (London,1978).

[4]　見 *Aesthetics and Politics* (London, 1977).

[5]　同時發表的 The Ideal of the Harmonious Man is Bourgeois Aesthetics 和 Marx and the Problem of Ideological Decay 兩文跟此次論戰也有間接關係，第一篇見 *Writer and Critic*，第二篇及盧、西通信見 *Essays on Realism*。

主要的左翼文藝理論家盧卡奇，和三〇年代以來最偉大的左翼文學家布萊希特，而他們剛好站在針鋒相對的立場，當然就要引起後人無限的興趣了[6]。

　　但是，盧卡奇和現代文學的關係還不只如此而已。如果我們把這個「現代」擴展到蘇聯，那麼問題就更複雜了。三〇年代以後，蘇聯官方逐漸發展出一套所謂「社會主義現實主義」的理論，這是以十九世紀的現實主義為基礎而加以展開的。不過，在盧卡奇看來，許許多多的「社會主義現實主義」作品，其實不能算是真正的現實主義，只能說是自然主義。對於這些現象，他當然不能公然反對，而只能委婉糾正。事實上，他那兩篇綱領性的《敘述與描寫》和《論藝術形象的智慧風貌》也都討論到這些問題。

　　除了這些論戰性的文章之外，三〇年代流亡蘇聯的盧卡奇也以其他方式來展現他自己的文學觀點。他研究過馬克思和恩格斯的文學理論，並以此為基礎，撰寫了一些美學史方面的文章，這些文章後來也收集成書（《十九世紀文學理論和馬克思主義》，1937）[7]。另外，他從文學史的觀點，研究了十八、九世紀德、法、俄三國重要的現實主義作家。這些論文在一九三九年以《論現實主義的歷史》之名出版，其中總共討論了九個作家[8]。從這兩本書可以清楚的看到，盧卡奇的觀點既不同於現代主義的種種流派，和官方的「社會主義現實主義」也似同實異。

　　一九三九年，盧卡奇在蘇聯所扮演的「溫和異端」的角色終於引起注意，因而在三九、四〇年間，又爆發了一次具有相當規模的論戰。論戰的結果是，

6　此次論戰的部分文章見 *Aesthetics and Politics*，關於此一論戰，可參閱 E. Lunn, *Marxism and Modernism* (University of California Press, 1982).

7　這些文章，加上後來所寫的幾篇，戰後出版成兩本書：《文學史家馬克思與恩格斯》（1949），《美學史論文集》（1954）。

8　這些文章，加上後來所寫的，戰後分成四本書出版：《哥德及其時代》（1947）、《世界文學史的俄國現實主義》（1949）、《十九世紀德國現實主義》（1951）、《巴爾札克與法國現實主義》（1952）。第一書有英譯，書名同；第二書的一部分和第四書全部，英譯為《歐洲現實主義研究》。

盧卡奇所參與的重要雜誌《文學評論》被迫停刊。從這裡可以看出，在面對現代文學的兩種主要趨勢（現代主義和社會主義現實主義）時，盧卡奇顯然陷於兩面作戰的苦境。

　　盧卡奇在三〇年代與當代文學的對抗，表面上在一九三七、三八和一九三九、四〇年的兩次論戰中暫時告一段落。但事實上，他並沒有因這兩次論戰而放棄自己的觀點。十多年後（1955），當他有機會在東德、波蘭、意大利、奧地利對現代文學作一系列演講時，除了局部小有修正之外，他對現代主義和社會主義現實主義的批判，基本上並沒有改變。這些演講於一九五八年出版（德文原名《反對對現實主義的曲解》，英譯《當代現實主義的意義》），包括三篇文章：前兩篇（〈現代主義的意識形態〉、〈托馬斯曼與卡夫卡〉）論現代主義，最後一篇（〈批判的現實主義與社會主義現實主義〉）論社會主義現實主義。這可以說是，盧卡奇對西方現代文學最系統性的批判。在這本書裡他對現代主義種種傾向的抨擊，連對盧卡奇最具敵意的西方評論家也不得不重視。

　　大致說來，從三〇年代以後，盧卡奇始終「全面性」的反對現代主義的所有流派。對於蘇聯官方的「社會主義現實主義」，雖然在表面上贊成，但實際上他極少稱讚這一方面的作家和作品。基於前一種態度，在西方盧卡奇常被批評是教條主義者，甚至說他是史達林主義者；甚於後一種態度，在東歐他長期以來都被認為是修正主義，而屢遭鬥爭[9]。實情到底如何呢？每個人恐怕只能從他的著作中去尋找自己的答案了。

二、盧卡奇的現實主義理論

　　盧卡奇基本上是個哲學家，因此要完整的掌握他的文學理論，必須從他的哲學著作，尤其是《歷史與階級意識》和晚年的《美學》入手。在這裡，我們

9　盧卡奇被批鬥，主要是因為他的哲學觀點，並不純是為了文學批評。

只能把他的文學批評孤立出來，簡單的介紹其中的要點[10]。

　　盧卡奇文學理論的兩個基本概念是：整體性（totality）和典型（type）。他認為，文學作品不能只描寫表面的社會現象，把它們毫無區別的並列在一起；也不可以把個人從社會中抽離出來，努力去呈現他的內心狀態。前者是自然主義的缺陷，後者則是現代主義的弊病。它們在表面上的技巧好像截然不同，但基本的意識形態卻是類似的。也就是說，它們的世界觀都是「靜態」的，它們都不自覺地認為，社會是無可改變的，而個人對社會則完全無能為力。文學作品不應該走自然主義和現代主義這兩條路，應該遵循現實主義的法則，亦即，要描寫具體的個人在具體的社會中的命運。從個人來說，人是社會的人，而不是孤獨的人，這就和現代主義有別。從社會來講，社會是由個人的利害關係網所組成，而不是一個散漫的毫無秩序的龐大體積，這就可以和自然主義區分開來。文學要透過個人的行動，把那個複雜的利害關係網呈現出來，讓人看到社會的「真相」，看到促使社會轉動的是什麼力量。那個利害關係網（其中最主要的因素是經濟關係與階級關係），就是「整體性」；透過他的行動而使社會關係網呈現出來的那個人，就是「典型」。因此可以看出，「典型」與「整體性」；是相互關連的。有了「典型」，「整體性」才能夠突顯出現；而「典型」之所以被稱為「典型」，就因為他的行為可突顯出「整體性」來。在本書的附錄二跟附錄三，盧卡奇在分析巴爾札克小說的時候，很清楚的告訴我們，什麼是「整體性」，什麼是「典型」，讀者可以參閱。另外，在附錄一裡，盧卡奇很簡要的討論了現實主義和自然主義、現代主義的區別，他稱自然主義是「虛偽的客觀主義」，現代主義是「虛偽的主觀主義」。在分辨這些區別時，他也簡單的提到了「整體性」和「典型」的意義。

　　根據這種觀點，盧卡奇有他獨特的文學史觀。他認為，從十八世紀到一八四八年的一段時期，是資產階級文學的古典時代。這個時候，資產階級還在向封建勢力挑戰，基本上還是進步的階級。與此相呼應的文學，則是偉大的現實

10　我另有一文介紹盧卡奇的文學批評，見《小說與社會》（台北：聯經出版公司，1988）。

主義作家的作品，包括哥德和巴爾扎克。一八四八年以後，資產階級已經完全掌握權力，面對無產階級的挑戰，他們開始為自己辯護，喪失了前一階段的理想性。與此相呼應的，是以福樓拜和左拉為代表的自然主義。十九世紀末，資產階級開始進入帝國主義時代，各國的資產階級因相互鬥爭，終於引發第一次世界大戰。這一次的大戰最足以顯示，資產階級所宣稱的理想已經完全破產。就是在這種情況下，才會產生種種現代主義的流派。

　　單從文學的角度來看，盧卡奇這一文學史觀至少有兩點特殊之處。首先，他把巴爾札克和福樓拜截然加以劃分，以前者為現實主義，後者為自然主義（至少是其先驅），並將後者和左拉歸在一起。這種看法和一般的文學史有極大的差別，因為福樓拜一向被認為是現實主義的大師。其次，盧卡奇認為，現代主義表面上雖然反對自然主義，但其實卻是自然主義的後續發展，兩者的世界觀有其類似之處。這種觀點和一般的意見更是大相逕庭，因為絕大部分的文學史家都認為，現實主義和自然主義是一脈相承的，而現代主義則是對這一大傳統的總反動，我們可以把盧卡奇的觀點和一般看法的差異，以圖表示如下：

現實主義———自然主義←——→現代主義（一般看法）

現實主義←——→自然主義———現代主義（盧卡奇）

如果能夠掌握盧卡奇獨特的分期方式，並了解他所以如此分期的根本原因，可以說就等於明白了盧卡奇的文學史觀，及其背後的現實主義理論基礎。無論如何，必須記住盧卡奇這一文學史觀，讀他的文學批評（特別是本書的三篇文章）時，才不會墜入五里霧中，完全摸不著頭緒。

　　以上面的說明作基礎，我們就可以簡單的介紹本書三篇文章的要點了。第一篇〈敘述與描寫〉是要分辨現實主義和自然主義的不同，現代主義基本上被看成自然主義的一部分，沒有單獨加以分析。本文共分六節[11]，一、四、五節

11　原文七節，第七節論蘇聯文學，本書未錄（英譯本也刪掉）；全譯本見《盧卡契文學論文集（一）》，中國社會科學出版社，1980。

談技巧，二、三、六節論世界觀，兩者參差錯雜在一起，以便相互說明。盧卡奇認為，在現實主義的小說裡，任何場景的描寫都會跟人物的命運息息相關。也就是說，我們所以要描寫一個場景，主要是想在這一場景中讓某一人物經歷他的某一命運。如果場景和人物的命運沒有必然的關係，場景就變成是「背景」，是「舞台」，是「靜物畫」了。這兩者的區別是現實主義和自然主義的區別，以技巧來說，前者是「敘述」，後者是「描寫」（第一節）。

為什麼會有這種差別呢？是因為作家的人生態度有所不同。現實主義的作家，「投入」到社會，在社會中生活；自然主義的作家則是「旁觀者」，只站在一旁「觀察」社會。所以，前者的場景是人物的生命的一部分，而後者的場景就變成是靜物畫了（第二節）。再深一層而論，現實主義作家充分了解整個社會變化和發展的「規律」，他們所看到的社會是「動態」的。而自然主義的作家，則看不出社會有任何「發展」可言：絕大部分的時間，社會是「不變」的，如果有變化，那就是無法了解的「災變」；他們的社會是「靜態」的（第三節）。

就因為現實主義作家了解社會的發展規律，所以當他們要描寫場景時，他知道如何選擇，他知道拋棄那些和人的命運無關的部分。自然主義作家就不同了，既然他們認為社會是靜態的，那麼所有場景在理論上是同等重要的，他們無法選擇，只有將許多場景並列了（第四節）。表面上，自然主義對場景的描寫似乎比現實主義精確巧妙，然而，那是沒有用的。任何場景如果跟人物的命運毫無關連，就決不會具有「詩意」（第五節）。

歸根結底來講，世界觀是很重要的。現實主義的作家能夠掌握社會發展的方向，因此他們能夠描繪一個豐富而有生命的世界。自然主義的作家基本上是悲觀的，他們無法了解社會，不論在技巧上多麼努力，他們的世界終歸是瑣屑無聊的靜物（第六節）。

〈敘述與描寫〉條理清楚而易解，可說是盧卡奇文學批評最佳入門文章。〈論藝術形象的智慧風貌〉有許多分析相當深入，但比較不容易掌握。這篇文

章分成兩大節[12]，第一節論現實主義，第二節論自然主義。在第二節裡，現代主義雖然仍被歸到自然主義名下，但許許多多的特質已被提出來分析，這與〈敘述與描寫〉的特別偏重自然主義是有所不同的。

所謂「智慧風貌」，是指文學作品中的某些人物具有深刻的人生反省，甚至具有某一世界觀，而這些反省又和他的個性密切結合，成為他個性的有機部分。相對而言，如果我們藉著某一人物之口，說出某些看法，這些看法並沒有融入人物的個性與命運中，那就說不上是「智慧風貌」。

「智慧風貌」是「典型」人物極其重要的構成部分。我們已經說過，「典型」人物藉著他的行動，讓我們看到社會錯綜複雜的關係。這個典型人物，如果在他的行動過程中時時不斷的反省，一定可以加深他的人物形象，使得讀者更是難以忘懷。但更重要的是，這一典型人物的反省，往往可以把行動所牽涉到的社會關係加以思考，因而使社會「真相」更加暴露出來。也就是說，具有「智慧風貌」的典型人物，更能夠反映出社會的「整體性」。所以，就結構原則來說，「智慧風貌」實在是小說不可或缺的一部分。

現實主義的作品，絕對不缺乏有智慧風貌的典型人物；相反的，自然主義和現代主義就很難找到了，自然主義中的人物主要都是一些空洞枯燥的平凡人；自然主義的作家相信平凡是生活的常態，他們會寫出這樣的人物一點也不奇怪。我們當然很容易了解，這種人物不會具有「智慧風貌」。為了對抗自然主義，現代主義作家喜歡描寫「古怪的人物」或超人，或者深入到人物的內心，把他的思緒挖掘出來，以為這樣就可以克服自然主義人物的平庸。事實正好相反，一個完全以自我為中心的怪人並不比一個無聊的平凡人「偉大」，他同樣不會具有「智慧風貌」。

在我看來，〈論藝術形象的智慧風貌〉第一節最精采的部分，是討論智慧風貌與小說結構之關係的地方。在第二節裡，盧卡奇說明了自然主義和現代主

---

12 原文三節，第三節論蘇聯文學，本書未選（英譯本也有刪節）；全譯本見《盧卡契文學論文集（一）》，中國社會科學出版社，1980。

義的人物類型，特別是在分析現代主義的部分，我們可以看到，盧卡奇對現代主義的心理特質有相當深入的了解。這種透視力在二十年後所寫的〈現代主義的意識型態〉一文裡發揮到極致。除了早期的《小說理論》之外，〈現代主義的意識形態〉可能是盧卡奇最具哲學深度的文學批評。他雖然極為反對現代主義，但對現代主義無疑的有著深刻的了解，無怪乎連最反對盧卡奇的西方評論者也不得不佩服這篇文章的洞察力。

盧卡奇認為，現代主義基本上把人看作是孤獨的人，不但跟社會沒關係，人與人之間也沒有關係。問題是人只有在社會中「行動」，經由「行動」的過程與後果，才能界定自己的「本質」。一個孤獨的人是沒有行動的。他可以在內心中設想許許多多的「可能性」，但這些「可能性」沒有變成行動之前，是完全沒有意義的。盧卡奇說：「即使是想像力最貧乏的人，他的想像也含有無限的可能性。」這是盧卡奇對進入內心世界的現代主義最具諷刺的責備。

遁入內心世界的結果是，人格的瓦解，人變成是沒有行動能力的一團模糊。與此相關連的是，外在世界的瓦解：人既不能在行動中掌握世界，自然就不可能透徹的了解外在世界。最後，以最極端的方式否認這一世界的存在，認為「世界」是在人的內心意識中形成的。也就是說，人所「想」的才是「真實」的，眼睛所看到的「外在」並不真實。

從這裡再進一步是，認為神經病是正常的。為了拒斥外在的可厭的世界，他們寧可選擇神經病患。他們甚至可以把種種「變態」加以誇張，認為這才找到人的自由。他們甚至以白痴的觀點來描繪世界，認為這是人生的真相。他們以為這樣就是在抗議現代社會的不仁，其實他們是陷溺在這可厭的人生境況中徒然作出無效的反叛姿勢。他們認為世界是靜止不變的，因為欠缺「遠景」而陷入極度悲觀之中。

這種極度悲觀在卡夫卡的作品中表現的最為真切。他所描寫的是，人在面對不可知的外在世界時所表現的軟弱無能。面對這種境況，即使連掙扎都顯得多麼無力。卡夫卡能夠以最生動的細節引發我們這種情緒，但是這樣的細節所構成的世界到底要把我們引向何方，他自己也不知道。卡夫卡因神的「不存

在」而感到焦慮，他因喪失了救贖的可能而感到絕望。

　　盧卡奇在文章的最後，以本傑明的寓言理論來說明現代主義藝術的特質，他認為這種藝術最終會導致藝術的崩解。在結尾處他以紀德的《偽幣製造者》為例來加以說明：如果一個人既是小說家，又是他所寫的小說的主角，他如何來寫這部小說呢？現代主義就是這個小說家，其作品就是這本小說，他常常寫不出來。他根本不知道自己是「什麼人」，又怎麼能寫這部小說。從意識形態的基礎來講，這是現代主義的最大困境。

　　即使我們不同意盧卡奇的立場，我們也能欣賞他的許多分析。他對現實主義、自然主義和現代主義的詮釋，很能讓我們掌握其本質。盧卡奇的批評文章讓我們深深了解到，純粹從形式和技巧來解釋文學作品，距離文學的本質是多麼遙遠。

盧卡奇《現實主義論》（雅典出版社，1988 年）導言

布萊希特論盧卡奇

一

一九三七年到三八年之間，流亡於蘇聯的德國左翼作家與藝術家，圍繞著他們所辦的刊物《發言》雜誌，就表現主義問題展開論爭。這一場「表現主義論爭」，就文學理論的角度來看，意義非比尋常。因為，第一，這牽涉到以現實主義為基本理念的馬克思主義文藝理論，如何來看待二十世紀的前衛藝術的問題；其次，伴隨而來的問題是，現實主義的理念問題：只有十九世紀所發展出來的那種寫作方法才可以稱之為「現實主義」？還是「現實主義」的理念可以再加以擴大？

在這一場論爭中，代表正統觀點，主張取法於十九世紀現實主義高峰期的代表作家的最重要理論家，就是現在已廣為人知的盧卡奇，他在論爭之前、及論爭前後所寫的重要論文，如〈表現主義的興衰〉、〈敘述與描寫〉、〈藝術形象的智慧風貌〉、〈馬克思與意識形態的衰落〉、及直接和論爭有關的〈問題在於現實主義〉等，都是。

布萊希特雖然掛名為《發言》雜誌的三位主編之一，但人卻住在丹麥，論戰期間，雜誌始終未見他的文章。一九五六年布萊希特去世後，人們在他的遺稿中發現一批「反駁盧卡奇」的筆記，明顯是寫於論戰期間的。主要就是因為這一批遺稿的發表，才重新引發人們對於「表現主義論爭」的興趣。布萊希特這些筆記在駁斥盧卡奇的理論時，相當能切中要害，對於不喜歡盧卡奇的人來說，頗有「浮一大白」之感。但是，布萊希特也像盧卡奇一樣，堅持現實主義

的立場。研究布萊希特如何批評盧卡奇，事實上也等於思考，如何補充盧卡奇現實主義理論的不足，或者，如何在盧卡奇的理論之外建構另一套更為圓滿的現實主義理論。

在開始分析布萊希特對盧卡奇的批評之前，簡略比較兩人理論文字風格的不同，並順便談一談他們在文壇上的「恩怨」，對了解兩人理論傾向的差異也許不無助益。

布萊希特主要是個作家，戲劇、詩、小說都寫。他的「理論」，基本上是一個極有反省能力的作家的「經驗談」。也是因為「作家」而寫理論，所以文字活潑、生動、頗能吸引人。在批評、譏刺別人時，特別顯得有力量。譬如談到馬克思主義正統派的教條主義時，他以充滿嘲諷的語氣說：我總是懷著快活與恐懼相混雜的心情（這種心情難道不應有嗎？），想到諷刺畫報上的一幅畫：一個航空駕駛員指著一隻鴿子說：「舉例來說，鴿子就飛得不對。」（張黎編，《表現主義論爭》，華東師範大學出版社，1992，頁282。下同。）

盧卡奇剛好相反，他是個訓練有素的德國型哲學家，以平穩、綿密的文字來表現他的系統性思考，雖然有許多深刻之處，但缺乏「文學性」，長期閱讀，會令人感到疲累。對於不喜歡系統，特別是盧卡奇那種系統的人來講，他的文風就是令人「厭煩」的原因之一。

布萊希特似乎就是這樣的人。他也承認盧卡奇的文章「寫得很出色」（頁312），但他還是說：「有時我感到奇怪，盧卡奇的某些論文有很多值得一讀的地方，但為什麼總不能令人滿意。」（頁288）最奇特的是，布萊希特直接談到盧卡奇時，總忍不住要譏刺一下。譬如：「我們的遺產總管命令說──」（頁298），又如：「讀盧卡奇……話題又是現實主義，他們如今成功地糟蹋了現實主義，如同納粹糟蹋了社會主義一樣。」（頁335）

作為一個左翼作家，布萊希特對前衛藝術也有相當的興趣，他自己就說：「我在自己的領域裡是個革新者。」這跟盧卡奇不喜歡前衛藝術的立場剛好相反。在年齡上，布萊希特比盧卡奇小十三歲，是盧卡奇的後輩。三〇年代初，盧卡奇已經是德國左翼文學家的主要理論指導者，從布萊希特的立場看，這個

「保守」的、老一輩的「理論家」所做的工作，似乎主要就在「壓抑」年輕的革新者（包括布萊希特自己）。

　　一九三一年夏天，盧卡奇從莫斯科派到柏林來，參加德國的無產階級革命作家同盟。到一九三三年納粹掌權，盧卡奇被迫回到莫斯科之前，他在德國的主要文藝論文都在反對左翼作家的實驗傾向。他在左翼刊物《左曲線》上發表文章批評布萊德爾（Willi Bredel, 1901-1964）和奧特瓦得（Ernst Ottwalt, 1901-1943）的小說，而這兩人剛好都是布萊希特的朋友。因此，不難想像，布萊希特對這位代表黨的「文藝總管」的初步印象。

　　從「表現主義論爭」時期布萊希特所寫的筆記和日記來看，他似乎總是以為，反表現主義的一方代表黨的立場，對此他感受到一種壓力。他說：

> 由於我在自己的領域裡是個革新者，有人總是稱我為形式主義者。（頁337）

這裡的「有人」，似乎在影射盧卡奇。另外一個比方，就直接說了出來：

> 最近一期《國際文學》便採取了一種十分不友好的方式，盧卡奇在那裡竟毫無根據地指斥「布萊希特的某些劇本」是形式主義的。（頁317）

對於表現這種「壓力」的這位年長的文藝總管，布萊希特在以下一段文字裡毫不保留的說出了他的憤懣：

> 請不要帶著不容爭辯的神氣宣布，描寫一間屋只有一種方式是正確的，請不要把「剪輯法」當作異端加以革除，請不要把「內心獨白」列入另冊！請不要用老人的聲望打倒年輕人！（頁285）

布萊希特和盧卡奇之間的世代矛盾和立場矛盾，在最後一句話中達到了一種

「典型」的情緒表現。

對於盧卡奇的現實主義理論，布萊希特的原則性批評是，以盧卡奇對他的批評來回敬：形式主義！形式主義的現實主義論！布萊希特說：

> 如果我們死抱著某幾種特定的（歷史的、過時的）形式不放，我們反對形式主義的鬥爭本身很快就會成為毫無希望的形式主義。（頁303）

布萊希特認為，盧卡奇就是這樣的理論家。因為，盧卡奇相信，只有十九世紀現實主義小說（特別是巴爾扎克和托爾斯泰小說）的寫作方式才是「現實主義」的。而布萊希特則認為，二十世紀的社會和十九世紀已經有極大的差異，我們可以欣賞巴爾扎克描寫十九世紀社會的高明技巧，但我們也要提出適合時代要求的新小說的準則。面對二十世紀的新社會，我們不能僵硬的說，要用巴爾扎克和托爾斯泰的方式來寫作。布萊希特說：

> 把現實主義看作一個形式問題，把它同一種，唯一的一種（而且是一種舊的）形式聯繫在一起，那就等於給它做絕育手術。現實主義寫作不是形式問題。一切有礙於我們揭示社會因果關係根源的形式都必須拋棄，一切有助於我們揭示社會因果關係根源的形式都必須拿來。（頁283）

作為一個現實主義的作家，布萊希特跟盧卡奇一樣，認為「揭示社會因果關係根源」是文學的主要目的。他跟盧卡奇不同的是，他認為，只要能達到這一目的，一切方法都可以許可：而他相信，盧卡奇卻只認可一種方法。

事實上，布萊希特對前衛藝術的缺陷並不是沒有察覺，他說：

> 一些未來主義者的錯誤和謬誤是顯而易見的。他們在一個巨型立體畫面上畫了一個巨人，把所有的地方都塗上紅色，說這就是「列寧的肖像」。（頁283）

布萊希特認為這些未來主義者從主觀的願望出發，想畫出他們自以為是的列寧「肖像」，但實際上，沒有人知道所畫的是什麼。顯然，這不是現實主義的藝術。布萊希特又說：

> 他們（紀德、喬艾斯、德布林）剝奪了觀賞者的權威和信譽，動員讀者反對讀者，因為他們只提出主觀見解，因而實際上只刻劃發表見解的人的特點。盧卡奇的這些感受，我們可以接受，他的抗議也可以贊同。（頁288）

盧卡奇認為，現代主義文學只注意呈現人物的內心世界，而沒有讓我們了解這一內心世界和外在現實的社會因果關係：這種完全主觀的文學，違背了現實主義的原則，這樣的批評，布萊希特表示可以接受。從這兩個例子可以看出，布萊希特是從現實主義的立場，而不是從現代主義的立場來反對盧卡奇。

布萊希特和盧卡奇最大的不同是，盧卡奇比較傾向於相信十九世紀現實主義小說的方法大致已經夠用，不必太熱衷追求新方法，以免掉入形式主義的陷阱；而布萊希特對新形式的探索持著非常寬容的態度。至於技巧上的實驗，布萊希特從「作家」的立場講了一段相當富有感情的話，他說：

> 有些試驗毫無結果，有些試驗後來才開花結果或者果實寥若晨星——世界有權對他們表示不耐煩，而且也充分使用了這一權利。當然，世界也有理由表示忍讓。在藝術中有失敗的和只是部分成功的事實。這一點我們的形而上學者必須懂得……但是也不能從必須指出的失敗中得出這樣的結論：再也不要進行鬥爭。（頁295）

布萊希特認為，形上學家盧卡奇提出一大堆現實主義的原則，碰到實際的藝術問題時，根本無法派上用場。在創作時，作家面對要表現的現實去思考所可能採取的方法，每一種具體狀況都不一樣，根本無法定規則。一個誠心誠意的作

家，絞盡腦汁尋找解決辦法，對於他的失敗或者不完全成功，實在不應該從形上學者「立法」的立場來加以苛責。對此，批評家應該「忍讓」，尤其不應該大聲呵斥說：不要再這樣做了！

以上大致說明了布萊希特對於盧卡奇現實主義理論過度流於「形式主義」的批判。從偏愛盧卡奇理論者（像我自己）的立場來看，布萊希特的批評有其銳利之處，他指正盧卡奇有掉入「形式主義」的危險，又批判盧卡奇對形式的試驗不夠寬容，要我們從「作家」的立場來了解他們的困難，這些都有其道理。但整個看起來，我個人相信，布萊希特並沒有提出另一套現實主義理論，頂多只能算「修正」盧卡奇的理論而已。從主要的兩個方面來看，布萊希特的筆鋒雖然尖銳，但並沒有動搖盧卡奇理論的主要基礎。

首先談到盧卡奇對新技巧的態度。基本上，盧卡奇並沒有一竿子打翻一條船，認為一切新技巧都是「形式主義」。在他參與「表現主義論爭」的那一篇論文〈問題在於現實主義〉裡，他明白說出：托馬斯‧曼和喬艾斯同樣使用「意識流」，但在托馬斯‧曼那裡，「意識流」是放在現實主義的架構裡，而喬艾斯則不是。在五〇年代所寫的《當代現實主義的意義》裡，盧卡奇把這個意思說得更清楚。他說，問題在於意識形態，而不在於使用哪一種技巧。除了仍然拿托馬斯‧曼和喬艾斯的「意識流」作為對比之外，他更舉出卡夫卡來和托馬斯‧曼比較。他說卡夫卡在細節的描寫上雖然具有十九世紀現實主義大師的那種特質，但他仍然不是一個「現實主義者」。從這兩個例子可以看出，說盧卡奇規定了哪些方法才是現實主義的，這種批評基本上是不公平的，或者沒有真正的了解盧卡奇的理論。

當然，也必須承認，盧卡奇之接受不同新技巧，在程度上是有相當差異的。他似乎比較能夠接受「意識流」，好像相當排斥蒙太奇和「新聞剪輯法」。但是，我卻傾向於認為，在托馬斯‧曼那裡他看到一個作家容納了「意識流」，卻還是個現實主義者，而在蒙太奇與「新聞剪輯法」方面，他卻看不到類似的例子。作為批評家，他的態度似乎是，如果你成功了，我就接受；如果還沒有看到成功的例子，我只好批判。後來，盧卡奇就以這樣的態度接受了

布萊希特晚期的劇作，承認他是一個偉大的現實主義作家。

這種「以成敗論英雄」的態度似乎有點勢利，至少有點保守，然而，我個人還是傾向於「同情」。從這裡我們就可以談到盧卡奇對於實驗及追求新技巧的態度了。

前面說到，布萊希特認為一個作家面對新的現實，苦思適切的表現方式而不得不趨新求變，即使失敗了，也應該多加容忍。這當然說得很好。但如果看到二十世紀那麼多前衛藝術，一窩蜂的唯新是尚，最後「買櫝還珠」，誤把技巧看成內容所在。則對盧卡奇之「缺乏耐心」，也許也可以表示一點「同情」。

其次，從理論上來說，怎麼樣的新技巧適合表現新的社會現實，如何對此提出一個原則性的判準，是應該加以思考的。布萊希特說：

> 一切有礙於我們揭示社會因果關係根源的形式都必須拋棄，一切有助於我們揭示社會因果關係根源的形式都必須拿來。（頁283）

這話說得很漂亮，但其實等於沒說，因為這意思是，凡應該拋棄的都要拋棄，凡應該採用的都要採用；並沒有告訴我們，根據怎麼樣的原則來選用新技巧，或者探求新技巧。而我個人卻相信，盧卡奇則提出了相當可以接受的看法。

布萊希特在另一個地方，把關於現實主義的論爭，就其有價值的一面，歸結為下面兩點：

> (一)小說作家如以描寫人的心靈的反應來代替對人的描寫，並進而把人深化在單純的心靈反應中，是無法把握現實的……描寫人必須描寫他的反應以及他的行動。
>
> (二)小說家如果只描寫資本主義所實行的非人化，因而也就只描寫心靈頹廢的人，那是不會把握現實的。資本主義不僅製造了非人化，也創造了人性，也就是說，在同非人化的鬥爭中創造了人性……。（按，所

　　以，描寫非人化的同時，也必須描寫這種人性。）（頁208）

　　布萊希特雖然沒有說明這兩點結論是從何而來的，但我卻相信，這正是他覺得盧卡奇的論文「寫得很出色」、「有很多值得一讀的地方」。因為盧卡奇這一時期的文章翻來覆去，主要就是在說明這兩點。他分析巴爾札克，是要說明巴爾札克「如何」達到這種成就；他分析托爾斯泰，也是說明托爾斯泰「如何」做到了。但是，巴爾札克的方法和托爾斯泰的方法並不一樣。在當代的例子裡，盧卡奇最推崇的兩個小說家，高爾基和托馬斯‧曼，他們的方法差異更大。盧卡奇把過去及現在的、最成功的例子分析給我們看，應該只是說，注意這兩點原則，參考已經成功的作家，根據所要描寫的具體的社會現實，找出自己的路。把盧卡奇的理論文字讀成「獨斷式」的，除了盧卡奇「形上學家」的文風之外，我相信過度敏感的讀者（包括布萊希特），恐怕也要負一點責任的。

　　在這一節的末尾，我想補充說明兩點。首先，似乎不應誇大二十世紀社會和十九世紀的差異，並認為十九世紀小說的技巧基本上已過時。舉例來說，米蘭‧昆德拉的《生命不能承受之輕》，裡面很多地方寫得很精采。但我卻覺得，太多的「後現代」敘述方式，以及作者過度沈溺其中的「性愛哲學」，使得本書不能成為偉大的小說，我「直覺」的相信，這本小說的主題可以大致用托爾斯泰的方式來寫，而且只會更成功。（這個地方，讀者也許可以譏笑我不可救藥的「復古」、「保守」傾向。）

　　其次，一般都認為，布萊希特最偉大的劇本（盧卡奇因此而承認他是一個偉大的現實主義作家）都寫於一九三七年至一九四五年之間，如《勇敢的母親》、《四川好女人》、《伽利略》、及《高加索灰欄記》。也就是說，是在布萊希特於一九三八年至四○年之間寫下那些反省「表現主義論爭」及現實主義的性質的同一時期。現在一般人都在強調，布萊希特如何反對盧卡奇，而布萊希特卻是二十世紀後半期最偉大的作家之一（可見盧卡奇錯了）。但是，似乎不太有人去問，布萊希特在三、四○年代之交的理論反省，跟他當時的創作是否有密切的關係。外國的布萊希特研究的狀況我不清楚，但我相信，這個問題應該可

以注意一下。

二

在前一節，我們是從文學理論的內在理路（即呈現某一文學理論的邏輯形式）來說明布萊希特如何批評盧卡奇的現實主義理論。這也許是布萊希特的批評比較「表面」的部分；比這更重要的是，布萊希特想進一步從現實主義與歷史現實（具體歷史時代）的關係，來指出盧卡奇理論所具有的形式主義傾向。

布萊希特認為，在二十世紀所面臨的人民大眾與法西斯主義的鬥爭中，在需要劇烈變革（亦即革命）的時代（這是布、盧兩人所處的時代），一個擁護革命的理論家，在文學上居然是個改良派，居然反對試驗而主張效法過去的大師，這是不可思議的。「要戰勝反革命暴亂，就必須教人學會革命（而不是改良）。」（頁294）政治上如此，文學上也需要如此。

譬如，關於資本主義宰制下人的生活的問題，布萊希特完全同意盧卡奇的看法，認為人已經失去了人性，內心生活一片荒蕪，人被驅趕著在生活中急速奔波，因而邏輯能力已經減弱，不再能感受到事物間原本具有的聯繫。布萊希特也同意，文學應該指出這種非人性化，也應該指出恢復人性的可能性，問題在於：文學要如何來描寫這種「可能性」？

布萊希特歸納盧卡奇所提出的方法如下：

> 作家只得依靠過去的大師，創造豐富的內心生活，通過緩慢的敘述過制事件的速度，運用他們的技藝把個人再擺到事件的中心，以及其他等等。（頁289）

布萊希特認為，這一些方法完全不可行，是形式上的、紙面上的解決方法，對作家的實際創作沒有任何助益。作家應該拋棄這種倒退、空想的因素，走到群眾之中。與法西斯在階段性的資本主義的具體鬥爭中，群眾會拋棄非人的性

質，會把一切有價值、有人性的東西吸引到自己一邊。因此，在群眾中的作家，參與群眾具體鬥爭經驗的作家，自然會知道如何「現實主義地」來描寫這個問題。像盧卡奇所提出的那種方法，「給人一種印象，彷彿對他來說至關重要的僅僅是享受，而不是戰鬥，是出路，而不是前進。」（頁 289）「幾乎完全抹煞了階級鬥爭」（頁 305）。

對於盧卡奇那種回歸過去的現實主義，和布萊希特認為「把握當代現實」的現實主義，這兩者之間的區別，布萊希特曾就小說中的「人物」問題作了更深入的討論。傳統的、盧卡奇所推崇的現實主義小說，主角都是具有高大形象的人物，充滿了激情，行動也充滿了戲劇性。這種小說常常是塑造偉大「個人」的故事。布萊希特認為，這種「個人」是特定時代的產物，是資本主義發展期的產物——「（充滿戰鬥的、錯綜複雜的相互關係的）鬥爭就是正在發展的資本主義的競爭，這些競爭以其特有的方式產生了個人」（頁 299）。把這種特殊時代、具有特殊社會功能的「個人」抽象化為小說家應予描寫的理想的人物形象根本是錯誤的。

布萊希特認為，社會主義競賽中的人應該不是這種資本主義激烈競爭的個人。他說：

> 我們不是要設立黨支部，或者工廠，蘇維埃嗎？這些，新的機構無疑也培養個人……它們正好是組裝而成的！從字面意義講，就是組合而成的……某些「達到白熱化程度」的鬥爭（按指資本主義的激烈競爭）已經沒有，代之而起的是另外的鬥爭，當然，代之而起的鬥爭至少說也是同樣激烈，但個人色彩也許淡一些。這不是說，好像這些鬥爭不帶任何個人的性質，這些鬥爭還是由個人進行的；但是，比如說同盟者現在就起著巨大的作用，而他們在巴爾札克時代是起不了這麼大的作用的。（頁 301）

根據這種原則，布萊希特認為，美國小說家朵斯·帕索斯（John Dos Passos）利

用新聞剪輯法所呈現的那種「戰鬥」，比盧卡奇所推崇的巴爾札克和托爾斯泰，更適合描寫現代式的、同盟者的群眾鬥爭。

布萊希特另有一篇文章〈人民性與現實主義〉（頁 308-316）更詳盡的討論了現代群眾的階級鬥爭和現實主義的關係。布萊希特認為，長期以來，「人民的」這一概念打上了非歷史的、固定不變的、沒有發展的印記，「人民」是政治的對象，而不是政治的主體，布萊希特說：

> 我們的「人民的」概念所指的人民，不僅完全參與發展，而且簡直可以說，是他們控制發展、促進發展和決定發展。我們心目中的人民，是創造歷史的人民，是改變世界和改變他們自己的人民。我們心目中的人民，是進行戰鬥的人民，因而我們心目中的「人民的」是一個戰鬥的概念。（頁 311）

根據這種「人民的」概念，現實主義的文學應該是合乎戰鬥的人民的目的的文學，「現實主義的寫作方式，直到細微末節之處，也都帶有如何使用它、什麼時間使用它、以及為哪個階級使用它的印證。」（頁 311）現實主義「不可死抱住行之有素的敘事規則，令人敬仰的文學典範，以及永恆不變的美學規律不放」（頁 311）；如果掉入這種見識，那就沒有考慮到具體的人民的鬥爭，那就是形式主義。

布萊希特相信，人民對於藝術有一種自覺的、合乎他們目的的批評眼光，這種眼光遠遠超過藝術家那種自以為是的「美學規範」，布萊希特舉了一個非常生動的例子：

> 有一個工人曾建議我，在一首關於蘇聯的合唱曲中再加點什麼（「必須再加點什麼—不然，有什麼用？」）我回答說，這樣會破壞藝術形式。我永遠不會忘記，當我這樣回答的時候，他是如何看著我：他一頭斜，微微一笑。自成一體的美學大廈，就由於這麼有禮貌的微微一笑，頓時土崩

　　瓦解了。（頁314）

布萊希特認為，人民有他們自己的藝術判斷能力和判斷標準，他們知道他們的
目的，只要是能夠達到目的，可以接受許多方法，在這方面，他們是寬宏大量
的。但是，他們從來不會相信，只有「某種方法」才是適宜的，尤其不會相
信，只為了「美學規律」而必須遵行的那種方法。只有「美學規律」，而沒有
考慮到「目的」（鬥爭）的方法，他們完全有能力看穿。

　　基於人民的這種判斷能力，他們不會在乎小說是「寫實」的還是「幻想」
的，他們也不會在乎技巧是否前衛。按照他們的生活的實際需要，他們看得懂
馬克思的著作，也能夠分辨出里爾克過於膚淺幼稚（頁307）。他們支持皮斯
卡托（Erwin Piscator）的戲劇試驗，他們了解，荒誕不經的假面具也可能表現出
真實。因此，布萊希特下結論說：

　　　如果我們想要有一種生機勃勃的、戰鬥的、完全被現實所把握、同時又
　　　完全把握現實的，真正人民的文學，我們就必須與現實急速的發展步調
　　　相一致。（頁316）

我們不能只從現存的現實主義作品和現存的人民性作品去推論說，只有這些才
是現實主義的，才是合乎人民性的。這種推斷完全是「形式主義」的，根本行
不通。

　　以上我們大致說明了布萊希特如何從人民的時代任務，指出盧卡奇現實主
義的空想因素及形式主義特質。我們可以說，在三〇年代有關資本主義現實主
義傳統應如何加以對待的問題上，盧卡奇是主張基本上應加以繼承的一派，而
布萊希特則是主張基本上應激烈變革的一派。我們可以看出，布萊希特在攻擊
盧卡奇等折衷派的弱點時是相當有力量的，他說，盧卡奇的現實主義理論缺少
鬥爭性，似乎只在旁觀，是一種紙面上的解決方法，這樣的批評，不能不承認
是相當有道理的。

　　但是，布萊希特這種藝術上的激烈革命派可能也有他的盲點。在這裡，我想簡單指出三點。首先，布萊希特對技巧的前衛實驗跟革命目的的關係，對工人對新實驗的接受程度都可能過分樂觀。在三〇年代社會主義現實主義的教條還沒有定於一尊之前，蘇聯並不缺乏激進左翼的藝術革命派。後來這些實驗逐漸消失，除了官方有意加以壓制外，一般大眾無法接受也是不能不承認的原因，但是，更重要的是，這種革命派很容易掉進一種陷阱，把藝術的革命當成實際的革命，因而實際上也成了另一種紙面上的解決。我個人的感覺是，革命派小資產階級革命狂熱所犯的錯誤，似乎不下於盧卡奇那種脫離群眾的書生型革命。

　　其次，布萊希特把現代階級鬥爭小說的人物看成是「同盟者」的個人，而排斥傳統小說的人物觀，恐怕也有問題。如果「人物」只減化為群眾鬥爭中的個人，而不具有自己的生命，那豈不是又變成另一種「非人性化」。把傳統小說的人物看成是資產階級競爭中的「個人」，而不看成是仍然保持完整人性的「個人」，似乎有扭曲傳統小說人物觀的嫌疑，在三〇年代轟動一時的朵斯·帕索斯的《美國三部曲》，現在已經逐漸褪色，可能可以證明，布萊希特的看法也許有些偏差。

　　最後一點，盧卡奇及其三〇年代的戰友里伏希茨（Mikhail Lifshitz）曾一再指出，前衛藝術革命派有一種潛在的危險：可能導致藝術的消亡——乾脆直接革命去了；革命派的藝術主張蘊含了更為強烈的實用色彩，或者，更正確的說，蘊含了強烈的行動的欲望。在這種驅動力下，乾脆放棄藝術可能是最好的選擇——而這種的例子並不少見。在這種情況下，「藝術」作為完整的人的一個面相，實際上已經不存在，或者被大大地減弱了。所以，推論來說，前衛藝術革命派不也成為資本主義「非人性化」生活的一種「直接」的反映方式了嗎？

　　公平的來說，布萊希特跟盧卡奇分別是，三〇年代左翼文人兩種類型的較好的代表。布萊希特沒有成為「以藝術來革命」的那種假革命，而盧卡奇也沒有淪為平板的社會主義現實主義。他們的理論的「對決」，可以讓我們看到

「辯證」中的現實主義，對我們靈活的掌握現實主義絕對有莫大的幫助。從這個意義上說，他們兩人之間的「論爭」，是文學史上非常重大的一次論爭。

《當代》85、86 期，1993 年 5 月、6 月

回顧本世紀現實主義
與現代主義的糾葛

一

　　現實主義，正如西方文學史裡的其他「主義」，如古典主義，浪漫主義一樣，其含義廣泛而複雜，極難界定。作為近代西方最重要的文學潮流之一，它的源頭，遠的可以追溯到莎士比亞和塞萬提斯，近的則是十八世紀的英國小說（狄福、理查生、菲爾汀等）。但作為現實主義之核心典範的，當然要屬十九世紀的一些偉大作家，特別是小說家。舉其大者，則如法國的斯湯達、巴爾扎克、福樓拜、左拉，俄國的果戈理、屠格涅夫、陀斯妥也夫斯基、托爾斯泰，英國的狄更斯、莎克雷、喬治·艾略特、及哈代等。

　　如果以這些核心典範來加以簡單歸納，我們可以說，十九世紀的現實主義具有下面幾個特點。首先，它所描繪的人物涉及社會的各個階層，從皇帝、貴族下至工人、農民，無所不寫。這使它有別於古典主義的偏重帝王公侯、仕女名媛，同時也和浪漫主義的重視心智和行為特異的個人有所不同。可以說，現實主義和近代社會的民主化和大眾化息息相關，它企圖描繪現代社會的「全景圖」。

　　其次，在涉及的生活範圍內，現實主義也企圖描繪生活的各個方面。除了過去的文學比較著重的戰爭、宮廷陰謀、冒險、愛情等等之外，現實主義反而更用力於日常生活的現象——除了冒險，還有卑瑣與無聊；除了愛情，還有

性。劇院、市場、礦坑、妓女戶，無所不寫。在生活層面上，現實主義也企圖為近代社會留下「全景圖」。

現實主義的基本執著是「真實」（reality），它要讓它的描寫像「真的」（real），所以它所標榜的是「現實主義」（真實主義，realism）。相對於古典主義和浪漫主義只描繪社會的某些階層、或生活的某些層面，現實主義者相信，他們的作品更接近社會和生活的「真實」。

現實主義作為西方十九世紀最主要的文學潮流，在世紀之末開始衰微。取而代之的各種主張，雖然名目繁多（如印象主義、象徵主義、表現主義、超現實主義、未來主義等等）、技巧各異，但基本精神也有相通之處。後來，評論者就總名之為「現代主義」。

現代主義在理論上對現實主義的抨擊可謂角度各異、變化萬千，極難整理[1]。不過，用最簡單的方式來說，現代主義從根本上就不承認現實主義的「真實」概念。現代主義認為，現實主義所執著的只是「表面」看得見的、感覺得到的東西，其實這只是「表象」。譬如，時鐘上的時間並不真能代表每個人對時間的感覺（不然怎麼會說「度日如年」或「一日三秋」）。而且，對一個沈緬於回憶的人來說，「過去」反而比「現在」更「真實」，所以「真實」並不存在於「表象」，「真實」反而存在於我們的「感受」，存在於我們的內心與精神，包括感情、想像、潛意識，存在於我們內心所投射或構設的看不見的各種世界或經驗中。

所以如果說，現實主義者較重視外在的社會活動、以及在其中活動的個人，那麼，現代主義者則更重視個人的內心世界，極力挖掘他們的精神與心靈。（這只是相對而言。沒有一個偉大的現實主義者不描寫人物的內心的，同時，也沒有一個偉大的現代主義者可以完全不寫外在環境和活動的。）

1　西方學者站在肯定的立場論述現代主義特質的著作非常繁多。其中具有導論性質、但又力圖深入分析的，可以 M. Bradbury 和 J. McFarlance 所編 *Modernism*（Penguin, 1976）一書為代表。此書大陸有中譯本。

　　在十九、二十世紀之交（到一次大戰左右），當現代主義逐漸取代現實主義，成為西方文學的主流時，兩者之間並沒有重要的理論上的論戰，主要還是現代主義者對現實主義的抨擊。因為現實主義已經是流行半世紀以上的潮流，是西方文學的「既成體制」，許許多多重要的作家還在「順著潮流」走，並且在當時逐漸取得「大作家」的地位。譬如，這時代的法朗士、羅曼・羅蘭、馬丁・杜・加德（以上法國）、高爾斯華綏、蕭伯納、威爾斯（以上英國）、契訶夫、高爾基、以及布寧（以上俄國）在當時的名氣一般而言是超過開創期的現代主義第一代諸大師的[2]。所以是現代主義「攻擊」還居於「統治地位」的現實主義，企圖奪取主導權。一次大戰所導致的西方社會的危機，加速了現實主義的崩解，同時也把現代主義推至文學舞台的中心位置。到了第二次大戰結束以後，現代主義第一代諸大師（如艾略特、喬伊斯、紀德、普魯斯特、卡夫卡等）完全確立了他們在西方文學中的經典地位。

　　兩次大戰之間，西方社會危機重重，資本主義自由主義在左（社會主義）、右（法西斯主義）兩邊的夾擊之下搖搖欲墜。就是在這樣的背景下，才產生了現實主義與現代主義正面交鋒的現象。

　　十九世紀末，當現實主義在西方的文壇中心逐漸沒落，而現代主義諸潮流日漸崛起時，馬克思主義的社會運動也正在蓬勃發展。就是在這個時候，社會主義運動開始自己的現實主義理論與批評[3]。當蘇聯革命成功、而西方社會在戰後的混亂與不安中隨時可能面臨「革命」的威脅時，馬克思主義的影響日益強大。就是在這樣的時代，馬克思主義的現實主義開始面向現代主義。

　　對現代主義者來講，他們對資本主義本身本來就有所不滿，他們藝術的發端基本上是對這一社會的拒斥。所以，當有了社會革命的可能時，他們之中激

2　以上九人，除威爾斯、契訶夫、高爾基外，均獲得諾貝爾文學獎。又，馬丁・杜・加德時代稍晚，他的最重要小說寫於兩次大戰之間。

3　馬克思、恩格斯對文學只有一些零星的看法，未有系統論著。十九世紀末社會主義才出現了普列漢諾夫和梅林這種分量的文學批評家。

進的一翼不但不反對，而且還加入了革命陣營（主要是法國部分的超現實主義派、和德國部分的表現主義派）4。於是就不得不面對一個問題：現代主義是否也是現實主義。從革命的現代主義者的立場來說，這個問題應該這樣表述：現代主義是當前這一時代「最有表現能力」的現實主義，舊現實主義已不合時代的要求了。而對革命的正統派來講，被現代主義者抨擊的現實主義仍然有效，並未過時；相反的，現代主義是一種頹廢傾向，是違反現實主義的精神的。

關於這一問題的討論，最著名的當然是發生在一九三七、三八年間、流亡於蘇聯的德國左翼知識分子在《發言》雜誌上展開的「有關表現主義的論爭」。當時只是部分參與的盧卡奇，和當時並未直接參與、只在私底下寫筆記，作文章的布萊希待，後來就被看作代表雙方的主要理論發言人5。

其實同性質的論爭在「革命根據地」——蘇聯持續得更為長久，「鬥爭」也更激烈。在革命前後即有一大批現代主義者（主要是以馬雅可夫斯基為首的未來派）參加或支持革命，他們的活動力一直很強大，他們跟傳統現實主義派的爭論一直未間斷，直到三〇年代中期「社會主義現實主義」定於一尊為止。6

我們可以說，三〇年代有關現實主義和現代主義的論爭，主要是在所謂的社會主義革命陣營內部進行的。

4　這一點台灣的評論者不甚清楚，以為現代主義和社會主義革命無關。事實上現代主義激進派（一般又稱前衛派）在主觀願望上有一種「立即改變世界」的想法，在革命的醞釀階段或初期階段，他們常常同情革命，甚至參與革命。

5　對於這一論戰的論述，見 E. Lunn, *Marxism and Modernism*. (U. of California Press, 1984)。又，《發言》雜誌的論戰文章，以及盧卡奇和布萊希特的相關文章，見張黎編，《表現主義論爭》（上海：華東師範大學出版社，1992）。又 R. Taylor 所編 *Aesthetics and Politics* (Verso, 1980)，雖不如前書完整，但收有班雅明和阿多諾對盧卡奇的批評文章（兩人均與論戰無關）。

6　這一段歷史，可參看 H. Ermolaev, *Soviet Literary Theories 1917-1934* (U. of California Press, 1963)；舍舒科夫著，馮玉律譯《蘇聯二十年代文學鬥爭史實》（上海：上海譯文出版社，1994）及李輝凡《二十世紀初俄蘇文學思潮》（北京：社會科學文獻出版社，1993）。

　　戰後的情勢又有所不同，這時候的蘇聯，共產黨的統治已經非常穩固，社會主義現實主義成為官方教條，發表「異端」言論的機會極小。相反的，以美國為首的西方社會，也在戰後重新繁榮、發展，力量極為強大。這個時候，現代主義的大師（如艾略特、喬伊斯、普魯斯特、卡夫卡，主要與三〇年代的革命無涉的現代主義那一翼）已經成為「經典」，而現實主義很容易被等同於蘇聯官方的社會主義現實主義，幾乎喪失了發言的正當性。

　　這個時候，現實主義如果還能具有論爭上的意義，那就只能發生在西歐像法國和意大利左翼勢力還相當強大的地區，或者像東歐的匈牙利和捷克這些比較具有自由主義歷史傳統的共產國家。他們要面對的問題是：怎麼能夠把像卡夫卡這樣的現代主義作家拒絕在現實主義的大門之外？於是就有了像法國左派加洛蒂（Roger Garaudy）所寫的《無邊的現實主義》（1963）[7]，企圖擴大現實主義的界限，以容納許許多多的現代主義者。

　　但是，這個問題的「表面化」而成為核心問題，是在一九六八年學生運動發生，「新左派」思潮崛起之後。這是戰後西方第一次出現的較大規模的左翼思想的回流。這時候，西方所致力的是去發掘出不同於蘇聯正統馬列主義之外「新馬克思主義」思想家。剛開始，他們還相當同情盧卡奇（主要因為他的非正統的早期著作，同時也因為他被東歐官方視為「修正主義」），後來，當他們陸續發現班雅明和布萊希特的遺著時，盧卡奇就逐漸被看作「現實主義正統派」而被拋棄，而班雅明和布萊希特因開放地接納現代主義的立場而被推崇[8]。

　　八〇年代以後，「新左派」思潮也開始衰退，而為「後現代主義」所取代。不過，「新左派」關於現實主義的看法仍然保留下來，為西方學術界所接受，好像成為定論。這也就是說，三〇年代革命陣營內部的現代主義、現實主

---

[7]　東歐國家（包括蘇聯），及西歐左派批評家對卡夫卡的討論，可參看 K. Hughes 編，Franz Kafka: *An Anthology of Marxist Criticism* (University Press of New England, 1981)。又，《論無邊的現實主義》有吳岳添譯本（上海：上海文藝出版社，1986）。

[8]　此一立場可在 E. Lunn 的著作（見注5）明顯看出。

義之爭，在四十年後，經由西方新左派的重新評估，終於判定：現代主義派獲勝，而現實主義派則犯了重大的錯誤。

對於以上所說，我們可以再作一個簡單的綜合說明。現實主義代表的是：對變動中的社會作出「整體性」的省察（當然是指藝術創作方面的，而不是科學研究或哲學思考）。近代西方的現實主義首度出現的時候，它「省察」的對象是新興資產階級的上升、革命、以及「奪權」所帶來的社會變動。這個時候的現實主義，雖然個別作家的技巧、風格千差萬別，但評論者基本上同意，這是一個本質上大體一致的文學流派。但是，到了一次大戰前後，當資本主義社會本身發生重大危機時，對這一危機從文學上再度作出「整體性」省察時，就出現了風格差異極大的兩種流派，即現實主義（和前面的現實主義有承襲關係）和現代主義（這是對前面的現實主義的「反動」）。

從風格上來講，現代主義的基本模式是讓個人從社會「疏離」出來，去描寫個人的「異化」現象[9]，從而間接的表現了資本主義社會的「問題性」。這和現實主義比較直接的去描寫社會，以及社會中的個人，偏重點明顯不同。現代主義者聲稱，在「異化」現象極為嚴重的資本主義社會，他們的方法才正適合時代要求，真正具有「現實主義精神」，而傳統的現實主義方法是已不適用，應該拋棄的了。

二

如果說，現實主義精神是發端於：對社會變動的「整體性」的省察，那麼，非西方社會也許更需要這種省察。非西方社會從舊體制到現代社會的變化是在西方資本主義社會的衝擊下開始的，而且在變動過程中一直有西方的因素「介入」其中，從而使得情況變得更為複雜。就文學表現而言，情況又更為特殊。因為，要用什麼方式來省察社會，又會受到已存在於西方的文學模式（是

9　疏離與異化為同一詞語的不同譯法，此處為了行文方面，同時使用。

現實主義，還是現代主義）的影響，兩種模式的起伏消長往往受到該社會的政治、社會條件、特別是受到該社會與西方關係的左右。

一般而言，我們可以用非常粗略而簡化（因而也就不夠精確）的方式這樣說：凡是政治、經濟較「受制」於西方的國家，它的現代主義勢力似乎總要超過現實主義，它主要是以描寫個人從社會的「疏離」、描寫個人的「異化」來突顯這一社會的不合理。它以描寫個人的「問題性」來間接反映了社會的「問題性」（作者不一定具有這一自覺的目的，但讀者可以得到這樣的「印象」）。這是六〇年代台灣現代主義小說最常見的模式，為我們所熟知，所以可以不用再說明。

與這種模式相關，但情形更為特殊，因而最後表現出十足的「創意」的是拉丁美洲。從三〇年代開始，西方現代主義就強烈影響了拉丁美洲作家，但是，拉丁美洲的政治、社會狀況可能極為特殊，使得他們的作家所看到的每一個人似乎都是「異化」的典型，俯拾即是，根本不必去尋找，去加意塑造，以致於你所描繪的根本不是某一個異化的個人，而是整個一群人，也就是整個社會了。於是，就產生了一個「奇異」的結果：現代主義基本上是不直接呈現一個整體社會架構的，而在拉丁美洲的現代主義那裡，社會架構卻「赫然」就在那邊。這就是他們自稱為「魔幻現實主義」的東西。現在大家已經承認，這是二十世紀世界文學最偉大的創舉之一，它把現實主義和現代主義作了一種奇特結合。

與拉丁美洲截然相反的是大陸，由於二十世紀中國所面臨的嚴峻的政治、社會情勢（可能亡國或被列強瓜分），大陸的「新文學」從一產生就具有強烈的現實主義傾向，不論是短期出現的浪漫主義（創造社），或自由主義（新月派）、還是零星輸入的現代主義流派（三〇年代的象徵主義和新感覺派、四〇年代的里爾克、艾略特和奧登），都遠不足以抗衡，這與社會主義革命勢力的日漸壯大是相互平行的現象。革命成功以後，現實主義成為官方教條，逐漸流於另一種「形式主義」，而與革命後的社會發展逐漸脫節。八〇年代開始開發改革，現實主義漸漸被多數作家所拋棄，而開始大量輸入的現代主義諸流派反而成為呈

顯社會不合理現象的媒介。不過由於大陸作家成長過程中所接受的深厚的現實主義訓練（換個方向講，也就是不容易拋開），也由於他們對現代主義較後起的接觸，將來的發展會成為什麼樣子，目前還難以預測。

蘇聯和東歐的例子雖然跟中國有些類似，但從十九世紀初浪漫主義產生以來，它們和西歐就一直在同步發展（就文學潮流而言）。是所謂的社會主義革命中斷了這種關係，但由於地理和文化因素，它們和現代主義的「斷絕」也沒有像大陸那麼徹底，所以，在「社會主義體制」解體以後，它們與西歐關係的恢復也不致於類似大陸的「重新來過」。就非西方地區與西方在文學上的「交流」而言，大陸更適合當作一種「極端」的典型，就像拉丁美洲是另一種典型一般。

如果說，大陸在相當長的時間內幾乎排除了現代主義的因素而顯出「特異」，但這也不是唯一無二的特例，至少北韓和古巴，甚至偏僻的阿爾巴尼亞，都有些相似。但相反的，在二十世紀的非西方地區，在相當長的一段時間內，幾乎完全不具有十九世紀那種現實主義傳統的影子的（這在西方本身都很難看到），恐怕就少之又少了。如果要有的話，那就非戰後台灣社會莫屬了。

二次戰後的西方陣營，由於「防範」社會主義革命，在許多地區都進行過某種程度的「清洗」工作，但從來沒有一個地區像台灣一樣，把這一工作做得那麼徹底，以致於「現實主義」式的省察整體社會的方式絕跡了二十年之久。從回顧的眼光看，當時企圖回復這一潮流的左翼鄉土文學陣營，在理論修養上也許顯得稚弱而具有教條性，在創作實踐上，也許顯得較為粗糙而不太可觀，但這種企圖本身就有其不可磨滅的貢獻。

現在年紀較大的（四十五歲以上的人），曾經清楚而有意識的親眼看到鄉土文學的發展及伴隨而來的大論戰的人，大概也都看到當時蓬勃發展的，爭取民主的黨外政治運動。這些人都應該記得當時台灣的政治狀況和社會發展不能合拍的「荒謬性」，也都看到當時的現代主義文學對這一「社會現實」既不願、也無能加以呈現。當時有許多人不一定贊成鄉土文學陣營在理論層次上的

「左」的味道，但他們深刻了解到，台灣的文學需要一點「現實主義」，[10]這就是鄉土文學雖然具有許多弱點，而仍然可以鼓動風潮的原因之一

當然，歷史的發展是相當曲折的。在二十年後我們看到，原本具有反西方而回歸本土傾向的鄉土文學，「轉變」成了反中國的台灣文學；原本主要是爭取政治民主和社會改革的政治運動，現在成了「台獨」運動，並且還影響了改造以後的執政黨，這恐怕是很多人都沒有預料得到的。

不過，就台灣文學發展而言，我們要思考的也許在另一方面，我們看到台灣文學論的興起、看到台灣文學傳統的重建（包括台灣文學研究的受到重視），我們也看到後現代文學的萌芽、發展，以致產生了今天所謂的「新生代小說」的現象（同性戀和暴力想像占了明顯的地位）。但是，也就在這一兩年內，我們也清楚看到台灣政治、社會發展的問題（以治安問題和政治權力鬥爭問題為核心），並引發許多人的不安與憂慮。我很想問的是：這一切難道與文學無關。我當然不是說，我們必須直接去描寫（或影射）這些問題；但是，這樣的現象，以及這些現象背後許多值得深思的問題（譬如社會上不知有多少人把生活的希望寄託在股票上），這一切所涉及的我們的生活品質，我們作為一個「人」如何活著才好、才有價值，這些都與文學無關嗎？

我們是不是可以重新思考這樣的問題：我們現在是否需要一點「現實主義」。在二十年後回顧鄉土文學的現實主義主張時，重新提出這一個問題也許不是全然「怪誕」，全然沒有意義的。

《青春時代的台灣——鄉土文學論戰廿週年回顧研討會》論文，春風文教基金會承辦，1997 年 10 月

---

10 譬如不屬於鄉土文學派的顏元叔和李國偉都這樣呼籲過，見拙著《戰後台灣文學經驗》（台北：新地文學出版社，1992），頁 54-55。

伊格頓的《馬克思主義與文學批評》

馬克思主義在文學評論上的復興

一九六〇年代以後，馬克思在西方重新得到重視。在社會科學與人文科學方面，幾乎每一個學科學的有心人士，都會在考慮到馬克思主義的情況下，重新反省自己學科的種種問題。文學批評也不例外。即使反歷史的批評流派，也不得不駁斥馬克思主義的基本立場，並以此來鞏固自己的理論基礎。當然，最受馬克思主義影響的，是那些接受馬克思主義最新理論，想在文學批評領域試作探索，甚至想要建立新的方法與新的體系的批評家。

這一重新出現在西方文壇的新的批評流派，在理論建設方面，主要進行著三項工作。首先，要把長期以來備受忽視的西方馬克思主義傳統的批評家，如盧卡奇班雅明等，介紹給西方大眾。其次，在早期西方馬克思主義思想家的基礎上，配合當代的其他文學理論，重新構設自己的一套批評體系。最後，站在最近的馬克思主義的立場，把馬克思主義的重要批評家與重要批評問題，綜合的加以評述。

最後一類的著作，對西方的讀者大眾來講，可能尤其重要。經過二、三十年的隔膜，他們已經不知道，「馬克思主義」的文學批評到底是怎麼樣的一種批評。對於最近開始出現在書刊上的一些批評家的名字，他們可能連聽都沒有聽過。對他們來說，再沒有比綜述性的著作更需要的了。

在英語世界，六〇年代以後這一類綜合評述馬克思主義文學批評的書，就我個人見聞所及，大約有十本左右。在這十本之中，我們現在所要介紹的這一

本伊格頓的《馬克思主義與文學批評》——也是以中文形式出現在台灣學術界的第一本，要算是最「簡明」的。

所謂「簡明」，有兩層意思。首先，這是最「簡短」的一本，不論中譯本還是英文原本，都不到一百頁，大約只有詹明信那一本《馬克思主義與形式》五分之一左右篇幅。其次，這本書的文字清晰易解，要跟《馬克思主義與形式》相比，那真有如天、地之別。對詹明信的艱奧晦澀吃足了苦頭的人，幾乎可以「一口氣」把伊格頓這一本小書讀完。

伊格頓，現在已經公認是英國馬克思主義文學批評的權威，其地位正如美國的詹明信。有趣的是，他們兩人都以一本綜述馬克思主義理論的著作，來中止他們的學習階段，來開始他們自己的理論建構時期。這也就是說，《馬克思主義與文學批評》是伊格頓的「早期」作品，是他作為一個馬克思主義批評家的「開山之作」。這跟他在劍橋時代的老師雷蒙・威廉斯的情形剛好相反。威廉斯是英國老一輩左派批評家的代表，在新馬克思主義的理論尚未流行以前，他已經透過許多著作，以一種獨立的、自發的方式形成自己的批評體系。到六、七〇年代之交，當他開始接觸盧卡奇、葛蘭西、戈德曼等人的思想以後，他把他們的理論結合自己數十年來的批評經驗，寫成一本綜合性的《馬克思主義與文學》。對威廉斯來講，這一本書是一種「完成」。但是伊格頓的《馬克思主義與文學批評》就不是這樣了，這是伊格頓作為一個建設性的馬克思主義文學理論家的「開始」。當我們在讀這一本小書時，這也許是值得記住的一件事。

馬克思主義批評的革命性格

綜述馬克思主義文學理論的著作，通常有三種寫法。第一種是按歷史發展的順序，敘述一些代表人物和重要的歷史現象，如阿馮（H. Arvon）的《馬克思主義美學》和賴恩（D. Laing）的《馬克思主義藝術理論》。以馬克思主義的觀點來說，任何現象都必須放在歷史發展的脈絡裡來看，才能透徹的了解。但奇

怪的是，至少在英語世界裡，至今還沒有一本詳盡的合乎歷史唯物主義觀點的馬克思主義文學批評的歷史。阿馮的書寫得簡明扼要，可惜就是簡略一些。第二種是以人物為主，選擇一些代表性的理論家（特別是西方馬克思主義的思想家），較詳細的加以分析，如詹明信的《馬克思主義與形式》、史勞特（C. Slaughter）的《馬克思主義、意識形態與文學》、瓊生（P. Johnson）的《馬克思主義美學》。這些著作通常會強調一些他們所認為的馬克思主義文學理論的特殊精神，以此來貫穿他們所討論的理論家，或者來對這些理論家加以褒貶。第三種則以一種理論性的架構，來呈顯馬克思主義文學批評的主要問題，伊格頓的《馬克思主義與文學批評》就是這種類型的著作。

在第三種類型的書裡，威廉斯的《馬克思主義與文學》可能是最具代表性的。威廉斯吸收了自馬克思以下多位理論家的重要概念（包括非馬克思主義者），以自己獨特的方式加以融合，形成一個相當嚴密而複雜的系統。這一色彩強烈的體系，與其說是「馬克思主義的」，還不如說是「威廉斯的」。比較起來，伊格頓處理問題的方式就單純得多，也較少爭議性。他只選擇一些最重要的問題來加以討論，而沒有建構系統的企圖；而且他在說明這些概念時，一般都遵循別人既有的面貌，很少以自己的意思加以改造。所以，就呈現馬克思主義的概念系統來說，伊格頓無疑的要更為簡明而客觀，因此可以說是寫了一本相當稱職的入門書。

但是，這並不是說，伊格頓完全沒有個人「主觀」的成分。如果仔細加以分析，我們就會發現，在選擇處理的問題及處理的方式時，伊格頓已在無意中表明，「真正的」馬克思主義的文學批評關心的是什麼。其次，在針對一些問題說明某些理論家的見解時，他並不保留自己的褒貶之意。也就是說，他也清楚表明對於馬克思主義文學批評所關心的問題，他認為應該用什麼方式來加以解決。

伊格頓的書分成四章，第一章「文學與歷史」、第二章「形式與內容」、第二章「作家與傾向」、第四章「作為生產者的作家」。實際上這四章又可以歸納成兩大部分，前兩章為一部分，後兩章為另一部分。前一部分的主題是

「文學與意識形態」，或者說「作為意識形態的文學」；後一部分的主題是「文學與革命」，或者說「文學對於革命能做些什麼」。從這一簡單的歸納就可以看出，伊格頓處理問題的方式是相當尖銳、相當「馬克思主義的」。伊格頓在序裡說，馬克思主義批評不能只是成為又一種吸引人的學院式「研究方法」；「馬克思主義是一種關於人類社會以及改造人類社會的實踐的科學理論；更具體地說，馬克思主義所要闡明的是男男女女為擺脫一定形式的剝削和壓迫而進行鬥爭的歷史。」也就是說，伊格頓所要強調的是：馬克思主義批評在革命鬥爭過程中的實踐性，而不是作為一種特殊研究方法的學院性。這種重視「革命性格」的基本精神，在本書的許多關鍵處都自覺或不自覺的流露出來。

文學與意識形態

本書的第一章從馬克思社會理論的基本前提，即經濟基礎決定上層建築談起。上層建築分成兩部分，一部分是政治、法律、國家等代表權力結構的社會制度，一部分是把這一權力結構合法化的各種政治、宗教、倫理、美學思想，亦即特定社會的意識形態，而文學則是這一意識形態的一部分。這也就是說，在某種意義上，文學反映了特定社會的權力結構，而這一權力結構又受制於經濟基礎。

但是，文學並不完全被動的、機械的反映經濟基礎。文學，正如其他部分的上層建築，具有相當程度的自主性。用伊格頓的話來說，就是：「唯物史觀否認藝術本身能改變歷史，但它強調藝術在改變歷史的進程中是一種積極因素。」譬如馬克思就說過，希臘的社會條件雖然已經消失，但在這社會條件下產生出來的文學，對現代人仍然可以顯示出永久的魅力。

不過，問題的癥結是，文學既然反映了特定社會的經濟基礎與權力結構，也就是說，既然反映了特定的階級利益與意識形態，為什麼還能具有正面的價值。對於這個問題，有兩種極端的看法。一種認為，文學根本就是意識形態，

不能超越階級利益而獲得真理。另一種則相信，正是只有文學藝術才能對抗意識形態，讓我們看到意識形態掩蓋下的現實。

就在這個地方，伊格頓提出了法國結構主義的馬克思主義者阿杜塞和馬舍雷（P. Macherey）的理論。他們認為，文學跟意識形態具有非常複雜的關係。文學包含在意識形態之中，但又不能被簡化為意識形態。在文學作品裡，意識形態被賦予某種確定形式，因而能使我們跟它保持距離。透過這個距離，我們看到意識形態的界限，因此就可以擺脫它所造成的幻覺。

接著在下一章裡，伊格頓更具體的從文學形式的角度來討論意識形態與文學的關係。可以說，某一特定社會的意識形態就是當時的作家無形中用以感知社會現實的方式，而這也就構成他的作品的主要內容。這一先定內容的內在邏輯，實際上就已經決定了他的作品的表現方式。這就是馬克思主義批評特別強調的「內容決定形式」的基本看法。伊格頓說：在實踐中，內容與形式雖然無法分開，但理論上還是有區別的。

說明了這一基本前提之後，伊格頓接著分析盧卡奇、戈德曼、馬舍雷三人對於意識形態與文學形式之關係的看法。盧卡奇認為，十九世紀初期資產階級仍然是社會進步的力量，因此資產階級的作家能夠掌握歷史的變化和發展，透過豐富的人物造型，寫出偉大的現實主義文學。相反的，一八四八年以後資產階級的地位已經完全鞏固，面對日漸成長的無產階級的威脅，他們只想保護現狀，不再是歷史的進步的力量。在這種意識形態的影響下，不論自願或不自願，資產階級的作家都喪失了現實感，而成為形式主義者。用最簡化的方式說，盧卡奇是以世界歷史的進程來分析，特定社會的特定階級在意識形態上是進步的還是保守的，這種態度的不同就會決定他們的作品是現實主義還是形式主義。

深受盧卡奇影響的戈德曼，則提出「衍生結構主義」（genetic structuralism，中譯本譯為「遺傳結構主義」，不妥）的理論。他認為，某一階級在特定社會中的歷史狀況，會決定它的世界觀（即意識形態），而這一世界觀又會轉換成一部文學作品的結構。也就是說，某一階級的社會條件，它的世界觀，以及表現這一

世界觀的文學作品，這三者一定會有某種「結構上」的類似。批評家的責任就是要找出這一結構，從而解釋特定作品在意識形態與社會條件上的來源。

馬舍雷的「不完全」理論

伊格頓對盧卡奇和戈德曼的理論並不十分滿意，理由是，他們都受黑格爾影響，認為文學作品應該形成統一的整體。在這方面，他明顯偏祖馬舍雷。馬舍雷認為：「一部作品之與意識形態有關，不是看它說出了什麼，而是看它沒有說出什麼。正是在一部作品的意味深長的『沈默』中，在它的間隙和空白中，最能確鑿感到意識形態的存在。」也就是說，由於受了意識形態的限制，一部作品一定會保留什麼，因而出現了空隙與矛盾。從這意義上來看，作品永遠是「不完全」的，「無從構成一種圓滿一致的整體」。

在第一章的最後，伊格頓以相當贊同的語氣提到，阿杜塞和馬舍雷對文學與意識形態關係的看法。他們認為，文學雖然包含在意識形態中，卻還是可以讓我們「察覺」到產生它的意識形態。現在再配合馬舍雷這種作品永遠「不完全」、不圓滿的理論，我們也許可以說，正是透過這一「不完全」所呈現出來的空白與衝突，意識形態的存在就被人們覺察到了。

伊格頓認為，馬舍雷的理論強調的是，文學作品的形式是「開放」的而非「封閉」的，「選擇衝突而不是解決，以致選擇本身成了一種政治傾向」。伊格頓的意思似乎是說，作品形式的「不完全」所呈現的矛盾與衝突因素，正隱含了一種導致「實踐」的可能。如果像盧卡奇那樣，認為作品的形式是完整的，衝突因素在作品中都已解決了，行動的需要不就減弱甚至消失了嗎？

從這裡我們就可以看到，在討論文學作品與意識形態的關係時，伊格頓真正重視的是：理論是否孕含了實踐的精神。就是根據這一標準，伊格頓認為阿杜塞與馬舍雷優於盧卡奇與戈德曼。伊格頓的這種判斷我相信是很值得討論的，不過在這裡我只是先提出他的前提，點出他的立場。對於他的基本傾向，我在最後還會評論。

　　伊格頓這種重視實踐性格的傾向，在本書的第三、四章表現得尤其明顯。前面已經說過，這一部分的主題是「文學與革命」。在第三章，伊格頓討論作家與政治傾向的關係。伊格頓先提到史達林時代的日丹諾夫主義，即要求作家有鮮明的政治傾向的主張。接著他就談到，列寧、托洛茨基，還有馬克思和恩格斯。他們在這方面的態度都相當開明，並不像史達林與日丹諾夫那樣教條。然後，伊格頓又討論到「文學反映現實」這一命題，對這一命題在理論上的種種問題加以揭露，認為它站不住腳。

　　從第三章來看，伊格頓的論調似乎和西方一般的理論家沒有兩樣，但事實並非如此。真正說起來，伊格頓對第三章的討論方式可能並不真正熱心，只不過由於這一問題的重要性，他才不得不加以處理。整個說起來，這是全書寫得最沒有創意的一章，雖然文章筆調仍然還是那麼清晰易解。

班雅明、布萊希特對藝術的改造

　　談到「文學與革命」的關係，伊格頓真正的態度表現在第四章，跟第三章剛好相反，這是全書最富「生氣」的一章。在這一章裡，伊格頓幾乎完全是在討論班雅明和布萊希特的理論。班雅明認為，藝術家也是社會的一個「生產者」。他不能毫無批判的接受既有的藝術生產工具（即傳統的藝術形式），他應該配合技術的進步，隨時改變他的生產工具，以便更有效的發揮藝術的革命力量。譬如，他應該利用電影、無線電、照相、唱片這些新的發明，把它們從少數人的享受中解放出來，用來做為新的宣傳工具。根據這種藝術生產理念，藝術家不再是一個孤立的創作者，讀者與觀眾也不再是一個孤立的欣賞者，而是彼此合作，互相融為一體。就在這一互動的過程中，藝術家把他的政治理念帶到群眾中。

　　布萊希特的史詩劇場，事實上也是按照類似的藝術理念構設出來的。布萊希特所以要製造劇場上的「疏離效果」，就是不要觀眾沈迷在戲劇之中。同樣的，演員也不要「進入」角色之中，而要跟角色保持距離。這種特殊的演出方

式，可以讓觀眾始終清醒，可以對人物與劇情加以思考、加以批判。從這個角度來看，觀眾也是演出的「合作者」。

伊格頓說：「長期以來，藝術形式是美學中戒備森嚴的領域，但布萊希特與班雅明的作品賦予它一層新的意義。」這確實沒錯。我們可以假設，劇作家和演員到工廠作即興演出，許多工人都加入，也變成了臨時演員；或者假設許多畫家和建築家參加工廠的建設，把工廠設計成合乎革命理想的工人工作場所。按照班雅明和布萊希特的理念來看，這都是「藝術」。但傳統的美學家一定會說：「天啊！這是藝術的毀滅。」

從這裡我們就可以看到，為了貫徹他的「實踐」精神，伊格頓在文學理論的立場上已經走到多遠的範圍外。我們不禁要問：如果藝術的「形式」可以發展成這個樣子，那麼史達林和日丹諾夫要求文學作品具有鮮明的政治傾向又有什麼不對。比較起來，我們甚至可以說，為了「革命」的目的，史達林對藝術表現形式的要求事實上還沒有班雅明和布萊希特來得徹底。然而，伊格頓卻在討論「傾向性」問題上嚴厲批判史達林，而完全沒有想到，他這種批判方式跟他對班雅明和布萊希特的贊同是有所矛盾的。對於史達林和日丹諾夫，伊格頓應該說，他們對於藝術的改造還「太保守」，還「不夠革命」。（伊格頓就是這樣批判盧卡奇的，而事實上盧卡奇的理論就有相當程度的史達林主義的色彩。）

歷史的重演

明白的講，我覺得伊格頓所採取的馬克思主義批評的立場，很難避免過度左傾之譏。在寫這本書之前，伊格頓還相當尊重盧卡奇；但是，在這本書裡，他明顯傾向阿杜塞派，而對盧卡奇一流的黑格爾主義加以批判。在他的論文集 *Against the Grain*（1986）的序言裡，伊格頓提到，七〇年代初期阿杜塞主義對英國左派的衝擊。那時，黑格爾派的馬克思主義的人文主義，已被認為是改良主義，因此反人文主義與反黑格爾主義的阿杜塞思想，很快就被熱中激進的英國左派所接受，因而流行起來。伊格頓的《馬克思主義與文學批評》，就是這

種思潮下的產物。

伊格頓的阿杜塞主義，最明顯的表現於與本書同年出版的《意識形態與文學批評》（1976）一書裡。其後，隨著阿杜塞熱潮的消退，伊格頓逐漸放棄他在這方面的過激傾向。但是，他對班雅明的偏愛還是始終如一。他的下一本書的書名就是《瓦爾特·班雅明，或革命的文學批評導論》（1981）。在一九八三年出版的《文學批評》一書，他還是反對人文主義對於文學與藝術那種接近神聖性的看法。這也就是說，不論伊格頓的思想經歷多少變化，他在《馬克思主義與文學批評》一書所表現的對文學的基本看法，卻始終未變。

事實上，早在二○年代的俄國，一些所謂「生產派」的藝術家，就以更激進的方式棄絕藝術而擁抱革命。他們「跑到工廠和集體農莊辦牆報，視察閱覽室，介紹無線電，巡迴放映電影，給莫斯科報紙寫報導。」這是班雅明的理論的現實基礎。再進一步講，這些革命激進派，也不過是現代主義某些前衛派（如達達主義、超現實主義和未來主義）的往前發展而已。在高度發達的資本主義社會裡，藝術一方面被商品化、庸俗化，一方面又被神聖化而不染人間煙火味。就是在這種背景下，前衛派的藝術家才會以棄絕藝術的方式來加以反叛。班雅明和布萊希特就是屬於這一潮流的作家，而盧卡奇及其同夥（如里夫希茨）則陷在既反對這種過激主義、又反對史達林的教條主義的兩面作戰的困境裡。

到了六、七○年代，當馬克思主義重新在西方復活時，歷史又重演了一次。新左派文學理論家，凡是傾向阿杜塞或班雅明的，事實上不過是二、三○年代左傾的前衛派的某種翻版；這就像某些後結構主義與後現代主義者，不過是二、三○年代並未左傾的前衛派的變調一般。我覺得，當我們讀伊格頓的這一本小書時，了解他的這一思想傾向，以及這一傾向某些歷史與時代背景，也許不是全無意義的。

《中國論壇》302 期，1988 年 4 月

文學與意識形態

一、文學可以克服自己的意識形態

文學是一種意識形態的表現方式，正如宗教、法律、道德是其他形式的意識形態的表現方式，這一點大概是我們共同可以接受的。也就是說，文學作品總會在有意或無意間表現出特屬於某一階級或群體的「興趣」（interest，此詞的英文含義比中文還要廣泛）、偏見，甚至與其利益有關的一切傾向。

但是，表現某一階級或群體的特殊「興趣」的文學，卻常常可以為其他階級或群體的人所接受，並認為是「共通」的東西。相對來講，作為意識形態的法律或宗教，卻比較會引起其他人群的「排斥」，並認為是「偏見」。這就可以看出，作為意識形態的諸種樣態之一，文學是屬於較特殊的一種。

俄國批評家盧納察爾斯基在論及托爾斯泰時，曾說：托爾斯泰其實是有許多貴族階級的偏見或思想傾向的。但是，當你讀他的小說時，你會被他的樸索的文字、逼真的細節、生動的故事所吸引，以為這一切都是「真」的，不知不覺間就「相信」他所「想」說的東西了。這樣，你就「中計」了，讀托爾斯泰時，你要很「小心」的保持清醒而具批判性的頭腦，你才不會被他所「迷惑」住。

托爾斯泰為什麼會具有這種「本領」呢？因為托爾斯泰的感情是和他的思想緊密結合的東西──事實上應該說，托爾斯泰的「感情和思想」是一個無法分割的東西。他的這個「感情和思想」的綜合體，包括他的貴族氣質和傾向，他的貴族地主式的人道主義，他對新興的資本主義的厭惡，他對一切敗德行為

的痛恨，以及他對地主田莊上日漸貧困的農奴的同情。他是一個地主大貴族，具有這一階級的「興趣」，但是，他也是一個高尚而深具道德感的貴族，因此有其博大的同情心和犀利的批判力。這一切，形成了一個複雜的「感情、思想」的綜合體，形成了他的意識形態，也形成了他的文學的基礎。

我們可以說，偉大的文學家的意識形態，他的「感情、思想」的綜合體，雖然有其階級「興趣」與偏見，但卻是複雜、深厚的一個「小宇宙」。我們因此從其中可以看到「意識形態」（假如我們的頭腦夠冷靜清楚的話），但同時也了解到其中有了可以衝破意識形態，達到人性或人類社會更高理想的東西。也就是說，偉大的文學家的作品，同時表現了意識形態，與克服意識形態的對立物。因為有了後面一項因素的存在，不同時代、不同階級的人才能「共同」接受，並承認其「偉大」。

相對於這種「複雜多面體」的意識形態，邏輯上來講，當然會有一種「狹隘而單一」的意識形態。這種意識形態，清楚的表現了階級或群體的偏見，並且會特別表現出其階級、群體偏見和另一階級、群體偏見的對立性與對抗性。因其強調的是彼此之間的「區別」，實際上是把人的感情和群體偏見簡化了；因其強調「對抗性」，實際上是突出了相對群體之間的彼此「痛恨」的傾向，而使得人的超越偏見與對立的理想減弱了，甚至消失了。

記得有一個英國批評家（偶忘其名）曾說過，三〇年代「法西斯」盛極一時，崇信的作家不少，寫出的文學作品也不少，但事過境遷，真正耐讀的作品實在不多，說得上「偉大」的，可以說找不到。

這理由很簡單，有意強調「區別」、強調「對抗」，並且因此而引進一種狹隘性的「恨」（並不是所有的「恨」都不對）的文學，只會把豐富的人性「窄化」，並且窒息了人超越一切界限的「理想追求」（這種理想不一定可以實現，但沒有這種理想，人也就變得很奇怪了）。這種文學，很難成為一種優秀的文學，更不要說偉大的文學了。

當然，還必須補充一句。一開始就假裝人間一切都很和諧，並說別人的「批判」充滿了「意識形態」偏見的那種文學，也是一種對人性及社會的極度

「簡化」，其「不可信」與不可能「優秀」自然是不用再說的了。

二、以現實主義和人民性克服意識形態

每一個作家都可能具有不自覺的、先入為主的階級或群體偏見，但是，優秀的、偉大的作家卻可以憑著直覺的、現實主義的敏銳感受，克服這種偏見。

譬如，在種族對立非常嚴重的時代，即使持有種族偏見或仇恨的作家，在大規模種族衝突的場合，也不能不看到許多的無辜者因此而喪命，因此而顛沛流離。他不可能只描寫兩邊的相互仇恨，而完全忽略了流血衝突的「非人性」面。當他憑著自己的現實的感受，寫下了對立中的可悲、可憫的許多人和事時，這一切自然的就孕含了「種族偏見」的對立物。

誓如，再舉一個具體的作家巴爾札克來說：在資產階級取代貴族階級的革命時代，巴爾札克在思想上是偏向貴族階級的。他痛恨新興資產階級的「唯利是圖」，沒有教養、沒有文化，他深切了解，所謂「民主」，不過是有錢人「享受」政治權利的民主。他懷念過去有教養、懂節制的貴族，他認為，最好的政治是：有品格的貴族治國，並知道如何「憐恤」他的封建莊園下的「子民」。但是，在他敏銳的現實觀察下，他發現，絕大部分的貴族都是「無所事事」的「食祿者」。他們靠別人的「奉養」為生，已經淪為社會的寄生蟲，不要說「為政」的能力，甚至連了解時代，適應時代而生存的能力都沒有了。而資本家，不論個人品格如何卑劣，卻能夠掌握「時代脈動」，知道如何出賣他人而圖利自己，藉此以發財致富。就這樣，巴爾札克「違反」了他自己的政治信念，描繪了貴族階級敗落、資產階級興起的「社會史」。在他的敏銳觀察下，「現實主義」克服了「意識形態」而得到「勝利」。

我們可以想像，假如一個作家，他永遠只關閉在自己階級或群體的「視界」內，而看不到在這之外的世界，那麼，他是不可能達到「現實主義的勝利」的。更壞的是，假如他只是藉著自己階級或群體的「主流偏見」，藉以謀取「私利」，那麼他就只是看到自己名利的「利己主義」者，他恐怕連自己階

級或群體的「真相」都認識不清，更不要說克服階級、群體「偏見」了。

所以，能夠克服自己「意識形態」而達到「現實主義的勝利」的作家，要有一個必備條件：他從來不把自己關在「自我利益」的暗黑房子中，他看到的是整個社會，特別是居社會最下層、占社會人口最大多數的那一群人。

譬如托爾斯泰，他是貴族出身的大地主。他由於自己生活無虞反而感到生活的空虛，並在農人身上發現了勞動的快樂。然而，漸漸的，他又發現俄國社會變化（從封建社會轉變到資本主義社會）的過程中，農民的貧困越來越嚴重，苦難越來越深。從《戰爭與和平》到《安娜・卡列尼娜》，從《安娜・卡列尼娜》至《復活》，他對於貴族的「寄生」狀態越來越清楚，對於農民所承受的重壓也就越來越了解。橫貫在他所有小說的主要精神之一，就是他對於巨變中俄國社會農民的觀察、了解與同情。他對於道德與公正的尋求，根本因素就是：貴族與農民的截然對比。他晚年想放棄自己的土地，甚至最後逃離家庭，就是他長期「思想危機」的表現。

每一個作家都會生活在一個「具體」的時代，而每一個時代應該都會有牽涉到大多數民眾的社會變動或社會問題。偉大作家的本質就在於：他會放開自己的眼光，注意到「與多數民眾休戚相關」的核心問題。中國古話說「天視自我民視」，以「民眾」之眼察看世界，這就是「人民性」的問題。如果一個作家留心到「人民性」，他的敏銳的現實感就會描繪出那個社會最真實的圖畫。他的階級或群體偏見，也許會使他說出一些奇怪的「見解」，他的「見解」也許會使他在描繪時出現一些「扭曲」，但這並沒有什麼關係；他已掌握了「人民性」，他已感受到大多數民眾的重大問題——他已看到了正確的「問題」，雖然他不一定提出了正確的「答案」。

《台灣文藝》新生版第 8 期，1995 年 4 月

「現代」啟示錄
──現代性的一則故事

　　從一九七〇年代後半期開始，西方思想界逐漸產生變化。在前一個階段居於主流地位的西方馬克思主義似乎已過了高潮，而為另一股趨勢所取代。這一新趨勢本身也非常複雜，無法以一個單純而統一的名詞來加以指稱。不過，在眾多的討論之中，我們逐漸會發現一些要點；而在這些要點之中，「現代性」（Modernity）和「後現代主義」（Postmodernism）無疑占有舉足輕重的地位。至少我們可以說，誰要認識西方一九八〇年代的思想潮流，誰就要注意到「現代性」、「後現代主義」及其相關問題。

　　從歷史的、巨視的觀點來看，有關「現代性」和「後現代主義」的討論，其實是近數百年來西方人對於自己歷史命運思索的一個新的轉折。我們當然可以把卷帙浩繁的有關著作，加以釐清，加以歸納，因而把「現代性」的種種看法，分成種種類型。但是，在我們做了這許多辛苦的工作，獲得了許多寶貴的知識以後，也許我們還不能明白，西方人「為什麼」要在八〇年代討論這些問題，而在這些討論之中所呈現出來的種種看法又具有什麼「意義」。我覺得，在這一方面，歷史的、巨視的觀點對我們會有極大的助益。因此，在本文裡，我想把有關「現代性」的「故事」追溯到較早的文藝復興時代；想透過極粗略的歷史回顧，來突顯出「現代性」問題在二十世紀八〇年代的特殊意義。

人文主義理想的演變

何謂「現代性」？用馬歇爾‧柏爾曼（Marshall Berman）的話來說，「現代性」是一種特殊的經驗模式——有關時空意識、有關自我與他人，以及生活的可能性和危機感的經驗模式。也就是說，「現代性」是指現代人在現代世界所感受到的特殊的經驗模式。現代人生活在「現代」之中，認識到「現代」是不同於以前任何時代的一個特殊時代；生活在這一特殊時代的人，有他們特殊的歷史條件與歷史命運；「現代性」就是對於這一切經驗的總反省，是要對「現代經驗」作一個整體性的「界定」。

從理論上來講，自從人類具有「時間意識」以後，任何時代的人都可能會有一種感受，即：他是生活在一個與以前完全不同的時代。不過，據德國文學理論家姚斯（Hans Roert Jauss）的研究，以 modern 一詞來指稱自己的時代，以別於過去，始自於五世紀後期；因為那時基督教已成為羅馬帝國的國教，這跟以前的異教時代是截然不同的。此後，凡是想把自己的時代獨特化，以便和以往的歷史區別的，即稱自己的時代為 modern。

但是，就西方的歷史而言，modern 一詞逐漸取得特定的意義，而變成是和 ancient、medieval 鼎足而三的階段，如一般人所知，這裡的 modern 指的是，文藝復興以後的時代。這種意識的 modern，一直延續到現在。從這一歷史的分期我們就可以知道，由 modern 所產生的 modernity 的問題，實際上從文藝復興的時代就已開始。

就歷史的（特別是文化史的）回顧的眼光來看，文藝復興以降這一長期的、不間斷的「現代史」，還可以細分為三個階段。從文藝復興到十七世紀末的「今古之爭」（Querelle des Anciens et des Modernes）是一個階段；從「今古之爭」到十九世紀八〇年代以象徵主義為先鋒的現代主義（Modernism）的興起，是另一個階段；現代主義產生以後，又是一個階段。以最簡化的方式來說，第一個階段是 modernity 的萌芽，第二個階段 modernity 發展到顛峯，到第三個階段，modernity 受到嚴重的挑戰，引起種種的反省。

　　文藝復興的基本主題是：「人」的發現。在中世紀，以基督教思想為主導的文化體系，把神和天堂作為重心，而將塵世中的人附屬於其下。這種天上「指引」地上的經驗模式，在歷史進入文藝復興以後，開始受到挑戰。文藝復興是要把「人」從「神」的護持之下解放出來，並賦予「人」本身的能力與價值。也就是說，在基督教的思想裡，「人」的價值不能獨立於「神」之外，文藝復興則正是要肯定「人」本身的獨立價值。這就是一般所謂的「人文主義」（或稱「人本主義」）。

　　但是，在基督教長期統治之後，當人們開始要去追求「人文主義」的生活經驗（亦即「現代性」）時，他們除了自己去摸索與冒險之外，他們還要過去的歷史經驗來作為指引。就是在這樣的背景下，他們發現了未被基督教宰制以前的希臘羅馬文化，亦即「古代」文化。在古代文化中，他們看到真正的「人」，自由的「人」，未被「神」的陰影籠罩的人。於是，當他們要透過思想來為新發現的「人」尋求「界定」時，他們乞靈於「古典」──古代文化的經典。這也就是說，第一階段的「現代性」，是經由「古典文化」來加以闡釋。這就是一般所通稱的「古典主義」，或者，更精確的講，「新古典主義」──以別於希臘羅馬的「古典主義」。

　　「新古典主義」文化萌芽於文藝復興的發源地義大利，但卻在十七世紀的法國發展到顛峯。在這時期，法國產生了一群偉大的思想家和文學家，如笛卡爾、巴斯卡、莫里哀和拉辛。這就促使人們開始反省，「現代」是否還要依附於「古代」。這種反省，以「現代作家是否必然劣於古代作家」的形式出現，在十七世紀末產生了「今古之爭」。經過激烈的爭辯以後，人們事實上已經承認，現代作家有他獨立的價值，可以跟古代作家並駕齊驅。「現代派」的勝利，等於最後宣告了「人文主義」的成功。「人文主義」在經過古典文化的長期撫育之後，已經完全可以獨立自主，西方人追求「現代性」的第一階段也就此落幕。

　　就這樣，西方人經過「新古典主義」時期的追尋與努力，終於完全肯定自己的能力。從此以後，他們開始以勇猛精進的精神去拓展他們的「現代生

活」，因而進入「現代性」的第二階段。

這個階段的開頭，是十八世紀的啟蒙時代，啟蒙思想家揭櫫「理性」的大旗，認為在「理性」之光的指引下，人類終將破除蒙昧，而在「進步」的坦途中，將歷史帶向最高的光明。這可能是西洋「現代史」上具有最純粹的希望的時代，因為，人們對掃除過去時代遺留下來的「罪惡」充滿信心，但對於尚未完全實現的「現代性」卻還沒有預見它的罪惡。這是大革命之前艱苦奮鬥但卻志高氣昂的樂觀時期，就在這時期中，人們為「現代性」擬測了最美好的前途，為人類預定了最美好的理想。

大革命終於來臨了。革命的來臨把人們懸想中的「現代性」逐漸的、一一的呈現在人們之前。這是波瀾壯闊的，但卻也是美惡雜陳的。它的惡，出乎人們想像的巨大，嚇壞了很多人，使他們開始反對「現代性」，如浪漫主義者；但也刺激了另外一些人，使他重新考慮「現代性」，如社會主義者。但大體而言，在大革命之後獲利的資產階級基本上是歡迎這一個新時代的。在政治上，他們逐漸取得了政權，在經濟上，透過新興的工業生產方式，他們享受了前所未有的物質文明。因此，不論政治現實和意識形態多麼的繁複多變，十九世紀的西方人基本上還是樂觀的——只有部分的浪漫主義者，以及更少數的現代主義的先驅（如福樓拜和波特萊爾）是例外；甚至反資本主義的社會主義者也是樂觀的，因為他們把希望寄託在更遠的未來。

然而，二十世紀開頭的一場國際大戰（第一次世界大戰），卻真正把大部分的西方人都嚇壞了。他們萬萬想不到，美好的「現代性」藍圖，竟會以這種赤裸裸的方式「實現」出來。文藝復興以降的，以「人」為主體的「人文主義」理想，怎麼會以這麼殘酷的方式在人們面前徹底毀壞呢？——為什麼？就在這一問號下，「現代性」開始受到根本的質疑，而進入到命運坎坷的第三階段。

一次大戰後的「現代性」危機

第一次世界大戰把文藝復興以降的「現代性」的持續發展打斷了，並且

「全面」地暴露了「現代性」的潛在危機。因此，我們不難了解，「現代性」的第三階段，即二十世紀所呈現的「現代性」是對「現代性」的總檢討。這個檢討，當然不可能具有「一致性」，必然是繁複多變而充滿矛盾的。事實上我們可以說，在法國大革命發生，「現代性」逐步體現的十九世紀，敏銳的人（如浪漫主義者和社會主義者）已強烈感受到「現代性」的一些潛在問題。但正如前面已經提到的，以理性、進步、科學實證和工業生產為基本面貌的「現代性」，在十九世紀還是居於主導地位。必須等到十九世紀末，尤其是到第一次大戰發生以後，原已存在的、對於「現代性」質疑的思想，才完全表面化，而成為二十世紀的主要思潮。所以我們可以說，在一次大戰以前，「現代性」的面貌「基本上」是一致的，而在二十世紀，「現代性」由於成為「問題」，引發種種討論與爭辯，就呈現了「多樣性」。我們不應忘記，「現代性」、「現代主義」等名詞，不論在字源上可以追溯到多遠以前，主要還是在二十世紀的思潮下才成為關鍵字眼的。

　　大體而言，二十世紀有關「現代性」的爭辯，可以分成三種派別：第一種是「反現代性」（anti-modernity）的；第二種是要「辯證地揚棄」「現代性」，即揚棄其「罪惡」，以使其真正的理想能夠實踐；第三種則是為「現代性」辯護，認為「現代性」沒有根本的困難。

　　「反現代性」思潮的源頭，是十九世紀初期的浪漫主義。浪漫主義有兩個著名的口號：回返自然，回歸中世紀；前者反對的是「工業化」，後者反對的是「現代化」。很明顯，這是跟「現代性」針鋒相對的。浪漫主義在近代西方思想史上的重要性是絕對不容忽視的，因為以後一切「反現代」的思想家和文學家，追根究底來說，都具有「浪漫主義」的本質。

　　浪漫主義在十九世紀中葉開始變形，在福樓拜和波特萊爾的藝術實踐中得到轉化。如果說，浪漫主義者還覺得「現代性」可以加以阻擋，那麼，福樓拜和波特萊爾根本就放棄了這種希望。為了對抗「現代性」，他們兩人唯一可以找到的武器就是「藝術」。他們是一切現代主義的源頭。

　　這種以自己建造的「藝術王國」來反對「現代性」的努力，從十九世紀八

〇年代起，逐漸得到全面性的實現。先是頹廢派、象徵主義與美學主義，接著是一連串的新的藝術流派。藝術家似乎在彼此的相異之中一致的向著一個共同的敵人「現代性」進攻。在這總名為「現代主義」的潮流中，我們看到「現代性」的深刻危機。這絕不是一小撮藝術家在那裡搞小陰謀，而是，凡想要反「現代性」的人就極可能成為藝術家，而投到「現代主義」的陣營中。

十九、二十世紀之交，「反現代性」的潮流，在法國主要是以藝術的「現代主義」這種形式來加以表現（當然也包括一些哲學家，如柏格森）。但是，在德國，情勢就有所不同了。德國「反現代性」的浪潮似乎特別的強大，幾乎包括了當時重要的哲學家、社會學家和文學家。他們在理論上最主要的成果之一是：把關於人的科學和自然科學區分開來。在意識形態上來講，他們這種區分無疑是要特別突顯出「人」本身獨特的「理性」以有別於「自然」的「理性」。在這裡，他們無疑是要暗示，「現代性」的最大錯誤是，以「自然」的「理性」來衡量「人」，因而抹煞了「人」本身的價值。這種思考方式，深切的影響了二十世紀的思想，是德國「反現代性」思潮對二十世紀人類的巨大貢獻。

也許有人會覺得，這種理論並不是對於「現代性」的「反抗」，而是「修正」。這似乎可以言之成理，但其實還是不能成立的。試以這時期的中心人物韋伯來說。韋伯社會學的基本課題是：以歷史的、巨視的方法來證明：官僚化的、理性化的資本主義體系為什「只」在西方產生？換句話說，就是：「現代性」為何會出現於西方？而任何人都知道，韋伯很清晰的意識到，理性化與官僚化是不可克服的，也就是說，不管你喜不喜歡，你對「現代性」將無可奈何。韋伯的「理智」很值得讚嘆，但韋伯無疑是悲觀的。

以韋伯為代表的德國的「反現代性」思潮，盧卡奇稱之為「浪漫主義的反資本主義」（Romantic Anti-Capitalism）。從「反資本主義」可以知道，這是「反現代性」的，而「浪漫主義」則表明，這種反抗是「無效的」、「非理性的」。這可以看出，盧卡奇對這一思潮的態度。為了批判這一思潮，盧卡奇寫了一本八百多頁的大書，書名是：《理性的毀壞》（*The Destruction of Reason*）。

盧卡奇也以同樣強烈的態度來批判藝術上的「現代主義」。從這雙重批判可以看出，盧卡奇認為，二十世紀西方「反現代性」（用盧卡奇的話是「反資本主義」）走的根本是一條死胡同。

很明顯的，在對「現代性」的思考中，盧卡奇是屬於另一流派，即「揚棄」「現代性」那一派。這一派的源頭可以追溯到十九世紀初的烏托邦社會主義。烏托邦社會跟浪漫主義一樣，都看到工業革命與法國大革命所呈現出來的「現代性」流弊。但是，當浪漫主義者因此而反對「現代性」時，社會主義者卻認為，「現代性」可以經過「修正」而實踐得更為完美。

就這方面來講，馬克思主義是社會主義的集大成。就馬克思的立場來說，十九世紀「現代性」（即「資本主義」）的弊病，並不在於工業生產與政治革命，而在於，它並未把文藝復興和啟蒙時代的「理想」「真正的」、「全部的」實踐出來。十九世紀的「現代性」，實際上只解放了資產階級，但更大數量的無產階級並未獲得解放。只有所有的人都真正的得到解放，政治革命才算完成，而工業生產也才算被所有的人都享受到。所以，問題不在於文藝復興以降的「現代性」出了毛病，問題在於：「現代性」（文藝復興的理想）根本還沒有得到最後的實現。

這就可以看得出來，馬克思主義者對於十九世紀「現代性」的揚棄，和現代主義者及韋伯對於「現代性」的浪漫主義的反抗，是截然不同的。前者認為，個人可以透過無產階級的革命，達到真正的解放；而後者則竭力的突出個人，以和逐步理性、官僚化、庸俗化的「現代性」對抗。以馬克思主義的眼光來看，後者無異螳臂當車，根本沒有出路可言。以現代主義和韋伯的眼光來看，前者實在是提出一個不可能實現的烏托邦來騙人。就韋伯來說，如果那種理想可以實現，那結果也必然是理性化、官僚化了的。

「反現代性」思潮的崛起

就二十世紀的歷史來說，「反現代性」的思潮只在文化上反對資本主義的

體制，在實際政治上並未有所行動。真正想在現實之中推翻資本主義體的是，想要「揚棄」現代性的馬克思主義。

一次大戰以後，資本主義的確處於驚濤駭浪之中。在大戰的最末期，馬克思主義出乎意料之外的在資本主義尚處於萌芽階段的俄國取得了政權。不過，在資本主義比較發達的英、法、德三國，工人運動也非常蓬勃。尤其是戰敗的德國，無產階級的革命實際上已經走上歷史舞台。這一「揚棄」現代性的行動，雖然最後被壓平了，但德國所付出的代價也非常慘重。為了獲得大家夢寐以求的安定，德國人甘心把自己奉獻給希特勒的法西斯主義。至於英、法兩國的資本主義，則在馬克思主義和法西斯主義之中求取生存。最後的結果是，資本主義由於新興的美國的加入，終於與俄國的馬克思主義聯手打敗了法西斯。

資本主義就在這種形勢之中，於二次大戰後重新站穩了腳步。也就是說，經過三、四十年的危機，「現代性」似乎重新獲得了肯定。這是「現代性」的第二個高峯，可以媲美於十九世紀。在戰後二十年的安定與發展之中，以美國為首的西方人幾乎都認為，「現代性」的危機已經完全克服，並證明了它是人類歷史的頂點，是其他「落後」國家「現代化」的楷模。

在這種情形下，馬克思主義被認為是心懷惡意的意識形態，而人們已在歡呼，馬克思主義錯了，「意識形態」已經結束了。就這樣，「揚棄」現代性的潮流似乎已經終止了。至於「反現代性」的思潮，則被吸收到資本主義的新秩序中，成為其中的一分子，喪失了原先的反叛性。這也就是說，「現代性」復歸於統一，「現代性」的問題全部解決了。

可以想見，在這一時期所產生的有關「現代性」的思考，當然是要護衛「現代性」了。這就是上一節所說的，本世紀對於「現代性」的第三種看法——第三種潮流。美國社會學家帕森思（Talcott Parsons）以功能主義的觀點來分析社會結構，先預設了社會的合理性而不再對其存在基礎加以質疑，基本上就是完全肯定了「現代性」。

更直接的表明對於「現代性」的護衛的，是另一個美國社會學家丹尼・貝爾（Daniel Bell）。前面提到的「意識形態的結束」，就是他一本著作的名字。

在另一本書《資本主義的文化矛盾》裡，他攻擊本世紀初期的「現代主義」。他認為，資本主義的問題在於文化與社會脫節。「現代主義」的文化未能深入的與資本主義社會的日常生活結合在一起，因而使社會產生了裂痕。也就是說，對於「現代主義」的「反現代性」，他把責任歸之於「現代主義」，而非「現代性」。

就是在這個時期（六○年代），「後現代」與「後現代主義」的名詞開始在美國出現。「後現代」意謂著「現代性」已進入到一個新階段，也就是重新穩定下來的更高的階段。而「後現代主義」則意謂著，對於「反現代性」的現代主義的超越。很明顯，這種意義的「後現代」與「後現代主義」基本上是在護衛「現代性」，這跟八○年代起重新開始討論的「後現代」與「後現代主義」是有極大差異的。

這種差異的根本原因是：在六○年代與八○年代之間，隔著一個「新左派」的大反叛時期。事情是這樣的：由於越南戰爭與石油危機的影響，那個號稱已不成問題的「現代性」又開始出現了「問題」。也就是說，資本主義在經過二十年的超級安定與發展之後，又再度出現了危機。相應於這一危機，那個號稱已經錯誤、死亡的馬克思主義也再度復活。隨著六○年代後期學生運動的擴大，馬克思主義又在西方流行起來。西方人終於被迫承認，要有效地解釋「現代性」，馬克思主義無論如何是少不了的。

但是，六、七○年代重新在西方復活的馬克思主義和世紀之初的馬克思主義是有所不同的。世紀之初的馬克思主義者認為，「揚棄」現代性的基本武器是無產階級革命。但六、七○年代的馬克思主義者大都承認，西方的無產階級已經喪失了革命性。指引他們的思想的，已經不再是過去的正統的馬克思主義，而是，以法蘭克福學派為核心的西方馬克思主義。特別是在馬庫色（Herbert Marcuse）的影響之下，他們相信，新的革命必須依靠社會中的「異類分子」如青年學生，婦女和少數民族。

這種以青年運動為前鋒的「新左派」革命，具有鮮明的主觀色彩，沒有辦法獲得成功，是完全可以理解的。所以，馬克思主義雖然因為這一次「革命」

的影響，開始進入到莊嚴的學術界；但作為社會運動和思想潮流，到了七○年代後期，「新左派」就逐漸的喪失了活力。「二次革命」的熱潮既退，那在六○年代一度被提出的「後現代」與「後現代主義」又重新引起爭論，並被提昇為八○年代西方思潮的重心。

八○年代對「現代性」的整體質疑

要了解八○年代有關「現代性」和「後現代主義」的思潮，我覺得有兩點認識是非常重要的。首先這一思潮是六○年代新左派學生運動失敗之後的產物，這一點在法國尤其明顯。法國後結構主義在有關「後現代主義」的討論中，一直具有深遠的影響，有些人甚至還把「後現代主義」等同於後結構主義。而後結構主義，可以說就是在六八年法國學生革命失敗之後才流行起來的。

一般來講，革命失敗後的藝術與思想常常有兩種傾向，即保守主義與虛無主義。保守主義是基於對前一階段的革命的反動，虛無主義是基於對前一階段的革命的失望。八○年代有關「現代性」的思潮，也可以用「非此即彼」的方式加以區分。以革命者的眼光來看，虛無主義的思想雖然貌似激進，但其實對「維持現狀」還是有間接的助力。就是在這種觀點下，哈伯瑪斯和培里・安德生（Perry Anderson）都毫不猶疑的把法國具有虛無主義傾向的後結構主義思想家，如傅柯、德希達、李約塔（Jean-Francois Lyotard），稱為保守主義者。

其次，以「現代性」和「後現代性主義」這一類的觀念，來反省「新左派」革命失敗後西方社會的前途問題，基本上就是一種「反歷史」的思考模式。以馬克思主義的觀點來說，我們可以把十八世紀末以來的西方社會發展分成三個階段，即：市場（或古典）資本主義、壟斷（或帝國主義）資本主義、跨國化資本主義。我們可以在這種經濟發展的架構下來考慮，近代西方社會在不同階段所面臨的不同問題。從這種歷史發展的觀點來透視，西方社會的未來命運就可以從比較「具體」的角度來加以分析。

當然，歷史也可以不從馬克思的觀點出發，而採取韋伯或其他歷史社會學

的理論，來分析西方社會。但無論如何，西方近代社會是一個「連綿不斷」的「發展歷程」。對這一歷程及問題的反省，不應忽視其「時間性」與「歷史性」，而只提出一個「現代性」的範疇來總括幾世紀以來的一切問題。有關「現代性」的思考方式，就是想以一種抽象性、哲學性的觀點，來提出一個「現代社會」的根本問題，並企圖加以超越。這種反省模式，即使不說是「保守的」，至少也是「反歷史」的。

我們在前面三節追溯西方近代歷史時，基本上是以「現代性」思想家的方式來加以敘述。如果換成一個歷史家的角度，那就完全不一樣了。歷史家可能用上許多政治、經濟、社會名詞，卻一點也不提及「現代性」，但我們仍然了解，這是西方的近代史、現代史。而且我們應該可以同意，歷史家的講法比較能夠具體的讓我們掌握近代西方人的命運。

再換個角度來說，不論我們讀的是黑格爾或海德格的哲學著作、馬克思或韋伯的社會學著作、波特萊爾或卡夫卡的文學著作，我們知道，他們是在不同的時代不同的地區對他們所處的現代社會作出敏銳的反應。對於這樣的著作，我們可以有兩種闡釋方式。第一種，我們找出黑格爾或波特萊爾所處的具體的歷史時空，以此歷史條件來解釋黑格爾為什麼會這樣想，波特萊爾為什麼會那樣想。這是歷史唯物主義的思考方式。第二種，我們說，不論是黑格爾、海德格、馬克思、韋伯、波特萊爾，還是卡夫卡，他們都生活在現代社會中，都體驗到「現代性」。我們要研究他們對「現代性」的種種反應，並從此得出一個解決「現代性」問題的方法。這是八〇年代「現代性」思想家的思考模式。

從這種比較就可以知道，八〇年代的「現代性」思想家，是要把幾百年來西方社會的歷史問題化成一個整體性的、抽象性的哲學問題來加以思考。這種思考方式基本上是和馬克思主義的思想背道而馳的。所以在前面提及的，二十世紀對「現代性」的三種不同反應的流派（反「現代性」、揚棄「現代性」、護衛「現代性」）中，想要揚棄「現代性」的馬克思主義思想家，最不喜歡用「現代性」這種名詞。即使他們用了，他們也都努力把它擺在一個明顯的歷史時空，特別是經濟發展架構中（詹明信就是明顯的例子）。

　　不過，不論八〇年代「現代性」思想家的思考模式多麼的抽象化、多麼的超越時空，這一現象卻反映了一種特殊的歷史意義。近代的西方思想家，從十八世紀法國的啟蒙學者、十九世紀德國的唯心論哲學家，到二十世紀德、法兩國的存在主義思想家，不論他們的思想如何從現代社會中出發，不論他們的思想對現代社會問題作出了多麼敏銳的反應，他們從來沒有把「現代性」提出來作為一個明顯的「範疇」。到了二十世紀八〇年代，「現代性」卻成為思想界的重點，被提出來當作哲學問題來加以討論。這就表明，西方現代社會的「問題性」已到了一個總檢討的階段。也就是說，從文藝復興以來，從不同時代不同角度所反映出來的「現代社會」問題，如今已集中在「現代性」這一範疇上，整個的被提出來。就某種意義來說，這種算總帳的思考方式，其實就代表了：西方現代社會的危機已到了最高階段，思想家因而不得不對這一「現代性」起了整體的懷疑。

　　這一質疑明顯的表現在，「現代性」思想家對於啟蒙思想的反感。啟蒙思想家所標榜的科學與理性，現在幾乎已成為現代資產階級革命的基礎。這就證明了，八〇年代的「現代性」思潮（即對「後現代社會」的追求），事實上是早期浪漫主義與現代主義那種「反現代性」傾向的延長。這種非理性的反現代性，明顯的只代表了一種主觀的願望，完全沒有客觀的實踐基礎。

　　這一思想上的困境，也可以在哈伯瑪斯的理論體系中看得出來。哈伯瑪斯非常明確的反對以法國後結構主義為代表的那種反啟蒙思想，在護衛並揚棄啟蒙思想家的「理性」這一點上，可算是難得一見的中流砥柱。因此，培里·安德生拿他來跟法國的後結構主義作對比，認為他是進步的，而法國思想家則是「保守的」。不過，哈伯瑪斯為克服啟蒙思想的弊病所提出來的「溝通理論」，恐怕也未必有多少的實效。這種精細的理論建構，到底具有多少實踐的可能性，是很值得懷疑的。

　　總括起來講，在八〇年代的「現代性」思潮中，哈伯瑪斯代表「揚棄現代性」的一派，法國後結構主義代表「反現代性」的一派。跟早期的馬克思主義來比，哈伯瑪斯的「革命性」顯得多麼蒼白無力；跟本世紀初的現代主義相

比，後結構主義「反現代性」的虛無主義和主觀主義色彩又顯得更加的強烈。所以，整個的看起來，八〇年代的「現代性」思潮實在是西方現代社會進入高度危機時代的思想表現，是現代西方思想家在探討西方現代社會的前途時所作的一種無效的思考。

復刊《文星》119 期，1988 年 5 月號

補記：重讀二十四年前的這一篇文章，非常驚訝，不知道哪來的信心，寫出這麼大口氣的文章。不過從現在的時點來回顧，好像也不太離譜。寫了這篇文章的第二年，大陸的改革開放碰到了大挫折，東歐集團也垮了，再過兩年，蘇聯也解體了。西方集團歡呼：資本主義勝利了，歷史終結了。此後，他們的價值觀被稱為「普世價值」。台獨派聲勢喧天，中華文化被踩在腳底下。我有十多年時間，「氣結不能言」，只能「痛飲狂歌空度日」。二〇〇五年，我突然感覺中國局勢基本穩定，心情為之舒暢。再過三年，美國金融大海嘯，西方經濟出現大問題，幾乎可以肯定，西方霸權時代就只剩尾聲了，距離蘇聯垮台也不到二十年，歷史真是太奇怪了。現在也許可以寫一篇〈西方現代性的完結篇〉，但自覺準備不足，以後再說吧。

2012、9、10

代　跋

　　編完這本文集，意猶未盡，很想寫一篇跋文。我想了很久，不知道自己還有什麼意思想表達，終於慢慢想通了。所以，這篇跋的形式是很特殊的，事先要請讀者原諒。

　　一九九二年我加入中國統一聯盟，有一次，在清華校園碰到一位理工科的教授，他主動跟我打招呼，還問我：「你就是呂正惠教授嗎？」我說，是啊。你真的加入中國統一聯盟了嗎？我說，是啊。他突然很熱情的跟我講，你真勇敢，佩服，然後轉身就走了。過了一段時間，我才能理解他的話的重量，因為我慢慢發現，我的朋友好像越來越少了。有一次我去參加一個研討會，在上午的最後一場會議上發表論文。這一場結束後，我去領便當，從走出會場到領完便當，沒有一個人跟我打招呼。我拿著便當，走到用餐處，特別選了一個偏僻的角落，整個用餐時間，只有黃錦樹走過來跟我講了幾句話（我到現在還感念）。用完餐，就默默的離開了。從此以後我也盡量避免跟人來往。因為有這個經歷，後來見到高信疆先生時，對他的遭遇特別同情，他去世後，我主動寫了一篇悼念文章，至今尚未發表，現在就附錄在下面：

送高信疆先生

　　高信疆先生走了，只有六十五歲，他原本可以活得更久的。這幾天我一直在想著他，為了他，我有一次在酒後大發脾氣，把我家裡的大陸客人和台灣客人嚇得目瞪口呆。酒醒後我深自懊悔，一直在想，我為什麼為高信疆的死難過成這個樣子——我終於想通了。

　　高信疆是被二十年來瀰漫於全台灣的「反中國」氣氛給逼死的。一個善良而愛國的中國人，無法忍受這種毫無人性的對於中國的蔑視（難道他們不是中國人？），被逼困居於一個死角，終於下決心逃離台灣，到北京生活，但終始鬱鬱寡歡，就這樣死了。

　　我雖然只見過他三次，但前後兩次都留下極其深刻的印象。我必須把它寫出來，不然，我還會再難過一段更長的時間。

　　我們第一次見面是在一九九〇年代的後期，當時台灣的反中國勢力極其囂張。高信疆仍如既往，西裝畢挺，領帶顏色鮮明，頭髮梳得一絲不亂，始終面帶微笑，聲音柔和而緩慢。唯一的不同是，二十年前籠罩在他頭上的強大光環只剩下一點點極其微薄的光暈。二十多年前我還在讀碩、博士，每天必讀《中國時報·人間副刊》，就像所有渴望追求民主的青年知識分子一般。《人間副刊》的許多文章震醒了我們長期麻痺的腦筋，我們開始慢慢睜開眼睛看著自己從小生長的環境，我們嚮往新的生活，心中充滿熱血，渴望行動。作為一個媒體人，高信疆因為主編這一份副刊，成為台灣文化、思想界的領航人，一九七〇年代，是高信疆的年代，就像一九六〇年代是李敖的年代一般。

　　一九九〇年代後期，我們第一次握手的時候，在一般人心目中，他只是一個稍具知名度的文化人。我當然深知他的過去，對他心存感激。他溫和而親切的跟我講話，那時候我剛以強悍而不妥協的文學評論而獲得一點微不足道的名聲。我不太能理解，他為什麼對我這麼親切。

　　活動結束，他邀請我到他家聊天，我更感意外，極力推辭。我知道他經濟條件好，家裡一定寬敞、舒適，我這個不修邊幅的老煙槍不會在那環境裡感到舒服。他解釋說，我另有一個小套房，一人獨居，不會打擾任何人。我跟著他走了。

　　他買了一大袋啤酒。他的房間大約有二十坪，到處散放著書籍和 CD，只能坐在他的書桌邊聊天。看到這種環境，我立刻安然就座，放開所有顧忌。

　　我有一肚子困惑。他跟我說，他太太看到他不願跟人見面，特地為他準備這個套房，讓他可以獨處一室。他一面喝啤酒、一面抽煙，不停的講話。他

說，他受不了外面的政治氣氛。大家都在罵中國，台獨派罵，不是台獨派的也罵，大家都瘋了一樣，他受不了，只好躲起來。我一下子了解，他為什麼在初次見面時就特地邀我這個小他五、六歲的後輩聊天，他知道我們是同類。

我的情緒一下高漲起來，長期鬱積心中的憤懣隨著噴湧而出。我不知道我們談了多久。大概是因為明天我還要上課，必須從台北趕回新竹，才不得不告辭。我們是在下午三、四點走進小套房，離開時台北滿城燈火，我心中充滿了淒涼之感。

他看過我談古典音樂的文章，他也喜歡古典音樂，話題在這裡繞了很久。他問我，聽不聽中國人演奏的古典樂。我說，聽過一次傅聰的現場，很失望，此後再也沒試過。他說，應該聽大陸某某人、某某人。一面講，一面拿出一片片 CD 給我看，告訴我某某的可以在這一張聽到，某某的可以在另一張聽到。我說，高先生，你就這麼一張張的去搜集？他說，當然，當然，這是我們中國人的演奏，不可不聽。我簡直呆住了，不知道該說什麼。

我完全認識到他的孤獨。我看到了一個比我更孤獨的人。

第二次見面在北京，我們一團人到北京，陳映真先生帶隊，他來看我們，主要來看老朋友陳映真。他已在北京定居，一點也不想回台灣。

第三次也在北京，我一個人來開會，會後一如既往，到萬聖書店買書，買完書到咖啡部喝咖啡休息。我一面翻看書，一面抽煙，突然就看見高先生走進來。我非常高興，馬上站起來迎過去。我們彼此詢問近況。不久，一位大陸文化人走進來，走到高先生坐處，握手，彼此交換名片。我看出他們經人介紹，約定在這裡見面，我就告辭回座。我聽得到他們聊天，大陸朋友詢問一九七〇年代的台灣文化界，高先生開始談。我看出，大陸朋友逐漸喪失興趣，因為跟他想聽的頗有差距。大陸朋友開始談大陸思想界，主要就是他個人的思想，我立刻明白他的「傾向」，心裡想，糟了。果然，他越罵越凶，高先生開始為大陸辯護。這種過程我太熟悉了，當時的我已經知道，碰到這種狀況，馬上打哈哈，不用再談了。高先生顯然比我純真、善良，先是委婉的講，但語氣顯然越來越急切。我稍經遲疑，就走了過去。談話被我打斷。他幫我們介紹，我們互

換名片。談話繼續下去，但我努力把它掌握在我的「設計」之下，最後在「良善」的氣氛底下三人分手。高先生臨走前一再說，下次到北京一定要找他，我說，一定，一定。當然，下次我沒找他，到北京就是要找談得來的大陸朋友交換資訊，兩個在台灣「失意」的人彼此在北京互訴苦衷沒什麼意思。不過，我很慶幸，那一次我有機會為高先生「服務」。高先生愛國熱誠感人，但他當時恐怕還不太理解，有些大陸同胞會把我們這種人看成「怪物」。這一點陳映真先生的感受更深。我學聰明了，專找比較願意聽我講話的大陸朋友談。

我由此知道，高先生在北京不會很痛苦，但也未必很快樂。

去年年底，風聞高先生得癌症，我有一點擔心，但認為，他一向風度翩翩，看起來年輕得很，病狀應該是早期發現，何況他這麼好的人，不會有問題。我很忙，又與他的交遊圈毫無交集，也無從探聽，我久已拒看台灣報紙、電視，要不然我就會知道他已回台灣治病，非常不樂觀。

我再聽到他的消息時，他已去世十多天。我拿著朋友送給我的《亞洲週刊》，看完了兩頁的專門報導，呆呆坐著，表情木然，把我太太嚇了一跳。

在這篇報導裡，有人說，「當一個世代過去以後，再多的力挽狂瀾也於事無補，很多人不了解晚年的高信疆……」似乎是高信疆自己落後於時代。根本不是！是台灣社會突然刮起一陣怪異的狂風，把高信疆、陳映真、顏元叔（退休的台大外文系教授，已移居大陸）、郭冠英（被馬英九點名批判、因此被免職的新聞局小官員），還有我，還有一些我們彼此不知道的人，刮得東倒西歪，一個個如風中蘆葦，但卻莫名其所以。這些人都是堅定的中國人，在驚詫、掙扎之餘，都成為大海中被海浪不斷沖刷的一個個小孤礁。其中就數高信疆最善良、最脆弱，他永遠無法理解，怎麼有那麼多「中國人」（包括「台灣人」、「外省人」、還有一些大陸人）會那麼藐視自己的祖國。在我心目中，高信疆是這一群互不相識的人中最值得同情的。

這篇報導有一半篇幅專訪李敖，我才知道他們從小就是朋友。從李敖的談話看起來，李敖也可能不太了解高先生因「過度愛國」而產生的鬱結心情（李敖還有「反共」情結，高信疆完全沒有）。不過，談到高先生的臨終狀態，李敖

說：「最後我想他有一點覺悟吧，我到醫院、到他家裡不只一次看他，我發現他還好，很灑脫，很了不起。」我認為，李敖這一段話應該基本合乎實情。

為什麼呢？據報導，一直到四月二十日醫院才放棄治療，也就是說，此前高先生是清醒的。所以，他一定知道二〇〇八年奧運的巨大成功，也知道金融大海嘯，知道中國挺住了。他不可能不知道這些對中國的意義。

大約在二〇〇五年以後，我感覺到，身邊無形的壓力逐漸減少，因為中國的強大已經非常明顯，台灣知識界的熟人不知不覺在改變對待我的態度，我的眉頭逐漸開朗，酗酒的情況明顯有所改善。由我推想及高先生，他回台治療時，當然比離台遠走時心境好得多。自己的國家站穩了，台灣的歧視大大減緩了，這是很好的。要是我知道，我一、兩年內會死，雖然會有點不甘心，但現在死，要比一九九九或二〇〇四死好太多了。我會死而無憾。高先生的愛國真情，不知要超過我多少，當然可以走得「很灑脫」。

我要在心中默默地說：高先生，安息罷，祖國再也不需要你為他擔憂。

（2009 年 5 月 18 日　凌晨 3 點半一氣寫完）

去年年底顏元叔教授去世，我也很難過，一口氣寫了兩篇文章，已經放在本書第一輯中了。對於兩位先生的過世，心裡想起來比較安慰的是，他們都看到了二〇〇八年北京的奧運，也看到當年年底美國金融大海嘯，應該說都走得很安然。我在序裡已經說了，二〇〇五年以後，我對中國的前途越來越有信心，下面兩篇短文可以為證。

中國文化是我的精神家園

題目這一句話是我的由衷之言，絲毫沒有誇張的成分，所以首先我要簡略說明，我所以有這種體悟的經歷。從上世紀八〇年代末期開始，台獨思想逐漸瀰漫於台灣全島，不只是民進黨的黨員如此，連反對民進黨的國民黨黨員也如此。我大惑不解，曾質問同為中文系畢業的好朋友，為什麼不承認自己是中國

人，難道你不是讀中國書長大的嗎？他回答，中國文化那麼「落後」，中國人那麼「野蠻」，你為什麼還要當中國人？這樣的對答，在其後十多年間不知道發生了多少次。我每次喝醉酒，都要逼著人回答：「你是中國人嗎？」很少人乾脆的說「是」，因此，幾乎每次喝酒都以大吵大鬧結束。

那十幾年我非常的痛苦，我無法理解為什麼絕大部分的台灣同胞（包括外省人）都恥於承認自己是中國人，難道中國是那麼糟糕的國家嗎？我因此想起錢穆在《國史大綱》的扉頁上鄭重題上的幾句話：「凡讀本書請先具下列諸信念：一、當信任何一國之國民，尤其是自稱知識在水平線以上之國民，對其本國已往歷史，應該略有所知。二、所謂對其本國已往歷史略有所知者，尤必附隨一種對其本國已往歷史之溫情與敬意。三、所謂對其本國已往歷史有一種溫情與敬意者，至少不會對其本國已往歷史抱一種偏激的虛無主義，亦至少不會感到現在我們站在已往歷史最高之頂點，而將我們當身種種罪惡與弱點，一切諉卸於古人……」我突然覺悟，我的台灣同胞都是民族虛無主義者，他們都樂於將自己身上的「罪惡與弱點」歸之於「中國人」，而他們都是在中國之外高高在上的人。說實在的，跟他們吵了多少次架以後，我反而瞧不起他們。

也就從這個時候，我開始反省自己從小所受的教育，並且開始調整我的知識架構。小時候，國民黨政府強迫灌輸中國文化，而他們所說的中國文化其實就是中國的封建道德，無非是教忠教孝，要我們服從國民黨，效忠國民黨，而那個國民黨卻是既專制、又貪污、又無能，叫我們如何效忠呢？在我讀高中的時候，李敖為了反對這個國民黨，曾經主張「全盤西化」，我深受其影響，並且由此開始閱讀胡適的著作，了解了五四時期反傳統的思想。從此以後，五四的「反傳統」成為我的知識結構最主要的組成部分，而且深深相信，西方文化優於中國文化。矛盾的是，也就從這個時候，我開始喜愛中國文史。為了堅持自己的喜好，考大學時，我選擇了當時人人以為沒有前途的中文系。我接受了五四知識分子的看法，認為中國文化必須大力批判，然而，從大學一直讀到博士，我卻越來越喜歡中國古代的典籍，我從來不覺得兩者之間有矛盾。瀰漫於台灣全島的台獨思想對我產生極大的警惕作用，讓我想到，如果你不能對自己

的民族文化懷有「溫情與敬意」，最終你可能不願意承認自己是中國人，就像我許多的中文系同學和同事一樣。這時候我也才漸漸醒悟，「反傳統」要有一個結束，五四新文化運動已經完成了它的歷史任務，我們要有一個新的開始，中國歷史應該進入一個新的時期。後來我看到甘陽的文章，他說，要現代化，但要割棄文化傳統，這就像要練葵花寶典必須先自宮一樣，即使練成了絕世武功，也喪失了自我。如果是全民族，就會集體犯了精神分裂症，即使國家富強了，全民族也不會感到幸福、快樂。我當時已有這個醒悟，但是還不能像甘陽說得那麼一針見血。

　　甘陽還講了一個意思，我也很贊成，他說，我們不能有了什麼問題都要到西方去抓藥方，好像沒有西方我們就沒救了。實際上，西方文明本身就存在著很重大的問題，要不然他們怎麼會在征服了全世界以後，彼此打了起來。從一九一四年到一九四五年，他們就打了人類有史以來最殘酷的兩場大戰。我當時還沒想得那麼清楚，但我心裡知道，為了在台獨氣氛極端濃厚的台灣好好當一個中國人，我必須重新認識中國文明和西方文明。應該說，一九九〇年以後，是我一輩子最認真讀書的時期。我重新讀中國歷史，也重新讀西洋史，目的是為了肯定中國文化，以便清除五四以來崇拜西方、貶抑中國的那種不良的影響。這個時候，我覺得自己年年在進步，一年比一年活得充實。著名的古典學者高亨在抗戰的時候，蟄居在四川的嘉州（樂山），埋頭寫作《老子正詁》。他在自序裡說：「國丁艱難之運，人存憂患之心。唯有沈浸陳篇，以遺鬱懷，而銷暇日。」我也是這樣，避居斗室，苦讀群書，遐想中國文化的過去與未來，在台灣一片「去中國化」的呼聲之中，找到自己的安身立命之處。也正如孔子所說，「發憤忘食，樂以忘憂，不知老之將至云爾。」就這樣，中國文化成了我的精神家園。

　　二〇〇五年左右，我突然醒悟到，中國已經度過重重難關，雖然有種種的問題還需要解決（哪一個社會沒有問題呢），但基本上已經走上平坦大道了。每次我到大陸，跟朋友聊天，他們總是憂心忡忡，而我總是勸他們要樂觀。有一個朋友曾善意的諷刺我，「你愛國愛過頭了」。我現在終於逐漸體會，大陸現

在的最大問題不在經濟，而在「人心」。憑良心講，現在大陸中產階級的生活並不比台灣差，但是，人心好像一點也不「篤定」。如果拿一九八○年代的大陸來和現在比，現在的生活難道還不好嗎？問題是，為什麼大陸知識分子牢騷那麼多呢？每次我要講起中國文化的好處，總有人要反駁，現在我知道，這就是甘陽所說的，國家再富強，他們也不會快樂，因為他們沒有歸宿感，他們總覺得中國問題太多，永遠解決不完。他們像以前的我一樣，還沒有找到精神家園。

我現在突然想起《論語》的兩段話，第一段說：

> 子適衛，冉有僕。子曰：「庶矣哉！」冉有曰：「既庶矣，又何加焉？」曰：「富之。」曰：「既富矣，又何加焉？」曰：「教之。」

翻成現在話，就是先要人多，再來要富有，再來要文化教養。現在中國的問題經濟已經不那麼重要，我們要讓自己有教養，就要回去肯定自己的文化，要相信我們是文明古國的傳人，相信我們在世界文明史上是有貢獻的。如果我們有這種自我肯定，如果我們有這種遠大抱負，我們對身邊的一些不如意的事，就不會那麼在乎。《論語》的另一段話是：

> 子貢曰：「貧而無諂，富而無驕，何如？」子曰：「可也；未若貧而樂（道），富而好禮者也。」

以前我們中國普遍貧困，現在基本上衣食無憂，跟以前比，不能不說「富」了，我們現在要的是「禮」。「禮」是什麼呢？不就是文明嗎？我們能用別人的文明來肯定自己嗎？除非我們重新出生為西洋人，我們無論如何也不可能把自己改造為西洋人。我們既然有這麼悠久的、偉大的文明，雖然我們曾經幾十年反對它，現在我們為什麼不能幡然悔悟，重新去肯定它呢？事實上，以前我們在外國的侵略下，深怕亡國，痛恨自己的祖宗不長進，現在我們既然已經站

起來了，為何不能跟祖宗道個歉，說我們終於明白了，他們留下來的遺產最終還是我們能夠站起來的最重要的根據。自從西方開始侵略全世界以來，有哪一個國家像中國那麼大、像中國那麼古老、像中國經受過那麼多苦難，而卻能夠在一百多年後重新站了起來？這難道只是我們這幾代中國人的功勞嗎？這難道不是祖宗給我們留下了一份非常豐厚的遺產，有以致之的嗎？我們回到我們古老文化的家園，不過是重新找回自我而已，一點也無須羞愧。

蘇東坡被貶謫到海南三年，終於熬到可以回到江南，在渡過瓊州海峽時，寫了一首詩，前四句是：

> 參橫斗轉欲三更，苦雨終風也解晴。雲散月明誰點綴？天容海色本澄清。

擴大來講，中國不是度過了一百多年的「苦雨終風（暴風）」，最後還是放晴了嗎？放晴了之後再來看中國文化，不是「天容海色本澄清」嗎？這文化多了不起，當然就是我們的精神家園了。最後再引述錢穆《國史大綱》扉頁上最後一句題詞：「當信每一國家必待其國民備具上列諸條件者（指對本國歷史文化具有溫情與敬意者）比數漸多，其國家乃再有向前發展之希望。」我們國家的前途，就看我們能不能回去擁抱民族文化。（2012 年 1 月 12 日）

為中華文化復興的奠基作一名小卒

八十年前，中國最優秀的知識分子曾經以最激烈的態度批評過中國文化，像「把線裝書丟到茅坑裡」、「最好不要讀中國書」、「廢除漢字」一類的言論隨處可見。即使在二十多年前，也還有人批評中國社會是「超穩定結構」，數千年不變，並認為這種「大陸型」文化無法與豐富多變的「海洋型」文化相比。

這一類型的對中國文化的批評，其實都來源於同一的疑惑，即：中國為什麼不能像西方文化那樣，發展出資本主義的生產方式，為什麼不能發展出西方

的科學與民主、個人主義與自由主義？

自鴉片戰爭以後，一百年間，中國無法抵擋任何外國的入侵，甚至連跟中國同時「西化」的小日本都可以打敗中國。就國內而言，自太平天國開始，動亂從來就沒有中斷過。甚至在六、七〇年代，還發生了長達十年的文化大革命。這一切，使得中國人喪失了民族自信心，懷疑自己的文化大有問題。

然而，也不過二十年的時間，中國的經濟發展突飛猛進，中國的崛起全世界矚目，可以預期，二十一世紀即將成為中國人的世紀。這一切變化實在太過驚人，恐怕連中國人自己都有點半信半疑。

現在已可以確信，不論這種奇蹟是如何發生的，中國從豆剖瓜分、混沌無序的危機中浴火重生、再度崛起，是毫無可疑的。在驚魂甫定，欣喜之情油然而生的時候，我們不得不對自己文化堅韌的再生能力感到十分的驚訝，現在也許已到了對中國文化重新評價、重新「翻案」的時候了。

以上這一段話寫於二〇〇五年。那時我為了參加一個兩岸文化交流會議，靈感突發，就寫了以上這一段文字，並把是題目訂為《中華文化的再生》。那時候，我為了自己的這一「靈感」而驚訝，不知道自己為什麼會如此自信，甚至懷疑是不是愛國愛過了頭。不過，從那以後，我似乎越來越堅信這一點，並且有機會就跟大陸朋友宣傳我的看法。大部分的反應都是，「老呂，你未免太樂觀了吧！」但我不以為意，總是找機會宣揚我的論點。

五年後的二〇一〇年，我買到一本厚達六百五十頁的大書，里亞・格林菲爾德的《民族主義：走向現代的五條道路》（上海三聯書店，2010），書開頭她為本書中譯本所寫的前言就讓我欣喜莫名，她說：

> 我們正面臨著一場歷史巨變。我們敢於如此斷言，因為促成這一巨變的各種因素已經齊備，我們只須等待它們的意義充分顯露出來。除非那個至少能夠消滅人類三分之一的前所未有的浩劫降臨人間，否則沒有什麼能夠阻擋這一巨變的發生。這一巨變就是偉大的亞洲文明崛起，成為世界的主導，其中最重要的是中華文明崛起，從而結束了歷史上的「歐洲

時代」以及「西方」的政治經濟霸權。

　　這一變化只是在新千年到來後的最近幾年才開始變得明顯……

　　也就是說，我們幾乎在同一個時間點感覺到，世界史上的「歐洲時代」即將結束，「亞洲時代」、坦白的說即是「中國時代」即將來臨。格林菲爾德是一個專業的社會學家和社會人類學家，但同時具有深厚的經濟學、政治學和歷史學的素養。從一九八七年到二○○一年，十四年間寫了兩本大書，在前面提到的那本書之後，還出版了另一本《資本主義精神──民族主義與經濟增長》（中譯本上海人民出版社，2009）。她是一個具有歷史眼光的社會、經濟學家，不像我只是一個愛讀書的外行人，這證明我在二○○五年的靈感，並不純是愛國心的表現。

　　後來我又發現，最近幾年內，大陸知識分子和我有相同看法的人似乎越來越多。不過，遺憾的是，大部分的人還是沒有跳脫五四以來喪失民族自信心的那種狀態。不論外面怎麼看我們，他們總是覺得我們內部問題重重，幾乎沒有解決的可能，為此而深陷悲觀之中。他們從來不看外面，他們不知道美國、歐洲、日本，即使在它們最強勢的時候，內部也是問題重重，最近十年頹勢更是越來越明顯，大部分的觀察家都認為它們再起無望。反過來說，也就是，大陸許多知識分子從來沒有想像過，第一世界也會出現問題。他們認為，美國和日本一直比我們好，而且在很久的將來還是比我們好。相信別人好而我們不好，這就是民族自信心還未恢復的表徵。

　　二○○五年我所以會靈感突發，那是因為，在這之前的十年，我最主要的精力都花在閱讀中、外歷史書籍。我的主要目的，是想在中、外歷史發展的對照中，了解西方為什麼是那樣，而我們為什麼是這樣。在長期閱讀中，我慢慢體會到，五四以來的論者，通常只看到西方的優點，而且是大大放大的優點，從來不看西方的缺點。實際上，對任何文化體系，我們必需同時觀察它的優缺點，才能真正知道它是什麼。這也就是說，我們是為了救國的目的，把西方看成是我們想像的樣子，其實，我們根本沒有真正了解西方。我們對中國的看法

也是這樣子，我們只看到自己根深蒂固、病入膏肓的樣子，從來沒有想過為什麼我們的文明能夠延續這麼久。

在民族危機的時代，這種矯枉過正的態度是可以理解的，而且也正因為把自己的病狀看得太重，才會咬緊牙關不惜毀壞一切傳統，努力想要重建一個新的中國。沒想到，當一個新的中國出現的時候，竟然只有少部分人承認我們已經到達一個新的時機。其他人，有些人早就不想當中國人了，而更多的人還沈浸在自悲與自虐的痛苦之中，真是令人浩嘆。

所以我認為，目前最重要的工作就是要，重建民族自信心。只有具有自信心的民族，才能重建自己的民族文化。對自己民族文化沒有自信心的國家，經濟再怎麼強勢，是不能稱為大國的。如何創造未來燦爛的民族文化，我還不知道，但我知道，絕對不可以再對自己的民族文化沒有信心。因此我知道，在我未來有限的時間之內，我有一件事情可以做，就是不斷宣揚我現在的看法。

最後，我想再一次引用里亞·格林菲爾德在她的書的中譯本前言中最後的兩段話：

> 你們在登上世界舞台之時，正值我們的文明已經在無法解決的矛盾或即便能夠解決也代價巨大的矛盾中超支自己，創造潛力已經快要耗盡。你們現在擁有曾經使我們富有創造性的那種思維方式，擁有曾經使我們變得強大的那種民族主義精神。你們擁有它們卻沒有讓它們占有你們的全部生活。你們可能不必承受失範所造成的巨大負擔——矛盾所造成的痛苦折磨——而那在多少世紀裡是我們之中的優秀分子的生存痛苦所在。此外，你們了解我們：你們曾不得不觀察我們，儘管迫不得已，而且努力了解我們背後的動力，而我們卻狂妄自大地認為，所有的人都是按照我們的形象創造出來的，因此對你們這些他者從未給予充分的注意。
>
> 未來屬於你們。我希望，你們能友好地對待我們，而且比我們更好地照料這個世界。

如果我們能以這樣的話來自我期許，我們就能夠把眼光放大，而不致於不斷尋找自己的缺點，一直把它放大，最後什麼事也做不了。（2012 年 5 月 25 日）

　　最近讀到我的老師葉嘉瑩先生的回憶錄《紅蕖留夢》，其中談到 1978 年她很想回大陸教書的心情，寫了四首絕句，其中兩首是：

　　　　向晚幽林獨自尋，枝頭落日隱餘金。漸看飛鳥歸巢盡，誰與安排去住心。

　　　　海外空能懷故國，人間何處有知音。他年若遂還鄉願，驥老猶存萬里心。

我看了很感動，那一年葉先生五十四歲。回大陸以後，在各地講詩詞，極受歡迎，她的人生從此進入另一個高峰，每一個老學生見到她，都覺得她很幸福，並為她感到高興。我的能力當然遠比不上葉先生，而且今年也已六十五歲了，還能做的事恐怕很有限。但我現在活得靜定，自己覺得這一生算是幸運的，剩下的時間我會好好珍惜。

2013、11、11

呂正惠著作目錄

一、專書

1. 《元白比較研究》（國立台灣大學中國文學研究所碩士論文），1974 年。

2. 《江南江北》（唐詩賞析，合著），台北：長橋出版社，1976 年 12 月。

3. 《芳草長亭路——中國古典詩中的別情》，台北：故鄉出版社，1981 年。

4. 《中國新詩賞析》（三冊，合著），台北：長安出版社，1981 年 4 月。

5. 《元和詩人研究》（東吳大學中國文學研究所博士論文），1983 年。

6. 《中國現代短篇小說選析》（兩冊，合著），台北：長安出版社，1984 年 2 月。

7. 《中國現代散文選析》（兩冊，合著），台北：長安出版社，1985 年 4 月。

8. 《唐詩論文選集》（主編），台北：長安出版社，1985 年。

9. 《性靈書簡》（合著），台北：長安出版社，1986 年。

10. 《詩詞曲格律淺說》，台北：大安出版社，1986 年 12 月。

11. 《楚辭——澤畔的悲歌》，台北：時報文化出版公司，1987 年 1 月。

12. 《白香詞譜》（譯注），台北：五南圖書公司，1988 年。

13. 《小說與社會》，台北：聯經出版公司，1988 年 5 月。

14. 《杜甫與六朝詩人》，台北：大安出版社，1989 年 3 月。

15. 《抒情傳統與政治現實》，台北：大安出版社，1989 年 9 月。

16. 《人文學概論》（上，合著），台北：國立空中大學，1990 年。

17. 《文學的後設思考》（主編），台北：正中書局，1991 年。

18. 《看人——我讀史記》，台北：漢藝色研文化事業公司，1991 年 12 月。（此書由林宏安執筆，非我所寫）

19. 《戰後台灣文學經驗》，台北：新地出版社，1992 年 12 月。

20. 《文學經典與文化認同》，台北：九歌出版社，1995 年 4 月。

21. 《CD 流浪記》，台北：九歌出版社，1999 年 5 月。

22. 《台灣新文學思潮史綱》（主編），台北：人間出版社，2002 年 6 月。

23. 《殖民地的傷痕——台灣文學問題》，台北：人間出版社，2002 年 7 月。

24. 《CD 流浪記》（大陸版），桂林：廣西師範大學出版社，2010 年 4 月。

25. 《戰後台灣文學經驗》（大陸版），北京：三聯書店，2010 年 4 月。

26. 《抒情傳統與政治現實》（大陸版），武漢：華中師範大學出版社，2011 年 3 月。

27. 《台灣文學研究自省錄》，台北：台灣學生書局，2014 年 1 月。

二、論文（選目）

1. 〈杜詩與日常生活〉（筆名：李石），《中外文學》9 卷 7 期，1970 年 12 月。

2. 〈甄士隱與賈雨村〉，《幼獅月刊》34 卷 3 期，1971 年 9 月。

3. 〈六朝「物色」小論〉，《新潮》（台大中文系刊物）26 期，1973 年 5 月。

4. 〈元白諷諭詩的理論與創作態度〉，《幼獅月刊》39 卷 5 期，1974 年 5 月。

5. 〈鮑照與杜甫〉，《幼獅學誌》15 卷 2 期，1978 年 12 月。

6. 〈商禽詩兩首賞析〉，《藍星》11 期，1980 年 4 月。

7. 〈覃子豪詩兩首賞析〉，《藍星》11 期，1980 年 4 月。

8. 〈鮑照詩小論〉，《文學評論》6 期，1980 年 5 月。

9. 〈中國詩人與政治〉，《中國人》月刊（香港）2 卷 6 期，1980 年 7 月。

10. 〈形式與意義〉，蔡英俊主編《抒情的境界》，聯經出版公司，1982 年 9 月。

11. 〈元和時代詩體之演進：兼論元和詩之特質〉，《文學評論》8 期，1984 年 2 月。

12. 〈白話文學史六十年後〉，《國文天地》12 期，1986 年 5 月。

13. 〈元和新樂府運動及其政治意義〉，《中外文學》14 卷 1 期，1985 年 6 月。

14. 〈台灣閨秀文學的社會問題〉（筆名：李石），《文星》99 期（復刊號），1986 年 9 月。

15. 〈黃春明的困境：鄉下人到城市以後怎麼辦？〉，《文星》100 期，1986 年 10 月。

16. 〈王文興的悲劇：生錯了地方，還是受錯了教育？〉，《文星》102 期，1986 年 12 月。

17. 〈「政治小說」三論〉，《文星》103 期，1987 年 1 月。

18. 〈台北人「傳奇」〉，《文星》104 期，1987 年 2 月。

19. 〈白話文的病根在那裏？〉，《國文天地》2 卷 9 期，1987 年 2 月。

20. 〈「知青」三部曲：從棋王、樹王、孩子王看文革「知青」的心路歷程〉，《文

星》105 期，1987 年 3 月。

21. 〈從山村小鎮到華盛頓大樓：陳映真的歷程及其矛盾〉，《文星》106 期，1987 年 4 月。

22. 〈庾信與杜甫〉，《文學評論》9 期，1987 年 4 月。

23. 〈國民黨與五四新文化傳統〉，《文星》107 期，1987 年 5 月。

24. 〈荒謬的滑稽戲：王禎和的人生圖像〉，《文星》109 期，1987 年 7 月。

25. 〈盧卡奇的文學批評〉（筆名：劉一止），《文星》109 期，1987 年 7 月。

26. 〈詹明信的「政治潛意識」理論概述〉（筆名：李直夫），《文星》109 期，1987 年 7 月。

27. 〈一個當代詩人的歷史自覺──小論余光中〉，《自由青年》78 卷 2 期，1987 年 8 月。

28. 〈歷史的夢魘──試論陳映真的政治小說〉，《台北評論》1 期，1987 年 9 月。

29. 〈「虛假」的女性主義小說──張潔的「方舟」與「祖母綠」〉，《文星》111 期，1987 年 9 月。

30. 〈一個右派知識分子的反省──評張賢亮的〈感情的歷程〉〉，《文星》112 期，1987 年 10 月。

31. 〈試以盧卡奇的寫實主義理論分析司馬遷的史記〉，《中外文學》16 卷 7 期，1987 年 12 月。

32. 〈自卑、自憐與自負：七等生「現象」〉，《文星》114 期，1987 年 12 月。

33. 〈性與現代社會：李昂小說中的「性」主題〉，《台北評論》3 期，1988 年 1 月。

34. 〈徘徊回歸線：陳若曦小說中的政治三角關係〉，《文星》116 期，1988 年 2 月。

35. 〈評葉石濤《台灣文學史綱》〉，《台灣社會研究》1 卷 1 期，1988 年 2 月。

36. 〈伊格頓的《馬克思主義與文學批評》〉，《中國論壇》26 卷 2 期，1988 年 4 月 25 日。

37. 〈「現代」啟示錄：現代性的一則故事〉，《文星》119 期，1988 年 5 月。

38. 〈海峽兩岸小說之比較：一個主觀印象的觀察〉，《中國論壇》26 卷 3 期，1988 年 5 月 10 日。

39. 〈「內斂」的生命形態與「孤絕」的生命境界：從古典詩詞看傳統文士的內心世界〉，《聯合文學》4 卷 10 期，1988 年 8 月。

40. 〈「物色」與「緣情」說〉，《文心雕龍綜論》，台灣學生書局，1988 年。

41. 〈現代主義在台灣：從文藝社會學的角度來考察〉，《台灣社會研究》1 卷 4 期，1988 年 12 月。

42. 〈初唐詩重探〉，《清華學報》18 卷 2 期，1988 年 12 月。

43. 〈主觀意志下的鳥瞰──評〔柯慶明著〕《現代中國文學批評述論》〉，《文訊》39 期，1988 年 12 月。

44. 〈盧卡奇的批評才質〉，《中外文學》17 卷 12 期，1989 年 5 月。

45. 〈宋詞的再評價〉，《宋代的文學與思想》，台灣學生書局，1989 年 8 月。

46. 〈超越鄉土與寫實──評蔡源煌《海峽兩岸小說的風貌》〉，《文訊》8 期，1989 年 9 月。

47. 〈台灣為什麼沒有人民的藝術〉，《人間》雜誌 47 期，1989 年 9 月。

48. 〈中國新文學傳統與現代台灣文學〉，《新地文學》1 卷 1 期，1990 年 4 月

49. 〈文學「小雜誌」與六〇年代的台灣文學〉，《幼獅文藝》71 卷 5 期，1990 年 5 月。

50. 〈聞一多的成就有多少？〉，《國文天地》6 卷 1 期，1990 年 6 月。

51. 〈七、八十年代台灣現實主義文學的道路〉，《新地文學》1 卷 2 期，1990 年 6 月。

52. 〈論楊逵的小說藝術〉，《新地文學》1 卷 3 期，1990 年 8 月。

53. 〈解析《異域》神話〉，《自立早報》副刊，1990 年 8 月 26 日。

54. 〈蕭紅──充滿叛逆意志的抒情作家〉，《幼獅文藝》72 卷 4 期，1990 年 10 月。

55. 〈評遼寧大學《現代台灣文學史》〉，《新地文學》1 卷 4 期，1990 年 10 月。

56. 〈小說家的誕生──王禎和的第一篇小說及其相關問題〉，《聯合文學》7 卷 2 期，1990 年 12 月。

57. 〈三毛之死──台灣女性問題省思的一個起點〉，《自立早報》副刊，1991 年 1 月 11、12 日。

58. 〈中國新詩裡的現代主義詩派〉，《國文天地》7 卷 1 期，1991 年 6 月。

59. 〈不朽的風旗──中國現代主義詩歌的貢獻與成就〉，《國文天地》7 卷 1 期，1991 年 6 月。

60. 〈評《迷園》的兩性關係與台灣企業主的真貌〉，《聯合文學》7 卷 11 期，1991 年 9 月。

61. 〈周、姜詞派的美學世界〉，《文學與美學》第二集，文史哲出版社，1991 年 10 月。

62. 〈中國文學史上的元好問〉，《紀念元好問八百年誕辰學術研討會論文集》，文建會，1991 年 12 月。

63. 〈八〇年代台灣小說的主流〉，《世紀末偏航》，時報出版公司，1991 年 12 月。

64. 〈王安憶小說中的女性意識〉，《苦難與超越》，文訊雜誌社，1991 年 12 月。

65. 〈五〇年代紀實——評葉石濤的《一個台灣老朽作家的五〇年代》〉，《聯合文學》8 卷 4 期，1992 年 2 月。

66. 〈從方言和普通話的辯證關係看台灣文學的語言問題〉，《台灣社會研究》12 期，1992 年 5 月。

67. 〈台灣文學研究在台灣〉，《文訊》40 期，1992 年 5 月。

68. 〈當代台灣作家如何關懷社會〉，《文訊》47 期，1992 年 12 月。

69. 〈戰後台灣知識分子與台灣文學〉，《中國現代文學》7 號（漢城），1993 年 5 月。

70. 〈布萊希特論盧卡奇〉，《當代》85、86 期，1993 年 5、6 月。

71. 〈以「獨白」反對「群眾」——對本土文化論的責難〉，《中國時報》，1993 年 9 月 29 日，第 27 版。

72. 〈四、五〇年代大轉折〉，《中國時報》，1994 年 1 月 2 日，第 39 版。

73. 〈汪曾祺：人情與境界的追求者〉，《中國時報》，1994 年 1 月 9 日，第 30 版。

74. 〈特立一代的鍾理和〉，《聯合文學》11 卷 2 期，1994 年 12 月。

75. 〈七、八十年代台灣鄉土文學的源流與變遷〉，《四十年來中國文學》，聯合文學，1995 年 4 月。

76. 〈文學與意識形態〉，《台灣文藝》新生版 8 期，1995 年 4 月。

77. 〈殉道者——呂赫若小說的「歷史哲學」及其歷史道路〉，《呂赫若小說全集》，聯合文學，1995 年 7 月。

78. 〈論李商隱詩、溫庭筠詞中「閨怨」作品的意義及其與「香草美人」傳統的關係〉，《中國文學理論與批評論文集》，新文豐出版公司，1995 年 10 月。

79. 〈日據時代「台灣話文」運動評議〉，《台灣的社會與文學》，東大圖書公司，1995 年 11 月。

80. 〈從「台灣鄉土文學」到「台灣文學」：「台灣文學」觀念的發展歷程〉，《中央日報》，1996 年 6 月 14-16 日，第 19 版。

81. 〈戰後台灣社會與台灣文學〉，《台灣文學中的社會》，文建會，1996 年 6 月。

82. 〈西方文學翻譯在台灣〉，《台灣文學出版》，文建會，1996 年 6 月。

83. 〈龍瑛宗小說中的知識分子形象〉，《第二屆台灣本土文化國際學術研討會論文集》，師大人文教育中心，1996 年。

84. 〈日據時代台灣新文學研究的回顧——七十年代以來台灣地區的研究概況〉,《台灣社會研究》24 期,1996 年 11 月。

85. 〈現代主義作家還是鄉土小說作家?——王禎和〉,《中國時報》,1997 年 10 月 11 日,第 27 版。

86. 〈回顧本世紀現實主義與現代主義的糾葛〉,《中國時報》,1997 年 10 月 24 日,第 27 版。

87. 〈「皇民化」與「決戰」下的追索——呂赫若決戰時期的小說〉,《呂赫若作品研究》,聯合文學,1997 年 11 月。

88. 〈鄉土文學中的「鄉土」〉,《聯合文學》14 卷 2 期,1997 年 12 月。

89. 〈呂赫若與戰爭末期台灣的「歷史現實」——《清秋》析論〉,《文藝理論與批評》(北京),1998 年 3 期。

90. 〈皇民化與現代化的糾葛——王昶雄《奔流》的另一種讀法〉,《文藝理論與批評》,(北京),1998 年 4 期。

91. 〈戰後台灣小說批評的起點——新批評與文化批評〉,《台灣現代小說史綜論》(「台灣現代小說史研討會」論文集),1998 年 12 月。

92. 〈葉石濤和戰後台灣文學的「斷層」與「跨越」〉,《點亮台灣文學的火炬:葉石濤文學國際學術研討會論文集》,春暉出版社,1999 年 6 月。

93. 〈被歷史命運播弄的人們——論吳濁流《亞細亞的孤兒》〉,《台灣文學經典研討會論文集》,1999 年。

94. 〈台灣小說一世紀——世紀末的肯定或虛無〉,《文訊》168 期,1999 年 10 月。

95. 〈殖民地的傷痕:脫亞入歐論與皇民化教育〉,《第一屆台灣文學學術研討會論文集——殖民地經驗與台灣文學》,遠流出版公司,2000 年 2 月。

96. 〈發現歐坦生——戰後初期台灣文學的一個側面〉,《鵝仔》,人間出版社,2000 年 9 月。

97. 〈跨世紀台灣文化發展的展望——「脫亞入歐」,還是回歸本民族?〉,何寄澎主編《文化、認同、社會變遷:戰後五十年台灣文學國學術研討會論文集》,文建會,2000 年。

98. 〈隱藏於歷史與鄉土中的自我——李昂《自傳の小說》與朱天心《古都》〉,《台灣文學學報》2 期,2001 年 2 月。

99. 〈「不堪回首」之下的回首〉,《台灣社會研究》42 期,2001 年 6 月。

100. 〈陳芳明「再殖民論」質疑〉，《聯合文學》18 卷 2 期，2001 年 12 月。

101. 〈評蕭馳著《中國抒情傳統》〉，《中國文哲研究集刊》20 期，2002 年 3 月。

102. 〈世紀末期台灣後現代思潮種種面相〉，《台灣新文學思潮史綱》，人間出版社，2002 年 6 月。

103. 〈發端於「擬古」的詩藝──「古風」在李白詩中的意義〉，《清華學報》32 卷 1 期，2002 年 6 月。

104. 〈方思初探──其淵源及其詩中的「自我」〉，《淡江中文學報》9 期，2003 年 12 月。

105. 〈鄉下「讀冊人」──阿盛以及他的時代〉，《明道文藝》345 期，2004 年 12 月。

106. 〈政治恩怨毀謗下的丘濬──丘濬如何成為《五倫記》、《鍾情麗集》的作者〉，《淡江中文學報》12 期，2005 年 6 月。

107. 〈悲劇與哀歌〉，《文學前沿》（學苑出版社）11 期，2006 年 1 月。

108. 〈應用流行理論是一種「偷懶」的行為〉，《文訊》243 期，2006 年 1 月。

109. 〈論王安憶《上種紅菱下種藕》〉，《淡江中文學報》14 期，2006 年 6 月。

110. 〈從《詩家一指》的原貌論《二十四詩品》非司空圖撰〉（附：〈重訂本《詩家一指》〉，《淡江中文學報》16 期，2007 年 6 月。

111. 〈我的接近中國之路：三十年後反思鄉土文學運動〉，《思想》6 期，2007 年 8 月。

112. 《中國現代小說家論集》（趙園）序，人間出版社，2008 年 10 月。

113. 〈青春期的壓抑與「自我」的挫傷──二十世紀六○年代台灣現代主義文學的反思〉，《淡江中文學報》19 期，2008 年 12 月。

114. 〈白居易的「中隱」觀及其矛盾〉，《唐代文學研究》12 輯，廣西師範大學出版社，2008 年。

115. 〈老舍長篇小說的特質──中國市民階層革命與民族解放斗爭的一面鏡子〉，《民族文學研究》（中國社科），2009 年 2 期。

116. 〈如何「超克」台灣情結的知識結構〉，《台灣社會研究》74 期，2009 年 6 月。

117. 〈一個台灣青年的心路歷程──從皇民化教育的反思開始〉，《雙鄉記》（再版），人間出版社，2009 年 8 月。

118. 〈陳映真與魯迅〉，《陳映真創作 50 週年國際學術研討會論文集》，文訊，2009 年 11 月。

119. 〈悲劇與哀歌〉（演講整理稿），《清華中文學報》3 期，2009 年 12 月。

120. 〈抒情傳統與中國現代文學：一篇隨筆〉，《清華中文學報》3 期，2009 年 12 月。

121. 〈東坡〈念奴嬌〉的再詮釋——兼論東坡在黃州的心境〉，《國文新天地》（龍騰出版社）21 期，2010 年 4 月。

122. 〈六十年代的台灣「現代化」文化——基於個人經驗的回顧〉，《華文文學》，2010 年 4 期。

123. 〈元和詩人與杜甫——兼論元和詩人與六朝詩的關係〉，《淡江中文學報》22 期，2010 年 6 月。

124. 〈艱難的探索——孫歌的學問之路〉，《把握進入歷史的瞬間》（孫歌），人間出版社，2010 年 12 月。

125. 〈韓愈《師說》在文化史上的意義〉，《文學與文化》（南開大學），2011 年 1 期。

126. 〈孟浩然詩集的版本問題〉，《閩江學刊》，2011 年 5 期。

127. 〈為人類苦難作見證〉，《安魂曲》（阿赫馬托娃），人間出版社，2011 年 5 月。

128. 《民族想像與國家統制》（倪偉）序，人間出版社，2011 年 8 月。

129. 《我仍在苦苦跋涉》（牛漢）序，人間出版社，2011 年 9 月。

130. 〈歷史的廢墟、烏托邦與虛無感——早期陳映真的世界〉，《陳映真：思想與文學》，台灣社會研究雜誌社，2011 年 11 月。

131. 〈武周革命與盛唐詩風〉，《洛陽師範學院學報》，2012 年 1 期。

132. 《革命與形式》（陳建華）序，人間出版社，2012 年 1 月。

133. 〈鄉土文學與台灣現代文學〉，《澳門理工學報（人文社會科學版）》15 卷 2 期，2012 年 4 月。

134. 〈我們需要這樣的異質思考〉，《神聖回憶》（蔡翔），人間出版社，2012 年 4 月。

135. 〈長恨歌的秘密——白居易早期戀情的投影〉，《詩書畫》（北京）5 期，2012 年 7 月。

136. 〈傅璇琮先生與唐代文學研究〉，《傅璇琮先生學術研究文集》，商務印書館，2012 年 8 月。

137. 《闡釋台灣的焦慮》（劉小新）序，人間出版社，2012 年 9 月。

138. 〈難以戰勝的女皇——從情詩看阿赫馬托娃〉，《我會愛——阿赫馬托娃抒情詩選》，人間出版社，2012 年 10 月。

139. 〈沈從文的愛欲書寫〉，《欲望的文學風旗》（解志熙），人間出版社，2012 年 10 月。

140. 〈現代中國新小說的誕生〉，《百年小說研討會論文集》，文訊雜誌社，2012 年 12 月。

141. 〈橫站，但還是有支點〉，《橫站》（王曉明），人間出版社，2013 年 2 月。

142. 〈懷念顏元叔〉，《文訊》328 期，2013 年 2 月。

143. 〈這是一個真性情的漢子：顏元叔的現實關懷與民族情感〉，《中外文學》42 卷 1 期，2013 年 3 月。

144. 〈放在序言位置的書評〉，《橙紅的早晨》（趙剛），人間出版社，2013 年 4 月。

145. 〈四十年代的現代詩人穆旦〉，《詩書畫》10 期，2013 年 10 月。

146. 〈王文興的大陸遊記〉，《無休止的戰爭——王文興作品綜論》（上），台大出版中心，2013 年 12 月。

校訂後記

　　我的文章寫完就亂放，刊登的雜誌、報紙、書籍隨處亂擺，也從未完整編目，幾乎無從整理。這次承黃文倩、林淑瑩帶領一批學生，從網路上檢索，編出草目。草目非常龐雜，看了就頭痛。我根據自己的記憶，以及容易找到的存檔，仔細梳理，只列出自己認為比較重要的文章。此外，還有許多書評和短論，暫時從缺，以後再說。特此向黃文倩、林淑瑩及與她們共同工作的同學致謝。

（呂正惠，2013 年 12 月 25 日）

國家圖書館出版品預行編目資料

台灣文學研究自省錄

呂正惠著.－ 初版.－ 臺北市：臺灣學生，2014.01
面；公分

ISBN 978-957-15-1602-8 (平裝)

1. 台灣文學 2. 文學評論

863.2   102027550

台灣文學研究自省錄

著　作　者：呂　　　　正　　　　惠
出　版　者：臺 灣 學 生 書 局 有 限 公 司
發　行　人：楊　　　　雲　　　　龍
發　行　所：臺 灣 學 生 書 局 有 限 公 司
　　　　　　臺北市和平東路一段七十五巷十一號
　　　　　　郵 政 劃 撥 帳 號 ： 0 0 0 2 4 6 6 8
　　　　　　電　話 ： (0 2) 2 3 9 2 8 1 8 5
　　　　　　傳　眞 ： (0 2) 2 3 9 2 8 1 0 5
　　　　　　E-mail：student.book@msa.hinet.net
　　　　　　http://www.studentbook.com.tw
本 書 局 登
記 證 字 號：行政院新聞局局版北市業字第玖捌壹號
印　刷　所：長 欣 印 刷 企 業 社
　　　　　　新北市中和區中正路九八八巷十七號
　　　　　　電　話 ： (0 2) 2 2 2 6 8 8 5 3

定價：新臺幣七○○元

西 元 二 ○ 一 四 年 一 月 初 版